Kontaktadresse nach EU-Produktsicherheitsverordnung:
produktsicherheit@fischerverlage.de

Geh zur Hölle, Avram, dort wartet der Teufel auf dich ...
 Ein bestialischer Foltermord in einem abgelegenen Landhaus in Südfrankreich. Eine Handschrift, die Interpol-Agentin Emilia Ness und Profi-Killer Avram Kuyper nur zu gut kennen. Wieder müssen sie auf die Suche gehen – jeder auf seine Weise. Denn das Morden ist noch nicht vorbei, das kriminelle Netzwerk viel größer als gedacht.
 Nach »Tränen aus Blut« verfolgen die Interpol-Agentin Emilia Ness und der Profi-Killer Avram Kuyper noch immer die Fährte eines Mannes, der keine Grenzen und kein Gewissen kennt: machthungrig, erfolgsverwöhnt und unberechenbar aggressiv.

Mark Roderick arbeitete nach dem BWL-Studium jahrelang als Personalentwickler und Projektmanager im Finanzbereich, bevor er 2008 ins Controlling eines juristischen Fachverlags wechselte. Er lebt mit seiner Familie in der Nähe von Stuttgart.

Weitere Informationen finden Sie auf www.fischerverlage.de. Besuchen Sie auch die Website des Autors: www.mark-roderick.de

MARK RODERICK

POST MORTEM

ZEIT DER ASCHE

THRILLER

FISCHER Taschenbuch

Die Nutzung unserer Werke für Text- und Data-Mining im Sinne von § 44b UrhG behalten wir uns explizit vor.

Ähnlichkeiten mit existierenden Personen oder Firmen sind zufällg und nicht gewollt.

2. Auflage

© 2023 S. Fischer Verlag GmbH,
Hedderichstr. 114, 60596 Frankfurt am Main

Die Publikation des Buches erfolgt durch die freundliche Vermittlung der Literarischen Agentur Thomas Schlück GmbH, 30827 Garbsen.

Printed in Germany
ISBN 978-3-596-03143-6

POST MORTEM
ZEIT DER ASCHE

Prolog

Claus Thalinger saß in einem beigefarbenen Ledersessel am Fenster seines Learjets und starrte in den Abendhimmel, ohne das spektakuläre Farbspiel aus Weiß, Lila und Orange wirklich wahrzunehmen. In Gedanken war er bei den Geschäften des vergangenen Tages – dem Deal mit TOCON in Barcelona, der ihm mit etwas Glück fünfzig Millionen Euro Gewinn einbringen würde. Das heutige Zwei-Augen-Gespräch mit TOCON-Inhaber Pablo Ortega war positiv verlaufen, und beide Parteien waren in gegenseitigem Einvernehmen auseinandergegangen. Thalinger rechnete fest damit, dass der Vertrag schon in den nächsten Wochen unterschriftsreif sein würde.

Im Grunde hätte er also zufrieden sein können. Aber das war er nicht, denn noch viel mehr als der TOCON-Deal beschäftigte ihn die Frage, ob Simon Nadicz, dieser gottverdammte kleine Pisser, schon entführt worden war.

Mit Daumen und Zeigefinger massierte Thalinger sein glattrasiertes Kinn – ein deutliches Zeichen seiner Nervosität. Die schlechte Angewohnheit verfolgte ihn bereits seit Kindertagen, und trotz aller Bemühungen war er sie nie ganz losgeworden. Im Geschäftsleben hatte er diesen verräterischen Tick zum Glück gut im Griff, sonst wäre er bestimmt nie so erfolgreich geworden. Das Schachern um Millionenbeträge war wie ein Pokerspiel, und es gab keinen guten Pokerspieler, dem man die Nervosität offen am Gesicht ablesen konnte. Aber in Momenten wie diesen, wenn er allein und unbeobachtet war, gönnte er sich den Luxus dieser kleinen Schwäche und knetete sein Kinn.

Ein schmales Lächeln umspielte seine Mundwinkel, als er sich wieder einmal klarmachte, wie ambivalent seine Persönlichkeit war. Nach außen hin verkörperte er den perfekten Geschäftsmann, das wusste er. Er trug maßgeschneiderte Anzüge, handgefertigte Lederschuhe aus London, eine Uhr für hundertfünfzigtausend Euro und einen goldenen Siegelring. In seiner Freizeit spielte er Tennis und Squash, dreimal die Woche stemmte er Gewichte in seinem Fitnessraum. Er war Mitte vierzig und in bester Form. Sein Haar begann an den Schläfen zwar ein wenig zu ergrauen, aber aus irgendeinem Grund fanden das die meisten Frauen attraktiv.

So weit der Vorzeige-Geschäftsmann. Das strahlende Äußere, das man aus den Wirtschaftsmagazinen kannte. Doch er wäre niemals das geworden, was er heute war, hätte es nicht auch eine dunkle Seite an ihm gegeben – die Bereitschaft, Dinge zu tun, die nicht nur gegen das Gesetz verstießen, sondern auch gegen jegliche Vorstellung von Moral und Anstand. Dinge, die die meisten Menschen als abstoßend empfanden. Schlimme, abgrundtief böse Dinge.

Anfangs hatte ihn seine Skrupellosigkeit erschreckt. Doch im Lauf vieler Jahre hatte er sich immer mehr daran gewöhnt, letztlich sogar Gefallen daran gefunden. Nicht immer, aber doch so häufig, dass er sich eine gewisse Art von Perversion eingestehen musste.

Thalingers Lächeln wurde breiter. Und kälter. Hinter seinem Saubermannimage verbarg sich ein messerscharfer Geschäftssinn, gepaart mit der freudigen Bereitschaft, auch blutige Wege einzuschlagen, wenn das seinen Zielen diente. Er war ein Wolf im Schafspelz. Ein als harmloser Dr. Jekyll getarnter Mister Hyde.

Das Geheimnis seines Erfolgs.

Er warf einen Blick auf seine Patek-Philippe-Armbanduhr. Kurz nach halb sieben. Lange konnte es nicht mehr dauern, bis endlich der Anruf kam, dass Nadicz sich in seiner Gewalt befand.

Er nahm das Diktaphon zur Hand, das auf dem Tisch vor ihm lag, und versuchte, sich wieder auf TOCON zu konzentrieren. Bis zum tatsächlichen Vertragsabschluss mit dem spanischen Chemieunternehmen gab es noch viele Details zu klären, aber die Eckpfeiler der Zusammenarbeit hatten Ortega und er heute klar definiert. Claus Thalinger wollte die Ergebnisse dieses Gesprächs festhalten, solange die Erinnerung daran noch frisch war, um sie morgen von seiner Sekretärin niederschreiben und dann seinen Anwälten vorlegen zu lassen, damit sie daraus einen ersten echten Vertragsentwurf fertigen konnten.

Eine halbe Stunde lang versuchte er, seine Gedanken zu ordnen und sie in das Aufnahmegerät zu diktieren. Normalerweise fiel ihm das leicht. Heute musste er jedoch immer wieder zurückspulen, um Sätze neu zu formulieren oder sogar um ganze Absätze neu zu strukturieren. Er war nicht hundertprozentig bei der Sache. Denn trotz der verlockenden Aussicht auf den immensen Gewinn bei dem TOCON-Geschäft drängten sich immer wieder der Name und das Gesicht von Simon Nadicz in sein Bewusstsein.

Wie oft hatte Thalinger sich in den letzten Jahren vorgestellt, ihm den Schädel einzuschlagen? Ihm ein Messer in den Bauch zu bohren? Ihm seine lüsternen Finger abzuschneiden, damit er nie wieder eine Frau würde anfassen können? Nicht mehr lange, und dieser dreckige, kleine Hurensohn würde für seine Sünden bezahlen.

Claus Thalinger legte das Diktaphon beiseite und nippte an seinem Mineralwasser. Aus einem Lautsprecher in der Seitenverkleidung des Jets drang die Nachricht des Piloten, dass die Schlechtwetterfront über Frankfurt abgezogen sei. Der Landeanflug werde keine Probleme bereiten, die Limousine stehe abfahrbereit am Hangar.

Thalinger sah noch einmal auf seine Armbanduhr und überlegte, ob er rechtzeitig zur Eröffnung der Lindstoem-Vernissage in der Innenstadt sein würde. Aber selbst wenn – im Grunde stand ihm der Sinn gar nicht nach einem Menschenauflauf und noch viel weniger nach Smalltalk über den Interpretationsspielraum moderner Kunst. Nein, wenn er es sich recht überlegte, wollte er nur noch einen Happen essen und dann früh ins Bett.

Das Handy klingelte. Thalinger zog es aus der Sakkotasche und nahm das Gespräch an.

»Wir haben ihn«, sagte ein Mann.

Ein wohliges Kribbeln breitete sich von Claus Thalingers Nacken über seinen gesamten Körper aus. Wie lange hatte er auf diesen Augenblick gewartet? Fünfzehn Jahre? Mindestens!

»Was sollen wir mit ihm machen?«, fragte die Stimme am anderen Ende der Leitung.

Übergebt ihn Belial! Das wäre Claus Thalingers erste Wahl gewesen. Denn Belial hatte ihm nicht nur jahrelang loyal gedient, sondern ihn darüber hinaus mit unzähligen exquisiten und überaus lukrativen Filmen versorgt. Er war ein Profi gewesen – mehr noch, ein Künstler – vor und hinter der Kamera. Niemand hatte Angst, Schmerz, Verzweiflung und Resignation besser in Bilder fassen können als er.

Aber jetzt war Belial tot, sein Folterkeller existierte nicht mehr – äußerst bedauerlich, denn genau dorthin hätte Thalinger sich Nadicz gewünscht.

Doch es gab Alternativen, sehr gute sogar. Eine davon hatte er bereits ausgewählt. »Bringt ihn nach Valance«, sagte Thalinger und nannte eine Adresse. »Saikoff wartet dort auf euch. Er wird sich um alles kümmern.«

1

Etwas in ihm weigerte sich, in die reale Welt zurückzukehren. Da, wo er war, umhüllte ihn die Dunkelheit wie ein schützender Kokon, der Angst, Schmerz und Demütigung von ihm fernhielt und ihm das Gefühl gab, wieder in Sicherheit zu sein. Niemand konnte ihn hier beleidigen, niemand konnte ihm etwas anhaben. Im nachtschwarzen Universum seines innersten Selbst hatte er Zuflucht gefunden. Ein Ort des Friedens, der Ruhe und der Harmonie.

Alles wird gut, dachte er, und doch wusste er gleichzeitig, dass es eine Lüge war.

Etwas berührte ihn am Bauch. Nein, es war keine Berührung, es war ein Schlag, so unvermutet und heftig, dass die Dunkelheit hinter seinen geschlossenen Lidern in einem gleißenden Feuerball explodierte. Instinktiv kniff er die Augen noch fester zusammen, aber das half nichts. Er war wieder zurück im wahren Leben.

In einem grauenhaften Albtraum!

Vom Magen aus rauschte der Schmerz wie eine glühende Welle durch seinen Körper. Simon Nadicz versuchte, sich zusammenzurollen, um weitere Schläge gegen seinen ungeschützten Bauch zu verhindern, aber es gelang ihm nicht. Etwas zerrte an seinen Händen und Füßen und zwang ihn, in einer ausgestreckten Position zu verharren.

Dann setzte die Atemnot ein. Der Schlag war so brutal gewesen, dass er keine Luft mehr bekam. Nadicz riss den Mund auf und japste, aber der so dringend benötigte Sauerstoff gelangte aus irgendeinem Grund nicht in seine Lungen. Etwas steckte in seinem Mund, drückte seine Zunge gegen den Gaumen. Er versuchte, es auszuspucken, schaffte es aber nicht.

Panik stieg in ihm auf. Fühlte sich so der Tod an? Er war noch nicht bereit zum Sterben. Was würde aus seiner Frau und den drei Kindern werden? Was aus seiner Geliebten?

Nadicz riss die Augen auf. Der Schmerz ließ immer noch grelle Lichtpunkte in seinem Kopf tanzen, so dass er nichts sehen konnte, aber wenigstens gelang es ihm endlich, ein bisschen Luft einzusaugen – nur mit großer Anstrengung, wie durch ein halbverstopftes Ventil, aber immerhin. Alles war besser, als zu ersticken!

Dann erloschen die Lichtpunkte allmählich, und er erkannte seine Umgebung im trüben Schein einer Taschenlampe: schäbige Wände, von denen der Putz großflächig abgebröckelt war. Abgewetzte Bodendielen. Zerbrochene, mit Brettern vernagelte Fensterscheiben. Massives Dachgebälk.

An einem der Balken hing er, die gefesselten Hände in einen Karabinerhaken eingeklinkt, der von der Decke baumelte. Seine Arme spürte Simon Nadicz nicht mehr, sie waren längst taub. In seinem Mund steckte ein Knebel, der ihn jetzt husten und würgen ließ. Aber dann hatte er sich wieder im Griff, und die Erinnerung sickerte in sein Bewusstsein wie lähmendes Gift.

Die Vorstandssitzung. Die Heimfahrt im Auto. Der schwarze Lieferwagen, der ihn auf der einsamen Landstraße zuerst halsbrecherisch überholt und dann ausgebremst hatte. Sein aufwallender Ärger. Schließlich die Überraschung als die Männer ausgestiegen waren und ihn mit vorgehaltener Pistole gezwungen hatten, bei ihnen einzusteigen. Einer hatte ihm eine Spritze in den Arm gejagt. Fast im selben Moment war er ohnmächtig geworden.

Und hier wieder aufgewacht. In einem gottverlassenen, halbverfallenen Landhaus – seiner ganz persönlichen Hölle.

Wie hatte es nur dazu kommen können? Und aus welchem Grund? Warum hatten diese Scheißkerle sich ausgerechnet ihn als Opfer ausgesucht?

Vermutlich weil er Geld hatte. Und Einfluss. Sie wollten ihn erpressen, keine Frage. Erstaunlicherweise beruhigte ihn dieser Gedanke ein bisschen. Wenn es um Erpressung ging, würden sie ihn nicht töten, zumindest nicht gleich. Das würde ihm etwas Zeit verschaffen, und Zeit war im Moment das Kostbarste, das er sich vorstellen konnte.

Die Taschenlampe richtete sich auf ihn, er musste die Augen zusammenkneifen.

»Er ist wieder munter«, sagte eine Stimme. Sie klang heiser, beinahe tonlos, und dadurch umso unheimlicher. »Ich denke, wir können jetzt weitermachen.«

Nadicz blinzelte gegen das Licht an, konnte aber nur wenig erkennen. Der Kerl mit der Taschenlampe war groß und wirkte athletisch. Neben ihm stand ein kleinerer, untersetzter Mann. Beide hatten schwarze Skimasken übergezogen. Der Kleinere trug darunter eine Brille, in der sich Nadiczs angestrahlter Körper widerspiegelte. Ziemlich bizarr.

Außer den beiden Männern war niemand im Raum. Bei der Entführung am Abend waren sie mindestens zu fünft gewesen. Wo die anderen jetzt steckten, wusste Nadicz nicht.

Der kleinere Mann nickte. »Endlich. Ich will, dass sich dieses Arschloch vor Angst in die Hosen scheißt!« Seine Stimme klang irgendwie weibisch.

»Dann gehört er jetzt Ihnen.« Das war wieder die tonlose Stimme mit der Taschenlampe. »Machen Sie mit ihm, was

Sie wollen. Ich warte so lange draußen und passe auf, dass Sie ungestört bleiben. Auf dem Tisch liegen ein paar Sachen. Suchen Sie sich aus, was Ihnen gefällt. Und geben Sie mir Bescheid, wenn Sie hier fertig sind. Ich kümmere mich dann um den Rest.«

Nadicz wollte schlucken, aber der Knebel in seinem Mund ließ das nicht zu. Er brachte nur ein kurzes Würgen zustande, und einen Moment lang hatte er wieder das Gefühl, ersticken zu müssen. Erst als er sich wieder unter Kontrolle hatte, begann er, die ganze Tragweite dessen zu begreifen, was die beiden Kerle gerade miteinander gesprochen hatten. Hier ging es gar nicht um eine Lösegeldforderung. Hier ging es darum, ihm etwas anzutun.

Der große Mann reichte dem Kleineren die Taschenlampe und machte sich auf den Weg zur Tür, ohne sich noch einmal umzudrehen. Der Kleinere mit der Brille blieb noch einen Moment vor Nadicz stehen, als wisse er nicht, was er als Nächstes tun sollte. Endlich drehte er sich um und ging zu dem alten Holztisch in der hinteren Ecke. Als der Lichtkegel der Taschenlampe darauffiel, erkannte Nadicz eine Reihe von Messern und Werkzeugen, sauber nebeneinander aufgereiht wie chirurgisches Besteck. Auch ein Fuchsschwanz und ein Rohrschneider waren dabei, außerdem ein gewaltiger Vorschlaghammer.

Der Mann mit der Maske legte die Taschenlampe so auf den Tisch, dass sie in den Raum leuchtete. Dann griff er mit beiden Händen nach dem schweren Hammer und kam damit zurück.

»Ich denke, wir beginnen mit deinen Kniescheiben, Arschloch!«, zischte er und holte aus.

Simon Nadicz brüllte in seinen Knebel.

FREITAG

*Geh zur Hölle,
Avram,
dort wartet der
Teufel auf dich*

2

Es war ein ungemütlicher Novembermorgen in Amsterdam, bedeckt, diesig und außergewöhnlich kalt. Laut Radio würde das Wetter in den nächsten Tagen kaum besser werden, und glaubte man den Meteorologen, stand nicht nur Holland, sondern ganz Westeuropa ein strenger Winter bevor.

Avram Kuyper schloss den obersten Knopf seiner Jacke, stellte den Kragen gegen den böigen Nordwind auf und beschleunigte seinen Schritt. Er konnte sich an Zeiten erinnern, in denen die Grachten zugefroren und die Menschen auf dem Eis spazieren gegangen oder Schlittschuh gefahren waren.

Ein dünnes Lächeln legte sich auf seine Lippen und erhellte für einen Moment das von tiefen Falten zerfurchte Gesicht mit dem grauweißen Haar und dem stoppeligen Dreitagebart. All die Monate, in denen er untergetaucht war, hatte er nur wenig an Amsterdam gedacht. Er hatte nicht einmal das Gefühl gehabt, etwas zu vermissen. Aber ausgerechnet die Erinnerung an die vereisten Kanäle wärmte ihm aus irgendeinem Grund das Herz.

Sein Lächeln verflog, als er sich klarmachte, warum er die Stadt so lange gemieden hatte. Er stand auf der Fahndungsliste der Polizei. Seine Stadtwohnung hatte er seit dem Sommer nicht mehr betreten, weil sie observiert wurde. Insofern war Amsterdam für ihn nicht nur ein Stück Heimat, sondern gleichzeitig auch eine Schlangengrube.

Seit seiner Rückkehr fühlte er sich verfolgt. Mehr noch: Er hatte das Gefühl, in eine Falle geraten zu sein. Es gab keine konkreten Anhaltspunkte dafür, nur eine vage Ahnung. Aber seine Ahnung hatte ihn bisher selten im Stich gelassen.

Vielleicht hätte ich diesen Auftrag nie annehmen sollen!

Als Profi ließ er sich von Emotionen natürlich nicht ins Bockshorn jagen. Er hatte einen Auftrag angenommen, und den würde er erledigen. Doch diesmal würde er besonders vorsichtig sein.

Er war an diesem Morgen mit dem Bus in die Van Woustraat gefahren. Das letzte Wegstück legte er zu Fuß zurück. Der Trenchcoat und der Aktenkoffer ließen ihn in der Menge verschwinden, denn auf der gegenüberliegenden Seite der Singelgracht befand sich der Hauptsitz der Niederländischen Bank. Hier wimmelte es um diese Uhrzeit nur so vor Geschäftsleuten, die aussahen wie er. Sein Outfit machte Avram gewissermaßen unsichtbar – bei dem, was er vorhatte, musste er das auch sein.

Er schob seine Hornbrille auf der Nase zurecht und ging weiter. Im Einklang mit der Menschenmenge überquerte Avram die Oosteindebrücke. Anstatt in den Bankenkomplex abzubiegen, ging er jedoch weiter bis zur Flevoroute, wo er sich in einer Seitenstraße vergewisserte, dass das Auto, das er gestern Abend dort geparkt hatte, noch da war. Nicht auszudenken, wenn jemand heute Nacht sein Fluchtfahrzeug gestohlen hätte.

Mit dem Wagen war alles in Ordnung.

Avram legte die letzten Meter bis zum Ufer der Amstel zurück. Straße und Fußweg waren an dieser Stelle zwar genauso schmal wie fast überall in der Stadt, aber da der Fluss breiter als jede Gracht war, wirkte es hier viel weiträumiger als anderswo. Zudem tummelten sich hier kaum Menschen, da es sich um keine Durchgangsstraße handelte.

Mit strammem Schritt ging Avram an den roten Ziegelsteinbauten mit ihren kleinen, weißen Erkern vorbei, ohne von ihnen Notiz zu nehmen. Auch für das wundervolle herbstliche Flusspanorama hatte er keine Augen. Er achtete vielmehr auf die Autos, die in langen Reihen links und rechts der Straße parkten – ob jemand darin saß, der sich später womöglich an ihn erinnern konnte. Oder ob die wenigen Fußgänger, die sich hierher verirrt hatten, ihn bemerkten. Aber ihm kamen nur ein verliebtes Pärchen und eine alte Frau mit einem Dackel entgegen. Das Pärchen war mit sich selbst beschäftigt, die alte Frau sprach mit ihrem Hund. Auf Avram achtete niemand.

Er wechselte die Straßenseite. Nun befand er sich direkt am Kai. Fünf Hausboote hatten hier ihren festen Liegeplatz, aber nur drei davon wurden aktuell bewohnt. Zwei standen leer, obwohl sie möbliert waren. Vermutlich befanden sich ihre Besitzer auf Reisen. Eines der beiden Boote, das mittlere, hatte Avram gestern Nacht aufgebrochen, um sich zu vergewissern, dass es für seine Zwecke geeignet war.

Er sah sich ein letztes Mal unauffällig um. Immer noch schien es niemanden zu geben, der sich für ihn interessierte, weder hier noch auf der Torontobrücke, die weiter rechts von ihm über die Amstel führte. Rasch schlüpfte Avram durch die Tür und schloss sie wieder von innen.

Geschafft!

Er atmete durch und versuchte, ein wenig Spannung abzubauen. In all den Jahren war es ihm nicht gelungen, seine Aufregung abzulegen. Er konnte sie zwar besser kontrollieren als früher, aber sie war immer noch da. Weil jeder Auftrag anders war und jedes Mal etwas schiefgehen konnte.

Avram sah sich um. Der Raum war dämmrig, weil die schweren Vorhänge zugezogen waren und kaum Licht von draußen durchließen – einer der Vorteile dieses Verstecks. Auf den ersten Blick sah alles so aus wie in der Nacht. Vor allem wirkte das Hausboot verlassen. Aber Avram musste Gewissheit haben – nicht dass der Besitzer inzwischen zurückgekehrt war und nebenan schlief.

»Hallo? Ist jemand da?«, fragte er.

Keine Antwort.

Sicherheitshalber kontrollierte er die Kajüte, das Bad und die Besenkammer. Aber die Luft war rein.

Er warf einen Blick auf seine Armbanduhr. Viertel nach acht. Noch eine halbe Stunde, vorausgesetzt, dass Sergej Worodins Pläne sich nicht geändert hatten.

Eigentlich hatte er Worodin schon gestern töten wollen. Zwei Kugeln in den Kopf, aus sicherer Distanz, sobald er das Haus verließ. Nach seinen Informationen hätte das um 10.00 Uhr der Fall sein sollen. Doch der Russe hatte am Donnerstag keinen Fuß vor die Tür gesetzt, und sein Haus war die reinste Festung: Alarmsensoren an allen Fenstern, eine gepanzerte Tür mit Sicherheitsschloss, sieben Außenkameras, Bewegungsmelder – das ganze Programm. Die Wände und das Dach hatte er mit Kevlareinsätzen verstärken lassen. Avram hätte eine Panzerfaust benötigt, um da durchzukommen.

Worodins Wagen, ein schwarzer Maybach, war mit der Widerstandsklasse VR14 ausgestattet und hielt ebenfalls nahezu jedem gängigen Geschoss stand. Solche Autos leisteten sich normalerweise nur Staatsoberhäupter, reiche Scheichs oder kolumbianische Drogenbarone.

Und Sergej Worodin, der Pate von Sankt Petersburg, der in Amsterdam sein zweites Zuhause gefunden hatte. Von hier aus steuerte er sein kriminelles Imperium in ganz Europa. In gewissen Kreisen ging sogar das Gerücht, dass sein Netzwerk bereits bis in die USA reichte.

Natürlich hatte Worodin sich dabei viele Feinde gemacht, insofern waren seine Vorsichtsmaßnahmen durchaus gerechtfertigt. Aus Sicherheitsgründen wusste auch so gut wie niemand über seine täglichen Termine Bescheid, nicht einmal seine engsten Mitarbeiter. Womit er wohl nicht rechnete, war, dass seine eigene Frau ihn tot sehen wollte.

Jekaterina Ivanovna Worodin war eine stolze Mittvierzigerin, schlank, groß, elegant und weltgewandt – aber für ihren Mann anscheinend nicht mehr attraktiv genug. In den letzten Jahren hatte er sich immer öfter jüngere Freundinnen zugelegt und sich dabei nicht einmal mehr die Mühe gemacht, es vor seiner Frau zu verheimlichen. Anfangs hatte Jekaterina Worodin noch versucht, sich dagegen zu wehren, doch nachdem ihr klargeworden war, dass er sich seine außerehelichen Vergnügungen nicht nehmen lassen würde, hatte sie sich mit der Untreue ihres Mannes arrangiert. Sie hatte ihren Stolz hinuntergeschluckt und weggesehen, nicht weil sie noch besonders viel für ihn empfand, sondern vielmehr weil ihr die Ehe mit dem Oberhaupt des Tschornej Janwar, einer Splittergruppe der russischen Mafia, ein luxuriöses Leben bescherte.

Doch neuerdings wollte Sergej Worodin die Scheidung, und er hatte seiner Frau unmissverständlich klargemacht, dass sie von seinem Vermögen keinen Rubel erhalten würde. Nicht einmal ihre achtjährige Tochter Ava wollte er ihr lassen. So war es zum Streit gekommen, bei dem der cholerisch veranlagte russische Mafia-Boss auch vor körperlicher Gewalt nicht haltgemacht hatte. Beim Treffen mit Avram hatten Jekaterina Worodin zwei Schneidezähne gefehlt, ihr

Gesicht war von Blutergüssen und einer hässlichen Platzwunde auf der Stirn verunstaltet gewesen.

Voller Verbitterung hatte sie Avram ihre Geschichte erzählt, auch dass sie in weiser Voraussicht im Lauf der letzten Jahre ein kleines Vermögen beiseitegeschafft hatte. Einen Teil davon wollte sie jetzt dazu verwenden, um ihren verhassten Ehemann beseitigen zu lassen.

Kurz vor dem Streit hatte sie mitbekommen, dass Sergej Worodin sich an diesem Morgen mit Khaled Bashkir treffen wollte, einem islamischen Extremisten, der in dem Ruf stand, beste Kontakte zu Al-Qaida und anderen terroristischen Organisationen des Nahen und Mittleren Ostens zu unterhalten. Worodin wollte über Bashkir eine größere Waffenlieferung aus Russland in den Irak und in den Jemen abwickeln, und es ging darum, noch einige Details abzustimmen. Das Treffen war auf 8.45 Uhr terminiert, in Khaled Bashkirs Hotel, dem Intercontinental Amstel Amsterdam. Jekaterina Ivanovna Worodin hatte Avram auch verraten, dass ihr Mann nicht mit dem Auto dorthin fahren würde, sondern mit seiner Yacht. Denn trotz aller Vorsicht war er eitel genug, seinen Wohlstand gerne zur Schau zu stellen.

Natürlich war auch seine Yacht eine mobile Festung. Doch Avram witterte seine Chance auf einen tödlichen Treffer in der kurzen Zeit, die Worodin benötigen würde, um von der Uferpromenade zum Hotel zu gelangen.

Er ging zum Fenster und schob den Vorhang einen Spalt auseinander. Wie ein gewaltiges englisches Herrenhaus erhob sich auf der anderen Seite der Amstel das Interconti-Hotel, ein rechteckiger Klotz in pastellfarbenen Ocker- und Rottönen, mit einem bläulich schimmernden Dach, weiß umrahmten Fenstern und einem beeindruckend großen Glaspavillon zur Flussseite hin. Irgendwo dort würde Sergej

Worodin in einigen Minuten anlegen, nicht ahnend, dass jemand vom gegenüberliegenden Ufer aus auf ihn schießen würde.

Skrupel hatte Avram keine. Worodin war ein Schwein, nicht nur, weil er seine Frau krankenhausreif geprügelt hatte, sondern auch, weil er seine Geschäftsinteressen mit brutaler Härte vertrat. Angeblich gingen über dreihundert Menschenleben auf sein Konto. Wer sich ihm in den Weg stellte, wurde eiskalt abserviert. Nicht umsonst nannte man ihn in Sankt Petersburg *Angel smerti*.

Todesengel.

Avram zog den Vorhang wieder zu und ging zum Esstisch. Dort gab er eine Zahlenkombination ins Schloss seines Aktenkoffers ein und klappte ihn auf. Zum Vorschein kamen die Einzelteile seines Scharfschützengewehrs, passgenau eingefügt in eine Schaumstoffummantelung. Mit geübten Griffen setzte er die Waffe zusammen. Leise klickten die Federbolzen ein, der vertraute Geruch von Waffenöl und Metall stieg ihm in die Nase. Er spürte, wie seine Nervosität nachließ.

Es dauerte nur ein paar Augenblicke, dann war das Gewehr einsatzbereit und geladen. Zu guter Letzt stellte Avram noch die Entfernung an seinem Visier ein. Von seiner Position bis zur gegenüberliegenden Uferpromenade waren es ziemlich genau achtzig Meter. Je nachdem, an welcher Stelle Worodins Yacht anlegen würde, konnten es auch ein paar Meter mehr sein. Aber Avram war sich dessen bewusst und darauf eingestellt. Auf diese Distanz würde er nicht danebenschießen. Die Sicht war gut, es regnete nicht, und die beiden Fahnen auf dem Dach des Interconti-Hotels zeigten ihm, dass er Rückenwind hatte. Ideale Voraussetzungen für einen präzisen Treffer.

Wie immer an solchen Tagen kroch die Zeit zäh dahin. Minuten dehnten sich zu kleinen Ewigkeiten. Immer wieder warf Avram einen Blick zwischen den Vorhängen hindurch, für den Fall, dass Sergej Worodin früher hier auftauchte. Aber das tat er nicht.

Um 8.40 Uhr traf Avram seine letzten Vorbereitungen. Er öffnete das Fenster ein paar Zentimeter, schob leise den Esstisch heran, warf ein Sofakissen auf den Boden und kniete sich darauf. Dann legte er sein Gewehr auf den Tisch, rückte seine Hornbrille ein letztes Mal zurecht und schob den Lauf der Waffe in den Fensterspalt. In dieser Position harrte er aus.

8.45 Uhr
8.50 Uhr.
8.55 Uhr.

Von Worodin keine Spur. Hatte der Russe seinen Plan geändert? Ahnte er womöglich, dass seine Frau ihm einen Killer auf den Hals gehetzt hatte?

Aber dann schob sie sich plötzlich in Avrams Visier – die fünfzehn Meter lange Sportyacht *Beluga*, die Jekaterina Ivanovna Worodin angekündigt hatte. Auf dem schlanken, weißen Rumpf saß ein dunkelblauer Aufbau mit einer Vielzahl von Antennen und einer beeindruckenden Radaranlage auf dem Dach. Mit einer solchen Ausrüstung hätte man mühelos den Atlantik überqueren können.

Die Scheiben des Aufbaus waren getönt. Avram konnte keine Gesichter dahinter erkennen, nur Silhouetten. Bis die Yacht am Ufer festmachte, würde er sich noch gedulden müssen.

Zwei Crewmitglieder kamen heraus und legten die Leinen an, einer vorne, einer hinten. Als sie damit fertig waren, betraten sieben Männer mit ernsten Mienen das Hinterdeck.

Sie trugen trotz der kühlen Temperaturen keine Mäntel, sondern nur dunkle Anzüge, unter denen sich ihre durchtrainierten Körper und ihre Pistolenholster abzeichneten – Worodins Bodyguards. Erst nachdem sie sich nach allen Seiten vergewissert hatten, dass keine Gefahr bestand, nickte einer von ihnen ins Innere der Yacht, um Entwarnung zu geben.

Avram kniff sein linkes Auge zu, atmete noch einmal tief durch und zielte. Einen Moment lang geschah nichts. Dann trat Sergej Worodin ins Freie. Avram erkannte ihn sofort. Wie bei jedem Auftrag hatte er sich genau über seine Zielperson erkundigt. Dazu gehörten sein familiäres und sein berufliches Umfeld, seine finanziellen Verhältnisse, seine Gewohnheiten und natürlich sein Aussehen. Worodin war etwas größer als seine Bodyguards, hatte rötliches Haar und trug ebenfalls einen dunklen Anzug. Im Gegensatz zu den anderen schien er jedoch bester Laune zu sein, er strahlte über das ganze Gesicht.

Avram richtete das Fadenkreuz auf Worodins Stirn, atmete langsam aus, krümmte den Finger ... und hielt plötzlich inne, als der Russe sich, umringt von seinen Leibwächtern, hinabbeugte. Als er wieder hochkam, trug er ein kleines Mädchen auf dem Arm – Ava, seine Tochter, die ihn fest an sich drückte und ihm einen dicken Kuss auf die Wange gab.

Leise fluchend löste Avram seinen Finger vom Abzug. Solange das Kind da war, konnte er nicht schießen. Er war zwar sicher, dass er es nicht verletzen würde, aber den Schock würde es sein Leben lang nicht vergessen. Das war es nicht wert, und es war gewiss auch nicht im Sinne der Mutter.

Avram wartete ab, ob der *Angel smerti* seine Tochter wieder absetzen und alleine an Land gehen würde. Aber er behielt sie den ganzen Weg bis zum Hotelpavillon auf dem Arm. Von da an spiegelte das Glas zu stark, als dass Avram noch ein konkretes Ziel hätte ausmachen können.

Verdammt!

Unschlüssig stand er auf und sicherte sein Gewehr. Auf der gegenüberliegenden Seite der Amstel legte die *Beluga* wieder ab. Sie machte eine Kehrtwende und tuckerte in gemächlichem Tempo davon.

Was jetzt?

Avram wusste nicht, wie Sergej Worodins weiterer Tagesplan aussah – wie lange sein Treffen mit Khaled Bashkir dauern würde und was er danach vorhatte. Worodins Frau hatte ihm darüber keine Auskunft geben können. Somit gab es keine Möglichkeit, später woanders sein Glück zu versuchen.

Hier zu warten und darauf zu hoffen, dass Sergej Worodin irgendwann zum Ufer zurückkehren würde, machte aber auch keinen Sinn. Die Yacht war weg. Wenn er das Hotel verließ, dann wahrscheinlich durch den Haupteingang auf der anderen Seite des Gebäudes.

Ebenso schnell, wie er das Gewehr zusammengesetzt hatte, zerlegte Avram es wieder. Die Einzelteile verstaute er im Koffer. Als er das Hausboot verließ und wieder in den kalten Novembermorgen hinaustrat, war er so in Gedanken vertieft, dass er das Motorrad auf der gegenüberliegenden Straßenseite gar nicht wahrnahm. Auch nicht den Fahrer, der darauf saß. Erst als der sich bewegte, spürte Avram plötzlich instinktiv die Gefahr. Er blickte auf, sah die Gestalt im schwarzen Lederanzug, den dazu passenden Helm mit dem dunklen Klappvisier – und vor allem den Lauf der schallgedämpften Pistole, der direkt auf sein Gesicht zielte. Reflexartig zog Avram den Kopf ein – gerade noch rechtzeitig, denn schon zischten zwei Kugeln an ihm vorbei. Irgendwo hinter ihm schlugen sie in die Fassade des Hausboots ein.

Die dritte Kugel traf ihn – mitten in die Brust. Avram wurde von der Wucht des Aufpralls so hart zurückgeschleudert, dass er mit dem Hinterkopf auf den Asphalt aufschlug. Einen Moment lang wurde seine Welt ein dunkler, bodenloser Abgrund, aber er war Profi genug, um zu wissen, dass er sich nicht aufgeben durfte. Wenn der andere noch einmal treffen würde, wäre es mit ihm aus.

Er ignorierte die Schmerzen in der Brust und die Dunkelheit im Kopf, griff zu dem Schulterholster unter seiner Jacke und zog seine Glock 22 heraus. Zum Glück begann er schon wieder, Konturen zu erkennen, auch einen menschlichen Umriss, der zwischen den Autos vor ihm auftauchte.

Avram schoss – fünfmal, kurz hintereinander –, und der Umriss verschwand wieder aus seinem Gesichtsfeld. Hatte er getroffen? Oder war der Kerl nur in Deckung gegangen?

Der Schleier vor seinen Augen lichtete sich, er konnte jetzt wieder klar sehen. Vor allem konnte er wieder klar denken. Deshalb richtete er sich nicht auf, sondern nutzte die freie Sicht unter den parkenden Autos, um nach dem Motorradfahrer zu suchen. Tatsächlich sah er die schwarzen Lederstiefel zwei Wagen weiter.

Avram zielte und feuerte einen weiteren Schuss ab.

Ein unterdrückter Schrei drang zu ihm. Getroffen! Was würde der Kerl als Nächstes tun? Zum Angriff übergehen oder die Flucht ergreifen?

Halb hüpfend, halb hinkend eilten die Lederstiefel zum Motorrad zurück. Avram schoss auch noch auf den anderen Fuß, verfehlte ihn aber. Dann heulte die Maschine auf und jagte davon.

Wer war der Kerl, der es auf ihn abgesehen hatte? Um

das herauszufinden, durfte Avram ihn nicht entkommen lassen!

Mühevoll richtete er sich auf. Der Schmerz in seiner Brust wurde plötzlich so heftig, dass es ihm einen Moment lang den Atem raubte. Rasch befühlte er die getroffene Stelle. Erleichtert stellte er fest, dass seine kugelsichere Weste den Schuss abgefangen hatte.

Das Knattern des Motorrads riss Avram aus seinen Gedanken. Er stand auf und zielte, direkt auf den Rücken des Fahrers. Doch der hatte schon die rettende Kurve vor dem Singelkanal erreicht und verschwand hinter den Häusern.

Avram rannte hinterher. Vielleicht war der Kerl dumm genug, über die Oosteindebrücke auf die Stadhouderskade zu flüchten, die ein gutes Stück geradeaus führte. In diesem Fall hätte Avram vielleicht eine Chance, ihn doch noch zu erwischen.

Aber er spürte, dass er viel zu langsam vorankam. Die Schmerzen in seiner Brust raubten ihm den Atem, der Gewehrkoffer in seiner Hand behinderte ihn zusätzlich. Aber er konnte den Koffer schließlich nicht einfach auf der Straße liegenlassen.

Als er die Kurve am Singelkanal erreichte, bog das Motorrad gerade in die Hemonystraat ein. Keuchend blieb Avram stehen. Zu Fuß würde er den Kerl niemals einholen! Und bis er am Auto war, wäre das Motorrad schon über alle Berge. Einen Moment spielte er mit dem Gedanken, eines der am Kai festgemachten Motorboote kurzzuschließen, aber auch das hätte ihm nichts gebracht, weil in Richtung Hemonystraat kein Wasserweg führte.

Verfluchter Mist!

Zähneknirschend musste er einsehen, dass der Angreifer entkommen war. Und höchstwahrscheinlich würde er schon sehr bald einen neuen Versuch unternehmen, Avram zu töten. Aber zumindest gab es eine Chance, herauszufinden, wer dieses Arschloch war – immerhin etwas.

Avram ging zum Hausboot zurück, verschwand im Innern und kramte in den Küchenschränken, bis er fand, wonach er suchte: Wattetupfer, einen Gefrierbeutel und einen Clipverschluss. Damit ausgerüstet, trat er wieder ins Freie.

3

»Biegen Sie dort vorne ab. Ich glaube, das ist es.«

Emilia Ness saß auf dem Beifahrersitz eines dunkelblauen Renault Mégane und verglich das Foto auf ihrem Handy mit ihrer realen Umgebung. Das Haus auf dem Bild war bei Dunkelheit und aus einem ganz anderen Winkel aufgenommen worden, aber es war mit ziemlicher Sicherheit dasselbe Haus. Umgeben von frischgepflügten, dampfenden Äckern, stand es verlassen mitten im Nirgendwo. Ein verwahrloster Bauklotz, allein auf weiter Flur. Nicht mal eine Adresse gab es hier.

Philippe Ruiz, Emilias Kollege hinter dem Steuer, drosselte die Geschwindigkeit und bog in den befestigten Seitenweg ein, der von der Landstraße abzweigte. Kein Schild zeigte in diese Richtung, und der rissige Asphalt war schon seit mindestens zehn Jahren nicht mehr ausgebessert worden.

Der holprige Weg führte sie ein paar hundert Meter kerzengerade zwischen zwei Feldern hindurch. Am Ende machte er einen Knick nach links. Von hier aus waren es noch mal zweihundert Meter bis zum Ziel.

»Soll ich bis zum Haus vorfahren?«, fragte Ruiz. Er hatte sein schulterlanges Haar glatt nach hinten gekämmt und trug einen dicken Wollpullover. Obwohl er schon seit seinem zwölften Lebensjahr in Frankreich lebte, hörte man immer noch seinen spanischen Akzent.

»Nein. Bleiben Sie hier stehen. Den Rest gehen wir zu

Fuß«, sagte Emilia und wartete, bis er den Wagen angehalten hatte.

»Sind Sie sicher, dass wir nicht lieber Verstärkung anfordern sollen?«

Emilia nickte. »Wir holen Verstärkung, sobald wir wissen, worum es hier überhaupt geht.« Entschlossen öffnete sie die Tür und stieg aus.

Ein kühler Novembermorgen empfing sie, wolkenverhangen und trüb. Noch regnete es nicht, aber es konnte jeden Moment anfangen.

Sofort kroch Emilia die Kälte in die Knochen. Sie nahm ihre Waffe aus dem Schulterholster und zog den Reißverschluss ihrer Jacke bis ganz nach oben. Nicht mehr lange, bis der erste Schnee fallen würde.

Auf der anderen Seite des Wagens stieg Ruiz aus. Vor seinem Mund kondensierte sein Atem zu kleinen Wolken, aber falls ihm die Kälte etwas ausmachte, ließ er es sich zumindest nicht anmerken.

Auch er zog seine Dienstwaffe und lud sie durch. »Von mir aus kann's losgehen«, raunte er.

Emilia setzte sich in Bewegung.

Aus irgendeinem Grund kam ihr das Haus, auf das sie nun zugingen, unheimlich vor. Vielleicht lag es daran, dass hier – abgesehen von Ruiz und ihr – weit und breit keine Menschenseele zu sehen war. An einem gewöhnlichen Freitagmorgen hätte sie zumindest ein paar Autos auf der Landstraße erwartet. Aber da war niemand. Die Krähen, die auf den umgepflügten Feldern pickten, machten die Atmosphäre auch nicht gerade angenehmer. Noch dazu der grau bewölkte Himmel – hier herrschte eine Stimmung wie in einem Horrorfilm.

Aber tief im Innern wusste Emilia, dass weder die Abgeschiedenheit noch die Krähen noch das Wetter der Auslöser für ihre Beklemmung waren, sondern die sonderbare Botschaft, die sie gestern erhalten hatte. Ein anonymer Schreiber mit der E-Mail-Adresse a-b.cdefg@web.com hatte ihr das Bild dieses heruntergekommenen Bauernhauses und eine ungefähre Lagebeschreibung geschickt, zusammen mit dem Hinweis: *Das Morden geht weiter. Belial ist tot, aber sein Geist lebt. Überzeugen Sie sich selbst!*

Diese Zeilen waren es, die ihr einen kalten Schauer über den Rücken trieben – jetzt noch mehr als beim ersten Lesen. Welches Grauen würde sie hinter diesen verfallenen Mauern erwarten? Sie spürte, wie sich die feinen Härchen in ihrem Nacken aufrichteten.

Belial ist tot, aber sein Geist lebt.

Das konnte im Grunde nur eines bedeuten: Foltermord. Gewissenloser, bestialischer Foltermord. Genau davor hatte sie Angst. Gab es womöglich einen Nachahmungstäter?

Vielleicht hätten wir doch besser Verstärkung anfordern sollen, dachte sie. Mit einem mehrköpfigen Einsatzteam an ihrer Seite hätte sie sich wohler gefühlt.

Was aber, wenn die Mail nur ein Fake war? Wenn irgendein Witzbold mit schlechtem Humor versuchte, Interpol an der Nase herumzuführen? Nach Belials Tod vor einem knappen halben Jahr waren immer wieder Nachrichten dieser Art eingegangen, von Leuten, die die Polizei ärgern wollten, oder von Schülern, die sich einen Spaß erlaubten, ohne die Konsequenzen zu überblicken. Allerdings hatte Emilia schon seit einiger Zeit keine solchen Nachrichten mehr erhalten, wohl weil der Fall von damals im Bewusstsein der Öffentlichkeit allmählich in Vergessenheit geriet.

Und jetzt das!

Das Morden geht weiter ... Überzeugen Sie sich selbst!

Eine innere Stimme sagte ihr, dass die Nachricht ernst gemeint war. Sonst wäre sie heute Morgen auch nicht mit Ruiz hierhergefahren, immerhin lag dieser Ort über sechzig Kilometer von Lyon entfernt. Aber falls ihre innere Stimme sie nun doch trog und jemand sie in die Irre geführt hatte, wollte sie nicht schuld daran sein, dass ein ganzes Aufgebot von Beamten hier draußen seine Zeit mit der Aufklärung eines Verbrechens vertrödelte, das nie begangen worden war.

Nein, bis sie nicht genau wusste, was sie hier erwartete, würden sie und Ruiz diesen Ort erst einmal allein in Augenschein nehmen.

Zwei Krähen stoben krakeelend auf und flatterten davon. Emilia konzentrierte sich wieder auf das Haus. Es war mit Natursteinen errichtet worden und maß etwa acht Meter in der Breite und zwölf in der Länge. Das Satteldach hing in der Mitte ein wenig durch, aber trotz einiger gebrochener Ziegel gab es keine sichtbaren Löcher. Die Fenster waren von außen vernagelt worden, die Witterung hatte die Holzbretter beinahe schwarz gefärbt. An die rechte Seite des Hauses war ein offener Schuppen angebaut, der vielleicht einmal als Stellplatz für einen Traktor oder für ein Auto gedient hatte. Jetzt stand er leer.

Im Gegensatz zu den Fenstern war die Eingangstür nicht mit Brettern verbarrikadiert worden. Emilia gab Ruiz mit einer Kopfbewegung zu verstehen, dass sie da reingehen wollte. Er nickte, und sie entsicherten ihre Waffen.

Der Türsturz war so niedrig, dass Emilia beinahe mit dem Kopf daran streifte. Um keine Fingerabdrücke zu verwischen, drückte sie die verwitterte Eisenklinke nur am äußersten Ende nach unten. Als sie vorsichtig daran zog, öffnete sich die Tür mit einem gähnenden Quietschen.

Ruiz hatte seine Taschenlampe bereits an den Lauf seiner Pistole angelegt und zielte damit durch den Eingang. Emilia zog ihre Meglight aus der Jackentasche und tat es ihm gleich.

Als sie eintraten, spürte sie instinktiv, dass hier etwas nicht stimmte. Dass sie gleich etwas Grauenhaftem gegenübertreten würde. Aber noch war nichts Verdächtiges zu sehen. Sie befanden sich in einem Vorraum, der früher wohl als eine Art Garderobe benutzt worden sein musste. Darauf ließen jedenfalls die alten Wandhaken auf der rechten Seite schließen. Darunter lag in einer Ecke ein vergammelter Lederstiefel, an dem immer noch Reste von Dreck und Stroh klebten.

Die nächste Tür stand offen. Es ging drei Steinstufen hinab, so dass man nun etwas mehr Kopffreiheit hatte. Dadurch wirkte der Raum nicht so gedrungen wie der Eingangsbereich, gleichwohl aber düster wie ein Verlies, weil von außen kaum noch Licht hereindrang. Emilia und Philippe Ruiz schwenkten die an ihre Pistolen gepressten Taschenlampen hin und her, um sich einen Überblick zu verschaffen.

Sie befanden sich in der ehemaligen Küche. Alles was noch irgendeinen Wert gehabt hatte, war entweder von den Besitzern mitgenommen oder später geplündert worden. Aber der gusseiserne Herd und ein paar heruntergekommene Überreste der alten Einrichtung standen noch an Ort und Stelle und ließen erahnen, wie es hier einmal ausgesehen haben musste.

Die nächste Tür war wieder geschlossen. Als Emilia sie mit vorgehaltener Waffe öffnete, schlug ihr der kupferartige Geruch von Blut wie eine dunkle Woge entgegen. Sie musste sich abwenden und in der Küche noch einmal tief Luft holen, bevor sie sich ein Herz fasste und den dritten Raum betrat.

Dieser war größer als die Küche und das Vorzimmer zusammen, ein weitläufiger Raum, der früher einmal der Wohnbereich gewesen sein musste. Im fahlen Licht der Taschenlampen sah Emilia, dass der größte Teil der Wände von bröckeligem Putz bedeckt war, unter dem an vielen Stellen der rohe Stein hervorschaute. Der Fußboden bestand aus abgewetzten Holzdielen. Alle Fenster waren von außen zugenagelt, die Scheiben zersprungen. Einrichtungsgegenstände gab es hier keine, abgesehen von einem alten Holztisch in der hinteren Ecke des Raums. Dort, wo früher die Zwischendecke zum Dachboden aufgelegen hatte, führten fünf massive Querbalken von einer Hauswand zur anderen. Unter dem mittleren stand ein Mann mit gesenktem Kopf und erhobenen Händen, reglos wie eine Schaufensterpuppe. Er trug ein gestreiftes Hemd, eine Krawatte und dunkle Stoffhosen.

Aber etwas an diesem Bild stimmte nicht: Die Hände des Mannes waren gefesselt. Sie hingen an einem in den Querbalken eingelassenen Stahlhaken. Und unter dem Körper des Mannes befand sich eine riesige Lache Blut, in der irgendetwas lag, das man nicht sofort erkennen konnte.

Irgendwo neben Emilia raunte Philippe Ruiz: »Was um alles in der Welt ist hier passiert?«

4

Der Wagen, den Avram am Vorabend unweit des Hausboots geparkt hatte, war ein VW Golf in unauffälligem Schwarz – kein anderes Auto in Holland war in den letzten Jahren öfter zugelassen worden. Seine Häufigkeit, aber auch seine Kompaktheit und nicht zuletzt die hundertneunzig PS unter der Motorhaube machten es zu einem perfekten Fahrzeug für einen Auftragskiller, insbesondere in einer engen Großstadt wie Amsterdam.

Avram verließ die Innenstadt und durchfuhr den Tunnel, der unter der IJ in den Norden von Amsterdam führte. Sein Waffenkoffer lag auf dem Beifahrersitz. Die kugelsichere Weste hatte er wegen der Schmerzen in der Brust im Kofferraum verstaut. Durch den Schuss des Motorradfahrers waren mindestens zwei oder drei Rippen geprellt.

Hätte das Dreckschwein Penetrator-Munition verwendet, wäre ich jetzt tot.

Er fischte sein Handy aus der Jackentasche und drückte die Taste für die Wahlwiederholung. Endlich nicht mehr das Belegtzeichen! Ein kleines Wunder.

»Hallo, hier Griersson«, meldete sich eine gelangweilte Herrenstimme.

»Ich bin's, Avram. Ich wollte nur sichergehen, dass du im Labor bist, wenn ich gleich vorbeischaue.«

»Wie höflich du fragen kannst!«

Avram seufzte still in sich hinein. Johannes Griersson

war ein begnadeter Mikrobiologe, aber empfindlich wie eine Mimose. »Ich brauche deine Hilfe, Johannes. Und die deines Bruders. Ich würde dich nicht darum bitten, wenn es nicht dringend wäre.«

»Das klingt schon besser. Wann wirst du da sein?«

Avram bremste, weil vor ihm ein Wagen einscherte. »In etwa zehn Minuten«, sagte er. »Seid ihr allein?«

»Sind wir. Klingel fünfmal, damit wir wissen, dass du es bist. Aber schlepp uns keine Bullen an, verstanden? Wir haben einen Ruf zu verlieren.«

Avram beendete das Gespräch und steckte das Handy wieder weg. Noch bevor er die Tunnelausfahrt erreichte, kam ihm auf der Gegenspur ein Polizeiauto mit Blaulicht und Sirene entgegen – schon das fünfte auf dem Weg durch die Stadt. Beim ersten hatte er sich noch die Frage gestellt, ob sie womöglich nach ihm suchten. Aber erstens glaubte er nicht, dass jemand die Schießerei am Hausboot beobachtet hatte, und zweitens war schließlich er es, der überfallen worden war, nicht umgekehrt. Nein, das Polizeiaufgebot musste eine andere Ursache haben. Vermutlich war nur irgendwo ein Unfall passiert.

Johannes und Lasse Griersson bewohnten ein kleines Anwesen unweit des Grietje Tump Museums. Ihr Besitz umfasste ein weiß gestrichenes, hölzernes Wohnhaus, einen Springbrunnen im Vorgarten, eine Doppelgarage und – gewissermaßen das Herzstück – ein modernes biochemisches Labor in einem Flachdachbungalow. All das befand sich hinter einem massiven Stahlzaun.

Auf dem Schild am Eingangstor stand »G&G – Institut für angewandte Gentechnik«, und tatsächlich bestritten die beiden Brüder einen guten Teil ihres Lebensunterhalts mit der Durchführung von Nahrungsmittelanalysen und Vaterschaftstests. Weniger bekannt war, dass sie auch immer wieder als Sachverständige konsultiert wurden, wenn es um genetische Fingerabdrücke bei Gerichtsverhandlungen ging. Dieser spezielle Bereich ihrer Arbeit war der Grund für Avrams Besuch – das und die Tatsache, dass die Griersson-Brüder ihm einen Gefallen schuldeten.

»Ich möchte, dass ihr das hier für mich untersucht«, sagte er, als er in ihrem Büro stand. Johannes Griersson, der Ältere der beiden Geschwister, saß hinter seinem Schreibtisch und spielte mit einem Bleistift herum. Sein Bruder Lasse lehnte mit verschränkten Armen an der Wand. Beide trugen weiße Laborkittel.

»Was ist das?«, fragte Lasse und deutete mit einer Kopfbewegung auf die Tüte mit rot verfärbten Wattebäuschen, die Avram ihnen hinhielt.

»Eine Blutprobe«, sagte Avram. »Jemand hat versucht, mich umzubringen. Vor einer halben Stunde.«

»Aber du hast dich gewehrt.«

Avram nickte. »Ich habe ihn angeschossen. Das hier ist sein Blut. Ich habe es von der Straße auftupfen müssen, es wird also verunreinigt sein. Aber ich will wissen, wer es auf mich abgesehen hat.«

»Hast du ihn nicht gesehen?«

»Er trug einen Helm. Und es ging alles ziemlich schnell.«

Lasse Griersson kam einen Schritt näher, nahm die Tüte und hielt sie gegen das Licht. »Viel ist es nicht«, stellte er fest. »Noch dazu die Verschmutzungen ... Versprechen kann ich dir nichts. Und billig wird es auch nicht.«

»Das Geld ist kein Thema. Aber ich will das Ergebnis so schnell wie möglich.«

Lasse Griersson betrachtete Avram mit trüben Augen.

»Wir werden uns beeilen«, sagte er. »Dennoch kann es ein paar Tage dauern.«

Avram seufzte. Das hatte er schon befürchtet. »Schneller geht es nicht?«

»Kommt drauf an, in welchen DNA-Datenbanken der Kerl abgespeichert ist, der es auf dich abgesehen hat. Wenn er hier in Holland registriert ist, hast du vielleicht morgen schon ein Ergebnis. Wenn wir erst herumsuchen müssen, kann schnell eine Woche ins Land gehen.«

Avram nickte. »Ihr wisst, wie ihr mich erreichen könnt. Gebt mir Bescheid, sobald ihr etwas für mich habt.«

Er wollte schon zur Tür gehen, als Johannes Griersson sich zu Wort meldete, der seit Avrams Ankunft kein Wort gesagt hatte. »Bevor wir uns um diese Blutprobe kümmern, will ich wissen, wie heiß die Sache ist. Nicht dass wir uns die Finger verbrennen, weil du uns etwas Wichtiges verschweigst.«

»Dein Misstrauen kränkt mich, Johannes.«

»Ich frage nur nach der Wahrheit.«

Avram hatte keine Ahnung, was Griersson damit meinte. »Ich habe dir gesagt, was ich weiß: Ein Arschloch auf einem Motorrad hat auf mich geschossen, und ich will wissen, wer das war.«

Johannes Griersson hielt Avrams Blick eisern stand. Er war ein Typ vom alten Schlag, der sich nicht so leicht einschüchtern ließ. »Also gut, dann frage ich dich ganz konkret: Hat diese Blutprobe etwas mit der Sache im Interconti zu tun?«

Einen Moment lang war Avram verwirrt. Woher um alles in der Welt wusste Griersson von seinem fehlgeschlagenen Attentat auf Sergej Worodin? Etwas stimmte hier nicht, und das bereitete ihm ein ziemlich flaues Gefühl in der Magengegend. »Wovon zum Teufel sprichst du, Johannes?«

»Von dem Bombenanschlag vor kaum einer halben Stunde. Mindestens fünf oder sechs Tote, darunter ein russischer Industrieller und seine Tochter. Das haben sie vorhin im Radio gebracht. Sag mir, dass du damit nichts zu tun hast.«

Avram schluckte. Sein Hals fühlte sich plötzlich rau an. »Ich habe keine Ahnung, was da passiert ist«, sagte er.

5

Es war immer noch empfindlich kühl, aber allmählich verzogen sich die Wolken. Die durchschimmernde Vormittagssonne ließ auf einen schönen Tag hoffen.

Am Wegrand vor dem Landhaus in den Monts de Forez parkten mittlerweile sieben Autos: der Renault Mégane von Philippe Ruiz, ein Kleinbus der Spurensicherung sowie fünf Einsatzfahrzeuge der örtlichen Polizei. Emilia hätte ein bisschen mehr Diskretion bevorzugt, aber nachdem sie Interpol von ihrem grausigen Fund berichtet hatte, waren von Lyon aus wie üblich die Verantwortlichen vor Ort eingebunden worden, und der für Mordermittlungen zuständige Beamte in Montbrison hatte es sich nicht nehmen lassen, diesen schockierenden Fall mit einem gebührenden Polizeiaufgebot zu würdigen.

So hatte der parkende Konvoi an Einsatzfahrzeugen auch schon die ersten Reporter auf den Plan gerufen. Sie standen an der Landstraße, ein paar hundert Meter entfernt, fotografierten und telefonierten, vermutlich mit ihren Redaktionen. Bald würden weitere Reporter folgen, das war immer so. Wie die Geier scharten sie sich überall dort, wo der Tod zugeschlagen hatte, um sich ihren Anteil zu sichern. Wodurch sie der Polizei das Leben zusätzlich erschwerten.

Der Leiter des Spurensicherungsteams stelzte mit seinen langen Beinen auf Emilia zu. Er hatte sich bereits bei der Ankunft vorgestellt und hieß Arancourt. Seinen Vornamen hatte Emilia vergessen.

Arancourt war ein hagerer Mann, an die zwei Meter lang und etwa dreißig Jahre alt. Er trug einen weißen Plastiküberall, der ihm eine Nummer zu klein war, und weiße Überstülper über den Schuhen. Als er vor Emilia stehen blieb, streifte er sich die Handschuhe ab und zog die Kapuze vom Kopf. Darunter kam ein schwarzer Minipli zum Vorschein, wie er in den Siebzigern einmal modern gewesen war.

»Bis wir mit unserer Arbeit fertig sind, wird es noch eine Weile dauern«, sagte er. »Aber Sie müssen nicht die ganze Zeit hier warten. Wenn Sie wollen, können wir drinnen gerne schon über den Tathergang sprechen. Ich schicke Ihnen meinen vollständigen Bericht dann später per E-Mail.«

Ein Gespräch an der frischen Luft wäre Emilia zwar lieber gewesen, aber sie wollte sich keine Blöße geben. Deshalb nickte sie nur und folgte Arancourt hinüber zum Landhaus. Philippe Ruiz kam ebenfalls mit, obwohl auch er nicht besonders glücklich darüber schien. Ihre Arbeit bei Interpol bestand hauptsächlich darin, polizeiliche Ermittlungen bei Gewaltverbrechen grenzübergreifend zu koordinieren. Sie telefonierten viel, sorgten für den nötigen Informationsaustausch, analysierten die Struktur der Verbrechen, um wiederkehrende Muster zu erkennen. Sie organisierten die Einsätze vor Ort, aber sie nahmen selten selbst daran teil. Deshalb waren Situationen wie diese hier eher ungewohnt für sie.

Arancourt musste sich ein gutes Stück hinunterbeugen, als er durch die Eingangstür ging, und irgendwie hatte dieses Bild etwas Lächerliches. Dennoch konnte Emilia nicht darüber lachen, weil sie wusste, was sie gleich erwarten würde. Die Erinnerung an den grausamen Fund im Haus erstickte jeden Anflug von Humor im Keim.

Sie passierten den Vorraum und stiegen die drei Stufen

zur Küche hinab. Ab hier konnte Arancourt wieder aufrecht gehen. Dann gelangten sie in den ehemaligen Wohnbereich, und Emilia spürte, wie sich ihr Magen zusammenzog. Sie hoffte nur, dass man ihr das nicht ansehen konnte. Es war ihr wichtig, professionell zu wirken. Als Frau hatte sie auch so schon mit jeder Menge Vorurteile zu kämpfen, noch dazu, weil sie erst Mitte dreißig war.

Sie versuchte, den Blutgeruch zu ignorieren, indem sie sich auf die Arbeit der Spurensicherung konzentrierte. Mehrere Standleuchten fluteten den Raum mit Licht, so dass man alles gut sehen konnte. Fünf Männer in Schutzanzügen nahmen Materialproben vom Boden und verstauten sie in Plastikbeuteln, die sie sauber beschrifteten und in die bereitgestellten Klappboxen legten. Jede Fundstelle wurde mit einem Nummernschild versehen und vor der Probenentnahme abfotografiert, um Lage und Position des Fundstücks exakt zu dokumentieren. Bei der späteren Analyse konnte jedes noch so winzige Detail von Bedeutung sein.

Arancourt blieb vor dem Toten stehen und drehte sich zu Emilia und Philippe Ruiz um. »Das Opfer ist männlich, zwischen vierzig und fünfundvierzig Jahre alt und dem äußeren Anschein nach ein erfolgreicher Geschäftsmann«, begann er mit seinem Vortrag. »Das Hemd, die Manschettenknöpfe und die Hose sind von Boss, die Krawatte von Zegna. Ich verstehe nicht viel von Mode, aber sein Outfit war nicht gerade billig. Ich tippe auf einen Anwalt oder auf einen Immobilienmakler. Etwas in der Art jedenfalls. Papiere hat er keine bei sich. Im Moment können wir also nicht sagen, wer der Tote ist.« Er rieb sich die Nase und dachte einen Moment lang nach. Schließlich fuhr er fort: »Nach dem Grad der Totenstarre und der Körpertemperatur zu urteilen, wurde er vor etwa dreißig bis fünfunddreißig Stunden umgebracht, also in der Nacht von Mittwoch auf Donnerstag, zwischen 23.00 und 4.00 Uhr. Nach der pathologischen Untersuchung können wir das bestimmt noch etwas genauer eingrenzen.«

»Wissen Sie schon, was die Todesursache war?«, fragte Emilia. »Ich meine, die Sache mit seinen Beinen ist offensichtlich, aber es gibt ja offensichtlich noch andere Verletzungen.«

Arancourt nickte. »Auch das werde ich mit letzter Gewissheit erst nach der Obduktion sagen können, aber ich denke, die Frakturen an Kopf und Oberkörper sind nur peripher. Jemand wollte ihm weh tun, und das ist ihm garantiert auch gelungen. Aber gestorben ist er daran nicht.«

»Das heißt ...?«

»Er ist verblutet. Weil ihm jemand beide Beine an den Knien abgetrennt hat und ihn dann hier hängen ließ, bis er tot war.«

Emilia schluckte. Die Art, wie Arancourt die Dinge beim Namen nannte, jagte ihr eine Gänsehaut über den Rücken.

Ihr Blick wanderte auf den Boden zu der halbgetrockneten, dunklen Lache, in der die beiden Beinstümpfe lagen, umhüllt von zerfetztem Hosenstoff. Die Füße steckten noch in den Schuhen. Die Knöchel hatte jemand mit einem Seil gefesselt und daran ein Betongewicht angebunden. Auf diese Weise hatte das Opfer sich nicht wehren können, während es massakriert worden war.

Emilia musste sich zusammenreißen, um die aufkommende Übelkeit niederzukämpfen.

Beide Beine ... An den Knien abgetrennt ...

Was für ein Mensch war in der Lage, einem anderen so etwas anzutun?

6

»Heute Morgen um kurz nach neun Uhr gab es im Speisesaal des Intercontinental-Hotels Amstel Amsterdam eine Explosion, bei der mindestens fünf Menschen getötet und drei weitere schwer verletzt wurden. Nach derzeitigem Kenntnisstand befinden sich unter den Todesopfern der russische Industrielle Sergej Worodin sowie seine achtjährige Tochter, außerdem ein mutmaßliches Mitglied der afghanischen Al-Qaida, Khaled Bashkir. Wie es zu dem Anschlag kam und wem er gegolten hat, ist zur Stunde noch unklar. Augenzeugenberichten zufolge detonierte der Tisch, an dem die betroffenen Personen saßen, während die Getränke serviert wurden. Die Feuerwehr hat den Brand inzwischen im Griff, die Verletzten wurden ins nächstgelegene Krankenhaus gebracht. Die Polizei ist im Moment dabei, Spuren zu sichern und Zeugen zu vernehmen ...«

Avram schaltete das Radio ab – er hatte genug gehört. Nach seinem Besuch bei den Griersson-Brüdern hatte er auf der A10 die Innenstadt umrundet. Nun durchquerte er mit seinem Auto West-Amsterdam.

Da sein Reihenhaus an der Herrengracht schon seit Monaten unter polizeilicher Beobachtung stand, hatte er vorübergehend seine Ersatzwohnung am Jacob-van-Lennep-Kanal bezogen. Vor fünf Jahren hatte er sie unter dem Decknamen Huub Eendrich erworben, für den Fall, dass er einmal irgendwo Unterschlupf finden musste. Bis gestern hatte sie leer gestanden. Jetzt erwies sich die Investition zum ersten Mal als lohnend.

Avram parkte den Wagen in der Garage. Von dort stieg er

die alte, knarrende Holztreppe ins erste Stockwerk hinauf, wo sich das Wohnzimmer befand. Er stellte den Waffenkoffer ab, ging in die Küche und trank ein Glas Wasser. Eigentlich war ihm angesichts der niedrigen Temperaturen eher nach einem heißen Kaffee zumute, aber in letzter Zeit bereitete Kaffee ihm immer Magenprobleme. Und Tee konnte er nicht ausstehen.

Er goss sich noch einmal nach, öffnete seinen Trenchcoat und setzte sich an den Küchentisch. Von hier aus hatte er freie Sicht auf den Kanal mit den an den Ufern festgemachten Booten, aber er nahm sie gar nicht wahr. Seine Gedanken kreisten unaufhörlich um die Geschehnisse dieses Morgens. Was zum Teufel war hier los? Jekaterina Worodin hatte ihn angeheuert, damit er ihren Mann umbrachte, doch Avram hatte das Attentat nicht verübt, weil Sergej Worodin bei der Ankunft am Interconti-Hotel seine Tochter auf dem Arm getragen hatte. Unmittelbar danach hatte ein Unbekannter auf einem Motorrad versucht, Avram zu erschießen. Und kurz darauf waren Sergej Worodin und seine Tochter bei einem Bombenanschlag gestorben, ganz zu schweigen von den anderen Opfern.

Offenbar gab es jemanden, der weniger Skrupel als Avram gehabt hatte, ein unschuldiges Kind und eine Handvoll Unbeteiligter zu töten. Wer war das? Der Motorradfahrer? Oder ein unbekannter Dritter? Und warum hatte er das getan? Hatte Jekaterina Worodin einen zweiten Killer engagiert, weil sie von vornherein Zweifel gegenüber Avram gehegt hatte? Oder einfach nur, weil sie sicher sein wollte, dass ihr Mann den Tag auch ganz bestimmt nicht überleben würde?

Zu viele Fragen, auf die er keine Antworten kannte.

Avram hasste es, wenn Auftraggeber zweigleisig fuhren, weil das immer wieder zu unvorhergesehenen Komplikationen führte. In diesem Fall war sogar die ganze Stadt in Aufruhr. Ein Sprengstoffanschlag in einem der angesehensten Hotels von Amsterdam. Herrgott nochmal! Mit keiner anderen Methode hätte man in so kurzer Zeit ein größeres Polizeiaufgebot heraufbeschwören können!

Avram nippte an seinem Wasser und stieß zischend einen Fluch aus. Er war mit einem ungutem Gefühl nach Amsterdam zurückgekehrt und hatte Jekaterina Worodins Auftrag nicht nur des Geldes wegen angenommen, sondern auch aus Mitgefühl. Sie hatte so erbärmlich ausgesehen mit ihrem zerschundenen Gesicht – der aufgeplatzten Lippe, den fehlenden Vorderzähnen und den Blutergüssen –, dass er es nicht über sich gebracht hatte, den Auftrag abzulehnen.

Ebenfalls aus Mitgefühl hatte er den Schuss auf Sergej Worodin nicht abgefeuert. Weil er dem Kind keinen Schock fürs Leben verpassen wollte. Aber wohin hatte ihn sein Mitgefühl geführt? Das Kind war tot, und in der Stadt herrschte höchste Alarmstufe. Wenn er nicht Gefahr laufen wollte, von der Polizei erwischt zu werden – oder ein zweites Mal von dem unbekannten Motorradfahrer –, musste er Amsterdam verlassen. Je früher, desto besser.

7

Emilia wartete noch, bis der Leichnam aus dem Landhaus abtransportiert worden war, dann tauschte sie mit Arancourt und mit dem zuständigen Ermittlungsbeamten der örtlichen Polizei ihre Kontaktdaten aus. Bis jetzt handelte es sich um einen schlichten Mord. Zwar um einen besonders grausamen, aber das machte ihn noch nicht zu einem Fall für Interpol. Nur wenn die örtlichen Behörden Amtshilfe in Lyon anforderten, wäre Emilia auch weiterhin eingebunden.

Oder falls sich herausstellte, dass dieser Mord tatsächlich etwas mit Belial zu tun hatte.

Auf der Rückfahrt nach Lyon dachte sie viel darüber nach, wohl wissend, dass ein abschließendes Urteil in diesem frühen Stadium der Ermittlung unmöglich war. Aber sie beschäftigte sich ganz automatisch mit der Suche nach Zusammenhängen. Glücklicherweise war Philippe Ruiz hinter dem Steuer ebenfalls sehr schweigsam, so dass Emilia genug Gelegenheit fand, in Ruhe über alles nachzudenken.

Die Sonne hatte inzwischen die meisten Wolken vertrieben, und unter ihrem wärmenden Schein war auch der Bodennebel verschwunden. Dennoch wirkten die Wiesen und die gepflügten Felder entlang der Straße trist und unwirtlich. Selbst das schöne Wetter konnte nicht darüber hinwegtäuschen, dass der Winter vor der Tür stand.

Emilia starrte aus dem Beifahrerfenster, während die karge Landschaft wie ein herbstliches Gemälde an ihr vorbeizog. Unentwegt kreisten ihre Gedanken um den grausigen Fund in dem verfallenen Bauernhaus.

Der Tipp, den sie gestern Abend erhalten hatte, war zumindest nicht aus der Luft gegriffen gewesen. Er hatte sie in den Kanton Saint-Jean-Soleymieux geführt, in die Gegend zwischen Margerie-Chantagret und Boisset-Saint-Priest, wo ein brutaler, gewissenloser Mord stattgefunden hatte. Die Ortsangabe war korrekt gewesen, und im Moment gab es für Emilia keinen Grund, den Rest der Nachricht anzuzweifeln.

Das Morden geht weiter. Belial ist tot, aber sein Geist lebt. Überzeugen Sie sich selbst!

Sie rieb sich mit einer Hand über das müde Gesicht. Die E-Mail hatte sie schon heute Nacht tüchtig ins Grübeln gebracht und ihr ein paar wertvolle Stunden Schlaf geraubt. Der Fall *Belial* war bei Interpol unlängst eingestellt worden. Auf ihrem Schreibtisch stapelten sich schon neue Akten, die ihre Aufmerksamkeit erforderten. Sie hatte gar keine Zeit, sich nun wieder um diesen alten Fall zu kümmern. Ein Teil von ihr war auch gottfroh gewesen, sich nicht mehr damit beschäftigen zu müssen. Endlich vergessen zu können und sich wieder auf die Zukunft zu konzentrieren.

Und jetzt dieser Rückschlag.

Sie hatte am eigenen Leib erlebt, wie es war, sich in Belials Gewalt zu befinden. Sie hatte Demütigung und Schmerz ertragen und Ängste durchlebt, die sie ihren schlimmsten Feinden nicht wünschte. Zwar war Belial tot, daran bestand kein Zweifel, aber wenn es nun jemanden gab, der ihn nachahmte, jemanden, der sein grausames Werk fortsetzte, dann würde Emilia das keine ruhige Minute lassen.

Sie fröstelte. Wer kam als Nachahmungstäter in Frage? Hatte Belial einen Vertrauten gehabt, von dem sie nichts wusste? Oder einen heimlichen Bewunderer? Wer hatte ihn gut genug gekannt, um seine Vorgehensweisen kopieren zu können? Dass Belial kein Einzeltäter gewesen war, stand außer Frage. Er war Teil eines kriminellen Netzwerks gewesen, das sich bis weit nach Osteuropa hineinzog. Gehörte der Mörder aus dem Landhaus diesem Netzwerk an?

Aber es stand ja noch nicht einmal fest, ob es überhaupt einen Zusammenhang mit Belial gab. Auf den ersten Blick war auch keiner erkennbar. Belial hatte, soweit es Interpol bekannt war, nur in seinem Folterkeller gemordet, nirgendwo sonst. Für jedes seiner Opfer hatte er dort ein eigenes Filmset aufgebaut, mit verschiedenen Hintergrundszenarien, Beleuchtungseinstellungen und Requisiten. Die Filmaufnahmen vom Tod seiner Opfer hatte er professionell zusammengeschnitten und sie ins Internet eingestellt, auf seinem Snuff-Movie-Portal www.enterpainment.to.

Das Landhaus zwischen Margerie-Chantagret und Boisset-Saint-Priest war dagegen nicht als Ort für einen Wiederholungstäter geeignet. Der Mörder hatte sein Opfer dorthin verschleppt, weil das Haus abgeschieden genug für sein grausames Vorhaben gewesen war. Weit und breit wohnte dort niemand, und selbst bei Tage fuhren kaum Autos auf der Straße. Bei Nacht – Arancourt hatte die Tatzeit auf 23.00 bis 4.00 Uhr eingegrenzt – musste die Gegend nahezu verwaist sein.

Emilia seufzte. Sie war ziemlich sicher, dass in dem Landhaus nur dieser eine Mord hatte stattfinden sollen. Bis jetzt gab es keine Anzeichen dafür, dass dort irgendwelche Filmaufnahmen stattgefunden hatten. Vielleicht würde Arancourts Bericht über die Spurensicherung darüber Aufschluss geben, aber aus irgendeinem Grund glaubte sie das nicht.

Es sprach also vieles dagegen, dass der Landhaus-Mord

im Zusammenhang mit Belial stand. Eine Parallele gab es allerdings doch: den Deckenhaken, an dem das gefesselte Opfer aufgehängt worden war, in Kombination mit dem Gewicht an seinen Füßen. In Belials Folterkeller war Emilia genauso präpariert gewesen.

Ein eisiger Schauer lief ihr über den Rücken, während die finsteren Erinnerungen von damals in ihr aufstiegen wie Dämonen aus einem Grab: der weiß gekachelte, fensterlose Keller ... der Geruch von Ammoniak ... die Folterinstrumente in den Regalen ... das polierte Chirurgenbesteck in dem aufgerollten Lederbeutel ... der Seziertisch ... die Käfige ... die Kameras ... und vor allem die panische Angst vor dem Tod. Emilia erinnerte sich, wie Belial ihr die Jeans heruntergezogen und ihr mit einem Skalpell in den Oberschenkel geschnitten hatte, langsam und tief. Sie erinnerte sich an den rasenden Schmerz, an die Hilflosigkeit, an die aufkommende Panik. Und an die schwindende Hoffnung auf Rettung. Selbst jetzt noch, Monate später, verspürte sie Atemnot, wenn sie nur daran dachte.

Aber reichten ein Deckenhaken und ein Gewicht an den Füßen aus, um den Landhaus-Mord mit dem Belial-Fall in Verbindung zu bringen? Sie wusste selbst, wie weit hergeholt das klang, und sie konnte sich gut vorstellen, wie ihr Chef reagieren würde, wenn sie ihm damit kam. Aber eine innere Stimme sagte ihr, dass der anonyme Informant recht hatte. Es bestand ein Zusammenhang. Die Frage war nur, welcher?

8

Avram fuhr mit seinem VW Golf zu einem öffentlichen Parkplatz unweit des Stadions und wechselte dort in seinen 5er BMW. Der war zwar auffälliger, bot auf längeren Strecken aber mehr Komfort. Außerdem verfügte der BMW im Kofferraum über ein Geheimfach mit Notausrüstung, in dem sich falsche Papiere, Ersatzwaffen, etwas Bargeld in verschiedenen Währungen, blutstillende Medikamente, Schmerzmittel und einiges mehr befanden. Ganz abgesehen davon brachte der getunte Motor satte 500 PS auf die Straße – genug, um jeden Verfolger abzuschütteln.

Bevor Avram die Stadt verließ, wollte er jedoch noch einmal bei seinem Haupthaus an der Herrengracht vorbeischauen. Bereits gestern hatte er es probiert, aber es stand unter polizeilicher Beobachtung. Seit er Emilia Ness auf dem Kuyperhof in Oberaiching mit einer Pistole bedroht hatte, stand er auf der Fahndungsliste. Die beiden toten Männer auf dem Anwesen trugen dazu natürlich auch ihren Teil bei, und vermutlich hatte Interpol inzwischen auch noch den einen oder anderen dunklen Punkt in seiner kriminellen Vergangenheit entdeckt. Da nützte es wenig, dass er Emilia Ness letztlich das Leben gerettet hatte. Dafür gab es vor Gericht allenfalls mildernde Umstände. Er galt als gesuchter Verbrecher. Deshalb war er seitdem untergetaucht.

Und genau das würde er jetzt wieder tun. Durch den morgendlichen Anschlag im Interconti-Hotel war Amsterdam ein gefährliches Pflaster für ihn geworden. Die Polizei befand sich in höchster Alarmbereitschaft. Er wollte nicht ausgerechnet wegen eines Verbrechens auffliegen, das er gar nicht begangen hatte.

Allerdings würde ihm die Flucht mit ein paar Dingen aus seinem Haus leichter fallen. Erstens gab es dort noch wesentlich mehr Bargeld und Ausrüstung als in seinem Kofferraum, versteckt unter Wasser in seinem Bootshaus. Und zweitens wollte er endlich das kleine Bild holen, das im Wohnzimmer über dem Sideboard an der Wand hing. Eingefasst in einen billigen Holzrahmen, mochte es für Außenstehende wie ein gewöhnliches Foto wirken. Für ihn war es jedoch unendlich viel mehr als das – ein Schatz, der mit allem Gold der Welt nicht aufgewogen werden konnte.

Avrams Hoffnung war, dass das Observierungsteam für den Großeinsatz nach dem Anschlag im Interconti-Hotel abgezogen worden war und er somit ungehindert in sein Haus konnte. Aber so viel Glück hatte er nicht. Zwar waren es nicht mehr dieselben Beamten wie gestern, aber sie saßen in demselben parkenden Wagen, einem dunkelblauen Toyota Avensis, etwa hundertfünfzig Meter von der Haustür entfernt. Avram hatte das Kennzeichen schon überprüfen lassen. Es handelte sich um ein Zivilfahrzeug der örtlichen Polizei.

Ohne die Fahrt zu verlangsamen, fuhr Avram weiter. Geld und Ausrüstung würden warten müssen. Das Foto auch.

9

Als Emilia und Philippe Ruiz die Interpol-Zentrale in Lyon erreichten, war es schon nach 13.00 Uhr. Sie bogen vom Quai Charles de Gaulle am Rhone-Ufer auf den von zweieinhalb Meter hohem Stahlzaun umgebenen Parkplatz ein und stellten den Wagen vor der gewaltigen Glasfassade des Gebäudes ab, in der sich der tiefblaue Himmel und die halbe Stadt widerspiegelten. Drinnen fuhren sie mit dem Aufzug in den vierten Stock und folgten dem Gang bis zur Abteilung für Gewaltverbrechensbekämpfung.

Emilias Büro befand sich auf der Rückseite der Zentrale. Von hier aus hatte sie einen wundervollen Blick auf den Parc de la Tête d'Or, den größten Stadtpark des gesamten Landes. Sein eigenwilliger Name ging auf die Legende zurück, dass auf dem Gelände eine Truhe mit einem goldenen Kopf Jesu Christi vergraben sei, aber bislang hatte sie noch niemand gefunden. Der Park war riesig. Hier fanden sich Seen, ein botanischer Garten und ein Zoo, aber auch ein Velodrom, ein Minigolfplatz und vieles mehr.

Normalerweise genoss Emilia die Aussicht. Ein Blick auf die weitläufige Grünanlage mit den vielen kleinen Blumeninseln und den glitzernden Wasserflächen war wie ein Miniurlaub. Heute konzentrierte sie sich jedoch sofort auf ihre Arbeit, denn ihr stand noch ein stressiger Nachmittag bevor. Um 18.15 Uhr ging ihr Flug nach Frankfurt. Bis dahin wollte sie den aufgestauten Papierkram der vergangenen Woche inklusive des Berichts zum heutigen Vormittag fertig haben. Diese ungeliebten Dinge kosteten immer sehr viel mehr Zeit, als man dachte, deshalb machte sie sich lieber gleich ans Werk.

Ihre Reisetasche stand schon fertig gepackt im Garderobenschrank. Mit dem Rhone-Express dauerte die Fahrt zum zwanzig Kilometer entfernten Aéroport Lyon-Saint Exupéry nur eine halbe Stunde, aber sie musste ja auch den Weg bis zum S-Bahnhof sowie vom Flughafenbahnhof zum Check-in-Schalter einkalkulieren, außerdem noch etwas Pufferzeit. So gesehen blieben ihr höchstens noch dreieinhalb Stunden vor dem Abschied ins Wochenende.

Und diesmal wird mir nichts dazwischenkommen!

Doch kaum hatte sie ihren Computer hochgefahren und sich in ihr Mailprogramm eingeloggt, ahnte sie schon, dass ihre Planung nicht hinkommen würde, denn ihr neuer Chef, Jerome Varamont, hatte ihr geschrieben, dass er sie sprechen wolle. Noch heute. Sie solle sich bei ihm melden, sobald sie wieder im Büro sei.

Seufzend griff sie zum Telefon.

Während sie fingerknetend im Gang vor Varamonts Büro wartete und darauf hoffte, dass endlich die Tür aufgehen möge, wanderte ihr Blick immer wieder zur Uhr. Die Zeit verrann. Emilia saß hier jetzt schon seit einer Viertelstunde unnütz herum, und in ihrem Büro stapelte sich die Arbeit! Hätte dieses Gespräch nicht auch noch am Montag stattfinden können? Aber nein, es musste ja unbedingt noch heute sein. Am ersten Freitagnachmittag seit vier Wochen, an dem sie pünktlich gehen wollte, um nicht schon wieder den Spätflug nehmen zu müssen.

Einmal streckte Emilia den Kopf zu Varamonts Sekretärin

hinein, um sich zu vergewissern, dass er sie nicht vergessen hatte. Die Sekretärin sagte, er würde noch telefonieren.

Mit anderen Worten: Sie hat keine Ahnung, wie lange es noch dauern wird! Herrje!

Emilia konnte nicht mehr sitzen. Ruhelos wanderte sie im Gang hin und her und sortierte in Gedanken ihre To-dos. Welche Aufgaben musste sie unbedingt noch heute erledigen, welche konnte sie auf Montag verschieben? Alles würde sie heute nicht mehr schaffen – unmöglich!

Endlich öffnete sich die Tür, und Jerome Varamont trat heraus, um Emilia zu begrüßen.

»Tut mir leid, dass es so lange gedauert hat«, sagte er. »Aber der Generalsekretär war am Apparat. Bitte entschuldigen Sie.«

Er führte Emilia in sein Büro, und sie setzten sich in die Besprechungsecke, von wo aus man durch die Vollverglasung einen phantastischen Blick auf die Rhone und auf den Norden der Stadt hatte.

Varamont war nur ein paar Jahre älter als Emilia, Ende dreißig. Er trug einen hellgrauen Anzug mit dazu passender Weste. Sein dichtes schwarzes Haar war kurzgeschnitten, seine Augen dunkel und unergründlich. Er sah aus wie eine Mischung aus Modemodel und Businessman, mit jeder Faser seines Körpers verströmte er die Aura von Erfolg. Nicht zuletzt dieser Ausstrahlung verdankte er es wohl, dass er die Karriereleiter so schnell erklommen hatte.

Jerome Varamont war erst seit zwei Wochen im Amt, nachdem Emilias alter Chef, Frédérique Tréville, pensioniert worden war. Alle anderen Abteilungsleiter hatten ihr Einführungsgespräch mit ihm bereits gehabt. Von ihnen hatte Emilia bislang nur Gutes gehört: Varamont nehme die Belange seiner Mitarbeiter sehr ernst, er höre sich alles ganz genau an, und er ermuntere jeden zu Verbesserungsvorschlägen.

Er schien sich also Zeit für seine Leute zu nehmen, und von Montag bis Donnerstag wäre Emilia davon wirklich begeistert gewesen. Nur heute Nachmittag passte es ihr überhaupt nicht. Deshalb lehnte sie auch den Kaffee ab, den er ihr anbot. Sie hoffte, dass das Gespräch dann etwas kürzer ausfallen würde.

Tat es aber nicht.

Eine halbe Stunde lang ließ Varamont sich von Emilia ihre aktuellen Fälle darlegen. Im Grunde waren es nur zwei. In dem einen ging es um die Aushebelung eines Verbrecherrings in Spanien und Südfrankreich, der kinderpornographisches Material in Umlauf brachte. Der zweite handelte von fünf ermordeten und zwei weiteren verschwundenen jungen Männern im Dreiländereck am Bodensee. Aber natürlich erwähnte Emilia auch den Belial-Fall, obwohl er offiziell bereits abgeschlossen war. Immerhin hatte er sie bis vor kurzem intensiv beschäftigt, und wenn ihr Verdacht sich bestätigte, gab es mit dem Toten in dem verfallenen Landhaus eine neue Spur.

An Varamonts unbewegter Miene konnte sie nicht ablesen, was er davon hielt. »Sie sind eine fähige Agentin, Frau Ness«, sagte er, als Emilia mit ihren Ausführungen fertig war. »Ihr Lebenslauf ist beeindruckend – jüngste Kommissarin bei der Hamburger Polizei, danach der Wechsel zu Interpol und schon ein Jahr später die Leitung einer eigenen Abteilung. Auch Ihre Integrität ist über jeden Zweifel erhaben. Ich habe in Ihrer Akte die Unterlagen über die Korruptionsvorwürfe mit Egidio Fabiani gelesen. Schwerwiegende Anschuldigungen, aber Sie sind mit weißer Weste aus der Affäre hervorgegangen. *Ness, die Unbestechliche.* Die Medien haben Sie damals zu einer Heldin gemacht. Ich will damit sagen, Sie haben meinen vollen Respekt für Ihre bisherigen Leistungen. Aber zwei laufende Ermittlungen und ein Fall, der eigentlich schon abgeschlossen ist, das ist einfach zu wenig im Vergleich zu dem, was Ihre Kollegen leisten.«

Emilia schluckte. Darauf war sie nicht vorbereitet gewesen. Varamont warf ihr völlig unverblümt mangelndes Engagement vor. Oder mangelnde Effizienz, was die Sache nicht besser machte. Sie fühlte sich wie vor den Kopf gestoßen.

»Ihr Vorgänger hat mich als Sonderermittlerin für den Belial-Fall eingesetzt, mit dem ich bis vor zwei Wochen beschäftigt war«, presste sie mühsam beherrscht hervor. »Ich war von allen anderen Aufgaben freigestellt, um mich voll und ganz dieser Angelegenheit zu widmen. Fast ein halbes Jahr lang habe ich die Unterlagen analysiert, die in Belials Keller beschlagnahmt worden sind. Der Mann war einer der gefährlichsten Serientäter der letzten fünfzig Jahre. Auf sein Konto gingen nachweislich mindestens achtundzwanzig bestialische Morde, und seine Aufzeichnungen ließen darauf schließen, dass er nicht alleine gearbeitet hat. Sein Netzwerk zog sich durch halb Europa – und das tut es immer noch. Weil bisher niemand in der Lage war, seine codierten Bücher zu entschlüsseln, nicht einmal die Leute vom MI6 und von der CIA. Belial war hochgradig intelligent und gefährlich. Er hat keines der gängigen Verschlüsselungsmuster verwendet, deshalb haben die Recherchen auch so lange gedauert. Das können Sie unmöglich mir anlasten!«

Varamont machte eine beschwichtigende Handbewegung. »Ich weiß, dass Sie diese Sache mit viel Einsatzbereitschaft vorangetrieben haben, Frau Ness«, sagte er. »Aber ich denke, dass man auf einer Position wie Ihrer wissen muss, wann es aussichtslos ist, einen Fall zu lösen. Und kaum ist die Akte ein paar Tage geschlossen, fangen Sie von neuem damit an. Wie kommen Sie überhaupt auf die Idee, dass die Leiche in dem Landhaus irgendetwas mit dem Belial-Fall zu tun haben könnte?«

Emilia erzählte es ihm – von dem anonymen Hinweis und davon, dass der Tote mit einem Gewicht an den Beinen an einem Deckenhaken gehangen hatte, genau wie sie damals.

Etwas in Varamonts Miene veränderte sich, wurde milder. »Mein Vorgänger hat Ihnen die Nachbearbeitung dieses Falls übertragen, weil er wusste, wie viel Ihnen daran liegt«, sagte er. »Belial hatte Sie in seiner Gewalt. Er hat Sie verletzt. Daher kann ich Ihr Interesse an diesem Fall gut nachvollziehen. Aber irgendwann muss damit auch einmal Schluss sein! Sie geben selbst zu, dass es seit einem halben Jahr keinen nennenswerten Fortschritt gab. Und jetzt soll ausgerechnet dieser Tote von heute Morgen die heiße Spur sein? Ich bitte Sie!«

Emilia räusperte sich. Ihr Hals fühlte sich an wie Sandpapier. Alle anderen Abteilungsleiter hatte Varamont zu sich gebeten, um sie in ihren Aufgaben zu bestärken. Sie hatte er zu sich bestellt, um ihr eins vor den Latz zu knallen. Er war erst seit ein paar Tagen im Amt, aber sie konnte ihn jetzt schon nicht leiden!

Sie hatte sich diesen Fall nicht ausgesucht. Schon gar nicht hatte sie sich von diesem wahnsinnigen Psychopathen gefangen nehmen, demütigen und quälen lassen wollen. Aber es war nun einmal geschehen, und obwohl Belial am Ende den Freitod gewählt hatte, war doch klar, dass er seine Morde nur mit diversen Komplizen hatte verüben können, deren Schuld kaum weniger wog als seine.

Emilia war den Tränen nah. Liebend gerne hätte sie diesen grauenhaften Fall einfach vergessen. Als sie die Akte vor vierzehn Tagen ins Archiv geschickt hatte, war ihr eine Zentnerlast von den Schultern gefallen, weil die vielen Sackgassen und Misserfolge der monatelangen Ermittlungen ihr die Hoffnung geraubt hatten, jemals einen Erfolg zu erzielen. Aber jetzt war eine neue Spur da, konkret wie keine zuvor. Wenn der Tote im Landhaus etwas mit Belials Netzwerk zu tun hatte, konnte es vielleicht doch noch einen Durchbruch geben.

»Sie haben recht«, gab sie zu und wunderte sich dabei, wie dünn ihre Stimme klang. Entschlossener fuhr sie fort: »Ein anonymer Hinweis und ein Toter, der an einem Haken hängt, sind noch kein ausreichender Beweis dafür, dass ein Zusammenhang mit Belial besteht. Für einen Außenstehenden mag das Ganze sogar an den Haaren herbeigezogen wirken. Aber ich war in Belials Keller. Ich habe am eigenen Leib erfahren, wie es ist, mit einem Gewicht an den Füßen an einem Haken zu hängen. Bei allem Respekt, aber ich glaube, dass niemand besser beurteilen kann als ich, ob es einen Zusammenhang zwischen den beiden Fällen geben könnte. Alles, was ich will, ist eine Chance, es zu beweisen! Und wenn ich es beweisen kann, dann will ich diese Spur weiterverfolgen. Ich werde nicht ruhig schlafen können, solange ich weiß, dass dort draußen ein weiterer Irrer herumläuft, der unschuldige Menschen abschlachtet.«

»Was, wenn der Kerl nur ein Trittbrettfahrer ist?«, warf Varamont ein. »Ein Nachahmer, der gar nichts mit Belial zu tun hat?«

Darüber hatte Emilia sich schon ihre Gedanken gemacht. »Würde ein Nachahmer nicht versuchen, das Original so gut wie möglich zu kopieren?«, fragte sie. »Würde er sich nicht irgendwo ein geheimes Verlies einrichten und dort Filme über seine Gräueltaten drehen, so wie Belial es getan hat? Aber das tat er nicht. Er hat sich für seinen Mord ein verlassenes Landhaus ausgesucht. Es gab kein Filmset, zumindest keines, das er öfter benutzt, sonst hätten wir dort etwas finden müssen. Es gab keine Käfige, in denen er seine Opfer gefangen gehalten hat, keine Regale mit Folterwerkzeugen. Nur einen Mann an einem Haken, dem beide Beine abgetrennt worden sind. Was ich damit sagen will, ist: Es gibt zwar Parallelen, sonst würde ich diese Spur nicht verfolgen wollen. Aber sie sind zu unauffällig für einen Nachahmungstäter.«

Einen Moment lang sah Varamont sie an, als stamme sie von einem anderen Planeten. »Eigenwillige Logik«, sagte er schließlich. »Sind Sie sicher, dass Sie sich da nicht in eine fixe Idee verrennen?«

Emilia seufzte. »Ich schätze, die ehrliche Antwort lautet nein«, gab sie zu. »Ich bin *nicht* sicher, dass ich mich nicht vielleicht in etwas verrenne. Aber ich vertraue in diesem Fall meinem Instinkt. Und der sagt mir, dass es diese Spur wert ist, ihr nachzugehen. *Bitte*, Monsieur!«

Varamont sah sie an, lange und nachdenklich, wieder mit diesem unergründlichen Blick, aus dem man nicht schlau wurde. Was ging in seinem Kopf vor? Nur wenn auch er einen möglichen Zusammenhang mit dem Belial-Fall sah, fiel der Tote im Landhaus in den Zuständigkeitsbereich von Interpol. Wenn nicht, würde die Sache eine Angelegenheit der örtlichen Polizei.

Endlich rang Varamont sich ein Nicken ab. »Also schön! Meinetwegen sollen Sie noch mal ein paar Tage haben«, knurrte er. »Aber ich erwarte Ergebnisse, hören Sie? Wenn Sie bis nächsten Freitag nichts Handfestes haben, wird der Fall unwiderruflich zu den Akten gelegt, haben wir uns verstanden? Also hängen Sie sich rein! Und jetzt entschuldigen

Sie mich bitte, ich muss noch einige Unterlagen für den Generalsekretär vorbereiten.«

Er stand auf und reichte ihr die Hand. Trotz aller Förmlichkeit fühlte Emilia sich erleichtert. So recht überzeugt schien Varamont von ihrer Theorie offenbar nicht zu sein, aber immerhin hatte sie es geschafft, ihn zu einer Gnadenfrist zu überreden.

Als sie sein Büro verließ, war es kurz vor halb drei.

10

Schon seit Stunden fuhr Avram auf der A3 in südlicher Richtung, momentan steckte er irgendwo zwischen Würzburg und Nürnberg. Noch auf holländischer Seite hatte er in einem kleinen Waldgrundstück seine Nummernschilder getauscht, der schwarze 5er BMW trug jetzt ein Düsseldorfer Kennzeichen, zugelassen auf Maximilian Graf – der Name, der auch in Avrams gefälschtem Ausweis stand.

Kurz nach Siegen waren die Wolken dichter geworden, seitdem nieselte es pausenlos. Das monotone Hin und Her der Scheibenwischer schläferte Avram ein. Um die Müdigkeit zu vertreiben, ließ er den Kopf kreisen, ab und zu massierte er sich mit einer Hand den Nacken. Danach ging es ihm besser, wenigstens für ein paar Minuten.

Immer wieder wanderten seine Gedanken zu den Geschehnissen des heutigen Morgens. Was um alles in der Welt war in Amsterdam passiert? Die Fakten kannte er, aber wie passten sie zusammen? Hatten die Explosion im Interconti-Hotel und der Mordanschlag auf ihn etwas miteinander zu tun? Kaum anzunehmen, dass das nur ein Zufall gewesen war.

Er hoffte, dass die Griersson-Brüder ihm bald den Namen des Motorradfahrers nennen konnten, der auf ihn geschossen hatte. Im Moment war dessen Identität reine Spekulation, ebenso wie die Rolle, die er bei der ganzen Sache spielte. Hatte Sergej Worodin ihn als eine Art Beschützer angeheuert? Falls ja, war der Kerl sein Geld nicht wert gewesen, denn er hatte den Bombenanschlag nicht vereitelt. Selbst Avrams Attentat hätte er nicht verhindern können, weil er viel zu spät an dem Hausboot gewesen war. Hätte Sergej Worodin, einer der führenden Köpfe der russischen Mafia, tatsächlich einen solchen Versager als Beschützer engagiert?

Im Radio kündigte ein Sprecher gerade die Nachrichten an. Avram drehte den Ton lauter. Er verfolgte schon den ganzen Tag die Berichterstattung über den Anschlag in Amsterdam und erwartete keine gravierenden Neuigkeiten. Umso überraschter war er über die Beschreibung einer Person, die im Verdacht stand, an dem Anschlag beteiligt gewesen zu sein.

»Gesucht wird ein Mann, Mitte fünfzig, etwa einen Meter achtzig groß und schlank«, sagte die Radiostimme. »Er hat kurzes graues Haar und einen Dreitagebart. Heute Morgen trug er einen dunklen Trenchcoat, und er hatte einen großen Aktenkoffer bei sich. Eine Frau, die am Ufer der Amstel wohnt, hat aus ihrem Küchenfenster beobachtet, wie dieser Mann einen Motorradfahrer verfolgte und auf ihn schoss. Die Auseinandersetzung fand nur hundert Meter vom Hotel Interconti statt, kaum zehn Minuten vor der Explosion. Die Polizei geht deshalb von einem unmittelbaren Zusammenhang aus.«

Avram biss die Zähne zusammen, so dass seine Wangenknochen unter der Haut hervortraten. Auch das noch! Jemand hatte ihn in Amsterdam mit seiner Pistole gesehen! Die Personenbeschreibung war zwar so grob, dass sie ihm kaum gefährlich werden konnte, aber vielleicht würde die Frau am Fenster ihn bei ihrem nächsten Polizeibesuch anhand eines Fahndungsfotos identifizieren. Er musste auf der Hut sein.

Ein Autobahnschild kündigte an, dass es bis Nürnberg noch zehn Kilometer waren. Je näher er der Stadt kam, desto mehr wurden seine Grübeleien über den Bombenanschlag von den Erinnerungen an den vergangenen Sommer verdrängt. Sein Bruder Goran ... sein Sohn Sascha ... beide tot. Umgebracht von einem Mörder, der unweit von Nürnberg sein Versteck gehabt hatte. Gorans Frau Nadja war von ihm verschleppt worden. Im Gegensatz zu vielen anderen seiner Opfer hatte sie wenigstens überlebt.

Plötzlich war alles wieder da. Die Videosequenzen, die Avram gesehen hatte. Die verzweifelten Schreie seines Sohnes. Der Folterkeller mitten im Wald. Der penetrante Geruch von Ammoniak. Die weißen Fliesen. Die hilflose Interpol-Agentin. Das viele Blut. Das triumphierende Lächeln des Psychopathen in jenem Moment, in dem er sich das Skalpell in den Hals rammte, um seinem perversen Leben ein viel zu gnädiges Ende zu setzen.

Der bittere Geschmack von Galle legte sich auf Avrams Zunge. Eigentlich wollte er nur noch vergessen, aber all diese Bilder hatten sich unauslöschlich in sein Gedächtnis eingebrannt. Vor allem Saschas qualvoller Tod. Sieben Jahre war er nur alt geworden, und nichts auf der Welt würde ihn je wieder zurückbringen.

Avram bog auf die A9 nach München ab. Je weiter er sich von Nürnberg entfernte, desto mehr beruhigten sich auch wieder seine Nerven.

Dafür begann kurz vor Denkendorf sein Magen zu knurren. Erst jetzt fiel ihm auf, dass er seit dem Frühstück nichts mehr gegessen hatte. Obwohl es bis nach München nur noch hundert Kilometer waren, fuhr Avram an der nächsten Raststätte ab.

Im Schnellrestaurant neben der Tankstelle kaufte er sich

ein Sandwich und einen großen Kaffee, obwohl er wusste, dass der ihm auf den Magen schlagen würde. Aber er brauchte jetzt dringend einen Wachmacher.

Obwohl die Raststätte gut besucht war, fand Avram einen Sitzplatz in der hinteren Ecke, wo er während des Essens ungestört seine Mails am Handy abfragen konnte. In seinem Postfach befand sich nur eine neue Nachricht – von Jekaterina Worodin: *Wo sind Sie? Ich kann Sie nicht erreichen. Melden Sie sich bei mir, es ist dringend!*

Er wickelte die Zellophanfolie von seinem Sandwich und nahm einen Bissen. Wahrscheinlich hatte Jekaterina Worodin versucht, ihn über sein altes Handy anzurufen, aber das hatte er kurz nach seinem Besuch bei den Griersson-Brüdern weggeworfen – nur zur Sicherheit, um nicht geortet werden zu können. Das Handy, das er im Augenblick benutzte, war eins der Ersatzgeräte aus dem Handschuhfach.

Er nippte an seinem Kaffee und fragte sich, was Jekaterina Worodin von ihm wollte. Hier drinnen konnte er nicht mit ihr sprechen, dafür gab es viel zu viele potentielle Mithörer. Erst als er fünf Minuten später wieder in seinem Auto saß, wählte er ihre Nummer.

»Ich habe versucht, Sie anzurufen, aber Sie sind nicht rangegangen«, sagte sie. Ihre Stimme klang rau und irgendwie matt. Jeder S-Laut wurde von einem kleinen Zischen begleitet. Avram erinnerte sich an die Zahnlücke, die ihr Mann ihr durch seine Schläge zugefügt hatte.

»Ist die Polizei bei Ihnen?«, fragte Avram.

»Heute Morgen waren zwei Beamte hier, aber die sind längst wieder weg. Wo stecken Sie, Herr *van der Grooten*?«

Einer seiner vielen falschen Namen. »Ich musste die Stadt verlassen. Nach dem, was heute passiert ist, wurde es zu gefährlich.«

Es entstand eine Pause. Avram glaubte, ein unterdrücktes Schluchzen zu hören. »Waren *Sie* das?«, presste Jekaterina Worodin schließlich hervor.

»Was meinen Sie?«

»Haben Sie die Bombe gezündet?«

Und mein Kind getötet? Sie sprach das nicht offen aus, aber die plötzliche Schärfe in ihrer Stimme machte deutlich, wie sie es meinte.

»Mit der Bombe hatte ich nichts zu tun«, sagte Avram.

Er hörte ein verächtliches Schnauben. Dann: »Das hat der andere auch behauptet!«

Jekaterina Worodin hatte also wirklich noch einen zweiten Killer für die Eliminierung ihres Mannes engagiert. Und jetzt wusste sie nicht, wer den Auftrag versaut hatte.

»Sie sollten die Leute, mit denen Sie zusammenarbeiten, sorgfältiger auswählen, dann wäre die Sache von heute Morgen nicht passiert«, sagte Avram, jetzt ebenfalls mit scharfer Stimme, denn ihm dämmerte bereits, in welchen Schlamassel er da geraten war.

Prompt antwortete die Russin: »Ihr Profis seid alle gleich. Für jedes Versagen habt ihr die passende Ausrede. Aber einer von euch hat heute meine Tochter umgebracht. Und weil ich nicht weiß, wer dafür verantwortlich ist, werde ich euch alle beide jagen lassen. So lange, bis ihr tot seid, ihr verdammten Schweine!«

Ihre letzten Worte erstickten in einem regelrechten Heulkrampf. Dann brach die Verbindung ab, und Avram blieb mit dem schalen Gefühl zurück, bis zum Hals in Schwierigkeiten zu stecken.

11

Der Firmensitz von Claus Thalingers TAURUS-Gruppe befand sich in den obersten fünf Etagen des Frankfurter Eurotowers, dem ehemaligen EZB-Gebäude. Von hier aus herrschte er über insgesamt 42 eigenständige Unternehmen, die sich unter dem Deckmantel der TAURUS-Holding vereinten. Angefangen hatte alles vor knapp zwanzig Jahren mit dem Kauf einer maroden Chemiefabrik, die er binnen kürzester Zeit saniert und zu einem profitablen Unternehmen gemacht hatte – der Grundstock seines heutigen Imperiums. Im Anschluss daran waren viele weitere Unternehmen dazugekommen, nicht nur in Deutschland, sondern überall auf der Welt: andere Chemie- und Pharmaunternehmen, Automobilzulieferer, Computerchiphersteller, Netzbetreiber, Banken, Anbieter von Telekommunikationsgeräten und vieles mehr. Sogar zwei Rüstungsbetriebe waren dabei, eines in Italien und eines in Ungarn.

Thalingers 200-qm-Büro in der TAURUS-Zentrale lag im 40. Stockwerk und bot eine spektakuläre Aussicht auf die Frankfurter Skyline. Der weitläufige Raum war spärlich, aber elegant möbliert und beinhaltete neben einem beeindruckend großen Schreibtisch eine Konferenzecke für Besprechungen, eine lederne Sitzgruppe von Rolf Benz sowie Skulpturen und Gemälde im Gesamtwert von über fünfzehn Millionen Euro. In zwei Nebenräumen, die nur vom Büro aus betreten werden konnten, befanden sich ein Fitnessraum und ein eigenes Bad inklusive Whirlpool.

Aber im Moment hatte Claus Thalinger weder Augen für seinen Luxus noch für die Aussicht auf die Stadt, denn er war vertieft in den Vertragsentwurf zu dem bevorstehenden Geschäft mit TOCON, dessentwegen er die letzten Tage in Barcelona verbracht hatte. Seine Anwälte hatten ihm das Papier zusammengestellt, und im Großen und Ganzen war er sehr zufrieden damit. In dem Entwurf fanden sich alle mit TOCON-Inhaber Pablo Ortega besprochenen Eckdaten wieder, außerdem einige juristische Feinheiten, die Ortega später das Leben schwermachen würden, falls seine eigenen Anwälte nicht schlau genug waren, diese Passagen zu streichen. Man würde sehen. Im Moment war jedenfalls alles in bester Ordnung. Claus Thalinger hatte ein gutes Gefühl.

Voraussetzung für das Spanien-Geschäft war jedoch, dass er endlich die Rechte an M.O.C.2 erhielt. Ohne M.O.C.2 würde der Deal nicht zustande kommen. Dann wäre ein halbes Jahr Vorbereitung umsonst gewesen, und er könnte die erwarteten Millionen in den Wind schießen.

Doch im Grunde seines Herzens zweifelte Thalinger nicht daran, die Rechte an M.O.C.2 schon bald zu erhalten. Es war nur eine Frage des Druckmittels, wie immer. Wie konnte man jemanden einschüchtern? Wo hatte er seine wunden Punkte? Das war Thalingers Art, Geschäfte zu machen – subtil, wenn es ging, aber nötigenfalls auch mit brutaler Gewalt.

Anfangs hatte ihn dieser Charakterzug schockiert. Doch im Lauf der Jahre war daraus beinahe so etwas wie eine Leidenschaft, mehr noch, eine Sucht geworden. Es war jedes Mal anders, jedes Mal eine neue Herausforderung. Und immer wieder spannend, der reinste Adrenalinschub. Er musste nur darauf achten, es nicht zu übertreiben. Sonst würde er eines Tages womöglich selbst zwischen die Räder geraten.

Thalinger legte den TOCON-Vertragsentwurf beiseite und lehnte sich in seinem Schreibtischsessel zurück. Er würde das Papier mit nach Hause nehmen und es sich am Wochenende noch einmal ganz genau durchlesen. Ein paar Ideen hatte er dazu noch. Wenn es um so viel Geld ging, wollte er nichts dem Zufall überlassen.

Eine Weile saß er einfach nur da und schaute aus dem Panoramafenster seines Büros in die Ferne, den Sessel gekippt, die Hände hinter dem Kopf verschränkt, in seine Gedanken vertieft. Dann stand er auf, klappte ein Bild an der Wand zur Seite und öffnete den dahinterliegenden Tresor. Mit einem Kribbeln im Magen nahm er das kleine Päckchen heraus, das er heute von einem Kurierfahrer erhalten hatte. Es trug keine Absenderadresse, nur ihn als Empfänger. Außerdem standen die Buchstaben NTV darauf, was allerdings nichts mit dem Fernsehsender zu tun hatte. NTV bedeutete: Nadiczs Todesvideo. Dimitri Saikoff hatte ihm dieses Päckchen geschickt, wie vereinbart. Das Kribbeln in Thalingers Magen wurde stärker.

Er öffnete den Karton und entnahm ihm einen Schlüsselanhänger in Form einer Engelsfigur, die sich, wenn man ihren Oberkörper umklappte, als USB-Stick entpuppte. Thalinger konnte es kaum erwarten, den Film anzusehen. Aber das würde er erst heute Abend tun, bei einem exquisiten Glas Wein.

Als er den Tresor wieder schließen wollte, fiel ihm noch etwas anderes ins Auge: eine CD-ROM-Hülle mit der Aufschrift LTV, sein größter Schatz. Er nahm sie heraus und betrachtete sie einen Moment versonnen in der offenen Hand. Wie lange hatte er diesen Film schon nicht mehr angeschaut? Mindestens ein halbes Jahr. Aber jetzt schien es ihm irgendwie wieder angebracht zu sein.

Die Erinnerung an den Film durchflutete ihn wie eine glühende Welle. Der halbnackte, gefesselte Frauenkörper, an den Füßen aufgehängt, langsam an der Kette baumelnd wie ein Stück Schlachtvieh. Die zitternde, vor Angst wimmernde Gestalt. Die Panik vor dem Mann mit dem Pitbull. Die Hysterie in jenem Moment, in dem sie begriffen hatte, was mit ihr geschehen würde. Die vom Knebel erstickten Schreie der Verzweiflung, kurz vor ihrem Tod ...

Das Klingeln des Telefons riss Claus Thalinger jäh aus seinen Gedanken. Das Display zeigte *S. Fiore.*

Sofia, seine Sekretärin.

Er nahm das Gespräch an. »Was gibt's?«

»Ihr Besuch ist gerade in der Lobby eingetroffen«, sagte sie. »Der Bundesminister für Bildung und Forschung, Herr Horvath. Soll ich ihn ins Besprechungszimmer bringen?«

»Nein, geben Sie mir Bescheid, wenn der Aufzug oben ankommt. Ich werde ihn in meinem Büro empfangen.« Thalinger hatte Hans-Peter Horvath und auch seine Partei im letzten Wahlkampf mit großzügigen Spenden unterstützt. Jetzt wollte er seine Gegenleistung einfordern.

Er beendete das Gespräch, schloss den Tresor und klappte das Ölbild an die Wand zurück. Die CD-ROM und den Engel-USB-Stick verstaute er in seiner Aktentasche. Wenn er später zu Hause war, würde er die beiden Filme auf seinem privaten Laptop anschauen und jede Sekunde davon genießen. Inzwischen wusste er auch, welchen Wein er dazu trinken würde – einen Chateau Mouton-Rothschild, einen *premier cru classé*, die Flasche für über tausend Euro.

Der Abend versprach, ein Fest zu werden.

12

Emilias Blick wanderte durchs Fenster der Boeing 737 über die abendliche Wolkendecke, während die Anspannung des Tages von ihr abfiel wie tonnenschwerer Ballast. Zuerst der Tote im Landhaus, dann die schwierige Unterredung mit ihrem neuen Chef und schließlich noch die Hetze im Büro, um wenigstens noch die allerwichtigsten Dinge zu erledigen. Erst jetzt fand sie allmählich zur Ruhe.

In Anbetracht von Varamonts Ultimatum hatte sie natürlich überlegt, ihren Besuch in Frankfurt für dieses Wochenende abzusagen. Ihr blieben nur sieben Tage, um einen Zusammenhang zwischen dem Mord in dem alten Landhaus und dem Belial-Fall nachzuweisen – verdammt wenig Zeit! Aber sie vernachlässigte Mikka Kessler und ihre Tochter ohnehin schon viel zu oft, weil immer irgendetwas Geschäftliches wichtig genug war, um erst eine spätere Maschine zu nehmen oder sogar auf den Samstag umzubuchen. Diesmal hatte sie fest versprochen, pünktlich zu sein.

Allerdings wollte sie wenigstens noch die Zeit im Flugzeug nutzen, um den Bericht über den Leichenfund fertigzustellen, den sie im Büro begonnen hatte. Mit aufgeklapptem Laptop saß sie in der letzten Reihe. Hier hatte man statistisch gesehen nicht nur die besten Überlebenschancen, sondern es konnte einem auch niemand von hinten über die Schulter schauen. Dass die beiden Sitze neben ihr leer blieben, erleichterte ihr die Konzentration zusätzlich.

Alles, was ihr auf die Schnelle eingefallen war, hatte sie bereits in ihren Rohentwurf getippt. Bisher war es kaum mehr als eine Stichwortsammlung: *Leiche, männlich, ca. 40 Jahre alt, Identität bislang ungeklärt,* stand dort zum Beispiel. Und weiter: *Trug ein weißes Hemd, eine Krawatte, eine Anzughose und schwarze Lederslipper. Teure Markenkleidung. Geschäftsmann? Evtl. Immobilienmakler, Banker, Anwalt, Firmenvorstand o. Ä.; hing an einem Haken am Deckengebälk in einem verlassenen Landhaus zwischen Margerie-Chantagret und Boisset-Saint-Priest. Tatzeit: in der Nacht von Mittwoch, 2. 11., auf Donnerstag, 3. 11. 2016, ca. zwischen 23.00 Uhr und 4.00 Uhr; an den Fußknöcheln des Toten war ein Betongewicht angebunden. Beide Beine wurden an den Knien abgetrennt. Ob das Opfer zu diesem Zeitpunkt noch lebte, ist unbekannt.*

Tatwaffe: unbekannt.
Täter: unbekannt.
Motiv: unbekannt.

Jetzt versuchte sie, ihre Stichwortsammlung sinnvoll zu ordnen und alle Fakten so zu ausformulieren, dass sie als Bericht für die Akten taugten. Leicht fiel ihr das nicht. Das tat es nie. Aber irgendwie gelang es ihr auch diesmal, und als sie ihn sich am Ende noch einmal durchlas, war sie sogar ziemlich zufrieden damit.

Ihre Gedanken wanderten zu Philippe Ruiz. Ihr Kollege hatte sich bereit erklärt, übers Wochenende Dienst zu schieben und sie auf dem Laufenden zu halten, falls sich wichtige Neuigkeiten ergeben sollten. Emilia war ihm unendlich dankbar dafür. Ruiz war zwar Single, auf den zu Hause keine Familie wartete, aber bestimmt hatte er fürs Wochenende eigentlich andere Pläne gehabt, als im Büro zu sitzen und zu arbeiten.

Während ich mir mit Mikka und Becky zwei schöne Tage mache!

Ihr schlechtes Gewissen meldete sich wieder. Hatte sie die richtige Entscheidung getroffen, oder wäre sie doch besser in Lyon geblieben? Was, wenn sie am kommenden Freitag mit leeren Händen dastand und Varamont gestehen musste, dass sie keinen Zusammenhang zwischen dem Landhaus-Mord und dem Belial-Fall gefunden hatte? Würde sie dann bereuen, nach Frankfurt geflogen zu sein?

Mit Sicherheit!

Aber noch war es nicht so weit. Sie wollte im Moment auch gar nicht über diese Möglichkeit nachdenken. Sie hatte es endlich einmal geschafft, eine frühe Freitagabendmaschine zu erwischen, und sie wollte sich die Vorfreude auf das bevorstehende Wochenende nicht durch Selbstvorwürfe kaputtmachen.

Spätestens als sie die Empfangshalle des Frankfurter Flughafens betrat, verschwanden ihre letzten Bedenken. Dort wartete Mikka Kessler auf sie, in der einen Hand hielt er eine rote Rose, in der anderen ein kleines, selbstgebasteltes Schild, auf das er *Taxi für Frau Ness* geschrieben hatte. Unwillkürlich musste Emilia lachen.

Mikka trug Bluejeans und einen beigen Trenchcoat, unter dem ein braunes Cordsakko hervorlugte, dazu ein marineblaues Hemd und Lackschuhe. Das allein hätte schon gereicht, um ihr Herz höher schlagen zu lassen, aber als er dann auch noch sein Lausbubenlächeln aufsetzte, in das sie sich vor kaum einem halben Jahr verliebt hatte, war es vollends um sie geschehen.

Sie fiel ihm um den Hals und küsste ihn. Die Art, wie er ihren Kuss erwiderte, während seine Hände sich gleichzeitig mit sanftem Druck an ihre Hüften legten, ließ keinen Zweifel daran, wohin der Abend führen würde. Die Vorstellung gefiel Emilia. Als sie im Auto saßen und er sie zu einem romantischen Essen einladen wollte, antwortete sie, dass sie lieber zuerst mit ihm nach Hause fahren würde.

Was sie dann auch taten.

13

Es nieselte noch immer, als Avram Oberaiching erreichte, die kleine Ortschaft südlich von München, in der er seine Kindheit verbracht hatte. Die Uhr auf seinem Armaturenbrett zeigte 19.55 Uhr an, der Himmel war pechschwarz. Die Temperaturanzeige signalisierte Glättegefahr. Das ungemütliche Wetter war wohl auch der Grund dafür, dass sich kaum mehr jemand draußen aufhielt. Oberaiching war wie ausgestorben.

Am Ende der Ortschaft fuhr Avram noch ein kleines Stück auf der Landstraße, dann bog er nach rechts auf den asphaltierten Zubringer nach Kirchbrunn ein. Während er zwischen Äckern und eingezäunten Weiden der sanften Steigung zum Bott'schen Rinderhof folgte, wanderten seine Gedanken wieder zu dem morgendlichen Bombenanschlag in Amsterdam. Irgendwie war alles schiefgelaufen, und jetzt brachten sie in den Radionachrichten ständig seine Personenbeschreibung. Dabei war die Polizei noch das kleinere seiner Probleme. Viel mehr Kopfzerbrechen bereitete ihm Jekaterina Worodin. So, wie er sie kennengelernt hatte, war sie niemand, der leere Drohungen ausstieß, schon gar nicht, wenn es darum ging, Rache für ihre tote Tochter zu üben. Sein Ersatzhandy hatte er zwar noch auf der Autobahnraststätte entsorgt, aber eine Frau wie Jekaterina Worodin, die jahrelang mit einem der einflussreichsten russischen Mafiabosse verheiratet gewesen war, hatte gewiss andere Möglichkeiten, ihn aufzuspüren.

In der nächsten Zeit würde Avram vorsichtig sein müssen. Er passierte den Bott'schen Hof und fuhr weiter hangaufwärts, bis er die Anhöhe erreichte, hinter der der Kuyperhof lag, eingebettet in eine weite Senke. Von hier oben konnte er kaum etwas erkennen. Erst als er näher kam, schälten sich aus der Dunkelheit die einzelnen Gebäude heraus: links der Geräteschuppen und der Pferdestall, rechts die beiden ausgedienten Silos, das Wohnhaus und ganz hinten die große, offene Scheune.

Es war ein sonderbares Gefühl, wieder nach Hause zu kommen. Im Grunde war es gar nicht mehr Avrams Zuhause, sondern das seines toten Bruders, aber sie waren beide hier aufgewachsen, als ihre Eltern noch gelebt und das Anwesen als Getreidehof betrieben hatten. Wie lange war das jetzt her? Schon eine halbe Ewigkeit!

Zu den vorwiegend schönen Erinnerungen aus seiner Kindheit mischten sich allerdings sofort auch jene vom vergangenen Sommer. Bilder, die Trauer, Bitterkeit und unsäglichen Schmerz in ihm auslösten, auch jetzt noch, fast ein halbes Jahr später. Er hatte hier grausame Dinge gesehen. Filme, die sein Bruder Goran auf einem USB-Stick gespeichert und in einem Weinfass im Keller versteckt gehabt hatte. In quälender Langsamkeit hatten diese Filme gezeigt, wie Menschen vor laufender Kamera gefoltert und getötet wurden. Ein Mann namens Leon Bruckner hatte sie unter dem Decknamen Belial für zahlende Kunden ins Internet eingestellt. Kranke Welt!

In seiner Eigenschaft als Reporter war Goran Belial auf der Spur gewesen, wodurch er nicht nur sich selbst, sondern seine ganze Familie in Gefahr gebracht hatte. Seine Frau war verschleppt, der siebenjährige Sascha zu Tode gequält worden. Goran hatte in seiner Verzweiflung Selbstmord begangen.

Die Erinnerungen kamen jetzt mit solcher Wucht, dass es Avram die Tränen in die Augen trieb. Er wischte sie mit dem Handrücken weg und versuchte, sich auf etwas anderes zu konzentrieren, aber es gelang ihm nicht.

Inzwischen hatte er das Hofgelände erreicht. Die Straße führte mitten hindurch, bevor sie vor der großen Scheune einen Knick nach rechts machte und über eine kleine Brücke zum Wolfhammerhof und dann weiter nach Kirchbrunn führte.

Avram parkte seinen Wagen vor der Garage neben dem Wohnhaus und stieg aus. Sofort benetzte der Nieselregen sein Gesicht. Die Kälte der Nacht kroch ihm unter die Haut wie schleichendes Gift. Die Straßenlaterne neben der Garage verströmte fahles, geisterhaftes Licht. Aber vielleicht waren es auch nur die schrecklichen Bilder in Avrams Kopf, die den Hof so abweisend erscheinen ließen.

Oder die bange Frage, wie Nadja und Akina auf seinen unangekündigten Besuch reagieren würden. Avram hatte kein gutes Gefühl.

Er fasste sich ein Herz, stieg die Steintreppe zur Eingangstür hinauf und klingelte. Von drinnen näherten sich Schritte. Als die Tür aufschwang, stand Nadja vor ihm, seine Schwägerin. Sie strahlte über das ganze Gesicht und schien bester Laune zu sein. Als sie Avram erkannte, verhärtete sich ihre Miene sofort zu Stein.

»Du hättest anrufen sollen, bevor du kommst«, sagte sie. Keine Begrüßung, kein Lächeln mehr. Nur noch Kälte.

Avram nickte. »Ich weiß. Wenn ich ungelegen komme, gehe ich wieder.«

Sie kam ihm heute größer als sonst vor, wahrscheinlich wegen der Schuhe mit den hohen Absätzen. Dazu trug sie enge, schwarze Jeans und eine rote Bluse. Ihr Haar war glatt nach hinten gekämmt. Es glänzte im Schein des Lichts, das sie von Innen beschien.

Nadja zögerte einen Moment. Dann schüttelte sie den Kopf und trat beiseite. »Komm rein. Ich meine ... wenn du schon mal hier bist.«

Einen Dank murmelnd, trat Avram ins Haus. Alles war noch so wie im Sommer: rechts der Esstisch, danach folgten gegen den Uhrzeigersinn die Wohnzimmerecke und die Küche mit der Kochinsel. Links von Avram befand sich die Innentreppe zum Keller. Zwischen Kellertreppe und Küche führte ein Gang in den anderen Gebäudeteil, in dem die Toiletten, die Schlafräume und das Büro lagen.

Avram zog die Schuhe aus und hängte seine Jacke an den Kleiderhaken neben der Tür. Erst jetzt fiel ihm auf, dass Nadja geschminkt war – dezent, aber wirkungsvoll: Wimperntusche, etwas Rouge und ein dazu passender Lippenstift. Er konnte sich nicht erinnern, sie schon einmal so gesehen zu haben, aber er musste zugeben, dass ihr das Make-up stand. Es demonstrierte unauffällig, aber bestimmt, dass sie eine Frau in den besten Jahren war, die es trotz widriger Umstände geschafft hatte, dem Leben wieder positiv gegenüberzutreten.

Avram bewunderte sie dafür. Ihr Mann und ihr Sohn waren tot, sie selbst hatte sich tagelang in der Gewalt eines sadistischen Foltermörders befunden. Unglaublich, wie viel Stärke in ihr steckte.

»Willst du etwas trinken?«, fragte sie.

»Ein Glas Wasser. Ist Akina auch da? Ich würde ihr gerne Hallo sagen.«

Nadja schüttelte den Kopf. »Sie übernachtet bei einer Freundin. Aber sei froh, dass sie nicht hier ist. Sie würde sich über deinen Besuch nicht freuen.«

Es war klar, dass Nadja das nur erwähnte, um ihn damit zu treffen. Er hatte auch damit gerechnet, nicht mit offenen Armen empfangen zu werden. Aber etwas mehr Herzlichkeit hatte er sich schon erhofft.

»Akina und ich haben uns im Sommer ganz gut verstanden«, sagte er.

Nadja holte aus einem Küchenschrank ein Glas und goss Mineralwasser ein. »Das ist fast ein halbes Jahr her. Seitdem haben wir nichts mehr von dir gehört. Du hast dich nicht mal zu Akinas Geburtstag gemeldet. Erwarte also keine Begeisterungsstürme.«

Sie setzten sich an den Esstisch. Avram nippte an dem Glas, das Nadja ihm hinschob. Seine Kehle war plötzlich trocken geworden.

»Hast du vor, hier zu übernachten?«, fragte Nadja.

»Nicht, wenn ich nicht willkommen bin. Ich kann ein Hotelzimmer nehmen.«

Nadjas Blick ruhte sekundenlang auf seinem Gesicht, unbewegt und distanziert. Dann sagte sie: »Nein. Von mir aus kannst du bleiben. Das Bett im Bügelzimmer ist frei.« Obwohl es eine Einladung war, klang jedes Wort wie eine Zurückweisung.

»Keine Sorge, ich werde nur eine Nacht bleiben«, entgegnete Avram. Danach musste er weiter, weil das Risiko zu groß war, von der Polizei oder von Jekaterina Worodins Leuten aufgespürt zu werden. Er wollte Nadja und Akina nicht unnötig in Gefahr bringen. »Warum bist du so schroff?«, fragte er.

Bei seinem vorletzten Besuch vor acht Jahren hatten sie eine Nacht zusammen verbracht. Nadja hatte ihren Ehemann betrogen, Avram seinen Bruder. Damals war ihnen beiden klar gewesen, dass es für sie keine Zukunft geben konnte. Aber jetzt war Goran tot, und obwohl Avram nicht in der Absicht hergekommen war, seine Beziehung mit Nadja neu aufleben zu lassen, hatte er sich irgendwie mehr erhofft als offene Ablehnung.

Er versuchte, ihre Hand zu berühren, doch sie zog sie schnell weg. »Monatelang gibst du kein Lebenszeichen von dir, obwohl Akina und ich dir mehrmals gemailt haben. Aber kaum schreibe ich dir, dass es eine neue Information zu Gorans und Saschas Tod gibt, tauchst du sofort hier auf. Das zeigt ja wohl mehr als deutlich, welchen Stellenwert Akina und ich bei dir haben. Und du fragst mich, warum ich so schroff bin!«

Avram seufzte stumm in sich hinein. Es gab gute Gründe, weshalb er nicht schon früher hergekommen war. Zum einen hatte die Polizei den Hof beschatten lassen, zumindest in der ersten Zeit nach seinem Verschwinden. Außerdem hatte er sich nach Gorans und Saschas Tod nicht in die Familie drängen wollen. Vor allem aber hatte er Abstand gebraucht, von Nadja, von Akina, vom Kuyperhof – kurz, von allem, was ihn daran erinnerte, dass ein Wahnsinniger namens Belial seinen Sohn qualvoll getötet hatte.

Doch keiner dieser Gründe zählte im Augenblick. Nicht für Nadja. Auch sie hatte einen Sohn verloren. Und ihren Ehemann. Noch dazu war sie von Belial verschleppt und misshandelt worden. Sie hatte also noch viel mehr zu leiden gehabt als Avram. Und er hatte er ihr nicht beigestanden.

Aus Verlegenheit nippte Avram noch einmal an seinem Glas.

Er wusste nicht, was er sagen sollte.

Eine Weile saßen sie sich schweigend gegenüber. Nadja rieb sich nervös die Finger. Ihr war die Stille wohl genauso unangenehm wie Avram.

Endlich schien ihr ein rettender Gedanke zu kommen. Sie stand auf, verließ den loftartigen Wohnbereich durch den Flur neben der Küche und kam kurz darauf mit einem handbeschriebenen DIN-A5-Zettel zurück.

»Britt Lassgard«, las sie vor und legte den Zettel vor Avram auf den Tisch. Offenbar war das die Frau, die vorgab, neue Informationen zum Tode von Goran und Sascha in ihrem Besitz zu haben. Avram fragte sich, was sie dafür verlangen würde. Wahrscheinlich viel Geld.

Außer dem Namen stand nur noch eine Telefonnummer mit Münchner Vorwahl auf dem Zettel. »Hast du schon mit ihr gesprochen?«, fragte er.

»Ja, aber sie wollte nur mit Goran reden, mit niemand anderem.«

»Hast du ihr gesagt, dass Goran tot ist?«

Nadja schüttelte den Kopf. Plötzlich begannen ihre Augen, wässrig zu glänzen. Sie wirkte jetzt gar nicht mehr böse, sondern nur noch verletzlich und hilflos wie ein kleines Kind. »Die letzten Monate waren hart für mich«, raunte sie. »Aber irgendwie habe ich es geschafft, die Vergangenheit hinter mir zu lassen und wieder in die Zukunft zu schauen.«

Avram hörte ein Motorengeräusch, das sich langsam näherte. Natürlich konnte das ein harmloser Überlandfahrer sein. Dennoch schob er vorsichtshalber eine Hand in seinen Jackenausschnitt, um bei Bedarf schnell die Pistole ziehen zu können.

»Ich denke immer noch jeden Tag an Sascha und Goran, aber die Phasen, in denen ich das Leben wieder genießen kann, werden allmählich länger«, fuhr Nadja fort. »Und dann ruft plötzlich diese Frau hier an und behauptet, irgendwelche Informationen zu haben zu den schrecklichen

Dingen, die damals vorgefallen sind. Kannst du dir vorstellen, wie ich mich da gefühlt habe?«

Tränen rannen ihr an den Wangen herab. Sie zog ein Taschentuch aus ihrer Jeans und tupfte sich damit das Gesicht trocken.

Avram hatte das Bedürfnis, Nadja in die Arme zu nehmen. Sie sanft an sich zu drücken und sie zu trösten. Aber die Angst vor einer neuen Zurückweisung ließ ihn sitzen bleiben. Außerdem war das Motorengeräusch jetzt so laut, dass es direkt vom Hof kommen musste. Avram löste den Druckknopf seines Schulterholsters und nahm den Pistolengriff in die Hand.

»Ich weiß genau, wie du dich fühlst«, sagte er. »Ich denke auch jeden Tag an Goran und Sascha. Und wenn diese Frau etwas weiß, das wir bisher noch nicht wissen, dann will ich mit ihr reden.«

Der Motor erstarb.

Dann hupte es.

»Ich muss jetzt gehen«, sagte Nadja und steckte ihr Taschentuch weg. »Das ist Jens. Wir wollen heute ins Kino. Bist du noch da, wenn ich wiederkomme?«

Es klang versöhnlicher. Vielleicht lag ihr ja doch etwas daran, dass er blieb. Avram nickte.

»Dann sehen wir uns später«, sagte sie. An der Garderobe streifte sie sich einen roten Mantel über, der stark auf Taille geschnitten war und ihr ziemlich gut stand. Anschließend wickelte sie einen dazu passenden Schal um den Hals und hängte sich ihre Tasche über die Schulter.

Als sie die Tür öffnete, stand ein großer, blonder Mann mit aufgespanntem Regenschirm im Eingang, der sie sofort in den Arm nahm. Bevor sie irgendetwas sagen oder tun konnte, küsste er sie auf den Mund.

»Meine Güte, was habe ich dich vermisst!«, raunte er. »Fünf Tage ohne dich – das war die reinste Qual!«

Avram ließ von seiner Waffe ab und räusperte sich. Es verschaffte ihm eine gewisse Befriedigung zu sehen, wie Jens zusammenzuckte.

»Das ist mein Schwager – Avram«, sagte Nadja. »Avram, das ist Jens.«

»Freut mich«, sagte Jens und lächelte Avram zu.

Mich nicht, dachte Avram. Aber er besaß genug Taktgefühl, um sich wenigstens ein knappes Nicken abzuringen.

Er fragte sich, was Nadja an diesem Kerl fand. Sein gegeltes Haar ließ ihn wie einen in die Jahre gekommenen Jugendlichen aussehen. Seine Zähne strahlten so weiß, dass es schon beinahe unnatürlich wirkte. Und unter seiner Jacke zeichnete sich unverkennbar ein Bauchansatz ab.

Reiß dich zusammen. Es steht dir nicht zu, eifersüchtig zu sein. Nach allem, was Nadja in den letzten Monaten durchgemacht hat, verdient sie es, sich wieder am Leben zu erfreuen.

Er seufzte.

»Nun geht endlich«, sagte er. »Ich komme hier schon zurecht.«

Nadja warf ihm einen schnellen, letzten Blick zu, dann nahm sie Jens an der Hand und zog ihn hinter sich aus der Tür.

Avram wartete, bis sie weggefahren waren. Als es draußen wieder ruhig war, holte er sein Gepäck aus dem Auto und richtete sich das Bett im Bügelzimmer her. Die ganze Zeit kreisten seine Gedanken dabei um Nadja. Während er untergetaucht war, hatte er nicht sehr viel an sie gedacht, eher an Goran und Sascha. Er hatte nicht geglaubt, noch wirklich etwas für sie zu empfinden. Wie er jetzt aber feststellen musste, hatte er sich getäuscht.

Er setzte sich aufs Bett, nahm die Brille ab und rieb sich die Augen. Allmählich holte ihn die Müdigkeit ein. Die Verlockung, sich hinzulegen, noch ein wenig nachzudenken und dabei die Augen zu schließen, war groß. Bestimmt würde er innerhalb weniger Minuten einschlafen. Aber er wusste, dass er sich diesen Luxus nicht erlauben konnte.

Er hatte noch eine lange Nacht vor sich.

SAMSTAG

*Geh zur Hölle,
Avram,
dort wartet der
Teufel auf dich*

14

Die Schmerzen waren unerträglich, die Angst noch viel mehr. Sie wusste weder, wo sie sich befand noch wie sie hierhergekommen war. Alles, woran sie sich erinnerte, war das diabolische Grinsen eines harmlos aussehenden rothaarigen Mannes in dem Moment, in dem er sie überrumpelt und mit einem Fausthieb ins Gesicht niedergeschlagen hatte. Um sie herum war die Welt in tiefer Dunkelheit versunken, und eine gefühlte Ewigkeit später, vielleicht aber auch nur nach ein paar Minuten, war sie hier wieder aufgewacht. Ihre Hände steckten in Fesseln, die Eisenkette zwischen ihren Handknöcheln hing in einem glänzenden Fleischerhaken, der von der kahlen Decke baumelte. Ihre Arme waren taub und glühten doch, als würden sie in Flammen stehen, wahrscheinlich weil das Blut nicht mehr richtig zirkulierte.

Sie wollte schreien, aber sie konnte nicht. In ihrem Mund steckte ein Knebel, rund und groß wie eine Orange, aber hart wie Holz. Eine Art Gurt, der um ihren Kopf führte, verhinderte, dass sie den Knebel ausspucken konnte.

Tränen rannen ihr über die Wangen. Wie war sie diesem Irren nur in die Fänge geraten? Wo steckte er überhaupt? Er hatte vor ein paar Minuten den Raum verlassen. Seitdem war er nicht mehr aufgetaucht.

Ängstlich blickte sie sich um. Sie befand sich in einem fensterlosen Keller mit weiß gestrichenen Wänden und weißen Bodenfliesen. Auch die meisten Schränke und Regale waren weiß. All die schrecklichen Dinge, die auf den

Regalen lagen und an den Wänden hingen, waren dagegen nicht weiß. Das chirurgische Besteck. Die Sägen, Zangen, Hammer und Meißel. Die Messer mit ihren blankpolierten Klingen. Der Lötkolben. Die Dosen und Flaschen mit den unheimlichen chemischen Bezeichnungen. *H_2SO_4 Dihydrogensulfat* stand auf einer, keine zwei Meter von ihr entfernt. Schwefelsäure. Die anderen Bezeichnungen, die sie entziffern konnte, kannte sie nicht, aber sie klangen mindestens genauso gefährlich. Was hatte der Wahnsinnige mit ihr vor?

Als wäre der Gedanke ein Auslöser gewesen, öffnete sich die Tür mit einem gedehnten Quietschen, wie in einem alten Gruselfilm. Das Monster kehrte zurück.

Belial.

Er trug einen weißen Schutzanzug über seiner schwarzen Kleidung. Sogar über die Schuhe hatte er Überstülper gestreift.

Ohne Eile ging er zu der Stereoanlage auf dem Sideboard und drehte sie auf. Dumpfe Heavy-Metal-Rhythmen dröhnten jetzt durch den Raum, laut und pulsierend. Ein paar Takte lang blieb das Monster in Weiß bei der Anlage stehen, legte den Kopf genießerisch in den Nacken und lauschte der Musik. Dann kam es mit einem Lederetui in der Hand zu ihr herüber und breitete es auf einem Beistelltisch aus. Zum Vorschein kam eine Reihe von chromfarbenen Skalpellen und Messern, in denen sich das Deckenlicht spiegelte.

Panik stieg in ihr auf. Die ganze Zeit über hatte sie genau gewusst, was der Kerl mit ihr vorhatte, aber aus irgendeinem Grund wurde ihr die Ausweglosigkeit ihrer Situation erst richtig bewusst, als seine Hände jetzt ihre Hose öffneten und den Stoff bis zu den Knien herunterzogen.

Die Schmerzen an ihren Handgelenken ignorierend, versuchte die Frau, um sich zu treten, aber ihre Füße waren an den Boden gefesselt. Sie konnte sich kaum bewegen, jedenfalls nicht genug, um sich gegen diesen so harmlos aussehenden Wahnsinnigen zu wehren.

Ich werde die nächste Stunde nicht überleben!

Seelenruhig nahm der Mann eins der Skalpelle aus dem Etui, setzte es an ihrem Oberschenkel an und stach zu.

Emilia zuckte wimmernd aus dem Schlaf auf, schweißgebadet und mit rasendem Puls. Erleichtert stellte sie fest, dass sie nur geträumt hatte. Die Dämonen der Nacht waren wieder einmal über sie hergefallen!

»Schschsch«, machte Mikka Kessler, der neben ihr lag und sie mit seinen warmen, dunklen Augen ansah. Seine Hand ruhte mit sanftem Druck auf ihrer Schulter, als wolle er ihr damit Halt geben. »Schschsch!«

Es war dasselbe Geräusch, mit dem Emilias Mutter sie früher beruhigt hatte, wenn sie sich als Kind das Knie aufgeschürft oder einen Streit mit ihrer Schwester verloren hatte. Oder wenn sie nachts durch einen Albtraum aufgewacht war. Damals hatte ihr dieses Geräusch geholfen. Im Moment war die Angst aber noch zu gegenwärtig, als dass sie sich wieder beruhigen konnte.

Sie seufzte. Seit Belial sie gefangen hatte, suchten sie diese Träume heim – anfangs jede Nacht, inzwischen zum Glück seltener. Aber sie kamen immer noch, heimtückisch und grausam, wenn sie ihnen im Schlaf hilflos ausgesetzt war. Danach lag sie oft stundenlang wach im Bett und wartete darauf, dass endlich der Wecker klingelte.

Belial hatte sie verletzt. Dabei waren die Skalpellschnitte vergleichsweise harmlos gewesen – Emilia hatte im Lauf ihrer Karriere schon schlimmere Verletzungen erlitten. Was ihr viel nachhaltiger zu schaffen machte, war das, was das

Monster in ihrem Inneren zerstört hatte: das grundlegende Vertrauen in die Welt. Sie hatte an diesem Haken gehangen, gefesselt, hilflos, ausgeliefert. Wäre nicht in letzter Sekunde Hilfe eingetroffen, wäre sie jetzt längst tot.

All das steckte so tief in ihr, dass sie selbst heute, Monate später, noch nicht darüber hinweg war.

Natürlich hatten diese Probleme sich auch auf ihre Arbeit ausgewirkt. Irgendwann war den Kollegen ihre ständige Übermüdung aufgefallen, weil sie nachts kaum schlafen konnte. Ihr damaliger Chef, Frédérique Tréville, hatte sie dem Polizeipsychologen überantwortet, seitdem musste sie alle zwei Wochen dort antanzen. Gebracht hatte es nichts.

Mikka Kesslers Hand löste sich von ihrer Schulter, wanderte zu ihrem Gesicht. Sachte strichen seine Finger über ihre Wange und von dort weiter bis zu ihrem Nacken. Normalerweise fand sie das angenehm, ja sogar erregend. Jetzt musste sie sich jedoch zusammenreißen, um nicht vor ihm zurückzuweichen. Im Augenblick konnte sie keine Berührung ertragen. Sie beherrschte sich nur, um Mikka nicht vor den Kopf zu stoßen. Er war das Beste, was ihr bislang in ihrem Leben passiert war, ein Mann, wie man ihn sich nur wünschen konnte.

Natürlich gefiel ihr sein Äußeres: Er war groß und durchtrainiert und hatte wuscheliges schwarzes Haar, das er mit viel Gel und noch mehr Eitelkeit jeden Morgen vor dem Spiegel formte. Seine Augen verströmten ein großes Maß an Wärme und Geborgenheit – wenn nicht gerade der Schalk aus ihnen blitzte. Dazu passte sein Lächeln, oft nachdenklich und milde, manchmal jedoch auch lausbubenhaft frech.

Ganz abgesehen von seinem Äußeren gefielen ihr aber auch seine inneren Werte. Er war ein starker Charakter, der ihr das Gefühl vermittelte, beschützt zu sein. Oft brachte er sie zum Lachen, aber er hatte auch eine ernste Seite. Und wenn sie sich stritten, wurde er nie laut. Er verkörperte die perfekte Mischung aus Pragmatismus und Romantik, ein Mann für den Alltag und für die Liebe. Schade, dass sie sich nur am Wochenende sehen konnten! Das galt umso mehr, als seine Qualitäten im Bett ebenfalls sehr überzeugend waren. Die Erinnerung an das, was er letzte Nacht mit ihr angestellt hatte, ließ Emilia die Hitze zu Kopf steigen. Der Albtraum von vorhin löste sich in Wohlgefallen auf und machte jetzt dem wachsenden Bedürfnis Platz, sich Mikka noch einmal hinzugeben. Sie schenkte ihm ein Lächeln, von dem sie hoffte, dass es aufreizend auf ihn wirkte, drehte sich um und schmiegte sich mit dem Rücken an ihn.

Das funktionierte immer.

Eine Stunde später saßen sie frisch geduscht am Frühstückstisch. Emilia fühlte sich erschöpft wie nach einem Marathon, schwebte aber gleichzeitig auf einer Wolke der Glückseligkeit. Mikka hatte sie mit Haut und Haaren ins Reich der Sinne entführt und sie Belial endgültig vergessen lassen. Zumindest für den Moment.

Die Uhr über der Küchentür zeigte erst Viertel vor acht, dennoch fiel bereits kraftvolles Sonnenlicht durchs Esszimmerfenster. Der Himmel war klar und wolkenfrei, es versprach ein wundervoller Novembertag zu werden. Obwohl der Freitag eine Katastrophe gewesen war, beschloss Emilia, das Wochenende in vollen Zügen zu genießen.

»Wann wird Becky hier sein?«, fragte Mikka. Er hatte seine Tasse bereits auf den Teller gestellt und überflog gerade die Zeitung.

»Ihr Zug kommt um halb elf am Bahnhof an«, sagte Emilia. »Ich dachte, wir holen sie ab und fahren direkt in den

Zoo. Das hat sie sich für heute gewünscht.« Was erstaunlich war. Normalerweise wollte sie ins Kino oder shoppen. »Brauchen wir fürs Wochenende noch irgendetwas zu essen? Dann könnten wir vor dem Zoo noch einkaufen.«

Aber Mikka schüttelte den Kopf. »Alles schon erledigt«, sagte er. »Außerdem habe ich heute Morgen etwas ganz anderes mit dir vor.«

Emilia grinste. »Noch einmal?«

Mikka sah sie über den Rand seiner Zeitung hinweg an. »Zugegeben, einen Moment lang hatte ich daran gedacht. Aber ich fürchte, das muss warten.«

»Oh, dann ist es also eine Überraschung?« Im Grunde genommen mochte Emilia Überraschungen gar nicht, aber Mikkas Einfälle waren immer sehr süß. Oft machte er ihr kleine Geschenke, einmal hatte er ihr ein Lebkuchenherz selbst gebacken. Die Krönung war gewesen, als er ihr vor vier Wochen ein Lied komponiert und es ihr freitagabends am Klavier vorgetragen hatte. Er war ein Romantiker durch und durch. Welche Frau hätte da widerstehen können? »Gibst du mir einen kleinen Tipp?«, bat sie.

Aber Mikka lachte nur und schüttelte den Kopf. »Dann wäre es ja keine Überraschung mehr«, sagte er.

15

Ein schabendes Geräusch an der Zimmertür ließ Avram aus dem Schlaf aufschrecken. Sofort war er hellwach. Noch bevor er wieder wusste, wo er sich befand, hatte er nach der Pistole unter seinem Kopfkissen gegriffen. Wer war das? Die Polizei? Oder Jekaterina Worodins Leute?

Durch einen Schlitz im Rollladen fiel etwas Licht, so dass er wenigstens Umrisse erkennen konnte. Rechts von ihm stand ein massiver Eichenholzschrank, hinter dem er im Ernstfall Deckung finden konnte. Links vom Bett befanden sich ein Tisch mit einem Wäschekorb und ein aufgestelltes Bügelbrett. An der Wand hing eine Landschaftsfotografie aus den Sechzigern, ein Bild, das seine Eltern gekauft hatten, als er noch ein Kind gewesen war.

Jetzt kehrte die Erinnerung zurück. Er war auf dem Kuyperhof, im Gästezimmer seiner Schwägerin.

Durch den schmalen Spalt unter der Tür erkannte er einen Schatten. Jemand war draußen im Flur. Wie hatten sie ihn gefunden?

Wieder dieses leise Schaben. Avram zielte mit seiner Pistole auf die Tür, bereit abzurücken, sobald sich das kleinste Anzeichen von Gefahr zeigte. Erst als er ein klägliches Miauen hörte, entspannte er sich wieder.

Natürlich, die Katze!

Er sicherte seine Pistole und legte sie auf dem Nachttisch ab. Seine Armbanduhr zeigte 8.43 Uhr. Schon so spät! Er hatte viel länger als beabsichtigt geschlafen. Aber die Nacht war anstrengend gewesen.

Nachdem er das Haus auf Wanzen überprüft hatte, hatte er gestern Abend zunächst Britt Lassgard angerufen, die Frau, die behauptete, etwas Neues über die Vorkommnisse im Sommer zu wissen. Aber es war nur der Anrufbeantworter angesprungen. Avram wollte heute erneut sein Glück bei ihr versuchen.

Nach dem erfolglosen Telefonat war Avram nach draußen gegangen, um sich zu vergewissern, dass niemand den Hof beobachtete. Nicht, dass er das ernsthaft glaubte. Aber in seinem Job war Vorsicht überlebenswichtig.

Also hatte er sich aus dem Haus geschlichen, um sich auf der Anhöhe hinter dem Pferdestall auf die Lauer zu legen. Fünf Stunden lang hatte er dort ausgeharrt, hinter einem Gebüsch am Waldrand, auf einem alten Baumstumpf hockend, das Scharfschützengewehr quer über den Beinen, das Nachtsichtgerät vor den Augen. Aber er hatte nichts Verdächtiges feststellen können. Drei Autos hatten auf dem Weg zwischen Kirchbrunn und Oberaiching den Kuyperhof passiert, und ein paar Hasen waren über die Weiden des Wolfhammerhofs gerannt. Abgesehen davon war es ruhig gewesen.

Um kurz nach Mitternacht hatte Jens Nadja nach Hause gebracht. Durch das Präzisionsvisier seines Gewehrs hatte Avram ihren innigen Abschiedskuss im Auto beobachtet, und einen Moment lang war er versucht gewesen, den Laserpointer zu aktivieren. Die Vorstellung von Jens' erschrecktem Gesicht hatte ihn amüsiert, gleichzeitig war ihm natürlich klar gewesen, wie lächerlich und unprofessionell dieser Gedanke war. Er benahm sich wie eifersüchtiger Teenager.

Nachdem Nadja im Haus und Jens wieder weggefahren

war, hatte Avram noch eine ganze Weile auf seinem Baumstumpf ausgeharrt, aber irgendwann war er zu der Überzeugung gelangt, dass in dieser Nacht keine Gefahr mehr bestand. Müde und durchgefroren war er zum Hof zurückgekehrt. Kaum im Bett, hatte ihn auch schon der Schlaf übermannt.

Das erneute Miauen der Katze holte ihn zurück in die Gegenwart. Avram stand auf und gab ihr in der Küche frisches Futter. Während die Katze fraß, machte er ein paar Liegestütze und Bauchaufzüge – sein übliches Programm, um in Form zu bleiben. Anschließend duschte er und zog sich an.

Nadja schlief noch. Oder vielleicht war sie auch wach und mied nur seine Gegenwart. Für sie war die Situation mindestens genauso sonderbar wie für ihn, nur, dass er sie bewusst herbeigeführt hatte, während sie davon überrascht worden war.

Aber heute Vormittag wollte er ihr ohnehin ihre Ruhe lassen. Er hatte sich vorgenommen, auf den Friedhof zu gehen, um das Grab seines Bruders und seines Sohnes zu besuchen. Seit sie bestattet worden waren, war er noch nicht dort gewesen. Höchste Zeit, dieses Versäumnis endlich nachzuholen.

16

Während Mikka Kessler mit Emilia in die Frankfurter Innenstadt fuhr, war er auffallend wortkarg. Er ließ sich keinerlei Andeutung zu der angekündigten Überraschung aus der Nase ziehen und sprach auch sonst nicht besonders viel. Emilia kannte ihn so gar nicht. Er wirkte irgendwie verändert. Allmählich begann sie sich zu fragen, warum.

Sie ließen den Wagen in einem öffentlichen Parkhaus an der Junghofstraße stehen. Von dort aus gingen sie zu Fuß durch eine Reihe gewaltiger Häuserschluchten, die Emilia an die Wall Street erinnerten – monumentale Bauwerke, erhaben und erdrückend zugleich.

Am Fuß des Main Towers, einem der Wahrzeichen der Stadt, blieb Mikka stehen. »Warst du schon mal da oben?«, fragte er. Mit der Hand deutete er auf die Spitze der riesigen gläsernen Röhre, die bis in den Himmel zu ragen schien. »Von dort hat man einen Blick über die ganze Stadt. Das musst du dir ansehen!«

Große Höhen machten Emilia zwar keine Angst, aber sie hatte Respekt davor. Ein Lebkuchenherz wäre ihr in diesem Moment lieber gewesen.

Mikka schien ihre Gedanken zu erraten. »Vertrau mir. Du wirst es nicht bereuen«, sagte er. Er nahm ihre Hand und zog sie zum Eingang.

Drinnen herrschte gähnende Leere. Auf einem Hinweisschild stand, dass die Aussichtsplattform täglich ab

10.00 Uhr für den Publikumsverkehr geöffnet wurde. Emilias Armbanduhr zeigte erst Viertel nach neun.

»Dann kommen wir eben ein andermal wieder«, sagte sie, insgeheim froh darüber, dass ihr Mut vor der großen Höhe nun doch nicht herausgefordert würde.

Aber Mikka ließ sich von dem Schild nicht beirren. Zielsicher lotste er Emilia zu einem uniformierten Mann an einer Sicherheitsschleuse. »Schön, dass das geklappt hat, Bernhard. Ich schulde dir was«, begrüßte er ihn.

Dem Uniformierten schien das irgendwie unangenehm zu sein. Mit einer knappen Kopfbewegung deutete er an, dass sie ausnahmsweise an der Sicherheitsschleuse vorbeidurften, ohne gescannt zu werden. Offenbar kannten er und Mikka sich ziemlich gut.

Der Uniformierte führte sie bis zum Fahrstuhl, blieb aber draußen, als sie einstiegen. Nachdem die Tür sich geschlossen hatte, drückte Mikka den obersten Knopf. »Der Main Tower ist eines der höchsten Gebäude der Stadt«, erklärte er. »Er hat sechsundfünfzig Geschosse. Zu Fuß wären es über tausend Stufen. Ganz oben befinden wir uns zweihundert Meter über dem Boden.«

Emilia hätte etwas weniger Details über die Höhe des Turms bevorzugt, lächelte aber tapfer. Sie wollte Mikka nicht enttäuschen, wo er seinen kleinen Vortrag doch so gut vorbereitet hatte.

Surrend setzte der Aufzug sich in Bewegung. Ein in die Metallwand eingelassenes Display zeigte einen schematischen Querschnitt durch den Turm und die sich verändernde Position der Kabine. Daneben gab ein Tachometer die Aufstiegsgeschwindigkeit an, die sich von null auf fünfundzwanzig Kilometer pro Stunde steigerte. Emilia konnte noch nicht genau einschätzen, ob ihr das gefiel. Eher nicht.

Der Vorteil war jedoch, dass sie in kürzester Zeit das sechsundfünfzigste Stockwerk erreichten, wo sie von einer hübschen, jungen Blondine in einem marineblauen Mantel in Empfang genommen wurden. Mikka begrüßte auch sie wie eine alte Bekannte und gab ihr einen Kuss auf die Wange. Auf Emilias fragenden Blick hin zuckte er nur verlegen mit den Schultern und sagte: »Frankfurt ist ein Dorf. Da kennt man sich eben.«

Emilia war die Blondine unsympathisch. Wahrscheinlich lag es einfach daran, dass sie eine Frau war.

Über einen Treppenaufgang ging es die letzten Meter hinauf zur Plattform, einem kreisrunden Plateau, in dessen Mitte ein riesiger, rot-weiß gestrichener Mast aufragte. Irgendwo hinter ihr erklärte Mikka, dass das der Sendemast des Hessischen Rundfunks sei, aber Emilia nahm es kaum wahr, denn der Ausblick von hier oben überstieg ihre kühnsten Erwartungen. Wie eine liebevoll gestaltete Spielzeuglandschaft breitete sich die Stadt unter ihr aus. Hier und da ragten Wolkenkratzer wie zu groß geratene Bauklötze aus der Miniaturmetropole. Nicht weit entfernt schlängelte sich der Main durch die Innenstadt.

Emilia trat näher an die Glasbrüstung heran, um noch besser sehen zu können. Hätte Mikka ihr im Aufzug gesagt, dass sie das freiwillig tun würde, hätte sie es nicht geglaubt. Erst als ihr bewusst wurde, dass das Geländer nicht einmal brusthoch war, wich sie einen Schritt zurück.

»Und? Habe ich zu viel versprochen?« Mikka hatte sich ihr von hinten genähert und nahm sie in den Arm.

»Es ist atemberaubend schön«, gab Emilia zu. Als sie seine Hand nahm, fiel ihr auf, dass sie eiskalt war. »Alles klar mit dir?«, fragte sie. »Nicht dass du krank wirst.«

»Keine Sorge, mit mir ist alles in Ordnung«, erwiderte

Mikka. »Es ist nur … ich bin ein bisschen aufgeregt. Nein, ehrlich gesagt, hatte ich die Hosen noch nie so voll wie jetzt, in diesem Moment.« Mit diesen Worten entließ er sie aus seiner Umarmung. Dann trat er einen Schritt zurück, kniete sich hin und zog ein kleines Kästchen aus seiner Jackentasche, das er aufklappte und ihr hinhielt.

»Emilia Franziska Ness, ich weiß, dass wir uns erst seit ein paar Monaten kennen und dass wir es in dieser Zeit noch nicht mal geschafft haben zusammenzuziehen.« Seine Stimme klang belegt, er räusperte sich. »Du lebst in Lyon, ich in Frankfurt, und wir wollen beide unseren Job nicht aufgeben. Es sind also denkbar ungünstige Voraussetzungen für das, was ich dich heute fragen will. Trotzdem habe ich das Gefühl, dass ich es tun muss, und ich bitte dich aus vollem Herzen, ja zu sagen. Willst du meine Frau werden?«

Mit allem hatte Emilia gerechnet, nur nicht damit. Unwillkürlich kamen ihr die Tränen. Tausend Gedanken rasten durch ihren Kopf, Zweifel und Ängste, die Frage, wie ihr gemeinsames Leben überhaupt aussehen konnte. Doch trotz aller Bedenken war ihr Glück in diesem Augenblick so vollkommen, dass es nur eine einzige Antwort auf Mikkas Frage geben konnte.

»Ja, ich will«, sagte sie und beugte sich zu ihm hinab, um ihn zu küssen.

17

Es war ein schöner, kalter Morgen mit einem wolkenfreien Himmel. Die Sonne stand als mattgelbe Scheibe zwischen Horizont und Zenit, aber nur zögerlich erreichten ihre wärmenden Strahlen die Erde.

Avram schlenderte am Ufer des Waidbachs entlang nach Oberaiching. Der Weg führte hinter einer Anhöhe an der Bott'schen Rinderweide vorbei. Wenn man gemütlich ging, so wie Avram an diesem Morgen, dauerte der Spaziergang in die Stadt eine knappe halbe Stunde.

Beim letzten Mal bin ich diese Strecke gerannt, dachte er. Aber in die entgegengesetzte Richtung, mitten in der Nacht. Weil jemand Akina auf dem Kuyperhof überfallen und töten wollte.

Wenigstens das habe ich verhindern können.

Goran, Nadja und Sascha hatten nicht so viel Glück gehabt.

Er nahm einen tiefen Atemzug, sog die kalte Luft durch die Nase ein und stieß sie durch den Mund wieder aus, so dass sich vor seinem Gesicht eine Kondenswolke bildete. Die Erinnerungen an den letzten Sommer holten ihn immer wieder ein wie hungrige Tiere, die ihn jagten und nicht mehr von seiner Fährte abließen. Würde er es jemals schaffen, darüber hinwegzukommen?

Sein Blick schweifte über die hügelige Weide zu seiner Rechten und die Felder links des Waidbachufers. Als Kind war er auf dem Weg in die Schule oft hier entlanggegangen, mit Goran und mit Ludwig Bott. Wie schön und unbeschwert die Zeit damals gewesen war!

Sein Handy klingelte, er zog das Gerät aus der Jackentasche. Es war die Nummer, die Nadja ihm gestern gegeben hatte. Endlich der ersehnte Rückruf! Er nahm das Gespräch an.

»Hier Goran Kuyper«, log er. Um sich besser konzentrieren zu können, blieb er stehen. Er durfte jetzt keinen Fehler machen. »Wer ist da?«

»Britt Lassgard. Sie haben gestern auf meinen Anrufbeantworter gesprochen.«

»Weil meine Frau mir gesagt hat, dass Sie eventuell Informationen für mich haben.« Irgendwie kam es ihm falsch vor, sich als seinen toten Bruder auszugeben, aber er musste es tun, weil Britt Lassgard mit niemand anderem sprechen wollte.

»Das stimmt.« Ihre Stimme klang zaghaft und unschlüssig. »Ich denke, ich habe etwas, das Sie interessieren könnte. Kennen Sie mich noch?«

Fatale Frage. »Im Moment habe ich offen gestanden kein Bild vor Augen«, gab er zu.

»Wir haben nur kurz miteinander gesprochen«, sagte die Frau. »Vor ein paar Monaten. Sie haben mich gefragt, ob ich weiß, woher Ulf die Filme hatte.«

Avram konnte nur mutmaßen, dass sie die Filme meinte, die Goran auf einem USB-Stick im Weinkeller versteckt hatte. Snuff-Movies der übelsten Sorte. Ein kalter Schauder kroch ihm über den Rücken.

»Ulf Heidecker«, half ihm die Frau auf die Sprünge. Offenbar hatte er einen Moment zu lange darüber nachgedacht.

»Ah, natürlich!«, improvisierte Avram. »Bitte entschuldigen Sie, dass ich nicht gleich darauf gekommen bin. Lassgard und Heidecker – ich habe die beiden Namen nicht zusammengebracht. Welche Informationen haben Sie denn nun für mich?«

Die Frau hustete. »Das will ich lieber nicht am Telefon besprechen«, sagte sie. »Können wir uns treffen? So gegen 13.00 Uhr?«

Avram biss die Zähne zusammen. Ein persönliches Treffen war gefährlich. Er sah Goran zwar ähnlich, aber wenn Britt Lassgard ein halbwegs gutes Personengedächtnis hatte, würde sie merken, dass er ihr eine falsche Identität vorgaukelte.

»Heute ist es schlecht«, sagte er. »Kann ich jemanden bei Ihnen vorbeischicken?«

»Nein. Ich will nur mit Ihnen sprechen. Sie wissen, was diese Leute Ulf angetan haben. Sie wissen, dass da auch die Polizei mit dringesteckt hat. Ich will nicht so enden wir er.«

Avram begriff, dass sie sich auf kein anderes Angebot einlassen würde. Sie fürchtete sich, und nach allem, was er über diesen Fall wusste, hatte sie auch allen Grund dazu.

»Also gut, 13.00 Uhr«, willigte er ein. »Wohin soll ich kommen?«

Eine Viertelstunde später erreichte er den Oberaichinger Friedhof, der noch beinahe genauso aussah wie damals, als seine Eltern beerdigt worden waren. Er lag im Schatten der Sankt-Marien-Kirche, einem aus Sandstein errichteten kleinen Gotteshaus mit einem spitzen, rotgeschindelten Glockenturm und schmalen Rundbogenfenstern.

Es dauerte nicht lange, bis Avram die Stelle fand, an der Goran und Sascha beigesetzt worden waren. Sie lagen in einem Gemeinschaftsgrab, das zum größten Teil mit niedrig wachsendem Immergrün und Efeu bedeckt war. In der

Mitte flackerten zwei Votivkerzen neben einer Vase mit bunten Blumen. Am Kopfende steckte ein Holzkreuz mit den Namen Goran und Sascha Kuyper sowie ihren Geburts- und Sterbedaten.

Eine Welle tiefempfundener Trauer übermannte Avram. Seine Augen füllten sich mit Tränen. Er war nie besonders gläubig gewesen, aber er fand den Gedanken tröstlich, dass Sascha und Goran jetzt in einer besseren Welt waren, frei von Angst und Schmerz.

Er faltete die Hände und sprach ein stummes Vaterunser, während die Schreckensbilder wieder in ihm aufstiegen wie schwarzer Nebel.

Der Überfall auf den Kuyperhof, nachts bei strömendem Regen.

Nadja, die man in dieser Nacht entführt hatte.

Akina, die geflüchtet war und sich danach tagelang im Wald versteckt hatte, mutterseelenallein und völlig verängstigt.

Sascha, der am Morgen aus der Schule verschleppt und in einen weiß gekachelten Folterkeller bei Nürnberg entführt worden war.

Belial, der Sascha in Ketten gelegt und ihn so lange gequält hatte, bis sein kleiner Körper schließlich aufgab.

Die Kameras, die bis zu seinem letzten Atemzug auf den armen Jungen gerichtet gewesen waren.

Goran, der diesen Film angeschaut und sich aus Verzweiflung das Leben genommen hatte.

Das alles, weil er in seiner Eigenschaft als Reporter einem Serienmörder zu nahe gekommen war.

Grausame Welt.

Avram hatte selbst oft genug schreckliche Dinge getan. Auf sein Konto gingen etliche Menschenleben. Aber er war stets bemüht gewesen, schnell und sauber zu töten, nicht unnötig brutal. Schon gar nicht wäre es ihm eingefallen, kleine Kinder umzubringen.

Er schnäuzte sich und steckte das Taschentuch wieder weg.

Goran und Sascha Kuyper.

Wie Vater und Sohn lagen sie in diesem Grab, Seite an Seite, und es war gut so. Goran war Sascha ein besserer Vater gewesen, als Avram es je hätte sein können. Und Sascha hatte gar nicht gewusst, dass er ein Kuckuckskind war.

»Onkel Avram?«

Avram drehte sich um. Vor ihm stand Akina, seine Nichte. Einen Moment lang war er so überrascht, dass er nicht wusste, was er sagen sollte. Instinktiv wollte er sie an sich drücken, aber Nadjas warnende Worte von gestern Abend lagen ihm noch in den Ohren.

Sei froh, dass Akina nicht hier ist. Sie würde sich über deinen Besuch nicht freuen. Du hast dich nicht mal zu ihrem Geburtstag gemeldet.

Also ist sie jetzt schon fünfzehn, dachte Avram. Tatsächlich schien sie seit ihrem letzten Treffen wieder ein bisschen erwachsener geworden zu sein.

Er lächelte sie unsicher an. »Was machst du denn hier?«, fragte er. Etwas Besseres wollte ihm nicht in den Sinn kommen.

»Ich habe bei einer Freundin übernachtet«, antwortete sie. »Aber ich konnte nicht mehr schlafen. Seit Papa und Sascha tot sind, besuche ich sie oft hier auf dem Friedhof. Meistens allein, weil Mama nicht gerne herkommt. Sie ist danach immer so traurig.«

Avram presste die Lippen zusammen und nickte. »Was ist mit dir? Bist du nicht traurig, wenn du hierherkommst?«

»Doch, schon«, sagte Akina. »Aber ich vermisse die beiden so sehr. Und hier habe ich das Gefühl, ihnen näher zu sein als irgendwo sonst.«

Avram sah eine Träne an ihrer Wange herabkullern und wusste nicht, was er tun sollte. Er wollte seine Nichte in den Arm nehmen, sie trösten, doch wie würde sie darauf reagieren?

Schließlich war es Akina, die die unsichtbare Mauer zwischen ihnen überwand, indem sie den letzten Meter auf ihn zuging, ihn umarmte und ihn so fest an sich drückte, als wolle sie ihn nie wieder loslassen.

Eine Welle der Erleichterung durchströmte Avram, während er ihre Umarmung erwiderte. Er hatte fest mit ihrer Ablehnung gerechnet. Gott sei Dank hatte er sich geirrt!

»Wo bist du die ganze Zeit gewesen?«, fragte Akina, ihr Gesicht fest an seine Brust gepresst.

»Unterwegs«, wich Avram aus. »Ich hatte das Gefühl, dass ich es hier nicht aushalten kann. Zu viele Erinnerungen, verstehst du?«

Akina nickte und löste sich aus seiner Umarmung. »Trotzdem hättest du mal vorbeischauen können«, sagte sie mit einem leisen Vorwurf in der Stimme. Dann wurde ihre ernste Miene plötzlich milder, und ihr gelang sogar ein kleines Lächeln. »Hauptsache, du bist jetzt endlich wieder da! Versprich mir, dass du diesmal nicht sofort wieder verschwindest, okay? Ich würde mich wirklich freuen!«

»Ich weiß«, entgegnete Avram mit einem stillen Seufzen, denn er wusste ganz genau, dass er ihr dieses Versprechen nicht geben konnte, ohne es zu brechen. Früher oder später würde die Polizei ihn auf dem Kuyperhof ausfindig machen – dann wollte er lieber nicht mehr da sein. Und falls Jekaterina Worodins Leute ihn aufspüren, würde es nicht nur für ihn, sondern auch für Nadja und Akina gefährlich werden. Dieses Risiko konnte und wollte er nicht eingehen.

18

Emilia schwebte im siebten Himmel, während sie und Mikka auf dem Frankfurter Bahnhof auf Becky warteten. Seit er ihr einen Antrag gemacht hatte, hielten sie andauernd Händchen, turtelten, kicherten und alberten herum wie frischverliebte Teenager. Selten hatte Emilia sich in den letzten Jahren so beschwingt, so voller positiver Energie gefühlt wie heute. Sie konnte regelrecht spüren, wie sie von innen heraus leuchtete, und sie wollte die ganze Welt daran teilhaben lassen.

Voller Stolz trug sie Mikkas Ring am Finger, ein aus Weißgold und Platin gefertigtes Schmuckstück mit einem kleinen, eingelassenen Brillanten. Mikka hatte dasselbe Modell, nur etwas breiter und ohne Edelstein. Obwohl ihre Beziehung auch schon vorher etwas ganz Besonderes gewesen war, machte Mikkas Antrag Emilias Glück vollkommen.

Auf der elektronischen Anzeigetafel in der Bahnhofshalle stand, dass Beckys Zug in zwei Minuten einfahren würde. Emilia fragte sich, ob ihrer Tochter die Ringe auffallen würden. Normalerweise war sie eine aufmerksame Beobachterin – wenn sie nicht gerade eine ihrer vielen schwierigen Teenagerphasen durchlebte, in der für sie nur sie und ihre Probleme existierten.

Wie würde Becky auf die Verlobung reagieren? Würde sie sich für Mikka und Emilia freuen? Oder würde sie versuchen, einen Keil zwischen sie zu treiben? Obwohl Becky sich im Allgemeinen ausgezeichnet mit Mikka verstand, war ihr das leider zuzutrauen, wenn bei ihr die Hormone durchdrehten. Dann mutierte sie immer wieder zu einem kleinen, intriganten Pubertätsmonster.

Aber vielleicht machte Emilia sich auch völlig unnötig Sorgen. Gut möglich, dass Becky sie einfach umarmte, ihr einen Kuss auf die Wange gab und sich mit ihr freute.

Der Zug fuhr ein. Eine Welle von Reisenden ergoss sich über den Bahnsteig, nur Becky war nirgends zu sehen. Schließlich erkannte Emilia sie doch noch in der Menschenmenge. Mit Mikka an der Hand ging sie ihrer Tochter entgegen – und blieb irritiert stehen, als sie bemerkte, dass auch Becky jemanden an der Hand hielt, einen jungen Burschen mit gelb gefärbten Haaren, karierter Hose und nietenbesetzter Lederjacke. Er hatte sich Beckys Rucksack lässig über die Schulter geworfen, kaute Kaugummi und lief betont cool, wie jemand aus einem Gangster-Rapper-Video. An einer Augenbraue und an der Nase trug er ein Piercing.

»Hallo, Mama, hallo, Mikka«, sagte Becky. Sie strahlte über das ganze Gesicht. »Das ist Jobi. Mein Freund.«

Emilia zuckte zusammen, als ob sie einen Schlag in den Nacken bekommen hätte.

Mein Freund.

Wie alt war er? Fünfzehn? Sechzehn? Auf jeden Fall im gefährlichsten Alter! Am liebsten hätte sie ihn gleich wieder in den nächsten Zug gesetzt, aber dann wäre das ganze Wochenende mit Becky im Eimer gewesen und die nächsten wahrscheinlich gleich noch dazu. Jobi – was war das überhaupt für ein Name? Und was hatte dieses *»mein Freund«* zu bedeuten? Verbrachten die beiden nur ihre Zeit miteinander? Oder küssten sie sich womöglich schon? An mehr wollte Emilia gar nicht denken. Becky war mit ihren vierzehn Jahren doch noch ein Kind!

Sie merkte, dass Becky auf eine Reaktion von ihr wartete, aber dazu fühlte sie sich momentan nicht in der Lage. Zumindest zu keiner, die die Wiedersehensfreude nicht trüben würde. Zum Glück sprang Mikka für sie ein.

»Hallo, Jobi!« Er reichte dem Jungen die Hand. »Ich bin Mikka. Das ist Emilia. Wir freuen uns, dich kennenzulernen.«

Irgendwie schaffte Emilia es, Jobi ebenfalls die Hand zu reichen, wenngleich ihr die Bewegungen nur roboterhaft gelangen. Sie hoffte inständig, dass wenigstens ihr Lächeln überzeugend wirkte.

Auf der Fahrt zum Zoo entwickelte sich ihre anfängliche Überraschung immer mehr zu einem ausgewachsenen Ärger. Wie konnte Becky es wagen, jemanden mitzubringen, ohne vorher zu fragen? Einfach so, als wäre es eine Selbstverständlichkeit? Wo sollte Jobi überhaupt schlafen? Jedenfalls nicht in Beckys Zimmer, so viel stand fest!

Während der ganzen Fahrt gelang es Emilia nicht, ihren Unmut abzuschütteln. Je mehr sie darüber nachdachte, desto ärgerlicher wurde sie. Dass Mikka es schaffte, ein halbwegs lockeres Gespräch mit Becky und ihrem Begleiter zu führen, machte die Sache nicht gerade besser. Im Gegenteil – ihr Groll übertrug sich dadurch auch auf ihn.

Becky ist ja nicht seine Tochter! Bei anderen Leuten nimmt man die Probleme immer ein bisschen leichter. Er sollte sich lieber mit mir solidarisieren, anstatt gute Miene zum bösen Spiel zu machen!

Dann wurde ihr bewusst, wie ungerecht sie war. Er bemühte sich nur, das gemeinsame Wochenende zu retten. Dennoch brodelte es in Emilia wie in einem Vulkan.

Deshalb sickerte die Unterhaltung der drei anderen auch nur bruchstückhaft in ihr Bewusstsein. Immerhin bekam sie mit, dass Jobi dasselbe Internat besuchte wie Becky, nur zwei Stufen über ihr. Kennengelernt hatten sie sich in der Basketball-AG. Jobi spielte auch noch Fußball und Gitarre, und nach dem Abitur strebte er eine Karriere als Musiker in seiner Rockband *Lazy Dogs* an.

Sehr vertrauenerweckend!

Wenigstens bestand er darauf, den Eintritt für den Zoobesuch selbst zu bezahlen. Emilia gestand sich ein, dass er sie damit positiv überraschte. Sympathisch wurde er ihr dadurch jedoch noch lange nicht.

Während die beiden Jugendlichen vorneweg schlenderten, folgte Emilia ihnen, ohne sie auch nur einen Moment aus den Augen zu lassen.

»Das hier ist keine Observierung«, flachste Mikka, der neben ihr ging und ihre Hand hielt. »Warum versuchst du nicht, die ganze Geschichte etwas entspannter anzugehen? Irgendwann musste sie sich doch in jemanden verknallen. Sei froh, dass sie dir Jobi überhaupt vorgestellt hat.«

»Rockmusiker! Das ist doch kein Umgang für Becky«, erwiderte Emilia. »Was sollen wir denn jetzt machen?«

Mikka überlegte einen Moment lang. Dann sagte er: »Ich könnte ihm ein paar Drogen unterschieben und ihn verhaften. Oder wir werfen ihn im Amphibienhaus über die Brüstung zu den Krokodilen. Das wäre vielleicht die sicherere Variante.«

Trotz ihrer schlechten Laune musste Emilia lachen. »Ja, die Krokodile würden mir schon gefallen. Ich überlege es mir. Jedenfalls danke für das Angebot.«

Mikka legte seine Hand um ihre Hüfte, und sie gingen weiter in Richtung der Raubvogelvolieren.

»Wenn du dir die Mühe machen würdest, ihn etwas näher kennenzulernen, würdest du ihn vielleicht sogar mögen«, sagte Mikka. »Jobi ist ein bisschen durchgeknallt, aber waren wir das nicht alle in seinem Alter? Ich glaube, er ist ein ganz netter Kerl.«

Emilia seufzte. »Ich wünschte, ich hätte deine Gelassenheit. Becky ist erst vierzehn! In dem Alter habe ich noch mit Puppen gespielt! Meinen ersten Freund hatte ich mit siebzehn.«

»Zu unserer Zeit war das noch anders. Heute sind die Kinder viel früher erwachsen.«

Emilia wollte so etwas gar nicht hören. Deshalb war sie heilfroh, dass in diesem Moment ihr Handy klingelte. Am Apparat war Philippe Ruiz, ihr Kollege aus Lyon, der sich bereit erklärt hatte, den Mordfall in dem alten Landhaus übers Wochenende weiterzubetreuen und Emilia zu informieren, sobald sich etwas Neues ergab.

Sie entschuldigte sich bei Mikka, trat ein paar Schritte zur Seite und nahm das Gespräch an. »Hallo, Philippe, was gibt es?«

»Wir haben den Toten identifiziert und die Tatwaffe gefunden«, sagte Ruiz. »Ich dachte, das sollten Sie wissen.«

Sofort begann Emilias Körper, Adrenalin zu produzieren. Seit heute Morgen hatte sie kaum an ihren Fall gedacht. Jetzt war alles wieder da: Der anonyme Hinweis. Das verlassene Bauernhaus. Der Mann, den jemand an einen Balken gehängt hatte, um ihm die Beine an den Knien abzutrennen.

Emilia schauderte. »Schießen Sie los, Philippe. Was haben Sie herausgefunden?«

»Das Opfer heißt Simon Nadicz. Alter: siebenundvierzig Jahre. Er wohnte in Grenoble, zusammen mit seiner Frau und seiner sechzehnjährigen Tochter. Er hatte noch zwei weitere Kinder, aber die sind schon ausgezogen. Nadicz war von Beruf Banker, genauer gesagt Vorstandsvorsitzender der

AVO-Invest-Bank in Genf. Seine Sekretärin sagt, er habe am Mittwochabend um etwa 17.30 Uhr das Büro verlassen, um nach Hause zu fahren. Wollte mit seiner Familie ein verlängertes Wochenende in Marseille verbringen.«

»Aber zu Hause ist er nie angekommen, oder?«

»Stimmt genau. Es sieht so aus, als sei er irgendwo zwischen Genf und Grenoble abgefangen und verschleppt worden.«

Emilia dachte nach. Vorstandsvorsitzender einer Bank – dazu passte die teure Kleidung, die er getragen hatte. »Gute Arbeit, Philippe«, sagte sie. »Was ist mit der Mordwaffe?«

»Ein Suchtrupp hat sie ein paar hundert Meter von dem Bauernhaus entfernt gefunden, auf der anderen Seite der Straße, in einem kleinen Wald. Sie war im Unterholz versteckt. Eine handelsübliche Kettensäge von Stihl. So eine gibt es in jedem Baumarkt.«

»Woher wissen Sie, dass Nadicz damit umgebracht wurde?«, fragte Emilia.

»Ob er damit umgebracht wurde, können wir natürlich erst sagen, wenn der Obduktionsbericht und der forensische Befund vorliegen«, räumte Ruiz ein. »Fest steht aber, dass die Kettensäge voller Blut und Hautfetzen war. Beides stammt nach dem vorläufigen Befund von Nadicz.«

Emilia seufzte stumm in sich hinein und versuchte, die Vorstellung zu unterdrücken, wie qualvoll der Mann gestorben sein musste. Beide Beine ... mit einer Kettensäge abgeschnitten – einfach grauenhaft!

»Unser Mörder ist einer von der ganz brutalen Sorte«, fuhr Ruiz fort. »Das ist die schlechte Nachricht. Jetzt aber zur guten: Er ist nicht gerade der Hellste. Er war nämlich so freundlich, ein paar Fingerabdrücke auf der Säge zu hinterlassen. Die Analyseabteilung ist gerade dabei, sie zu untersuchen.«

Emilia wusste, dass sie sich darüber eigentlich freuen sollte, aber aus irgendeinem Grund machte sie der schnelle Fortschritt misstrauisch. Der Mord im Landhaus war keine Affekthandlung gewesen, sondern eine gezielte Tötung. Jemand hatte Simon Nadicz auf der Heimfahrt abgefangen, ihn in ein abgelegenes Landhaus verschleppt, ihn gefesselt und an einen Deckenbalken gehängt. Seine Füße hatte er mit einem Betongewicht beschwert. Dafür hatte der Mörder in Erfahrung bringen müssen, wann Nadicz nach Hause fuhr, er hatte das alte Landhaus als Versteck ausgekundschaftet, er hatte Handschellen, Fesseln, das Gewicht für die Füße und nicht zuletzt die Kettensäge organisieren müssen.

Und dann vergisst er im entscheidenden Moment, Handschuhe anzuziehen? Oder zumindest seine Fingerabdrücke von der Tatwaffe abzuwischen? Warum hat er sie überhaupt dort liegenlassen? Wäre es nicht viel vernünftiger gewesen, die Säge mitzunehmen und sie irgendwo, weit entfernt, loszuwerden?

»Was haben Sie?«, fragte Ruiz. »Freuen Sie sich denn gar nicht?«

»Doch, doch«, antwortete Emilia. »Unglaublich, wie schnell der Fall voranschreitet.« Sie dankte ihm noch einmal für seinen Einsatz und bat ihn, sie auch weiterhin auf dem Laufenden zu halten. Danach beendete sie das Gespräch, steckte ihr Handy weg und ging wieder zu Kessler, der ein paar Meter entfernt auf sie gewartet hatte.

»Interpol?«, fragte er und hielt ihr den Arm so hin, dass sie sich einhaken konnte.

Sie nickte.

»Willst du darüber sprechen? Ich kann ein verdammt guter Zuhörer sein.«

»Das weiß ich«, sagte sie und begann zu erzählen.

19

Das *Lafleur* im Frankfurter Westend galt als eines der besten Restaurants der Stadt. Claus Thalinger war oft hier zu Gast. Er liebte die unaufdringliche Eleganz, die das gewienerte Parkett und die bordeauxrote Einrichtung verströmten, das aufmerksame Personal und natürlich das vorzügliche Essen.

Als er das *Lafleur* betrat, wurde er vom Concierge wie immer namentlich begrüßt und zu seinem Tisch geführt. Dort saß bereits ein etwa fünfzig Jahre alter Mann im klassischen schwarzen Anzug, mit weißem Hemd und roter Krawatte. Sein aschblondes Haar war sauber gescheitelt, auf der Nase trug er eine dezente Rodenstock-Brille: Stellan Leepmann, der Vorstandsvorsitzende der Hessischen Petrol- und Chemiewerke AG, kurz HESPEC.

Als Thalinger näher kam, stand Leepmann nicht auf. Er grüßte auch nicht, unterbrach nicht einmal sein Essen. Er bedachte Thalinger nur mit einem kurzen, frostigen Blick über den Rand seiner Brille hinweg und schob sich ein Stück Fisch in den Mund.

Thalinger bedankte sich bei dem Concierge, der ihm den Stuhl heranrückte, während er sich setzte. »Bringen Sie mir bitte ein Glas Wasser«, sagte er.

»Oui, Monsieur. Wissen Sie auch schon, was Sie speisen möchten, oder soll ich Ihnen die Karte bringen?«

Thalinger machte eine Kopfbewegung in Richtung von Leepmanns Teller. »Ist das die Bretonische Seezunge?«

»Oui, Monsieur. Mit grünem Spargel und Trüffel.«

»Die nehme ich auch. Oder nein. Heute ist mir eher nach dem Husumer Salzwiesenlammrücken.«

»Ausgezeichnete Wahl, Monsieur.« Der Concierge verabschiedete sich mit einer angedeuteten Verbeugung, um die Bestellung aufzugeben.

Thalinger musterte Leepmann und wartete. Er genoss dessen mühsam unterdrückte Wut. Leepmann kochte innerlich, das war unübersehbar.

Und es war erst der Anfang.

Nach einigen Sekunden brach Leepmann das Schweigen. »Sie haben mich warten lassen«, sagte er. »Eine Dreiviertelstunde. Würde es nicht um so viel Geld gehen, wäre ich längst wieder weg.«

Claus Thalinger gestattete sich ein schmales Lächeln. Noch glaubte Leepmann an ein lukratives Geschäft mit ihm. Genau das Gegenteil war der Fall.

»Ich habe gehört, dass HESPEC nach Spanien expandieren will«, sagte Thalinger.

»Gerüchte, nichts weiter.«

»Ach ja? Meine Quellen behaupten aber, dass Ihre Firma die Finger konkret nach TOCON ausstreckt.«

Leepmann tupfte sich den Mund mit seiner Serviette sauber und nippte an seinem Rotwein. »Falls dem wirklich so wäre, würde ich das bestimmt nicht mit Ihnen diskutieren, Herr Thalinger. Ich habe in knapp einer Stunde den nächsten Termin. Deshalb schlage ich vor, dass wir die verbleibende Zeit nutzen, um die Dinge zu besprechen, deretwegen wir uns heute hier verabredet haben.«

»Genau das tun wir bereits«, sagte Thalinger. »Ich bedauere, dass ich Sie unter falschem Vorwand hergelockt habe. Ich wollte nur sichergehen, dass Sie diesem Treffen auch zustimmen. Aber ich denke, wir sollten jetzt offen miteinander sprechen.«

Obwohl Leepmann bemüht war, seine Emotionen zu verbergen, schaffte er es nicht ganz. Das leichte Zucken seines linken Auges verriet Thalinger, dass er verwirrt war.

Ausgezeichnet!

»Sie sagten am Telefon, dass Sie Interesse an einer Kooperation haben«, sagte Leepmann. »Das war also gelogen?«

»Ich würde es eher ein *gewolltes Missverständnis* nennen«, entgegnete Thalinger. »Ich habe durchaus Interesse an einer Kooperation. Nur eben nicht mit HESPEC, sondern mit TOCON, und das ist der Punkt, an dem wir beide uns ins Gehege kommen. Deshalb wollte ich mit Ihnen sprechen. Ich denke, es wäre für alle Beteiligten das Beste, wenn Sie sich aus der Sache zurückziehen würden.«

Ein Kellner brachte das bestellte Wasser und goss etwas davon in Thalingers Glas. Als Gruß aus der Küche servierte er ihm auf einem kleinen Teller frisch gebackene Kräuterbrötchen und ein paar Scheiben Wildschweinsalami.

Die kurze Unterbrechung genügte Leepmann, um seine angeschlagene Fassung wiederzufinden. »Gehen wir einmal davon aus, ich hätte tatsächlich Interesse an TOCON«, sagte er, als der Kellner wieder weg war. »Wie kommen Sie darauf, dass ich dieses Interesse plötzlich aufgebe? Ich bin nicht der Typ, der sich durch rüpelhaftes Benehmen einschüchtern lässt.«

Das hatte Thalinger auch schon gehört. Zeit für den nächsten Messerstich.

»Rüpelhaftes Benehmen wird in der Tat nicht genügen, um Sie einzuschüchtern, da bin ich sicher«, sagte er so leise, dass man es an den Nachbartischen auch ganz bestimmt

119

nicht hören konnte. »Aber möglicherweise gibt es andere Dinge, die Ihnen Angst einjagen.«

Leepmanns Augen verengten sich. »Soll das eine Drohung sein?«

»Im Moment ist es nur die höfliche Aufforderung, sich aus meinen Angelegenheiten herauszuhalten.«

Leepmann nahm den nächsten Bissen, kaute ein paarmal und schluckte. »Ebenso gut könnte ich Sie auffordern, sich aus meinen Angelegenheiten herauszuhalten«, sagte er.

»Würden Sie das tun?«

»Nein. Natürlich nicht.«

»Wie kommen Sie dann darauf, dass ich es tun werde?«

Thalingers Hand schob sich unter sein Kinn und begann, es langsam zu kneten – seine alte Schwäche. Aber im Augenblick konnte er sich diese Schwäche leisten, und sie erlaubte es ihm, den Sieg noch besser zu genießen.

»Es ist eine Frage des Druckmittels«, erklärte er. »Es gibt nichts, was mir so viel bedeutet, dass Sie mich damit erpressen könnten. Bei Ihnen ist das anders. Sie haben Familie. Eine Frau und einen bezaubernden Sohn. Ich habe in der Zeitung gelesen, dass er ein hervorragender Klavierspieler ist und sogar schon Konzerte gibt. Wie alt ist er? Fünfzehn?«

Eine rhetorische Frage. Thalinger kannte das Alter des Jungen ganz genau. Er wollte nur durchblicken lassen, dass er bestens informiert war.

Leepmann legte sein Besteck ab und sah Thalinger mit großen Augen an, während ihm gleichzeitig die Farbe aus dem Gesicht wich. In seiner jahrzehntelangen Managerkarriere hatte offenbar noch niemand so mit ihm gesprochen. Bei allen anderen, die Thalinger auf diese Weise einschüchterte, war das auch so gewesen. Als Machtmenschen waren sie es zwar gewohnt, hart zu verhandeln, aber aktiv bedroht zu werden war für sie eine völlig neue Erfahrung.

»Wagen Sie es nicht, sich an meiner Familie zu vergreifen!«, presste Leepmann hervor.

Die häufigste Reaktion – eine Art hilfloser Gegendrohung, die jeglicher Grundlage entbehrte und deshalb geradezu lächerlich wirkte.

Thalinger zog sein Smartphone aus der Tasche und startete eine App, mit deren Hilfe er die Livebilder zweier drahtlos verbundener Kameras empfangen konnte.

»Ihr Sohn ist gerade mit ein paar Freunden in der Stadt unterwegs«, sagte er und betrachtete den Film. Eine Gruppe Jugendlicher schlenderte durch die Bad Homburger Innenstadt. Sie trugen ihre Skateboards unter dem Arm, alberten herum und tranken Cola. Die Aufnahme wackelte, weil Thalingers Helfer mit einer unauffälligen Minikamera unterwegs war. Er befand sich etwa zwanzig Meter von den Jugendlichen entfernt und filmte aus der Hand heraus nach hinten. Trotz der vielen Wackler konnte man die Gesichter der jungen Männer gut genug erkennen, um sie zu identifizieren.

»Der mit der blauen Mütze ist Luca, nicht wahr?«, fragte Thalinger. Er hielt Leepmann das Handy hin. »Ein hübscher Junge. Wird bestimmt mal ein Herzensbrecher und ein grandioser Pianist. Schwer vorstellbar, wie sein Leben mit abgeschnittenen Fingern verlaufen würde.« Er machte eine Pause, um die Worte wirken zu lassen. »Wollen wir jetzt nach Ihrer Frau sehen?«

Leepmann presste die Lippen zusammen, sein Kinn zitterte vor Zorn und Hilflosigkeit. Er sah aus, als würde er jeden Moment über den Tisch springen.

Thalinger blieb unbeeindruckt. Er tippte ein paarmal

auf den Touchscreen seines Smartphones, und das Bild änderte sich. Jetzt war das Innere eines noblen, bungalowartigen Gebäudes zu erkennen: ein weitläufiger Flur mit dunklem Marmorboden, links das Wohnzimmer mit seinen beiden versetzten Ebenen, daneben die durch eine rustikale Holzpfostenkonstruktion abgetrennte Küche. Die Kamera schwenkte wieder in den Flur und glitt weiter voran. Rechts ging es zum Treppenhaus, dahinter lag der Eingang zum Badezimmer. Die Tür war nur angelehnt. Eine Männerhand schob sich ins Bild und drückte dagegen. Der breiter werdende Türspalt gab den Blick nun auf einen eleganten Waschtisch und eine leerstehende Badewanne frei. Aber eingehüllt in heißen Wasserdampf war hinter der gläsernen Duschwand der nackte Körper einer Frau zu erkennen. Sie stand mit dem Rücken zur Kamera, hielt ihr Gesicht in die Brause und wusch sich mit beiden Händen den Schaum vom Haar, ohne zu ahnen, dass eine Kamera auf sie gerichtet war.

»Machen Sie das sofort aus!«, zischte Leepmann. »Und pfeifen Sie dieses Arschloch zurück. Er soll auf der Stelle mein Haus verlassen!« In sein Gesicht war inzwischen wieder Farbe zurückgekehrt, sogar mehr als reichlich.

»Wenn Sie vernünftig sind, wird niemandem etwas geschehen«, erwiderte Thalinger ruhig. »Sie haben vorhin selbst gesagt, dass Sie kein Interesse an TOCON haben. Somit sollte es Ihnen nicht schwerfallen, die Finger davon zu lassen – bevor Ihr Sohn ein paar *seiner* Finger verliert, oder bevor jemand sich an Ihrer Frau vergreift.«

Leepmanns Mundpartie begann, unkontrolliert zu zucken. »Sie sind wahnsinnig!«, zischte er.

»Ich könnte es werden, wenn Sie mir mein Geschäft vermasseln.«

»Glauben Sie ja nicht, dass Sie mit diesen Drohungen einfach so davonkommen.« Ein weiterer hilfloser Versuch, der Situation wieder Herr zu werden.

Thalinger schaltete sein Smartphone aus und steckte es in seine Tasche zurück. »Bevor Sie auf die Idee kommen, der Polizei von unserer kleinen Unterhaltung zu erzählen, will ich Ihnen noch sagen, dass die Filme, die Sie gerade gesehen haben, auf meinem Smartphone nicht nachweisbar sind. Ich erwähne das nur, um Ihnen eine Blamage zu ersparen.«

Leepmann schluckte und dachte nach, obwohl er bei genauer Betrachtung gar keine Wahl hatte, wenn er seine Familie schützen wollte. »Selbst wenn ich Ihnen verspreche, das Spanien-Geschäft aufzugeben, kann ich nur für mich selbst sprechen, nicht für den Gesamtvorstand und den Aufsichtsrat«, sagte er.

»Ich bin sicher, dass Sie die passenden Argumente finden werden, um die anderen zu überzeugen«, entgegnete Thalinger. »Für heute genügt mir Ihr Wort. Sie wissen, was passieren wird, falls Sie es brechen.«

Leepmann fixierte ihn mit einem festen Blick – so, wie es schon viele vor ihm getan hatten. Ein Blick voller Verachtung. Ein Blick, der auf Rache sann. Doch nur die wenigsten hatten den Schneid und die nötigen Kontakte, ihrem Zorn auch Taten folgen zu lassen. Die meisten waren froh, wenn sie Thalinger nicht mehr begegneten.

Leepmann zog seinen Geldbeutel aus dem Jackett, legte ein paar Geldscheine auf den Tisch und stand auf. »Ich hoffe, Sie werden eines Tages in der Hölle schmoren«, raunte er. Dann verließ er das Restaurant, ohne sich noch einmal umzudrehen.

20

Emilia saß mit Mikka Kessler auf einer Holzbank vor dem Zebra-Gehege. Ihr Blick ruhte auf Becky und Jobi, die Seite an Seite am Zaun standen, sich unterhielten und miteinander turtelten wie die sprichwörtlichen Tauben. Für die Tiere hatten sie keine Augen, ebenso wenig wie Emilia.

Sie hatte Mikka alles über den Toten in dem verlassenen Bauernhaus bei Boisset-Saint-Priest erzählt – wie sie ihn gestern dort gefunden hatten, welche Verletzungen ihm zugefügt worden waren, dass der Mörder vermutlich eine Kettensäge benutzt hatte und dass der Tote ein Banker namens Simon Nadicz war, der nach jetzigem Kenntnisstand am vergangenen Mittwoch auf der Heimfahrt vom Büro verschleppt und schließlich grausam getötet worden war.

»Und?«, fragte sie, als sie das Gefühl hatte, sich alles von der Seele geredet zu haben. »Was denkst du darüber? Glaubst du, dass der Mord irgendwie mit Belial in Zusammenhang steht?«

An seinem Gesicht erkannte sie sofort, dass er eher skeptisch war. »Ehrlich gesagt, finde ich die Parallelen ziemlich dürftig«, sagte er. »Klar, das Opfer hing an einem Deckenhaken, und es wurde gefoltert, bevor es getötet wurde. Aber gäbe es da nicht diesen anonymen Hinweis, den du erhalten hast, wäre ich nicht auf die Idee gekommen, dass der Fall etwas mit Belial zu tun hat.«

Emilia seufzte. Ihr Chef, Jerome Varamont, hatte genauso argumentiert. »Ich weiß ja selbst, dass das ziemlich verrückt klingt«, räumte sie ein. »Und vielleicht hast du sogar recht. Aber mein Bauch sagt mir, dass da etwas dran sein könnte.«

Mikka nickte. Er drückte ihre Hand, aber obwohl das bestimmt aufmunternd gemeint war, wirkte es wenig überzeugt. »Hast du eine Ahnung, von wem dieser anonyme Hinweis stammen könnte?«, fragte Mikka.

Emilia schüttelte den Kopf. »Ich habe eine E-Mail erhalten. Von der Absenderadresse a-b.cdefg@web.com.«

»Konnte man die Mail nicht zurückverfolgen?«

»Schon. Aber sie wurde von einem Straßburger Internetcafé aus verschickt und erst ein paar Minuten vorher angelegt. Keine Chance, den Sender zu ermitteln.«

»Wurden die Angestellten des Internetcafés befragt?«

»Ja, aber es gab niemanden, der ihnen aus irgendeinem Grund aufgefallen wäre.«

»Und registrieren muss man sich dort nicht?«

»Man muss nur mindestens ein Getränk bestellen, das ist alles.«

Die Kinder gingen weiter, deshalb machten auch Emilia und Mikka sich wieder auf den Weg. Eine Weile schlenderten sie schweigend nebeneinanderher. Mikka versuchte, Emilia mit unverfänglichen Themen auf andere Gedanken zu bringen, aber im Moment konnte sie nicht von ihrem Fall loslassen. Mikka tat ihr leid. Er hatte sich seinen Verlobungstag gewiss anders vorgestellt.

Erst im Affenhaus schaffte sie es, sich wieder auf etwas anderes zu konzentrieren. Die putzigen Kapuzineräffchen waren wie immer ein Hingucker. Sie faszinierten Emilia und Becky gleichermaßen. Umgeben von einer Menschentraube, standen die beiden vor dem Panoramaglasfenster und beobachteten das quirlige Treiben.

Die Männer schienen sich dagegen nicht besonders für

die Äffchen zu interessieren. Emilia hörte, wie Jobi Mikka nach seinem Beruf fragte. Vor allem wollte er wissen, ob Mikka schon einmal seine Waffe benutzt hatte – ein echtes Männerthema.

»Ja«, antwortete Mikka. »Aber das ist schon fast ein halbes Jahr her. Und ehrlich gesagt, wäre es mir lieber, wenn ich nicht noch mal eine solche Situation miterleben müsste, auch wenn das für dich ziemlich langweilig klingen mag.«

Emilia erinnerte sich mit Grausen an jene Nacht. Mikka hatte damals versucht, sie vor Belial zu retten, und war dabei von ihm angeschossen worden. Wie durch ein Wunder hatte das Monster ihn aber nur an der Schulter getroffen.

»Schau mal, wie goldig!«, flötete Becky.

Emilia wusste nicht, was sie meinte, beschloss aber, sich wieder auf die Tierchen zu konzentrieren. Sie deutete mit dem Finger auf eine Affenmutter, die mit ihrem Jungen am Bauch über die Äste kletterte. »Sieh mal, da drüben!«, sagte sie.

Beckys Blick folgte zuerst der Richtung, in die Emilias Finger zeigte – und wanderte dann zu ihm zurück. »Boah, du hast ja einen neuen Ring!«, stellte sie fest. »Sieht echt geil aus!«

Normalerweise mochte Emilia es nicht, wenn Becky Ausdrücke wie »*boah*« und »*geil*« verwendete. Im Moment überwog jedoch die Freude darüber, dass Becky die Veränderung aufgefallen war, wenn auch mit etwas Verspätung.

»Echt toll, der Ring«, fuhr Becky fort. »War bestimmt teuer, oder?«

Emilia schmunzelte. »Ich weiß es nicht«, sagte sie. »Ich glaube schon. Wenn du es genau wissen willst, musst du Mikka fragen.«

Es dauerte eine Sekunde, bis Becky begriff. »Heißt das

etwa, er hat dir einen Antrag gemacht?«, fragte sie mit großen Augen.

»Pst! Nicht so laut!«, zischte Emilia. Sie drehte sich um, aber die beiden Männer waren schon weitergegangen, offenbar in ein angeregtes Gespräch vertieft. »Ja, hat er«, sagte Emilia, jetzt in normaler Lautstärke. Unsicher fügte sie hinzu: »Heute Morgen. Denkst du, das ist okay für dich?« Becky hatte in den letzten Jahren einiges mitmachen müssen. Die Trennung ihrer Eltern, der Einzug ins Internat, die vielen Wochenenden, die Emilia nicht mit ihr hatte verbringen können, weil immer wieder der Job dazwischengekommen war. Und jetzt auch noch ein neuer Vater? Wie würde Becky darauf reagieren?

»Ob das okay für mich ist?«, wiederholte Becky. »Natürlich ist es das! Ich freue mich für dich! Mikka und du, ihr passt super zusammen.« Sie fiel ihrer Mutter um den Hals und drückte sie fest an sich. Emilia atmete erleichtert auf. Die Sache hätte auch ganz anders ausgehen können. Glück gehabt!

Sie hakten ihre Arme ineinander und spazierten den Männern hinterher. Es war ein schönes Gefühl von Nähe und Harmonie, das in den letzten Jahren selten geworden war. Vielleicht war das hier eine Art Neuanfang. Der erste Schritt zu einer wieder funktionierenden Mutter-Tochter-Beziehung. Jedenfalls genoss Emilia es in vollen Zügen, Arm in Arm mit ihrer Tochter durch den Frankfurter Zoo zu flanieren.

»Und was hältst du von Jobi?«, wollte Becky wissen, als sie an einem Kiosk haltmachten, um sich ein paar gebrannte Mandeln zu kaufen. »Ist er nicht süß?«

Die Frage erwischte Emilia auf dem falschen Fuß. Sie wollte Becky nicht die Laune verderben, immerhin war sie zum ersten Mal verliebt. »Jobi ist wirklich nett«, log sie deshalb. Sie hoffte, dass ihre Tochter es nicht bemerkte. »Ich kenne ihn natürlich noch nicht. Er scheint ein lustiger Kauz zu sein, mit seinen karierten Hosen und den gelben Haaren und so weiter. Bist du denn sicher, dass er zu dir passt?«

Obwohl sie ihre Worte mit Bedacht gewählt hatte, fühlte Becky sich angegriffen. »Was haben seine Haarfarbe und seine Hosen mit seinem Charakter zu tun? Hast du nicht immer gepredigt, dass Äußerlichkeiten keine Rolle spielen sollten?«

»Das stimmt ja auch«, sagte Emilia. »Ich war nur ein bisschen überrascht, das ist alles.«

»*Überrascht?* So, wie du es sagst, meinst du wohl eher *enttäuscht*!«

Emilia seufzte still in sich hinein. Gegenüber Becky war sie eine miserable Lügnerin. »Ich gebe zu, dass ich heute Vormittag am Bahnhof schlucken musste, als ich Jobi zum ersten Mal gesehen habe. Aber versuch mal, dich in meine Lage zu versetzen. Ich wusste ja nicht, dass du jemanden mitbringst. Ich wusste noch nicht mal, dass du einen Freund hast!« Der gelbe Haare und zwei Piercings hat, dafür aber keine Berufsaussichten, fügte sie in Gedanken hinzu.

»Mama! Ich habe dir letztes Wochenende gesagt, dass ich jemanden in der Basketball-AG kennengelernt habe. Hörst du mir eigentlich zu, wenn ich dir etwas erzähle?«

Emilia erinnerte sich nur dunkel an das Gespräch. »Ich konnte ja nicht ahnen, dass ihr fest zusammen seid!« Sie machte eine Pause und fügte in milderem Ton hinzu: »Ich will doch nur nicht, dass du irgendwelche Dummheiten machst. Jobi ist älter als du. Wahrscheinlich hatte er schon vor dir eine Freundin.« Wenn nicht sogar mehrere, aber das

wollte sie lieber nicht so deutlich aussprechen. »Versprich mir nur, dass du nichts überstürzt, sondern dir Zeit lässt.«
»Zeit lässt?«
»Du weißt, was ich damit meine.«
»Mama! Wird das jetzt so ein peinliches Gespräch über das erste Mal, oder was? Ich bin vierzehn! Ein paar von meinen Freundinnen haben mir schon alles erzählt, was ich darüber wissen sollte!«

Emilia schluckte. Einerseits war sie erleichtert, dass sie um dieses unangenehme Thema herumkam, andererseits war Beckys Reaktion nicht gerade dazu geeignet, sie zu beruhigen.

»Ich will nur nicht, dass du etwas tust, das du später bereust«, sagte sie.

Aber Becky hörte ihr schon gar nicht mehr zu. Sie rannte zu Jobi, zerrte ihn von Mikkas Seite und eilte mit ihm in Richtung des Pinguinbeckens davon.

Mikka, noch bis eben in ein Gespräch mit Beckys Freund vertieft, drehte sich zu Emilia um und machte ein fragendes Gesicht. Emilia zuckte mit den Schultern.

»Wie war euer Männergespräch?«, wollte sie wissen und hakte sich bei ihm unter.

»Eigentlich ganz vernünftig«, antwortete Mikka.

»Ich wollte, ich könnte das auch behaupten«, sagte Emilia. »Aber das wäre eine Lüge.«

21

Avram hatte Akina nach Hause begleitet und sich anschließend auf den Weg zu Britt Lassgard gemacht. Die Adresse, die sie angegeben hatte, lag in einer noblen Wohngegend im Münchner Osten mit teuren Einfamilienhäusern und schicken Bungalows. Den Wagen hatte er zwei Querstraßen weiter geparkt, den Rest war er zu Fuß gegangen. Nun stand er am Gartentor eines Grundstücks, in dessen Mitte sich ein Häuschen befand, das irgendwie gar nicht in dieses Viertel passen wollte. Es schien aus den 1960er Jahren zu stammen, hatte das für diese Zeit typische spitzwinklige Satteldach und kleine Fenster mit hölzernen, braun gestrichenen Fensterläden.

Auf der Klingel am Zauntor stand der Name *P. Sattler*. Avram vergewisserte sich, ob die Adresse auch tatsächlich stimmte. Dann drückte er auf den Knopf.

Durch die kahlen Äste der Apfel- und Fliederbäume im Garten wanderte sein Blick wieder zum Haus. An einem der Fenster im Erdgeschoss, verborgen hinter einer dicken weißen Gardine, schien jemand zu stehen. Avram konnte keine Details erkennen, nur einen reglosen roten Schemen, der ihn zu beobachten schien.

Es missfiel ihm, so offen herumzustehen, er kam sich vor wie eine Zielscheibe. Obwohl er nicht ernsthaft davon ausging, dass Britt Lassgard ihm etwas Böses wollte, beruhigte ihn die Pistole in seinem Schulterholster. Man konnte nie wissen.

Der Schemen bewegte sich vom Fenster weg. Kurz darauf sprang die Sprechanlage an. »Wer sind Sie?«, fragte eine Frauenstimme.

»Mein Name ist Goran Kuyper«, log Avram. »Wir haben vorhin miteinander telefoniert.«

Es dauerte ein paar Sekunden, bis die Stimme sich wieder meldete. »Sind Sie allein?«

»Natürlich«, sagte Avram. »Wie vereinbart.«

Der Summer ertönte, und Avram trat durchs Gartentor. Sein Weg führte ihn am Zaun entlang ums Haus herum zum Eingang.

»Halt! Keinen Schritt weiter!«

Avram gehorchte und blieb stehen, nur einen Meter von der Tür entfernt. Sie war einen Spaltbreit geöffnet, dahinter stand eine junge Frau, die ihn argwöhnisch beäugte.

»Sie sind nicht Goran Kuyper!«, sagte sie. »Sie sehen ein bisschen aus wie er, aber Sie sind es nicht!«

Avram hatte gehofft, dass die Ähnlichkeit mit seinem Bruder ausreichen würde, um Britt Lassgard, oder wie immer die Frau wirklich heißen mochte, zu täuschen. Immerhin hatte sie Goran nach eigener Aussage erst einmal gesehen, vor fast einem halben Jahr. Aber ihr Erinnerungsvermögen schien ausgezeichnet zu funktionieren.

Er entschied sich für die Wahrheit. »Mein Name ist Avram Kuyper. Ich bin Gorans Bruder«, sagte er und versuchte, aus dem unergründlichen Gesicht hinter dem Türspalt schlau zu werden.

»Ich will mit niemand anderem sprechen!«, beharrte die Frau. »Nur mit Goran Kuyper!«

»Goran ist tot«, entgegnete Avram ruhig. »Er ist gestorben, weil er versucht hat, die Mordserie aufzudecken, über die Sie ihm etwas erzählen wollten. Genau aus diesem Grunde bin ich hier, Frau Lassgard. Wenn es etwas gibt, das mir hilft, besser zu verstehen, warum er sterben musste, dann will ich das gerne wissen.«

Die Frau zögerte. Dass Goran tot war, hatte sie offenbar nicht erwartet. »Zeigen Sie mir Ihren Ausweis!«, forderte sie.

Avram zögerte. Seine gefälschten Papiere lauteten allesamt auf den Namen Maximilian Graf.

»Ich habe meinen Ausweis nicht dabei«, sagte er.

»Dann den Führerschein.«

»Meine Papiere liegen im Auto. Und das steht zu Hause, weil ich mit der U-Bahn gekommen bin. *Bitte*, Frau Lassgard, lassen Sie mich reinkommen, damit wir miteinander reden können. Sie haben gerade selbst gesagt, dass ich Goran ähnlich sehe. Warum sollte ich Sie belügen?«

Trotz seiner Argumente spürte er die zunehmende Skepsis der Frau. Ihr Blick irrte unruhig hin und her, mit den Zähnen nagte sie an ihrer Unterlippe. Avram ahnte, was jetzt kam, und er war darauf vorbereitet. Als sie die Tür vor ihm zuschlagen wollte, ging er blitzschnell dazwischen.

»Bitte, Britt!«, beschwor er sie. »Sie müssen mir erzählen, was Sie wissen! Das ist sehr wichtig für mich!«

Zuerst versuchte die Frau noch, die Tür mit Kraft zuzudrücken, aber sie gab ihren Widerstand schnell auf. Da sie nicht schrie, ging Avram davon aus, dass er sie nicht nur überrumpelt, sondern tatsächlich umgestimmt hatte.

Er ließ von der Tür ab, um zu demonstrieren, dass er nicht gewaltsam ins Haus eindringen würde. Das schien sie vollends zu überzeugen.

Langsam öffnete sie die Tür. Vor Avram stand eine schlanke junge Frau mit blassem Teint und rotblondem Haar, das nach hinten zu einem lockeren Pferdeschwanz zusammengebunden war. Sie trug einen roten Strickpullover und eine dazu passende rote Latzhose. Ihr Gesicht war übersät mit Sommersprossen, ihre großen Augen blickten Avram argwöhnisch entgegen.

»Keine Angst, ich werde Ihnen nichts tun«, sagte er und wartete, bis sie nickte. Erst dann trat er ein.

Britt Lassgard führte ihn durch einen unordentlichen, nach kaltem Rauch riechenden Flur ins Wohnzimmer. Noch bevor er ganz drinnen war, spürte er, dass etwas nicht stimmte, doch da war es bereits zu spät.

»Bleiben Sie stehen, und nehmen Sie die Hände hoch!«, befahl eine Männerstimme hinter der Tür. »Ganz langsam, dann passiert Ihnen nichts!«

Die Worte kamen gepresst und hektisch – offenbar ein Amateur. Das konnte ein Vorteil sein, ebenso gut aber auch ein Nachteil. Amateure taten aus Angst manchmal unberechenbare Dinge.

Ohne sich umzudrehen, hob Avram die Hände.

»Durchsuch ihn nach Waffen, Britt!«, sagte die Männerstimme.

Vorsichtig kam die Frau auf Avram zu. Mit ungeübten Bewegungen tastete sie seine Hosenbeine und seinen Oberkörper ab.

»Er hat eine Pistole, Frank!«, sagte sie und zog die .22er Glock aus seinem Schulterholster. Die halbe Rasierklinge in seiner rechten Jackentasche – seine Notfallwaffe – übersah sie, und den Kugelschreiber in seiner Hemdtasche beachtete sie nicht weiter, wohl, weil sie ihn irrtümlich als ungefährlich einstufte.

»Gib mir die Pistole, Britt!«, forderte der Mann. »Und Sie« – damit meinte er offenbar Avram – »gehen rüber in die Küche und setzen sich hin. Aber langsam, verstanden?«

»Sie brauchen keine Angst vor mir zu haben«, sagte Avram. »Ich will nur mit Ihnen reden, das ist alles.«

»Das können wir auch. Aber erst wenn Sie auf dem Stuhl dort drüben sitzen. Also los!«

Avram begriff, dass es keinen Sinn hatte, weiter zu diskutieren. Britt Lassgard und der Kerl, der ihn von hinten bedrohte, fürchteten sich vor ihm. Im Moment gab es keine andere Möglichkeit, Vertrauen aufzubauen, als sich ihrem Willen zu unterwerfen. Er ging zu der halb offenen Küche und nahm – immer noch, ohne sich umzudrehen – auf einem der Stühle Platz.

»Hände auf den Rücken!«, zischte der Mann hinter ihm. Avram gehorchte. Gleich darauf spürte er, wie seine Knöchel mit Klebeband gefesselt wurden.

»Wickel das Band auch um die Stuhllehne, Britt, damit er sich nicht losreißen kann!«, befahl der Mann.

Avram ließ es geschehen. Er hoffte nur, dass er die beiden von seinen guten Absichten überzeugen konnte.

Britt Lassgard und der Kerl, den sie Frank nannte, traten in sein Gesichtsfeld, zogen zwei Stühle vom Tisch weg und setzten sich in sicherer Entfernung vor ihm hin. Frank war ein hagerer Mann, Mitte dreißig, mit einem kantigen Gesicht und weit auseinanderstehenden Augen. Er trug ein weißes Hemd und Bluejeans. Avrams Pistole legte er auf der Arbeitsplatte neben der Spüle ab, seine eigene – eine kleinkalibrige Walther – behielt er in der Hand.

»Jetzt noch mal von vorn«, sagte Frank betont selbstbewusst. »Sie kommen also hierher und geben vor, jemand zu sein, der Sie gar nicht sind. Jetzt behaupten Sie plötzlich, sein Bruder zu sein. Aber Sie haben keine Papiere dabei, die das beweisen könnten. Klingt für mich nicht besonders glaubwürdig. Britt, sieh nach, ob er einen Geldbeutel hat.«

Wie ein verängstigtes Reh kam Britt Lassgard auf Avram zu und durchsuchte seine Taschen, während Frank wieder mit der Waffe auf ihn zielte. Sie fand das Portemonnaie, zog es heraus und setzte sich wieder neben ihren Partner.

»Da ist ja sein Ausweis«, sagte sie, als sie die Fächer durchstöbert hatte. »Maximilian Graf. So heißen Sie also.«

»Das ist mein Deckname«, sagte Avram ruhig. »In Wahrheit heiße ich Avram Kuyper, und ich bin Goran Kuypers Bruder.«

Frank nahm den gefälschten Ausweis und überflog ihn mit skeptischer Miene. »Deckname? Was soll das bedeuten? Erzählen Sie mir bloß nicht, dass Sie ein Agent sind oder so was! Das glaube ich Ihnen sowieso nicht!«

»Kein Agent«, sagte Avram. »Sicherheitsberater. Ich arbeite für Menschen, die viele Feinde haben und deren Feinde dadurch auch mich nicht mögen. Deshalb benutze ich einen falschen Namen. Es ist sicherer, für mich und für meine Familie.«

Die Lüge kam ihm leicht über die Lippen, und er hoffte, dass die beiden sie glaubwürdig fanden. »Der Ausweis ist nicht echt« fuhr er fort. »Der Führerschein im Geldbeutel auch nicht. Alles nur Tarnung. Wenn Sie wissen wollen, wer ich bin, dann rufen Sie Nadja Kuyper in Oberaiching an. Das ist die Frau meines Bruders. Sie wird Ihnen sagen, wer ich bin. Oder lassen Sie sich die Nummer von Gorans Redaktion geben. Die Zeitschrift, für die er gearbeitet hat, heißt *Horizont* und befindet sich in München-Pullach.«

Britt Lassgard und Frank warfen sich einen unentschlossenen Blick zu.

»Er könnte die Wahrheit sagen«, raunte Britt. »Goran Kuyper hat tatsächlich für diese Zeitschrift gearbeitet.«

»Vielleicht ist es aber auch nur ein Bluff«, erwiderte Frank.

»Ruf Goran Kuypers Privatnummer an. Wenn dort tatsächlich seine Frau rangeht, frag sie, ob ihr Mann noch lebt. Frag sie, ob er einen Bruder hat. Einen, der im Sicherheitsgewerbe tätig ist.«

»Sie kennt meinen Beruf nicht«, sagte Avram.

»Frag sie einfach, wie sein Bruder aussieht. Frag sie, ob er eine Narbe über der linken Augenbraue hat.«

Avram entspannte sich. Die alte Wunde auf seiner Stirn kannte Nadja gut, ebenso wie all die anderen Narben auf seinem Körper. Mit Wehmut erinnerte er sich an jene verhängnisvolle Nacht vor acht Jahren, in der Goran nach einem Streit mit Nadja auf Geschäftsreise gewesen war und Avram nach seinem missglückten Bolivien-Einsatz auf dem Kuyperhof vorbeigeschaut hatte. Eigentlich hatte er nur aus Sentimentalität einen Familienbesuch abstatten wollen. Aber dann waren er und Nadja sich irgendwie nähergekommen und schließlich im Bett gelandet.

Sie würde sich an seine Narben erinnern.

Britt Lassgard verschwand in den Flur. Avram hörte, wie sie mit gedämpfter Stimme telefonierte. Frank blieb die ganze Zeit über vor ihm sitzen und starrte ihn an. Um die Zeit zu überbrücken und vermutlich noch viel mehr um seine Nerven zu beruhigen, steckte er sich eine Zigarette an.

Ein paar Minuten später kam Britt zurück. »Ich glaube, er ist tatsächlich Goran Kuypers Bruder«, sagte sie zu Frank. Sie nahm ihm die Kippe aus dem Mundwinkel, zog daran und steckte sie ihm wieder zwischen die Lippen. »Frau Kuyper hat ihren Schwager genauso beschrieben, wie der da aussieht. Ich glaube, wir können ihm vertrauen.«

Frank zögerte noch einen Moment, nickte dann aber langsam. »Also gut, Herr Kuyper. Britt wird Ihnen jetzt das

Klebeband von den Handgelenken entfernen. Aber die Waffe bleibt vorerst bei mir.«

»Einverstanden.«

Britt trat hinter ihn und riss das Klebeband auf, Frank blieb auf seinem Stuhl sitzen. Die Pistole in seiner Hand lag locker auf seinen Oberschenkeln, aber die Anspannung war ihm noch immer deutlich am Gesicht abzulesen.

»Ihr Bruder ist also tot«, sagte Frank, während Britt sich wieder neben ihn setzte. »Wie ist er gestorben?«

»Er war vor ein paar Monaten diesem Foltermörder auf der Spur. Belial. Die Sache erwies sich als eine Nummer zu groß für ihn. Woher kannten Sie meinen Bruder?«

Frank zuckte mit den Schultern. »Ich gar nicht. Nur Britt. Ich passe bloß auf sie auf, falls jemand versucht, ihr etwas anzutun.«

Britt legte ihm eine Hand auf den Arm. »Ulfs Tod war ein Schock für mich. Er war zwar mit einer anderen Frau verheiratet, aber ich habe ihn geliebt. Wäre Frank nicht gewesen, wäre ich daran zugrunde gegangen. Sie dürfen es ihm nicht übelnehmen, dass er so misstrauisch ist. Er will nicht, dass mir etwas zustößt.«

Avram verstand nur ansatzweise, wovon sie sprach. »Vor wem haben Sie Angst?«, fragte er.

»Vor denselben Leuten, die Ulf umgebracht haben. Ich weiß nicht, wer die sind. Aber sie gehen über Leichen. Ich glaube, die Münchner Polizei hat damals auch in der Sache mitgemischt.«

Das machte Avram hellhörig, denn Goran hatte die Münchner Kripo kurz vor seinem Tod ebenfalls der Korruption verdächtigt.

»Wie ist Ulf gestorben?«, bohrte er weiter.

Britt Lassgards Blick irrlichterte über den Fußboden.

»Er wurde überfahren«, wisperte sie schließlich mit zitterndem Kinn. »Mitten in der Nacht. In Pasing. Dort hat er gewohnt. Er hatte mich am Abend besucht und war auf dem Weg nach Hause.«

»Woher wissen Sie, dass es kein Unfall war?«

»Offiziell war es das. Ein Unfall mit Fahrerflucht, so stand es damals in der Zeitung. Vielleicht hätte ich es sogar geglaubt, wenn Ulf mir an diesem Abend nicht von diesen Dateien erzählt hätte. Ich bin sicher, dass er deswegen getötet wurde.« Sie holte aus einer Küchenschublade ein Taschentuch, tupfte sich die Augen trocken und schnäuzte sich.

»Was für Dateien waren das?« Avram hatte eine Vermutung, aber er wollte sichergehen.

»Ulf war Computerhacker, ein ziemlich guter sogar«, sagte die Frau. »Ein paar Wochen vor seinem Tod ist er bei einer Internetsitzung auf etwas wirklich Schlimmes gestoßen. Filme, in denen Menschen vor laufender Kamera getötet werden.« Sie putzte sich noch einmal die Nase. Mit brüchiger Stimme fuhr sie fort: »Im Grunde seines Herzens war Ulf ein guter Mensch. Er wollte seinen Teil dazu beitragen, dass der Mörder gefasst wird. Aber er wollte auch ein neues Leben beginnen. Sich scheiden lassen und mit mir ins Ausland gehen. Außerdem hatte er einen Haufen Schulden für seine ganze Ausrüstung aufgenommen. Die wollte er bezahlen. Deshalb hat er einen Teil der Filme anonym der Polizei zugespielt. Für den Rest wollte er ein Lösegeld. Aber das hat er nie bekommen, weil er vorher überfahren wurde. Entweder hat dieser Video-Mörder irgendwie herausgefunden, wer er ist, oder die Polizei hat ihn getötet.«

»Ich stehe nicht besonders gut zur Polizei«, sagte Avram. »Aber die bringt normalerweise niemanden um, nur weil er für Beweise Geld verlangt.«

Britt Lassgards Blick blieb weiter auf den Boden gerichtet. »Nicht, weil er dafür Geld verlangt hat, sondern weil die Polizei denjenigen schützen wollte, dem die Filme gehören«, wisperte sie. »Einige Tage nach Ulfs Tod war ein Kripobeamter bei mir, um mir noch ein paar Fragen zu stellen. Lechner hieß der, glaube ich. Ich habe ihm alles erzählt, was ich wusste. Er hat mir gesagt, wenn mir noch etwas Wichtiges einfällt, soll ich mich an ihn wenden. Aber nur an ihn. An niemanden sonst, weil er seine Kollegen für kriminell hält, zumindest ein paar davon.«

Avram nickte. »Wenn Sie jetzt neue Beweise haben – warum wollten Sie sie meinem Bruder geben und nicht diesem Polizisten?«

Britt Lassgards Mundwinkel verzogen sich zu einem bitteren Lächeln. »Das wollte ich ja«, antwortete sie. »Ich habe bei der Münchner Kripo angerufen und nach Hauptkommissar Lechner gefragt. Und man hat mir gesagt, dass er tot ist. Vor einem knappen halben Jahr gestorben, kurz nach Ulf.« Sie hob den Kopf und sah Avram aus ängstlichen großen Augen an. »Vielleicht verstehen Sie jetzt, warum ich solche Angst habe. Jeder, der etwas mit dieser Angelegenheit zu tun hat, stirbt. Ulf. Dieser Polizist. Ihr Bruder ...« Sie schlug die Hände vors Gesicht. Mit bebenden Schultern verfiel sie in einen regelrechten Heulkrampf.

Frank, der neben ihr saß, legte ihr eine Hand auf den Rücken und streichelte sie, wirkte aber ziemlich überfordert, als das nicht half.

»Alle sind tot!«, japste sie herzerweichend. »Ich will noch nicht sterben. Ich habe solche Angst!«

»Von mir wird kein Mensch etwas über unser heutiges Treffen erfahren«, versicherte Avram. »Ihnen wird nichts geschehen, das verspreche ich Ihnen.« Natürlich konnte er das gar nicht, aber er wollte die Frau beruhigen, bevor sie einen kompletten Zusammenbruch erlitt.»Niemand wird Ihnen etwas antun, hören Sie? Frank hat eine Waffe. Er wird Sie beschützen.«

Tatsächlich hatte Britt Lassgard sich schon wieder im Griff. Sie schnappte noch ein paarmal nach Luft und zitterte, aber zumindest war sie wieder ansprechbar.

»Ich nehme an, Sie haben diese Geschichte auch meinem Bruder erzählt«, nahm Avram den Faden wieder auf.

Die Frau nickte. »Er hat mich gefragt, ob ich weiß, woher Ulf die Filme hatte. Wusste ich aber nicht. Ihr Bruder hat mir seine Telefonnummer dagelassen für den Fall, dass es noch etwas gibt, das ich ihm sagen will. Bis vor zwei Tagen war das nicht der Fall. Aber als ich vorgestern hier bei Frank eingezogen bin und meine alte Wohnung aufgelöst habe, da habe ich etwas gefunden. Hinter meinem Esszimmerschrank. Ich glaube, Ulf hat es vor seinem Tod dort versteckt, weil er dachte, dass dort niemand danach suchen würde.«

»Und Sie denken, dass das für meinen Bruder wichtig gewesen wäre?«

»Ich denke, dass er sich das zumindest hätte ansehen wollen.«

Avram spürte, wie sein Magen sich vor Aufregung zusammenzog. Fast ein halbes Jahr lang hatte er versucht, mehr darüber zu erfahren, weshalb sein Bruder und sein Sohn hatten sterben müssen. Er wollte die Hintergründe verstehen und endlich diejenigen zur Strecke bringen, mit denen Belial kooperiert hatte. Mit etwas Glück würde sich das Blatt heute zum Guten wenden.

»Was genau haben Sie hinter Ihrem Esszimmerschrank gefunden?«, fragte er.

22

Auf der Rückfahrt nach Oberaiching gingen Avram eine Menge Dinge durch den Kopf. Das Treffen mit Britt Lassgard hatte ihn gezwungen, sich noch einmal intensiv mit dem Tod seines Bruders und seines Sohns auseinanderzusetzen. Dabei waren alte Wunden aufgerissen, die heute noch genauso schmerzten wie damals.

Auslöser dafür war die externe Speicherplatte, die Britt ihm gegeben hatte und die jetzt auf dem Beifahrersitz lag – ein mausgraues Gehäuse, etwa so groß wie eine Zigarettenschachtel, auf das jemand mit Edding die Buchstaben RIP geschrieben hatte.

Requiescat in pace – Ruhe in Frieden.

Britt hatte die Festplatte beim Auszug aus ihrer alten Wohnung hinter dem Esszimmerschrank gefunden, wo ihr ehemaliger Freund, der Computerhacker Ulf Heidecker, sie versteckt haben musste, kurz bevor er überfahren worden war. Laut Britts Aussage enthielt die RIP-Festplatte Filme, in denen Menschen vor laufender Kamera gequält und getötet wurden.

Das alles erinnerte Avram an den USB-Stick, den sein Bruder Goran ihm vor einem knappen halben Jahr im Keller des Kuyperhofs hinterlassen hatte. Der Stick, der Avram zu Gorans und Saschas Mörder geführt hatte: Belial. Aber Belial war kein Einzeltäter gewesen, sondern nur Teil eines menschenverachtenden, kriminellen Netzwerks, das Avram bis heute nicht hatte identifizieren können. Mit Hilfe der

RIP-Festplatte hoffte er nun, neue Spuren zu finden und Belials Mittäter endlich zur Strecke zu bringen.

Wenn Britt Lassgard recht hatte, waren die Dateien auf Gorans USB-Stick nur ein kleiner Teil dessen, was die Festplatte bot. Ihr ehemaliger Freund, Ulf Heidecker, hatte diese zensierte Version der Polizei zugespielt, gewissermaßen als Köder für die Vollversion, für die er zwei Millionen Euro wollte. Auf diese Forderung war die Münchner Kripo allerdings nie eingegangen. Doch auf irgendeinem Weg waren diese Dateien Goran in die Finger geraten, und in seiner Eigenschaft als Reporter hatte er der Sache auf den Grund gehen wollen – nicht ahnend, dass er dadurch sich und seine Familie ins Verderben stürzen würde.

Avram schauderte. Ihm graute davor, die RIP-Festplatte zu durchforsten. Als Profikiller war er zwar einiges gewöhnt, aber diese Art von Film war selbst ihm zu viel. Wie krank und pervers musste ein Mensch sein, um solche Aufnahmen zu machen? Oder sie auch nur anzuschauen? Allein der Gedanke bereitete ihm Übelkeit.

Vielleicht reagierte er nur so empfindlich, weil Sascha auf diese Weise umgekommen war. Ein siebenjähriges Kind, so lange vor laufender Kamera mit Messerschnitten gequält, bis sein kleiner Körper schließlich aufgegeben hatte.

All das gärte in Avram, während er nach Oberaiching zurückfuhr. Das dunkelste Kapitel in seinem Leben verfolgte ihn wie ein Schatten.

Das Landschaftbild änderte sich. Die letzten Ausläufer der Stadt blieben hinter ihm zurück, und er tauchte ein in die sanften Hügel südlich von München. Hier war die Straße gesäumt von herbstlichen Wiesen, Weiden und Feldern. Aber im Moment hatte Avram kaum Augen für die Schönheit der Natur.

Als er auf dem Kuyperhof ankam, war niemand da. Er erinnerte sich dunkel an das Gespräch beim Frühstück, als Nadja und Akina erwähnt hatten, dass sie heute ausreiten wollten. Vermutlich waren sie also noch mit den Pferden unterwegs. Umso besser. Dann würde ihn zumindest niemand stören, wenn er sich die Dateien auf Britt Lassgards Festplatte ansah.

Sein Laptop lag in seiner Reisetasche im Gästezimmer. Er stellte ihn auf den Tisch, schloss die Festplatte daran an und ließ ihn hochfahren. Über den Explorer öffnete er das externe Festplattenverzeichnis. Es enthielt tatsächlich viel mehr Dateien als Gorans Stick.

Beim Überfliegen der Dateinamen konnte er sich an keinen davon erinnern, aber Bezeichnungen wie MT-H110822.mp4, ASV77-23-11.avi oder U-TK-348112.mov waren auch nicht wirklich eingängig. Die Suffixe deuteten darauf hin, dass es sich bei den meisten Dateien um Videos handelte. Ein paar Bild- und Textdateien waren auch dabei.

Avram beschloss, mit den Textdateien zu beginnen. Falls er Namen darin fand, womöglich sogar Adressen, würde ihn das am schnellsten weiterbringen.

Es dauerte auch nicht lange, bis er auf eine solche Adressliste stieß, aber seine aufkommende Hoffnung schwand, als er sie sich genauer ansah:

...
Darius Gregorian, Petrinjska 71, 10000 Zagreb
Tino Peruggio, Via Villafranca, 20, 00185 Rom
Adam Kessler, Warthestraße 20, 14513 Teltow
Ulrich Sattler, Neutorstraße 12, 89073 Ulm
Demir Agarovicz, Altenbergstraße 18, 70180 Stuttgart
Étienne Durac, 46 Rue Seinte, 13001 Marseille

...

Er kannte diese Anschriften, hatte sie in den letzten Monaten ein Dutzend Mal überprüft und sie auch von seinem Informanten Rutger Bjorndahl unter die Lupe nehmen lassen – ohne Erfolg. Bei den meisten Adressen handelte es sich um Hotels, aber keine der angegebenen Personen arbeitete dort oder hatte es jemals getan. Ein paar der genannten Namen waren in den vergangenen fünf Jahren als Gäste in den jeweiligen Hotels registriert worden, aber die Suche nach ihren Wohnortadressen war im Sande verlaufen. Darius Gregorian, Tino Peruggio, Adam Kessler und Konsorten hatten beim Einchecken allesamt falsche Angaben gemacht.

Um sicherzugehen, dass ihm nicht doch etwas Wichtiges entging, las Avram die Liste noch einmal komplett durch, aber am Ende war er sicher, jeden einzelnen Eintrag bereits zu kennen. Es war keine neue Spur dabei.

Die Textdateien, die er danach öffnete, kannte er zwar noch nicht, aber auch sie schienen ihm wenig ergiebig – Zahlen- und Buchstabenkolonnen, in Vierer-, Fünfer- und Sechserreihen, seitenlang, ohne jede Erläuterung. Das konnte alles Mögliche sein. Geographische Koordinaten, Programmcodes, verschlüsselter Text … Sicherheitshalber würde er die Daten natürlich Rutger Bjorndahl zur Analyse schicken, aber viel versprach er sich davon nicht.

Vielleicht brachten ihn die Videos weiter. Avram klickte wahllos auf eine Filmdatei, woraufhin sich auf dem Monitor ein weiteres Fenster öffnete. Darin erschien das Gesicht einer jungen Frau mit rotem, schulterlangem Haar und Sommersprossen auf der Nase. In ihrem Mund steckte ein schwarzer Ballknebel. Ein Auge war bläulich verfärbt, die Haut darunter aufgeplatzt – offensichtlich hatte man sie geschlagen. Ein Bluttropfen rann aus der Risswunde wie eine rubinrote Träne. Das Gesicht der Frau war eine Fratze der Angst.

Avram brach den Film gleich wieder ab. Er hatte ihn schon einmal gesehen und verspürte nicht das Bedürfnis, es noch einmal zu tun. Die Frau war halbnackt auf einen Stuhl gefesselt und mit einem Schweißbrenner gefoltert worden. Er konnte jetzt noch ihre Schmerzensschreie hören.

Aber dann überlegte er es sich noch einmal anders. Wenn es stimmte, dass Gorans USB-Stick nur gekürzte Filmdateien enthielt, konnte man auf dieser hier vielleicht erkennen, wer sich an der jungen Frau vergangen hatte.

Widerwillig startete Avram den Film noch einmal, allerdings ohne Ton und im Schnelldurchlauf. Auf diese Weise war das Martyrium dieser bemitleidenswerten jungen Frau etwas erträglicher. Dennoch war ihm beinahe schlecht, als sie nach einigen Minuten endlich tot und von Kopf bis Fuß entstellt auf ihrem Stuhl saß.

Bis hierhin unterschied sich der Film nicht von dem, den er bereits kannte. Der Mörder war nicht zu sehen gewesen, nur Männerhände am Schweißbrenner. Gorans Film brach an dieser Stelle ab.

Der Film auf der RIP-Festplatte lief weiter.

Avram stellte den Ton wieder an. Eine Zeitlang hörte man nur irgendwelche undefinierbaren Geräusche. Während die Kamera weiter auf die tote, gefesselte Frau auf dem Stuhl ausgerichtet war, polterte und scharrte es außerhalb des Bildes, als sei der Mörder schon mit den Aufräumarbeiten beschäftigt. Der Laufbalken am unteren Rand des Videofensters zeigte an, dass der Film schon beinahe das Ende erreicht hatte. Höchstens noch ein oder zwei Minuten. Sollte das etwa schon alles gewesen sein?

Endlich erschien ein Mann vor der Kamera. Er trug ein graues Sweatshirt, Bluejeans und Turnschuhe und schien recht jung zu sein, obwohl man ihn im Moment nur von hinten sehen konnte. Mitte zwanzig bis Anfang dreißig, schätzte Avram. Er kniete sich vor die Frau, um ihr die Kabelbinder von den Fußknöcheln zu lösen. Dann stand er auf und trat hinter sie, um auch noch die Fesseln an ihren Händen loszuschneiden, aber genau in diesem Moment wurde der Bildschirm schwarz.

Der Film war aus.

Verdammter Mist!

Mit dieser Aufnahme konnte Avram nichts anfangen, und bei den drei nächsten war es genauso. Einmal war der Mörder wieder nur von hinten zu sehen, einmal verschwommen, und einmal trug er eine Maske.

Der vierte Film entpuppte sich allerdings als Volltreffer.

Er begann damit, dass eine Frau, nur in Slip und BH, mit dem Kopf nach unten über dem Boden baumelte. Ihr Gesicht war rot angelaufen, offenbar hing sie dort schon eine Weile. Ihre Füße steckten in engen Lederschlaufen, die mit einer Kette an einem Deckenhaken befestigt worden waren. Sie drehte sich langsam um die eigene Achse, ohne etwas dagegen tun zu können. Die Hände hatte man ihr auf den Rücken gebunden, in ihrem Mund steckte ein Knebel. Sie stöhnte und keuchte, weil sie immer weniger Luft bekam.

Jemand hinter der Kamera sagte: »Wenn du willst, kannst du jetzt loslegen.« Es war eine Stimme, die Avram kannte: Belial, kein Zweifel. Noch war unklar, mit wem er sprach, aber dann trat ein zweiter Mann ins Bild, dünn wie ein Strich, etwa dreißig Jahre alt, mit schütterem, blondem Haar und einem Schnauzbart unter der gebogenen Nase. In der Hand hielt er eine Leine. Der Hund, der daran festgemacht war, trug einen Sack über dem Kopf und stand brav neben seinem Herrchen. Der kompakte Körperbau deutete auf einen Bullterrier oder einen Pitbull hin. Jedenfalls auf einen Kampfhund.

Die Frau wimmerte auf.

»Na, was denkst du, Doby?«, sagte der Hungerhaken und entblößte dabei seine schiefen Vorderzähne. »Ist das ein lecker Fresschen?«

Mit schiefem Grinsen nahm er den Hund auf den Arm, trat einen Schritt näher und hielt ihn dicht an den Unterleib der gefesselten Frau, die sich nun an ihrem Haken wand wie ein Wurm an der Angel.

Unter seinem Leinensack begann der Hund zu knurren.

»Ja, das riecht lecker, Doby!«, raunte der Mann. »Da läuft einem das Wasser im Mund zusammen!«

Er stellte den Hund wieder auf den Boden und schob sein eigenes Gesicht nun dicht an den Slip der Frau heran.

»Vielleicht sollte ich dich erst mal ein bisschen durchficken, bevor ich Doby an dich ranlasse«, keuchte er. »Würde dir das gefallen? Oh ja, ich wette, du würdest es genießen. Aber leider bin ich nicht zum Spaß hier. Ich muss einen Auftrag erledigen. Zu schade. Ich bekomme meinen Fick nicht, und du musst früher sterben. Das Leben ist manchmal grausam.«

Er schnüffelte ein letztes Mal genüsslich an dem Slip und trat einen Schritt zurück.

»Na gut, dann kommen wir zum geschäftlichen Teil, Baby«, sagte er. »Was denkst du - was habe ich mit dir vor? Kannst du es erraten? Jede Wette, du denkst, dass ich Doby auf dich loslasse, stimmt's? Ist ja auch eine hübsche Vorstellung. Doby, pass auf!«

Der Hund begann, am ganzen Körper zu zittern und aufgeregt mit dem Schwanz zu wedeln.

»Siehst du, wie Doby sich freut?«, sagte der Blonde. »Was denkst du, was passiert, wenn ich ihm seine Haube abnehme? Ich könnte mir vorstellen, dass er dir das Gesicht zerfleischt. Oder er geht dir an die Kehle. Das weiß man bei ihm nie so genau. Er ist schlecht erzogen und tut, was er will, genau wie sein Herrchen. Aber wie gesagt: Ich bin nicht zum Vergnügen hier. Und derjenige, dem du diese Situation zu verdanken hast, bezahlt nun mal nicht für Doby, sondern für das hier ...« Er trat aus dem Bild, gleich darauf kam er mit einem Benzinkanister zurück. Ohne Eile schraubte er den Deckel ab und warf ihn in eine Ecke. Dann trat er wieder auf die Frau zu und begoss sie mit Benzin.

Als sie begriff, was er mit ihr vorhatte, brach sie in Panik aus. Sie riss den Kopf zur Seite, pendelte mit dem Oberkörper hin und her, schrie in ihren Knebel. Aber schon nach wenigen Augenblicken verließen sie die Kräfte wieder, und sie ergab sich leise schluchzend in ihr Schicksal.

Der Blonde schob seinen Hund mit einem Bein aus der Gefahrenzone. Mit zwei Fingern fischte er ein Päckchen Streichhölzer aus seiner Brusttasche.

»Ich fürchte, unsere Wege werden sich an dieser Stelle trennen«, raunte er und riss ein Streichholz an. »Asche zu Asche, Süße. Und jetzt brenn in der Hölle!«

23

Auf der Fahrt vom Frankfurter Zoo nach Hause sagte Emilia kein Wort. Mikka, der hinter dem Steuer saß, bemühte sich zwar redlich, ihre Stimmung aufzuheitern, aber irgendwann sah selbst er ein, dass es keinen Sinn hatte, und verfiel ebenfalls in Schweigen.

In Emilia köchelte es. Mit dem Streit im Zoo hatte sie ihre Tochter nicht zum Nachdenken angeregt, sondern sie nur noch mehr in Jobis Arme getrieben. Jetzt saß Becky mit ihm auf der Rückbank und turtelte ihn demonstrativ an. Die reinste Provokation!

Natürlich hätte Emilia das auch ignorieren können. Aber ihr Blick wurde geradezu magisch von dem Spiegel in der heruntergeklappten Sonnenblende angezogen. Ständig schmiegte Becky sich an Jobi. Sie hielt seine Hand, gab ihm Küsschen auf die Wange und himmelte ihn mit schmachtenden Blicken an, wie in einem schlechten Theaterstück. Emilia wusste, dass sie sie damit ärgern wollte – und es wirkte.

Jobi fühlte sich in seiner Rolle als Streitauslöser sichtlich unwohl. Er versuchte, Becky auf Abstand zu halten, um den Konflikt nicht noch zu verschärfen, bewirkte damit aber nur, dass sie ihre Bemühungen verstärkte. Wenn Becky sich etwas in den Kopf gesetzt hatte, dann schaffte sie es auch – in diesem Fall war das, Emilia zu beweisen, dass sie ihr nicht den Freund verbieten konnte.

Eigentlich wollte Emilia das auch gar nicht. Im Gegenteil, sie gönnte Becky ihr Glück von Herzen. Aber im Moment wusste sie einfach nicht, wo ihr der Kopf stand. Der Mord bei Boisset-Saint-Priest und der ungelöste Belial-Fall saßen ihr im Nacken und damit verbunden der Zeitdruck, den ihr Chef in Lyon auf sie ausübte. Auch Mikkas Heiratsantrag machte ihr zu schaffen, denn obwohl ihr Herz ein klares Ja signalisierte, flüsterte ihr die Vernunft lästige kleine Zweifel ins Ohr. Wie würde das Zusammenleben mit Mikka funktionieren? Würde er nach Lyon ziehen, oder erwartete er insgeheim von ihr, dass sie ihren Job bei Interpol aufgab und zu ihm nach Frankfurt kam? All das schwelte in Emilia. Und dann schleppte Becky auch noch ihren ersten Freund an. Einen mit gelb gefärbten Haaren, Karo-Hosen und einer Band namens *Lazy Dogs*, mit der er später sein Geld verdienen wollte. Ganz zu schweigen von seinen zwei Piercings im Gesicht.

Das war einfach zu viel gewesen.

Zu Hause angekommen, verschwand Becky mit Jobi in ihrem Zimmer. Der Junge sträubte sich zwar zuerst, ließ sich dann aber darauf ein. Emilia nahm es ihm nicht einmal übel. Er musste gottfroh sein, dieser ungemütlichen Situation für ein paar Minuten zu entkommen.

Als Emilia in die Küche kam, stand Mikka schon am Herd, um das Essen vorzubereiten.

»Wir können Jobi unmöglich bei Becky im Zimmer schlafen lassen«, sagte sie und begann, den Salat in der Spüle zu waschen.

»Er hat einen Schlafsack dabei«, gab Mikka zurück, der in einer Pfanne Hackfleisch für die Spaghettisoße anbriet. Er war ein ausgezeichneter Koch, Emilia lief schon jetzt das Wasser im Mund zusammen.

»Jobi nimmt heute Nacht die Couch«, sagte Mikka. »Das habe ich schon im Zoo mit ihm besprochen. Die Situation ist für ihn ziemlich schwierig. Er sitzt zwischen den Stühlen. Wenn er mit Becky turtelt, bist du auf ihn sauer. Wenn nicht, ist Becky sauer. Versuch, die Sache etwas entspannter anzugehen, okay? Nimm dir die Zeit, ihn ein bisschen kennenzulernen. Ich glaube, du wirst feststellen, dass er ein ganz anständiger Kerl ist.«

Emilia unterdrückte ein Seufzen. Die Sache etwas entspannter angehen lassen – das klang so einfach! Aber wenigstens war die Übernachtungsfrage geklärt, was ihr am meisten Kopfzerbrechen bereitet hatte. Tatsächlich fühlte sie sich dadurch schon etwas besser – dank Mikka.

Sie bemerkte, dass sie ihn heimlich aus dem Augenwinkel beobachtete, während sie den Salat schnitt. In vielerlei Hinsicht war er das genaue Gegenteil von ihr – ruhig, besonnen, meistens gutgelaunt und fast niemals gestresst. Zumindest ließ er sich das nicht anmerken.

Plötzlich tat Mikka ihr leid. Er hatte sich seinen Verlobungstag bestimmt auch ganz anders vorgestellt. Aber ihm war kein einziges Wort der Klage über die Lippen gekommen.

Sie nahm sich vor, wenigstens den Rest des Wochenendes wieder mehr Augen für ihn zu haben.

Das Abendessen verlief steif, aber nicht mehr ganz so frostig wie die Autofahrt, weil Emilia sich bemühte, Smalltalk mit Jobi zu machen. Becky besänftigte das allerdings nicht. Sie sprach kein einziges Wort, sondern schmollte nur und stocherte beleidigt in ihren Spaghetti herum.

Nach dem Essen bat Mikka Jobi, ihm in der Küche beim Abwasch zu helfen. Der Junge war sichtlich erleichtert, sich dem Mutter-Tochter-Konflikt entziehen zu können, und sammelte das schmutzige Geschirr mit großem Eifer ein.

Für Emilia ergab sich dadurch noch einmal die Gelegenheit für ein Vier-Augen-Gespräch mit ihrer Tochter. Sie wollte dort anknüpfen, wo sie sich am Mittag entzweit hatten.

»Es tut mir leid, wenn du den Eindruck hast, dass ich Jobi nicht leiden kann«, begann sie mit ungutem Gefühl in der Magengegend. »Ich hoffe, du weißt, dass mir nichts auf der Welt wichtiger ist als dein Glück.«

»Komische Art, das zu zeigen«, entgegnete Becky, offenbar entschlossen, es Emilia nicht leichtzumachen. »Schon dein erster Blick auf dem Bahnhof hat alles gesagt. Jobi war von Anfang an bei dir unten durch!«

»Das ist nicht wahr!«

»Doch, ist es! Wahrscheinlich nur wegen seiner Piercings! Gib es wenigstens zu!«

Emilia seufzte. Sie wünschte sich, Becky gegenüber besser schauspielern zu können. Warum gelang ihr das im Beruf, wenn sie Verdächtige verhörte, aber nicht bei ihrer Tochter? »Ich habe nicht damit gerechnet, dass du jemanden mitbringst«, sagte sie. »Ich war einfach überrascht.«

»Entsetzt trifft es wohl eher.«

»Jobi sieht nun mal nicht gerade aus wie der ideale Schwiegersohn. Und mehr als einen optischen Eindruck hat man am Anfang ja nicht.«

»Bedeutet das, dass du ihn jetzt leiden kannst?« Becky bestand offenbar auf einer klaren Stellungnahme. Wie konnte Emilia ihr antworten, ohne sie dabei erneut zu verletzen? Sie lehnte den Jungen zwar nicht mehr rigoros ab, so wie heute Morgen. Sympathie konnte sie ihm trotzdem keine entgegenbringen. Sie war heilfroh, als in diesem Moment ihr Handy klingelte. Rettung in letzter Sekunde!

Sie zog das Gerät aus der Hosentasche. Es war Philippe

Ruiz, ihr Kollege aus Lyon. »Tut mir leid, aber da muss ich kurz ran«, sagte sie.

»Na klar«, maulte Becky. »Du behauptest zwar, dass dir mein Wohl am Herzen liegt. Aber wenn es drauf ankommt, ist dir doch immer dein blöder Job wichtiger!« Sie drehte sich um und rannte in ihr Zimmer.

Emilia verdrehte die Augen. Sie hatte die Wogen glätten wollen, aber im Moment schien sie kein gutes Händchen dafür zu haben.

Sie nahm das Gespräch an. »Hallo, Philippe. Was gibt's?«

»Entschuldigung, wenn ich noch mal störe«, sagte Ruiz. »Aber ich dachte, es könnte Sie interessieren. Die Fingerabdrücke auf der Kettensäge sind identifiziert worden. Sie stammen von einem Unternehmer aus Kehl, Jacques Willemburg. Ich habe schon die örtliche Polizei informiert, und man hat ihn in vorläufigen Gewahrsam genommen. Er sitzt seit etwa einer Stunde in U-Haft. Ich werde gleich dorthin fahren. Morgen früh um 10.00 Uhr ist die Vernehmung.«

Emilia schwieg. Kehl – das lag rund zweihundert Kilometer südlich von Frankfurt. Keine Weltreise, aber auch nicht gerade um die Ecke.

Ihr schlechtes Gewissen meldete sich. Eigentlich hatte sie sich erst vorhin beim Kochen geschworen, den Rest des Wochenendes der Familie zu widmen, insbesondere Mikka. Jetzt geriet ihr guter Vorsatz schon wieder ins Wanken.

Was sollte sie tun? Sie hatte Zeit bis nächsten Freitag, um zu beweisen, dass der Mord in dem verlassenen Landhaus in Zusammenhang mit dem Belial-Fall stand. Wenn ihr das nicht gelang, würde ihr Chef in Lyon die Akte schließen, und monatelange Arbeit wäre umsonst gewesen. Dann würde sie wohl nie mehr die Chance bekommen, Belials Hintermänner zu schnappen.

Sie seufzte. Im Grunde hätte sie sich darüber freuen müssen, dass schon ein Verdächtiger gefasst worden war. Aber sie wollte unbedingt bei dessen Befragung dabei sein, und das bedeutete wiederum, dass sie Mikka und Becky enttäuschen musste.

»Ich werde morgen auch nach Kehl kommen«, sagte sie. »Fangt mit dem Verhör nicht ohne mich an, okay? Spätestens um zehn Uhr bin ich da.«

24

Im Lauf der letzten zweieinhalb Stunden hatte Avram alle Videos auf der Festplatte von Britt Lassgard daraufhin überprüft, ob sie noch mehr Folterer und Mörder preisgaben. Im Schnelldurchlauf hatte er über achtzig Filme angesehen – Szenen voller Grauen und Qual. Die brennende Frau war Avram am schmerzhaftesten im Gedächtnis haftengeblieben, auch wenn ihr ein vergleichsweise schneller Tod vergönnt gewesen war. Aber die Kaltherzigkeit, mit der ihr Mörder sie mit Benzin übergossen und in Brand gesteckt hatte, schockierte selbst einen alten Hasen wie ihn.

Die Ausbeute der Filme war recht passabel ausgefallen. Insgesamt konnte man in dreizehn davon die Gesichter der Mörder so deutlich erkennen, dass sie für eine potentielle Identifizierung taugten. Endlich hatte Avram wieder Spuren, mit denen er arbeiten konnte.

Er rief Rutger Bjorndahl an und schilderte ihm die Situation. »Ich möchte, dass du deine Kontakte nutzt, um herauszufinden, wer diese Kerle sind«, sagte er.

»Bist du sicher, dass das etwas bringt?« Bjorndahls Stimme klang heiser wie immer, als hätte er die Nacht durchgesoffen.

»So, wie es aussieht, sind diese Leute Komplizen von Belial gewesen«, antwortete Avram. »Goran und Sascha sind nicht nur von einem einzigen Mann getötet worden, sondern von einer ganzen Organisation. Wenn einer der Mörder auf der Festplatte etwas darüber weiß, dann werde ich herauskriegen, was das ist. Vorausgesetzt, du kannst diese Kerle identifizieren.«

»Ich werde sehen, was sich machen lässt«, versprach Bjorndahl. »Kann ich sonst noch etwas für dich tun?«

»Ja, vielleicht. Ich schicke dir auch ein paar Textdateien. Alphanumerische Listen – keine Ahnung, was das ist. Programmierzeilen, Zugangscodes, Passwörter, PINs ... Es könnte so ziemlich alles sein. Vielleicht kennst du jemanden, der das entschlüsseln kann. Ach, und eine Sache noch, Rutger. Wegen des Bombenanschlags in Amsterdam. Sieh zu, ob du etwas über den aktuellen Ermittlungsstand herausfinden kannst. Du hast doch gute Quellen bei der holländischen Polizei. Aber hör dich auch ein bisschen im Untergrund um. Vielleicht gibt es dort irgendwelche Hinweise oder Gerüchte über die Identität des Attentäters.« Die Griersson-Brüder, die die Blutprobe des Motorradfahrers untersuchten, hatten sich bislang noch nicht gemeldet. Vielleicht brachten Rutger Bjorndahls Kontakte einen schnelleren Erfolg.

»Soweit ich es mitbekommen habe, wird aktuell nur eine Person gesucht«, röchelte Bjorndahl. »Ein männlicher Weißer, etwa Mitte bis Ende fünfzig, mit kurzem grauem Haar und Dreitagebart. Mit anderen Worten: jemand, der dir verdammt ähnlich sieht. Er soll auf einen Motorradfahrer geschossen haben, kurz bevor das Interconti-Hotel in die Luft geflogen ist.«

»Genau das ist mein Problem«, erwiderte Avram. »Sagt dir der Name Jekaterina Ivanovna Worodin etwas?«

»Die Witwe des Mannes, der bei dem Anschlag ums Leben gekommen ist?«

»Die Frau, die mich beauftragt hat, ihren Mann umzubringen. Allerdings wollte sie wohl auf Nummer Sicher gehen und hat einen zweiten Killer engagiert. Einen, der nicht nur ihren Mann, sondern auch ihre kleine Tochter getötet hat. Jetzt weiß sie nicht, wer dafür verantwortlich ist, und lässt uns beide jagen.«

Am anderen Telefon ertönte ein heiseres Lachen. »Du hast wirklich eine Begabung dafür, dich in Schwierigkeiten zu bringen«, krächzte Rutger Bjorndahl. »Ich werde sehen, was ich für dich tun kann. Sobald ich etwas weiß, gebe ich dir Bescheid.«

Sie beendeten das Gespräch, und Avram überlegte, wie es nun weitergehen solle. Im Moment schien der Kuyperhof sicher zu sein. Aber irgendwann würde die Polizei ihn mit dem Attentat in Amsterdam in Verbindung bringen und hier auftauchen, weil Nadja und Akina seine nächsten Angehörigen waren. Außerdem war es nur eine Frage der Zeit, bis auch Jekaterina Worodin seine wahre Identität herausfinden und ihre Leute hierherschicken würde, um ihn für den Tod ihrer Tochter büßen zu lassen.

Nachdenklich strich er sich mit zwei Fingern über sein stoppeliges Kinn. Je länger er auf dem Hof blieb, desto gefährlicher wurde es, nicht nur für ihn, sondern auch für seine Schwägerin und seine Nichte. Deshalb beschloss er, seine Sachen zu packen und sich die nächsten Tage in einem Hotel einzumieten. Je schneller er von hier verschwand, desto sicherer wäre es für alle Beteiligten.

Er verstaute gerade sein Gepäck im Auto, als Nadja und Akina von ihrem Ausritt zurückkehrten. Nadja saß auf Agamemnon, einem stattlichen Rappen mit weißer Blesse auf der Nase, Akina auf einer kleineren Fuchsstute, deren Name Avram im Moment nicht einfiel. Die Leiber der Tiere dampften in der untergehenden Sonne. Vor ihren Nüstern bildeten sich bei jedem Atemzug kleine Kondenswolken.

Akina lächelte und winkte Avram zu – offenbar freute sie sich, ihn zu sehen. Nadja thronte dagegen in ihrem Sattel, unnahbar wie eine Königin. Was in ihrem Kopf vor sich ging, konnte er allenfalls erahnen.

Im Schritttempo ritten die beiden Frauen bis zum Stall, dort saßen sie ab und führten die Pferde in ihre Boxen. Avram klappte den Kofferraum zu und ging zu ihnen hinüber.

»Kann ich euch helfen?«, fragte er. »Ich habe zwar nicht sehr viel Ahnung von Pferden, aber zum Absatteln dürfte es reichen.«

»Dann kümmere ich mich um das Zaumzeug«, sagte Akina. Aus irgendeinem Grund war sie auf einmal gar nicht mehr so fröhlich wie eben im Hof.

»Was ist los mit dir? Du wirkst plötzlich so bedrückt«, fragte Avram, während er sich daran machte, die Sattelgurte der Fuchsstute zu lösen.

Akina zog dem Tier das Genickstück nach vorne über die Ohren, streifte ihm das Halfter vom Kopf und hängte das Ledergeschirr samt Zügeln und Trense an einem Wandhaken auf. »Willst du denn schon wieder gehen?«, fragte sie mit unverhohlener Enttäuschung in der Stimme. »Du bist doch gerade erst angekommen. Wir hatten noch gar keine Gelegenheit, uns zu unterhalten.«

Das stimmte nicht – sie hatten sich heute Morgen auf dem Friedhof getroffen und waren zusammen nach Hause spaziert. Natürlich hatten sie dabei miteinander geredet. Aber Avram wusste, wie die Kleine es meinte. Auch für ihn war die Zeit auf dem Hof viel zu kurz gewesen. Akina würde ihm fehlen, vor allem ihre bedingungslose Zuneigung.

Er warf einen Seitenblick zu Nadja, die ihn immer noch kaum beachtete, sondern sich nur um Agamemnons Reitgeschirr kümmerte, als lebe sie in einer Welt, in der es ihn nicht mehr gab. Trotz ihrer offenkundigen Ablehnung würde ihm der Abschied auch von ihr schwerfallen.

Stumm seufzte er in sich hinein. Er war nicht hergekommen, um wieder etwas mit Nadja anzufangen. Ein solcher Schritt wäre ihm Goran gegenüber pietätlos vorgekommen, auch wenn er nun schon seit fast einem halben Jahr tot war. Aber Avram hatte sich doch etwas mehr Herzlichkeit von ihr erhofft. Stattdessen brachte sie ihm nur Kälte und Ablehnung entgegen. Das verletzte ihn, ebenso wie die Tatsache, dass es wieder einen neuen Mann an ihrer Seite gab. Jens. Avram musste sich eingestehen, dass er eifersüchtig war, obwohl er gleichzeitig natürlich wusste, dass er kein Recht dazu hatte.

Er spürte, dass Akina ihn ansah, und konzentrierte sich wieder auf sie. »Es tut mir leid, wenn ich dich enttäusche, aber ich muss weiter«, sagte er. Er nahm den Sattel vom Rücken der Fuchsstute und setzte ihn auf einen an der Stallwand montierten Sattelhalter.

»Weiter?«, wiederholte Akina. »Wohin?«

»Das kann ich dir nicht verraten. Du weißt doch, dass ich so eine Art Detektiv bin.« Bei seinem letzten Besuch hatte sie das jedenfalls vermutet, was Avram ganz recht gewesen war. Das hatte ihm eine Menge Erklärungen erspart.

»Onkel Avram! Ich bin kein Baby mehr!«, empörte sich Akina. »Nachdem du im Sommer verschwunden bist, war die Polizei hier und hat viele Fragen gestellt. Ich weiß, dass du gesucht wirst.«

Avram lächelte und kam sich dabei irgendwie dumm vor. Er hatte keine Erfahrung mit Kindern. Akina war inzwischen wohl alt genug, dass man sie nicht mehr so leicht hinters Licht führen konnte.

»Entschuldige«, sagte er und nahm aus einem Eimer vom

Boden zwei Bürsten. Eine davon reichte er seiner Nichte. »Ich wollte dich nicht belügen. Mir hat nur die Vorstellung gefallen, dass du mich auch weiterhin für einen Detektiv hältst.«

Er ging auf die andere Seite der Stute und rieb sie, vom Hals aus beginnend, mit seiner Bürste ab, während Akina dasselbe auf der anderen Seite tat. Nadja ignorierte ihn noch immer.

»Stimmt das, dass du schon Leute umgebracht hast?«, fragte Akina.

Avram schluckte. »Ja, das stimmt.«

»Wie viele waren es?«

Eine unangenehme Hitze stieg plötzlich in ihm auf. Akina wollte es offenbar ganz genau wissen! »Ein paar«, sagte er knapp. Vielleicht gab sie sich damit zufrieden.

Aber Akina bohrte weiter. »Was heißt ein paar? Fünf? Zehn? Oder noch mehr?«

Siebenundvierzig, dachte Avram. Allerdings wollte er ihr das lieber nicht so genau erzählen. »Mehr als zehn«, sagte er. »Darauf bin ich nicht unbedingt stolz, aber es ist nun mal die Wahrheit.«

Eine Weile sprach niemand ein Wort.

»Was für Menschen waren das?«, hakte Akina schließlich nach. »Nur böse Leute, oder auch welche, die gar nichts getan haben?«

Eine bittere Frage. Dennoch beschloss Avram, die Wahrheit zu sagen: »Die meisten waren mindestens genauso schlimm wie ich. Menschen, die Morde begangen haben. Aber es gab auch ein paar, über die ich nicht sehr viel weiß. Ich rede mir ein, dass sie den Tod verdient hatten, sicher bin ich mir allerdings nicht.«

»Warum hast du sie dann getötet?«

»Akina!« Der Einwurf kam von Nadja, die nur ein paar Meter entfernt Agamemnon abrieb. »Hör auf, solche Fragen zu stellen!« Offenbar war sie aus ihrer Lethargie erwacht und wollte nichts weiter über Avrams Vergangenheit wissen.

Doch Avram hatte die Geheimniskrämerei satt. »Meine Auftraggeber haben mich dafür bezahlt«, sagte er.

»Schluss damit!«, zischte Nadja ihn an. »Ich will das nicht hören! Und ich will nicht, dass du Akina solche Sachen erzählst! Wir wissen, dass du ein gesuchter Mörder bist – das genügt uns!«

Die Worte schmerzten, in gewisser Weise empfand Avram sie sogar als ungerecht. »Ich habe dich aus Belials Verlies befreit«, sagte er. »Wäre ich kein Mörder, wärst du jetzt nicht mehr am Leben.«

Nadja versteifte sich. Selbst im dämmrigen Licht der Scheune konnte Avram das zornige Funkeln in ihren Augen sehen. Sie wollte an all das nicht mehr erinnert werden. Sie wollte gar nicht mehr über den Tod nachdenken. Aber genau dazu hatte Avram sie mit seinen Erzählungen gezwungen.

Einen Moment lang glaubte er, dass sie ihn anschreien oder sogar auf ihn losgehen würde, so giftig war ihr Blick. Aber dann pfefferte sie einfach ihre Pferdebürste auf den Boden und rannte aus der Scheune.

Avram widerstand der Versuchung, ihr etwas hinterherzurufen oder ihr sogar nachzurennen. Das hätte die Kluft zwischen ihnen im Moment nur vergrößert. Er hatte ein unbequemes Thema angeschnitten und damit einen wunden Punkt getroffen.

Akina sah ihrer Mutter hinterher, die über den Hof zum Haus rannte und darin verschwand. »Es ist schwer für sie«, sagte sie. »Aber das ist es für mich auch. Trotzdem will ich die Wahrheit über dich wissen. Hast du dich schon mal gefragt, ob es richtig war, diese Leute zu töten? Auch diejenigen, über die du nichts wusstest?«

Avram nickte. »Ja, das habe ich«, gab er zu. »Aber ich habe festgestellt, dass es besser für mich ist, wenn ich nicht so viel darüber nachdenke, verstehst du das?«

»Ich glaube, schon«, sagte Akina. Ein paar Minuten lang ließ sie sich seine Worte durch den Kopf gehen, während sie das Pferd weiterstriegelte. »Wie bist du zu deinem Job gekommen?«, fragte sie endlich. »Ich meine ... wolltest du schon immer ein Killer werden? So wie andere Arzt oder Ingenieur werden wollen?«

Avram schmunzelte. Noch nie hatte ihm jemand solche Fragen gestellt. Dann wurde er aber wieder ernst, als er sich daran erinnerte, wie alles angefangen hatte. Lange war das her, fast wie in einem anderen Leben. Vor seinem geistigen Auge blitzte das Bild seines kleinen Bruders Goran auf, damals zwölf Jahre alt. Er selbst war siebzehn gewesen, Ludwig Bott neunzehn. Drei Jungs, wie sie nicht unterschiedlicher hätten sein können – der schüchterne Goran, der besonnene Avram und der wilde Ludwig. Trotz des Altersunterschieds hatte der gemeinsame Schulweg sie über Jahre hinweg geeint, und die Nachbarschaft hatte ihre Freundschaft gefestigt. Sie hatten viel Zeit miteinander verbracht, waren im Sommer zusammen auf den Feldern und im Wald gewesen und hatten im Winter Schneemänner gebaut. Sie waren ein harmonisches Dreiergespann gewesen. Bis Ludwig eines Tages seine Freundin Pia auf den Kuyperhof mitgebracht hatte.

Der Anfang vom Ende.

Es war ein wunderschöner, lauer Sommerabend gewesen, und sie hatten sich hinter dem Haus getroffen, neben dem Waidbach, dort, wo heute der alte MAN-Traktor stand. Ludwig, Pia und Avram hatten Bier getrunken, Goran eine

Limonade. Die Stimmung war ausgelassen gewesen, und sie hatten, wie so oft, phantastische Zukunftspläne geschmiedet.

Avram fand Pia mit ihren fünfzehn Jahren nicht besonders attraktiv. Sie hatte Sommersprossen, große Ohren und eine Zahnspange. Aber Ludwig war total vernarrt in sie. Und auch Goran hatte ihr – trotz seiner jungen Jahre – auffallend viele verstohlene Blicke zugeworfen.

Pia fand Goran wohl ebenfalls süß. Oder vielleicht wollte sie Ludwig, der sich damals gerne wie ein Macho aufführte, auch nur ein bisschen eifersüchtig machen. Auf jeden Fall saß sie irgendwann so dicht bei Goran, dass Ludwig in seinem angetrunkenen Zustand völlig ausrastete. Zuerst schlug er Pia. Als Goran dazwischengehen wollte, schlug er auch ihn. Dabei erwischte er ihn so unglücklich, dass Goran hinfiel und sich den Kopf an einem Stein aufschlug. Das Blut auf dem Boden und in seinem Gesicht sah schrecklich aus. Pia schrie.

Avram sah rot. Er ging auf Ludwig los und beschimpfte ihn. Ludwig ließ sich jedoch weder die Vorwürfe noch den Angriff gefallen. Er verteidigte sich, und es kam zum Kampf.

Die beiden Jungs prügelten aufeinander ein, zuerst nur auf den Körper, dann auch auf den Kopf. Plötzlich hielt Ludwig sein Schnitzmesser in der Hand. Er war so außer sich vor Zorn, dass er damit auf Avram losging.

Das war der Moment, in dem sich in Avram etwas veränderte. Er begriff, dass es in diesem Kampf nicht mehr nur um ein paar Schrammen und Blutergüsse ging, sondern ums nackte Überleben.

In gewisser Hinsicht gefiel ihm das sogar.

Es gefiel ihm, dass er erstaunlicherweise keine Angst verspürte, sondern eher so etwas wie eine wachsame Anspannung. Es gefiel ihm, wie seine Sinne sich schärften. Wie alles um ihn herum plötzlich zur Nebensache wurde, so dass es nur noch ihn und Ludwig gab. Es gefiel ihm, wie die Zeit sich zu dehnen schien. Alles lief ganz langsam ab, wie verzögert, so dass er Dinge wahrnahm, auf die er normalerweise gar nicht geachtet hätte. Das Zucken in Ludwigs Augenwinkel. Der Schweiß auf seiner Stirn und in seinem Haar. Die Art, wie er die Zähne fletschte, kurz bevor er mit dem Messer zustieß. Das gab Avram wiederum die Möglichkeit, rechtzeitig auszuweichen. Aber er wusste, dass er sich ohne Waffe nicht lange würde behaupten können.

Sein Blick fiel auf seine Bierflasche am Boden, etwas anderes war nicht in Sicht. Also wich er weiter vor Ludwig zurück – und näherte sich immer mehr der Flasche. Als sie endlich in Reichweite war, bückte er sich blitzschnell, zerschlug sie auf dem Stein, der ihm vorher als Sitzgelegenheit gedient hatte, und hielt den abgebrochenen Flaschenhals wie einen Dolchkranz vor sich.

Ludwig ließ sich davon nicht einschüchtern. Im Gegenteil, es stachelte ihn sogar nur noch mehr an. Wütend warf er sich auf Avram.

Die beiden jungen Männer wälzten sich über den Boden, keuchend und schnaubend. Irgendwann gelang es dem größeren Ludwig, die Oberhand zu gewinnen. Avram lag auf dem Rücken, Ludwig saß auf ihm. Mit zorniger Fratze hob er das Messer, um zuzustoßen.

Avram hätte in diesem Moment aufgeben können. Hätte er »Lass uns aufhören!« geschrien und sich ergeben, wäre bestimmt alles ganz anders gekommen. Aber das tat er nicht. Stattdessen hob er seine Hand mit dem zerbrochenen Flaschenhals genau in dem Augenblick, als Ludwig das Messer herabsausen ließ.

Es war schockierend. Ludwigs zerfleischte Hand. Sein fassungsloses Gesicht. Überall Blut. An diesem Tag verlor Ludwig Bott drei Finger seiner rechten Hand. Eine Woche später verließ Avram den elterlichen Hof und begann in München eine Lehre als Mechaniker in einer Werkstatt und, wie sich herausstellen sollte, bei einer polizeilich gesuchten Autoschieberbande.

Sein Einstieg in die Welt des Verbrechens.

»Ich habe nie geplant, das zu werden, was ich heute bin«, sagte er, und in seinem Herzen machte sich plötzlich eine gähnende Leere breit wie ein großes, schwarzes Loch. »Ich wollte zwar immer weg von hier, am liebsten im Ausland studieren. In England vielleicht oder in den USA. Aber dann kam etwas dazwischen, eine Art Unfall, und die Dinge entwickelten sich anders, als ich es gehofft hatte.«

»Was ist passiert?«, fragte Akina. Sie war um die Stute herumgekommen und sah Avram mit großen Augen an, hin- und hergerissen zwischen Neugier und Abscheu, das konnte er in ihrem Gesicht lesen. Offenbar ahnte sie, dass etwas wirklich Schreckliches vorgefallen sein musste.

Genau diese Abscheu war es, die Avram mit einem Mal zögern ließ. Vielleicht war es doch keine so gute Idee, Akina ins Vertrauen zu ziehen. Sie war ja noch ein halbes Kind.

»Ich verspreche, dass ich es dir irgendwann einmal erzählen werde«, sagte er. »Aber es ist keine besonders schöne Geschichte, deshalb möchte ich im Moment lieber nicht darüber reden. Kannst du das verstehen?«

Akina nickte. Dabei wirkte sie fast sogar ein bisschen erleichtert.

SONNTAG

*Geh zur Hölle,
Avram,
dort wartet der
Teufel auf dich*

SONNTAG

25

In der Nacht hatte Emilia kaum ein Auge zugetan. Nach dem abendlichen Telefonat mit ihrem Kollegen Philippe Ruiz hatte sie Mikka, Becky und Jobi zusammengetrommelt und ihnen gebeichtet, dass sie kurzfristig nach Kehl müsse. Sie hatte versucht, ihre Gründe zu erläutern, und sich ausgiebig für das verpatzte Wochenende entschuldigt. Aber vor allem Becky hatte aus der Sache ein Riesendrama gemacht und sich beleidigt in ihrem Zimmer verschanzt. Jobis Versuche, sie zu besänftigen, waren kläglich gescheitert, das hatte man selbst durch die geschlossene Tür deutlich vernehmen können.

Auch Mikka war über Emilias Entscheidung nicht glücklich gewesen. Er hatte ihr zwar keine offenen Vorwürfe gemacht, war allerdings auch nicht besonders bemüht gewesen, seine schlechte Laune vor ihr zu verbergen, was bei ihm selten vorkam. Später, im Bett, hatte er ihre Annäherungsversuche eisern ignoriert. Irgendwann hatte sie aufgegeben und war mit einem schlechten Gewissen eingeschlafen.

All das zerrte an ihren Nerven. Sie fragte sich, ob es richtig von ihr gewesen war, sich heute Morgen einen Mietwagen zu nehmen und damit nach Kehl zu fahren. Aber wie sie die Sache auch drehte und wendete, sie kam stets zu demselben Ergebnis, nämlich dass ihr gar keine andere Wahl geblieben war. In den letzten Monaten hatte sie so viel Zeit damit zugebracht, Belials Hintermänner zu suchen, dass sie sich diese neue Chance nicht nehmen lassen wollte.

Sie schaltete das Radio ein in der Hoffnung auf ein wenig Ablenkung. Doch ihre Gedanken kreisten unablässig um Mikkas und Beckys enttäuschte Gesichter.

Eigentlich hätte ich übers Wochenende gar nicht nach Frankfurt kommen dürfen, schalt sie sich. Aber wer konnte am Freitag schon ahnen, dass Ruiz so schnell vorankommt? Seit gestern Morgen löste sich der Fall im Eiltempo. Zuerst hatte man die vermeintliche Mordwaffe gefunden, dann die Fingerabdrücke darauf identifiziert und letztlich sogar den mutmaßlichen Täter festgenommen. Das alles, während sie im Frankfurter Zoo spazieren gegangen war und sich den Kopf über Beckys gepiercten Freund zerbrochen hatte.

Ich habe fast ein halbes Jahr Arbeit in diesen Fall gesteckt, und ausgerechnet jetzt, auf der Zielgeraden, löst Ruiz ihn im Alleingang!

Aber den entscheidenden Moment, wenn der Mörder überführt wurde und ein Geständnis ablegte, wollte sie auf keinen Fall verpassen.

Es regnete während der ganzen Fahrt, der Himmel war grau und trist. Laut Armaturenanzeige betrug die Außentemperatur nur drei Grad Celsius – ein kalter, trüber Morgen. Laut Wetterbericht würde es auch noch den ganzen Tag so bleiben.

Das monotone Hin und Her der Scheibenwischer machte Emilia müde. Sie saß nun schon seit zwei Stunden im Auto, auf der A5 in Richtung Basel. Ihr Schädel brummte. Die beiden Tabletten, die sie heute Morgen geschluckt hatte, halfen nicht – das alte Problem.

Hoffentlich ist es den Stress wert, dachte sie. Hoffentlich ist dieser Willemburg tatsächlich eine heiße Spur.

Im Moment deutete jedenfalls alles darauf hin.

Willemburg ... Der Name löste irgendetwas in ihr aus. Schon gestern, als Ruiz ihn zum ersten Mal erwähnt hatte, war er ihr bekannt vorgekommen. Aber sie kam nicht darauf, woher.

Ein Straßenschild kündigte die Autobahnabfahrt nach Kehl an. Endlich! Die Fahrt hatte wegen des schlechten Wetters länger gedauert als geplant.

Emilia folgte den Anweisungen des Navis bis zum Polizeirevier in der Herderstraße, einem dreistöckigen, kastenartigen Gebäude, dem man mit seinem pfirsichfarbenen Anstrich und den türkisen Elementen unter den Fenstern etwas von seiner Kasernenhaftigkeit hatte nehmen wollen.

Ruiz schien schon da zu sein. Sein Auto parkte direkt vor dem Präsidium. Emilia stellte ihren Leihwagen in die freie Lücke daneben, meldete sich an der Pforte an und wurde von dort zur Mordkommission in den dritten Stock geschickt.

Ruiz stand kauend im Flur, in der Hand ein belegtes Brötchen.

»Gut, dass Sie da sind«, sagte er und schluckte seinen Bissen hinunter. »Das Verhör soll in ein paar Minuten beginnen.«

»Wissen Sie schon, wer Willemburg vernehmen wird?«

Ruiz deutete mit einer Kopfbewegung auf eine der Türen, die vom Flur abführten. »Die Kollegen sind noch am Telefonieren. Müssten aber gleich damit fertig sein.«

»Kennen die schon die Unterlagen zum Nadicz-Fall?«

»Ich habe sie gestern hierhergemailt. Die Kehler Kripo weiß also Bescheid.«

Emilia nickte. Somit stand einem sauberen Verhör nichts im Wege. »Konnten Sie schon irgendetwas über Willemburg herausfinden?«, wollte sie wissen.

»Abgesehen von den Fingerabdrücken auf der Kettensäge scheint er eine ziemlich reine Weste zu haben. Keine Vorstrafen. Keine anderen Auffälligkeiten im Lebenslauf, abgesehen von einer Sache: Er wurde vor fünf Jahren bei einer Drogenrazzia in einem Frankfurter Edelbordell festgenommen. Von damals stammen auch die Vergleichsfingerabdrücke. Aber man konnte ihm nichts nachweisen, deshalb wurde er wieder auf freien Fuß gesetzt.«

»Haben die Medien in den letzten Monaten über ihn berichtet?«, fragte Emilia. »Zeitungen, Radio, Fernsehen? Mir kommt der Name irgendwie bekannt vor, aber ich weiß nicht, woher.«

Ruiz biss noch einmal von seinem Brötchen ab, während er nachdachte, schüttelte dann aber den Kopf. »Ich kann mich nicht erinnern, den Namen schon mal gehört zu haben«, sagte er. »Aber vielleicht klingelt es ja bei mir, wenn wir Willemburg sehen.«

Bei Emilia klingelte es jedenfalls nicht, als sie zehn Minuten später im Vernehmungszimmer der Kehler Polizei saß. Jacques Willemburg war achtundvierzig Jahre alt, korpulent und mit 1,68 m eher klein für einen Mann. Sein Gesicht wirkte aufgedunsen und grobporig, als würde er nicht nur gerne essen, sondern sich dazu auch gerne etwas Hochprozentiges genehmigen. Auf seiner von feinen Äderchen durchzogenen Nase saß eine altmodische Brille mit tropfenförmigen Gläsern und Goldrand. Auf seinem Kopf kräuselten sich strohige, rötlich-graue Naturlocken.

Jacques Willemburg war trotz seiner geringen Körpergröße eine auffällige Gestalt. Emilia hatte ihn noch nie gesehen, weder in natura noch auf einem Bild in der Zeitung oder in einem Fernsehbericht. Da war sie absolut sicher.

Neben ihr saß die leitende Beamtin der Kehler Kripo, Kommissarin Aygün, eine zierliche Deutschtürkin mit tiefschwarzem Haar, die mit offenkundigem Stolz ihre Uniform trug. Sie befand sich etwa im selben Alter wie Emilia und hatte bereits die Formalien des Verhörs erledigt. Sie war es auch gewesen, die Emilia eingeladen hatte, sich aktiv an der Befragung zu beteiligen. In einem Nebenzimmer, hinter der verspiegelten Scheibe an der Wand, saßen drei weitere Beamte der Kehler Kripo und Philippe Ruiz.

Der Vernehmungsraum war schlicht und funktionell eingerichtet. Durch das große Fenster konnte man auf die Straße sehen, aber wegen des schlechten Wetters drang kaum Licht herein. Die Deckenlampe hatte Kommissarin Aygün nicht angeschaltet. Die Heizung auch nicht. Wahrscheinlich wollte sie, dass Willemburg sich unbehaglich fühlte.

»Bevor wir mit der Befragung beginnen, muss ich Sie darauf hinweisen, dass Sie das Recht auf einen Anwalt haben«, sagte sie.

»Mein Anwalt ist in Kitzbühel!«, nölte Willemburg, der auf der anderen Tischseite saß. »Meine Frau hat ihm Bescheid gegeben. Er will so schnell wie möglich herkommen.« Sein Kinn und seine feisten Wangen wackelten beim Sprechen. Hinter den Brillengläsern hatten sich seine Augen zu kleinen Schlitzen verengt.

»Wenn Sie wollen, können wir Ihnen einen anderen Anwalt besorgen.«

»Scheiß drauf! Ich habe nichts zu verbergen!« Seine Stimme war höher als erwartet und klang irgendwie weibisch.

»Sie stehen im Verdacht, einen Mord begangen zu haben. Das Opfer heißt Simon Nadicz. Vorstandsvorsitzender der AVO-Invest-Bank in Genf. Kennen Sie den Mann?«

»Nein. Keine Ahnung, wer das sein soll.«

Den Unterlagen, die vor ihr lagen, entnahm Kommissarin Aygün ein Foto und schob es über den Tisch.

Willemburg warf einen flüchtigen Blick darauf. »Ich habe

den Kerl da nicht umgebracht«, sagte er. »Das habe ich Ihnen schon gestern gesagt! Ich habe überhaupt niemanden umgebracht. Da werden Sie sich schon ein bisschen mehr anstrengen müssen, um den Täter zu finden.«

Emilia beobachtete ihn genau. Beim Betrachten des Fotos hatten seine Augen sich verändert. Er kannte Nadicz, so viel stand fest.

»Haben Sie oder Ihre Firma schon einmal Geschäfte mit der AVO-Invest getätigt?«, fragte Kommissarin Aygün.

Willemburg schüttelte den Kopf.

»Bitte antworten Sie für den Mitschnitt laut und deutlich«, sagte die Beamtin und deutete mit einer Handbewegung auf das Mikro in der Tischmitte.

»Nein, ich habe mit AVO-Invest noch nie ein Geschäft gemacht«, sagte Willemburg.

»Haben Sie dort ein Konto? Ein Guthaben oder einen Kredit vielleicht?«

»Das wäre ja wohl ein Geschäft mit einer Bank, oder etwa nicht?«

»Bitte beantworten Sie die Frage.«

Willemburg verdrehte die Augen. »Nein«, sagte er. »Ich habe kein Konto bei dieser Bank. Ich habe überhaupt keine Konten in der Schweiz. So reich bin ich leider nicht, dass sich das lohnen würde.«

Emilia beugte sich nach vorne, als Signal für ihre Kollegin, dass sie sich ins Gespräch einschalten wollte. Kommissarin Aygün nickte und lehnte sich zurück.

»Wenn Sie Herrn Nadicz nicht von Ihren Bankgeschäften her kennen, dann haben Sie sich vielleicht irgendwo anders kennengelernt?«, fragte Emilia.

»Ich habe diesen Mann noch nie zuvor gesehen«, sagte Willemburg.

Eine Lüge, nur konnte Emilia ihm das noch nicht beweisen. Für den Moment ließ sie es dabei bewenden.

»Ich habe gehört, Sie sind Inhaber einer Firma hier in Kehl, ist das richtig?«, fragte sie.

»War bestimmt irrsinnig schwer, das herauszufinden«, höhnte der Lockenkopf.

»Was genau stellen Sie her?«

»Meine Firma hat sich auf die Untersuchung mikrobiologischer Prozesse spezialisiert. Wir erforschen im Wesentlichen Dinge wie Zellmetabolismus, interzelluläre und extrazelluläre Botenstoffgenerierung, membrangebundene Signalmolekülbildung, osmotische Interdependenzen, Gap Junctions und cytoplasmatischen Ionenaustausch.« Er lehnte sich in seinem Sitz zurück und grinste, als wolle er sagen: Na, ihr beiden Hübschen – habt ihr das kapiert? Offenbar war er selbstsicher genug für Spielchen.

Noch blieb Emilia ruhig. »Was bedeutet das genau, Herr Willemburg? Welche Art von Produkten stellen Sie her?«

»Es ist schwierig, das so auszudrücken, dass Laien es verstehen.« Und immer noch dieses provozierende Grinsen.

»Versuchen Sie es«, forderte Emilia ihn auf. »Ich habe alle Zeit der Welt. Wenn es sein muss, können Sie es mir den ganzen Sonntag lang erklären. Ich habe heute nichts anderes vor.«

Sein Grinsen blieb, schien aber irgendwie kälter zu werden. »Im Grunde beschäftigen wir uns mit den Wechselwirkungen von Zellen im menschlichen Organismus«, erklärte er. »Wir versuchen nachzuvollziehen, was in menschlichen Zellen passiert, wenn man eine Tablette schluckt, sich eine Dosis Heroin spritzt oder großer Strahlung ausgesetzt ist. Wie wirkt sich das aufs Gehirn aus, aufs Herz, auf die Leber, den Magen, die Milz und so weiter.«

Emilia überlegte, wie das alles mit der AVO-Invest in Genf zusammenhängen konnte, fand im Moment aber keine Antwort darauf. »Wer sind Ihre Abnehmer, Herr Willemburg?«

»Vor allem Pharmaunternehmen, die neue Präparate auf den Markt bringen wollen. Aber auch die Kosmetikindustrie. Wir testen alles, was mit dem menschlichen Körper in Kontakt gelangen kann, vom Parfüm bis zur Hämorrhoidensalbe.«

»Sehr anschaulich. Vielen Dank«, sagte Emilia trocken. »Beliefern Sie nur deutsche Forschungseinrichtungen?«

»Das können wir uns nicht leisten. Rund sechzig Prozent unseres Umsatzes machen wir im Ausland. Vor allem mit Frankreich, Holland und Spanien.«

»Auch mit der Schweiz?« Das war das eigentliche Ziel der Frage gewesen.

»Selbstverständlich liefern wir auch in die Schweiz«, sagte Willemburg. »Wir haben dort zwar keine Großabnehmer, aber ein paar kleinere Kunden schon. Ist das aus irgendeinem Grund verwerflich?«

Emilia ging nicht weiter darauf ein. Sie würde Willemburgs Geschäftsbeziehungen in die Schweiz in den nächsten Tagen genau unter die Lupe nehmen. Vielleicht ließ sich über seine Kundschaft eine Verknüpfung mit AVO-Invest herstellen.

»Simon Nadicz hat am vergangenen Mittwoch um etwa 17.30 Uhr sein Büro verlassen und danach mit großer Wahrscheinlichkeit den Heimweg nach Grenoble angetreten«, sagte Emilia. Vor ihr lag ebenfalls ein Satz Unterlagen, den sie jetzt an sich nahm und darin blätterte, um den Ablauf an jenem Abend besser rekonstruieren zu können. »Zu Hause ist er aber nie angekommen. Irgendwo auf dem Weg zwischen Genf und Grenoble hat man ihm aufgelauert und ihn verschleppt in ein verlassenes Bauernhaus zwischen Margerie-Chantagret und Boisset-Saint-Priest. Das liegt unweit von Montbrison in den Monts de Forez.«

»Klingt wie der Arsch der Welt.«

»Waren Sie schon einmal dort?«

»Ganz sicher nicht.«

Emilia nickte, obwohl sie ihm nicht glaubte. »Jedenfalls hat man Simon Nadicz dort gefesselt an einen Dachbalken gehängt, ein paarmal auf ihn eingeprügelt und ihm dann die Beine mit einer Kettensäge abgeschnitten«, sagte sie. »Die Tatwaffe wurde nur ein paar hundert Meter entfernt gefunden. Mit Ihren Fingerabdrücken darauf. Wie erklären Sie sich das, Herr Willemburg?«

Mit einem Schlag wich die Selbstgefälligkeit aus seinem Gesicht wie ein Schatten im Licht. Emilia wusste nicht, was die Kehler Polizei schon alles bei Willemburgs Verhaftung erzählt hatte. Dass die Mordwaffe mit seinen Fingerabdrücken am Tatort gefunden worden war, gehörte offenbar nicht dazu.

»Das ist unmöglich!«, raunte Willemburg, jetzt bleich wie ein Geist.

Emilia wand sich an Kommissarin Aygün. »Haben wir ein Bild von der Tatwaffe?«, fragte sie.

Die Beamtin nickte, zog es aus ihren Unterlagen und reichte es Emilia.

Emilia schob es über den Tisch zu dem Foto von Simon Nadicz.

»Auf dieser Säge wurden Ihre Fingerabdrücke zweifelsfrei identifiziert«, sagte sie. »An der Waffe klebten Blut, Fleischfasern und Hautfetzen des Opfers. Wie erklären Sie sich das?«

Als Willemburg sich nach vorne beugte, um das Foto zu

betrachten, wirkte er wie entrückt. Als würde er gar nicht mehr begreifen, worum es hier überhaupt ging.

»Herr Willemburg, ich frage Sie noch einmal«, drängte Emilia. »Wie kann es sein, dass Ihre Fingerabdrücke auf der Waffe zu finden sind?«

Er zuckte zusammen, sein Blick wurde wieder klarer. »Das ist meine Säge«, murmelte er.

»Geben Sie zu, damit Simon Nadicz getötet zu haben?«

»Ich gebe gar nichts zu! Ich habe den Kerl nicht umgebracht. Ich sage nur, dass das meine Säge ist. Das Gehäuse ist gesprungen. Sehen Sie? Genau hier, an dieser Stelle.« Er hielt Emilia das Bild hin und schob es ihr wieder zurück. »Deshalb sind meine Fingerabdrücke darauf. Weil es meine verdammte Säge ist. Sie liegt normalerweise im Gartenhaus. Ich habe erst vor ein paar Tagen meine Bäume damit gestutzt. Jemand muss sie geklaut haben.«

Emilia wusste nicht, was sie davon halten sollte. »Ist das Gartenhaus abgeschlossen?«, fragte sie.

»Natürlich. Aber wie schwer ist es, ein Vorhängeschloss aufzubrechen?«

Er hatte natürlich recht, das war ein Kinderspiel. Aber war es auch wahrscheinlich?

»Ist Ihr Gartenhaus denn in letzter Zeit aufgebrochen worden?«, hakte Emilia nach.

Willemburg zog die Stirn kraus. »Nicht, dass ich wüsste. Allerdings hatte ich seit dem Bäumestutzen auch nichts mehr im Garten zu tun.«

Emilia betrachtete ihn genau, während sie gleichzeitig abzuwägen versuchte, ob er die Wahrheit sagte oder ob er sich das aufgebrochene Gartenhaus von vornherein als Ausrede zurechtgelegt hatte. Im Moment konnte sie die Situation noch nicht zuverlässig einschätzen.

»Wo waren Sie in der Nacht vom vergangenen Mittwoch auf Donnerstag zwischen 23.00 und 4.00 Uhr?«, fragte sie. Das war der Zeitraum, in dem Simon Nadicz nach dem jetzigen Stand der Ermittlungen getötet worden war.

Willemburg schluckte und schüttelte mechanisch den Kopf. »Ich sage nichts mehr ohne meinen Anwalt«, murmelte er.

26

Das Hotel, das Avram für seinen weiteren Aufenthalt gewählt hatte, lag in der Münchner Innenstadt, deshalb bot sich nach dem Frühstück ein Spaziergang im Englischen Garten an. Zwar sah der Himmel aus wie in einem apokalyptischen Gemälde, und es regnete in Strömen, dafür hatte Avram den Park fast für sich allein. Nur ein paar unerschrockene Jogger und Hundebesitzer waren an diesem Morgen unterwegs – ideale Voraussetzungen, um den Kopf wieder freizubekommen.

Das war in mehrfacher Hinsicht bitter nötig. Das Attentat in Amsterdam sowie Jekaterina Worodins Zorn lasteten auf ihm. Avram hatte Angst, durch seine Reise nach München ungewollt Nadja und Akina in Gefahr gebracht zu haben. Außerdem hatten die Filme auf Britt Lassgards Festplattenspeicher alte Wunden aufgerissen und die schmerzvolle Erinnerung an Gorans und Saschas Tod aufgefrischt.

Auch das unterkühlte Verhältnis zu Nadja nagte an ihm. Von seiner Ankunft am Freitag bis zu seiner Abfahrt gestern Abend hatte sie ihn kaum eines Blickes gewürdigt. Sie hielt ihm vor, dass er sich in den letzten Monaten nie bei ihr gemeldet hatte, obwohl sie seinen Beistand in dieser schweren Zeit gut hätte gebrauchen können.

Irgendwie konnte er das auch verstehen.

Eine Windbö zerrte an seinem Schirm und trieb ihm den Regen ins Gesicht. Erst jetzt wurde er sich der Kälte bewusst, die ihm in die Knochen gekrochen war. Er beschloss, umzudrehen und zum Hotel zurückzukehren.

Als er am Bootshaus des Kleinhesseloher Sees ankam, klingelte sein Handy. Es war Rutger Bjorndahl. Avram stellte sich an einer windgeschützten Stelle des Bootsverleihs unter, um das Gespräch anzunehmen.

»Hast du die Bilder gesehen, die ich dir gemailt habe?«, fragte Borndahl, heiser wie immer. Avram hatte seinen Posteingang zum letzten Mal vor dem Frühstück gecheckt. Da war noch keine Mail von Bjorndahl eingetroffen. »Wann hast du mir geschrieben?«

»Vor etwa einer halben Stunde.«

»Nein, das habe ich noch nicht gesehen. Ich bin gerade unterwegs. Was für Bilder sind das?«

»Die Fahndungsfotos der Polizei zu dem Anschlag in Amsterdam. Phantombilder zweier Verdächtiger.«

Avram spürte, wie ihm trotz des schlechten Wetters plötzlich warm wurde.

»Ich lade die Bilder gleich runter. In einer Minute melde ich mich wieder.«

Er beendete das Telefonat, öffnete sein Postfach und öffnete die beiden JPEG-Dateien, die Bjorndahl ihm geschickt hatte. Gleich das erste Bild war ein kleiner Schock, obwohl er natürlich schon damit gerechnet hatte. Es zeigte das Gesicht eines in die Jahre gekommenen Mannes mit kurzem Haar, dichtem Dreitagebart, schmalem Gesicht und Hornbrille. Zwar fehlte die Narbe über dem Auge, und auch einige andere Details stimmten nicht, aber im Großen und Ganzen war es eine Abbildung von Avram. Zumindest von jemandem, der ihm ähnlich sah. Auch die unter der Zeichnung aufgeführten Angaben zu Größe und Gewicht sowie zu der Kleidung, die er am Freitagmorgen getragen hatte, stimmten ziemlich genau. Die Frau, die ihn während der Schießerei mit dem unbekannten Motorradfahrer durchs Küchenfenster gesehen hatte, war eine gute Beobachterin.

Er stieß einen stummen Fluch aus. Das Phantombild war besser als gedacht. Ab jetzt musste er in Bezug auf die Polizei noch vorsichtiger als bisher sein.

Das zweite Phantombild zeigte ebenfalls einen Mann. Er hatte ein beinahe quadratisches Gesicht mit einer auffälligen Knollennase, braunes, gescheiteltes Haar, das aussah wie ein schlechtes Toupet, und eine vorstehende Unterlippe. Laut Personenbeschreibung war er etwa 1,65 m groß und wog 60 Kilogramm. Am Freitagmorgen hatte er einen anthrazitfarbenen Anzug mit roter Krawatte und weißem Hemd getragen.

Avram seufzte. Er hatte diesen Mann noch nie gesehen. Das war auch nicht der Motorradfahrer, der ihn in Amsterdam angegriffen hatte – dafür stimmten weder die Körperstatur noch die Größe. Aber wer war es dann?

Avram schloss sein Mailprogramm und rief Rutger Bjorndahl zurück.

»Der Kerl ist am Freitagmorgen im Speisesaal des Interconti in Amsterdam gesehen worden«, erzählte Bjorndahl auf Avrams Nachfrage. »Mit einem Koffer. Kurz zuvor hat er unter dem Namen Gideon Frietjens an der Rezeption eingecheckt. Dann ging er im Speisesaal einen Kaffee trinken – wenige Minuten bevor Sergej Worodin und Khaled Bashkir sich getroffen haben. Als die kamen, war Frietjens noch dort, aber ein Kellner hat ausgesagt, dass er gegangen ist, kurz nachdem die anderen Platz genommen hatten. Frietjens hat sogar noch ein paar Worte mit ihnen gewechselt. Wollte angeblich wissen, wie man vom Hotel aus am schnellsten in die Innenstadt kommt. Danach ist er verschwunden.«

»Mit seinem Koffer oder ohne ihn?«

»Das ist nicht bekannt. Du denkst, er könnte darin den Sprengstoff versteckt haben?«

»Das wäre zumindest eine Erklärung. Hast du eine Ahnung, wer der Kerl ist?«

Bjorndahl räusperte sich. »Nein. Aber ich habe noch etwas anderes für dich. In Bezug auf die Screenshots, die du mir gestern geschickt hast.«

Er meinte damit die Bilder der Mörder auf Britt Lassgards RIP-Festplatte.

»Einen der Männer konnte ich identifizieren«, röchelte Bjorndahl. »Erinnerst du dich an den Kerl mit dem Hund? Der Blondschopf, der diese arme Frau abgefackelt hat?«

»Den werde ich so schnell nicht vergessen.«

»Der Typ heißt Theo Eitlinger. Theaterschauspieler, aber nicht besonders erfolgreich. Hatte vor fünfzehn Jahren mal ein Engagement bei einem Münchner Boulevardtheater. Anfangs hat er sogar ganz gute Kritiken bekommen, aber dann ist er plötzlich nur noch betrunken auf der Bühne erschienen. Nach fünf Monaten hat man ihn wieder gefeuert.«

»Hast du seine Adresse?«

»Ja, das Theater war sehr hilfsbereit, aber ich weiß nicht, ob Eitlinger dort noch wohnt. Im Internet ist darüber nichts zu finden, und das Einwohnermeldeamt hat sonntags geschlossen.«

»Ich werde einfach mein Glück versuchen.«

Bjorndahl gab Avram die Daten durch – eine Adresse in München-Hadern. Zu den anderen Mördern auf den RIP-Videos konnte er noch keine Angaben machen.

Avram bedankte sich und steckte sein Handy wieder weg. Als er sich auf den Weg zurück zum Hotel machte, goss es noch immer in Strömen, aber das machte ihm nichts mehr aus.

Endlich hatte er wieder eine konkrete Spur.

27

Ohne seinen Anwalt hatte Jacques Willemburg jede weitere Aussage verweigert, so dass das Verhör vorläufig unterbrochen worden war.

Emilia stand mit einer dampfenden Tasse Schnellkaffee aus dem Automaten vor dem Kehler Polizeipräsidium und war in Gedanken vertieft. Sie wurde aus Willemburg nicht so recht schlau. Anfangs hatte er selbstsicher, ja geradezu überheblich gewirkt. War das nur Schau gewesen? Der Versuch, die Polizei von seiner Unschuld zu überzeugen? Hatte er deshalb auch zunächst auf anwaltlichen Beistand verzichtet? Um zu demonstrieren, dass er nichts auf dem Gewissen hatte? Jedenfalls war er am Ende komplett eingeknickt. Bei der Rückkehr in seine Zelle hatte sein Gesicht keine Farbe mehr gehabt.

Und das war keine Schau gewesen.

Willemburg ...

Der Name geisterte schon den ganzen Tag in Emilias Kopf herum. Woher in drei Teufels Namen kannte sie ihn?

Plötzlich kam ihr eine Idee. Sie zog ihr Handy aus der Tasche und rief Luc Dorffler an, einen Kollegen der Rechercheabteilung in Lyon, der in letzter Zeit intensiv mit ihr zusammengearbeitet hatte.

»Ich brauche deine Hilfe, Luc«, begann Emilia ohne Umschweife. »Kannst du mir die eingescannten Bücher zumailen, die wir in Belials Folterkeller und in seiner Wohnung sichergestellt haben? Mich interessieren nur die grünen.«

Leon Bruckner alias Belial hatte seine kriminellen Machenschaften pedantisch dokumentiert. In Büchern mit rotem Einband hatte er seine Foltermethoden und Ideen für neue Folterwerkzeuge vermerkt, in Büchern mit blauem Einband alle Anschaffungen für die Einrichtung seines Verlieses, inklusive Datumsangaben und exakten Preisen. Gelbe Bücher beinhalteten Wunschlisten seiner zahlenden Kunden in Bezug auf die körperlichen Eigenschaften ihrer Opfer. Nur die grünen Bücher gaben bis heute Rätsel auf. In ihnen standen reihenweise kryptische Buchstaben- und Zahlenkombinationen, aus denen bislang aber noch niemand richtig schlau geworden war, weder Interpol noch die Spezialisten von MI6, BND und CIA, die zeitweise um Amtshilfe gebeten worden waren. Es gab die Vermutung, dass Belial mit diesen Kombinationen sein kriminelles Netzwerk verschlüsselt hatte. Manche Angaben in den grünen Büchern deuteten auf Orte oder Zeitpunkte hin, andere auf Kontaktpersonen oder auf Finanztransaktionen. Im Grunde war das alles aber reine Spekulation.

Es dauerte nicht lange, bis Dorffler die gewünschten Scans gemailt hatte. Emilia scrollte sich durch die Dateien und fand nach einigen Minuten auch endlich den gesuchten Eintrag:

120923-25000-50000 W Kill Eem Burg J

Belial hatte die Zeile durchgestrichen, vermutlich war sie Emilia gerade deshalb so gut im Gedächtnis haftengeblieben. Was hatte es damit auf sich?

Dass die 120923 ein Datum darstellte, lag nahe. Die Zahlen 25000-50000 waren da schon schwieriger zu interpretieren – vielleicht Schmiergeldbeträge oder eine Preisvorstellung. Mit dem Wissen von heute erschloss sich Emilia aber endlich die Kombination W Kill Eem Burg J. Monatelang hatte sie diesen Eintrag für einen Mordauftrag oder etwas in der Art gehalten. Jetzt glaubte sie vielmehr, dass sich dahinter der Name und der Wohnort ihres Hauptverdächtigen verbargen. Der letzte Buchstabe, das J, stand für Jacques. Die Leerzeichen zwischen den anderen Buchstabenkombinationen dienten nur der Verwirrung. Außerdem hatte Belial die beiden Anfangsbuchstaben von Kehl in den Nachnamen gemischt, das K und das E. Richtig interpretiert ergab sich aus W Kill Eem Burg J also: J Willemburg aus KE wie Kehl.

Emilia spürte, wie sich von ihrem Magen aus eine Hitzewelle in ihrem Körper ausbreitete. Wenn man den Eintrag zu deuten verstand, sprang einen der Sinn geradezu an! Sie ahnte, dass sie gerade einen wichtigen Schritt vorangekommen war. Vielleicht hatte sie sogar einen entscheidenden Durchbruch erzielt, denn mit einiger Wahrscheinlichkeit hatte Belial bei seinen anderen Eintragungen eine ähnliche Verschlüsselungssystematik angewandt.

Allerdings musste Emilia sich bei aller Euphorie auch ein wenig bremsen, denn es war gewiss kein gutes Zeichen, dass ausgerechnet Willemburgs Name in Belials Buch ausgestrichen war. Wie würde Jerome Varamont, ihr Chef in Lyon, das beurteilen? Würde er den gestrichenen Eintrag als Verbindung zwischen Willemburg und Belial anerkennen? Oder wäre ihm die Sache zu vage? Dann müsste Emilia bis Freitag nach anderen – eindeutigeren – Zusammenhängen Ausschau halten.

Alles hing jetzt davon ab, wie Jacques Willemburg auf die nächste Befragung reagierte.

28

Die Anschrift, die Rutger Bjorndahl Avram genannt hatte, stellte sich als veraltet heraus. Theo Eitlinger, der Blondschopf, der eine Frau bei lebendigem Leib in Brand gesteckt hatte, wohnte schon lange nicht mehr in München-Hadern. Aber ein ehemaliger Nachbar wusste, dass er vor einigen Jahren nach Augsburg gezogen war. Er kannte sogar die neue Adresse.

Kurz entschlossen hatte Avram sich auf den Weg gemacht. Nach einer knappen Stunde Dauerregen auf der A8 kam er schließlich in Augsburg-Lechhausen an, wo Eitlinger jetzt angeblich wohnte. Die Gegend war nicht die schlechteste. Hier standen viele zwei- und dreistöckige Stadthäuser im Stil des frühen zwanzigsten Jahrhunderts, mit kleinen Erkern und Giebeln. Das Gebäude, das Avram suchte, war in hellem Blau gestrichen und lag an einer Straßenkreuzung. Im Erdgeschoss befand sich ein kleiner Tante-Emma-Laden, der sonntags natürlich geschlossen war, darüber befanden sich die Wohnungen. Avram ging zum Haupteingang und überflog die drei Namen an den Klingelschildern. »Eitlinger« befand sich nicht darunter.

Das wäre auch zu einfach gewesen.

Er drückte wahllos auf einen der Knöpfe. Kurz darauf knackte die Gegensprechanlage. »Ja, bitte?« Die Stimme klang nach einer Frau mittleren Alters.

»Ich suche einen Mann namens Theo Eitlinger, der in diesem Haus wohnen soll. Kennen Sie ihn?«

»Eitlinger? Nie gehört.«

»Wohnt er vielleicht bei jemandem zur Untermiete?«

»Das glaube ich nicht. Hier gibt es außer mir nur noch zwei weitere Wohnparteien. Tut mir leid.«

Avram bedankte sich und drückte die nächste Klingel. Aber auch dort war Theo Eitlinger kein Begriff, und in der dritten Wohnung meldete sich niemand. Er würde seine Suche wohl auf die Nachbarhäuser ausdehnen müssen.

Avram spannte seinen Regenschirm auf und wollte gerade zum nächsten Gebäude losmarschieren, als er im Schaufenster des Tante-Emma-Ladens eine Bewegung wahrnahm. Er ging zum Eingang und klopfte an der Tür. Dort stand auf einer Inschrift: Heidemarie Weilhuber, Lebensmittel und Kleinwaren seit 1968.

»Heute ist Sonntag«, krächzte eine Stimme. »Wir haben geschlossen.«

»Ich möchte nichts kaufen«, sagte Avram so laut, dass man es drinnen auch bestimmt hören konnte. »Ich suche jemanden, und ich hatte gehofft, dass Sie mir vielleicht weiterhelfen können. Bitte! Das ist sehr wichtig für mich.«

Durch den Milchglaseinsatz der Eingangstür sah Avram, wie sich eine Silhouette näherte, langsam und wackelig. Dann drehte sich der Schlüssel im Schloss, und ein Riegel wurde zurückgeschoben. In dem sich öffnenden Türspalt erschien das Gesicht einer alten Frau, dem Aussehen nach schon weit über achtzig. Sie trug ein Kopftuch über dem weißgrauen Haar und eine Schürze um den Körper, wie es in der Nachkriegszeit modern gewesen war. Ihr faltiges Gesicht sah aus wie eine zerknitterte Landkarte. Aber ihre kleinen, schlauen Augen verrieten Avram, dass in diesem alten Körper noch ein wacher Geist steckte.

»Sind Sie Frau Weilhuber?«, fragte Avram.

Die Alte nickte.

»Ich möchte gerne mit Theo Eitlinger sprechen. Man hat mir diese Adresse genannt. Wissen Sie, wo ich ihn finden kann?«

Die Frau musterte ihn aufmerksam. Schließlich zog sie die Tür vollends auf. »Kommen Sie erst mal rein, junger Mann«, forderte sie ihn auf. »Sie werden ja ganz nass. Den Schirm können Sie da in den Ständer stecken. Aber vergessen Sie ihn nachher nicht. Und streifen Sie sich die Schuhe ab. Ich habe gerade erst saubergemacht.«

Avram tat, was die Alte ihm gesagt hatte, und folgte ihr in eine kleine Küche hinter der Kassentheke. Von dort ging es weiter in eine muffige Zweizimmerwohnung, die offenbar direkt an den Laden angrenzte.

Die Frau setzte sich an einen Tisch und bot Avram den gegenüberliegenden Platz an. Eigentlich hatte er nicht vor, lange zu bleiben, aber er wusste, dass er die gewünschten Informationen nur im Tausch gegen ein wenig Gesellschaft bekommen würde. Oder mit Waffengewalt, aber so eilig hatte er es nun wirklich nicht. Höflichkeit würde ihn in diesem Fall genauso weit bringen. Er setzte sich.

»Wollen Sie einen Kaffee oder einen Tee?«, fragte Frau Weilhuber. »Ein paar Kekse habe ich auch noch im Schrank.«

Avram lehnte dankend ab. »Ich suche einen Mann namens Theo Eitlinger«, fing er noch einmal an. »Kennen Sie ihn? Und wissen Sie, wo ich ihn finden kann?«

Die Alte wiegte den Kopf hin und her. »Was wollen Sie denn von ihm?«

»Ein paar Fragen stellen.«

Weil ich ihn für den Komplizen eines Serienmörders namens Belial halte, der meinen Bruder und meinen Sohn umgebracht hat.

Ich hoffe, dass Eitlinger mir verraten kann, mit wem der Scheißkerl noch zusammengearbeitet hat.

Natürlich sagte er das nicht laut, sondern er bemühte sich weiterhin um ein gewinnendes Lächeln.

»Sind Sie Polizist?«, fragte die Frau.

Avram hob die Augenbrauen. »Gott bewahre! Sehe ich etwa so aus?«

»Nein, das allerdings nicht.« Sie dachte einen Moment nach, wobei ihr Unterkiefer unermüdlich mahlte. »Theo Eitlinger? Hier hat nie jemand gewohnt, der so heißt. Daran könnte ich mich erinnern, ganz bestimmt. Wie sieht er denn aus?«

»Blond, schlank, etwa 1,80 Meter groß. Mit einem Schnauzbart.« Avram zog sein Handy aus der Jackentasche, öffnete das Screenshot-Porträt aus dem Tötungsvideo und hielt es der Frau hin.

Sie betrachtete es eingehend, während ihr Kiefer weiter hin und her wippte. »Hm ... ich bin mir nicht sicher ...«, murmelte sie gedankenversunken.

Avram hatte eine Idee. Er wusste nicht, wie alt das Video auf Britt Lassgards Festplattenspeicher war. Vielleicht gab es im Internet aktuellere Fotos. Er öffnete auf seinem Smartphone die Google-App, gab den Namen Theo Eitlinger ein und ließ sich die Treffer als Bildergalerie anzeigen. Eines davon glich dem Mann auf dem Screenshot tatsächlich, nur wirkte er jetzt reifer, und er war nicht mehr so hager. Er trug zwar noch seinen Schnauzbart, aber sein Haupt war nur noch von einem schmalen, blonden Haarkranz umsäumt.

Wieder hielt Avram der Frau sein Smartphone hin.

»Ja, der hat mal hier gewohnt«, sagte sie und tippte mit ihrem dürren Zeigefinger auf den Touchscreen. »Auf dem anderen Bild war er kaum zu erkennen. Das muss schon an die zwanzig Jahre alt sein, was? Auch das Bild hier« – wieder tippte sie auf das Smartphone-Display – »ist nicht mehr ganz aktuell. Als ich ihn zuletzt gesehen habe, hatte er eine Glatze. Aber er ist es, da bin ich ganz sicher. Nur dass er nicht Eitlinger heißt, sondern Krummbrecht oder so ähnlich. Nein, Krummknecht. Theo Krummknecht, jetzt erinnere ich mich wieder. Hat ab und zu bei mir eingekauft. Ich glaube, er kam damals aus München. War angeblich mal Schauspieler, aber das behaupten ja viele, um sich wichtigzumachen.«

Zumindest schien sie von der richtigen Person zu sprechen. Aber warum hatte Eitlinger sich unter falschem Namen hier eingemietet?

»Wenn ich Sie richtig verstanden habe, wohnt Herr Krummknecht also nicht mehr hier?«, fragte Avram.

Die Alte schüttelte den Kopf. »Ist vor einigen Jahren wieder ausgezogen. War auch besser so. Leute wie er sind mir unheimlich.«

Jetzt wurde es interessant. Wusste Frau Weilhuber etwas von Theo Krummknechts krimineller Vergangenheit?

»Leute wie er? Was meinen Sie damit?«, hakte Avram nach.

Die Alte wedelte mit der Hand, suchte nach den richten Worten. »Na, Sie wissen schon«, raunte sie und beugte sich dabei verschwörerisch über den Tisch. »Leute mit ... *abartigen Neigungen.*«

Avram wartete vergeblich auf eine Konkretisierung. »Ich fürchte, das müssen Sie mir genauer erklären«, sagte er.

Frau Weilhubers Unterkiefer begann wieder zu wackeln. »Na ja, ich weiß es natürlich nicht ganz genau«, sagte sie. »Aber er hatte immer wieder Besuch von sonderbaren Männern. Verstehen Sie?«

»Männer, die Ihnen verdächtig vorkamen?«

»Das kann man wohl sagen! Verdammtes Saupack! Die ganze Gegend hat es mitbekommen. Alle meine Kunden haben darüber geredet. Entsetzt waren sie! Aber gegen so was ist man heutzutage ja leider machtlos!«

Allmählich dämmerte es Avram, dass sie von unterschiedlichen Dingen sprachen. »Wenn Sie sagen, dass Ihnen diese Männer verdächtig vorkamen – was genau meinen Sie damit, Frau Weilhuber?«

Die Alte riss die Augen weit auf. »Als ob Sie das nicht genau wüssten! Er hatte Männerbesuch, das sagt doch wohl alles! Verfluchte Hurenböcke, alle miteinander. Das reinste Sodom!«

»Herr Krummknecht ist also homosexuell?«

»Was ja wohl schlimm genug ist! Gott sei's gedankt, dass der wieder weg ist. Eine Schande war er für die ganze Straße!«

Avram wartete, bis sie sich wieder beruhigt hatte. »Sie wissen nicht zufällig, wohin er von hier aus gezogen ist?«, fragte er.

Die Alte zuckte regelrecht zurück. »Nein, und ich will es auch gar nicht wissen!«

»Kennen Sie einen der Männer, die Theo Krummknecht besucht haben? Oder haben Sie wenigstens einen Namen mitbekommen?«

»Mit solchen Leuten will ich nichts zu tun haben!«

»Bitte versuchen Sie, sich zu erinnern! Ich muss unbedingt mit Herrn Krummknecht sprechen.«

Die Alte schüttelte sich angewidert, besann sich dann aber und zog die Stirn kraus. »Einer von denen war mal bei mir im Laden«, sagte sie. »So ein Muskelpaket, mehr breit als lang. Hat nach *Kondomen* gefragt.« Sie spuckte das Wort aus, als spreche sie vom leibhaftigen Satan. »Schämen sollte er sich! Ich führe einen anständigen Laden!«

»Dieser Mann – wissen Sie, wie der heißt oder wo ich ihn finden kann?«

Sie dachte einen Moment nach. »Der Kerl hat ein Fitnessstudio. Ein paar Kilometer weiter, in Gersthofen. Ein Studio nur für Männer. Er hat gesagt, bei mir würde er eine Ausnahme machen, wenn ich mal trainieren will. Das war einer von der ganz besonders witzigen Sorte. Aber wenigstens habe ich mir dadurch seinen Namen merken können. Er heißt Juncker. Ulrich Juncker. So ein verfluchter Sauhund!«

29

Emilia stand mit dem Handy am Ohr vor dem Verhörzimmer des Kehler Polizeipräsidiums und kämpfte gegen das ungute Gefühl in ihrer Magengegend an, als Mikka sich am anderen Apparat meldete. Was sie ihm zu sagen hatte, würde ihm ganz bestimmt nicht gefallen.

»Wie läuft's bei dir?«, fragte er. »Bist du schon wieder auf dem Heimweg?«

»Noch nicht«, gab Emilia zu. »Die Sache hier dauert länger als erwartet.«

»Also hat dein Mörder noch nicht gestanden?«

»Bisher leugnet er die Tat. Allerdings sprechen die Beweise gegen ihn, und er hat kein Alibi. Vor ein paar Minuten ist sein Anwalt hier aufgetaucht. Im Moment führen die beiden ein Vier-Augen-Gespräch. Ich denke, danach wird das Verhör weitergehen.«

»Und das bedeutet?«

»Dass ich im Moment nicht von hier wegkann.«

Mikka seufzte. »Dann sehen wir uns heute wohl nicht mehr? Na ja, im Grunde war mir das schon beim Frühstück klar. Aber so ist das wohl, wenn man mit einer Karrierefrau zusammenlebt.«

An seiner Stimme erkannte sie, dass er es nicht richtig ernst meinte. Ihr fiel ein Stein vom Herzen. Sie hätte jetzt keine Vorwürfe ertragen.

»Sind die Kinder noch bei dir?«, fragte sie.

»Wir kommen gerade aus dem Kino. Jetzt gehen wir

noch einen Happen essen, bevor ich sie zum Bahnhof bringe.«

»Welchen Film habt ihr angeschaut?«

»*Die Nacht der lebenden Toten*. Jobi hat sich das gewünscht.«

Emilia verschlug es beinahe die Sprache. Kaum war sie ein paar Stunden weg, schon herrschte zu Hause die Willkür.

»Das war ein Scherz!«, sagte Mikka.

Emilia verdrehte die Augen. »Kein besonders guter! Du bist ein Blödmann!«

»Du müsstest doch allmählich wissen, dass du dich auf mich verlassen kannst.«

Emilia seufzte. »Tut mir leid«, murmelte sie. Eigentlich hätte sie es tatsächlich besser wissen müssen.

»Dann sehen wir uns also erst wieder nächstes Wochenende?«, fragte er.

»Nächste Woche wird es besser, das verspreche ich.«

Aber kaum hatte sie sich von Mikka verabschiedet, meldete sich auch schon ihr schlechtes Gewissen. Wie oft hatte sie in den letzten Monaten ihre Versprechen gebrochen? Sie wollte lieber nicht so genau nachzählen.

Zehn Minuten später saß sie wieder an der Seite von Kommissarin Aygün im Verhörraum. Ein Beamter führte Jacques Willemburg mit seinem Anwalt herein und ließ die beiden am anderen Ende des Tisches Platz nehmen. Philippe Ruiz sowie zwei Kollegen der Kehler Kripo befanden sich im Nebenraum. Sie beobachteten die Befragung durch die verspiegelte Panzerglasscheibe.

Willemburgs Anwalt war ein schmächtiger Mann namens Elmar Högler. Er trug eine randlose Lesebrille auf der Nasenspitze, und beim Sprechen hüpfte sein Kehlkopf unruhig auf und ab. Im Vergleich zu seinem korpulenten Mandanten wirkte er beinahe zierlich.

»Eines vorweg«, sagte er. »Ich bin nicht auf Strafrecht spezialisiert, werde Herrn Willemburg in dieser Angelegenheit aber vorerst vertreten. Sollte es sich als nötig erweisen, behalte ich mir vor, einen Experten zu konsultieren.«

Kommissarin Aygün nickte. »Das bleibt selbstverständlich Ihnen überlassen«, sagte sie. Für das Protokoll gab sie wieder das Datum, die Uhrzeit und die Namen der anwesenden Personen an.

»Herr Willemburg, wir waren heute Morgen bei der Frage stehengeblieben, wo Sie sich in der Nacht vom vergangenen Mittwoch auf Donnerstag aufgehalten haben, zwischen 23.00 Uhr und 4.00 Uhr. In diesem Zeitraum wurde ein Mann namens Simon Nadicz in einem alten Landhaus bei Montbrison in Frankreich umgebracht. Unweit davon wurde die mutmaßliche Tatwaffe – eine Kettensäge – gefunden. Darauf befinden sich Ihre Fingerabdrücke.«

»Ich habe meinem Mandanten empfohlen, sich zu dieser Frage nicht zu äußern«, sagte Högler.

»Das heißt, er kann für die Tatzeit kein Alibi vorweisen.«

»Das heißt nur, dass wir im Augenblick keine Aussage dazu treffen werden.«

»Darf ich fragen, warum?«

»Wie Sie wissen, komme ich direkt aus dem Urlaub. Ich hatte noch keine Zeit, mich mit dem Fall auseinanderzusetzen. Bis ich die Sachlage kenne, rate ich meinem Mandaten dringend davon ab, dazu etwas zu Protokoll zu geben.«

Willemburg saß auf seinem Stuhl, die Hände locker auf dem Tisch gefaltet. Seine Körperhaltung suggerierte Gelassenheit, aber sein schmales Lächeln wirkte nervös.

»Ohne Alibi bleibt Herr Willemburg unser Hauptverdächtiger«, sagte Kommissarin Aygün. »Das bedeutet, dass wir ihn in Gewahrsam behalten, bis er dem Untersuchungsrichter vorgeführt wird.«

Högler nickte, entgegnete aber nichts.

»Dann kommen wir in Bezug auf den Mord an Simon Nadicz heute offenbar nicht weiter«, sagte Kommissarin Aygün. »Es gibt da allerdings noch eine andere Sache, die Agentin Ness ansprechen wollte.« Mit einer Kopfbewegung übergab sie das Wort an Emilia.

»Herr Willemburg, vor etwa einem halben Jahr starb ein Serienmörder namens Leon Bruckner«, sagte Emilia. »Im Internet war er als Belial bekannt.«

»Nie gehört. Was hat das mit mir zu tun?«

»Belial hat einige seiner Opfer an Deckenhaken aufgehängt und sie dann zu Tode gefoltert. Genau wie bei dem Mann in dem Landhaus. Simon Nadicz.«

»Wenn Belial schon vor einem halben Jahr gestorben ist, wird er diesen Mord wohl nicht begangen haben«, höhnte Willemburg, der im Beisein seines Anwalts wieder an Selbstbewusstsein gewann. »Und ich war's auch nicht. Sie werden also noch ein bisschen weitersuchen müssen.«

»Bruckner war ein grausamer Sadist und ein Mörder«, sagte Emilia. »Aber er war auf seine Art auch sehr penibel. Er hat viele Jahre gemordet, ohne irgendwelche Spuren zu hinterlassen. Sein Folterkeller war ein Vorbild an Sauberkeit. Und er hat über sein brutales Handwerk exakt Buch geführt. In einem dieser Bücher sind seine Geschäftspartner aufgelistet. Darin wird auch Ihr Name erwähnt. Können Sie mir verraten, warum?«

So eindeutig war es natürlich nicht, aber das musste sie ja nicht unbedingt verraten.

Wie schon am Morgen wurde Jacques Willemburg wieder

aschfahl. Mit dieser Wendung hatte er offenbar nicht gerechnet. »Was ist das hier für ein Scheißspiel?, murmelte er fassungslos. »Wollen Sie mir etwa noch mehr Morde anhängen?«

30

Avram hatte die Adresse des Fitnessstudios von Ulrich Juncker schnell herausgefunden und war kurzerhand dorthin gefahren, um sich mit ihm zu treffen. Das *Boy's Gym* lag im Norden von Augsburg, etwas außerhalb von Gersthofen, in einem Industriegebiet. Es war um diese Uhrzeit bestens besucht. Im Wesentlichen bestand es aus einer großen Sporthalle, ausgestattet mit Laufbändern, Spinning-Rädern, Hantelbanken und anderen Krafttrainingsgeräten. Der Eingangsbereich war durch eine weitläufige Glasfront von der Sporthalle abgetrennt. Als Avram nach dem Inhaber fragte, wurde er einen Stock höher ins Büro geschickt.

Ulrich Juncker war ein athletischer Mann, der seine T-Shirts gerne eng trug, um die darunterliegenden Muskelberge noch besser zur Geltung zu bringen. Avram schätzte ihn auf Ende dreißig. Noch auffälliger als seine Statur war seine für diese Jahreszeit unnatürlich kräftige Hautfarbe. Er lag offenkundig gerne auf einer Sonnenbank.

Juncker begrüßte Avram mit einem festen Händedruck und führte ihn in ein kleines Nebenzimmer, in dem sie ungestört reden konnten. An den Wänden hingen Bilder von nackten, schwitzenden Männeroberkörpern, ein paar von ihnen tätowiert.

»Sie haben am Telefon gesagt, dass Sie mit mir über Theo Krummknecht sprechen wollen«, begann Juncker. »Also - was wollen Sie wissen?«

»Ich habe gehört, dass Sie ihn kannten und ihn auch

gelegentlich privat besucht haben«, sagte Avram. »Ist das richtig?«

»Warum interessiert Sie das?«

»Weil ich Theo Krummknecht ein paar Fragen stellen möchte.«

»Welche Fragen?«

»Fragen, die nur er beantworten kann. Mehr kann ich Ihnen dazu nicht sagen. Aber es ist sehr wichtig für mich.«

Juncker dachte ein paar Sekunden lang nach. »Geht es um diese Sache damals in Freising?«, fragte er.

Avram hatte keinen blassen Schimmer, was das bedeuten sollte, aber er ahnte, dass das die richtige Fährte war. »Erzählen Sie mir von Freising«, sagte er. »Was wissen Sie darüber?«

»Na ja – Theo und ich waren eine Zeitlang ziemlich eng. Trotzdem wusste ich, dass er mir etwas verheimlicht. Irgendwann habe ich ihn gefragt, und er erzählte mir von dieser Leiche, die am Isarufer gefunden worden war, ein paar Kilometer nördlich von München, irgendwo am Waldrand. Eine verbrannte Frau. Jemand hatte sie mit Benzin übergossen und angezündet – ziemlich schaurige Geschichte. Damals spielte Theo noch Theater in München, unter seinem Künstlernamen, Theo Eitlinger, aber das wissen Sie ja bestimmt. Jedenfalls fielen ihm damals schon die Haare aus, und bei der Frauenleiche wurden Haare von ihm gefunden. Deshalb hat man ihn verhaftet und wegen Mordes vor Gericht gestellt.«

»Denken Sie, dass er es getan hat?«, fragte Avram.

Juncker zögerte. »Theo war eine komplizierte Persönlichkeit, bei ihm ging es immer rauf und runter«, antwortete er. »Wenn er sich verliebte, dann von Kopf bis Fuß. Wenn man ihn beleidigte, konnte er wochenlang schmollen. Wenn er gut drauf war, konnte er einen ganzen Abend lang der Alleinunterhalter auf einer Party sein. Und natürlich wurde er nicht nur wütend, sondern er hatte echte cholerische Anfälle. Aber er hat meines Wissens nie jemandem absichtlich weh getan und schon gar keinen Mord begangen. Letztlich hat das Gericht ihn dann auch freigesprochen.«

»Dennoch hat er München seinerzeit verlassen und ist hierhergekommen. Warum?«

»Es gab damals viele Schlagzeilen. Die Presse hat sich auf Theo gestürzt, ihn zum Sündenbock gemacht. Trotz des Freispruchs wurde er als Mörder abgestempelt. Natürlich hat sich das auch auf seine Karriere ausgewirkt. Man hat ihm in München das Engagement gekündigt. Ob die negative Presse den Ausschlag dafür gegeben hat oder sein schlechter Allgemeinzustand in dieser Zeit, weiß ich nicht. Auf jeden Fall war er danach ziemlich lange arbeitslos. Privat lief es auch nicht mehr richtig. Er hatte ein paar Affären, aber die gingen alle schnell wieder in die Brüche. Ohne Job und ohne feste Beziehung ist Theo dann irgendwann hierhergezogen, nicht mehr unter seinem Künstlernamen Eitlinger, sondern unter seinem Geburtsnamen Krummknecht. Er wollte in Augsburg ein neues Leben beginnen.«

Avram dachte nach. Das Gespräch mit Juncker war aufschlussreich, aber er brauchte Theo Krummknecht, um an Belials Komplizen heranzukommen – falls er sich nach so vielen Jahren überhaupt noch an ihre Namen erinnern konnte. Und natürlich vorausgesetzt, dass das Video mit der brennenden Frau tatsächlich von Belial aufgenommen worden war.

»Wissen Sie, wo er jetzt wohnt?«, fragte Avram. »Wie ich schon sagte: Ich muss dringend mit ihm selbst reden.«

Aber Ulrich Juncker schüttelte traurig den Kopf. »Wenn

Sie ihn besuchen wollen, müssen Sie auf den Nordfriedhof gehen. Ich kann Ihnen die Stelle zeigen, wenn Sie wollen. Ein hübsches Fleckchen Erde, direkt unter einer großen Birke. Dort hat Theo seine letzte Ruhe gefunden.«

31

Nach Dienstschluss mieteten Emilia und Philippe Ruiz sich zwei Zimmer in einem Hotel, das nicht weit vom Polizeirevier entfernt lag. Sie wollten zumindest am folgenden Tag noch in Kehl bleiben in der Hoffnung, dass Jacques Willemburg dem wachsenden Druck nicht standhalten und doch noch ein Geständnis ablegen würde.

Vom Hotel aus rief Emilia Mikka an und schilderte ihm den neuesten Stand der Ermittlungen. Auf ihre Nachfrage erzählte er, dass Becky und Jobi inzwischen wohlbehalten in Landau angekommen waren. Zum Schluss vereinbarten sie, am kommenden Morgen wieder miteinander zu telefonieren.

Emilia holte Philippe Ruiz von seinem Zimmer ab. Von dort aus spazierten sie gemeinsam in eine Kneipe namens *Bulls Eye*, nur zwei Querstraßen weiter, wo sie sich mit Kommissarin Aygün und ihrem Kollegen, Kommissar Seibert, verabredet hatten. Bei einem Glas Bier und einer Partie Billard wollten sie den Abend gemütlich ausklingen lassen. Aber natürlich kamen sie immer wieder auf den Fall zu sprechen.

»Morgen wird Willemburg auspacken«, spekulierte Kommissar Seibert, der mit Emilia ein Team bildete. Er war knapp 1,80 Meter groß, hatte einen Bauchansatz und zog beim Gehen das linke Bein leicht nach. »Die zweite Nacht in der Zelle wird ihn weichkochen. Er hat heute gemerkt, dass die Luft für ihn dünn wird. Seine Fingerabdrücke sind auf der Mordwaffe. Er hat kein Alibi. Außerdem hat dieser Belial ihn in seinen Büchern erwähnt, also stand Willemburg auf irgendeine Art und Weise mit ihm in Kontakt. Das alles wird ihm heute Nacht eine Menge zu denken geben.«

»Wir wissen noch nicht, ob er wirklich schuldig ist«, entgegnete Kommissarin Aygün. »Die Beweise sind nicht zwingend – auch wenn ich zugeben muss, dass Willemburg mir ziemlich verdächtig erscheint.« Sie beugte sich über den Tisch und stieß mit ihrem Queue die weiße Kugel an, verfehlte die anvisierte Rote aber knapp.

»Sie müssen vorne einen Finger um den Queue legen, um ihn zu fixieren«, erklärte Ruiz. Tagsüber hatte er sein schulterlanges Haar zu einem Pferdeschwanz zusammengebunden gehabt, jetzt trug er es offen. Emilia erinnerte er dadurch irgendwie an einen Musketier. »Sie sollten den rechten Arm beim Stoß möglichst wenig zur Seite bewegen. Führen Sie den Queue ganz locker aus dem Gelenk, ungefähr so ...« Er nahm Kommissarin Aygün am Ellbogen, um seine Technik zu demonstrieren – und bestimmt auch, um mit ihr auf Tuchfühlung zu gehen. Schon den ganzen Tag hatte er bei jeder sich bietenden Gelegenheit mit ihr geflirtet.

Nicht gerade professionell!

Der jungen Kripo-Beamtin schien es jedoch zu gefallen. »Danke für den Tipp, Agent Ruiz«, sagte sie lächelnd.

Bevor Ruiz seine nächste Charmeoffensive starten konnte, trat Emilia an den Tisch. »Ich glaube auch, dass Willemburg schuldig ist«, sagte sie und peilte mit der weißen Kugel die halbe Vier vor der gegenüberliegenden Ecktasche an. »Alle Indizien sprechen gegen ihn. Die Frage ist nur: Welches Motiv hatte er?« Sie stieß hart und unterschnitten zu, damit die weiße Kugel nicht mit ins Loch rollte. Aber leider verfehlte auch sie ihr Ziel.

Jetzt war Ruiz an der Reihe. »Das Motiv finden wir schon noch«, sagte er und brachte sich in Position. »Aber was ist eigentlich mit Willemburgs Frau? Wenn ich es richtig mitbekommen habe, ist er doch verheiratet. Hat sie sich schon zu dem Fall geäußert? Und warum haben wir sie heute den ganzen Tag nicht gesehen? Würde eine liebende Gattin ihren Mann nicht in der Untersuchungshaft besuchen?«

Mit den nächsten beiden Stößen versenkte er die grüne und die gelbe Kugel. Bei Orange scheiterte er. Nach Kommissarin Aygüns Blick zu urteilen, hatte er sie jedoch gebührend beeindruckt.

Kommissar Seibert trat an den Billardtisch. Sein Stoß wirkte ein wenig plump, so wie er selbst, aber er lochte die angespielte Kugel souverän ein. »Frau Willemburg ist freiberufliche Verkaufstrainerin«, sagte er. »Sie war die ganze letzte Woche unterwegs, weil sie ein Seminar gegeben hat. In einem Hotel bei Kassel. Wir haben das schon überprüft. Damit scheidet sie als Entlastungszeugin für ihren Mann aus.«

Auch die beiden nächsten Stöße saßen. Seibert spielte offenbar nicht zum ersten Mal Billard.

»Wie hat sie auf die Festnahme ihres Mannes reagiert?«, wollte Emilia wissen.

»Ziemlich gefasst«, sagte Seibert und versenkte die vierte Kugel. »Keine Tränen, keine hysterischen Anfälle. Sie wollte nur wissen, was los ist, und hat ein paarmal betont, dass ihr Mann kein Mörder ist. Ich habe ihr ein paar Fragen gestellt, die sie auch anstandslos beantwortet hat. Überhaupt war sie sehr kooperativ.«

Stoß Nummer fünf war schwieriger, aber die halbe Zwei rollte über die angespielte Mittelbande zuverlässig in eine Seitentasche. »Hat man bei der Durchsuchung des Grundstücks eine Kettensäge gefunden?«, fragte Ruiz.

Diesmal antwortete wieder Kommissarin Aygün: »Nein. Aber das Schloss zum Gartenhaus war tatsächlich aufgebrochen, und die Nachbarn haben ausgesagt, dass Willemburg vor zwei Wochen seine Bäume gestutzt hat. Im Gartenhaus haben wir auch Motorenöl und einen kleinen Kanister Benzin gefunden. Das alles würde zu seiner Version der Geschichte passen, nämlich dass man ihm die Säge kürzlich geklaut hat.«

Emilias Blick wanderte wieder zum Billardtisch, wo die letzte halbe Kugel gerade wie in Zeitlupe auf eine Ecktasche zurollte. Seibert hatte es faustdick hinter den Ohren!

»Wurde im Wohnhaus irgendetwas entdeckt, das uns weiterbringt?«, fragte Emilia. »Etwas, das eine Verbindung zu Simon Nadicz oder zu Belial herstellt?«

Kommissarin Aygün legte nachdenklich den Kopf zur Seite. »Bis jetzt nicht, aber vielleicht lässt sich über seine Sexutensilien ein Zusammenhang finden.«

»Sexutensilien?«, wiederholte Ruiz. »Jetzt wird's interessant.«

»Wir haben in Willemburgs Keller einen Schrank entdeckt, der voll davon ist«, sagte Kommissarin Aygün. »Da sind nicht nur Pornohefte und Vibratoren drin, sondern auch Fesseln, Lederoutfits und so weiter. Mit dem Nadicz-Mord hat das meines Erachtens nichts zu tun. Wir haben uns die Bilder vom Tatort zumailen lassen – dort wurden ganz andere Sachen verwendet. Aber vielleicht lässt sich damit eine Verbindung zu Belial herstellen.«

Emilia nickte. »In Belials Folterverlies gab es haufenweise solches Zeug. Haben Sie Fotos von Willemburgs Ausrüstung machen lassen?«

»Nein – weil es mir für den Fall nicht wichtig erschien. Von Belial wusste ich zu dem Zeitpunkt ja noch gar nichts.

Aber wir können Willemburgs Frau morgen einen Besuch abstatten und uns den Keller noch mal anschauen. Ich wollte sowieso bei ihr vorbei, weil sie zugesagt hat, mit uns zur Bank zu fahren. Sie hat Vollmachten für alle Konten ihres Mannes und eingewilligt, dass die Polizei Einsicht in seine Finanztransaktionen nehmen kann. Ich möchte gerne prüfen, welche Geschäftsbeziehungen er in die Schweiz unterhält.«

32

In der abendlichen Dunkelheit konnte man die Inschrift kaum lesen:

Theo Krummknecht
17. 6. 1968 – 01. 4. 2008

Der Grabstein war einfach gehalten, ein grauer Granitquader, der durch den Regen beinahe schwarz wirkte. Verzierungen suchte man hier vergeblich, Blumenschmuck gab es auch keinen. Ein paar Bodendeckerpflanzen waren alles, was auf dem unscheinbaren Urnengrab wuchs. In der Erde steckte ein kleines Schild mit der Aufschrift *Grabpflege: Gärtnerei Widmann*.

Es war die letzte Ruhestätte eines Mannes, um den sich nach seinem Tod keine Freunde oder Angehörigen mehr kümmerten.

Avram hatte nicht lange gebraucht, um die Stelle auf dem Augsburger Nordfriedhof zu finden. Ulrich Juncker hatte sie gut beschrieben. Erstaunlich war nur, dass nicht wenigstens er ab und zu Blumen vorbeibrachte. Juncker empfand auch heute noch etwas für Theo Krummknecht. Das war Avram spätestens in dem Moment bewusstgeworden, als Juncker mit Tränen in den Augen von dessen Selbstmord erzählt hatte. Theo Krummknecht hatte sich in der Garage in sein Auto gesetzt und bei geschlossenem Tor den Motor laufen lassen.

Avram empfand kein Mitleid mit Krummknecht. Eine

Kohlenmonoxidvergiftung war ein viel zu angenehmer Tod für jemanden, der einen anderen Menschen in Brand gesteckt hatte. Aber Ulrich Juncker tat ihm leid. Deshalb hatte er ihm auch nichts von dem Film erzählt, der Theo Krummknecht als kaltblütigen Mörder zeigte.

Wie auch immer – Avrams Spur schien hier zu enden. Lebende Verwandte hatte Krummknecht nicht mehr. Seine Mutter war schon vor vielen Jahren einem Krebsleiden erlegen, den Vater hatte er nie kennengelernt. Geschwister gab es ebenso wenig wie irgendwelche Tanten oder Onkel, zumindest keine, von denen Ulrich Juncker wusste. Aber er hatte bereitwillig die Telefonnummern einiger ehemaliger Freunde von Theo Krummknecht herausgesucht und sie Avram gegeben.

Viel versprach Avram sich nicht davon. Juncker hatte Theo Krummknecht in den Jahren vor seinem Tod nähergestanden als irgendwer sonst. Wenn er ihm nicht weiterhelfen konnte, dann wohl niemand.

Somit blieb nur noch zu hoffen, dass Rutger Bjorndahl anhand der Screenshots aus den Foltervideos noch ein paar weitere Mörder identifizieren konnte. Bei Theo Krummknecht alias Theo Eitlinger war das schnell gegangen, wohl weil wegen seiner Theaterkarriere und wegen des Gerichtsprozesses viel über ihn in den Medien gestanden hatte. Die Analyse der anderen Screenshots würde bestimmt mehr Zeit beanspruchen. Tage, vielleicht sogar Wochen.

Seufzend machte Avram sich auf den Rückweg zum Auto. Von dort aus telefonierte er bei prasselndem Regen die Freundesliste von Theo Krummknecht ab, die Ulrich Juncker ihm gegeben hatte. Zwölf Telefonnummern standen darauf, keine brachte ihn weiter. Kaum jemand hatte eine Ahnung davon, dass Theo Krummknecht früher unter anderem Namen am Theater geschauspielert hatte. Niemand wusste etwas von seiner kriminellen Vergangenheit in München und von dem Mordprozess. Avram glaubte nicht, dass einer der Angerufenen log. Als er eine halbe Stunde später das Handy wieder wegsteckte, musste er sich eingestehen, dass die Telefonate pure Zeitverschwendung gewesen waren.

Auf der Rückfahrt nach München regnete es immer noch wie aus Kübeln. Avram fühlte sich unzufrieden und erschöpft. Die letzten Tage waren anstrengend gewesen, hatten aber nicht viel gebracht. Ziemlich ärgerlich.

Er begann zu frösteln und drehte die Heizung auf. Am liebsten hätte er jetzt einen alten, torfigen Scotch getrunken. Vielleicht würde er sich später an der Hotelbar einen Drink genehmigen, um die Erfolglosigkeit des Tages hinunterzuspülen.

Theo Krummknechts Spur endete auf dem Augsburger Nordfriedhof. Wie lange es dauern würde, bis Rutger Bjorndahl die anderen Mörder identifizieren konnte, stand in den Sternen. Was jetzt?

Zum Nachdenken brauchte Avram einen klaren Kopf, aber obwohl wetterbedingt wenig Verkehr herrschte, musste er sich auf die Straße konzentrieren, um im strömenden Regen nicht von der Fahrbahn abzukommen. Mit sechzig Stundenkilometern kroch er über die Autobahn, während der Scheibenwischer im monotonen Rhythmus gegen die Wassermassen ankämpfte. Erst bei Fürstenfeldbruck ließ der sintflutartige Wolkenbruch nach, und Avrams Gedanken begannen wieder, um den Fall zu kreisen.

Er spürte, dass er etwas Wichtiges übersehen hatte. Etwas Naheliegendes, Offensichtliches.

Während er von der Autobahn abfuhr und den Weg in die Münchner Innenstadt einschlug, formten sich die losen Gedanken plötzlich zu einer Idee.

33

Kommissar Seibert ging nach dem Besuch im Bulls Eye direkt nach Hause. Kommissarin Aygün begleitete Emilia und Philippe Ruiz zu ihrem Hotel zurück, weil es auf dem Weg zu ihrem Auto lag.

Emilia war ihr dafür dankbar. Sie hatte sich von den anderen anstecken lassen und zu viel Bier getrunken. Jetzt fühlte sie sich schwummerig und orientierungslos. Aber wie durch ein Wunder war das Kopfweh verschwunden.

In der Hotellobby beschlossen Ruiz und Kommissarin Aygün spontan, noch ein bisschen länger um die Häuser zu ziehen. Natürlich fragten sie Emilia, ob sie mitkommen wolle, aber erstens wusste sie, wann sie das fünfte Rad am Wagen war, und zweitens wollte sie nur noch unter die Dusche und danach ab ins Bett.

Aus Gewohnheit überprüfte sie vor dem Schlafengehen noch einmal ihre Nachrichteneingänge. Zu ihrem Erstaunen stellte sie fest, dass Luc Dorffler, ihr Kollege aus der Rechercheabteilung in Lyon, vor einer Viertelstunde versucht hatte, sie anzurufen. Unter der Dusche hatte sie den Klingelton nicht gehört.

Sie zögerte einen Moment, weil sie müde war und die Dusche ihren Schwips kaum besser gemacht hatte. Dennoch rief sie Dorffler zurück.

»Noch so spät bei der Arbeit?«, fragte sie, während sie sich aufs Bett setzte.

»Nachtschicht«, antwortete er. »Wie geht's in Kehl voran?«

Sie erzählte ihm in aller Kürze den aktuellen Stand der Ermittlungen und fragte sich dabei, ob sie nuschelte. Falls ja, ließ Dorffler sich zumindest nichts anmerken.

»Was gibt es Neues in Lyon?«, wollte sie schließlich wissen.

»Ich habe ein paar Recherchen zu unserem Toten bei Boisset-Saint-Priest durchgeführt«, sagte er. »Simon Nadicz. Vorstandsvorsitzender der AVO-Invest-Bank in Genf. Siebenundvierzig Jahre alt. Wohnt in Grenoble. Hat eine Frau und drei Kinder. Zwei davon sind schon von zu Hause ausgezogen.«

Das alles wusste Emilia bereits. Auch dass Nadicz ein verlängertes Familienwochenende in Marseille geplant gehabt hatte, am Mittwochabend aber irgendwo auf der Heimfahrt zwischen Genf und Grenoble gekidnappt und anschließend getötet worden war. Aber sie wollte Dorffler nicht kränken. Er reagierte ziemlich empfindlich, wenn man ihn in seinem Erzählfluss unterbrach.

»Bis zu seinem Tod führte Simon Nadicz ein ziemlich vorbildliches Leben«, resümierte Dorffler. »Er hatte eine Vorzeigekarriere, eine Vorzeigefamilie, war ein Vorzeigemanager und sogar ein Vorzeigesportler. Hat viermal die Woche Squash gespielt. Alles in allem schien mir sein Leben so perfekt gewesen zu sein, dass es schon verdächtig war.«

»Klingt, als wärst du auf einen dunklen Punkt gestoßen.«

Dorffler gab ein genüssliches Brummen von sich. »Ich habe eine Weile suchen müssen, aber ich bin tatsächlich fündig geworden.«

Jetzt hatte er Emilias volle Aufmerksamkeit. Sogar ihr Schwips war plötzlich wie weggezaubert. »Schieß los, ich bin gespannt«, sagte sie.

»Nadicz hieß nicht immer Nadicz, erst seit dem Jahr 2000. Er ist in Serbien geboren, unter dem Namen Simon Srakovicz, und im Alter von vierzehn Jahren mit seiner Mutter nach Deutschland ausgewandert. Das war 1983. Anfangs hatte er wegen der Sprache Schwierigkeiten in der Schule, aber die haben sich schon bald gelegt. Mit neunzehn hat er als Klassenbester sein Abitur bestanden. Es folgten der Zivildienst und ein BWL-Studium. Abschluss 1992 mit Prädikat an der Universität in Hohenheim. Danach vier Jahre lang Deutsche Bank in Frankfurt und noch mal drei Jahre bei Goldman Sachs in London, wo er sich bis in die Führungsebene vorgearbeitet hat. Aber dann plötzlich der Rückschlag. Goldman Sachs entließ ihn von einem Tag auf den anderen. Offiziell heißt es, er stand im Verdacht, Unterschriften der Geschäftsleitung gefälscht zu haben. Das war im Frühling 1999.«

Emilia verstand nicht, worauf Dorffler hinauswollte. »Denkst du, dass die gefälschten Unterschriften etwas mit seiner Ermordung zu tun haben?«, fragte sie.

»Nein, überhaupt nicht. Ich bin mir sogar ziemlich sicher, dass er nie irgendwelche Unterschriften gefälscht hat. Das war nur ein Vorwand, um ihn loszuwerden. Der wahre Kündigungsgrund ist ein ganz anderer: Radan Srakovicz, sein Bruder. Aber das konnte die Bank natürlich nicht als offizielle Begründung angeben.«

Radan Srakovicz – der Name löste bei Emilia eine vage Erinnerung aus. Irgendwo hatte sie ihn schon einmal gehört, aber nicht im Zusammenhang mit dem Belial-Fall.

»Du wirst mir schon auf die Sprünge helfen müssen, Luc«, sagte sie. »Warum sollte eine angesehene Investmentbank einen guten Mitarbeiter entlassen, nur weil er einen Bruder hat? Noch dazu mit vorgeschobener Begründung?«

»Weil Simon Nadicz zu dieser Zeit immer noch Simon Srakovicz hieß.«

»Verstehe ich nicht.«

»Anfang 1999 befand sich der Kosovo-Krieg in der heißen Phase«, erklärte Dorffler. »Serbische Truppen haben immer wieder grausame Massaker an der bosnischen Minderheit verübt. Am 24. März 1999 überfiel eine paramilitärische serbische Einheit das Städtchen Velino Selo nahe der bosnisch-serbischen Grenze. Dort lebten zu dieser Zeit rund tausend Menschen – Bauern, Handwerker, einfache Leute. Nicht einer hat überlebt. Männer, Frauen, Greise und Kinder – alle wurden getötet. Sogar die Babys. Verantwortlich für dieses Massaker war angeblich Radan Srakovicz.«

Emilia schluckte. »Du willst damit sagen, dass Simon Nadiczs Bruder ein Kriegsverbrecher ist?«, fragte sie.

»So ist es. Ihm werden noch zwei, drei andere Überfälle im Kosovo nachgesagt, aber nicht in diesem Ausmaß. Nach Kriegsende ist er untergetaucht, also Mitte 1999. Danach wurde es eine Weile still um ihn. Erst im Jahr 2004 machte er wieder von sich reden, als Anführer eines kriminellen Rings, der sich auf Waffenschieberei vom Ostblock nach Westeuropa spezialisiert hat. Sie nennen sich Vukovi – die Wölfe. Klingelt's jetzt bei dir?«

»Sind das die Kerle, die angeblich jeden köpfen, der sich ihnen widersetzt?«

»Ja. Genau wie die mexikanische Drogenmafia. Das sind gefährliche Irre, alle miteinander.«

Emilia strich eine Haarsträhne beiseite, die ihr ins Gesicht gefallen war. »Du glaubst, dass Simon Nadicz von seiner Bank rausgeschmissen wurde, weil zu dieser Zeit herauskam, dass sein Bruder im Kosovo ein Blutbad angerichtet hat.«

»Eine Führungskraft mit einem Kriegsverbrecher in der Familie ist keine besonders gute Werbung für eine Bank«, bekräftigte Dorffler. »Offiziell konnten sie diesen Grund nicht angeben, das hätte nur für negative Schlagzeilen gesorgt. Deshalb haben sie ihm ein paar gefälschte Signaturen untergejubelt.«

So gesehen ergab das alles Sinn. Es erklärte auch, weshalb Simon Srakovicz wenig später seinen Namen in Simon Nadicz geändert hatte. Sein Geburtsname war zu stark belastet für jemanden, der einen Geschäftsleitungsposten in einer Bank anstrebte und dadurch auch in der Öffentlichkeit stand. Und seine Rechnung war aufgegangen. Nadicz hatte ein paar Jahre später die Position des Vorstandsvorsitzenden der AVO-Invest-Bank in Genf übernommen. Ohne den Namenswechsel wäre das wohl undenkbar gewesen.

Emilia bedankte sich und beendete das Gespräch. Danach saß sie noch eine ganze Weile auf ihrem Hotelbett und dachte über alles nach.

34

Die Frau lag nackt vor ihm. Ihre Hand- und Fußgelenke hatte er mit Lederriemen an die vier Ecken des Betts gefesselt, so dass sie sich nicht bewegen konnte. Ihre Hilflosigkeit machte ihn an, ihr flacher Atem, das unkontrollierte Zittern, das sie überkam, wenn er sie berührte.

So wie jetzt.

Claus Thalinger saß neben ihr auf der Bettkante. Seine Hand lag locker auf ihrem Knie und wanderte gerade an der Innenseite ihrer Schenkel nach oben. Langsam. Genießerisch. Unerbittlich.

Die Frau keuchte, versuchte jedoch nicht, sich dagegen zu wehren. Sie genoss dieses Spiel aus Macht und sexueller Unterwerfung. So wie er.

Sie hatte die Augen geschlossen, ihr Atem ging stoßweise. Wunderschön sah sie aus, beinahe wie ein klassisches Gemälde. Ihr schwarzes, lockiges Haar ergoss sich fächerförmig über das Kopfkissen, ihre Haut war makellos und leicht gebräunt. Ein Bild zum Anbeißen.

Genau das hatte er auch vor.

Ohne Eile beugte er sich über sie, bis sein Mund ihre Brustwarze berührte. Vorsichtig bearbeitete er sie mit seinen Lippen, dann mit der Zunge und schließlich mit seinen Zähnen. Er knabberte daran, bis die Frau wieder aufstöhnte, zog daran, ließ ihr Zeit, sich an den Schmerz zu gewöhnen.

Dann biss er richtig zu.

Die Frau schrie auf. »Nicht so stark!«, schimpfte sie.

Doch Thalinger ließ nicht los. Sie würde den Schmerz für ihn aushalten, ihn dafür hassen und lieben und am Ende doch wieder in seine Wohnung kommen, wenn er sie das nächste Mal zu sich einlud. Die Kleine brauchte es hart, und so würde er es ihr auch besorgen.

Als er von ihr abließ, war der Biss auf ihrer Brust deutlich zu sehen, eine kreisförmige, rötliche Verfärbung, die sie noch tagelang an diese Nacht erinnern würde.

»Binde mich sofort los!«, forderte sie. Die Art, wie sie ihn dabei aus ihren dunklen, südländischen Augen anfunkelte, gefiel ihm. Sie hatte Feuer im Blut und war im Moment sauer auf ihn. Ihre wehrlose Aggressivität machte sie besonders reizvoll.

Sein Blick fiel wieder auf ihre Brüste – die reinste Sünde. Er fragte sich, ob er sie nur ihrer Oberweite wegen eingestellt hatte, wusste aber gleichzeitig, dass das nicht stimmte. Sie hatte auf der Sekretärinnenschule in Padua einen ausgezeichneten Abschluss hingelegt und beherrschte außer Deutsch und Italienisch drei weitere Sprachen in Wort und Schrift. Es war diese Verbindung von intellektueller und sexueller Ausstrahlung, die ihm von Anfang an Sofia Fiore gefallen hatte.

Er spürte, dass er schon wieder scharf wurde, und überlegte, ob er sie diesmal von hinten nehmen solle. Kurz entschlossen löste er ihr die Fesseln.

Sie rutschte ans Kopfende des Betts, zog die Beine zum Körper und verschränkte die Arme vor der Brust. »Du hast mir weh getan!«

»Dreh dich um und knie dich hin!«, sagte er.

»Nein, für heute ist es genug!«

»Nicht für mich. Ich will, dass du dich umdrehst. Wenn du nicht tust, was ich sage, werde ich dir zeigen, was wirkliche Schmerzen sind ...«

Ein Geräusch ließ ihn aufhorchen – eine Art Klicken. Es kam aus einem anderen Teil der Wohnung, vielleicht aus der Küche oder aus dem Wohnzimmer. Irgendetwas daran kam ihm verdächtig vor.

Er stand auf und ging zur Tür. Hinter ihm eilte Sofia mit Tippelschritten ins Badezimmer. Aus seiner Bademanteltasche zog er ein Filettiermesser. Damit hatte er seiner Sekretärin ein bisschen Angst einjagen wollen. Jetzt hielt er es mit der Spitze nach vorne wie eine Waffe.

Er trat aus dem Schlafzimmer in den Flur und schaltete das Licht ein. Sein Blick schweifte durch das hundertfünfzig Quadratmeter große Wohnzimmer mit dem riesigen Flachbildfernseher, der teuren Couchkombination und den eleganten Beistellmöbeln. Niemand war zu sehen.

Habe ich mich etwa geirrt?

Dann ein weiteres Geräusch, diesmal kam es eindeutig aus der Küche. Kein Klicken, sondern ein Plätschern, als würde sich jemand etwas zu trinken eingießen.

Mit dem Messer in der Faust schlich Thalinger näher. Er war durchtrainiert und hatte in jüngeren Jahren geboxt. An Mut fehlte es ihm auch nicht. Dennoch machte ihn die Situation nervös.

In der Küche brannte Licht. Als er die große, schwarze Gestalt hinter der Kochinsel sah, fuhr er vor Schreck zusammen. Es war ein Hüne in einem schwarzen Lederanzug, der ihn um mindestens eine Kopflänge überragte. Lässig lehnte er am Kühlschrank und trank ein Glas Wasser. Er zuckte nicht einmal mit der Wimper, als Thalinger mit dem Messer vor ihm auftauchte.

Seelenruhig trank er aus und setzte das Glas auf der Spüle ab. Er hatte schwarzes, kurzgeschorenes Haar und war glattrasiert. In seinem kantigen Gesicht saß eine eingedrückte, schiefe Nase. Seine dunklen, weit auseinanderstehenden Augen verströmten die Mitleidlosigkeit eines Roboters.

Dimitri Saikoff.

»Tut mir leid, wenn ich gestört habe«, sagte er. Es klang wie Hohn. »Ich hätte auch gerne noch ein bisschen länger zugesehen. Aber ich wollte nicht die ganze Nacht warten, bis Sie endlich Zeit für mich finden. Wir müssen reden.«

In Thalinger kochte unwillkürlich der Zorn hoch. Er musste sich beherrschen, um nicht zu explodieren. »Wir hatten abgemacht, dass wir uns vorerst nicht mehr persönlich treffen«, sagte er mit leiser, gefährlicher Stimme. »Das beinhaltet auch, dass Sie nicht in meine Wohnung einbrechen.«

Saikoff zuckte beiläufig mit den Schultern. »Sie reagieren nicht auf meine E-Mails und rufen nicht zurück. Was hätte ich tun sollen?«

»Was zum Teufel ist so wichtig, dass es nicht noch ein paar Tage warten kann?«

»Mehmet Altarek. Sie sagten, er sei morgen in der Stadt. Und Sie wollten mir seinen Terminplan verraten.«

Altarek! Den hatte Thalinger komplett vergessen. Der TOCON-Deal nahm ihn zurzeit dermaßen in Beschlag, dass er kaum noch für etwas anderes Zeit fand.

»Sie haben es mir versprochen«, sagte Saikoff. »Ich habe Ihnen geholfen, jetzt helfen Sie mir. So war es abgemacht.«

Thalinger nickte. Der Exilrusse hatte sich um Simon Nadicz gekümmert. Im Gegenzug hatte Thalinger ihm Mehmet Altareks geplante Aufenthalte in Frankfurt angeboten. Die beiden hatten noch eine alte Rechnung offen, und Saikoff brannte darauf, sie endlich zu begleichen. An Altareks Termine war extrem schwer heranzukommen, weil er aus Angst vor einem Anschlag ein großes Geheimnis daraus machte. Thalinger hatte trotzdem einiges herausgefunden.

»Ich maile Ihnen seinen Zeitplan gleich morgen früh«, sagte er.

»Das ist zu spät«, entgegnete Saikoff. »Ich muss Vorbereitungen treffen. Ich brauche den Plan *jetzt*.«

Die fordernde Art gefiel Claus Thalinger überhaupt nicht. Aber nach Belials Tod war Dimitri Saikoff zu einem seiner wichtigsten Handlanger geworden. Derjenige, dem er gerne die blutigen Details überließ. Der schwarzhaarige Riese war ein harter Hund, ihm fehlte jegliches Gewissen. Obwohl er wie ein tumber Schläger aussah und das durchaus auch sein konnte, war er gleichzeitig hochgradig intelligent. Er war ein Meister darin, Spuren zu verwischen und falsche Fährten zu legen. Darin reichte ihm niemand das Wasser.

Außerdem war er hundertprozentig loyal. Innerhalb der Organisation war er einer der wenigen, die direkten Kontakt zu Claus Thalinger hatten – und er verdiente dieses Privileg. Seine krumme Nase verdankte er Mehmet Altarek, den er in Thalingers Auftrag hatte töten sollen. Der Auftrag war jedoch missglückt, und Saikoff war Altarek in die Hände gefallen. Dessen Schläger hatten ihn stundenlang in die Mangel genommen, um den Namen seines Auftraggebers aus ihm herauszuprügeln.

Dimitri Saikoff hatte geschwiegen.

Aber bei all seinen Vorzügen kam auch immer wieder sein größter Makel zum Vorschein: Er tat, was er wollte, wie ein schwererziehbares Kind. Hatte er sich etwas in den Kopf gesetzt, konnte nichts und niemand ihn davon abhalten. Dann war es besser, sich ihm nicht in den Weg zu stellen.

Das galt sogar für Claus Thalinger.

Saikoff wollte Mehmet Altareks Terminplan für den morgigen Tag. Er würde nicht eher gehen, bis er ihn hatte, denn zum ersten Mal seit zwei Jahren bot sich ihm die Gelegenheit für Rache.

Eine Tür schlug zu. Sofia Fiore schoss aus dem Schlafzimmer und eilte zum Ausgang, während sie Thalinger einen vernichtenden Blick zuwarf. Sie war offenbar immer noch sauer. Schwungvoll verließ sie das Apartment. Hinter ihr fiel die schwere Stahlkerntür krachend ins Schloss.

Thalinger lächelte. Vielleicht hatte er wirklich etwas zu fest zugebissen. Morgen würde er das mit ein paar teuren Ohrringen wieder einrenken. Sie war eine hübsche junge Frau, mit der er noch lange Spaß haben wollte.

Er wandte sich wieder Saikoff zu. »Warten Sie einen Augenblick. Ich muss den Laptop hochfahren«, sagte er. Das Gerät stand noch auf dem Bürotisch, wo er vor Sofias Besuch gearbeitet hatte.

Nein, *Arbeit* war eigentlich nicht das richtige Wort dafür. Er hatte sich noch einmal angesehen, wie Simon Nadicz gestorben war – an einem Seil baumelnd, aus beiden Beinstümpfen blutend, quiekend wie ein Schwein, so lange, bis er ohnmächtig geworden war.

NTV stand auf dem USB-Stick, der immer noch im Port steckte. Nadiczs Todesvideo. Gott, wie hatte er diesen Film genossen! Allerdings mahnte er sich, künftig etwas vorsichtiger zu sein und seine Snuff-Filme wegzuschließen, wenn Sofia zu Besuch war. Nicht, dass sie noch etwas von seinen dunklen Aktivitäten mitbekam. Er mochte sie und wollte sie nicht töten müssen, nur weil sie einen seiner Filme bei ihm fand.

Er fuhr den Laptop hoch, klickte sich durch seine Dateien und wählte schließlich eine aus, die er via WLAN an Dimitri Saikoffs E-Mail-Adresse schickte.

»Jetzt zufrieden?«, fragte er.

Saikoff hatte sein Smartphone schon in der Hand. Er wartete einen Moment und nickte dann grimmig. »Ist angekommen.« Als er sich zum Gehen wandte, bemerkte Thalinger, dass er humpelte. »Was ist mit Ihrem Bein passiert?«, fragte er.

»Nur eine Fleischwunde«, antwortete Saikoff, ohne sich umzudrehen. »Nichts, was mich davon abhalten wird, Altarek eine Kugel zwischen die Augen zu jagen.«

MONTAG

*Geh zur Hölle,
Avram,
dort wartet der
Teufel auf dich*

35

Als Avram in seinem Hotelzimmer in der Münchner City aufwachte, fühlte er sich wie gerädert. Seine Knochen schmerzten, sein Rücken war steif, sein Genick tat ihm weh. Das Bett war die reinste Folterbank. Mühsam richtete er sich auf.

Seine Armbanduhr zeigte kurz nach halb neun. Das bedeutete sechs Stunden Schlaf – für seine Verhältnisse überdurchschnittlich viel. Aber er kam sich kein bisschen erholt vor.

Auf dem Nachttisch stand ein unangetastetes Glas Scotch. Gestern Abend, nach der Rückkehr aus Augsburg, hatte er sich den Drink an der Hotelbar gekauft. Er war damit in sein Zimmer gegangen und hatte sich vom Bett aus ins Internet eingeloggt, um noch ein wenig am Laptop zu recherchieren. Doch er war so müde gewesen, dass ihm schon nach wenigen Minuten die Augen zugefallen waren. Heute wollte er dort weitermachen, wo er gestern aufgehört hatte.

Er setzte sich an den Bettrand, ließ den Kopf kreisen und rollte mit den Schultern. So verspannt, wie er war, brauchte er erst mal eine heiße Dusche und danach ein ordentliches Frühstück.

Während er im Hotelrestaurant Tee trank und etwas aß, googelte er an seinem Smartphone Theo Krummknechts Künstlernamen »Eitlinger«. Ulrich Juncker, der Bodybuilder, hatte eine Gerichtsverhandlung in München erwähnt –

dazu gab es bestimmt einiges Wissenswerte im Internet zu finden. Tatsächlich fand Avram schnell die einschlägigen Berichte. Sie datierten aus dem Jahr 2002 und bestätigten im Wesentlichen Junckers Aussage: Theo Eitlinger war damals am Theater beschäftigt gewesen. Für seine Darstellung des Benedikt in Shakespeares Komödie *Viel Lärm um nichts* hatte er bei Publikum und Kritikern viel Lob geerntet. Doch nachdem die verkohlte Frauenleiche bei Freising gefunden worden war, hatte man ihn wegen Mordverdachts verhaftet und den Prozess gegen ihn eingeleitet. Es ging nicht nur um die am Tatort gefundene Haarprobe, sondern auch um seinen Kontakt zur kriminellen Münchner Szene. Sein damaliger Lebensgefährte hatte als Mitglied der Hells Angels selbst schon mehrere Haftstrafen wegen diverser Gewaltverbrechen verbüßt.

Allerdings war im Lauf der Ermittlungen zunehmend auch Theo Krummknechts Maskenbildner, Roman Knaidler, unter Verdacht geraten. Er hatte Krummknecht, der unter starkem Haarausfall litt, vor dessen Auftritten frisiert. Außerdem hatte er sich kurz vor dem Mord mit einer unbekannten Frau gestritten und war dabei nach Zeugenaussagen sogar handgreiflich geworden. Knaidler war zu dieser Zeit in psychiatrischer Behandlung. Ein Gutachter sagte später vor Gericht aus, dass er extrem labil gewesen sei. Die Frau, mit der man ihn gesehen hatte, war nach dem Streit nicht mehr aufgetaucht, und es kam der Verdacht auf, dass Knaidler sie umgebracht haben könnte. Dabei konnten Haare von Theo Eitlinger beim Frisieren an Knaidler hängen geblieben und von ihm auf die tote Frau übertragen worden sein.

Die Identität der toten Frau konnte nie geklärt werden, da sie durch die Verbrennungen bis zur Unkenntlichkeit entstellt worden war. Ein Abgleich mit den Vermisstendatenbanken schied dadurch aus. Eine Zahnanalyse kam ebenfalls nicht in Frage, weil der Mörder sie nicht nur in Brand gesteckt, sondern ihr auch noch den Kiefer zertrümmert hatte. Und der genetische Fingerabdruck war ergebnislos geblieben.

Der Prozess hatte also längst nicht alle offenen Fragen klären können. Aber am Ende hatte das Münchner Landgericht Knaidlers Schuld als erwiesen angesehen und ihn zu fünfzehn Jahren Haft ohne Bewährung in einer psychiatrischen Anstalt verurteilt. Theo Eitlinger war freigesprochen worden.

Eine Bedienung kam an den Tisch und schenkte Kaffee nach. Avram bedankte sich, vertiefte sich aber gleich wieder in seine Recherchen, denn noch viel mehr als der eigentliche Prozess interessierte ihn Theo Eitlingers damaliger Lebensgefährte. Ein Hells-Angels-Mitglied mit einem Strafregister – das klang vielversprechend.

Schnell stieß Avram auf ein paar Artikel in der damaligen Klatschpresse, die den Namen des Gesuchten nannten: Walther Danzer. Auch Bilder von Eitlinger und Danzer waren zu finden. Danzer war ein Mann wie eine Tonne, mit Kopftuch, Ledernietenjacke und Vollbart – das Klischeebild eines tumben Motorradrockers. Eine Vielzahl von Tätowierungen bedeckte seine fleischigen Oberarme. Auf seiner rechten Wange saß ein ovales Muttermal.

Avram studierte die Berichte und fand rasch heraus, weshalb Danzer im Gefängnis gesessen hatte: einmal wegen Raubüberfalls mit Körperverletzung und zweimal wegen Entführung. War Danzer das fehlende Bindeglied zwischen Theo Eitlinger und Belial?

Es gab nur einen Weg, das herauszufinden. Avram gab

noch einmal den Namen Walther Danzer ein – diesmal ohne die anderen Suchbegriffe, die die Trefferliste auf die Prozessgeschichte beschränkten. Tatsächlich war schon die vierte Seitenanzeige ein Volltreffer:

Walther Danzer, Immobilienmakler in 82256 Fürstenfeldbruck.

Das Foto auf der Startseite stimmte. Er sah zwar älter aus als auf den Zeitungsfotos von früher, und er trug auch keinen Bart mehr. Aber die Leibesfülle, die Gesichtszüge und das Muttermal auf der Wange waren geblieben.

Ohne seine zweite Tasse Kaffee anzurühren, verließ Avram den Speisesaal, um vom Münztelefon in der Lobby des Hotels aus zu telefonieren. Walther Danzer ging persönlich an den Apparat, was darauf schließen ließ, dass er als selbständiger Makler nur ein kleines Büro führte. Avram stellte sich als Anton Hegner vor – ein Name, den er noch nie benutzt hatte. Je nachdem, wie der Kontakt mit Danzer verlief, war es vielleicht ratsam, unerkannt zu bleiben.

»Ich würde gerne einen Termin für heute ausmachen«, sagte Avram. »Ich weiß, dass das ein bisschen kurzfristig ist. Aber ich bin nur heute in München.«

»Worum geht es?« Danzer hatte eine tiefe Stimme, die irgendwie rau klang.

»Um ein Grundstück bei Starnberg«, log Avram. »Ich ziehe in Erwägung, es zu erwerben und meinen neuen Firmensitz dorthin zu verlegen. Dafür möchte ich allerdings zuerst ein Wertgutachten erstellen lassen.«

»Tut mir leid, aber Starnberg liegt nicht in meinem Bereich«, sagte Danzer, weil er wohl glaubte, dass das Geschäft den Aufwand nicht lohnen würde.

»Wie bedauerlich. Sie sind mir empfohlen worden.« Ein bisschen Schmeichelei hatte noch nie geschadet. »Selbstverständlich würde ich Sie mit der Kaufabwicklung beauftragen, wenn das Grundstück in Frage kommt. Wir sprechen von rund zwanzigtausend Quadratmetern Land.«

Es entstand eine kurze Pause. Wahrscheinlich überschlug Danzer seine Provision.

»Ich habe heute Nachmittag Termine, die ich nicht verschieben kann«, brummte Danzer. »Wie wäre es um 10.30 Uhr?«

Avram warf einen Blick auf seine Armbanduhr. »Einverstanden. Können wir uns direkt vor Ort treffen? An der Straße zwischen Harkirchen und Neufahrn gibt es einen kleinen Parkplatz. Und bringen Sie Gummistiefel mit. Wir werden ein paar Schritte durch den Wald laufen müssen.«

Avram kannte die Stelle, weil er dort schon einmal einen Auftrag ausgeführt hatte. Ein stiller Ort, abgeschieden vom Rest der Welt – ideal für ein Gespräch unter vier Augen, bei dem man keine Zeugen brauchen konnte.

36

Madelaine Willemburg öffnete die Tür. Sie war eine schlanke, hochgewachsene Frau, die ihren Wohlstand gerne offen zur Schau stellte. An diesem Morgen trug sie einen eleganten beigen Hosenanzug, eine farblich dazu passende Kaschmirjacke und Lackstilettos – allesamt exquisite Designerstücke, ebenso wie die Handtasche und ihr Schmuck. Sie war eine Dame der High Society und legte Wert darauf, als solche erkannt zu werden.

»Vielen Dank, dass Sie mit uns zur Bank kommen wollen, um uns Einsicht in die Konten Ihres Mannes zu gewähren«, sagte Kommissarin Aygün. »Das erspart uns einen richterlichen Beschluss.« Sie stellte Emilia, Philippe Ruiz und die beiden uniformierten Beamten vor, die sie begleiteten.

»Die ganze Sache ist äußerst unerfreulich«, entgegnete Madelaine Willemburg. Ihr Blick wanderte von einem zum anderen. »Ich möchte das so schnell und diskret wie möglich hinter mich bringen. Nur deshalb helfe ich Ihnen. Mein Mann ist kein Mörder. Wenn Sie wollen, können wir gleich losfahren.«

»Zuerst würden wir gerne noch mal einen Blick in Ihren Keller werfen«, sagte Kommissarin Aygün. »Dürfen wir reinkommen?«

Frau Willemburg überlegte einen Augenblick, nickte dann und trat zur Seite, um die Polizisten hereinzulassen. Gemeinsam gingen sie durchs Treppenhaus nach unten, in einen geräumigen Flur, in dem ein paar ausrangierte, aber gut erhaltene Schränke und Kommoden standen. Von hier aus führten fünf Türen ab, auf einer davon stand in messingfarbenen Lettern das Wort *Wellness*.

»Ich nehme an, Sie wollen dort rein?«, fragte Madelaine Willemburg.

Kommissarin Aygün nickte.

Madelaine Willemburg führte die Polizisten in ein mit eleganten beigen Fliesen ausgestatteten Raum, in dem es eine Sauna, einen Whirlpool, zwei Liegesessel und ein paar Fitnessgeräte gab. Neben der abgemauerten Wand zur Dusche war eine kleine, geschmackvolle Bar eingerichtet. Auf einem eleganten Sideboard standen ein Flachbildfernseher und eine Stereoanlage. Das ganze Areal maß mindestens fünfzig Quadratmeter. Emilias Wohnung in Lyon war nicht viel größer.

»Hier, bitte«, sagte Madelaine Willemburg und deutete auf eine massive Eichenholzschrankwand.

Kommissarin Aygün trat vor und öffnete die mittlere der fünf Türen. Zum Vorschein kam eine ansehnliche Sammlung von Erotikartikeln aller Art. An einer Kleiderstange hingen mehrere schwarze Lederoutfits und Peitschen, außerdem Seile, Metallketten und Handschellen. In den Regalen daneben befanden sich, sauber einsortiert, Vibratoren unterschiedlichster Größe und Machart, Knebel, Gesichtsmasken, Klammern, Kerzen und eine ganze Reihe von Pornoheften.

Emilia ließ ihren Blick in aller Ruhe durch den Schrank schweifen. Ihre Hoffnung war, eine Parallele zu Belial zu entdecken. Monatelang hatte sie seine Akten studiert. Sie wäre problemlos in der Lage gewesen, jeden einzelnen Gegenstand aus seinem Folterverlies zu identifizieren.

Vielleicht hat Jacques Willemburg einen Teil seines Equipments von Belial bezogen, dachte sie. Vielleicht ist das der Grund für den Eintrag in dem grünen Buch.

W Kill Eem Burg J.

Aber es gab nichts, was ihr bekannt vorkam. Auch keinen anderweitigen Hinweis auf einen Zusammenhang mit Belial. Jedenfalls keinen offenkundigen.

Sie bemerkte Madelaine Willemburgs unbehaglichen Blick. Obwohl sie sich selbstbewusst gab, fühlte sie sich in der Situation offenbar unwohl.

»Philippe, würden Sie uns wohl einen Moment alleine lassen?«, bat Emilia. »Sie bitte auch.« Das war an die beiden uniformierten Beamten gerichtet.

Die Männer verstanden, entfernten sich ein paar Schritte, so dass die Frauen nun unter sich waren. Madelaine Willemburgs Miene entspannte sich.

»Ich danke Ihnen«, sagte sie und räusperte sich. »Die ganze Angelegenheit ist doch äußerst unangenehm.«

»Wir wollen Ihnen die Situation so angenehm wie möglich machen, dennoch brauchen wir ein paar Antworten«, entgegnete Emilia. »Besitzen Sie oder Ihr Mann noch mehr von diesen Dingen?«

Madelaine Willemburg schüttelte den Kopf. »Nein, das ist alles.«

»Woher stammt das?«

»Das meiste davon hat Jacques bei einem Internetversand gekauft«, sagte sie. »Ein paar Sachen hat er auch von seinen Geschäftsreisen mitgebracht.«

»Klingt, als seien Sie selbst nicht besonders begeistert davon.«

Auf Madelaine Willemburgs Gesicht legte sich ein bitteres Lächeln. »Es ist für eine Frau nicht gerade schmeichelhaft, wenn sie feststellen muss, dass ihre körperliche Attraktivität nicht mehr ausreicht, um ihren Mann in Stimmung zu bringen. Dass er *so etwas* braucht, um sich anzutörnen. Ich habe mitgemacht in der Hoffnung, dadurch unsere Ehe zu retten. Aber aus irgendeinem Grund funktioniert es nicht. Je mehr ich versuche, Jacques zu gefallen, desto weniger scheint er sich für mich zu interessieren.«

»Haben Sie schon einmal den Namen Leon Bruckner gehört?«

Madelaine Willemburg dachte einen Moment nach. »Nicht, dass ich wüsste«, sagte sie.

»Was ist mit Belial?«

»Wer soll das sein?«

»Ein Mörder, in dessen Büchern auch Ihr Mann erwähnt wird.«

Einen Moment lang war Madelaine Willemburg wie versteinert. »In welchem Zusammenhang wird mein Mann dort erwähnt?«, fragte sie schließlich.

»Das weiß ich nicht. Es ist ein codierter Eintrag, dessen Bedeutung sich uns bisher verschließt. Fest steht nur, dass es für Belial einen Grund gegeben haben muss, Ihren Mann in seinen Büchern aufzuführen. Diesen Grund möchte ich gerne herausfinden.«

Madelaine Willemburg nickte. »Ich verstehe Ihr Anliegen, aber ich fürchte, da kann ich Ihnen nicht weiterhelfen.«

»Sie könnten mit Ihrem Mann sprechen. Im Moment sieht es nicht gut für ihn aus. Anscheinend hatte er Kontakt zu einem nachweislichen Mörder. Und er steht im Verdacht, selbst einen Mord begangen zu haben. Wenn Sie Ihrem Mann helfen wollen, dann überzeugen Sie ihn, dass er uns endlich die Wahrheit sagt.«

Madelaine Willemburg stieß einen tiefen Seufzer aus. »Mein Mann hat sich in den letzten Jahren sehr verändert«, sagte sie. »Manchmal glaube ich, dass ich ihn gar nicht mehr richtig kenne. Der Erfolg der Firma ist ihm zu Kopf gestiegen. Er trinkt viel mehr als früher. Oft kommt er erst mitten in der Nacht nach Hause, weil er noch in irgendwelchen Clubs war – meistens mit einigen seiner leichten Mädchen.« Sie schluckte. Ihre Miene wurde hart. »Lassen Sie es mich offen sagen: Mein Mann ist mir untreu. Er ist herrschsüchtig und vulgär. Wenn er denn mal zu Hause schläft, neigt er zu ausgefallenden Praktiken im Bett, die ich nicht gerne teile. Aber all das stempelt ihn noch lang nicht zu einem Mörder.«

37

Für die Fahrt nach Starnberg nahm Avram sich einen Mietwagen. Außerdem hatte er sich bei Walther Danzer unter falschem Namen angemeldet. Die Tarnung war bei weitem nicht perfekt, aber er hoffte, dass es ausreichen würde, um anonym zu bleiben. Auf diese Weise müsste er Danzer vielleicht nicht erschießen.

Von der Münchner Innenstadt kommend, war er über die B11 in südlicher Richtung gefahren. Bei Baiersbronn klingelte sein Handy. Avram nahm das Gespräch über die Freisprechanlage an. Es war Rutger Bjorndahl.

»Ich weiß jetzt, wer der mutmaßliche Bombenleger im Amsterdamer Interconti ist«, kam es aus dem Lautsprecher. Wie üblich hörte sich die Stimme an wie ein Reibeisen. »Zumindest weiß ich, wen die Amsterdamer Polizei dafür hält.«

Avram erinnerte sich an die Personenbeschreibung, die Bjorndahl ihm bereits geliefert hatte: 1,65 m groß, schmächtig, Halbglatze. Der Mann, der kurz vor dem Anschlag im Hotel eingecheckt und dann einen Kaffee im Speisesaal getrunken hatte. Kurz nach Sergej Worodins Ankunft hatte er ein kurzes, scheinbar harmloses Gespräch mit diesem geführt, dessen einziger Sinn es gewesen war, unauffällig den Koffer mit dem Sprengstoff am Tisch zu deponieren. Zumindest war das Avrams Vermutung.

»Sein Name ist Kronjaeger«, röchelte Bjorndahl. »Guus Kronjaeger. Schon mal gehört?«

»Sollte ich?«

»Der Kerl sieht aus, als könne er keiner Fliege etwas zuleide tun, aber du solltest ihn nicht unterschätzen. Er ist ein ehemaliger Blauhelmsoldat mit Einsätzen in diversen Krisengebieten. Guatemala, Angola, Haiti, später auch im Sudan, im Tschad, in Eritrea und in Ruanda. Wegen seiner rigorosen Vorgehensweise bei Gefangenenvernehmungen hat man ihn mehrmals verwarnt. Schließlich wurde er deswegen sogar unehrenhaft entlassen. Das war im Jahr 2008. Seitdem verdingt er sich als Auftragskiller, vor allem in Europa. Er gilt als berechnend und skrupellos. Angeblich geht die Bartocelli-Entführung auf sein Konto.«

Avram passierte die Ortseinfahrt nach Schäftlarn und drosselte das Tempo. »Bartocelli – war das nicht diese Geschichte in Rom vor zwei Jahren?«

»Salvatore Bartocelli. Italienischer Waffenhersteller und Milliardär. Kronjaeger hat seinen Enkel entführt und ein Lösegeld von 30 Millionen Euro gefordert. Als Bartocelli sich weigerte, das Geld zu bezahlen, hat Kronjaeger ihm einen Finger des Jungen geschickt.«

»Wie ist die Sache ausgegangen?«

»Der Alte ist bis zum Schluss hart geblieben. Sein Enkel hatte einen qualvollen Tod. War erst zwölf, das arme Kind. Ein Jahr später hat Bartocelli sich dann in seiner Wohnung erschossen. Hat wohl nie verwinden können, dass ihm seinerzeit das Geld wichtiger gewesen war als das Leben seines Enkels.«

»Traurige Geschichte«, sagte Avram und bog nach rechts in die Straße nach Neufahrn ab.

»Ich erzähle dir das nur, um dich zu warnen«, sagte Bjorndahl. »Guus Kronjaeger ist ein extrem gefährlicher Mann. Seit er sich als Auftragsmörder verdingt hat, soll er angeblich über fünfzig Menschen getötet haben.«

Mehr als ich, dachte Avram und zog abwägend die Mundwinkel nach unten. »Hast du eine Ahnung, wo ich ihn finden kann?«

»Sei lieber froh, wenn du ihm nicht begegnest.«

»Ich brauche ein Geständnis von ihm.«

»Ein Geständnis?«

»Nur wenn Kronjaeger gegenüber Jekaterina Worodin zugibt, dass er die Bombe gezündet hat, wird sie ihre Männer zurückpfeifen. Vorher bin ich nicht vor ihr sicher. Ich habe keine Lust, bis an mein Lebensende auf der Abschussliste des Tschornej Janwar zu stehen. Also: Weißt du, wo Kronjaeger sich im Moment verstecken könnte?«

Avram erreichte die Ortsausfahrt von Schäftlarn und trat aufs Gas.

»Eine meiner Quellen behauptet, er ist seit kurzem in München«, sagte Bjorndahl.

Das kam überraschend. War das ein Zufall? Wohl kaum! Kronjaeger hätte nach dem Attentat in Amsterdam überall auf der Welt untertauchen können. Warum ausgerechnet München?

Er verfolgt mich!

Im Augenblick fiel Avram jedenfalls keine andere plausible Erklärung dafür ein.

»Ich habe noch etwas anderes für dich«, fuhr Bjorndahl fort. »Sieben Namen, die dich interessieren dürften.«

Avram war so in seinen Gedanken gefangen, dass es ihm schwerfiel, sich schon wieder auf etwas anderes zu konzentrieren. »Wovon sprichst du?«

»Von den Screenshots, die du mir geschickt hattest. Die Mörder in diesen Snuff-Videos. Ich habe sieben weitere von ihnen identifizieren können.« Er nannte Avram die Namen und deren letzte bekannte Aufenthaltsorte. Einer kam aus

Stockholm, einer aus Paris, einer aus Frankfurt, zwei aus Hamburg, einer aus München und einer aus Berlin.

»Kannst du mir die Angaben per Mail schicken?«, bat Avram.

»Schon geschehen. Gib Bescheid, wenn ich sonst noch etwas für dich tun kann.«

Avram beendete das Gespräch und fuhr, tief in Gedanken versunken, weiter. Rutger Bjorndahl hatte wieder einmal ganze Arbeit geleistet. Aber bevor er sich um Guus Kronjaeger und die neu identifizierten Foltermörder kümmern würde, wollte er sich mit Walther Danzer treffen und herausfinden, ob der ihm noch etwas Interessantes über Theo Eitlinger erzählen konnte.

38

Obwohl Emilia bei der Begutachtung von Jacques Willemburgs erotischem Equipment keine Parallelen zu Belial oder zum Fall Nadicz hatte erkennen können, ließ sie die beiden Kehler Beamten, die sie begleiteten, alles fotografieren, mit der Bitte, die Bilder umgehend an die Interpol-Zentrale in Lyon zu mailen. Auf der Fahrt ins Stadtzentrum kündigte sie Luc Dorffler das Material an und bat ihn, es einer umfassenden Computeranalyse zu unterziehen. Vielleicht gab es einen Zusammenhang, der ihr entgangen war.

Die Niederlassung der Deutschen Bank befand sich in der Stadtmitte von Kehl, nur wenige Blocks von der Polizeizentrale entfernt. Als Emilia, Philippe Ruiz und Kommissarin Aygün dort mit Madelaine Willemburg ankamen, wartete Kommissar Seibert schon in einem geräumigen Besprechungszimmer. Man bot ihnen einen Kaffee an, kurz darauf erschien Niederlassungsleiter Rupert Hindrichs, dem sie den Grund ihres Besuchs erläuterten. Frau Willemburg schien ihn gut zu kennen, denn die beiden duzten sich. Sie betonte, wie unangenehm ihr die ganze Situation sei, und bat ihn, der Polizei uneingeschränkten Zugriff auf alle Konten zu gewähren, weil sie davon ausgehe, dass die Angelegenheit dadurch am schnellsten geklärt werden könne. Hindrichs versprach ihr absolute Diskretion und stellte einen Mitarbeiter ab, um der Polizei die erforderlichen Daten zur Verfügung zu stellen.

Wenig später saßen sie in einem Beratungszimmer und ließen sich die Kontenbewegungen der letzten Jahre zeigen. Zusätzlich erhielten sie alle Finanztransaktionen auf einem Datenträger, um sie später von einem Expertenteam analysieren lassen zu können. Im Moment ging es nur darum, eine erste grobe Übersicht über Jacques Willemburgs Zahlungsströme zu erhalten und Auffälligkeiten zu erkennen, die etwas mit Belial oder Simon Nadicz zu tun hatten.

Der Bankmitarbeiter – auf seinem Namensschild stand S. Grohner – hatte den Monitor so platziert, dass alle einen Blick darauf werfen konnten. Auf Wunsch konnte er Darlehens-, Festgeld- und Girokonten separat oder in zusammengefassten Übersichten anzeigen lassen und auch einzelne Geschäftsvorfälle selektieren, um sie anschließend detailliert zu betrachten.

Emilia fand es schwierig, sich auf die vielen Zahlen zu konzentrieren. Sie hatte in der Nacht nicht gut geschlafen – das tat sie fast nie in einem Hotelbett. Der Frühstückskaffee zeigte auch keine Wirkung, und vielleicht steckte ihr auch noch das Bier von gestern Abend in den Knochen.

Ihr Blick schweifte vom Bildschirm ab und wanderte unauffällig von einem zum anderen. Kommissar Seibert saß ihr gegenüber am anderen Tischende. Er war so auf den Monitor fixiert, dass er nichts anderes um sich herum wahrnahm. Rechts neben ihm saßen Ruiz und Kommissarin Aygün, die den Ausführungen von Herrn Grohner ebenfalls aufmerksam zu folgen schienen. Aber Emilia entging nicht, dass sie sich auch immer wieder kurz ansahen, und bestimmt war es auch kein Zufall, dass ihre Ellbogen sich berührten.

Links neben Emilia saßen Herr Grohner und Madelaine Willemburg. Die Frau tat ihr leid. Materiell gesehen besaß sie alles, was man sich nur wünschen konnte – ein großes

Haus, ein schickes Auto, Designerkleidung, Schmuck. Doch der Morgen hatte gezeigt, wie sehr sie darunter litt, dass sie für ihren Mann nicht mehr so attraktiv war wie früher. Sie hatte sich seinen außergewöhnlichen sexuellen Phantasien gefügt, um ihm zu gefallen. Dennoch zog er es vor, sich mit anderen – jüngeren – Frauen zu umgeben. Ihre Ehe zerbrach, und sie konnte nichts dagegen tun.

Auf Emilias Frage, warum sie ihren Mann am Sonntag nicht in der U-Haft besucht habe, hatte sie geantwortet, sie habe wegen eines Migräneanfalls das Haus nicht verlassen können. Doch Emilia glaubte, dass das allenfalls die halbe Wahrheit war. Jacques Willemburg hatte seine Frau zutiefst verletzt. Das war ihre Art, ihm das zu zeigen.

Emilias Blick wanderte wieder zu dem Computermonitor in der Tischmitte. Sie fragte sich, ob die Analyse der Zahlungsströme sie überhaupt weiterbrächte. War Jacques Willemburg tatsächlich ein Mörder? Oder war es nicht viel wahrscheinlicher, dass der Mord an Simon Nadicz etwas mit dessen Bruder, dem Kriegsverbrecher und Waffenschieber Radan Srakovicz, zu tun hatte? Aber wie war dann die Kettensäge mit Jacques Willemburgs Fingerabdrücken an den Tatort gekommen?

Die Angelegenheit wurde allmählich verworren, vor allem, wenn man auch noch die Frage stellte, wo die Verbindung zu Belial war. Je tiefer Emilia sich in den Mord bei Boisset-Saint-Priest einarbeitete, desto mehr Möglichkeiten kamen in Betracht. Der Fall glich einem Puzzle, das kein sinnvolles Bild ergab, weil die Lücken zwischen den zusammengesetzten Teilen noch viel zu groß waren.

»Können Sie uns jetzt bitte sämtliche Zahlungsströme mit der Schweiz zusammenstellen?«, fragte Philippe Ruiz gerade. »Auf allen Privat- und Firmenkonten.«

Der Bankmitarbeiter nickte. »Das haben wir gleich.« Er rief eine Eingabemaske auf und füllte ein paar Suchfelder aus. »Über zweitausend Treffer in den letzten fünf Jahren«, sagte er. »Rund hundertfünfzig auf den Privatkonten, der Rest über die Firmenkonten.«

»Können Sie herausfiltern, ob bei einer oder mehrerer dieser Transaktionen die Genfer AVO-Invest beteiligt war?«, fragte Emilia. »Möglicherweise auch der Bankenvorstand persönlich – Simon Nadicz. Er wurde letzte Woche ermordet. Wir wollen herausfinden, ob Herr Willemburg mit ihm in geschäftlichem Kontakt stand.«

Ihr fiel auf, dass Madelaine Willemburg plötzlich wie versteinert dasaß und sich nicht mehr rührte. Ihre Hände lagen so fest zusammengefaltet auf der Tischplatte, dass die Knöchel weiß hervortraten. Ihr Rücken war durchgedrückt, ihr Mund zu einem dünnen Strich zusammengepresst. Sie zwinkerte nicht, schien kaum noch zu atmen. Sie saß auf ihrem Stuhl wie eine zu Eis erstarrte Skulptur.

Dann kullerte ihr plötzlich eine Träne über die Wange.

39

Der Waldparkplatz zwischen Neufahrn und Harkirchen war nur über eine geschotterte Zufahrt zu erreichen und von der Straße aus nicht einsehbar, weil er hinter einer Art Böschungshügel lag – ein idealer Ort für ein ungestörtes Treffen. Avram kam pünktlich um 10.30 Uhr dort an.

Walther Danzer wartete bereits auf ihn. Er lehnte an seinem Auto, rauchte eine Zigarette und tippte etwas in sein Smartphone, das er jedoch wegsteckte, als Avram neben ihm parkte und ausstieg.

»Herr Hegner?«, fragte er. »Walther Danzer. Wir haben miteinander telefoniert.«

Avram nickte und schüttelte ihm die Hand. An seinen Decknamen musste er sich erst noch gewöhnen.

Danzer war größer, als er auf den Bildern im Internet gewirkt hatte. Ein Schrank von einem Mann, der auch heute noch – ohne Hells-Angels-Jacke, Bikerstiefel und Vollbart – ein bisschen gefährlich wirkte. Avram nahm sich vor, ihn nicht zu unterschätzen. Danzer war gewaltbereit und mehrfach vorbestraft, einmal wegen Raubüberfalls mit Körperverletzung und zweimal wegen Entführung. Das durfte er nicht vergessen. Hinter der Fassade des harmlosen Immobilienmaklers steckte wahrscheinlich auch heute noch ein gewisses Aggressionspotential.

»Haben Sie Ihre Gummistiefel dabei?«, fragte Avram.

»Im Kofferraum«, antwortete Danzer.

»Ziehen Sie sie an, Sie werden sie brauchen.«

Wenige Minuten später stapften die beiden Männer durch den Wald. Avram trug zu seinen eigenen Stiefeln Bluejeans, einen Strickpullover und eine schwarze Lederjacke. Danzers Kombination aus Anzug, Trenchcoat und Gummistiefeln wirkte irgendwie fehl am Platz.

In der Nacht hatte es aufgehört zu regnen, aber der Boden war aufgeweicht und schmatzte bei jedem Schritt unter ihren Sohlen. Außer ihnen beiden war niemand zu sehen.

»In welcher Branche sind Sie tätig?«, fragte Danzer.

Avram, der vor ihm ging, hatte sich auf der Herfahrt eine passende Geschichte überlegt. »Im Hotelgewerbe«, sagte er. »Wir wollen eine Feriensiedlung aufbauen, mit großem Wellnessbereich – Saunen, Dampfbäder, Außenbecken, Whirlpools ... das ganze Programm. Hier sollen in den nächsten zwei Jahren über fünfzig Ferienhäuser und eine zentrale Wellnessoase entstehen.«

Danzer gab einen Brummton von sich. »Wellness – das gibt's hier wie Sand am Meer. Fast jedes Hotel bietet so etwas an. Ich sage das nur, damit Sie nicht hinterher behaupten können, ich hätte Sie nicht gewarnt, auch wenn ich mir damit ins eigene Fleisch schneide.«

»Das ist nett von Ihnen«, sagte Avram. »Es beweist, dass ich mit Ihnen die richtige Wahl getroffen habe. Sie sind nicht nur auf Ihren eigenen Vorteil bedacht. Das weiß ich zu schätzen.«

»Aber Sie wollen dieses Grundstück trotzdem kaufen?«

»So ist es. Vorausgesetzt, der Preis stimmt.«

Sie gingen ein paar Schritte wortlos weiter – Avram voran, Danzer hinter ihm her. Der Pfad führte nach rechts, aber Avram spazierte weiter geradeaus.

»Sind Sie sicher, dass wir noch richtig sind?«, fragte Danzer.

»Vertrauen Sie mir«, antwortete Avram. »Ich bin nicht zum ersten Mal hier. Ich möchte, dass Sie einen Eindruck von der Größe der geplanten Anlage bekommen.«

»Dass es hier so abgeschieden ist, stört Sie nicht?«

»Abgeschiedenheit ist der große Vorteil dieses Waldgrundstücks. Kein Mensch weit und breit – das ist ideal. Folgen Sie mir.«

Sie stapften weiter durch den morastigen Untergrund. Mehr als einmal blieb Danzer mit seinem Trenchcoat an vorstehenden Ästen hängen. Je tiefer sie in den Wald gingen, desto mürrischer wurde er. Offenbar begann er sich allmählich zu fragen, ob sich der Aufwand für ihn überhaupt lohnte.

»Hier sind wir«, sagte Avram schließlich. Er blieb stehen und drehte sich zu Danzer um. »Was halten Sie davon?«

Der Immobilienmakler ließ den Blick kreisen, konnte sich mit der Umgebung aber offenbar nicht wirklich anfreunden. »Wenn Sie mir ein paar Tage Zeit geben, finde ich ein geeignetes Grundstück für Sie«, sagte er. »Im Moment kann ich mir nicht vorstellen, dass Ihre Gäste sich hier wohl fühlen würden.«

Avram setzte sich auf einen umgekippten Baumstamm, der aussah, als läge er schon seit Anbeginn aller Zeiten hier. »Sie haben recht«, gab er zu. »Das hier ist kein besonders guter Ort für eine Ferienanlage. Aber für ein Gespräch unter vier Augen.«

Er konnte regelrecht sehen, wie die kleinen Rädchen in Danzers Kopf sich zu drehen begannen.

»Was wollen Sie?«

»Mich ungestört mit Ihnen über Theo Krummknecht unterhalten«, sagte Avram. »Sie waren mit ihm zusammen, als er unter seinem Künstlernamen Theo Eitlinger in München am Theater engagiert war. Und als er wegen Mordverdachts vor Gericht stand.«

Danzer versteifte sich. »Ich wüsste nicht, was Sie das angeht«, knurrte er. »Das Ganze ist schon eine Ewigkeit her. Ich habe Theo seit Jahren nicht gesehen. Soweit ich weiß, ist er tot. Jetzt entschuldigen Sie mich. Ich habe zu tun.« Er drehte sich um und machte sich auf den Rückweg.

»Theo Eitlinger hat einen Mord begangen. Ich will, dass Sie mir erzählen, was Sie darüber wissen«, sagte Avram. »Unabhängig davon, was damals bei der Gerichtsverhandlung herauskam.«

Ohne sich umzudrehen, brabbelte Danzer: »Ich werde mir diesen Unsinn nicht länger anhören!« Und ging weiter.

Avram hatte mit dieser Reaktion gerechnet. Genau deshalb hatte er Danzer an diese Stelle geführt. »Wir sind hier völlig unter uns«, sagte er mit scharfer Stimme. »Irgendwo mitten im Wald. Es gibt keine Zeugen. Niemanden, der weiß, wo wir sind. Ich muss ein paar Dinge von Ihnen wissen, und ich will dazu keine Gewalt anwenden. Aber ich werde es tun, wenn es nicht anders geht.«

Danzer drehte sich um. In seiner Miene lag keine Furcht, sondern Überheblichkeit. »Du führst mich unter einem Vorwand in diese beschissene Einöde und willst mir jetzt auch noch drohen, alter Mann?«, rief er, plötzlich wieder ganz der Hells Angel von früher.

»Genau das will ich«, antwortete Avram, während er gleichzeitig seine Waffe zog. Den Schalldämpfer hatte er schon im Auto aufgeschraubt. »Ich brauche ein paar Antworten. Entweder ich bekomme sie freiwillig, oder ich werde sie aus Ihnen herauspressen, Sie anschließend umbringen und Ihre Leiche im Wald verscharren. Ihre Entscheidung.«

Danzer blieb äußerlich gelassen, aber sein Blick zuckte

immer wieder zu Avrams Waffe. Offenbar hatte er begriffen, dass er am kürzeren Hebel saß.

»Warum sollte ich dir was erzählen, Arschloch?«, zischte er. »Du wirst mich doch sowieso umbringen.«

»Ich bin mit einem Mietwagen und unter falschem Namen hier«, gab Avram zurück. »Wenn Sie nicht zur Polizei gehen und bereit sind, mein Gesicht zu vergessen, werden Sie den heutigen Tag überleben. Vorausgesetzt, Sie kooperieren.«

Danzer zögerte. Seine Pupillen sprangen hin und her, während er abwägte, inwieweit er Avram vertrauen konnte. Schließlich schien er zu erkennen, dass er gar keine andere Wahl hatte. »Was soll's?«, brummte er. »Sie wollen reden? Dann reden wir eben. Was genau wollen Sie wissen?«

»Theo Krummknecht hat vor etwa fünfzehn Jahren einen Mord begangen. Er hat eine Frau bei lebendigem Leib verbrannt.«

»Das war nicht Theo«, sagte Danzer, noch bevor Avram seine erste Frage gestellt hatte. »Es war sein Maskenbildner.«

»Das ist die offizielle Version. Die kenne ich bereits aus den damaligen Medienberichten. Was mich interessiert, ist die Wahrheit.«

»Das Gericht hat ihn damals freigesprochen.«

»Das Gericht hat sich geirrt.«

Danzer verzog den Mund zu einem höhnischen Grinsen. »Woher wollen ausgerechnet Sie so genau wissen, was damals vorgefallen ist?«

»Theo Krummknecht hat diesen Mord begangen, kalt, berechnend und erbarmungslos. Er hat eine Frau an den Füßen aufgehängt, sie mit Benzin übergossen und dann angezündet. Es existiert eine Filmaufnahme davon. Ich habe sie gesehen. Theo Krummknecht war ohne jeden Zweifel ein Mörder.«

Danzer schluckte. Sein Blick schweifte jetzt ziellos über den Waldboden.

»Kennen Sie die Aufnahme?«, wollte Avram wissen.

Danzer schüttelte den Kopf. »Nein, kenne ich nicht. Ich bezweifle sogar, dass dieser Film wirklich existiert. Theo war kein einfacher Mensch, aber ein Mörder? Das glaube ich nicht.«

Avram fragte sich, ob Danzer ihm gerade ein Lügenmärchen auftischte. »Sie waren damals mit Theo zusammen, haben sich im Verlauf des Prozesses aber von ihm getrennt«, sagte er. »Warum haben Sie das getan? Weil Sie selbst etwas mit der Sache zu tun hatten?«

Danzers tonnenförmiger Körper zuckte regelrecht zusammen. Seine Augen richteten sich auf Avram und verengten sich zu gefährlichen kleinen Schlitzen. »Du willst mir also was unterschieben? Schon klar. Ein Mann mit meiner Vergangenheit muss natürlich in diesen Mord verwickelt sein.«

»Sie waren ein paarmal wegen Gewaltverbrechen im Gefängnis. Liegt der Verdacht da nicht nahe?«

»Mag sein, dass du das so siehst«, zischte Danzer. »Die Polizei war damals zum Glück schlauer. Die haben mich genau unter die Lupe genommen, aber nichts gefunden. Weil ich mit dieser verbrannten Frau nämlich nichts zu tun hatte.«

»Und warum dann die Trennung von Theo Krummknecht?«

Danzer schnaubte. »Kannst du dir das wirklich nicht denken? Ich war damals Mitglied bei den Angels und mehrmals vorbestraft. Ich war kein guter Umgang für ihn. Die Presse hat sich auf unsere Beziehung gestürzt, sie durch den Dreck gezogen. Ich wusste, dass meine Vergangenheit uns immer wieder einholen würde, und ich wollte nicht, dass Theo darunter leiden muss. Also habe ich die Reißleine gezogen.«

»Sie haben sich aus Liebe von ihm getrennt?«

Danzers bullige Statur sackte in sich zusammen. Er nickte betreten. »Hat mir damals eine Menge Spott bei den Angels eingebracht. So viel, dass ich denen schließlich den Rücken gekehrt habe. War eine harte Zeit. Aber ich weiß, dass es für Theo so das Beste war.«

Avram saß mit der Pistole in der Hand auf dem umgestürzten Baumstamm und beobachtete Danzer genau. War es tatsächlich möglich, dass dieser grobschlächtige Bär ein so weiches Herz hatte? Dass er trotz seiner kriminellen Vergangenheit mit Theo Krummknechts Mord nichts zu tun gehabt hatte? Dass er ihn durch die Trennung sogar noch hatte schützen wollen?

Oder war Walther Danzer nur ein hervorragender Schauspieler, der ihn gerade zum Narren hielt?

»Ich glaube Ihnen nicht«, sagte Avram, während er seine Waffe auf ihn richtete. »Aus den damaligen Medienberichten ging hervor, dass Sie und Theo Krummknecht sich erst ein paar Monate vor Prozessbeginn kennengelernt hatten. Theo ist vorher nie straffällig gewesen. Aber kurz nachdem er mit Ihnen zusammenkam, beging er einen brutalen Mord. Irgendwas passt da für mich nicht zusammen.«

Danzers feiste Wangen begannen zu zittern. »Wer zum Teufel bist du?«, raunte er.

»Jemand, der wissen will, wer außer Theo Krummknecht an diesem Film mitgewirkt hat«, sagte Avram.

40

»Wenn Sie mir nicht erzählen, was los ist, kann ich Ihnen nicht helfen!«, sagte Emilia.

Nach dem unerwarteten Gefühlsausbruch bei der Kontenanalyse hatte sie Madelaine Willemburg in ein leerstehendes Nebenzimmer geführt. Hier waren sie ungestört, und bei einer heißen Tasse Tee, die eine freundliche Bankmitarbeiterin aufgebrüht hatte, schien die Frau sich allmählich wieder zu fangen. Nach einer halben Stunde hatte Emilia sie so weit, dass sie sich ihr gegenüber öffnete.

»Sie haben vorhin gesagt, dass der Vorstand der Schweizer AVO-Invest-Bank ermordet wurde«, sagte sie mit tonloser Stimme. »Simon Nadicz. Ich kannte ihn ... Ich ... Wir haben uns ein paarmal getroffen.«

Emilia war nicht sicher, ob sie das richtig verstanden hatte. »Wollen Sie damit andeuten, dass Sie beide eine Affäre hatten?«, fragte sie.

Madelaine Willemburg blickte stumpf ins Leere, während sie mechanisch nickte. »Es klingt so billig. Aber ja, es stimmt. Simon und ich hatten eine Affäre. Wie ist er gestorben?«

Emilia zögerte, weil sie nicht wusste, wie Madelaine Willemburg die Wahrheit verkraften würde. Doch Vertrauen beruhte auf Gegenseitigkeit, deshalb beschloss sie, ihr alles zu erzählen. »Vermutlich wissen Sie bereits, dass die Tat letzte Woche verübt wurde. In der Nacht von Mittwoch auf Donnerstag. Wir gehen davon aus, dass Herr Nadicz auf dem Heimweg von Genf in seinem Auto angehalten, entführt und in ein verlassenes Landhaus in den Monts de Forez gebracht wurde. Das liegt in Frankreich, zwischen Clermond-Ferrand und Lyon. Dort wurde der Mord begangen. Als Tatwaffe hat die Polizei die Kettensäge aus Ihrem Gartenhaus gefunden – mit den Fingerabdrücken Ihres Mannes darauf.«

Frau Willemburg wischte sich mit einem Taschentuch die Tränen aus dem Gesicht.

Vielleicht sollte ich lieber keine weiteren Details mehr erwähnen, dachte Emilia. »Wie lange kannten Sie und Herr Nadicz sich?«, wollte sie wissen.

»Etwa ein halbes Jahr. Simon hatte ein Coaching für seine Führungskräfte geplant und ein Angebot von mir eingeholt. Ich war bei ihm in Genf, um mein Konzept vorzustellen. Wir hatten uns nachmittags bei ihm im Büro getroffen. Bis ich meine Präsentation fertig hatte, war es schon Abend. Er hat mich zum Essen eingeladen. Was soll ich sagen? Er war ein charismatischer Mann, sah gut aus. Er war groß, schlank und sportlich. Vor allem war er aber ein toller Zuhörer. Jemand, der es versteht, einem das Gefühl zu geben, interessant zu sein.« Sie seufzte, dachte nach. »Ich glaube, er hatte all das, was ich an Jacques vermisse. Es war ein wundervoller Abend, bei dem eins zum anderen führte. Schließlich sind wir im Bett gelandet.«

»Wussten Sie, dass Herr Nadicz verheiratet war?«

»Ja. Er hat es mir gleich zu Beginn gesagt. Aber er wollte sich von seiner Frau trennen. Schon lange, nicht nur wegen mir. Wie auch immer – ich habe es genossen. Zum ersten Mal seit Jahren habe ich mich als Frau wieder begehrenswert gefühlt. Ohne Lederstrapse und Fesseln. Sie ahnen nicht, wie befreiend das für mich war.«

»Ich kann es mir vorstellen«, sagte Emilia. »Wie ging es danach weiter? Ist es bei dieser einen Nacht geblieben?«

Madelaine Willemburg schüttelte den Kopf. »Simon hat mich als Verkaufstrainerin engagiert. Von da an war ich regelmäßig in Genf – und mit ihm im Bett.«

»Weiß Ihr Mann davon?«

»Ich habe es Jacques nicht gerade unter die Nase gerieben, dass ich ihn betrüge. Aber ich war auch nicht übertrieben vorsichtig. Irgendwie wollte ich sogar, dass er es mitbekommt. Schließlich geht auch er oft genug fremd. Ich wollte, dass er merkt, dass ich für andere Männer sehr wohl noch attraktiv bin.« Wieder tupfte sie sich mit dem zerknüllten Taschentuch in ihrer Hand die Augen trocken. Der Kajal war verlaufen, sie sah schrecklich aus. »Vor etwa vier Wochen hat er es dann tatsächlich herausgefunden. Er hat an meinem Handy die Whatsapp-Nachrichten mit Simon gesehen und mich zur Rede gestellt.«

»Wie hat er reagiert?«

Madelaine Willemburg schluckte. »Er war zwar sauer, aber ich glaube, er hat auch irgendwie eingesehen, dass mir dasselbe Recht zusteht wie ihm. Allerdings ist er schier ausgerastet, als ich ihm gesagt habe, dass ich die Scheidung will. Ich denke schon lange darüber nach – seit Jacques' erstem Seitensprung. Aber ich hatte nie den Mut dazu, weil ich hoffte, dass wir irgendwie wieder zueinanderfinden. Als ich dann selbst meine Affäre begann, wurde mir klar, dass meine Ehe keinen Sinn mehr ergibt.«

»Warum wurde ihr Mann so sauer, als Sie die Scheidung ansprachen?«, fragte Emilia. »Wäre eine Trennung nicht auch für ihn in gewisser Weise befreiend?«

»Jacques ist ein brillanter Wissenschaftler, aber ich habe das Geld in die Ehe eingebracht. Ich sagte ihm, dass ich meinen Anteil an der Firma und an unserem Privatvermögen ausbezahlt bekommen will. Das sieht unser Ehevertrag ausdrücklich so vor. Ich schätze, das hat ihm nicht besonders gut gefallen. Er müsste sich dafür entweder einen neuen Geschäftspartner suchen oder Kredite aufnehmen.«

Emilia nickte nachdenklich. Die Aussage rückte den Nadicz-Mord in ein neues Licht. Vor allem zeigte sie ein mögliches Motiv auf. »Frau Willemburg, halten Sie es für möglich, dass Ihr Mann Simon Nadicz umgebracht hat?«, fragte sie. »Aus Eifersucht oder weil er befürchten musste, durch die Scheidung in finanzielle Schwierigkeiten zu geraten?«

Sekundenlang sagte Madelaine Willemburg kein Wort. Sie starrte nur wieder trüb vor sich hin, fast wie entrückt. Schließlich schüttelte sie den Kopf. »Jacques war wütend auf Simon, und ich kann mir vorstellen, dass er ihm gerne ein paar Knochen gebrochen hätte. Aber Mord? Noch dazu mit einer Kettensäge? Das hätte Jacques niemals getan. Da bin ich mir absolut sicher.«

41

Auf dem Rückweg von Starnberg nach München musste Avram erst einmal seine Gedanken sortieren. Monatelang hatte er Nachforschungen zum Tod seines Bruders und seines Sohns angestellt, ohne wirklich voranzukommen. Jetzt häuften sich plötzlich die Hinweise in einem Maß, das er kaum bewältigen konnte.

Unter Druck hatte Walther Danzer doch noch zugegeben, von Theo Krummknechts Tötungsvideo gewusst zu haben. Allerdings war er selbst nicht daran beteiligt gewesen. Zumindest behauptete er das, und Avram neigte dazu, ihm zu glauben, wenn er daran dachte, wie dieser bullige Kerl vor ihm zusammengebrochen war. Mit dem Waffenlauf an der Schläfe war er flehend auf die Knie gefallen und hatte erzählt, wie Theo Krummknecht ihn kurz vor seiner Verhaftung bezüglich des Videos ins Vertrauen gezogen hatte. Dabei war auch ein Name gefallen – Konrad Falkner –, eine Art Kontaktmann zu demjenigen, der damals das Video mit der brennenden Frau erstellt hatte.

Obwohl Theo Krummknecht längst tot war und auf dem Augsburger Nordfriedhof begraben lag, riss die Spur dieses Films nicht ab. Der nächste konsequente Schritt bestand für Avram nun darin, diesen Konrad Falkner ausfindig zu machen. Damals hatte er laut Danzers Aussage in Hallbergmoos am Münchner Flughafen gewohnt, nicht weit von der Stelle entfernt, an der die verkohlte Frauenleiche gefunden worden war. Das war immerhin ein Ansatzpunkt.

Avram verlangsamte sein Tempo, weil vor ihm ein Traktor fuhr. Er fragte sich, ob es richtig gewesen war, Danzer am Leben zu lassen. Er hatte sich ihm zwar unter falschem Namen vorgestellt, und auch der Mietwagen würde keine Rückschlüsse auf seine wahre Identität zulassen, aber der Immobilienmakler kannte sein Gesicht und sein nächstes Ziel. Ihn zu erschießen wäre die sicherere Variante gewesen.

Vielleicht werde ich allmählich zu weich für den Job.

Aber jetzt war es zu spät, sich darüber Sorgen zu machen. Avram hatte sich entschieden, nun musste er mit den Konsequenzen leben. Er hoffte, Danzer mit seiner Waffe genug Angst eingejagt zu haben, dass er dichthalten würde.

Die Gegenspur wurde frei, und Avram überholte den Traktor. Er wollte zunächst zurück in sein Hotel, um beim Essen nach der aktuellen Adresse von Konrad Falkner zu recherchieren. Deshalb schlug er hinter Pasing den Weg in die Münchner Innenstadt ein.

Seine Gedanken wanderten zu dem letzten Telefonat mit Rutger Bjorndahl vor kaum zwei Stunden. Inzwischen gab es nicht nur Theo Krummknecht, sondern sieben weitere Mörder, die Bjorndahl identifiziert hatte. Sieben Personen, die Avram möglicherweise zu Belials Hintermännern führen konnten. Falls er Konrad Falkner nicht fand, wo sollte er dann weitermachen? Er konnte unmöglich allen sieben Spuren alleine nachgehen, zumal ein paar von ihnen ins Ausland führten. Das würde Wochen, wenn nicht gar Monate dauern. Für einen raschen Erfolg würde er Hilfe brauchen.

Avram hatte soeben die Münchner Altstadt erreicht, als sein Handy summte – nicht das Klingelzeichen für einen Anruf, sondern das Signal für eine eingegangene Nachricht auf seinem Notfall-Account.

Wenn dieser Ton anschlug, musste es wichtig sein.

An der nächsten Einfahrt fuhr Avram rechts ran und prüfte seine neueste Mail. Sie stammte von Nadja.

Avram hatte ihr die Notfall-Adresse schon im Sommer gegeben, kurz nach ihrer Befreiung aus Belials Verlies, damit sie ihm eine Nachricht hinterlassen konnte, falls sie Unterstützung in der schweren Zeit nach Gorans und Saschas Tod benötigte. Zweimal hatte Nadja sich damals gemeldet, zweimal hatte Avram ihr nicht geantwortet, weil er selbst genug unter den Folgen des Verlusts gelitten und sich außerstande gefühlt hatte, ihr zu helfen. All das ging ihm durch den Kopf, als er ihre neueste Nachricht öffnete.

Bitte melde dich bei mir! Ich brauche Urlaub, und zwar dringend! Nadja.

Avram spürte, wie sich sein Magen zusammenzog.

Urlaub – das vereinbarte Codewort für drohende Gefahr.

Dringend.

Es musste etwas vorgefallen sein!

Avram beendete das Mailprogramm und wählte die Nummer des Kuyperhofs. Nadja nahm sofort ab.

»Ich glaube, wir werden beobachtet«, berichtete sie ohne Umschweife. »Heute Morgen beim Autofahren und auch jetzt noch. Vielleicht bilde ich es mir auch nur ein, aber ich habe Angst. Nicht nur um mich, auch um Akina. Sie ist in der Schule, und du weißt, was mit Sascha passiert ist ...«

Sie brach ab. Avram konnte nur noch ihren Atem hören, schnell, beinahe hektisch. Er spürte, dass sie mit den Tränen kämpfte. Sascha war damals aus der Schule entführt und in Belials Verlies verschleppt worden. Der Gedanke daran trieb Avram einen eiskalten Schauder über den Rücken.

»Konntest du jemanden erkennen?«, fragte er.

Nadja zögerte. »Nicht genau«, sagte sie. »Es war ein junger Mann, Mitte zwanzig, schätze ich. Er fährt einen VW

Passat mit Hamburger Kennzeichen und Sixt-Aufdruck. Als ich heute Morgen beim Bäcker in Oberaiching war, ist mir der Kerl zum ersten Mal aufgefallen. Er ist mir auf Esthers und Ludwigs Hof entgegengekommen. Eine Stunde später habe ich ihn noch mal gesehen, bei meiner Einkaufstour. Er stand beim Getränkemarkt, auf der gegenüberliegenden Straßenseite.«

»Kannst du dich an das Kennzeichen erinnern?«

»Wie gesagt, es hat mit HH begonnen, und ich glaube, es war eine Fünf drin.«

Das war zu vage, um damit etwas anfangen zu können.

»Kannst du dich an das Gesicht des Fahrers erinnern?«

»Nicht richtig. Als ich näher gekommen bin, ist er verschwunden. Und heute Morgen habe ich noch gar nicht auf den Fahrer geachtet. Da ist mir nur der Sixt-Wagen aufgefallen.«

Avram dachte nach. Was Nadja berichtete, konnte ein einfacher Zufall gewesen sein. Genauso war es aber auch möglich, dass sie tatsächlich beobachtet wurde.

»Hast du schon in der Schule angerufen, ob Akina noch dort ist?«, fragte er.

»Nein.«

»Dann tu das. Hol sie unter einem Vorwand ab. Behaupte, dass du mit ihr zum Arzt musst. Dann fahrt ihr nach München in die Innenstadt. Geht irgendwohin, wo viele Menschen sind, am besten in die Fußgängerzone. Nimm das Handy mit, damit ich mich später bei dir melden kann. Fahrt auf keinen Fall zurück zum Kuyperhof, hörst du? Ich will zuerst sichergehen, dass dort alles in Ordnung ist.«

Als Avram das Gespräch beendete, hatte er das Gefühl, Nadja ein wenig Zuversicht gegeben zu haben. Bei ihm war es genau umgekehrt. Er war zutiefst beunruhigt.

42

Nach dem Besuch bei der Deutsche-Bank-Filiale wollte Madelaine Willemburg nur noch nach Hause. Sie war völlig durch den Wind. Aber sie versprach, im Lauf des Tages ihre offizielle Aussage zu Protokoll zu geben – sobald sie sich etwas besser fühlte.

Emilia, Ruiz und die beiden Kehler Kripobeamten fuhren zurück zum Präsidium.

In Kommissarin Aygüns Büro berichtete Emilia von ihrem Vier-Augen-Gespräch mit Jacques Willemburgs Gattin.

»Ich glaube nicht, dass Eifersucht in diesem Fall das ausschlaggebende Motiv ist«, sagte Kommissarin Aygün, als Emilia fertig war. »Wenn Jacques Willemburg wirklich keinen Gefallen mehr an seiner Frau findet und selbst andauernd fremdgeht, wird es ihm wohl nicht viel ausmachen, wenn sie sich dasselbe Recht herausnimmt. In Kombination mit der angedrohten Scheidung sieht das aber ganz anders aus.«

»Stimmt ganz genau«, pflichtete Philippe Ruiz ihr bei. Er lehnte neben der Tür an der Wand, eine Hand locker in die Hosentasche gesteckt. »Eine Scheidung würde seine Firma in eine Schieflage bringen, weil er seine Frau auszahlen muss. Für mich ist die Sache damit klar. Am Tatort wurde die Tatwaffe mit seinen Fingerabdrücken sichergestellt. Er kann kein Alibi vorweisen. Und seit heute haben wir ein Motiv – was wollen wir mehr?«

Kommissar Seibert, der neben ihm stand, nickte nachdenklich. »Damit dürfte sich auch die weitere Analyse der

Finanztransaktionen mit der Schweiz erledigt haben«, sagte er. »Hier geht es um keine außer Kontrolle geratene Geschäftsbeziehung zwischen Jacques Willemburg und der AVO-Invest, sondern um einen rein persönlichen Racheakt. Kein Simon Nadicz – keine Scheidung. Und damit kein Problem mehr.«

Emilias Handy klingelte. Sie entschuldigte sich und ging vor die Tür, um das Gespräch anzunehmen. Es war Luc Dorffler, der Analyst aus Lyon.

»Schlechte Nachrichten«, begann er. »Ich habe heute Nacht ein bisschen mit der Verschlüsselung in Belials grünem Buch herumexperimentiert, aber es ist nichts dabei herausgekommen.«

Emilia war in Gedanken noch so bei Jacques und Madelaine Willemburgs zerrissener Ehe, dass sie nicht gleich verstand, worauf er hinauswollte. »Was meinst du damit, Luc?«

»Belial hatte Willemburg doch chiffriert in einem seiner Bücher aufgeführt. Diese durchgestrichene Zeile – *W Kill Eem Burg J*. Ich habe versucht, die Verschlüsselungssystematik auf die anderen Einträge zu übertragen, aber es kommt kein vernünftiges Ergebnis dabei heraus. Entweder hatte Belial ein anderes Verschlüsselungssystem, oder er hatte gar keines.«

»Mit anderen Worten, wir wissen nicht, ob mit diesem Eintrag tatsächlich Jacques Willemburg gemeint ist oder ob es sich nur um eine zufällige Ähnlichkeit handelt«, seufzte Emilia. »Hattest du auch schon Gelegenheit, dir die Fotos von heute Morgen anzuschauen? Die Sachen aus Willemburgs Schrank.«

»Ebenfalls Fehlanzeige«, sagte Dorffler. »Belial hat zwar auch Knebel, Fesseln und Peitschen verwendet, aber das waren keine Sexartikel von der Stange, so wie bei Willemburg.

Tut mir leid. Ich fürchte, diesmal kann ich dir nicht weiterhelfen.«

Emilia bedankte sich, steckte ihr Handy wieder weg und überlegte, welche Konsequenzen sich daraus ergaben.

In Bezug auf den Nadicz-Mord änderte sich nichts – die Beweislage sprach immer noch eindeutig gegen Jacques Willemburg. Doch der einzige echte Hinweis darauf, dass auch ein Zusammenhang mit dem Belial-Fall bestand, hatte gerade massiv an Bedeutung verloren. Alles, was jetzt noch übrig blieb, waren die anonyme E-Mail, die Emilia auf den Nadicz-Mord aufmerksam gemacht hatte, und ein paar vage Parallelen zu der Art, wie Belial seine Opfer getötet hatte.

Unter diesen Umständen würde ihr Chef sie bestimmt nicht an dem Fall weiterarbeiten lassen. Bis Freitag brauchte sie dringend etwas Konkreteres!

Die Tür öffnete sich. Kommissarin Aygün kam aus dem Büro, gefolgt von Philippe Ruiz und Kommissar Seibert.

»Willemburgs Anwalt ist gerade eingetroffen«, sagte sie. »Er wartet unten, im großen Besprechungszimmer. Und er hat Verstärkung dabei.«

Zu viert gingen sie ins Erdgeschoss. Das große Besprechungszimmer war mit einer U-förmigen Tischreihe ausgestattet, an deren offenem Ende ein Flipchartständer, ein paar Pinnwände und eine Leinwand standen.

Jacques Willemburgs schmächtiger Anwalt, Elmar Högler, saß an einem der Tische und unterhielt sich mit einem anderen Mann – großgewachsen, durchtrainiert, Anfang vierzig, mit glatt nach hinten gegeltem Haar und schmalen Lippen. Er trug einen grauen Zweireiher, eine dazu passende Weste, ein marineblaues Haifischkragenhemd, goldene Manschettenknöpfe und einen dazu passenden Stecker im

Revers. Als die Polizisten eintraten, stand er auf und reichte jedem von ihnen mit ernster Miene die Hand.

»Dr. Albert Hentzweller von Hentzweller, Leiffert und Partner in Karlsruhe«, stellte er sich vor. »Herr Högler und sein Mandant haben sich dazu entschlossen, mich in der Mordsache Nadicz zu Rate zu ziehen. Ich bin hier, weil ich ein Gespräch mit Herrn Willemburg führen möchte. Vertraulich, und wenn möglich sofort. Wo kann ich mit ihm reden?«

43

Avram durchfuhr Oberaiching und lenkte seinen Mietwagen kurz nach dem Ortsausgangsschild in die Einfahrt zu den Aussiedlerhöfen. In Gedanken war er immer noch bei dem beunruhigenden Telefonat mit Nadja. Wurde sie tatsächlich beobachtet? Wenn ja, von wem? Bis er wusste, ob sie sich nicht nur etwas einbildete, war Vorsicht geboten.

Flankiert von Viehweiden, fuhr Avram die sanfte Steigung hinauf. Nach einigen hundert Metern erreichte er den Bott'schen Rinderhof. Rechts der Straße befanden sich die Ställe und die Scheune, links das Wohnhaus, das im typisch bayerischen Voralpenstil gehalten war. Auf einem weiß getünchten Sockel saß das mit Holz verkleidete Obergeschoss. An der Vorderfront befand sich eine hübsche, in die Jahre gekommene Fassadenmalerei.

Avram parkte den Wagen neben dem Zaun zum Gemüsegarten und stieg aus. Der Himmel war grau, aber es regnete nicht mehr. Die kalte Novemberluft trug den Geruch von Viehdung mit sich. Im Stall blökten ein paar Rinder.

Sein Blick wanderte weiter die Straße entlang, zum Kamm der Anhöhe hinauf. Dahinter lag, verborgen in einer weitläufigen Senke, der Kuyperhof, der von hier aus allerdings nicht zu sehen war. Aber wer mit dem Auto aus Oberaiching kommend dorthin wollte, musste zwangsläufig bei Esther und Ludwig Bott vorbei. Vielleicht war ihnen etwas Ungewöhnliches aufgefallen.

Er ging zur Haustür und klingelte.

»Augenblick, bin gleich da!«, kam es von drinnen.

Avram hörte Schritte, die treppabwärts kamen, dann öffnete sich die Tür, und Esther Bott stand vor ihm. Sie trug einen blauen, leicht verschmutzten Arbeitsoverall und darunter einen dicken Strickpullover. In ihrem zu einem lockeren Pferdeschwanz zusammengebundenen Haar hatte sich ein Stück Stroh verfangen. Als sie Avram erkannte, verzog sich ihr Mund zu einem warmen Lächeln.

»Ich wusste gar nicht, dass du wieder hier bist«, sagte sie und umarmte ihn. »Seit dem Sommer ist viel Zeit vergangen. Wo bist du so lange gewesen?«

Er überlegte, wie viel Esther wohl wusste. Bestimmt hatte die Polizei sie und Ludwig damals befragt, weil nach ihm gefahndet wurde. Aber er wollte jetzt nicht darüber sprechen. Nicht schon wieder diese traurige Geschichte erzählen, die nur wieder alte Wunden aufriss.

Er war hier, weil er eine Auskunft brauchte.

»Lass uns ein andermal darüber reden«, bat er. »Ich bin hier, weil ich hoffe, dass du und Ludwig mir weiterhelfen könnt. Nadja hatte heute das Gefühl, dass sie auf dem Hof beobachtet wird. Von einem jungen Mann, etwa Mitte zwanzig. Er fuhr einen Mietwagen von Sixt. Ist dir dieser Mann oder das Auto aufgefallen?«

Esther zog die Stirn in Falten, schüttelte aber den Kopf.

»Gab es heute irgendwelche anderen Auffälligkeiten?«, hakte er nach.

Wieder dachte sie ein paar Sekunden lang nach. »Nein«, sagte sie schließlich. »Heute Vormittag war ich die meiste Zeit im Stall. Ludwig hat im Hof den Vorderlader repariert. Vielleicht hat der etwas bemerkt.« Sie drehte sich um und rief nach ihrem Mann, der gleich darauf widerwillig brummend die Treppen herabkam.

Auch Ludwig Bott machte zuerst ein ungläubiges Gesicht. Im Gegensatz zu Esther lächelte er aber nicht, als er Avram erkannte.

»Du solltest nicht hier sein«, sagte er stattdessen. »Die Polizei sucht dich.«

»Ich weiß. Aber ich hatte keine Wahl.«

Ludwig Bott nickte, obwohl er die Hintergründe nicht kennen konnte – das missglückte Attentat, die Flucht aus Amsterdam und Britt Lassgards Festplatte, von der er sich Hinweise auf Belials Komplizen erhoffte.

»Ich bin froh, dass es dir gutgeht«, sagte Ludwig und packte Avram bei den Schultern. »Eine schreckliche Geschichte, die Sache mit Goran und Sascha. Es tut mir so leid!« Er räusperte sich, die Hand mit den drei Fingern wischte eine Träne weg. Esther, die ebenfalls zu weinen begonnen hatte, zog ein Taschentuch aus ihrer Hosentasche und tupfte sich damit die Wangen trocken.

Obwohl die Tränen der beiden schmerzten, tat ihre Anteilnahme gut.

»Ludwig, ist dir heute ein Mietwagen aufgefallen, der hier herumgefahren ist?«, fragte Avram. »Am Steuer muss ein Mann, etwa Mitte zwanzig, gesessen haben. Nadja denkt, dass der Kerl sie verfolgt. Ich muss wissen, ob das stimmt.«

Ludwig Bott kratzte sich mit seiner verunstalteten Hand am Kinn und nickte. »Ja, ich habe den Wagen gesehen«, sagte er nachdenklich. »Er ist ein paarmal die Straße rauf- und runtergefahren. Hinter dem Steuer saß ein junger Kerl, das Alter könnte hinkommen. Ich dachte, er hat sich verfahren, deshalb habe ich mir keine weiteren Gedanken darüber gemacht.«

»Kannst du dich an das Kennzeichen erinnern? Oder an

das Gesicht des Fahrers? An irgendetwas, das mir weiterhelfen könnte?«

Aber Ludwig Bott schüttelte den Kopf. »Wie gesagt: Ich dachte, der Kerl hat sich verirrt. Ich habe kaum auf ihn geachtet.«

Avram unterdrückte ein Seufzen. Esther und Ludwig hatten ihm nicht viel helfen können. Aber immerhin wusste er jetzt, dass Nadja sich nicht nur etwas einbildete.

44

Das Gespräch zwischen Jacques Willemburg und Dr. Hentzweller dauerte nur eine Viertelstunde. Sonderbarerweise fand es ohne Willemburgs eigentlichen Anwalt, Elmar Högler, statt. Der wartete vor der verschlossenen Tür und schien sich wie Emilia zu fragen, was das Ganze sollte.

Beim anschließenden Treffen im großen Besprechungszimmer des Kehler Polizeipräsidiums war er dann wieder dabei. Er saß mit Hentzweller auf der einen Seite der U-förmigen Tischreihe, Emilia, Ruiz sowie die Kommissare Aygün und Seibert hatten auf der anderen Seite Platz genommen. Emilia beobachtete die beiden Anwälte genau. Högler fühlte sich sichtlich unbehaglich, vielleicht weil er sich nicht gerne das Heft aus der Hand nehmen ließ. Hentzweller hingegen schien die Rolle des Wortführers zu genießen. Er verströmte mit jeder Faser Selbstbewusstsein und Souveränität.

»Bevor wir anfangen, mache ich Sie darauf aufmerksam, dass Herr Willemburg ab sofort keine Aussage mehr treffen wird, ohne sich vorher mit mir abgesprochen zu haben«, begann er. »Des Weiteren bitte ich um Nachsicht, dass wir erst jetzt mit Entlastungszeugen aufwarten. Herr Willemburg wollte niemanden kompromittieren, indem er ihn in eine polizeiliche Ermittlung verwickelt. Es gibt zwei Personen, die in der Mordnacht mit Herrn Willemburg zusammen waren. Beide haben sich zu einer Aussage bereit erklärt. Demnach kann Herr Willemburg die Tat nicht begangen haben.«

»Wer sind Ihre Entlastungszeugen?«, fragte Emilia.

Hentzweller stellte seinen Aktenkoffer auf den Tisch und holte einen Stapel Papier heraus. Wie ein Lehrer, der eine Klassenarbeit verteilt, ging er damit in die Mitte der Tische und reichte jedem Polizisten ein Blatt. Walter Egler aus Chemnitz stand darauf, außerdem Franz Brattner aus Stuttgart. Die Namen sagten Emilia nichts, die Anschriften ebenso wenig.

»Beide Herren haben mir gegenüber ihre Zeugenaussage zu Protokoll gegeben«, sagte Hentzweller und verteilte nun auch noch den Rest seines Papierstapels. Alle Anwesenden erhielten ein zusammengetackertes Manuskript von etwa zwanzig Seiten Umfang. »Diesen Protokollen können Sie den Verlauf der Mordnacht entnehmen. Herr Brattner und Herr Egler haben angegeben, zwischen etwa 19.00 Uhr abends und 5.00 Uhr morgens mit meinem Mandanten zusammen gewesen zu sein, und zwar in Herrn Eglers Haus in Chemnitz. Die drei haben sich dort getroffen, um über ein gemeinsames Geschäftsprojekt zu sprechen.«

»Wir werden die Protokolle lesen«, sagte Kommissarin Aygün. »Außerdem müssen wir Herrn Willemburg noch einmal vernehmen, um seine Aussage zu aktualisieren. Ich hoffe, dass es danach keine weiteren Überraschungen gibt.«

Hentzweller hob beschwichtigend eine Hand. »Ich verstehe, dass Sie davon nicht begeistert sind, und ich verspreche Ihnen, dass Herr Willemburg von nun an uneingeschränkt kooperieren wird. Wie bereits gesagt: Er wollte seine Alibi-Zeugen nicht in diesen Mordfall verwickeln, ehe er sicher sein konnte, dass sie damit einverstanden sind. Sie sind gewissermaßen Personen des öffentlichen Interesses, vor allem Herr Brattner.«

»Gibt es sonst noch etwas, das Sie uns im Namen Ihres Mandanten sagen möchten?«

»Nein, das wäre im Moment alles. Allerdings möchte ich Sie bitten, den Fall mit der nötigen Dringlichkeit zu behandeln. Wie Sie wissen, ist Herr Willemburg Inhaber eines Unternehmens, das seiner Führung bedarf.«

Emilia zählte stumm bis zehn. Sie hasste diesen lehrerhaften Ton.

»Wir werden Herrn Willemburg freilassen, sobald wir alle Aussagen geprüft haben und wir zu dem Ergebnis kommen, dass er unschuldig ist«, sagte Kommissarin Aygün.

Hentzweller nickte mit aufgesetzter Freundlichkeit. »Ich bin sicher, Sie werden Ihr Bestes tun. Bürgermeister Gollbert würde es bestimmt nicht gefallen, wenn jemand, der seine Partei seit Jahren finanziell unterstützt, trotz entlastender Fakten hier festgehalten wird. Ich lasse Ihnen meine Visitenkarte hier. Bitte melden Sie sich, sobald Herr Willemburg zur nächsten Vernehmung geholt wird.«

45

Avram fuhr vom Bott'schen Hof aus zum Kuyperhof weiter, um dort nach dem Rechten zu sehen. Vom Auto aus rief er Nadja an, um sich zu vergewissern, dass alles in Ordnung war. Sie hatte, wie vereinbart, Akina von der Schule abgeholt und schlenderte gerade mit ihr über den Münchner Marienplatz. Die Frage, ob sie immer noch den Eindruck hatte, verfolgt zu werden, verneinte sie. Seit sie sich in der Innenstadt befand, hatte sie den Mann nicht mehr gesehen, der ihr am Morgen in seinem Mietwagen aufgefallen war. Sie hatte auch keine anderen Verfolger bemerkt. Im Moment fühlte sie sich sicher.

Avram sagte ihr, dass er sich später wieder melden würde, sobald er davon überzeugt war, dass auch auf dem Hof keine Gefahr bestand. Er fragte sie noch, wo er im Haus ein Fernglas finden könne, dann beendete er das Telefonat und parkte den Wagen neben den beiden stillgelegten Futtersilos.

Das Anwesen wirkte verlassen. Weder der von Nadja beschriebene Mann noch der Mietwagen waren zu sehen. Avrams Instinkt gab Entwarnung. Dennoch wollte er lieber vorsichtig sein.

Mit der entsicherten Pistole in der Hand inspizierte er im Uhrzeigersinn den Geräteschuppen, den Pferdestall und die zum Hof hin offene Scheune, aber er fand nichts, was ihm verdächtig vorkam.

Danach nahm er sich das Wohnhaus vor. Da er keinen Schlüssel besaß, verschaffte er sich Zutritt über den Kellereingang auf der Rückseite des Gebäudes. Mit seinem Taschenmesser hatte er es innerhalb einer Sekunde problemlos geöffnet. Allerdings quietschte das Scharnier, so dass er die Tür nur langsam, Zentimeter für Zentimeter, öffnen konnte.

Genau wie im Sommer, dachte er.

Damals hatte er das Haus leer vorgefunden, weil Sascha und Nadja entführt worden waren und Akina sich in den Wald geflüchtet hatte. Goran hatte zu diesem Zeitpunkt schon tot in einem Hotelzimmer in Frankfurt gelegen. Er hatte sich selbst eine Kugel in den Kopf gejagt, weil er das Leid nicht mehr ertragen konnte, in das er seine Familie gestürzt hatte.

Die Erinnerung an das leere Haus trieb Avram einen kalten Schauer über den Rücken, während er auf Zehenspitzen den unaufgeräumten Rumpelkeller durchquerte. In der Tür zum Gang hielt er inne, um zu lauschen. Nichts war zu hören. Mit der Waffe im Anschlag schlich Avram weiter zur Treppe, die an der Innenseite der Vorderwand nach oben führte und neben der Eingangstür endete. Der weitläufige Wohn- und Essbereich mit der offenen Eckküche stand leer. Vorsichtshalber ging Avram auch noch durch den Flur in den anderen Gebäudetrakt, wo er das Bügelzimmer, die Toiletten und die obere Etage in Augenschein nahm.

Niemand befand sich im Haus – immerhin etwas. Allerdings konnte es sein, dass jemand draußen auf der Lauer lag.

Avram fand Nadjas Fernglas in einer Kommodenschublade im Gästezimmer, genau dort, wo sie es beschrieben hatte. Damit ging er wieder nach oben und beobachtete nacheinander durch sämtliche Fenster des Obergeschosses das umliegende Gelände. Akina hatte ein Fenster nach vorne, zum Hof hin. Von hier aus sah man über den Pferdestall hinweg bis zur Apfelwiese und zur Koppel, an deren oberem Ende der Wald angrenzte. Es war niemand zu sehen.

Akinas zweites Fenster zeigte zur Ulmenallee, die von hier aus zum Wolfhammerhof führte. Daneben lag der Waidbach, der leise plätschernd unter der kleinen Brücke hindurch führte und hinter dem Haus verschwand. Obwohl die mächtigen Ulmen schon die meisten Blätter verloren hatten, war durch das dichte Geäst kaum etwas von der Straße zu erkennen. Falls sich dort jemand versteckte, hatte er gute Chancen, von hier aus nicht gesehen zu werden.

Etwas besser war die Sicht aus dem Büro hinters Haus und aus dem Schlafzimmer auf die Zubringerstraße nach Oberaiching, über die Avram gekommen war. Aber er machte sich nichts vor. Im Umkreis von einem Kilometer gab es genug gute Verstecke für eine ganze Kompanie. Wenn er sichergehen wollte, dass dort draußen niemand auf der Lauer lag, würde er mehr brauchen als nur ein Fernglas: Wärmesensoren, Infrarotkameras, Bewegungsmelder.

Er wusste auch schon, wo er das alles besorgen konnte.

46

Emilia saß eingequetscht zwischen ihrem Stuhl und dem Besprechungstisch in Kommissarin Aygüns Büro und studierte die Unterlagen, die Jacques Willemburgs zweiter Anwalt, Dr. Hentzweller, ihnen gegeben hatte – die Zeugenaussagen von Franz Brattner und Walter Egler. Hentzweller selbst war glücklicherweise wieder weg. Bis sein Mandant erneut vernommen wurde, wollte er in der Stadt etwas essen.

Emilia versuchte, sich auf ihre Dokumente zu konzentrieren, aber es wollte ihr nicht so recht gelingen. Der Geräuschpegel im Zimmer störte sie. Kommissarin Aygün stand am Fenster und telefonierte gerade mit ihrem Chef, um das weitere Vorgehen in Bezug auf Jacques Willemburg abzustimmen. Kommissar Seibert und Philippe Ruiz saßen Emilia gegenüber und diskutierten einzelne Passagen aus Hentzwellers Unterlagen. Emilia spürte hinter ihren Augäpfeln wachsenden Druck.

Bitte nicht schon wieder Kopfweh!

»Ich bin kurz mal draußen«, sagte sie zu den anderen. Sie klemmte ihre Sachen unter den Arm, hängte sich ihre Handtasche um und verließ das Büro.

Zuerst schnappte sie vor der Eingangstür zum Präsidium frische Luft. Aber da sie ihre Jacke nicht dabeihatte, wurde ihr schnell kalt, deshalb ging sie wieder nach drinnen.

Im zweiten Stock gab es eine gemütliche Sitzecke mit einem Kaffeeautomaten. Dort holte sie sich einen Espresso und setzte sich an einen der fünf leerstehenden Tische.

Endlich Ruhe!
Sie nippte an ihrem Plastikbecher und nahm willkürlich eine der beiden Zeugenaussagen zur Hand. Es war die von Franz Brattner aus Stuttgart. Er war fünfundfünfzig Jahre alt, alleinstehend und seit 2006 Mitglied des Landtags von Baden-Württemberg. Um seine Glaubwürdigkeit zu unterstreichen, hatte Hentzweller auch einige außerpolitische Ämter Brattners aufgeführt: Vorsitzender des Heimatvertriebenenverbunds, Aufsichtsratsmitglied zweier namhafter Automobilzulieferer, dauerhaftes Ehrenmitglied im Komitee für Forschung, Entwicklung und Ethik, Ehrenprofessor am Lehrstuhl für Virtuelle Produktentwicklung an der Technischen Universität Kaiserslautern und etliches mehr. Brattner schien ein vielbeschäftigter Mann zu sein. Umso erstaunlicher, dass er es geschafft hatte, für Jacques Willemburg so schnell eine Zeugenaussage abzugeben.

Warum war ihm das so wichtig gewesen? Was verband ihn mit Willemburg? In den Unterlagen stand nur, dass die beiden sich vor einigen Jahren auf der Industriemesse in Hannover kennengelernt hatten und seitdem einen losen Kontakt pflegten. War das tatsächlich alles?

Emilia machte sich eine Notiz am Blattrand und las weiter.

Brattners Zeugenaussage umfasste insgesamt zwölf DIN-A4-Seiten. Mit jedem Wort vervollständigte sich das Bild jenes Abends, an dem die drei Männer sich bei Walter Egler in Chemnitz getroffen hatten. Brattner war gegen 19.30 Uhr als Letzter angekommen. Danach hatten sie einen kleinen Umtrunk im Wohnzimmer genommen, den üblichen Smalltalk gehalten und schließlich gegen 20.00 Uhr damit begonnen, die geschäftlichen Dinge zu besprechen. Etwa um 22.00 Uhr hatte die Gruppe eine Pause eingelegt.

Brattner hatte auf der Veranda geraucht, Willemburg und Egler waren drinnen geblieben, um ein Feuer im Kamin anzuzünden. Danach war die Besprechung weitergegangen, ungefähr bis ein Uhr nachts. Um diese Zeit hatten die drei Männer sich überlegt, die Diskussion am nächsten Tag weiterzuführen, aber da die Stimmung gut und noch niemand wirklich müde gewesen war, hatte man beschlossen, noch ein bisschen länger zusammenzusitzen. Gegen zwei Uhr nachts hatte Willemburg dann einige Filmdokumentationen an seinem Laptop abgespielt, um die Ergebnisse des Forschungsprojekts zu demonstrieren, um das es in der Besprechung gegangen war. Ziemlich genau um fünf Uhr morgens hatte die Runde sich aufgelöst.

Emilia griff zu ihrem Espresso, der inzwischen nur noch lauwarm war und nicht mehr richtig schmeckte. Nachdenklich spielte sie mit einer Haarsträhne. Aus der Zeugenaussage ging hervor, dass Brattner Jacques Willemburg an diesem Abend nie länger als ein paar Minuten aus den Augen gelassen hatte. Das Protokoll schloss mit den Worten, dass Brattner bereit sei, seine Aussage vor Gericht zu wiederholen, auch unter Eid.

Wenn die Besprechung tatsächlich so stattgefunden hatte, konnte Willemburg den Mord nicht begangen haben.

In der nächsten Viertelstunde nahm sie sich die Aussage von Walter Egler vor, dem Mann, bei dem das Treffen stattgefunden hatte. Er war siebenundfünfzig Jahre alt, verwitwet und stadtbekannter Chemnitzer Unternehmer. Das Protokoll hatte zwar einen anderen Wortlaut, war inhaltlich aber nahezu identisch. Der einzige Unterschied bestand darin, dass Egler auch die Ankunftszeit von Jacques Willemburg nannte – etwa 19.00 Uhr – und dass er die Besprechungspausen anders genutzt hatte. Unter dem Strich bestätigte die Aussage jedoch den Ablauf des Abends bis spät in die Nacht – und damit Jacques Willemburgs Unschuld.

Emilia sah von ihrer Unterlage auf, als Schritte sich näherten. Philippe Ruiz kam gerade den Gang entlang.

»Aha, hier stecken Sie also«, sagte er. »Ich habe Sie schon überall gesucht. Kommissarin Aygün hat Willemburg ins Vernehmungszimmer bringen lassen. Hentzweller weiß Bescheid. Ich dachte mir, Sie wollen bestimmt auch dabei sein.«

47

Avrams Handy klingelte. Im Display stand die Nummer von Clara Winterfeld.

»Danke, dass du dich meldest, Clara«, sagte Avram. »Ich dachte schon, du bist womöglich verreist.« Er hatte ihr vor einer halben Stunde aufs Band gesprochen und um Rückruf gebeten.

»Ich war mit Rogoff beim Juwelier«, entgegnete sie. »Ein bisschen Schmuck kaufen. Was soll man in meinem Alter sonst noch mit seinem Geld anfangen?« In ihrer Stimme schwang Freude mit, wie immer, wenn sie mit Avram sprach.

»Wenn Rogoff dabei war, seid ihr zumindest nicht überfallen worden«, sagte Avram. Die Vorstellung, wie die beiden einkaufen gewesen waren, amüsierte ihn. Die fünfundsiebzigjährige Clara Winterfeld, zart, aber resolut, mit ihrem weißen, hochgesteckten Haar und Kleidern, wie sie zu Zeiten der Gründerjahre einmal modern gewesen waren. Und daneben Rogoff, ein ehemaliger russischer Geheimdienstagent mit der Statur eines Bären. Ungleicher hätten zwei Menschen kaum sein können.

Avram erklärte Clara seine Situation. »Der Punkt ist, dass ich wieder einmal Equipment von dir brauche«, schloss er. »Ein Rundum-Sorglospaket für den Fall, dass man sich im eigenen Haus nicht mehr sicher fühlt. Gibt dein Keller das her?«

Clara Winterfeld hatte Avram in den vielen Jahren ihrer Zusammenarbeit schon oft mit Ausrüstung versorgt –

Waffen, Munition, Kameras, Wanzen, kurz, alles, was er in seinem Job benötigte. Seit einiger Zeit hatte sie sich altershalber aus dem aktiven Geschäft zurückgezogen, zumindest behauptete sie das. Aber ihr Vorratskeller war immer noch gut bestückt. Wann immer Avram etwas von ihr benötigte, bekam er es auch.

»Ich denke, ich hätte da schon ein paar passende Dinge für dich«, sagte Clara. »Ich habe mehrere Alarmanlagen vorrätig, verschiedene Arten von Fenstersicherungssystemen und Schließanlagen, Videoüberwachung, Zugriffskontrollsysteme und natürlich solche Sachen wie Wärmebildkameras und Bewegungsmelder. Was willst du davon haben?«

Nach kurzem Nachdenken entschied Avram sich für ein Fenster- und Türalarmsystem, das im Falle eines Einbruchs ein akustisches Warnsignal auslöste und gleichzeitig einen stummen Alarm zur Polizei oder zu einem privaten Sicherheitsdienst absetzte. Das würde ausreichen, damit Nadja und Akina sich in ihren eigenen vier Wänden wieder wohl fühlen konnten.

»Ich würde die Sachen am liebsten gleich abholen, geht das?«, fragte Avram.

»Kein Problem. Rogoff wird alles zusammenpacken.«

»Du bist ein Schatz, Clara. In einer knappen Stunde komme ich vorbei.«

In der Küche aß Avram ein Brot im Stehen, weil er spürte, wie sein Magen knurrte. Währenddessen las er die letzte E-Mail von Rutger Bjorndahl: Die Namen und die letzten bekannten Aufenthaltsorte der sieben neu identifizierten Mörder: Leif Henningsson/Stockholm, Pierre Boccarée/Paris, Asim Ghazi/Frankfurt, Lew Ibranov/Hamburg, Ottokar Fahrion/Hamburg, Hubert Wagleitner/München, Vinzenz Krafft/Berlin.

Keiner der Namen sagte Avram etwas, und aus den Orten konnte er kein Muster herauslesen. Dennoch war er froh, diese Liste zu besitzen. Sobald er Theo Krummknechts Spur bis zum Ende zurückverfolgt hatte, würde er sich um den anderen Abschaum kümmern.

Aber zuallererst wollte er die Sicherheitsausrüstung von Clara Winterfeld abholen. Er verließ das Haus durch den Vordereingang, stieg die fünf Steinstufen zum Hof hinab und ging zu den alten Silos hinüber, wo das Auto parkte.

Kaum saß er drinnen, tauchte eine Gestalt wie aus dem Nichts am Beifahrerfenster auf. Der Lauf einer großkalibrigen Pistole richtete sich durch die geschlossene Scheibe direkt auf seinen Kopf.

»Hände nach oben!« Es war eine Männerstimme, hektisch und aufgeregt. »Ganz langsam, damit ich sie sehen kann!«

Avram gehorchte. Der Kerl mit der Pistole schien so angespannt, dass er womöglich schon aus geringstem Anlass abdrücken würde. Es war besser, den Anweisungen Folge zu leisten, zumindest fürs Erste.

Der Mann kam um die Kühlerhaube herum. Wäre der Motor gelaufen, hätte Avram einfach Gas gegeben. So aber blieb ihm nichts anderes übrig, als zu warten, bis sich eine Chance ergab, das Blatt zu wenden.

Avram registrierte jede Bewegung des Mannes. Sehr wahrscheinlich handelte es sich um den Kerl, den Nadja heute Morgen gesehen hatte. Er war Anfang zwanzig, etwa 1,80 Meter groß und schlaksig, das konnte man trotz seiner dicken Daunenjacke erkennen. Die Pistole, eine .44er Magnum, wirkte in seiner knochigen Faust viel zu groß. Sein rötliches Haar und die bleiche Haut ließen ihn irgendwie krank aussehen.

Etwas an seinen Gesichtszügen kam Avram vage bekannt

vor. Die hohen Wangenknochen, die weit auseinanderstehenden Augen, die Haarfarbe, der blasse Teint ... Aber im Moment kam er nicht darauf, wo er den Burschen schon einmal gesehen haben könnte.

Der fuchtelte wieder nervös mit der Waffe herum. Ein Anfänger, keine Frage! Allerdings würde auf diese geringe Entfernung nicht einmal er danebenschießen.

»Steigen Sie jetzt aus! Aber langsam!«, befahl der Rotschopf. »Nur mit einer Hand. Ich will, dass die andere oben bleibt!«

Avram zögerte – bewusst, um ihn weiter zu verunsichern. Betont langsam ließ er die linke Hand zum Türgriff sinken. »Die Tür klemmt«, log er, nicht ohne Herzklopfen. »Lassen Sie mich auch die andere Hand benutzen, damit ich aussteigen kann.«

Der junge Mann dachte eine Sekunde nach. »Nein! Beide Hände wieder nach oben! Ich werde die Tür öffnen.«

Darauf hatte Avram spekuliert. Genau in dem Moment, als das Schloss aufsprang, rammte er die Tür mit solcher Wucht gegen den Körper des anderen, dass dieser das Gleichgewicht verlor und benommen nach hinten torkelte. Vom plötzlichen Schmerz überrascht, hielt er sich den Bauch an der Stelle, wo er getroffen worden war.

Die Pistole zeigte jetzt auf den Boden. Bis der Junge den Schreck überwunden und sich wieder im Griff hatte, dauerte es zwar nur ein oder zwei Sekunden, doch da hatte Avram schon seine eigene Waffe gezogen. Mit ruhiger Hand zielte er auf den tollpatschigen Burschen, der sich im ersten Moment reflexartig zur Wehr setzen wollte, dann aber erkannte, dass er seine Chance vertan hatte.

»Lass die Pistole fallen«, befahl Avram, während er aus dem Wagen stieg.

Der Rothaarige verzog das Gesicht zu einer wütenden Grimasse, aber er gehorchte.

»Jetzt geh' ein paar Schritte nach hinten«, sagte Avram. Im selben Tempo, wie der junge Mann rückwärts ging, folgte Avram ihm bis zu der auf dem Boden liegenden Magnum. Er hob sie auf und steckte sie in seine Jackentasche, ohne den anderen aus dem Visier zu lassen.

Wer war der Grünschnabel? Was wollte er? Und vor allem: Woher kannte Avram sein Gesicht?

»Nimm die Hände hinter den Kopf und geh zum Haus«, befahl Avram. »Ich habe ein paar Fragen an dich, und ich will von dir die Antworten hören.«

Drinnen schob Avram einen Stuhl vom Esstisch weg und ließ den anderen darauf Platz nehmen. Auf Fesseln verzichtete er, weil der Junge die Hosen so gestrichen voll hatte, dass er vor lauter Angst kaum noch laufen konnte. Am ganzen Leib zitternd hockte er vor ihm, ein Häufchen Elend mit nagenden Selbstzweifeln, stinkwütend auf Avram und noch mehr auf sich selbst wegen seiner eigenen Unfähigkeit. Sein gekniffener Blick sollte wohl Furchtlosigkeit demonstrieren, bewirkte aber das genaue Gegenteil.

Avram rückte einen zweiten Stuhl zurecht, setzte sich und legte die Hand mit der Pistole auf seinen Oberschenkeln ab. »Du verfolgst meine Schwägerin«, sagte er. »Sie hat dich heute Morgen gesehen. Wer bist du?«

Der Junge presste trotzig die Lippen zusammen. Aus mir bekommst du nichts heraus, sollte das wohl bedeuten.

»Willst du tatsächlich, dass ich dir weh tue?«, fragte Avram. Er machte eine Bewegung mit der Pistole, um seine Worte zu unterstreichen.

»Du kannst mich mal!«

Der übliche Widerstand zu Beginn vieler Befragungen – die Testphase, um auszuloten, wie ernst der andere es meinte.

Avram stand auf und versetzte dem Bengel zwei kräftige Ohrfeigen. Sein Kopf flog hin und her, sofort färbten sich seine Wangen rot. Ein dünner Blutfaden rann ihm zum Kinn, weil ihm durch die Schläge die Lippe aufgeplatzt war.

»Ich hoffe, das reicht, damit du verstehst, dass ich keinen Spaß verstehe«, sagte Avram. »Können wir jetzt reden, oder brauchst du noch mehr?«

Der Junge schluckte. Er sah Avram von unten herauf an wie ein verängstigtes Reh. Nicht mehr viel, und er würde in Tränen ausbrechen.

Dabei habe ich noch nicht mal richtig angefangen!

Avram setzte sich wieder und gab seinem Gegenüber ein paar Sekunden Zeit, um einen klaren Kopf zu bekommen. »Fangen wir mit deinem Namen an«, sagte er schließlich. »Wie heißt du?«

»Jury«, antwortete der Junge und wischte sich das Blut vom Kinn.

»Wie weiter?«

»Worodin.«

Natürlich!

Die blasse Haut, das rötliche Haar, die weit auseinanderstehenden Augen – Jury Worodin war eine jüngere Version seines Vaters, zumindest optisch. Seine Härte hatte er offenbar nicht geerbt.

»Was willst du hier?«, wollte Avram wissen. »Bist du nur hinter mir her, oder hast du es auch auf meine Schwägerin und meine Nichte abgesehen?«

Der Grünschnabel machte ein Gesicht, als wolle er auf den Boden spucken. »Deine Verwandtschaft interessiert mich einen Scheiß! Aber dir hätte ich liebend gern eine Kugel zwischen die Augen gejagt!«

Der Trotz gewann wieder Oberhand. Avram winkte noch einmal mit seiner Pistole, um das Kräfteverhältnis klarzumachen. Sofort senkte Worodin junior wieder den Blick.

Dass er sauer war, konnte Avram gut nachvollziehen. Der Junge hielt ihn für den Mörder seines Vaters und seiner Schwester. In seinem Alter hätte er vielleicht genauso hitzköpfig gehandelt.

»Hat deine Mutter dich geschickt?«, fragte Avram.

Den Blick immer noch auf den Fußboden gerichtet, verzog sich Jury Worodins Gesicht zu einer abfälligen Maske. »Die würde mir so etwas nie zutrauen.«

Avram glaubte das sofort. Mit seiner Laienhaftigkeit brachte der Junge sich nur selbst in Gefahr.

»Wer hat dich dann beauftragt, mich zu töten?«

Worodin schnaubte. »Stell dir vor, auf die Idee bin ich ganz alleine gekommen. Um meinen Vater ist es nicht schade. Aber ich dachte, es würde mir irgendwie guttun, den Mörder meiner Schwester umzubringen.« Plötzlich begann er zu weinen. »Ava war erst acht Jahre alt«, wisperte er. »Ich hoffe, du schmorst dafür in der Hölle.«

Avram sah ihn aus seinen stahlgrauen Augen an. »Ich habe deine Schwester nicht getötet«, sagte er. »Deine Mutter hat zwei Männer beauftragt, deinen Vater umzubringen. Der andere war schneller als ich. Und es war ihm gleichgültig, wer dabei noch ums Leben kommt. Du magst es mir vielleicht nicht glauben, aber es ist die Wahrheit.«

»Es spielt keine Rolle, was ich glaube. Meine Mutter hält dich für den Mörder ihrer Tochter. Das ist alles, was zählt. Wenn sie dich lebend zu fassen bekommt, wird sie dir bei lebendigem Leib die Haut abziehen lassen. Das ist keine

Metapher. Wenn es um Rache geht, ist sie genauso erbarmungslos, wie mein Vater es war. Mutter hat ihre Leute in halb Europa, in jeder größeren Stadt vom Nordkap bis nach Sizilien. Männer, die bisher für meinen Vater gearbeitet haben und ihr jetzt treu sind. Deshalb spielt es auch keine Rolle, wenn Sie mich umbringen. In spätestens vierundzwanzig Stunden sind Sie sowieso tot.«

Falls tatsächlich ein so großer Teil des Tschornej Janwar auf Jekaterina Worodins Befehl hörte, konnte das tatsächlich ein Problem werden.

»Kennst du den zweiten Mann, den deine Mutter beauftragt hat?«, fragte Avram.

Der junge Mann zuckte mit den Schultern. »Er nennt sich Scilla. Viel mehr weiß ich nicht über ihn.«

»Sagt dir Guus Kronjaeger etwas?«

»Nein. Ist das sein richtiger Name?«

»Das denke ich jedenfalls. Hast du den Kerl schon mal gesehen?«

Worodin nickte. »Einmal. Mutter wollte ihn persönlich treffen, bevor sie mit ihm Geschäfte macht. Genau wie bei Ihnen.« Er wechselte wieder zum respektvolleren »Sie«. Avram wertete das als gutes Zeichen.

»Also hast du mich auch schon mal gesehen?«

»Ja. Als Sie uns im Hotel besucht haben.«

Avram erinnerte sich vor allem an Jekaterina Worodins zerschundenes Gesicht. An die kaum verheilten Platzwunden, die blauen Flecken, die Schwellungen. Und an die ausgeschlagenen Zähne. Sergej Worodin hatte sie brutal misshandelt, weil sie nicht in die Scheidung einwilligen wollte.

An ihren Sohn erinnerte Avram sich nicht.

»Ich war im Nebenzimmer und habe durch den Türspalt

das Treffen beobachtet«, sagte Jury Worodin. »Mit einem von Mamas Bodyguards.«

Avram nickte. Ihm war klar gewesen, dass Jekaterina Worodin dort jemanden zu ihrem Schutz postiert gehabt hatte – alles andere wäre in ihrer Situation fahrlässig gewesen. Allerdings war es Avram nicht in den Sinn gekommen, dass sie auch ihren Sohn zu dem Treffen mitnehmen würde.

»Wie hast du herausgefunden, wer ich bin?«, hakte er nach. Auch er hatte einen Decknamen benutzt, aber Kronjaegers Tarnung war offenbar besser gewesen.

»Einer von Mutters Männern hat das getan. Ich weiß nicht genau, wie. Aber er hat gute Kontakte zur Polizei, und irgendwie ist er auf Ihr Fahndungsfoto gestoßen. Als wir Ihren Namen wussten, ergab sich der Rest von allein.«

»Und wie kommt es, dass ausgerechnet du mich gefunden hast?«, fragte Avram.

Ein hämisches Grinsen legte sich auf das Gesicht des jungen Mannes. Zum ersten Mal wagte er es jetzt auch wieder, den Blick zu heben. »Weil außer mir niemand geglaubt hat, dass Sie tatsächlich so blöd sein würden, hierherzukommen, wo Ihr Bruder gelebt hat.«

»Dann ist Dummheit wohl unsere größte Gemeinsamkeit«, raunte Avram. »Ich war bescheuert genug, hier aufzutauchen, und du bist ein solcher Trottel, dass deine eigenen Leute nicht auf dich hören, selbst wenn du einmal den richtigen Riecher hast.«

Allerdings: Wenn diese halbe Portion ihn aufspüren konnte, dann konnten andere das auch. Wie lange würde es dauern, bis der Nächste hier auftauchte? Jemand mit mehr Grips? Jemand, der mit einer Waffe umgehen konnte? Oder war der Junge womöglich gar nicht so dumm, alleine hierherzukommen? Diente er nur als Köder, und Jekaterina

Worodins Gefolgsleute umstellten bereits das Haus? Hierbleiben konnten sie jedenfalls nicht, das war zu gefährlich.

»Steh auf, wir unternehmen eine kleine Spritztour«, sagte Avram. Er erhob sich aus seinem Sitz. »Nimm die Hände hinter den Kopf. Und mach keine Dummheiten!«

»Was haben Sie vor?«, fragte Jury Worodin. Als er aufstand, zitterte er immer noch am ganzen Körper. »Werden Sie mich erschießen?«

»Vielleicht später«, brummte Avram. »Aber vorerst habe ich eine bessere Idee.«

48

Im Vernehmungsraum der Kehler Polizei saßen Emilia und Kommissarin Aygün Jacques Willemburg gegenüber, der von seinen beiden Anwälten flankiert wurde. Die Befragung dauerte bereits eine halbe Stunde. Högler hatte die ganze Zeit über kein Wort gesagt, und auch Hentzweller hielt sich angenehm zurück, weil es schlicht gar nicht nötig war, dass er sich einmischte. Jacques Willemburg schilderte das abendliche Treffen genau so, wie Walter Egler und Franz Brattner es in ihrer Zeugenaussage dargelegt hatten. Er war um 19.00 Uhr in Chemnitz eingetroffen, Franz Brattner eine halbe Stunde später. Anschließend hatten die drei Männer bis tief in die Nacht hinein über geschäftliche Dinge gesprochen.

Alles passte perfekt zusammen.

Nur Willemburgs höhnischer Blick störte Emilia. »Leckt mich doch alle am Arsch, ihr Idioten«, schien er zu sagen. Hinter den Brillengläsern funkelten seine kleinen schlauen Äuglein, als würde er etwas im Schilde führen.

Nur was?

Emilia konnte ihn nicht leiden, und ein Teil von ihr hätte ihn gerne noch ein bisschen länger hierbehalten. Aber im Moment bestand dazu kein Anlass. Es gab weder eine klare Verbindung zu Belial noch zu dem Nadicz-Mord. Jacques Willemburg hatte für die Tatzeit zwei glaubhafte Alibi-Zeugen. Die Kettensäge mit seinen Fingerabdrücken konnte tatsächlich aus seinem Gartenhaus gestohlen worden sein.

Unter dem Strich sprachen mehr Gründe gegen seine Schuld als dafür.

Das wusste auch Hentzweller ganz genau. »Wenn Sie keine weiteren Fragen mehr haben, dürfte wohl nichts mehr gegen die Freilassung meines Mandanten sprechen«, sagte er.

Kommissarin Aygün nickte mit grimmiger Miene. Offenbar gefiel ihr die Überheblichkeit, mit der sie hier behandelt wurden, ebenfalls nicht. »Ich werde die Entlassungspapiere vorbereiten«, sagte sie.

Willemburg wurde von einem Beamten abgeführt. Hentzweller und Högler begleiteten ihn.

Kaum war die Tür ins Schloss gefallen, kamen Philippe Ruiz und Kommissar Seibert herein, die das Verhör durch die Spiegelwand mitverfolgt hatten.

»Alibi hin oder her – der hat Dreck am Stecken«, sagte Seibert.

Emilia nickte. »Nur beweisen können wir es nicht.«

»Und was jetzt?«

»Was schon? Wir machen seine Papiere fertig«, sagte Kommissarin Aygün. »Aber zuerst trinken wir in aller Ruhe einen Kaffee. Aus irgendeinem Grund gefällt mir die Vorstellung, dass Willemburg noch ein paar Minuten länger hier warten muss.«

49

Die Dinge überschlugen sich. Außerdem wurden sie immer verworrener. Je mehr Avram auf der Fahrt in die Münchner Innenstadt darüber nachdachte, desto klarer wurde ihm, wie kompliziert die Situation inzwischen geworden war. Höchste Zeit, die Gedanken zu sortieren.

Bei dem missglückten Attentat in Amsterdam war er von einem unbekannten Motorradfahrer überfallen worden. Vielleicht konnte die Blutuntersuchung der Griersson-Brüder dessen Identität klären, aber im Moment wusste Avram nicht, wer am Ufer der Amstel auf ihn geschossen hatte. Auch die Motivation für die Tat lag noch im Dunkeln.

Die nächste Person, die Avrams Lage schwierig machte, war Jekaterina Worodin. Sie hatte zwei Killer mit dem Mord an ihrem Mann beauftragt, nur war dabei bedauerlicherweise auch ihre Tochter ums Leben gekommen. Jetzt wusste sie nicht, wer die Schuld daran trug – deshalb ließ sie beide jagen. Leider hatte sie wesentlich mehr Gefolgsleute als erwartet. Ein Großteil des Tschornej Janwar war ihr nach dem Tod ihres Mannes treu ergeben, zumindest hatte ihr Sohn Jury das behauptet.

Womit wir auch schon beim dritten Problem sind.

Der Junge war mit seinen etwas mehr als zwanzig Jahren ein echter Hitzkopf. Noch dazu ein blutiger Anfänger, der sich von Avram wie ein Tölpel hatte überrumpeln lassen. Andererseits war es ihm gelungen, Avram aufzuspüren. Mit etwas mehr Erfahrung hätte er ihn vielleicht sogar umgebracht. Der Bengel war nicht so dumm, wie er aussah. Avram traute ihm inzwischen sogar zu, dass er irgendetwas im Schilde führte, auch wenn er noch keinen Schimmer hatte, was das sein konnte. Man durfte den Grünschnabel nicht unterschätzen. Wenigstens war er im Moment außer Gefecht gesetzt, denn er saß geknebelt und gefesselt im Keller einer stillgelegten Schreinerei.

Der unbekannte Motorradfahrer, Jekaterina Worodin und ihr Sohn Jury ... Wer fehlte noch auf der Liste der Personen, die Avram das Leben schwermachten?

Guus Kronjaeger natürlich, alias Scilla. Der verhängnisvolle Bombenleger. Nach Bjorndahls Informationen war er zurzeit in München, mit Sicherheit, weil er dieselbe Idee gehabt hatte wie Avram: den zweiten Mann zu töten, um ihn gegenüber Jekaterina Worodin zum Sündenbock zu machen und dadurch ihren Zorn von sich abzuwenden.

Avrams bärtiges Gesicht verhärtete sich. Als er aus Amsterdam geflohen war, hatte er geglaubt, die Polizei sei sein größtes Problem. Weit gefehlt!

Aber nicht nur die zunehmende Zahl seiner Verfolger verkomplizierte seine Lage, auch die Fülle der Informationen, die sich ihm in den letzten Tagen aufgetan hatte. Seit dem Sommer kämpfte er mehr oder weniger vergeblich um brauchbare Spuren. Jetzt konnte er sich kaum noch davor retten. Britt Lassgards Festplattenvideos hatten sich als echter Schatz entpuppt. Mit ihrer Hilfe war es Bjorndahl gelungen, Theo Krummknecht und sieben weitere Mörder zu identifizieren – zu viele für einen Einzelkämpfer. Avram musste sich auf das konzentrieren, was ihm am aussichtsreichsten erschien, und die weniger erfolgversprechenden Hinweise in andere Hände legen. Ob Belials Komplizen von ihm oder von dritter Seite identifiziert wurden, spielte keine Rolle. Wichtig war ihm nur, dass er Sascha und Goran rächen konnte – und das würde er sich bestimmt nicht nehmen lassen.

Er bog vom Innsbrucker Ring auf die B304 ein und fuhr von dort aus in den Münchner Osten, nach Trudering zu Clara Winterfeld, die ihn mit sichtlicher Freude im Salon ihrer Villa empfing. Wie üblich trug sie ihr schneeweißes Haar als Hochsteckfrisur und eine Stehkragenbluse mit altmodischen Perlmuttknöpfen zu einem langen Faltenrock. Als Avram ihr sagte, dass er es heute eilig habe, zeigte sie sich verständnisvoll und machte ihm keine Vorwürfe. Doch er kannte sie gut genug, um zu wissen, dass sie enttäuscht war. Deshalb versprach er ihr, bei nächster Gelegenheit auf einen ausgiebigen Plausch vorbeizuschauen.

Mit dem zierlichen Silberglöckchen auf dem Salontisch klingelte Clara ihren russischen Bodyguard Rogoff herbei. Gemeinsam fuhren sie mit dem hauseigenen Aufzug in den Keller, um die bestellte Ausrüstung zu holen. Außerdem nahm Avram noch einen Stimmverzerrer und eine Handvoll Ersatzhandys mit, weil sein Bestand rapide schwand. Dann verabschiedete er sich und fuhr in die Innenstadt, wo er den Mietwagen wieder gegen seinen BMW tauschte und nach einigem Suchen einen Parkplatz unweit des Stachus fand.

Von dort ging er zu Fuß in Richtung Stadtzentrum. Auf halber Strecke setzte er sich in ein Café und schrieb eine E-Mail an Rutger Bjorndahl, in der er ihn bat, einen von ihm vorbereiteten Text anonym weiterzuleiten, so dass man seine Herkunft nicht zurückverfolgen konnte. Genau wie beim letzten Mal.

Anschließend loggte er sich in seinen üblichen Kontaktaccount ein und schrieb eine zweite E-Mail, diesmal an Jekaterina Worodin:

Bedauerlicherweise hat Ihr Sohn versucht, mich umzubringen, um seine Schwester zu rächen. Es hat nicht funktioniert, und jetzt befindet er sich in meiner Gewalt. Rufen Sie die Männer zurück, die mich in Ihrem Auftrag verfolgen. Ich habe Ihre Tochter nicht getötet. Ebenso wenig will ich Ihren Sohn töten müssen. Aber ich werde es tun, wenn Sie weiter beabsichtigen, mir oder jemandem, der mir nahesteht, etwas anzutun. Falls mir in den nächsten Tagen etwas zustoßen sollte, wird Ihr Sohn verdursten. Niemand außer mir weiß, wo er steckt. Er ist auf meine Fürsorge angewiesen. Wenn Sie ihn nicht verlieren wollen, lassen Sie mich in Frieden.

Peer van der Grooten

50

Draußen begann es allmählich zu dämmern.

Emilia stand an einem Fenster des Kehler Polizeipräsidiums und starrte hinunter auf den Parkplatz, wo Jacques Willemburg und Dr. Hentzweller sich gerade die Hände schüttelten. Was sie miteinander sprachen, konnte sie nicht hören, doch in ihren Gesichtern lag ein Ausdruck der Erleichterung. Das ist gerade noch einmal gutgegangen, schienen ihre Mienen zu sagen. Allerdings erkannte Emilia darin auch wieder einen gewissen Hohn, so als würden sie sich dazu beglückwünschen, die Polizei an der Nase herumgeführt zu haben.

Oder bilde ich mir das nur ein?

Emilia nahm sich vor, Willemburgs Aussage noch einmal genau mit den Aussagen der beiden Alibi-Zeugen zu vergleichen. Vielleicht hatten sie irgendein wichtiges Detail übersehen. Aber bis zum Beweis des Gegenteils galten die Alibis als echt.

Ein Taxi kam. Willemburg stieg ein. Nachdem das Taxi losgefahren war, ging Hentzweller zu seinem Wagen und fuhr ebenfalls davon.

Emilias heißeste Spur löste sich vor ihren Augen auf wie ein Nebelhauch im Wind. Unglaublich, welche Höhen und Tiefen sie heute erlebt hatte.

Das Taxi war gerade in einer Nebenstraße verschwunden, als ihr Handy vibrierte. Sie zog es aus der Tasche und öffnete die eingegangene Nachricht – eine E-Mail, die mit hoher

Prioritätsstufe von der Lyoner Interpol-Zentrale an sie weitergeleitet worden war.

Die Absenderadresse lautete: z-y.xwvu@web.com. Sofort war Emilia klar, dass es sich um denselben Schreiber wie letzte Woche handeln musste. Damals hatte er die E-Mail-Adresse a-b.cdefg@web.com verwendet. Die Parallele war unverkennbar.

Emilia las:

EILIG!

An: Emilia Ness
Von: unbekannt
Belial hat nicht alle Morde selbst begangen. Viele hat er nur gefilmt. Ich kann Ihnen die Namen und die letzten bekannten Aufenthaltsorte einiger Mörder aus seinen Filmen nennen und Ihnen die Videos zur Verfügung stellen. Interesse?
Um 16.55 Uhr werde ich eine weitere E-Mail an Interpol schicken. Darin nenne ich Ihnen eine Handynummer.
<u>Rufen Sie sie mich bis spätestens 17.00 Uhr dort an.</u>
Die Nummer wird nur in diesem Zeitfenster aktiv sein. Versuchen Sie also gar nicht erst, mich zu orten, sondern konzentrieren Sie sich auf unser Gespräch!

Emilia wurde es heiß und kalt. Was sollte sie davon halten? Ihr Blick wanderte zur Zeitanzeige, oben auf ihrem Display. 16.40 Uhr. Laut Weiterleitungszeile hatte der anonyme Absender die Nachricht aber schon um 16.12 Uhr geschrieben. Das war eine Verzögerung von fast einer halben Stunde.

Kurz entschlossen telefonierte sie mit Lyon und ordnete an, sie über den Eingang der angekündigten zweiten E-Mail unverzüglich zu informieren. Die Chance, mit dem anonymen Hinweisgeber sprechen zu können, wollte sie sich nicht entgehen lassen. Außerdem bat sie Luc Dorffler, eine Schnellanalyse der Absenderadresse durchzuführen. Alles was er dazu herausfinden konnte, war jedoch, dass der Account z-y.xwvu@web.com vor weniger als einer Stunde in Bremen neu angelegt worden war. Es gab keinerlei Hinweise auf die Identität des Nachrichtenschreibers.

Der Kerl war schlau. Falls es überhaupt ein Mann war, aber im Moment ging Emilia davon aus. Er kannte ihre direkte E-Mail-Adresse nicht, deshalb nutzte er das allgemeine E-Mail-Konto von Interpol. Er hatte gewusst, dass es eine Weile dauern würde, bis Emilia seine Nachricht bekam, und er hatte ihr genügend Vorlauf gegeben, um sicherzustellen, dass sie seine nächste Botschaft ohne Verzögerung erhalten würde.

16.55 Uhr bis 17.00 Uhr. Ein Zeitfenster von fünf Minuten – das war nicht viel. Man konnte in dieser Spanne zwar ein Handy orten, aber nicht auch noch ein Polizeiaufgebot dorthin schicken.

»Ist mit Ihnen alles in Ordnung?«

Emilia zuckte zusammen. Sie hatte die Kollegen im Zimmer völlig vergessen.

Als sie sich umdrehte, stand Philippe Ruiz bei ihr. Den ganzen Tag hatte er mit Kommissarin Aygün geturtelt. Ein Wunder, dass er sich von ihr hatte losreißen können.

»Ich bin okay«, sagte Emilia. »Mir gehen gerade nur eine Menge Fragen durch den Kopf. In Bezug auf den anonymen Nachrichtenschreiber, meine ich.«

Ruiz nickte verständnisvoll. Die E-Mail hatte ihn zwar nicht so sehr interessiert wie Kommissarin Aygüns unergründliche Augen, aber immerhin schien er seinen Job noch nicht vollständig vergessen zu haben.

Emilia seufzte innerlich auf. Sie war ihm gegenüber ungerecht. Am Freitagnachmittag hatte sie den Flug nach Frankfurt genommen, während Ruiz im Büro geblieben war, um sich um einen Fall zu kümmern, der ihr wesentlich mehr bedeutete als ihm. Insofern war ihm sein kleiner Flirt mit der Kehler Kripokommissarin durchaus zu gönnen. Emilia wusste selbst nicht, warum sie das so nervte. Vielleicht weil sie auch gerne ein bisschen geflirtet hätte, aber Mikka so weit weg war.

Das Klingeln des Handys holte sie aus ihren Gedanken. Das Display zeigte 16.55 Uhr an. Jetzt wurde es ernst! Sie hob einen Arm als Zeichen für die anderen, sich ab sofort ruhig zu verhalten, und stellte das Gespräch auf laut.

»Die zweite E-Mail ist eben für dich eingegangen«, sagte Luc Dorffler am anderen Apparat. Emilia hatte ihn gebeten, sich um alles Nötige zu kümmern.

»Was steht drin?«

»Nur du als Adressat und eine Handynummer. Die Fangschaltung steht. Wenn du so weit bist, kann ich versuchen, dich zu verbinden.«

»Von mir aus kann's losgehen.«

Emilia hörte ein leises Knacken, als Dorffler sich aus dem Gespräch ausklinkte. Sie atmete noch einmal tief durch und zwang sich zur Ruhe. Ein paar Sekunden lang herrschte Stille, dann kam das Klingelzeichen. Gleich darauf: »Ich freue mich, dass unser Gespräch zustande kommt, Agentin Ness.« Eine Männerstimme, aber blechern, beinahe wie aus einem Computer. Die Stimmfrequenzanalyse würde kein Ergebnis bringen. »Hört jemand mit?«

»Nein, wir sind ungestört.« Ihr Blick wanderte von Ruiz zu den beiden Kehler Beamten, die das Gespräch schweigend verfolgten.

»Wie dem auch sei. Ich habe etwas, das Sie interessieren dürfte. Snuff-Movies, auf denen die Gesichter der Mörder zu erkennen sind. Ich kann Ihnen auch die Namen nennen. Und es gibt noch mehr Filme. Da sind die Gesichter zwar etwas verschwommen, aber mit der Technik von Interpol dürften noch eine ganze Reihe weiterer Täter zu identifizieren sein.«

»Woher haben Sie die Filme?«

»Das spielt keine Rolle.«

»Sind Sie ein Insider?«

»Nein. Aber ich habe gute Quellen.«

Emilia fragte sich, worauf das Gespräch hinauslaufen sollte. »Ich gehe davon aus, dass Sie für Ihre Mühe entschädigt werden wollen«, sagte sie.

»Eine Hand wäscht die andere.«

»Und was wollen Sie?«

Am anderen Ende entstand eine kurze Pause. Dann: »Sie erhalten von mir das komplette Material, unzensiert. Noch heute, wenn Sie wollen. Die Tötungsvideos und etliche Dateien mit verschlüsseltem Textcode. Ich bin sicher, dass Sie damit einige von Belials Komplizen fassen werden. Daran arbeiten Sie doch schon seit Monaten, nicht wahr?«

Der Kerl wusste bedenklich gut über ihre Ermittlungen Bescheid. Die ehrliche Antwort auf seine Frage wäre gewesen: *Ja, ich arbeite seit dem Sommer daran, und ich will diese Dateien haben, um endlich einen Schritt voranzukommen. Denn meine einzige Hoffnung auf ein paar Antworten ist vor einer halben Stunde auf freien Fuß gesetzt worden, und ich habe keine Ahnung, wie ich jetzt weitermachen soll.*

Aber von alldem sagte Emilia natürlich nichts. Stattdessen wiederholte sie nur ihre Frage: »Was wollen Sie?«

»Ein faires Geschäft. Ich liefere Ihnen Informationen.

Dafür bekomme ich von Ihnen die Ergebnisse der daraus resultierenden Ermittlungen.«

Emilia schluckte. Sie hatte mit einer Geldforderung gerechnet. Polizeiliche Ermittlungsergebnisse an Dritte weiterzugeben kam nicht in Frage.

»Sie wissen, dass ich darauf nicht eingehen kann. Es muss eine andere Möglichkeit geben, wie wir uns einigen können.«

»Meine Bedingung steht fest. Ich habe im Moment jede Menge Spuren, aber ich kann sie nicht alleine bewältigen. Sie verfügen dagegen sowohl über die nötigen Kapazitäten als auch über die technischen Auswertungsmöglichkeiten – nur fehlen Ihnen die Spuren. Wenn wir uns zusammentäten, kämen wir beide einen guten Schritt weiter.«

»Geben Sie mir Ihre Hinweise, und ich sorge dafür, dass diese Leute hinter Schloss und Riegel kommen. Das verspreche ich.«

»Kommt nicht in Frage. Entweder Sie gehen auf meinen Vorschlag ein, oder ich verfolge meine Spuren allein. Das dauert zwar wesentlich länger, aber ich komme trotzdem an mein Ziel.«

Er drohte abzuspringen. Verdammt!

»Sie brauchen mich«, sagte Emilia.

»Nicht so dringend wie Sie mich.«

Womit er vielleicht sogar recht hatte. »Was versprechen Sie sich von den Ermittlungsergebnissen?«, fragte sie. »Nehmen wir einmal an, ich würde sie Ihnen tatsächlich zur Verfügung stellen. Was würden Sie damit anfangen?«

»Das geht nur mich etwas an.«

»Eben nicht, denn ich kann nicht zulassen, dass fremde Personen sich in eine laufende Ermittlung einschalten.«

»Wenn Sie nicht mit mir kooperieren, wird es bald keine laufende Ermittlung mehr geben.«

Emilia seufzte. Der Kerl wusste genau, wovon er sprach. »Es tut mir leid, aber ich kann auf Ihre Forderung nicht eingehen«, sagte sie matt.

»Dann kommen wir bedauerlicherweise nicht ins Geschäft«, entgegnete die Zerrstimme. »Schreiben Sie mir eine Nachricht, falls Sie es sich anders überlegen. Meine E-Mail-Adresse haben Sie. Ich würde mich freuen, von Ihnen zu hören, Agentin Ness.«

Es klickte, und die Verbindung brach ab.

51

Avram warf das Ersatzhandy in einen Mülleimer und ging eiligen Schrittes durch die Münchner Fußgängerzone weiter in Richtung Marienplatz. Durch den Stimmverzerrer, den er in seiner Jackentasche verschwinden ließ, konnte Interpol ihn nicht anhand einer Frequenzanalyse identifizieren. Wenn sie nicht wussten, wer er war, konnten sie ihn auch nicht verfolgen. Dennoch wollte Avram ein gutes Stück von dem Handy entfernt sein, wenn sie es fanden. Nur zur Sicherheit.

Er rechnete fest damit, dass das Telefonat zurückverfolgt worden war. Als Polizistin musste Agentin Ness ihre Vorschriften einhalten. Deshalb hatte sie auch nicht auf sein Angebot eingehen können. Aber Avram hoffte, dass sie wenigstens darüber nachdenken und schließlich ein Einsehen haben würde. Natürlich nicht offiziell, das würde Interpol niemals gestatten. Vielleicht jedoch im Verborgenen – eine Absprache unter vier Augen, eine heimliche Kooperation zum beiderseitigen Vorteil. Das wäre ganz nach seinem Geschmack. Sollte Interpol ruhig ein paar von Belials Komplizen schnappen – für ihn würde genug übrig bleiben. Und diejenigen, die an Saschas und Gorans Tod beteiligt gewesen waren, würde er sowieso töten, ob sie nun im Gefängnis saßen oder sich auf freiem Fuß befanden.

Er nahm sein Smartphone aus der Tasche und rief Nadja an, die mit Akina ebenfalls irgendwo in der Münchner Innenstadt unterwegs war. Er berichtete, dass ihr heimlicher

Beobachter außer Gefecht gesetzt war, und sie verabredeten sich auf dem Odeonsplatz, wo sie sich eine Viertelstunde später trafen.

Wider Erwarten begrüßte Nadja ihn mit einem Kuss auf die Wange. In ihren großen Augen erkannte Avram die Anspannung, unter der sie den ganzen Tag gelitten hatte.

Akina umarmte ihn und drückte ihn fest an sich.

»Jetzt ist alles wieder gut«, sagte Avram. Behutsam streichelte er ihr über den Kopf in der Hoffnung, sie damit ein wenig beruhigen zu können. Aber es gelang ihm nicht. Im Gegenteil – erst jetzt spürte er, wie sie am ganzen Leib zitterte. Kein Wunder. Sie hatte Angst gehabt – Angst vor Entführung, Angst vor Schmerzen, Angst um ihr Leben.

»Können wir wieder nach Hause?«, fragte sie zaghaft und entließ Avram aus der Umarmung. In ihrer Miene lag ein solches Maß an Verunsicherung, dass ihm das Herz schwer wurde.

Am liebsten hätte er gesagt: »Ja, ich bringe euch auf den Hof zurück.« Nur, um ihr neue Zuversicht zu geben. Doch im Moment wollte er kein Risiko eingehen.

»Ihr solltet in ein Hotel oder in eine Pension ziehen«, antwortete er. »Nur für ein paar Tage, bis ich die Situation vollständig unter Kontrolle habe.«

»Du hast am Handy gesagt, dass der Kerl, der uns verfolgt hat, keine Schwierigkeiten mehr machen wird«, sagte Nadja.

»Das stimmt. Aber ich weiß nicht, ob er Helfer hat. Im Moment halte ich es noch für zu früh, wieder auf den Hof zurückzukehren.«

»Denkst du, dass wir in einem Hotel sicher sind?«, fragte Nadja.

»Ja, das denke ich. Hattet ihr in der Stadt immer noch das Gefühl, verfolgt zu werden?«

Nadja und Akina schüttelten den Kopf.

»Sehr gut. Dann heben wir jetzt genügend Bargeld für euch ab, damit ihr ein paar Tage damit über die Runden kommt. Es ist zwar nur eine Vorsichtsmaßnahme, aber bezahlt vorerst nicht mit Karte, nur mit dem Bargeld, okay? Verlasst euer Zimmer so wenig wie möglich. Telefoniert mit niemandem, zu dem ihr regelmäßig Kontakt habt. Verhaltet euch einfach eine Weile unauffällig. Dann wird euch nichts geschehen.«

52

Es war ein Tag, den man ersatzlos aus dem Kalender streichen konnte!

Emilia saß mit Philippe Ruiz und den beiden Kehler Kollegen in Kommissarin Aygüns Büro, wo sie in einer Art Gemeinschaftsarbeit versuchten, den heutigen Bericht zu erstellen. Aber es fiel ihr schwer, sich darauf zu konzentrieren. Jacques Willemburgs Freilassung und dann noch dieser anonyme Anruf. Zwei Flops in so kurzer Folge – was für ein Albtraum!

Hinter ihren Augäpfeln meldete sich schon wieder ein dumpfer Schmerz. Sie versuchte vergeblich, ihn mit zwei Fingern an der Schläfe wegzumassieren. Ohne Aspirin würde der Rest des Abends zur Qual werden.

Mit der Handtasche unter dem Arm verließ sie das Büro. Sie ging einen Stock tiefer zum Wartebereich, wo neben dem Kaffeeautomaten auch ein Wasserspender stand. Vorsichtshalber schluckte sie gleich zwei Tabletten. Mit etwas Glück würde der Druck in ihrem Schädel bald wieder verschwinden.

Ich sollte dringend etwas gegen den Stress unternehmen. Nicht immer nur Tabletten nehmen. Wenn diese Sache vorbei ist, muss sich etwas ändern ...

Sie setzte sich an einen der Bistrotische und schloss einen Moment lang die Augen. Unwillkürlich wanderten ihre Gedanken wieder zu Willemburg. Emilia war nach wie vor davon überzeugt, dass er nicht so unschuldig war, wie er und

Hentzweller es sie glauben machen wollten, nur konnte sie es im Moment nicht beweisen.

Irgendetwas muss ich übersehen haben, dachte sie.

Auch der anonyme Anruf war nicht gerade dazu angetan, ihre Laune zu verbessern. Wer steckte dahinter? Woher bezog der Kerl seine Informationen? Und was wollte er? Hatte er wirklich geglaubt, dass er Emilia dazu bewegen könne, polizeiliche Interna über eine laufende Ermittlung preiszugeben?

Der Mann war kein Anfänger, so viel stand fest. Seine E-Mail-Adresse z-y.swvu@web.com war in Bremen angelegt worden, aber sein Handy hatte man inzwischen in einem Abfalleimer der Münchner Fußgängerzone gefunden. Laut Angaben der Münchner Polizei enthielt es eine Prepaid-Sim-Karte, mit der nur ein einziger Anruf getätigt worden war – der mit Emilia. Weder auf der Sim-Karte noch auf dem Gerätegehäuse gab es Fingerabdrücke. Entweder hatte der Mann sie abgewischt, oder er hatte Handschuhe benutzt. Durch den Stimmverzerrer war auch die Stimmfrequenzanalyse ergebnislos geblieben.

Mit anderen Worten: Es gab keinerlei Hinweise auf die Identität des anonymen Anrufers.

Wenigstens ließ der Kopfschmerz allmählich nach. Emilia trank noch einen Schluck Wasser, bevor sie sich auf den Rückweg zu Kommissarin Aygüns Büro machte.

53

Avram quartierte Nadja und Akina in einem kleinen Häuschen in der Nähe von Poing im Münchner Osten ein. Er hatte es über eine Internetplattform ausfindig gemacht, die auf die Vermittlung privater Immobilien spezialisiert war. Avram zahlte in bar für fünf Tage im Voraus und gab als Namen Hannah und Nina Müller an.

Die Unterkunft war perfekt geeignet, um für eine Weile unterzutauchen. Das Haus lag etwas abgelegen am Waldrand, es gab keine unmittelbaren Nachbarn. Der einzige Weg dorthin führte über einen ziemlich verwilderten Pfad, den man nur zu Fuß passieren konnte. Wenn man nicht wusste, dass dort jemand lebte, kam man nicht auf den Gedanken, dort zu suchen. Und falls man jemals flüchten musste, fand man im Wald Schutz. Alles in allem war Avram mit seiner Wahl sehr zufrieden.

Nadja und Akina waren allerdings weniger begeistert – Nadja wegen der uralten Einrichtung und des vielen Staubs, Akina hauptsächlich, weil sie so weit ab vom Schuss waren.

»Da können wir uns ja gleich einsalzen lassen«, maulte sie.

Aber letztlich sah auch sie ein, dass Sicherheit im Moment oberste Priorität hatte.

Avram half ihnen, die Lebensmittel und Getränke, die sie unterwegs eingekauft hatten, ins Haus zu tragen. Danach blieb er noch eine Weile, bis er davon überzeugt war, dass niemand sie verfolgt hatte.

Als er sich von ihnen verabschiedete, tat er es mit gutem Gewissen. Dieses Haus war das ideale Versteck.

Während er in die Stadt zurückfuhr, gab sein Handy das Signal für eine eingehende Nachricht. Er hielt bei nächster Gelegenheit an und prüfte seinen Maileingang.

Die Nachricht stammte von Jekaterina Worodin. Sie schrieb:

Herr van der Grooten,
Sie haben meinen Sohn in Ihrer Gewalt, und ich möchte ihn zurückhaben. Um sicher zu sein, dass er am Leben ist und es ihm gutgeht, möchte ich mit ihm sprechen. Rufen Sie mich an, Sie haben meine Nummer! Falls Sie ihm etwas antun, werde ich dafür sorgen, dass Ihnen dasselbe widerfährt wie Grygory Soljowitsch. Das ist ein Versprechen!
Jekaterina Worodin

Avram hatte den Namen Grygory Soljowitsch noch nie gehört. Aber am Ende von Jekaterina Worodins Botschaft war ein Link in die E-Mail eingefügt. Avram ahnte, was er zu bedeuten hatte.

Er tippte den Link an. Auf dem Display seines Handys erschien das Foto eines toten, nackten Mannes, dem man sämtliche Knochen im Leib gebrochen zu haben schien. Der Körper lag auf dem Boden, Arme und Beine standen von ihm ab, auf unnatürliche Weise verdreht, als habe er Gummigelenke. Er hatte einen qualvollen Tod erlitten.

Avram schloss das Bild, kehrte zu seinem E-Mail-Account zurück und schrieb eine Nachricht an Rutger Bjorndahl, mit der Bitte, diese sofort an die Empfängerin weiterzuleiten.

Gosposcha Worodin,
es ist nicht nötig, mir zu drohen. In einer Stunde werde ich mich bei Ihnen melden, dann können Sie mit Ihrem Sohn sprechen. Im Moment ist er unversehrt, obwohl er versucht hat, mich zu töten. Ich hoffe, Sie werten das als Zeichen meines guten Willens. Wenn wir alle vernünftig sind, wird niemandem etwas geschehen.

Er schickte die E-Mail los und fuhr weiter zu der stillgelegten Schreinerei, in der er Jury Worodin versteckt hatte.

Aber als er dort ankam, war der Junge verschwunden.

54

Vom Polizeipräsidium aus war Emilia direkt ins Hotel gegangen, weil der Kopfschmerz sich wieder gemeldet hatte. Kommissar Seibert war zum Kegeln verabredet. Philippe Ruiz und Kommissarin Aygün wollten an ihrem letzten gemeinsamen Abend noch einmal um die Häuser ziehen. Emilia fragte sich, was zwischen den beiden wirklich lief.

Auf ihrem Zimmer versuchte sie, Mikka anzurufen, in der Hoffnung, dass er es schaffen würde, sie ein wenig von dem Stechen in ihrem Schädel abzulenken. Aber er nahm nicht ab, weder auf dem Festnetz noch am Handy. Vielleicht hatte er einen Einsatz. Wenn er später sah, dass sie angerufen hatte, würde er sich bestimmt bei ihr melden.

Sie schluckte noch eine Tablette und ging ins Hotelrestaurant. Alleine am Tisch sitzend, fühlte sie sich plötzlich verloren. Es war nicht viel Betrieb, und die wenigen Gäste verteilten sich über den ganzen Raum. Außer ihr saß niemand ohne Begleitung am Tisch. Ihr wurde klar, wie wenig sie fürs Alleinsein geschaffen war.

Um die Zeit bis zur Vorspeise zu überbrücken, schrieb sie Becky eine Nachricht und hoffte, dass sie den Zwist vom Samstag wieder vergessen hatte – bei ihr ging so etwas oft schnell. Andererseits konnte sie aus nichtigem Anlass auch wochenlang beleidigt sein. Emilia musste es darauf ankommen lassen. Sie drückte den Sendeknopf – vielleicht hatte sie diesmal Glück.

Aber Becky antwortete nicht. Nicht während der Vorspeise und auch nicht während des Hauptgangs. Mikka meldete sich ebenfalls nicht. Der ältere Herr, der sich irgendwann zu Emilia gesellte, bemühte sich zwar um eine Unterhaltung, aber im Grunde war sie gar nicht bereit dafür. Deshalb verließ sie das Restaurant noch vor der Nachspeise und ging wieder auf ihr Zimmer.

Dort duschte sie heiß, weil sie fröstelte. Danach packte sie ihre Sachen für die morgige Abreise. Sie wollte den Mietwagen gleich in der Frühe abgeben und anschließend mit Philippe Ruiz nach Lyon fahren.

Vorausgesetzt, er will sich hier nicht gleich häuslich niederlassen und eine Familie gründen.

Das Aufräumen dauerte nicht lange. Als sie damit fertig war, legte sie sich aufs Bett und schaltete den Fernseher ein. Eine Weile zappte sie durch die Programme, aber nichts davon interessierte sie wirklich, weshalb ihre Gedanken immer wieder abdrifteten.

Im Moment befand sich Jacques Willemburg auf freiem Fuß. Es gab weder klare Beweise dafür, dass er Simon Nadicz ermordet hatte, noch – und das traf Emilia besonders hart – einen hinreichenden Zusammenhang mit dem Belial-Fall. Der verschlüsselte und noch dazu durchgestrichene Eintrag in Belials Büchern *W Kill Eem Burg J* konnte auf Willemburg gemünzt gewesen sein oder auch nicht. Selbst wenn, war das noch kein Beweis dafür, dass Willemburg tatsächlich etwas mit Belial zu tun gehabt hatte. Vielleicht hatte Belial ihn nur als potentielles Opfer ausersehen.

Im Grunde war Emilia genauso weit wie letzte Woche.

Vielleicht hätte ich doch auf das Angebot dieses anonymen Anrufers eingehen sollen! Dann hätte ich wenigstens ein paar brauchbare Spuren.

Aber natürlich verbot sich dieser Gedanke von selbst. Als Polizistin durfte sie sich nicht erpressbar machen, schon gar nicht zu diesen Bedingungen.

Wie soll es jetzt weitergehen?

Emilia hatte das dringende Bedürfnis, mit Mikka darüber zu reden. Sie griff zum Handy und versuchte erneut, ihn anzurufen. Wieder sprang nur die Mailbox an. Becky hatte auch noch nicht auf ihre Nachricht reagiert.

Enttäuscht legte Emilia das Handy beiseite. Heute war definitiv nicht ihr Tag.

DIENSTAG

*Geh zur Hölle,
Avram,
dort wartet der
Teufel auf dich*

DIENSTAG

55

Avram hatte eine unruhige Nacht hinter sich, die vor allem von einer Frage bestimmt worden war: Was hatte Jury Worodin vor?

Irgendwie war es ihm gelungen, aus seinem Versteck zu fliehen, sehr wahrscheinlich mit fremder Hilfe. Darauf deutete vor allem der saubere Schnitt hin, mit dem seine Fesseln durchtrennt worden waren. Alleine hätte er das niemals so hinbekommen. Er hatte auch kein Messer und keine Klinge bei sich gehabt, das wäre Avram beim Durchsuchen seiner Taschen aufgefallen.

Jury Worodin konnte sich nicht selbst losgeschnitten haben.

Aber er war wieder frei, und das bedrohte nicht nur Avram, sondern potentiell auch Nadja und Akina. Der Worodin-Sprößling sann auf Rache, so viel stand fest, und dazu war ihm wohl jedes Mittel recht.

Nadja und Akina sind in ihrem Ferienhaus sicher. Wir wurden nicht verfolgt. Niemand von uns war verwanzt. Niemand hat zu dem Haus oder zu dem Ort, wo es steht, irgendeine Beziehung. Weder Jury Worodin noch seine Mutter können wissen, wo Nadja und Akina sich zurzeit befinden.

Und mich werden sie auch nicht erwischen.

Beim ersten Mal hatte Avram nicht damit gerechnet, dass jemand aus dem Dunstkreis des Tschornej Janwar so schnell auf seine wahre Identität stoßen könnte. Jetzt war er vorgewarnt. Er wäre nicht noch einmal so dumm, sich auf dem Kuyperhof blicken zu lassen. Auch alle anderen seiner üblichen Anlaufstellen im Münchner Großraum würde er von nun an meiden. Dort würden Jury und seine Helfer als Erstes nach ihm suchen.

Verschärft wurde Avrams Situation dadurch, dass Jury sich noch nicht bei seiner Mutter gemeldet hatte, sondern offenbar sein eigenes Ding durchzog. In der Nacht hatte Jekaterina Worodin mehrere E-Mails geschrieben und sich nach dem Verbleib ihres Sohnes erkundigt. Dass er sich schon wieder auf freiem Fuß befand, hatte sie Avram nicht abgekauft. Im Gegenteil, sie war davon überzeugt, dass er nur irgendein Spiel mit ihr spielen und seine Machtposition ihr gegenüber demonstrieren wollte. Das hatte ihr ganz und gar nicht gefallen. Dementsprechend war der Ton ihrer E-Mails immer schärfer geworden:

Ich werde Sie finden. Und ich werde aus Ihnen herauspressen, wo mein Sohn ist. Wenn ich mit Ihnen fertig bin, werden Sie mich darum anflehen, dass ich Sie töte. Aber ich werde es nicht tun.

Was führte Jury Worodin im Schilde? Warum hatte er sich nicht bei seiner Mutter gemeldet? Stand er mit ihr auf Kriegsfuß und war nun untergetaucht, um Abstand von ihr zu gewinnen? Oder hatte er andere Gründe?

Avram beschloss, Jekaterina Worodin anzurufen. Ein Telefonat war persönlicher als eine E-Mail. Vielleicht würde es ihm doch noch gelingen, sie davon zu überzeugen, dass er die Wahrheit sagte.

Mit ungutem Gefühl im Magen wählte er ihre Nummer. Schon nach dem ersten Klingeln wurde am anderen Ende abgenommen.

»Hier van der Grooten«, sagte Avram. Er spürte sofort,

dass etwas nicht stimmte, denn die erwarteten Beschimpfungen blieben aus.

»Ich weiß inzwischen, wer Sie sind, Herr Kuyper«, sagte Jekaterina Worodin. Ihre Stimme war leise und klang belegt, als habe sie geweint oder als würde sie zumindest mit den Tränen kämpfen. »Ich weiß auch, dass mein Sohn sich tatsächlich nicht in Ihrer Gewalt befindet. Ich habe vor einer halben Stunde einen Anruf von einem Mann erhalten, den ich nur unter dem Namen Scilla kenne.«

»Der zweite Mann, den Sie für den Anschlag in Amsterdam engagiert hatten.«

»So ist es. Scilla hat Jury entführt. Er verlangt eine unfassbar hohe Summe für seine Freilassung. Als ich ihn auf meine Tochter angesprochen habe, hat er ihren Tod als *bedauerlichen Kollateralschaden* bezeichnet ...« Ihre Stimme brach ab. Sie brauchte einen Moment, um sich wieder zu fangen. »Scilla hat damit indirekt zugegeben, dass er für Avas Tod verantwortlich ist. Ich habe mich in Ihnen geirrt, Herr Kuyper, und es tut mir aufrichtig leid. Falls Sie Kinder haben, können Sie die Sorge, den Kummer und den Zorn, den ich in diesen Tagen durchlebe, vielleicht verstehen.«

Das konnte er. Auch er hatte ein Kind verloren, getötet von Belial. Selbst jetzt noch, Monate später, war er nicht darüber hinweg. Nicht einmal ansatzweise.

Ihm kam eine Idee. »Möglicherweise kann ich Ihnen helfen«, sagte er. »Es ist nur eine kleine Chance, und ich will keine übertriebenen Hoffnungen in Ihnen wecken. Aber ich weiß, wer Scilla ist. Mit etwas Glück werde ich Jury für Sie finden.«

Eigentlich hatte Avram im Moment andere Prioritäten, aber der schmerzliche Verlust eines Kindes schuf eine Art Band zwischen ihnen. Außerdem erhoffte Avram sich im

Erfolgsfall die Dankbarkeit einer erleichterten Mutter. Es konnte nicht schaden, eine mächtige Verbündete zu haben.

Er verabschiedete sich, rief Rutger Bjorndahl an und schilderte ihm die neue Situation.

»Ich denke, es muss sich ungefähr folgendermaßen abgespielt haben«, sagte er. »Nach dem Anschlag in Amsterdam wusste Guus Kronjaeger, dass die Bombe ein Fehler gewesen war, weil sie auch Ava Worodin mit in den Tod gerissen hatte. Also musste er – so, wie ich – Vorkehrungen treffen, um nicht von ihrer Mutter zur Rechenschaft gezogen zu werden. Ich habe die Flucht ergriffen. Kronjaeger hat sich ein Druckmittel gesucht, um sich den Tschornej Janwar vom Hals zu halten – Jury Worodin. Der hatte aber bereits herausgefunden, wer ich bin, und die Verfolgung aufgenommen. Kronjaeger hat wiederum Jury verfolgt. Und als ich Jury gefangen nahm, musste Kronjaeger nur noch abwarten, bis ich verschwunden war, um Jury in seine Gewalt zu bringen.«

»Wäre es nicht schlauer von Kronjaeger gewesen, Jury in deinen Händen zu lassen?«, fragte Bjorndahl. »Dann hätte es für Jekaterina Worodin so ausgesehen, als wärst du der Bösewicht.«

»Vielleicht weiß Kronjaeger ja gar nicht, dass es in Amsterdam einen zweiten Attentäter gab. Ich habe es schließlich nur erfahren, weil er mir zuvorgekommen ist. Jedenfalls möchte ich, dass du für mich herausfindest, welche Anlaufstellen Kronjaeger normalerweise in München hat. Vielleicht kann ich dort ein bisschen herumfragen und in Erfahrung bringen, wo er sich gerade aufhält.«

Bjorndahl hüstelte. »Ursprünglich sind wir ja davon ausgegangen, dass Kronjaeger nicht Jury Worodin, sondern dich nach München verfolgt hat. Deshalb dachte ich mir schon, dass du ihn früher oder später ins Visier nehmen willst, und habe ein bisschen vorgearbeitet. Hast du etwas zum Schreiben? Dann gebe ich dir eine Adresse.«

56

Die Nacht im Hotel war grausam gewesen. Die Kopfschmerzen hatten Emilia keine Ruhe gelassen. Als sie endlich weit nach Mitternacht eingeschlafen war, hatte Belial sie in ihren Träumen verfolgt. Er hatte sie gefangen genommen und sie im Beisein von Jacques Willemburg gequält. Am Ende hatte der feiste Lockenkopf mit seiner knatternden Kettensäge vor ihr gestanden, um ihr die Beine abzuschneiden, während Belial die Bluttat mit seiner Kamera festgehalten hatte.

Emilia richtete sich in ihrem Bett auf und wischte sich den Schweiß der Nacht aus dem Gesicht. Sie fühlte sich wie gerädert. Das Kopfweh war zu einem dumpfen Pochen hinter den Schläfen verebbt. Sie hoffte, den restlichen Schmerz mit einer Tablette beim Frühstück in den Griff zu bekommen.

Nach dem Duschen ging sie ins Hotelrestaurant, wo bereits reger Betrieb herrschte. Nur von Philippe Ruiz fehlte jede Spur. Emilia aß ein Croissant als Grundlage und spülte die Kopfwehtablette mit zwei Tassen Kaffee hinterher.

Nach dem Essen ging sie wieder nach oben und klopfte bei ihrem Kollegen. Verschlafen und nur mit Shorts bekleidet, öffnete er die Tür. Sein Haar stand nach allen Seiten ab, sein Gesicht war zerknittert wie eine alte Landkarte.

»Schon Zeit zum Aufstehen?«, murmelte er und blinzelte sie aus zusammengekniffenen Augen an. »Wie viel Uhr ist es?«

»Kurz vor halb neun.«

»Ich sollte duschen, bevor wir losfahren. Einen Kaffee könnte ich auch vertragen. Wäre es okay, wenn wir - sagen wir - um Viertel nach neun losfahren?«

Emilia nickte. »Werden Sie erst mal richtig wach. Sie scheinen eine anstrengende Nacht hinter sich zu haben.«

Ruiz bedachte sie mit einem schiefen Lächeln und schloss die Tür.

Kopfschüttelnd ging Emilia in ihr Zimmer. Die verbleibende Dreiviertelstunde wollte sie dazu nutzen, sich bei Mikka zu melden. Gestern hatte das aus irgendeinem Grund nicht geklappt.

Sie setzte sich an den Tisch und zog das Handy aus ihrer Handtasche. Im Display wurde ein entgangener Anruf angezeigt, allerdings nicht von Mikka, sondern von Luc Dorffler aus Lyon.

Kurz entschlossen rief sie ihn zurück. Dorffler meldete sich bei ihr nie ohne guten Grund.

Tatsächlich gab es interessante Neuigkeiten. »Die Spurensicherung der Polizei von Montbrison hat die am Tatort gefundenen Haarproben analysiert und uns die Ergebnisse übermittelt, damit wir sie mit unserer Gendatenbank abgleichen können«, begann Dorffler. »Es wurden Haarproben von mehreren Dutzend Personen sichergestellt - was nicht verwunderlich ist. Das Gebäude wurde aufgebrochen und steht seit Jahren leer. Es wird immer wieder von Obdachlosen benutzt oder von Jugendlichen, die dort heimlich Drogen nehmen. Was ich damit sagen will, ist: Die wenigsten der gefundenen Genproben sind polizeilich registriert. Genau genommen nur zwei.«

»Passt eine davon zu Willemburg?«, fragte Emilia.

»Da muss ich dich leider enttäuschen. Eine der beiden Proben stammt von einem Mann namens Albért Crève, einem Metzger aus Perigneux. Das liegt etwa zehn Kilometer vom Tatort entfernt. Crève saß wegen Totschlags an seinem Sohn zwei Jahre in der Strafvollzugsanstalt von Saint-Étienne ein. Dann wurde er wegen guter Führung vorzeitig entlassen. Letztes Jahr ist er an Krebs gestorben.«

»Dann hat er ein verdammt gutes Alibi«, sagte Emilia, bereute es aber sofort. »Bitte entschuldige, Luc, das war nicht lustig. Es ist nur – ich habe eine grässliche Nacht hinter mir. Was ist mit der anderen Haarprobe?«

»Die ist interessant«, antwortete Dorffler. »Sie stammt nämlich von Avram Kuyper.«

Emilia zog die Augenbrauen zusammen. Was sollte sie von dieser Neuigkeit halten? Im letzten Sommer, als Kuyper sie mit einer Waffe bedroht und Belial auf eigene Faust verfolgt hatte, war der Verdacht aufgekommen, dass er ein Auftragskiller sein könnte. Damals wurden seine Fingerabdrücke sowie Haar- und Speichelproben auf dem Kuyperhof und in seinem Haus in Amsterdam sichergestellt. Die Analyseergebnisse hatte Interpol in seine biometrische Datenbank eingestellt.

Warum war Avram Kuyper in dem alten Landhaus bei Boisset-Saint-Priest gewesen?

Emilia hatte schon ein paarmal darüber nachgedacht, ob er derjenige war, der ihr die anonymen Hinweise gab. Aus der Ähnlichkeit der beiden E-Mail-Adressen a-b.cdefg@web.com und z-y.xwvu@web.com schloss sie, dass dieselbe Person dahintersteckte. Und es sprach einiges für Avram Kuyper. Zum Beispiel das Handy, mit dem das gestrige Telefonat geführt worden war. Die Polizei hatte es in einem Mülleimer in der Münchner Innenstadt gefunden. Durch das Gehöft seines verstorbenen Bruders hatte Kuyper wiederum eine gewisse Bindung zum Großraum München. Natürlich war das nur ein vager Hinweis, aber er passte ins Bild. Dann seine Motivation: Kuyper hatte ein starkes Interesse daran, Belials Komplizen zur Strecke zu bringen, weil sie für die Geschehnisse im letzten Sommer mitverantwortlich waren. An Entschlossenheit mangelte es ihm auch nicht, das hatte Emilia damals am eigenen Leib erfahren. Zudem hatte er als Profikiller die Mittel und Möglichkeiten, diese Leute ausfindig zu machen. Und nicht zuletzt ließ sein psychologisches Profil keinen Zweifel daran, dass er sich für schlau genug hielt, die Polizei für seine Zwecke zu instrumentalisieren.

All das sprach dafür, dass er der anonyme Tippgeber war.

Aber warum sollte er Interpol sich selbst auf den Hals hetzen?

»Wenn du willst, kann ich den Fahndungsbefehl gegen Kuyper aktualisieren«, sagte Dorffler.

»Ja, mach das«, sagte Emilia. »Informiere vor allem die Kollegen im Großraum München. Ich glaube, dass er sich im Augenblick dort aufhält. Veranlasse, dass der Hof in Oberaiching überwacht wird. Ich will wissen, was Kuyper mit dem Nadicz-Mord zu tun hat.«

Nach dem Gespräch mit Dorffler versuchte Emilia erneut ihr Glück bei Mikka. Aber er ging immer noch nicht ran, weder auf dem Festnetz noch am Handy. Sie seufzte.

Natürlich gab es eine Menge harmloser Erklärungen dafür. Vielleicht dauerte sein Einsatz immer noch an. Vielleicht hatte er das Handy ausgeschaltet oder irgendwo liegenlassen. Vielleicht war es gestern spät geworden, und er schlief noch.

Dennoch machte Emilia sich allmählich Sorgen.

Deshalb beschloss sie, bei Paul Bragon anzurufen, Mikkas Partner bei der Frankfurter Kripo, mit dem er auch privat befreundet war. In den letzten Monaten hatte sie den bärbeißigen Hauptkommissar mit dem mächtigen Schnauzbart kennen und schätzen gelernt. Er wirkte mit seinem untersetzten Körperbau meistens ein bisschen gemütlich, war aber ein schlauer Fuchs und eine Seele von einem Menschen. Wenn es jemanden gab, der wissen konnte, wo Mikka steckte, dann er.

Sie wählte seine Nummer und kam auch sofort durch.

»Guten Morgen, Paul«, sagte sie. »Ist Mikka schon bei der Arbeit?«

»Ich habe ihn heute noch nicht gesehen«, antwortete Bragon. »Aber du kennst ihn ja. Er ist nicht gerade ein Frühaufsteher. Soll ich ihm etwas von dir ausrichten?«

»Nicht nötig. Ich dachte nur, dass du vielleicht weißt, wo er ist. Ich versuche seit gestern, ihn zu erreichen, komme aber nicht bei ihm durch. Er ist wie vom Erdboden verschluckt.«

Bragon gab einen Brummton von sich und dachte einen Moment nach. »Mikka taucht bestimmt bald hier auf. In all den Jahren, in denen ich mit ihm zusammenarbeite, hat er noch nie unentschuldigt gefehlt. Ich bin sicher, es gibt eine ganz simple Erklärung dafür, dass er nicht ans Telefon rangegangen ist.«

»Wenn du ihn siehst, sag ihm, er soll sich bitte bei mir melden, okay?«

»Versprochen. Und jetzt hör auf, dir Sorgen zu machen.«

»In Ordnung«, sagte Emilia. Aber als sie das Gespräch beendete, wusste sie genau, dass sie das nicht schaffen würde.

57

Die Adresse, die Rutger Bjorndahl Avram genannt hatte, befand sich in München Schwabing und war ein stadtbekanntes Bordell namens *Molina*. Von außen wirkte es wie ein gewöhnliches Mehrfamilienhaus, es war unauffällig, ja geradezu bieder. Drinnen offenbarte sich jedoch eine komplett andere Welt: Nachdem man den Eingangsbereich passiert hatte, gelangte man durch einen schweren roten Samtvorhang in einen mit vielen kleinen Tischen ausgestatteten Raum. Die Fenster waren verdunkelt, der Geruch von Alkohol, Tabak und teurem Parfum lag in der Luft. Links zog sich eine lange, hölzerne Bar an der Wand entlang. In den mit farbigem Neonlicht beleuchteten Regalreihen dahinter drängten sich Spirituosen aller Art sowie die dazugehörigen Gläser. Das gedimmte Licht der Deckenstrahler vermittelte im Zusammenspiel mit der hochwertigen Einrichtung einen Hauch von Verruchtheit, ohne dabei billig zu wirken.

Nach Bjorndahls Informationen war Guus Kronjaeger in den letzten zwei Jahren mindestens zwölfmal hier gewesen, um sich mit dem Besitzer des Etablissements zu treffen, einem Dänen namens Nils Froder. Avram hoffte, dass der ihm sagen konnte, wo Kronjaeger sich im Moment aufhielt.

Die junge Frau hinter dem Tresen war gerade dabei, die Getränkebestände aufzufüllen und die Bar für den bevorstehenden Tag vorzubereiten. Als Avram sie nach Froder fragte, wies sie mit einer Kopfbewegung zur Treppe. »Zweiter Stock. Zimmer 204«, sagte sie. »Aber an Ihrer Stelle würde ich da jetzt lieber nicht stören. Nils kann ziemlich gereizt reagieren, wenn man ihn weckt.«

Avram nickte. »Er bekommt noch Geld von mir. Ich glaube, das wird ihn besänftigen.« Die Lüge sollte die Frau vor allem davon abhalten, Froders Rausschmeißer zu alarmieren. »Ist er allein?«

»Ich glaube, Tessa und Jill sind bei ihm, aber ich weiß es nicht genau.«

Avram bedankte sich und ging nach oben. Auf der Treppe zog er sicherheitshalber schon einmal seine Pistole aus dem Holster und schraubte den Schalldämpfer auf, weil er nicht sicher war, ob die Bardame ihm die Lüge geglaubt hatte. Falls sie Froder über seinen Besuch informierte oder seine Gorillas zu Hilfe rief, wollte er vorbereitet sein.

An der Tür zu Zimmer 204 wartete er kurz und lauschte. Drinnen war nichts zu hören.

Avram stellte sich an die Wand und ging in die Hocke, bevor er den Türknauf drückte: Falls Froder auf ihn schoss, würde er dorthin zielen, wo er den Oberkörper vermutete – das taten alle. Instinktiv.

Im Zimmer blieb es zwar ruhig, aber die Tür ließ sich nicht öffnen, weil sie abgeschlossen war. Kurzerhand schoss Avram sie auf und wagte einen ersten Blick.

Immer noch keine Reaktion.

Also trat er ein.

Drinnen war es stickig und warm. Der Geruch von Haschisch stieg ihm in die Nase. Durch die zugezogenen roten Vorhänge drang nur wenig Licht. Dennoch erkannte Avram ein großes Himmelbett an der gegenüberliegenden Wand, flankiert von obszönen Gemälden im klassischen Stil eines Delacroix. An den vier Ecken des Bettes waren Eisenringe mit Handschellen angebracht. Auf einer Kommode neben dem Fenster lag eine Reihe von Dildos und anderes Sexspielzeug.

Durch das Ploppen der Schüsse aufgeweckt, schälte sich eine Männergestalt aus den dünnen Laken. Links und rechts daneben lagen zwei Frauen, die gar nicht mitbekommen zu haben schienen, dass jemand ins Zimmer eingedrungen war.

Froder setzte sich auf und rieb sich über das müde Gesicht. Die eingefallenen Wangen und die blutunterlaufenen Augen zeugten von einem intensiven Leben mit regelmäßigem Drogen- und Alkoholgenuss. Das lange graue Haar fiel wie eine Mähne auf seine Schultern. Trotz geschätzter siebzig Jahre war Froder bestens durchtrainiert – das heruntergerutschte Laken gab den Blick auf gut definierte Bauch- und Brustmuskeln frei. Offenbar legte er Wert darauf, sich in Form zu halten.

Falls Froder über Avrams unerwartetes Erscheinen überrascht war, ließ er es sich nicht anmerken. Entweder war er zu abgeklärt für eine spontane Reaktion, oder er stand noch zu sehr unter dem Einfluss seines nächtlichen Rauschmittelkonsums. Verschlafen blickte er Avram an.

»Wer bist du? Und was willst du?«, murmelte er mit schwerer Zunge.

»Ich will wissen, wo Guus Kronjaeger steckt.«

»Kronjaeger? Nie gehört.«

»1,65 m groß, schmaler Körperbau, nur noch wenig Haare auf dem Kopf.«

»Ist nicht mein Typ. Ich steh nur auf Muschis.« Froder grinste über seinen eigenen Witz, wurde aber sofort wieder ernst. »Jetzt mach, dass du abhaust, sonst gibt's eins auf die Fresse, kapiert?«

Avram zielte und schoss zehn Zentimeter neben Froders Kopf eine Kugel in die Wand, um klarzumachen, dass er es ernst meinte. Putz spritzte auf und rieselte aufs Bett. Froder hatte nicht einmal gezwinkert. Er musste noch voll bis oben sein.

Dafür regten sich jetzt aber die zwei Frauengestalten neben ihm. Sie räkelten sich verführerisch, streckten sich und schlugen die Augen auf. Avram schätzte sie auf Anfang bis Mitte zwanzig. Als sie ihn bemerkten, zuckten sie zusammen.

»Raus mit euch, ihr zwei Häschen«, raunte Froder und gab ihnen einen Klaps auf den Po. »Seht ihr nicht, dass ich hier zu tun habe? Geht schon mal in die Küche und kocht mir einen Kaffee.«

Was vermutlich so viel hieß wie: Sagt meinen Schlägern Bescheid, dass es hier Arbeit für sie gibt.

»Ihr bleibt beide hier«, befahl Avram. »Geht ins Badezimmer, dann geschieht euch nichts. Wenn ihr versucht, mir in die Quere zu kommen, werde ich ungemütlich.« Zur Bekräftigung seiner Worte wedelte er mit der Pistole. »Ab mit euch! Und keinen Mucks. Ich muss mich mit eurem Boss unterhalten.«

Die beiden Frauen schlüpften aus dem Bett. Nackt, wie sie waren, tippelten sie ins Bad nebenan.

»Jetzt zu uns beiden«, sagte Avram. »Ich weiß, dass Kronjaeger in der Stadt ist und dass er gestern hier war.« Das stimmte zwar nicht, erhöhte aber den psychologischen Druck. »Er hat einen jungen Mann in seiner Gewalt, der wichtig für mich ist. Ich will wissen, wo er ihn versteckt hält.«

»Kronjaeger ist schon seit mindestens zwei Monaten nicht mehr hier gewesen«, verteidigte sich Froder. »Wenn du wissen willst, wo er ist, musst du dir jemand anderen suchen.«

Avram glaubte ihm nicht, vielleicht auch nur, weil der Kerl seine einzige Hoffnung war, Jury Worodin zu finden.

»Es gibt zwei Optionen«, sagte Avram. »Erstens: Du erzählst mir, wo Kronjaeger den Jungen versteckt hat. Dann werde ich von hier verschwinden und mich nie wieder blicken lassen.«

»Oder zweitens?«

»Ich hole die beiden Schönheiten aus dem Bad, lasse dich von ihnen an allen vieren ans Bett fesseln und zwinge sie mit vorgehaltener Pistole, dir den Schwanz abzubeißen, falls du nicht endlich redest. Jetzt überleg dir, was du machen willst. Ich bin ein ungeduldiger Mensch!«

58

Es klopfte an der Hotelzimmertür. Als Emilia öffnete, stand Philippe Ruiz im Flur. Geduscht und frisch rasiert, sah man ihm die kurze Nacht gar nicht mehr an.

»Sind Sie abfahrbereit?«, fragte er.

Das war Emilia schon seit einer Stunde, aber sie sprach es nicht aus. Auch wenn sie Ruiz' Verhalten nicht immer billigte, musste sie sich doch immer wieder vor Augen führen, dass er am letzten Wochenende Dienst in Lyon geschoben hatte, während sie trotz der Dringlichkeit des Nadicz-Falls nach Frankfurt geflogen war, um Mikka und Becky zu sehen.

»Ja, ich bin so weit«, sagte sie und schulterte ihre Reisetasche.

Sie fuhren mit dem Aufzug nach unten, um an der Rezeption auszuchecken. Ruiz ließ es sich nicht nehmen, der klassischen Rollenverteilung entsprechend die Formalitäten zu erledigen. Emilia hatte nicht einmal etwas dagegen, auch wenn sie sich sonst nicht gerne die Führungsrolle aus der Hand nehmen ließ.

Während Ruiz also die Rechnung bezahlte, überlegte sie, wie es nun mit dem Nadicz-Fall weitergehen sollte – denn der wurde leider immer verwirrender.

Wer hatte die Tat begangen? Und warum so grausam? Avram Kuyper? Die Haarprobe deutete zumindest darauf hin. Aber was war sein Motiv gewesen? Hatte er den Mord im Auftrag für jemanden ausgeführt, der eine alte Rechnung mit Simon Nadiczs Bruder Radan Srakovicz begleichen wollte? In seiner Eigenschaft als Waffenschieber und ehemaliger Kosovo-Kriegsverbrecher hatte der sich bestimmt genug Feinde gemacht.

Die Erklärung schien Emilia halbwegs plausibel. Andererseits war sie keineswegs von Jacques Willemburgs Unschuld überzeugt. Er befand sich zwar wieder auf freiem Fuß, aber es gab noch genug Fragezeichen, zum Beispiel die Kettensäge aus seinem Gartenhaus, die unweit des Tatorts gefunden worden war. Auch die Art und Weise, wie sein Anwalt die beiden Alibizeugen aus dem Hut gezaubert hatte, kam Emilia sonderbar vor. Alles in allem hielt sie Willemburg immer noch für sehr verdächtig.

»Heute Morgen schon so nachdenklich?«, fragte Ruiz, der den Papierkram inzwischen erledigt hatte.

»Mir gehen nur gerade eine Menge Dinge durch den Kopf«, sagte Emilia. »In Bezug auf unseren Fall, meine ich. Wir sollten auf der Fahrt nach Lyon noch einmal alles durchsprechen. Vielleicht sehe ich dann klarer.«

Als sie das Hotelfoyer verließen, wurden sie von einem klirrend kalten Morgen empfangen. Eine dünne Frostschicht überzog die Fenster der parkenden Autos.

Emilia verstaute gerade ihre Tasche im Kofferraum von Ruiz' Wagen, als ihr Handy klingelte. Eine Frankfurter Nummer. Sie nahm das Gespräch entgegen.

»Ich bin's, Paul.«

Es dauerte eine Sekunde, ehe sie begriff, dass es Bragon war, Mikkas Kollege bei der Kripo. Seine Stimme klang belegt, irgendetwas stimmte nicht. Tatsächlich sagte er: »Es gibt leider schreckliche Nachrichten. Mikka ist heute Nacht etwas zugestoßen.«

Unter Emilias Füßen schien plötzlich der Boden zu

schwanken. »Was ... ist passiert?«, stammelte sie. »Hatte er ... einen Unfall?«

»Er wurde überfallen. Dabei ist er schwer verletzt worden.«

Unwillkürlich schossen Emilia Tränen in die Augen. »Wie schlimm ist es?«

Bragon schluckte, das konnte man sogar durchs Handy hören. »Ich denke, du solltest so schnell wie möglich nach Frankfurt kommen«, sagte er.

59

Nils Froder war kooperativ. Aus Angst, sein bestes Stück zu verlieren, hatte er Avram verraten, wo Guus Kronjaeger Jury Worodin versteckt hielt. Die Frage war nur, ob er die Wahrheit sagte.

Avram zerrte Froder zu seinem Auto, versetzte ihm mit dem Pistolenknauf einen Schlag gegen die Schläfe und verschnürte ihn wie ein Paket in seinem Kofferraum. Auf diese Weise konnte Froder seinen Freund Kronjaeger nicht alarmieren. Und falls sich herausstellte, dass Froder log, konnte Avram gleich die Wahrheit aus ihm herauspressen.

Die Fahrt verlief ohne nennenswerte Zwischenfälle. Irgendwann erwachte Froder aus seiner Bewusstlosigkeit und versuchte, auf sich aufmerksam zu machen. Da er wegen des Knebels in seinem Mund nicht schreien konnte, klopfte er mit seinen gefesselten Händen und Füßen gegen den Kofferraumdeckel.

»Lass das bleiben, sonst halte ich bei der nächsten Gelegenheit an und breche dir die Finger!«, rief Avram nach hinten.

Danach war Ruhe.

Die von Froder genannte Adresse lag ein Stück außerhalb von München in einem Industriegebiet bei Dachau. Es handelte sich um ein großflächiges Firmengelände, das im Wesentlichen aus einem asphaltierten Parkplatz sowie einem zweistöckigen Lager- und Verwaltungsgebäude bestand. Am

Zaun und am Rollgatter blätterte schon die Farbe ab. Auch das daran befestigte Schild mit der Aufschrift *Spedition Rebler* hatte schon bessere Tage gesehen.

Überhaupt wirkte das Firmengelände ziemlich verlassen. Im Hof stand nur ein einziger Lkw. Pkws parkten hier überhaupt nicht. Das Grundstück lag am Ende einer Sackgasse, dahinter kamen nur noch Wald und Felder. Auch die angrenzende Lackiererei sowie der Malerbetrieb auf der gegenüberliegenden Straßenseite sahen verwaist und verwahrlost aus. Man kam sich hier vor wie in einer Geisterstadt.

Dieser Ort war als Versteck für eine entführte Person ideal.

Avram stieg aus, öffnete den Kofferraum und versetzte Froder noch einen Schlag gegen den Schädel, um ihn für die nächste halbe Stunde ruhigzustellen. Hier war zwar nicht viel los, aber er wollte kein Risiko eingehen.

Anschließend nahm er die Spedition Rebler genauer in Augenschein. Da das Rollgatter verschlossen war, bog er am Ende der Sackgasse um die Ecke, so dass er von der Straße aus nicht mehr gesehen werden konnte. Dort kletterte er über den Zaun. Einen Moment lang wartete er, ob eine Alarmanlage losgehen oder ein paar Dobermänner auf ihn zustürmen würden. Aber alles blieb ruhig.

Avram ging zum Gebäude, einem kastenförmigen Betonklotz mit zwei großen Toren an der Front und einer Reihe kleiner Fenster im ersten Stock. Die Tore waren verschlossen, der Haupteingang und die Kellertür auf der Rückseite ebenso. Avram schoss sie auf und trat ein.

Drinnen war es dunkel und muffig. Mit seiner Taschenlampen-App leuchtete Avram sich den Weg durch einen vollgerümpelten Vorratsraum bis zum Flur. Dort lagen sieben weitere Räume: der Heizkeller, zwei Sanitärräume und noch mehr Vorratslager. Alle standen offen, aber von Jury Worodin und Guus Kronjaeger fehlte jede Spur. Auch als er die Betonwände auf versteckte Hohlräume hin abklopfte, wurde er nicht fündig. Hier unten schien alles in Ordnung zu sein.

Über eine Stahltreppe gelangte er ins Erdgeschoss. Durch eine Reihe von Oberlichtern drang genügend Helligkeit ins Gebäude, so dass Avram sich auch ohne sein Smartphone einen Überblick verschaffen konnte.

Er befand sich in einer verlassenen Lagerhalle. Rechts waren die großen Rolltore für die Anlieferung, dahinter reihte sich ein Dutzend Schwerlastregale bis knapp unter die Decke. Teils standen die Lagerplätze leer, teils waren sie belegt. Bei näherer Betrachtung stellte Avram jedoch fest, dass sich überall eine dicke Staubschicht angesetzt hatte. In diesem Betrieb wurde schon lange nicht mehr gearbeitet.

Mit vorgehaltener Pistole erkundete er die Halle. Wohin er auch sah – überall bot sich das gleiche Bild: lange, verstaubte Regalfluchten wie aus einem Endzeitfilm.

Auch der Boden war verstaubt. Avrams Sohlenprofile zeichneten sich deutlich in der grauen Schicht ab. Das brachte ihn auf die Idee, eine weitere Runde in der Halle zu drehen und sich diesmal auf etwaige Spuren zu konzentrieren.

Tatsächlich gab es einen Bereich, der auffällig war: die Anlieferungszone bei den Rolltoren. Von dort führten zwei Wege durch das Staubmeer – einer nach unten in den Keller, der andere in die erste Etage.

Da Avram von unten gekommen war und wusste, dass sich dort niemand aufhielt, nahm er sich jetzt das Obergeschoss vor. Über eine weitere Stahltreppe entlang der Innenwand gelangte er dorthin. Er passierte eine Tür mit der Aufschrift

»Verwaltung« und fand sich in einer Art Vorraum wieder, in dem ein paar Stühle und ein kleiner Tisch standen. Von hier aus führte ein langer Gang kerzengerade durchs Gebäude. Links und rechts davon befanden sich Glastüren, so dass jedes Büro gut einsehbar war.

Mit der Waffe im Anschlag erkundete Avram den Verwaltungsbereich. Da dieser mit Teppich ausgelegt war, konnte man die Spuren im Staub zwar nicht ganz so deutlich erkennen wie in der Lagerhalle, aber wenn man genau hinsah, führten sie in das Büro am Ende des Gangs. Der Schreibtisch und ein Großteil der Einrichtung waren dort sauber – im Gegensatz zu den anderen Büros, an denen Avram vorbeikam. Dieser letzte Raum war erst vor kurzem benutzt worden.

Allerdings fand Avram keinen Hinweis auf Jury Worodins Verbleib, und weitere Büros gab es nicht. Hatte Nils Froder also gelogen? Oder hatte Guus Kronjaeger seinen ursprünglichen Plan über Bord geworfen und sein Entführungsopfer woanders untergebracht?

Ich werde mir Froder noch mal vornehmen müssen, dachte Avram. Eine Kugel im Bein wird ihm auf die Sprünge helfen.

Entschlossen, eine brauchbare Antwort von Froder zu erzwingen, ging Avram wieder nach unten. Er hatte die große Halle noch nicht erreicht, als sich plötzlich seine Nackenhaare aufstellten.

Es ist noch jemand hier, schoss es ihm durch den Kopf.

Er erkannte einen menschlichen Umriss im mittleren Gang der Schwerlastregale und rannte instinktiv los. Im selben Moment spritzte nur einen halben Meter von seinem Kopf entfernt Beton von der Wand.

Er hat eine Waffe!

Avram geriet aus dem Gleichgewicht und stürzte. Er schaffte es gerade noch hinter einen alten Stahlcontainer, bevor er auf den Boden knallte. Eine Staubwolke wirbelte auf, hüllte ihn ein und brachte ihn zum Husten. Einen Moment lang war seine Sicht eingeschränkt, wie in einem Schneegestöber. Dann spuckte er den Staub aus und rappelte sich wieder auf.

Hinter dem Container wähnte er sich vorerst in Sicherheit. Allerdings konnte er von hier aus kaum etwas sehen, eingepfercht zwischen der Hallenmauer und der Containerwand. Vorsichtig hob er ein altes Stück Rohr vom Boden auf und hielt es seitlich aus seinem Versteck. Sofort riss ihm der nächste Schuss das Teil aus der Hand. Avram wiederholte das Spiel auf der anderen Seite des Containers, mit demselben Ergebnis. Er saß hier fest wie eine Maus in der Falle.

Glücklicherweise hatte er diesmal aber das Mündungsfeuer gesehen, so dass er seinen Angreifer genau lokalisieren konnte. Ein guter Anfang!

Auf dem Boden fand er eine Schraubenmutter – schwer genug für einen weiten Wurf, gleichzeitig aber auch so klein, dass der Angreifer sie im Dämmerlicht der Lagerhalle nicht sehen und die Finte damit durchschauen konnte.

Avram holte aus und schleuderte die Mutter in Richtung Ladezone. Sekunden später hörte er das leise Scheppern, als sie auf den Boden schlug, gefolgt von dem Ploppen der schallgedämpften Pistole des Angreifers.

Genau in diesem Moment sprang Avram aus seiner Deckung und feuerte vier Kugeln auf das aufblitzende Mündungsfeuer im mittleren Lagergang – besser gesagt dorthin, wo er den Körper vermutete. Kein Schrei. Kein weiterer Schuss mehr. In der Halle herrschte plötzlich Grabesstille.

Dann der dumpfe Aufprall eines Körpers. Es war zu dunkel, um Details erkennen zu können, aber Avram war ziemlich sicher, dass eine menschliche Hand hinter der mittleren Regalwand hervorlugte.

Ein paar Sekunden lang blieb er neben seinem Container stehen, beobachtete die Hand, wartete ab, ob sie noch eine Regung zeigte. Als das nicht der Fall war, fasste er sich ein Herz und ging hin.

Die Hand bewegte sich nicht, zuckte nicht einmal. War das ein Trick? Falls ja, würde Avram nicht darauf hereinfallen. Mit vorgehaltener Pistole bog er um die Ecke.

Vor ihm lag ein Mann – klein, schmächtig, mit Halbglatze. Guus Kronjaeger. Unter seiner braunen Lederjacke quoll Blut hervor. Sein Mund stand offen, seine Augen starrten trüb an die Lagerdecke.

Avram kickte die auf dem Boden liegende Waffe weg, kniete sich neben den reglosen Mann und überprüfte dessen Puls. Nichts. Weder am Handgelenk noch an der Halsschlagader. Kronjaeger war nicht mehr zu retten.

Verflucht!

Tot war Kronjaeger ihm keine Hilfe mehr. Welche Chance hatte er jetzt noch, Jury Worodin zu finden? Vermutlich gar keine!

Wenn Jekaterina Worodin erfährt, dass ich Kronjaeger umgebracht habe, bevor er mir verraten konnte, wo Jury sich aufhält, wird sich ihr Zorn wieder auf mich richten. Scheiße!

Es gab nur eine Lösung: Avram musste die Leiche verschwinden lassen und gegenüber Jekaterina Worodin so tun, als wisse er nichts über den Verbleib ihres Sohns. Wegen des vielen Bluts würde er sich eine große Plastikplane besorgen und Kronjaeger darin einwickeln müssen, um ihn abtransportieren zu können. In ein paar Stunden wäre die Sache erledigt. Avram konnte nur hoffen, dass Jekaterina Worodin niemals die Wahrheit herausfand.

Er stand auf, verließ das Gebäude durch den Keller und hatte schon das halbe Firmengelände überquert, als ihm der geparkte Lkw neben dem Zaun ins Auge stach. Ihm kam eine Idee.

Er ging zu dem Wagen und begutachtete ihn von allen Seiten. Es war ein Fünftonner mit Kastenaufsatz, ziemlich heruntergekommen und verschrammt. Der Werbeaufdruck an den Seiten war kaum noch zu erkennen, überall schimmerte das zerkratzte Metall durch. Dem äußeren Anschein nach war dieser Lkw nicht mehr in Gebrauch. Aber vielleicht wollte jemand nur diesen Eindruck erwecken.

»Ist jemand da drin?«, rief Avram.

Keine Antwort.

»Hallo?« Diesmal rief er lauter. »Jury Worodin? Können Sie mich hören?« Zusätzlich klopfte Avram mit dem Pistolenknauf gegen den Ladekasten.

Tatsächlich hörte er von drinnen eine Stimme – ein Hilferuf, wie aus weiter Ferne. Neuer Mut keimte in ihm auf. Da die Ladeluke geschlossen war, ging er zum Fahrerhaus, wo er das Türschloss aufschoss, um den Knopf für die Hydraulik zu drücken. Dann ließ er die Ladeklappe herunter und stieg ein.

Was er vorfand, war das perfekte Versteck für einen entführten Menschen. Das Innere des Ladecontainers war komplett mit einer zwanzig Zentimeter dicken Styroporschicht ausgekleidet. Darauf befand sich eine schallisolierende Schaumstoffschicht wie in einem Musik-Proberaum. Doch das war noch nicht alles. In der Mitte des Containers stand ein weiterer, kleinerer Container, eine Art Würfel mit einer Seitenlänge von jeweils zwei Metern, gesichert mit einem schweren Vorhängeschloss. Avram schoss es kaputt und zog die massive Stahltür auf. Drinnen hockte eine verängstigte Gestalt auf dem Boden, mit rötlichem Haar und zitternden Händen – Jury Worodin. Geblendet von der plötzlichen Helligkeit, blinzelte er Avram entgegen. Sein Gesicht war geschwollen, seine Lippen aufgeplatzt. Ein dicker Bluterguss saß unter seinem rechten Auge. Kronjaeger hatte den Jungen noch viel härter rangenommen als er.

Als Avram sich näherte, schlug ihm der beißende Gestank von Urin und Fäkalien entgegen. Er registrierte den schmutzigen Eimer, der hinter Jury Worodin in der Ecke stand und für dessen Notdurft gedacht war. Er war hier gefangen gehalten worden wie ein Tier.

»Gib mir deine Hand, Junge«, sagte Avram. »Du bist jetzt in Sicherheit.«

60

Das Autobahnschild kündigte an, dass es bis nach Frankfurt nur noch zehn Kilometer waren. Fast geschafft! Emilia wischte sich eine Träne von der Wange und drückte aufs Gas.

Philippe Ruiz hatte ihr angeboten, sie zu fahren, und sie war ihm dankbar dafür gewesen. Aber sie hatte einen Mietwagen vorgezogen, weil sie mit sich und ihrem Kummer allein sein wollte. Krank vor Sorge, war sie nach Frankfurt gerast, die Geschwindigkeitsbegrenzungen ignorierend, wann immer der Verkehr es zugelassen hatte. Immer wieder waren ihr Fetzen des Telefonats mit Paul Bragon durch den Kopf gegeistert.

Mikka ist etwas zugestoßen ... er wurde überfallen ... ist dabei schwer verletzt worden ...

Der schreckliche Zwischenfall machte Emilia klar, wie bedeutungslos viele Dinge waren, über die sie sich in den letzten Tagen aufgeregt hatte. Die gelben Haare und die Piercings im Gesicht von Beckys Freund Jobi – unwichtig. Ebenso Ruiz' unprofessionelle Turtelei mit Kommissarin Aygün. Im Grunde hatte Emilia Mikka auf sehr ähnliche Weise kennengelernt. Im Nachhinein verstand sie gar nicht, was sie daran gestört hatte. Sogar die Frage nach dem Mörder von Simon Nadicz erschien ihr im Moment belanglos. Alles was zählte, war, dass Mikka wieder gesund wurde.

Sie zitterte am ganzen Leib, ihre Hände waren eiskalt, und sie hatte das Gefühl, sich übergeben zu müssen. Vielleicht hätte sie sich doch lieber nicht hinters Steuer setzten sollen. Aber jetzt war sie fast am Ziel. Die letzte Viertelstunde würde sie auch noch durchhalten.

Den Anweisungen des Navis folgend, bog sie von der Autobahn ab und schlug den Weg zum Universitätsklinikum Frankfurt ein, wo Mikka untergebracht worden war. Mit kribbelndem Magen und darum betend, dass er noch lebte, fragte sie an der Anmeldung nach ihm. Sie wurde auf die Intensivstation geschickt, wo eine Krankenschwester ihr erklärte, dass Mikka eine schwere Operation hinter sich habe und eigentlich keinen Besuch empfangen dürfe. Aber wenigstens wurde sie für ein paar Minuten in sein Zimmer gelassen.

Er lag reglos da, bandagiert, mit geschwollenem Gesicht und einem eingegipsten Arm. Am Kopfende des Krankenbetts standen diverse medizinische Geräte zur Überwachung aller lebenswichtigen Körperfunktionen. In Mikkas linkem Handrücken steckte eine Kanüle. Von dort führte ein dünner Schlauch zu einem durchsichtigen Beutel mit Nährstofflösung, der an einer Stange neben dem Bett hing.

Das Bild hätte Emilia eigentlich beruhigen müssen, weil es zeigte, dass Mikka in guten Händen war. Aber aus irgendeinem Grund tat es das nicht. Das technische Equipment, die vielen Leuchtanzeigen, das leise Piepsen und Summen – all das machte ihr Angst. Wie würde es mit Mikka weitergehen? Würde er überleben, wieder vollständig genesen?

Als sie zum Bett ging und seine Hand nahm, reagierte er nicht, auch nicht auf den Kuss, den sie ihm auf die Stirn gab. Er lag einfach nur da, mit geschlossenen Augen und flachem Atem. Emilia musste sich zusammenreißen, um nicht wieder loszuweinen.

Nach ein paar Minuten kam die Krankenschwester herein

und führte sie mit einigen mitfühlenden Worten aus dem Zimmer. Draußen wartete bereits Paul Bragon.

»Ich war im Aufenthaltsraum«, sagte er. »Ein Pfleger hat mir Bescheid gegeben, dass du da bist.«

Er nahm sie in den Arm und drückte sie an sich. Dankbar ließ sie es geschehen. Es tat gut, von jemandem festgehalten zu werden. Bragons Nähe spendete ihr Trost und gab ihr neue Kraft.

»Weißt du, wie es um Mikka steht?«, fragte sie, als sie sich von ihm löste.

»Die Ärzte konnten noch nicht sagen, ob er durchkommt«, antwortete Bragon mit brüchiger Stimme.

Sofort schossen Emilia wieder die Tränen in die Augen. »Du meinst, er könnte ...?« Sie brachte es nicht über sich, den Satz zu beenden.

Bragon nickte. Auch seine Augen waren wässrig. »Wir müssen abwarten und das Beste hoffen«, raunte er. »Die Ärzte haben alles Menschenmögliche getan. Jetzt können wir nur noch beten.«

Emilia zog ein Taschentuch aus ihrer Handtasche und schnäuzte sich. Erst am letzten Samstag hatte Mikka ihr einen Heiratsantrag gemacht. Heute lag er schwerverletzt im Krankenhaus und rang mit dem Tod.

»Wie ist es passiert?«, wollte sie wissen.

»Ich weiß es nicht genau«, antwortete Bragon. »Man hat ihn heute Nacht in der Nordweststadt gefunden. Da war er schon verletzt.«

An seinen Augen erkannte Emilia, dass das noch nicht alles war. »Ich weiß, dass du es gut meinst, wenn du mich mit Details verschonen willst«, sagte sie. »Aber hinter dieser Tür liegt der Mann, den ich liebe, mehr tot als lebendig. Ich will wissen, was ihm zugestoßen ist!«

Bragon zögerte noch einen Moment und stieß einen tiefen Seufzer aus. »Lass uns einen Kaffee trinken gehen«, sagte er. »Dann werde ich dir erzählen, was ich weiß.«

61

»Wie geht es deiner Nase?«, fragte Avram.

Jury Worodin saß neben ihm auf dem Beifahrersitz und hielt sich ein Erfrischungstuch ins Gesicht, um seine Wunden zu kühlen. Den Geruch von Schweiß und Urin überlagerte es leider nicht. Am liebsten hätte Avram ihn auf eine Plastiktüte gesetzt, aber er wollte die Gefühle des Jungen nicht zusätzlich verletzen. Er hatte schon genug durchgemacht.

Die Nase war vermutlich gebrochen, so schief, wie sie saß, aber ein guter Arzt würde sie wieder zurechtbiegen können. Der Rest würde von alleine heilen. Alles in allem hatte Jury Worodin enormes Glück gehabt, auch wenn er im Moment nicht den Eindruck machte, als wäre er sich dessen bewusst.

»Hast du Durst?«, fragte Avram. »Im Handschuhfach müsste eine Dose Cola sein. Nimm sie dir, wenn du willst.«

Jury zögerte einen Moment, griff dann aber zu und trank die Dose in einem Zug leer. In seinem Gefängnis war zwar ein Eimer für die Notdurft, aber nichts zu trinken gewesen.

»Was haben Sie mit mir vor?«, fragte er, immer noch sichtlich verängstigt. Woher sollte er auch wissen, wem er noch trauen konnte? Zuerst hatte Avram ihn in einer alten Schreinerei gefangen gehalten, von dort war er von Guus Kronjaeger entführt und in einen winzigen Container auf einem Lastwagen gesteckt worden.

»Mach dir keine Sorgen, ich werde dir nichts tun«, sagte Avram. An einer Tankstelle in Karlsfeld hielt er, damit Jury sich ein wenig frisch machen konnte. Außerdem wollte er dem Jungen etwas zu essen kaufen.

»Komm ja nicht auf die Idee abzuhauen!«, sagte Avram streng. »Ich habe deiner Mutter versprochen, dich nach Hause zu bringen, und genau das werde ich tun. Ich will nicht bis zum Ende meiner Tage von euren Killern verfolgt werden.«

Während Jury sich auf der Toilette wusch, telefonierte Avram mit Rutger Bjorndahl. Eigentlich wollte er sich nur über den neuesten Stand der Ermittlungen in Amsterdam erkundigen. Stattdessen wartete Bjorndahl mit den jüngsten Geschehnissen in Frankfurt auf.

»Kessler ist in der Nacht überfallen worden«, berichtete er. »Er liegt momentan schwerverletzt im Universitätsklinikum. Soweit ich weiß, steht es nicht gut um ihn. Jemand hat ihn halb totgeprügelt und mit einem Messer verwundet.«

Das war eine Hiobsbotschaft! Nicht, dass Avram Kessler besonders mochte oder ihn gut kannte. Er war für ihn nur der Lebensgefährte von Emilia Ness, nicht mehr und nicht weniger. Aber wenn er nun schwerverletzt im Krankenhaus lag und womöglich starb, würde die Interpol-Agentin in ein tiefes Loch stürzen. Und wenn sie erfuhr, dass Avram in gewisser Weise dafür verantwortlich war, konnte er die angestrebte heimliche Kooperation mit ihr abschreiben.

Verdammter Mist!

Er verabschiedete sich von Bjorndahl und steckte das Smartphone wieder weg. Dann kaufte er im Tankstellen-Shop für sich und Jury Worodin zwei belegte Brötchen, während er darüber nachdachte, wie es nun weitergehen sollte.

Sie aßen auf dem Parkplatz neben den Münzstaubsaugern. Jury hatte sich gewaschen und stank jetzt nicht mehr ganz so intensiv, auch wenn sein Körpergeruch sich hartnäckig in der schmutzigen Kleidung hielt. Die Schwellungen und Hämatome verunstalteten ihn natürlich immer noch.

Da Jury Worodin völlig ausgehungert war, besorgte Avram ihm in der Tankstelle Nachschub. Während der Grünschnabel seine zweite Portion verdrückte, rauchte Avram an der frischen Luft eine Zigarette und nutzte die Zeit für ein Telefonat mit Jekaterina Worodin, die in Freudentränen ausbrach.

Avram reichte den Hörer weiter, damit Jury seine Mutter davon überzeugen konnte, dass es ihm gutging. Sie wechselten ein paar Worte Russisch. Danach wollte Jekaterina Worodin noch einmal mit Avram sprechen.

»Ich bin Ihnen zu tiefstem Dank verpflichtet, Herr Kuyper«, sagte sie. »Was ist mit Scilla?«

»Es gab eine Schießerei«, antwortete Avram. »Scilla ist tot. Es tut mir leid, dass ich Sie dadurch um das Vergnügen bringe, sich selbst an ihm zu rächen.«

»Er hat das bekommen, was er verdiente«, erwiderte Jekaterina Worodin kalt. »Ich bin froh, dass er tot ist. Eine Sorge weniger.«

»Wohin soll ich Jury bringen?«

»Zu meinem Vertrauten in München, wenn es Ihnen nichts ausmacht. Ruslan Petrow. Er wird sich um Jury kümmern und dafür sorgen, dass er wohlbehalten nach Amsterdam zurückkommt.« Jekaterina Worodin gab ihm die Adresse durch, danach entstand eine Pause. »Ich stehe in Ihrer Schuld, Herr Kuyper«, sagte sie schließlich. »Wenn es irgendetwas gibt, das ich für Sie tun kann, lassen Sie es mich bitte wissen.«

»Ich danke Ihnen für das Angebot«, entgegnete Avram. »Im Moment bin ich zufrieden damit, nicht mehr auf Ihrer

Abschussliste zu stehen. Aber vielleicht können Sie mir eines Tages ebenfalls helfen.«
»Das werde ich. Ich verspreche es.«
Als Avram das Gespräch beendete, konnte er kaum glauben, dass er diesmal sein Handy gar nicht wegwerfen musste.

62

Emilia saß mit Paul Bragon in der Cafeteria des Universitätsklinikums Frankfurt und fühlte sich erbärmlich. Ihre Gedanken kreisten einzig und allein um Mikkas Verletzungen. Immer wieder kamen ihr die Tränen, sie konnte nichts dagegen tun.

Bragon war mit der Situation heillos überfordert, das fiel sogar Emilia auf. Er wusste nicht, was er sagen sollte und wie er sie beruhigen konnte. Wahrscheinlich war das auch gar nicht möglich. Emilia hatte ihre Gefühle nicht mehr unter Kontrolle, so sehr war sie in der Angst um Mikka gefangen. Mit dem Taschentuch in ihrer Hand tupfte sie sich immer wieder die Augen trocken, wohl wissend, dass die nächsten Tränen nicht lange auf sich warten lassen würden.

»Also, sag schon – wie ist das mit Mikka passiert?«, fragte sie und nippte an ihrem Tee, der inzwischen nur noch lauwarm war.

Bragon zupfte nervös an seinem mächtigen Schnurrbart. »Natürlich weiß ich es nicht ganz genau«, sagte er. »Aber nach allem, was ich mitbekommen habe, wurde Mikka heute Nacht in der Frankfurter Nordweststadt gefunden, so gegen fünf Uhr früh. Warst du schon mal dort?«

Emilia schüttelte den Kopf.

»Nicht die beste Gegend«, fuhr Bragon fort. »Keine Ahnung, was Mikka dort zu suchen hatte. Jedenfalls wurde er hinter einem Gebüsch neben einem Schrottplatz gefunden. Von einem Jogger, besser gesagt, von dessen Hund. Der Jogger hat die Sanis gerufen, die auch sofort vor Ort waren. Sie haben Mikka hierhergebracht und direkt notoperiert.«

Emilia kamen schon wieder die Tränen. »Was genau hat man ihm angetan?«

»Der Arzt hat von mehreren Knochenbrüchen und Schnittwunden gesprochen. Die Art der Wunden lässt darauf schließen, dass es kein Unfall war. Es hat ihn also niemand angefahren und ins Gebüsch gezerrt, um anschließend Fahrerflucht zu begehen. Er wurde bewusst verletzt, mit voller Absicht. Die Schnittwunden sind über den ganzen Körper verteilt. Die Knochenbrüche konzentrieren sich auf Arme, Beine und ein paar Rippen. Man hat sie ihm mit einem stumpfen Gegenstand beigebracht, vielleicht mit einem Baseballschläger oder einer Brechstange. Auch sein Kopf hat einiges abbekommen. Am schlimmsten ist aber wohl der Blutverlust. Es sieht leider ziemlich ernst aus.«

Emilia nickte. Sie wechselte das Taschentuch, weil das alte schon völlig aufgeweicht war. Vom vielen Weinen waren ihre Nebenhöhlen zugeschwollen, so dass sie kaum noch Luft bekam. »Denkst du, er wird wieder gesund?«

Sie hoffte, Bragon würde so etwas antworten wie: »Mikka ist ein harter Hund. Der kommt garantiert wieder auf die Beine.« Doch stattdessen zuckte er nur resigniert mit den Schultern und murmelte: »Ich weiß es nicht.«

Die Antwort deprimierte Emilia so sehr, dass sie in einen regelrechten Heulkrampf verfiel. Das Gesicht in die Hände vergraben, ließ sie sich vollkommen gehen. Was die Leute dachten, die um sie herum in der Cafeteria saßen, interessierte sie nicht.

»Bitte sag mir, dass er wieder gesund wird, Paul!«, schluchzte sie. »Ich liebe ihn doch so sehr! Er darf nicht sterben!«

Sie spürte, wie Bragon ihr langsam über den Rücken strich, um sie zu beruhigen.

»Alles wird wieder gut«, raunte er ihr zu. An seiner Stimme erkannte sie, dass auch er weinte.

63

Avram ließ Nils Froder in einer unbelebten Seitenstraße wieder frei. Anschließend fuhr er Jury Worodin nach München-Grünwald, so, wie er es seiner Mutter versprochen hatte. Als er sich an der Pforte neben der Einfahrt meldete, schwang das massive, zweiflüglige Tor auf und gab den Blick auf eine parkähnliche Gartenanlage frei. Zu beiden Seiten der geschotterten Auffahrt erstreckte sich bestens gepflegter Rasen, durchzogen von einzelnen Blumenbeeten. Zu dieser Jahreszeit trugen die Blumen zwar keine Blüten mehr, dennoch gaben sie einen Eindruck von der Farbenpracht, die im Sommer hier herrschen musste. Weiter hinten erstreckten sich mächtige Eichenbäume mit rotgoldenen Blättern in den Himmel.

Das imposante dreistöckige Haus, auf das sie zufuhren, erinnerte mit seinen Zinnen und Erkern an ein englisches Schloss. Vor dem Eingangsbereich mit den beiden mächtigen dorischen Säulen parkte Avram den Wagen und stieg aus. Er hatte schon viele luxuriöse Anwesen gesehen, weil die meisten seiner Auftraggeber reiche Leute waren, die großen Wert auf Status legten. Aber das hier war auch für ihn nicht alltäglich.

Gemeinsam mit Jury Worodin ging er zum Eingang. Kaum hatte er an dem Knauf mit dem Löwenkopf geklopft, öffnete sich die schwere Eichentür, und eine Art Butler führte sie in einen mit unzähligen Bücherregalen ausgestatteten Raum.

Hier stieß wenig später Ruslan Petrow zu ihnen. Er war ein kleiner, muskulöser Mann, beinahe genauso breit wie hoch. Auf den ersten Blick machte er einen freundlichen, ja sogar harmlosen Eindruck, aber sein Lächeln war nicht echt, und seine Augen verströmten eine Mischung aus Skepsis und Arroganz.

Wenigstens schien Jury ihn zu mögen. Er fiel dem viel kleineren Muskelpaket regelrecht um den Hals und drückte ihn an sich wie einen Bruder.

»Schön, dich zu sehen, Mann!« Er schien erst jetzt richtig zu begreifen, dass er sich nicht mehr in Gefahr befand.

Petrow gab ihm einen freundschaftlichen Klaps auf die Wange. »Ich freue mich auch, *towarischtsch*«, sagte er mit einem schiefen Grinsen. »Wir hatten Angst um dich. Jetzt geh hoch und lass dir von Maria etwas Frisches zum Anziehen geben. Du stinkst wie ein Iltis.«

Jury schüttelte belustigt den Kopf. »Du mich auch!«, sagte er und verschwand aus dem Raum.

Petrow führte Avram zu einem antiquierten Schreibtisch, auf dem ein Aktenkoffer lag. Der Russe gab eine Zahlenkombination ein und klappte den Deckel auf. Zum Vorschein kamen bündelweise Geldscheine, mit Banderolen versehen, sauber nebeneinander angeordnet.

»Jekaterina Worodin hat mich gebeten, Ihnen das zu geben«, sagte Petrow. »Fünf Millionen Euro. Sie gehören Ihnen.«

Avram hob die Augenbrauen. »Das ist eine Menge Geld«, sagte er. »Richten Sie ihr bitte meinen aufrichtigen Dank aus. Aber ich kann das nicht annehmen.« Eine solche Summe war zwar eine echte Verlockung, zumal die Polizei seit dem letzten Sommer einen Teil seiner Konten eingefroren hatte. Dennoch verfügte Avram über ein ausreichendes finanzielles Polster. Es war ihm lieber, sich Jekaterina Worodins Dankbarkeit für etwas Wichtigeres als Geld aufzusparen.

Petrow bedachte ihn mit einem skeptischen Blick und klappte den Koffer wieder zu. Seine Miene sprach Bände: Er fragte sich, was Avram mit seiner Ablehnung bezweckte.

Avram ließ ihn darüber im Unklaren.

Später nahm er einen Imbiss an einer Currywurstbude und ließ die letzten vierundzwanzig Stunden noch einmal Revue passieren. Durch das plötzliche Auftreten von Jury Worodin und die damit verbundenen Verwicklungen hatte Avram vorübergehend seine Prioritäten verschieben müssen. Jetzt wollte er sich wieder voll und ganz auf sein eigenes Ziel konzentrieren: Belials Hintermänner finden, um sie zur Rechenschaft zu ziehen – vor allem diejenigen, die an Gorans und Saschas Tod beteiligt gewesen waren.

Anhand der Snuff-Movies auf der Festplatte von Britt Lassgard hatte Rutger Bjorndahl die Identitäten mehrerer Mörder feststellen können, von denen Avram hoffte, dass sie entweder selbst zu Belials Komplizenkreis gehörten oder dass sie ihn dorthin führen konnten. Er hatte mittlerweile so viele Spuren, dass er sie nicht mehr alleine verfolgen konnte, jedenfalls nicht in einem angemessenen Zeitrahmen. Deshalb hatte er Emilia Ness eine Kooperation vorgeschlagen, auf die sie – zumindest bis jetzt – nicht eingegangen war. Dass ihr Lebensgefährte nun schwerverletzt im Krankenhaus lag, machte die Sache nicht einfacher, vor allem weil Avram in gewissem Sinne die Schuld an dem Überfall traf.

Er seufzte, aß seinen letzten Bissen auf und warf den Pappteller in den Mülleimer. Im Grunde wusste er, was er zu tun hatte: Er musste Emilia Ness reinen Wein einschenken.

Aber das fiel ihm schwer, weil er ahnte, wie sie darauf reagieren würde.

Im Auto telefonierte er erst einmal mit Nadja.

»Uns geht es gut«, erzählte sie auf seine Nachfrage. »Akina fällt vor Langeweile zwar die Decke auf den Kopf, aber sonst ist alles in Ordnung. Was denkst du, wie lange wir noch hierbleiben müssen?«

»Genau deshalb rufe ich an«, sagte Avram. »Ihr könnt wieder zurück auf den Hof. Es besteht keine Gefahr mehr.«

Er hörte, wie Nadja die Neuigkeit an Akina weitergab. Die kommentierte es nur mit einem lakonischen »Na, endlich!«.

»Sie zeigt es nicht gerne, aber sie freut sich riesig«, sagte Nadja. »Wie sieht es mit dir aus? Hast du nicht Lust, ein paar Tage bei uns zu verbringen?«

Nach all der Kälte, die sie ihm seit seiner Ankunft entgegengebracht hatte, kam die Einladung unerwartet, aber sie war dadurch umso erfreulicher. Dennoch lehnte Avram ab. Er musste dringend nach Frankfurt, um ein paar schiefgelaufene Dinge wieder geradezubiegen.

Er hoffte, dass das überhaupt noch möglich war.

MITTWOCH

*Geh zur Hölle,
Avram,
dort wartet der
Teufel auf dich*

MITTWOCH

64

Emilia wachte schweißgebadet auf. Sie rieb sich die Augen und registrierte erst jetzt, dass sie nicht in ihrem Bett, sondern auf einem Stuhl an Mikkas Krankenlager geschlafen hatte, den Kopf an die Matratze gelehnt. Langsam sickerte die Erinnerung in ihr Bewusstsein. Sie hatte den größten Teil des gestrigen Tages im Krankenhaus verbracht. Ab und zu war sie zu Mikka vorgelassen worden, doch sein Zustand war so labil gewesen, dass sie immer schon nach ein paar Minuten wieder hatte gehen müssen. Es war jedes Mal ein schmerzvoller Abschied gewesen, vor allem weil sie nicht wusste, ob es vielleicht der letzte war.

Den gestrigen Abend hatte sie im Aufenthaltsraum der Intensivstation verbracht, bangend, hoffend und mit dem Schicksal hadernd, während die Minuten in grausamer Langsamkeit verstrichen waren. Irgendwann war sie eingeschlafen.

In der Nacht hatte sie ein Krankenpfleger geweckt und zu Mikka gebracht, weil sein Zustand so kritisch wurde, dass die Ärzte das Schlimmste befürchteten. Es war der dunkelste Punkt in Emilias Leben gewesen, neben seinem Bett sitzend, hin- und hergerissen zwischen ängstlicher Hoffnung und tiefer Verzweiflung. Er war die ganze Zeit über nicht zu Bewusstsein gekommen.

Wenn sie nicht geweint hatte, hatte sie seine Hand gehalten und mit ihm gesprochen. Vielleicht bekam er ja doch etwas von seiner Außenwelt mit. Vielleicht gab es ihm Kraft, zu wissen, dass sich jemand um ihn kümmerte. So waren die Stunden verstrichen, bis Emilia im frühen Morgengrauen wieder die Müdigkeit übermannt hatte.

Wie geht es Mikka jetzt?

Die Frage schoss ihr wie ein Blitz durch den Kopf, und eine Sekunde lang befürchtete sie schon, seinen Tod verschlafen zu haben. Erst als sie sah, wie sein Brustkorb sich unter der Decke bewegte, konnte sie wieder durchatmen. Ihr Blick fiel auf den grünen Leuchtpunkt auf der Anzeige neben dem Bett, der langsam, in gleichmäßigem Rhythmus von links nach rechts hüpfte. Das gab Emilia die letzte Sicherheit: Mikka lebte noch. Tiefempfundene Dankbarkeit durchflutete sie – ein Gefühl wie eine Befreiung. Sie begann wieder zu weinen, diesmal nicht aus Verzweiflung, sondern vor Glück – auch wenn sie nicht wusste, wie lange dieses Glück anhalten würde.

Eine Weile blieb sie wartend an Mikkas Bett sitzen, darauf hoffend, dass er vielleicht irgendwann die Augen aufschlagen würde. Aber das tat er nicht.

Gegen acht Uhr kam eine Krankenschwester ins Zimmer und tauschte den leeren Infusionsbeutel gegen einen neuen. Auf Emilias Frage, wie es um Mikka stehe, sagte sie nur, dass seine Werte sich stabilisiert hätten. Weitere Details könne ihr aber nur der diensthabende Arzt sagen, der jedoch gerade operiere und daher erst später zu sprechen sei. Emilia musste sich notgedrungen damit zufriedengeben, weiter zu warten und zu hoffen.

Um neun Uhr kam Paul Bragon vorbei. Er löste sie ab, damit sie frühstücken und sich die Beine vertreten konnte. Zuerst lehnte sie sein Angebot ab, weil sie das Gefühl hatte, Mikka dadurch im Stich zu lassen. Am Ende willigte sie jedoch ein, denn ihr war klar, dass sie Kraft für den bevorstehenden Tag schöpfen musste.

Nach einer heißen Schokolade und einem erstaunlich guten Croissant in der Klinik-Cafeteria ging sie nach draußen, um ein paar Schritte zu laufen. Es war ein kalter, regnerischer Morgen, passend zu ihrer Stimmung. Am Samstag, als Mikka ihr den Antrag gemacht hatte, war sie die glücklichste Frau der Welt gewesen. Heute fühlte sie sich, als würde sie am Rand eines Abgrunds stehen, nur einen Schritt vom Wahnsinn entfernt. Das Schicksal hatte ihr einen Tiefschlag verpasst, und sie wusste, dass es vielleicht noch schlimmer kommen konnte.

Um sich abzulenken, überprüfte sie mit dem Handy ihre E-Mail-Eingänge. Dorffler hatte ihr aus Lyon eine Nachricht geschrieben, aber nicht, weil es Neuigkeiten gab, sondern um sich nach ihrem und Mikkas Befinden zu erkundigen.

Auch Becky hatte sich gemeldet. Sie wollte wissen, ob sie Jobi am kommenden Wochenende wieder nach Frankfurt mitbringen dürfe. Emilia verschob die Antwort auf später. Sie fühlte sich im Moment nicht in der Verfassung, Becky von dem nächtlichen Überfall zu berichten. Dafür saß der Schmerz noch zu tief.

Aus den Augenwinkeln heraus bemerkte sie, dass jemand neben ihr stand. Zuerst dachte sie, dass es ein Patient war oder ein anderer Angehöriger. Aber irgendwie kam ihr die Gestalt bekannt vor. Als sie sich umdrehte, stellte sie fest, dass es Avram Kuyper war.

Sofort meldete sich bei ihr ein unangenehmes Kribbeln im Magen. Wieso war er hier? Das letzte Mal hatte sie ihn im Sommer gesehen, als er sie aus Belials Folterkeller befreit hatte – dafür schuldete sie ihm bis an ihr Lebensende Dank. Andererseits hatte er sie kurz davor mit einer Waffe bedroht und sie gefesselt im Haus seines Bruders zurückgelassen, damit sie ihm bei der Suche nach seiner entführten Schwägerin nicht in die Quere kommen konnte. Seit damals wusste sie, dass er ein gesuchter Krimineller war, was das Verhältnis zu ihm nicht gerade einfacher machte.

»Zigarette?«, fragte er und hielt ihr die Packung hin.

Sie schüttelte den Kopf. »Ich rauche nicht.«

»Ich nur, wenn ich mit jemandem ins Gespräch kommen will.« Er steckte die Packung ungeöffnet weg. »Oder wenn ich nervös bin.«

»Vergangenen Sommer hatte ich nicht den Eindruck, dass ich Sie nervös mache. Ganz im Gegenteil.«

»Es tut mir leid, dass ich Sie mit einer Waffe bedroht habe«, sagte er. »Ich wollte nur sichergehen, dass wir uns nicht ins Gehege kommen.«

»Sie haben sich in polizeiliche Angelegenheiten eingemischt.«

»Das sehe ich anders. Sie haben sich in meine Privatangelegenheiten eingemischt. Jemand hatte sich an meinem Bruder und dessen Familie vergangen. Da wollte ich kein Risiko eingehen.«

»Dass die stümperhafte Polizei die Sache vermasselt?«

Er grinste. »Wenn ich die Dinge auf meine Weise anpacke, gelange ich meistens ziemlich schnell ans Ziel. Ich hatte die Befürchtung, dass es bei der Polizei etwas länger dauern würde. Außerdem wäre ich offen gestanden nicht damit zufrieden gewesen, wenn Belial nur eine Gefängnisstrafe hätte verbüßen müssen. Er hat den Tod verdient, und wenn Sie mich fragen, war sein Selbstmord noch viel zu harmlos für ihn. Das Dreckschwein war ein verfluchter Sadist.«

Emilia erwiderte nichts. Was Avram Kuyper sagte, stimmte. Dennoch durfte es nicht sein, dass jemand das Gesetz selbst in die Hand nahm, wie gut seine Gründe auch sein mochten. »Warum sind Sie hier?«

Er zögerte. »Es tut mir leid, was passiert ist. Die Sache mit Ihrem Freund, meine ich.«

Emilia wurde stutzig. »Woher wissen Sie, dass er mein Freund ist?«

»Ich beobachte Sie schon eine ganze Weile. Wir beide hatten im Sommer dasselbe Ziel: Belial finden. Und in den letzten Monaten haben wir versucht, auch noch seine Komplizen aufzuspüren. Wir mögen unterschiedliche Motive und Vorgehensweisen haben, aber im Grunde wollen wir beide, dass diese Leute für ihre Taten bestraft werden.«

Emilia schob eine Haarsträhne beiseite, die eine Windbö ihr ins Gesicht geweht hatte. »Haben Sie mir in den letzten Monaten anonyme Botschaften zukommen lassen?«

Jetzt lächelte er wieder. »Natürlich. Und wir haben vorgestern miteinander telefoniert. Sie wollten nicht auf mein Angebot eingehen, aber ich hoffe, dass ich Sie noch umstimmen kann.«

Sie überlegte, ob sie ihn auf die Haarprobe ansprechen sollte, die in dem alten Landhaus bei Boisset-Saint-Priest gefunden worden war. Doch sie beschloss, diese Information vorerst für sich zu behalten. Gegenüber einem Profikiller war es vielleicht klüger, mit verdeckten Karten zu spielen.

»Sie wissen, dass ich nicht mit Ihnen kooperieren kann«, entgegnete sie. »Ich bin Polizistin. Ich kann einem gesuchten Verbrecher nicht Einsicht in eine laufende Ermittlung gewähren, nur damit er uns Informationen zur Verfügung stellt. Im Grunde dürfte ich mich nicht einmal hier mit Ihnen unterhalten. Ich sollte meine Kollegen rufen und Sie verhaften lassen.« Sie wusste selbst nicht genau, warum sie es nicht tat. Zum einen wahrscheinlich, weil sie keine Waffe bei sich trug und sie ihn daher gar nicht so lange in Schach halten konnte, bis die Frankfurter Kollegen hier auftauchten. Auch die Tatsache, dass sie ohne ihn längst tot gewesen wäre, hielt sie zurück. Und wenn sie ehrlich zu sich war, gab es noch einen weiteren Grund, sich auf das Vier-Augen-Gespräch mit ihm einzulassen: reine Neugier. Woher hatte er seine Informationen? Würde sie damit im Belial-Fall endlich vorankommen? Der schnelle Durchbruch, den sie sich von Jacques Willemburgs Verhaftung versprochen hatte, war ausgeblieben. Ohne Avram Kuypers Hilfe hatte sie nichts mehr in der Hand.

Gegenüber ihrem Chef und ihren Kollegen in Lyon würde sie behaupten müssen, ihre Informationen anonym erhalten zu haben – das war kein Problem. Aber welche polizeilichen Interna konnte sie Kuyper mit halbwegs gutem Gewissen überlassen? Und war es das Risiko wert? Immerhin setzte sie damit ihren Job aufs Spiel.

Doch dadurch, dass sie sich selbst in Belials Gewalt befunden hatte, war es ihr ein dringendes Bedürfnis, auch seine Komplizen zur Strecke zu bringen – jeden, der für dieses menschenverachtende Netzwerk aus Entführung und Folter mitverantwortlich war. Sie musste sich eingestehen, dass ein Teil von ihr auf Avram Kuypers Angebot eingehen wollte, obwohl sich allein der Gedanke daran von selbst verbot.

»Wir mögen auf verschiedenen Seiten des Gesetzes stehen, aber im Grunde wollen wir beide dasselbe«, fing er wieder an. »Deshalb möchte ich, dass wir in diesem Fall zusammenarbeiten. Allerdings kann das nur im gegenseitigen Vertrauen funktionieren.«

Etwas in seinem Gesicht deutete an, dass ihm noch etwas auf dem Herzen lag. Emilia fragte sich, was das war.

»Sie sind ein gesuchter Verbrecher«, sagte sie. »Ich will

Ihre Gefühle nicht verletzen, aber bei Ihrer Vorgeschichte fällt es schwer, Vertrauen zu fassen.«

Er nickte betreten. »Es kommt sogar noch schlimmer. Denn bevor Sie Ihre Entscheidung treffen, sollten Sie etwas wissen: Ich bin der Grund dafür, dass Ihr Freund im Krankenhaus liegt.«

Emilia hörte die Worte, verstand sie aber nicht. »Was soll das heißen?«, murmelte sie, während sie verzweifelt versuchte, ihre Gedanken zu sortieren. »Haben Sie ihn so zugerichtet?« Einen Augenblick lang befürchtete sie, die Beine könnten ihr wegknicken.

»Ich habe ihn nicht zusammengeschlagen«, sagte Kuyper. »Aber ich befürchte, ich habe ihn in diese Situation gelockt. Als Sie mein Angebot ablehnten, dachte ich, es sei eine gute Idee, ihn zu fragen. Er ist Polizist. Ich dachte, vielleicht geht er darauf ein, weil er Ihnen helfen will. Weil er weiß, wie sehr Sie sich wünschen, dass dieser Fall endlich geklärt wird.«

Emilia verzichtete darauf, zu fragen, woher Avram Kuyper so viel über sie wusste. Das spielte im Moment keine Rolle. Wichtig war nur, dass Mikka offenbar auf sein Angebot eingegangen war und jetzt mit dem Tode rang.

Zu Angst und Verzweiflung kam plötzlich noch ein anderes Gefühl: Wut. Avram Kuyper hatte Mikka für seine Zwecke eingespannt und ihn dadurch in eine lebensbedrohliche Lage gebracht. Und obwohl Mikka genauso gut wie Emilia über Avram Kuyper Bescheid wusste, hatte er sich auf eine Zusammenarbeit mit ihm eingelassen. Dass er es wahrscheinlich nur für sie getan hatte, konnte keine Entschuldigung sein. Noch dazu war er so unvorsichtig gewesen, die Sache im Alleingang durchzuziehen! Was hatte er sich nur dabei gedacht?

Noch schlimmer als die Wut war das schlechte Gewissen. *All das hätte nicht passieren müssen, wenn ich auf Kuypers Angebot eingegangen wäre.*

Natürlich hatte sie nicht ahnen können, wohin ihr Nein führen würde. Dennoch gab es eine böse, flüsternde Stimme in ihrem Hinterkopf, die ihr einen Vorwurf daraus machte.

»Ich weiß, dass das jetzt kein guter Zeitpunkt ist, um darüber zu sprechen«, sagte Avram Kuyper. »Aber ich bin hier, weil ich Sie bitten will, noch einmal über mein Angebot nachzudenken. Ich habe im Moment so viele brauchbare Spuren, dass ich sie nicht alleine bewältigen kann. Sie dagegen haben Kapazitäten frei. Außerdem haben Sie technische Möglichkeiten, die mir nicht zur Verfügung stehen. Nur können Sie damit nichts anfangen, weil Ihnen die Spuren fehlen. Wir würden uns perfekt ergänzen!« Er sah sie einen Moment lang eindringlich an. Seine stahlgrauen Augen schienen sich direkt in ihre Seele zu bohren. »Wenn wir uns zusammenschließen, können wir die Mistkerle ans Kreuz nageln«, fuhr er fort. »Die Hinweise, die ich Ihnen liefern kann, sind heiß. Sonst würde Ihr Freund jetzt nicht im Krankenhaus liegen und um sein Leben kämpfen.«

Die Logik war zwingend – und gleichzeitig so schmerzvoll, dass Emilia Avram Kuyper eine schallende Ohrfeige verpasste. Er wollte ihre Gefühlslage ausnutzen, um sie für seine Zwecke zu manipulieren! Wenn sie wissen wollte, was Mikka zugestoßen war, musste sie sein Angebot akzeptieren. Wenn sie ihren Grundsätzen als Polizistin treu blieb und die Kooperation verweigerte, würde sie das nie erfahren. Diese Erkenntnis sickerte wie lähmendes Gift in ihr Bewusstsein.

Avram Kuyper rieb sich die Wange. »Ich werde um zwölf Uhr ins *Tartuffo* kommen«, sagte er. »Das ist ein Restaurant am Opernplatz. Wir sollten dort alles noch mal in Ruhe miteinander besprechen.«

»Gehen Sie jetzt«, raunte Emilia leise. Sie fühlte sich plötzlich kraftlos und matt. »Ich werde es mir überlegen.«

65

Claus Thalinger lehnte sich in seinen ledernen Bürosessel zurück und ließ den Blick aus dem Fenster schweifen, hinaus auf die dunstige Stadt. Das Handy am Ohr, telefonierte er mit Dr. Albert Hentzweller, dem Anwalt, den er damit beauftragt hatte, Jacques Willemburg aus der Untersuchungshaft zu befreien. Laut Hentzwellers Bericht hatte in Kehl alles bestens geklappt, Willemburg befand sich seit vorgestern auf freiem Fuß. Die Polizei hatte die fingierten Alibis für echt befunden.

»Was ist mit den Patentrechten an M.O.C.2?«, fragte Thalinger. »Hat Willemburg inzwischen den Kaufvertrag unterschrieben?« Er brauchte diese Rechte. Sie waren Teil der Vereinbarung mit der spanischen TOCON-Gesellschaft. Ohne das Patent würde der Millionendeal platzen wie eine Seifenblase.

M.O.C.2 – das war die neueste Generation der von Jacques Willemburgs Firma hergestellten Multi-Organ-Chips – Halbleiterplatten, auf denen menschliche Zellen aufgebracht wurden, um mit deren Hilfe die Wirkungsweise von Medikamenten, Kosmetikartikeln, Drogen, Biowaffen, Strahlungsemissionen und so weiter zu erforschen. M.O.C.2 würde nicht nur Tierversuche überflüssig machen, sondern auch die Aussagekraft von Forschungstestreihen deutlich steigern, da aufgrund vordefinierter menschlicher Normzellen eine wesentlich bessere Vergleichbarkeit der Ergebnisse gewährleistet war.

»Willemburg hat den Vertrag mitgenommen«, sagte Hentzweller. »Er wollte ihn mir zuschicken, sobald er ihn unterschrieben hat.«

»Falls Ihnen der Vertrag nicht spätestens morgen vorliegt, erinnern Sie ihn daran, dass sein falsches Alibi jederzeit auffliegen kann. Erwähnen Sie meinen Namen nicht. Auch nicht TAURUS. Ich will nicht, das er eine Verbindung zu mir herstellen kann. Lassen Sie einfach durchblicken, dass es Filmmaterial darüber gibt, wie er die Entführung von Simon Nadicz beauftragt hat und wie er ihn später zum Krüppel schlägt. Wenn er nicht will, dass diese Filme bei der Polizei landen, sollte er den Vertag schleunigst unterschreiben.«

Er beendete das Gespräch und legte das Handy auf seinen Schreibtisch, betrachtete aber noch eine Weile die Skyline der Stadt, die wie immer eine beruhigende Wirkung auf ihn hatte. Der Anblick verdeutlichte ihm einmal mehr, wie gering seine Probleme waren. Und wie weit er es in seinem Leben schon gebracht hatte.

Sich aufzuregen machte keinen Sinn. Im Grunde war Thalinger sogar ziemlich sicher, dass Willemburg die Rechte an M.O.C.2 widerstandslos verkaufen würde – zu einem Preis, der weit unter dem Marktwert lag. Es gab wie immer ein paar Unwägbarkeiten. Dennoch lief alles nach Plan.

Was umso erfreulicher war, als es in diesem Fall nicht nur um Erpressung ging, sondern um weitaus mehr, nämlich um seine ganz persönliche, langersehnte Rache an Simon Nadicz, der es gewagt hatte, die Finger nach Lara auszustrecken. Die Erinnerung daran, wie er die beiden im Bett erwischt hatte, saß in Claus Thalingers Gedächtnis fest wie ein entzündeter Stachel. Damals hatte er nicht gewusst, wer sein Nebenbuhler war. Er hatte ihn aus dem Haus vertrieben und dabei sein Gesicht gesehen. Danach war der verfluchte Pisser untergetaucht, und Thalinger hatte seine Wut nur an seiner betrügerischen Frau auslassen können.

Aber man begegnet sich immer zweimal im Leben!
Durch eine glückliche Fügung des Schicksals hatte Dimitri Saikoff auf der Suche nach Jacques Willemburgs wunden Punkten herausgefunden, dass dessen Frau ihn ebenfalls betrog – und zwar zufälligerweise mit genau demselben Mann wie Jahre zuvor Lara. Als Thalinger die heimlich aufgenommenen Fotos gesehen und das verhasste Gesicht Nadiczs wiedererkannt hatte, war ihm vor Aufregung beinahe das Herz stehengeblieben.

In diesem Moment war die Idee geboren worden, mehrere Fliegen mit einer Klappe zu schlagen. In den Tagen danach hatte er einen Plan entwickelt. Er wollte Jacques Willemburg Gelegenheit geben, sich an Simon Nadicz zu rächen, ihm dabei aber gleichzeitig eine Falle stellen, die ihm zu den Rechten an M.O.C.2 verhelfen sollte. Außerdem wollte er sein eigenes Rachebedürfnis an Simon Nadicz stillen. Er wollte ihn endlich tot sehen. Langsam und qualvoll sollte er sterben. Leiden. Dafür büßen, dass er ihm die Frau weggenommen hatte.

Und genau so war es geschehen.

66

Emilia saß an Mikkas Bett und hielt seine Hand. Nach wie vor zeigte er keinerlei Reaktion. Vor einer halben Stunde hatte ihr ein Arzt noch einmal bestätigt, dass sein Gesundheitszustand stabil sei und keine unmittelbare Lebensgefahr mehr bestehe.

Emilia war wieder vor Dankbarkeit in Tränen ausgebrochen.

Danach hatte sie Paul Bragon angerufen, der bereits aufs Revier zurückgefahren war, um ihm die gute Neuigkeit mitzuteilen. Auch er atmete hörbar auf. An seiner Stimme erkannte sie, wie erleichtert er war.

Emilia nippte an dem Kakao, den sie sich aus der Krankenhauscafeteria mitgebracht hatte, ließ den Kopf gegen die angehenden Nackenschmerzen kreisen und überlegte, wann sie Becky informieren sollte, die von dem nächtlichen Überfall noch gar nichts wusste. Eine E-Mail schien Emilia unangebracht, für einen Anruf fehlte ihr die nötige Kraft. Sie verschob das Telefonat noch einmal auf einen späteren Zeitpunkt. Vielleicht wusste sie dann schon, ob Mikka wieder ganz gesund würde.

Ihre Gedanken wanderten zu der Begegnung mit Avram Kuyper. Wie sollte sie sich ihm gegenüber verhalten? Sie wusste es immer noch nicht! Fest stand, dass er ein gefährlicher Mann war, den man nicht unterschätzen durfte. Laut Interpol-Akte stand er im Verdacht, mindestens sieben Menschen erschossen zu haben. War es moralisch vertretbar, mit einem mehrfachen Mörder zusammenzuarbeiten? Ganz abgesehen davon, dass sie dabei auch noch ihren Job und eine Gefängnisstrafe riskieren würde? Womöglich sogar ihr Leben, wenn Kuyper darin einen Vorteil für sich sah? Seine Vorgehensweise bei Mikka hatte gezeigt, dass er wenig Skrupel kannte.

Andererseits glaubte Emilia nicht, dass er es auf sie abgesehen hatte. Wäre er daran interessiert gewesen, sie zu töten, hätte er bereits genug Gelegenheiten dazu gehabt. Und solange Mikka nicht aus seiner Bewusstlosigkeit erwachte, war Kuyper ihre einzige Chance zu erfahren, was sich heute Nacht zugetragen hatte.

Zumindest zum Schein könnte ich auf sein Angebot eingehen, dachte sie. *Er wird mir sagen, welchen Tipp er Mikka gegeben hat. Damit kann ich wiederum herausfinden, was Mikka zugestoßen ist. Später kann ich Kuyper mit ein paar unwichtigen Details aus meinem Bericht abspeisen – das schadet weder Interpol noch der Polizei. Kuyper darf nur nicht mitbekommen, dass ich ihn linke. Aber so käme ich im Belial-Fall endlich weiter und wüsste, wer Mikka verletzt hat.*

In diesem Moment spürte Emilia eine Bewegung in ihrer Hand – ein kurzes, reflexartiges Zucken. Zuerst glaubte sie, dass ihre Muskeln ihr einen Streich spielten, doch dann wurde sie sich darüber bewusst, dass nicht sie sich bewegt hatte, sondern Mikka.

Noch traute sie der Sache nicht. Sie zog ihre eigene Hand weg, um seine besser beobachten zu können, wartete auf die nächste Reaktion – und tatsächlich kam sie: noch ein Zucken, als habe jemand mit einer Nadel in seinen Handteller gestochen.

Emilia presste vor Freude die Lippen zusammen. Ihr Kinn zitterte.

Vorsichtig berührte sie Mikka am Arm. »Kannst du mich hören?«, wisperte sie.

Sein bandagierter Kopf drehte sich langsam. Seine Lider flackerten. Schließlich öffnete er die Augen, träge, als koste es ihn unendlich viel Anstrengung.

»Ich bin hier«, raunte Emilia ihm zu. »Kannst du mich hören? Alles wird gut.«

Etwas in seinem Gesicht veränderte sich. Der grüne Leuchtpunkt auf dem Pulsmesser neben dem Bett begann stärker auszuschlagen. Das Piepsen wurde schneller.

»Was ist los mit dir?«, fragte Emilia verunsichert. »Soll ich einen Arzt holen?«

Mikka reagierte mit der Andeutung eines Kopfschüttelns und öffnete die Lippen. Emilia begriff, dass er ihr etwas sagen wollte. Etwas, das ihm wichtig schien.

Sie beugte sich zu ihm, schob ihr Ohr dicht an seinen Mund heran, hörte das leise Röcheln seines Atems und spürte, wie er Kraft sammelte. Aber es gelang ihm nur ein dünnes Flüstern, noch dazu so undeutlich, dass sie es kaum verstand.

Er sagte nur: »Er ... kan...nada.«

67

Avram hatte sich in Frankfurt ein Hotelzimmer genommen, weil er davon ausging, dass sein hiesiger Aufenthalt einige Tage in Anspruch nehmen würde. Er saß am Tisch neben dem Fenster, vor sich eine Flasche Mineralwasser aus der Minibar und sein aufgeklappter Laptop. Der Monitor zeigte eine Fotografie, genauer gesagt den Screenshot, den er Mikka Kessler gestern hatte zukommen lassen, nachdem dieser in die Zusammenarbeit eingewilligt hatte. Das Bild war leicht unscharf, dennoch konnte man den Mann darauf ziemlich gut erkennen: Er war etwa Mitte zwanzig, hatte kurzes Stoppelhaar, eine markante Nase und eine kleine, weiße Narbe am Kinn. Sein dunkler Teint, eine Mischung aus Bronze und Olive, und der deutlich sichtbare Bartansatz zeugten von einer südländischen Abstammung.

Wer war dieser Kerl? Und wie war Kessler so schnell auf seine Spur gestoßen?

Von Rutger Bjorndahl kannte Avram den angeblichen Namen: Asim Ghazi. In Frankfurt gab es aber niemanden, der so hieß, das hatte er bereits recherchiert. Auch nicht im näheren Umkreis.

Das Handy klingelte. Auf dem Display stand eine holländische Nummer, die Avram nicht kannte. Amsterdamer Vorwahl. Er nahm das Gespräch an. »Ja, bitte?«

»Ich bin's, Johannes. Tut mir leid, dass es so lange gedauert hat.«

Avram brauchte einen Moment, bis er begriff, dass er mit

dem älteren der beiden Griersson-Brüder sprach, die er am Freitag damit beauftragt hatte, das Blut des unbekannten Motorradfahrers zu untersuchen, der am Ufer der Amstel auf ihn geschossen hatte.

»Habt ihr etwas herausgefunden?«, fragte er.

»Haben wir. Obwohl das gar nicht so einfach war. Die Analyse selbst war schnell erledigt, aber der Abgleich mit den einschlägigen Datenbanken hat Zeit gekostet. In einem Moskauer Labor sind wir schließlich fündig geworden. Dort ist eine Vergleichsprobe unter dem Namen Dimitri Saikoff registriert, von 1998. Wir haben ein bisschen recherchiert. Saikoff war bis zur Jahrtausendwende für den russischen Geheimdienst in Westeuropa tätig. Vor sieben Jahren ist er aus dem aktiven Dienst ausgeschieden. Seitdem verdingt er sich als Auftragskiller.«

Also noch ein Profi! Zuerst Kronjaeger, der mittlerweile tot war, und jetzt dieser Exilrusse. Welche Rolle spielte er? War er ebenfalls von Jekaterina Worodin beauftragt worden – als *dritter* Mann? Für den Fall, dass sowohl Avram als auch Guus Kronjaeger versagen würden? Oder war es Saikoffs Aufgabe gewesen, ihn und Kronjaeger zu eliminieren, sobald sie das Oberhaupt des Tschornej Janwar getötet beziehungsweise ihre Chance dazu verpasst hatten? Damit es niemanden mehr gab, der wusste, dass Jekaterina Worodin ihren eigenen Mann hatte umbringen lassen?

Avram bedankte sich bei Johannes Griersson und beendete das Gespräch mit einem schalen Gefühl in der Magengegend. Erst vor wenigen Stunden hatte er Jekaterina Worodin den verloren geglaubten Sohn zurückgebracht und dafür eine enorme Geldsumme von ihr angeboten bekommen. Aber welches Spiel spielte sie wirklich?

68

Die Frankfurter Innenstadt war um die Mittagszeit wie üblich ziemlich überfüllt. Als Emilia sich dem *Tartuffo* unweit des Opernplatzes näherte, ahnte sie, warum Avram Kuyper ausgerechnet diesen Ort für ein Treffen gewählt hatte: Falls die Polizei ihn verhaften wollte, stand seine Chance, von hier zu entkommen, recht gut, denn es boten sich Fluchtmöglichkeiten nach allen Himmelsrichtungen.

Tatsächlich hatte Emilia eine Zeitlang mit dem Gedanken geliebäugelt, ein SEK-Team anzufordern und ihm eine Falle zu stellen. Sie hatte sich nur deshalb dagegen entschieden, weil sie unbedingt wissen wollte, was Mikka zugestoßen war. Sie dachte andauernd darüber nach, was er ihr am Krankenbett zugeraunt hatte.

Er ... kan ... nada.

Sie war mittlerweile ziemlich sicher, dass er damit *Air Canada* gemeint hatte, ganz einfach, weil ihr keine andere sinnvolle Bedeutung dazu einfiel. Aber was genau hatte er ihr damit sagen wollen? Bevor er wieder eingeschlafen war, hatte er es ein paarmal wiederholt, leider stets in dieser unverständlichen Form.

Woher die Sprachstörung kam, konnte der Arzt noch nicht abschätzen. Vielleicht lag es nur an der Anstrengung, vielleicht aber auch am Blutverlust oder an den Kopfverletzungen. Im Moment konnte jedenfalls niemand sagen, wann Mikka wieder aufwachte und ob er jemals in der Lage sein würde, eine detaillierte Aussage abzugeben.

Aus diesem Grund hatte Emilia beschlossen, auf Avram Kuypers Angebot einzugehen. Ihr war klar, dass er ihr andernfalls niemals verraten würde, was er wusste.

Sie setzte sich an einen Fenstertisch und bestellte eine Tomatensuppe. Während sie aß, beobachtete sie die Menschen, die draußen spazieren gingen oder in ihrer Mittagspause Besorgungen machten. Kuyper ließ sich Zeit. Mit Sicherheit beobachtete er sie aus der Entfernung, um sicherzugehen, dass sie allein war.

Ihre Gedanken wanderten wieder zu Mikka. Was, wenn er nicht mehr gesund würde? Wenn sein Kopf so hart getroffen worden war, dass er von nun an ein Pflegefall wäre? Natürlich würde Emilia ihn auf keinen Fall verlassen, aber wie sollte sie den Betreuungsaufwand mit ihrem Job in Einklang bringen?

Sie bemerkte, dass jemand neben ihr stand, und blickte auf. Es war Avram Kuyper.

»Sie sind spät dran«, sagte sie.

»Ich wollte kein Risiko eingehen.« Er setzte sich ihr gegenüber an den Tisch. »Ich musste sicher sein, dass Sie mir nicht Ihre Kollegen auf den Hals hetzen – behaupten Sie nicht, Sie hätten nicht darüber nachgedacht.«

»Was macht Sie so sicher, dass das hier keine Falle ist?«

»Erfahrung. Ich weiß, wo das SEK sich positionieren würde. Dort ist aber niemand. Es könnte also nur noch sein, dass Sie einen Alarmknopf bei sich haben, den Sie auslösen können, um ein Polizeiaufgebot anzufordern. Oder Sie sind verwanzt. Das glaube ich aber nicht. Sie sind hier, weil Sie wissen wollen, was Ihrem Freund zugestoßen ist. Ohne mich kommen Sie nicht weiter.«

»Sie täuschen sich«, log Emilia. Es tat ihr gut, Kuyper ein wenig zu verunsichern. Er war ihr viel zu anmaßend. »Mikka ist im Krankenhaus aufgewacht. Er konnte mir schon einiges über den Überfall erzählen.«

Avram Kuyper sah sie mit unbewegter Miene an. »Ich habe vor fünf Minuten im Krankenhaus angerufen und mich als besorgter Kripo-Kollege ausgegeben. Die Krankenschwester hat mir erzählt, dass er nur einmal kurz wach war, dann aber gleich wieder eingeschlafen ist. Warum tun Sie sich so schwer, mit mir zusammenzuarbeiten? Wir brauchen einander. Vielleicht kämen wir beide auch alleine ans Ziel, aber gemeinsam können wir das viel schneller schaffen.«

Emilia wusste, dass er recht hatte. Dennoch war es für sie eine extreme Überwindung, mit einem gesuchten Schwerverbrecher zu kooperieren.

Die Bedienung kam. Avram Kuyper bestellte eine heiße Milch mit Honig, zu essen wollte er nichts. Als sie wieder allein waren, sah er Emilia mit eindringlichem Blick an. »Mein Bruder hat Ihnen kurz vor seinem Tod eine Nachricht zukommen lassen«, sagte er. »Er hat Sie um Hilfe gebeten. Weil er Ihnen vertraut hat. Und jetzt möchte ich Ihnen vertrauen. Ich will, dass alle bestraft werden, die für seinen und Saschas Tod verantwortlich sind. Zugegeben: Ich würde sie am liebsten alle umbringen – und wenn das eine Option für Sie ist, nehme ich sie gerne an.« Er lächelte kurz, wurde aber gleich wieder ernst. »Da ich weiß, dass Sie damit nicht einverstanden sein werden, bin ich auch damit zufrieden, wenn diese Scheißkerle verhaftet werden. Ich weiß, dass ich dazu den ersten Schritt gehen muss. Sie bekommen von mir die unzensierten Foltervideos und die verschlüsselten Dateien. Dafür erwarte ich zwei Dinge von Ihnen: Zum einen, dass Sie mir die Analyseergebnisse zur Verfügung stellen.«

»Was haben Sie mit diesen Ergebnissen vor?«

Er lächelte wieder. »Bitte tun Sie nicht so, als wüssten Sie das nicht ganz genau.«

»Sie werden Ihre eigene Jagd veranstalten, richtig?«

»Nur auf diejenigen, die an der Ermordung meines Bruders und meines Neffen mitgewirkt haben. Den Rest überlasse ich Ihnen.«

Emilia seufzte. »Angenommen, ich wäre damit einverstanden. Wie lautet Ihre zweite Bedingung?«

»In meinem Haus in Amsterdam gibt es etwas, das mir sehr viel bedeutet. Ich möchte, dass Sie es mir beschaffen.«

»Falls Sie glauben, dass ich Ihnen Ihr Diebesgut besorgen werde, können Sie das vergessen!«

»Es geht nicht um Diebesgut. Auch nicht um Geld. Es handelt sich um ein Bild. Genauer gesagt, um eine Fotografie.«

Emilia glaubte ihm kein Wort. »Wo ist der Haken?«

»Kein Haken. Ich will das Foto einfach gerne haben. Kommen wir ins Geschäft?«

Sie zögerte noch einen Moment, nickte dann aber. »Allerdings habe ich auch eine Bedingung.«

»Und die wäre?«

»Ich will wissen, was Sie mit dem Mord an Simon Nadicz zu tun haben.«

»Gar nichts. Außer, dass ich Ihnen den anonymen Tipp zugespielt habe.«

»Das glaube ich Ihnen nicht.«

»Warum sollte ich Sie auf meine eigene Spur führen?«

Das hatte Emilia sich auch schon gefragt. »Vielleicht ein Ablenkungsmanöver«, mutmaßte sie. »Um hinterher sagen zu können: *Warum sollte ich Sie auf meine eigene Spur führen?*«

»Das ist Unsinn!«

»Es ist aber kein Unsinn, dass Sie am Tatort waren. Eine Haarprobe von dort stammt nachweislich von Ihnen.«

Das überraschte Kuyper offenbar, denn seine Gesichtszüge erstarrten. Emilia konnte nicht einschätzen, warum – vielleicht weil er sich fragte, wie ihm ein solcher Fehler hatte unterlaufen können.

Dann begann er, nachdenklich zu nicken. »Es ist nicht so, wie Sie denken«, sagte er. »Ich habe mit dem Nadicz-Mord nichts zu tun. Ich habe in dieser Nacht nur jemanden verfolgt, der mich dorthin geführt hat.«

»Jacques Willemburg?«

Kuypers Stirn legte sich in Falten. »Nein, nie gehört. Der Mann, den ich meine, heißt Kilian. Richard Kilian. Ich war ihm schon eine ganze Weile auf den Fersen. Meinen Recherchen zufolge hat er früher eng mit Belial zusammengearbeitet.«

Der Kellner brachte die heiße Milch und stellte sie auf dem Tisch ab.

Emilia wartete, bis er wieder weg war. »Heißt das, dass dieser Kilian den Nadicz-Mord begangen hat?«, fragte sie.

»Das kann ich nicht mit Gewissheit sagen, weil ich die Sache nur aus der Entfernung beobachtet habe«, antwortete Avram Kuyper. »Als ich dort ankam, verschwand Kilian gerade zusammen mit einem etwas kleineren Mann in dem Landhaus.«

»Können Sie diesen kleineren Mann genauer beschreiben?«

»Sein Gesicht konnte ich nicht sehen, weil er und Kilian sich Skimasken übergezogen hatten. Aber er war dick und trug eine Brille.«

Was auf Jacques Willemburg zutraf. »Wie ging es weiter?«, fragte Emilia.

»Nach einer Weile kam Kilian wieder raus«, antwortete Kuyper. »Alleine. Er hat eine Zeitlang im Auto gewartet, etwa eine halbe Stunde, schätze ich. Vermutlich hat er Schmiere gestanden und aufgepasst, dass keine ungebetenen Gäste vorbeikommen. Ein paarmal habe ich von drinnen Schreie gehört, aber nur unterdrückte. Was dort passiert ist, weiß ich nicht. Nachdem der Dicke wieder draußen war, hat er ein paar Worte mit Kilian gewechselt und ist dann weggefahren. Anschließend hat Kilian aufgeräumt.«

»Aufgeräumt?«, wiederholte Emilia. »Wie meinen Sie das?«

»Er hat ein paar Sachen aus dem Haus geholt und in seinem Auto verstaut. Genau konnte ich es nicht erkennen, aber es waren auf jeden Fall ein paar Messer, ein Brecheisen und ein Vorschlaghammer dabei.«

»Haben Sie auch eine Kettensäge gesehen?«

Avram Kuyper nippte an seiner heißen Milch. »Die Kettensäge kam erst danach zum Einsatz«, sagte er. »Kilian hat sie aus seinem Kofferraum geholt und ist damit noch mal ins Haus. Kurz darauf kam er wieder raus und entsorgte die Säge in einem kleinen Wald auf der anderen Seite der Landstraße. Zu guter Letzt hat er seine Filmausrüstung aus dem Haus geholt und ist mit dem Wagen abgehauen.«

Emilia dachte nach. Wie Kuyper es schilderte, war Jacques Willemburg an diesem Abend zwar am Tatort gewesen, aber er hatte Simon Nadicz nicht umgebracht. Der Mörder war demnach der Mann, den Avram Kuyper verfolgt hatte: Richard Kilian. Gleich im Anschluss an dieses Gespräch würde Emilia eine Interpol-Analyse über ihn anfordern.

»Sie haben mir noch nicht erzählt, wie Ihre Haare an den Tatort kommen konnten, wenn Sie in dieser Nacht nur ein Beobachter in der Ferne waren«, sagte sie.

Er machte eine entschuldigende Handbewegung. »Als die Luft wieder rein war, bin ich ins Haus gegangen, um nachzusehen, was passiert ist. Das war kein schöner Anblick, selbst für mich. Gut möglich, dass ich mir dabei mit der Hand über den Bart oder durch die Haare gefahren bin. Was man eben so macht, wenn man entsetzt ist. Ich denke, dabei sind mir die Haare ausgegangen. Anders kann ich es mir nicht erklären.«

Emilia wusste nicht, ob sie das glauben sollte. Er machte nicht den Eindruck, als würde er ihr eine Lüge auftischen, aber vielleicht war er ja ein Meister darin.

»Später haben Sie dann eine anonyme E-Mail an Interpol geschrieben, um mich auf den Fall anzusetzen?«, fragte sie.

»Ja. Ich wollte, dass Sie Kilian verfolgen. Wie gesagt: Er hat früher mit Belial zusammengearbeitet.«

»Warum haben Sie mich eingeschaltet, wenn Sie Kilian direkt vor der Nase hatten? Sie hätten ihm doch nur eine Kugel durch den Kopf jagen müssen.«

»Ich glaube, Richard Kilian ist eine wertvolle Informationsquelle. Er weiß über Belials altes Netzwerk Bescheid. Deshalb hielt ich es für eine gute Idee, wenn Sie ihn im Auge behalten, weil Ihr Interesse, den Fall voranzutreiben, beinahe genauso groß ist wie mein eigenes. Ich selbst musste dringend nach Amsterdam.«

Das klang ehrlich. Er leugnete nicht, sie nur als Notlösung eingeschaltet zu haben. Alles andere hätte sie ihm auch nicht geglaubt. »Schade, dass Sie Ihre anonyme Botschaft nicht ein bisschen konkreter formuliert haben«, sagte sie. »Die Spuren, die die Polizei sichergestellt hat, haben leider in völlig falsche Richtungen geführt: die Haarprobe zu Ihnen und die Kettensäge zu Jacques Willemburg – das ist mit hoher Wahrscheinlichkeit der Mann, der mit Kilian in dem Landhaus war. Ich habe die letzten Tage damit zugebracht, falschen Fährten hinterherzujagen.« Emilia seufzte. »Sie wären nicht zufällig bereit, Ihre Aussage vor Gericht zu wiederholen?«, fragte sie – natürlich im Scherz.

Auf sein Gesicht legte sich ein breites Grinsen. »Tut mir leid, Sie enttäuschen zu müssen, aber ich stehe momentan nicht so gut mit der Polizei. Ich vertraue nur Ihnen. Und ich hoffe, dass Sie mir jetzt auch ein bisschen vertrauen.«

Emilia seufzte. Sie tat sich immer noch schwer, den entscheidenden, letzten Schritt zu gehen, obwohl sie sich innerlich längst entschieden hatte – sonst wäre sie zu diesem Treffen erst gar nicht gekommen.

Endlich gab sie sich einen Ruck. »Haben Sie die Dateien dabei?«, fragte sie.

Er zog einen USB-Stick aus der Tasche und schob ihn über den Tisch, ein weißes, unscheinbares Stück Plastik, nicht größer als ein Daumen.

»Woher haben Sie das?«

»Von der Freundin eines Computerhackers, der der Münchner Kripo letzten Sommer ein paar zensierte Filme hat zukommen lassen. Für diese unzensierte Version hier« – er deutete auf den Stick vor Emilia – »hat er Geld verlangt, aber die Polizei wollte damals nicht darauf eingehen.«

Emilia erinnerte sich. »Soweit ich weiß, ist dieser Computerhacker gestorben, kurz nachdem die Polizei seine Dateien erhalten hatte.«

Avram Kuyer nickte. »Allerdings hat er die Vollversion dieser Filme vorher auf einer Festplatte gespeichert und bei seiner Freundin versteckt. Dort lag sie die letzten Monate, ohne dass irgendjemand davon wusste. Erst als seine Freundin vor ein paar Tagen aus ihrer Wohnung ausgezogen ist, hat sie die Festplatte gefunden. Darauf befinden sich die vollständigen Filme, auf denen nicht nur die Opfer, sondern auch die Mörder zu sehen sind.«

Mit einem Kribbeln im Bauch nahm Emilia den USB-Stick in die Hand. Monatelang hatte sie erfolglos versucht, Belials Komplizen zu fassen. Würde sie mit diesen Dateien endlich einen Schritt vorankommen?

Noch wichtiger war ihr im Moment allerdings etwas anderes. »Welchen Hinweis haben Sie Mikka gegeben?«, fragte sie.

Ihr Hals fühlte sich plötzlich an wie Sandpapier.

69

Wenig später schlenderte Avram gedankenversunken durch die Frankfurter Schillerstraße in Richtung Börsenstraße. Das Gespräch mit Emilia Ness war besser verlaufen als erhofft, denn obwohl er sich ihr gegenüber selbstbewusst gegeben hatte, war er bis zum Schluss nicht sicher gewesen, ob sie ihn nicht doch noch verhaften lassen würde. *Ness, die Unbestechliche* – so hatte die französische Zeitung *Le Monde* sie einmal tituliert, als sie einen üblen Korruptionsskandal mit weißer Weste überstanden hatte. Umso erstaunlicher, dass sie sich nun auf einen Handel mit einem Auftragsmörder einließ.

Natürlich war Avram sich darüber im Klaren, dass sie ihn jederzeit austricksen konnte, wenn sie das wollte. Er hatte den ersten Schritt gemacht und ihr den USB-Stick gegeben. Jetzt war sie am Zug. Würde sie tatsächlich Wort halten? Oder würde sie eher versuchen, ihn mit Nebensächlichkeiten abzuspeisen? In diesem Fall würde er seine Forderungen mit Nachdruck durchsetzen. In Vertrauensangelegenheiten verstand er keinen Spaß.

In diesem Augenblick klingelte sein Handy. Es war Rutger Bjorndahl, der etwas über Dimitri Saikoff herausgefunden hatte – den Motorradfahrer, dessen Blutprobe Avram von den Griersson-Brüdern hatte analysieren lassen.

»Saikoff benutzt viele Namen«, sagte Bjorndahl und räusperte sich. Dennoch blieb seine Stimme wie immer heiser. »Dimitri Saikoff, Walther Noack, Alexander Janewitsch,

Stephan Timmermann. Und dann noch einen, der dich besonders interessieren dürfte: Richard Kilian.«

Avram brauchte einen Moment, um zu begreifen. Richard Kilian und Dimitri Saikoff waren ein und dieselbe Person? Das hieß, der Kerl, dem er bis zu dem alten Landhaus in Boisset-Saint-Priest gefolgt war, hatte kurz darauf in Amsterdam versucht, ihn zu töten.

Er muss mitbekommen haben, dass ich ihm auf den Fersen bin, und hat den Spieß umgedreht!

»Ich habe mich ein bisschen für dich umgehört«, röchelte Bjorndahl. »Aber viel konnte ich über ihn nicht herausfinden. Seine Wurzeln reichen bis zum russischen Geheimdienst zurück. Nachdem er dort ausgeschieden ist, hat er sich selbständig gemacht. Arbeitet vor allem in Deutschland und den angrenzenden Staaten, zuerst als Bodyguard, später als eine Art Söldner.«

»Hat er feste Auftraggeber?«

»Anfangs noch nicht. Dann hat Leon Bruckner ihn wohl ein paarmal angeheuert.«

Belials bürgerlicher Name. »Bruckner ist tot. Gibt es auch eine lebende Person, an die ich mich halten kann?«

»In letzter Zeit arbeitet Saikoff angeblich immer wieder für einen gewissen Flavius. Der lebt in Frankfurt und steht im Verdacht, eine Art Agentur zu betreiben, die perversen, gutbetuchten Kunden ihre ausgefallenen Wünsche verwirklicht. Pädophilie, Sodomie, Sado-Masochismus ... alles, was du dir vorstellen kannst. Wie im alten Rom – daher vermutlich der Name.«

»Hast du eine Adresse?«

»Nein«, sagte Bjorndahl. »Das leider nicht. Flavius ist extrem vorsichtig. Aber wenn du willst, kann ich dir eine Telefonnummer geben.«

70

Emilia war hundemüde. Die Nacht im Krankenhaus, die ständige Angst um Mikka, die nagende Ungewissheit, ob er wieder gesund würde – all das hatte sie Kraft und Anstrengung gekostet. Jetzt fühlte sie sich stehend k. o.

Sie war zurück auf der Intensivstation, saß bei ihm am Bett und hielt seine Hand. Sein Zustand hatte sich nicht verändert. Er lag reglos da, wie eine Mumie. Nur sein Brustkorb hob und senkte sich im Rhythmus seines Atems. Abgesehen von dem einen Mal war er nicht wieder aufgewacht.

Ihre Gedanken drifteten zu dem Treffen mit Avram Kuyper ab. Was sollte sie von ihm halten? Selten war sie jemandem begegnet, den sie weniger einschätzen konnte als ihn. Er war ein Auftragskiller, gleichzeitig aber auch ihr Retter. Mehr noch als sie litt er unter den Ereignissen des letzten Sommers und wollte eine lückenlose Aufklärung. Um an sein Ziel zu gelangen, gab es für ihn jedoch weder Recht noch Gesetz. Er spielte nach seinen eigenen Regeln, und die konnte Emilia nicht gutheißen.

Dennoch hatte sie sich dazu entschlossen, mit ihm zusammenzuarbeiten. Anstatt ihn festnehmen zu lassen, hatte sie sich bereit erklärt, ihm polizeiliche Interna zur Verfügung zu stellen. Dadurch würde auch sie gegen geltendes Recht verstoßen.

Sie fühlte sich deshalb schrecklich. Ihr schlechtes Gewissen wurde allein dadurch gemildert, dass sie hoffte, durch ihre Tat denjenigen zu finden, der Mikka so übel zugerichtet hatte. Eine Rechtfertigung konnte das natürlich nicht sein. Sie war im Begriff, gegen ihre eigenen Grundsätze zu verstoßen und sich schuldig im Sinne des Gesetzes zu machen.

Sie zog ihren Laptop aus der Tasche und setzte sich so, dass niemand, der zufällig ins Krankenzimmer kam, den Monitor einsehen konnte. Dann steckte sie den USB-Stick ein und startete mit wachsender Aufregung den Dateimanager.

Schon auf den ersten Blick erkannte sie, dass der Stick viel mehr Material enthielt als das, was sie vom letzten Sommer her kannte. Die erste Datei hieß *AAA_identifizierte Täter*. Kuyper hatte behauptet, dass diese Datei die Namen und die letzten bekannten Aufenthaltsorte der von ihm identifizierten Folterer enthielt. Emilia öffnete das Dokument und überflog die Angaben sowie die Bilder der Gesichter, die Kuyper dort eingefügt hatte. Niemanden davon kannte sie, aber der Interpol-Rechner würde bestimmt alles Wissenswerte herausfinden.

Ihr Blick blieb auf dem dritten Eintrag haften: Asim Ghazi, Im Mainfeld 75, 60528 Frankfurt. Darunter das leicht verwackelte Foto eines etwa fünfundzwanzigjährigen Mannes mit stoppeliger Frisur, dunklem Bartansatz, bronzefarbener Haut und einer kleinen Narbe am Kinn.

Laut Kuyper hatte Mikka diesen Mann verfolgt. Kurz danach war er schwerverletzt ins Krankenhaus eingeliefert worden.

Emilia schloss die Liste wieder und klickte sich wahllos durch die nächsten Dateien, bis sie auf einen Film stieß, den sie bereits kannte: Eine Frau lag nackt auf einer Streckbank, an Händen und Füßen gefesselt, mit einem Ballknebel im Mund. In ihrem Unterleib steckten mehrere Nadeln teilweise bis zum Anschlag im Fleisch. Emilia erinnerte sich noch genau daran, wie scheußlich sie dieses Video bei der ersten Sichtung im Sommer gefunden hatte. Der Peiniger der Frau hatte es nicht nur darauf abgesehen gehabt, sie zu quälen und am Ende zu töten, nein, er hatte sie vorher einer entwürdigenden sexuellen Prozedur unterzogen, in der er sie bis aufs Blut hatte spüren lassen, welche Macht er über sie besaß. Damals war der Täter nicht erkennbar gewesen.

Diesmal schon!

Gegen Ende des Films trat er ganz natürlich zu der toten Frau, als sei er sich der Kamera gar nicht bewusst. Ein wenig ungeschickt entfernte er ihr die Fesseln und streichelte ihr – beinahe zärtlich – über den nackten Leib, bevor er die Nadeln aus ihrem Fleisch zog, um an anderer Stelle noch einmal zuzustechen, als wolle er testen, ob sie nicht doch noch eine Reaktion zeigte.

Dann hob er den Kopf und sah für einen Augenblick frontal in die Kamera. Bingo! Ein perfektes Bild für den Abgleich mit der biometrischen Datenbank in Lyon.

Kuyper hatte nicht gelogen. Auf diesem Stick befanden sich ungekürzte Snuff-Movies – inklusive der Aufnahmen der Mörder. Emilia spürte, wie sie vor Aufregung zu zittern begann. Mit etwas Glück konnte sie mit diesem Material eine Großrazzia durchführen.

Sie ging vor die Tür, um mit Luc Dorffler zu telefonieren.

»Wie geht's dir?«, fragte er. »Und vor allem, wie geht's deinem Freund?«

Sie erzählte es ihm, dankbar für seine Anteilnahme. Danach kam sie jedoch schnell zum Punkt. »Ich werde dir gleich eine ganze Reihe von Dateien schicken«, sagte sie und erklärte ihm, worum es ging. »Ich brauche dazu eine sichere Verbindung.«

»Ich schicke dir einen Link, mit dem du dich auf unserem

Server einloggen und deine Dateien verschlüsselt hierherschicken kannst«, sagte Dorffler. »Sobald das Material hier ist, kümmere ich mich um die Auswertung. Wie kommst du plötzlich an so einen Schatz?«

Sie hatte befürchtet, dass Dorffler das fragen würde. »Das kann ich dir nicht verraten«, antwortete sie. »Ich habe die Dateien nur unter der Voraussetzung absoluter Verschwiegenheit bekommen.«

Sie hörte, wie Dorffler am anderen Apparat »Du und deine Quellen!« schnaubte. Aber er gab sich damit zufrieden.

»Ich möchte, dass du mit einer ganz bestimmten Person anfängst«, fuhr Emilia fort. »Du findest sein Foto auf der ersten Datei an dritter Stelle. Er heißt angeblich Asim Ghazi, aber das könnte auch ein falscher Name sein. Jedenfalls ist das mit hoher Wahrscheinlichkeit der Kerl, der Mikka verletzt hat. Also beeil dich bitte. Ich muss wissen, wer er ist und wo ich ihn finden kann. Ruf mich zurück, sobald du etwas herausgefunden hast.«

71

Unter der Telefonnummer, die Rutger Bjorndahl Avram gegeben hatte, meldete sich ein Mann mit näselnder Stimme, der sich nur »Toni« nannte.

»Bin ich richtig bei Ihnen, wenn ich mit Flavius sprechen will?«, fragte Avram.

»Wer soll das sein?«

»Jemand, der gewisse Dinge organisiert. Für jeden Geschmack.«

»Sie verschwenden meine Zeit.«

»*De gustibus non est disputandum.*« Das war die Losung. Der Code, den nur Eingeweihte kannten – wie auch immer Rutger Bjorndahl ihn herausgefunden hatte.

»Alles klar«, näselte Toni. »Wann wollen wir uns treffen?«

»Sind Sie Flavius?«

»Nein, aber ich kann Sie zu ihm bringen.«

Avram wollte keine Zeit verlieren. »Ich bin nur vorübergehend in der Stadt«, sagte er. »Deshalb wäre es mir recht, wenn wir so schnell wie möglich ins Geschäft kommen könnten.«

»Mir soll's recht sein. Sagen wir, in einer halben Stunde am Bahnhof?«

»Einverstanden. Wie erkenne ich Sie?«

»Gar nicht. Ich erkenne Sie. Kommen Sie um 14.00 Uhr ans Kopfende von Gleis sieben und pfeifen Sie *Time to say good bye*. Das kennen Sie doch?«

»Ja, und pfeifen kann ich auch.«

»Also gut, um 14.00 Uhr an Gleis sieben. Seien Sie pünktlich. Ich warte nur ein paar Minuten, dann bin ich wieder weg.«

Eine halbe Stunde später stand Avram am vereinbarten Treffpunkt und pfiff die Erkennungsmelodie, als plötzlich ein magerer Mann mit eingefallenem Gesicht und fahler Haut vor ihm stand. Er trug einen beigen Kaschmirmantel, eine schwarze Stoffhose und Lackschuhe. Avram schätzte ihn auf Anfang dreißig, obwohl er zwanzig Jahre älter aussah.

»Sind Sie Toni?«, fragte er.

»Bin ich. Kommen Sie mit.«

Toni machte auf dem Absatz kehrt und führte Avram aus dem Bahnhofsgebäude zu einem Parkhaus, in dem ein Lieferwagen stand. Dort durchsuchte er ihn auf Waffen, Mikrophone oder Peilsender, aber er fand nichts. Avram hatte seine Pistole wohlweislich im Auto gelassen. Seine einzige Waffe war die halbe Rasierklinge in der rechten Jackentasche, gewissermaßen sein Glücksbringer. Toni übersah sie beim Abtasten. Das taten die meisten. Das Einzige, was er Avram abnahm, war sein Smartphone.

»Sie bekommen es wieder, wenn wir da sind«, sagte Toni. »Flavius legt Wert darauf, dass nur seine engsten Vertrauten wissen, wo man ihn finden kann.«

Er spielte damit auf die GPS-Fähigkeit des Smartphones an. Via Satellitennavigation hätte Avram ganz leicht den Weg zu Flavius' Versteck nachvollziehen können.

Toni öffnete die Heckklappe des Lieferwagens, trat zur Seite und machte eine einladende Handbewegung. »Bitte sehr. Die Fahrt dauert nur ein paar Minuten.«

Ein großes, schwarzes Loch gähnte Avram an, kalt und

abweisend. In dem fensterlosen Kasten gab es nichts außer einer Sitzbank. Avram stieg ein und setzte sich.

»In zehn Minuten sind wir da«, nölte Toni. »Am besten, Sie schnallen sich an. Falls die Polizei uns anhält und ich Gas geben muss, könnte es da hinten sonst ungemütlich werden.«

Avram legte den Gurt um, Toni schlug die Ladeklappe zu. Plötzlich war es finster wie in einem Grab. Der Motor sprang an, der Wagen setzte sich in Bewegung. Mangels Smartphone versuchte Avram im Geiste nachzuvollziehen, in welche Richtung es ging, aber eingehüllt in Dunkelheit, verlor er rasch die Orientierung.

Die Fahrt verlief ohne Zwischenfälle und dauerte tatsächlich nur zehn Minuten. Ein paarmal hielt der Wagen kurz an, vermutlich an Straßenkreuzungen und Ampeln. Schließlich wurde der Motor abgestellt.

Avram hörte gedämpfte Schritte, dann öffnete sich die Heckklappe.

»Wir sind da«, sagte Toni. »Kommen Sie mit.«

Avram schnallte sich ab und stieg aus. Er befand sich in einer geräumigen, von fahlem Neonlicht erhellten Garage. Durch eine graue Stahltür gelangten sie in einen fensterlosen Gang mit Betonwänden, an dessen Ende eine weitere Stahltür in einen kleinen Raum führte, in dem ein Tisch und ein paar Stühle standen.

»Nehmen Sie Platz«, sagte Toni. »Flavius wird bald hier sein. Wir können so lange die Details besprechen.«

Er holte aus dem Nebenzimmer einen Laptop, und beide setzten sich an den Tisch. Avram fielen zwei Mini-Überwachungskameras auf, die an der Decke montiert waren. Wurde er gerade beobachtet?

»Hier bitte«, sagte Toni. Er schob Avrams Smartphone

über den Tisch. »Sie können es wiederhaben. Ich muss nur darauf bestehen, dass Sie es ausgeschaltet lassen. Das ist Teil unserer Sicherheitsmaßnahmen.«

»Natürlich«, murmelte Avram und steckte das Gerät wieder ein.

»Gut, dann können wir loslegen«, sagte Toni. »Wie soll ich Sie für die Zeit unserer Zusammenarbeit nennen? Die meisten unserer Kunden bevorzugen eine Art Decknamen. Max Mustermann, Bugs Bunny, Mussolini – ganz wie Sie wollen.«

Avram überlegte, wen er am wenigsten leiden konnte. »Rasmussen«, sagte er schließlich. Der hatte ihn vor einigen Jahren in Bolivien an die Mitglieder der MS-13 verraten, die ihn brutal zusammengeschlagen und ihm sieben Kugeln in den Leib gejagt hatten. Falls er Brent Rasmussen irgendwann einmal in die Finger bekäme, würde er ihm dasselbe antun.

Toni tippte etwas in seinen Laptop und sah wieder auf. »In Ordnung, Herr Rasmussen. Wie sind Sie auf uns aufmerksam geworden?«

»Ein Geschäftsfreund hat mir von Flavius erzählt«, antwortete Avram. Rutger Bjorndahl hatte ihn auf diese Art von Fragen vorbereitet.

»Wie heißt dieser Geschäftsfreund?«

»Er wird bei Ihnen unter der Bezeichnung *Cherubim* geführt.«

Toni nickte. »Wie sieht Cherubim aus?«

»Welche Rolle spielt das?«

»Ich will keinen verdeckten Ermittler in unsere Kartei aufnehmen«, sagte Toni mit einem schiefen Grinsen. »Wenn Sie die Wahrheit sagen, kennen Sie Ihren Geschäftsfreund und wissen, wie er aussieht. Das würde mir helfen zu glauben, dass Sie ernsthaft an unseren Dienstleistungen interessiert sind.«

Avrams Anspannung stieg. »Mitte dreißig. Hundert Kilo. Schwarzes Haar. Brille«, sagte er. Mehr hatte Bjorndahl nicht über Cherubim gewusst.

Glücklicherweise wollte Toni nicht weiter ins Detail gehen. »Das genügt mir, vielen Dank«, sagte er. »Gibt es eine Adresse oder eine Telefonnummer, unter der wir Sie erreichen können?«

»Nein. Ich bin, wie gesagt, nur vorübergehend in der Stadt. Wenn mir gefällt, was Sie für mich organisieren, komme ich vielleicht wieder. Dann melde ich mich auf Ihrer Nummer.«

»Ganz wie Sie wünschen. Wann genau möchten Sie unsere Dienstleistung zum ersten Mal in Anspruch nehmen? Ich muss Sie darauf hinweisen, dass wir gewisse Vorlaufzeiten haben, je nachdem, wie speziell Ihre Vorstellungen sind. Außerdem arbeiten wir grundsätzlich nur gegen Vorkasse. Ich hoffe, das ist für Sie in Ordnung.«

»Von welcher Summe sprechen wir?«

»Abhängig von Art und Umfang unseres Leistungspakets zwischen zehn- und dreißigtausend Euro. Ausschließlich in bar.«

Avram ließ sich keine Reaktion anmerken. Ein stolzer Preis. Dennoch sagte er: »Das ist kein Problem. Ich kann das Geld innerhalb einer Stunde besorgen. Welche Gegenleistung erhalte ich dafür? Cherubim war in dieser Hinsicht nicht besonders gesprächig.«

»Unsere Dienstleistung passt sich vollkommen Ihren Wünschen an«, sagte Toni. Am Telefon hatte er mit seiner nölenden Stimme und der ruppigen Art wie ein Trunkenbold aus der Gosse geklungen. Hier entwickelte er plötzlich ganz neue Qualitäten. »Haben Sie für Ihren ersten Auftrag an uns bestimmte Vorstellungen?«

Avram zögerte. Er war nur hier, weil das seine einzige Möglichkeit war, wieder an Dimitri Saikoff heranzukommen. Saikoff arbeitete für Flavius. Also wollte Avram Flavius dazu bringen, ihm zu verraten, wo er den Exilrussen finden konnte.

»Haben Sie keine Hemmungen«, sagte Toni. »Ich garantiere Ihnen absolute Diskretion. Nur wenn Sie mir gegenüber offen sind, werden Sie voll auf Ihre Kosten kommen. Wonach steht Ihnen der Sinn? Am besten fangen wir mit der Grundsatzfrage an: Wie ist Ihre sexuelle Ausrichtung? Hetero, homo oder beides?«

»Hetero«, antwortete Avram. Irgendwie war ihm diese Art von Unterhaltung peinlich.

Aber schon folgte die nächste Frage: »Wie sehen die Frauen in Ihrer Phantasie aus? Blond, dunkel, rot? Dünn oder mollig? Langes oder kurzes Haar? Glatt, gewellt oder lockig? Vielleicht gibt es eine prominente Person, die Ihnen besonders gut gefällt? Das würde mir auch weiterhelfen.«

Avram schüttelte den Kopf. »Ich glaube, ich habe in dieser Hinsicht keine Vorlieben«, sagte er.

Toni nickte. »Verstehe. Wenn Sie wollen, zeige ich Ihnen unsere Kataloge.« Ohne Avrams Reaktion abzuwarten, stand er auf und holte aus dem Nebenzimmer zwei DIN-A4-Ordner. »Hier bitte. Sehen Sie sich die Fotos in Ruhe an und sagen Sie mir, welche Ihnen am meisten zusagen. Ich denke, so finden wir am schnellsten heraus, wie wir Ihnen behilflich sein können.«

Er schob einen der beiden Ordner über den Tisch. Avram klappte ihn auf. Die erste Seite war eine Art Inhaltsübersicht und trug die Überschrift »Modelle«. Darunter waren verschiedene Kategorien aufgeführt:

1. Männlich, bis 30 Jahre
2. Männlich, 30–50 Jahre
3. Männlich, Senioren
4. Weiblich, bis 30 Jahre
5. Weiblich, 30–50 Jahre
6. Weiblich, Senioren

Avram überschlug die ersten drei Register und startete mit den Frauen unter dreißig, irgendwo mittendrin. Von jedem Model war ein Oben-ohne-Foto abgelichtet. Daneben standen der Vorname sowie weitere Angaben zur Person: Geburtsort, Geburtsjahr, Größe, Gewicht, Hobbys, schulischer und beruflicher Werdegang sowie Sprachkenntnisse. Je weiter er nach hinten blätterte, desto älter wurden die Models. Weiter vorne kamen die jüngeren Mädchen. Avram versuchte, sich seine Abscheu nicht anmerken zu lassen, als er die Bildergalerie der Minderjährigen erreichte. Die Namen deuteten auf bulgarische oder albanische Abstammungen hin. Vermutlich waren das Kinder von illegalen Einwanderern, denen nur der Strich übrig blieb, um über die Runden zu kommen.

»Jungfrauen können wir Ihnen auch besorgen, aber nur gegen Aufpreis«, sagte Toni. Ihm war offenbar aufgefallen, dass Avram auf den Seiten mit den minderjährigen Mädchen verweilte, auch wenn er daraus die falschen Schlüsse zog. »Kleinkinder und Babys kosten das Doppelte. Außerdem brauchen wir dafür mindestens zwei Wochen Vorlaufzeit.«

Ebenso gut hätte er über Autoreifen sprechen können. Diese Kinder waren für ihn Ware, nichts weiter.

Avram schluckte. Noch schlimmer als Tonis nüchterne Kundenwunschanalyse fand er den Gedanken, dass es tatsächlich Menschen gab, die sich aus diesem Katalog jemanden aussuchten, um mit ihm anschließend Dinge zu tun, die nie ans Tageslicht kamen.

Avram blätterte zurück zu den erwachsenen Frauen und deutete wahllos auf eine Blondine namens Zoe. »Die da würde mir gefallen«, sagte er. »Jedenfalls jemand in der Art.«

Toni gab wieder etwas in seinen Laptop ein. Dann schob er Avram den zweiten Ordner über den Tisch.

»Was ist da drin?«, fragte Avram. »Noch mehr Frauen?«

»Nein. Die Szenarien.«

Avram verstand nicht, was Toni damit meinte, und schlug den Ordner auf. Wieder gab es ein Inhaltsverzeichnis. Als er es überflog, spürte er, wie sich ihm der Hals zuschnürte. Die »Szenarien« waren eine Auflistung sämtlicher denkbarer Perversionen – ein Sammelsurium von heimlichen Begierden und düsteren Träumen, von Dingen, die nur die wenigsten Menschen im realen Leben jemals ausprobierten. Die Punkte »Fesseln«, »Bondage«, »Leder« und »Dildos« mochten Eingeweihte noch nicht erschrecken, aber danach kamen Themengebiete wie »Peitschen«, »Messer/Klingen«, »Klammern/Klemmen/Gewichte«, »Chemikalien«, »Elektro« und »Tiere«. Im ersten Ordner suchte man sich sein Opfer aus, im zweiten, was man mit ihm anstellen wollte.

Avram schlug das Kapitel »Leder« auf und deutete wieder auf irgendein Bild. »Das hier sieht gut aus«, sagte er, während er gleichzeitig hoffte, dass man ihm nicht ansah, was er wirklich darüber dachte. Wann tauchte wohl Flavius auf, damit er endlich zur Sache kommen konnte?

»In Ordnung«, sagte Toni und schaute auf, als er Avrams Antwort in den Laptop eingegeben hatte. »Jetzt wäre nur noch die Frage zu klären, ob Sie für Ihren Termin irgendwelche Drogen oder Betäubungsmittel benötigen, die wir Ihnen besorgen sollen? Entweder für Sie selbst oder für Zoe?«

Avram schüttelte den Kopf.

»Dann hätten wir die Formalitäten so weit erledigt, Herr Rasmussen«, sagte Toni. »Ihre Wünsche bewegen sich im üblichen Rahmen. Es ist kein Problem für uns, das kurzfristig zu organisieren. Der Preis dafür beträgt fünfzehntausend Euro inklusive der Entsorgung der Leiche, so dass niemand sie findet. Falls doch, werden keine Spuren zu Ihnen führen.«

Avram schluckte, angewidert von so viel Kaltherzigkeit. Auch in seinem Geschäft ging es ums Töten, aber nie hatten er oder seine Auftraggeber mit so viel Geringschätzung von den Opfern gesprochen. Als handle es sich um Einwegartikel, die nach der Benutzung weggeworfen wurden.

»Die Details bezüglich der Übergabe des Geldes und der Festlegung Ihres konkreten Termins bespricht Flavius direkt mit Ihnen«, sagte Toni. »Ein wenig müssen Sie sich allerdings noch gedulden. Er hatte noch einen anderen Geschäftstermin in Wiesbaden. Ich denke, in einer halben Stunde wird er hier sein.«

Avram nickte. Er konnte es kaum erwarten, das Arschloch endlich kennenzulernen.

72

In der Cafeteria des Universitätsklinikums Frankfurt hielt Emilia sich mit Kaffee und Kopfschmerztabletten über Wasser. Ihr Laptop lag zusammengeklappt auf dem Tisch – sie hatte die Bilder nicht mehr ertragen können. Irgendwann würde sie ihr Leben ändern müssen, das wurde ihr in letzter Zeit immer bewusster. Weniger Stress, mehr Entspannung. Aber im Moment konnte sie sich das nicht erlauben.

Ihr Handy vibrierte. Es war Dorffler.

»Die Dateien sind der Hammer!«, schwärmte er. »Ich habe natürlich noch lange nicht alles gesehen, aber ich denke, das ist hervorragendes Material für einige Fahndungsbefehle. Allerdings gibt es auch einen Wermutstropfen.«

»Und der wäre?«

»Ich habe das Bild, das du mir genannt hast, durch unsere biometrische Vergleichsdatenbank gejagt. Es gibt aber nur einen Treffer, der acht Jahre alt ist. Asim Ghazi – hat damals wohl tatsächlich in Frankfurt gewohnt. Stand wegen einiger Jugenddelikte mehrmals vor Gericht. Seit acht Jahren ist er wie vom Erdboden verschwunden. Sein aktueller Aufenthaltsort ist nicht registriert. Mehr konnte ich über ihn noch nicht in Erfahrung bringen. Tut mir leid.«

»Kein Problem«, sagte Emilia.

Nach dem Gespräch musste sie sich jedoch eingestehen, dass sie ziemlich enttäuscht war.

Eine Weile saß sie gedankenversunken an ihrem Tisch,

hin- und herschwankend zwischen Unsicherheit und Hoffnung, sowohl in Bezug auf Mikkas Gesundheitszustand als auch auf ihren Fall. Die Situation gefiel ihr nicht. Aber was konnte sie dagegen tun?

Sie wollte gerade aufbrechen, als Paul Bragon die Cafeteria betrat.

»Wusste ich doch, dass ich dich hier finden würde«, sagte er. »Ich komme gerade von der Intensivstation. Als du nicht dort warst, dachte ich, ich probier's mal hier.«

Er hielt eine Tasse Tee in der Hand und setzte sich zu ihr.

»War Mikka wach?«, fragte Emilia.

»Nein, er hat geschlafen. Das solltest du auch tun. Du siehst müde aus. Willst du nicht nach Hause gehen und dich ein bisschen ausruhen?«

Emilia genoss seine Fürsorge. Hinter dem ausladenden Schnauzer und den kleinen, funkelnden Augen steckte ein großes Maß an Mitgefühl und menschlicher Wärme. »Du hast recht«, sagte sie. »Ich bin hundemüde. Aber ich kann jetzt nicht schlafen.«

»Was ist los? Ich sehe dir an, dass dich etwas belastet, und das ist nicht nur die Sache mit Mikka.«

Sie seufzte. Bragon war ein erfahrener Ermittler und Menschenkenner, dem man nicht so leicht etwas vormachen konnte. »Ich hatte heute Besuch von jemandem, der mir einen USB-Stick in die Hand gedrückt hat«, sagte sie und erzählte ihm von den Dateien.

»Wer hat dir den Stick gegeben?«

»Das kann ich dir nicht verraten.«

»Aber du hältst die Quelle für vertrauenswürdig?«

»Ja. Ich habe die Daten schon nach Lyon geschickt. Die Rechercheabteilung kümmert sich um die Auswertung.«

»Warum ziehst du dann so ein Gesicht?«, fragte Bragon.

»Das ist doch ein Grund zur Freude. Gute Spuren fallen einem nicht alle Tage in den Schoß.«

»Auf dem Stick ist das Foto des Mannes, den Mikka heute Nacht verfolgt hat. Aber in den Interpol-Datenbanken gibt es kaum etwas über ihn. Ich verstehe nicht, wie Mikka den Kerl so schnell ausfindig machen konnte.«

Bragon nickte nachdenklich. »Ich kann mir das Bild gerne mal ansehen«, bot er an. »Wenn Mikka so schnell wusste, wo er suchen muss, habe ich vielleicht auch Glück.«

Sie versprach sich nicht viel davon, aber andererseits war es einen Versuch wert. Also klappte sie den Laptop auf, drückte einen Knopf und wartete, bis der Stand-by-Modus beendet war. Auf dem Monitor erschien das Bild von Mikkas Angreifer.

An Bragons Gesicht erkannte sie sofort, dass etwas nicht stimmte. Er wurde aschfahl.

»Was ist mit dir?«, drängte sie. »Hast du den Kerl schon einmal gesehen?«

»Ich bin mir nicht hundertprozentig sicher«, murmelte Bragon. »Aber wenn ich mich nicht täusche, ist das Erkan Nada, ein Kollege aus dem Morddezernat. Er hat mich gerade hergefahren und sucht nur noch einen Parkplatz. Er wollte Mikka besuchen. Und allmählich kann ich mir auch denken, warum.«

73

Tonis Handy klingelte. Er nahm das Gespräch an, sagte ein paarmal »Okay« und steckte das Gerät in die Tasche zurück.

»Das war Flavius«, näselte er. »Sie können jetzt zu ihm.« Er stand auf und führte Avram in das leerstehende Nebenzimmer. Nirgends gab es ein Fenster, nur nackte Betonwände, die sich auch in dem Gang fortsetzten, durch den sie danach gingen. Die ganze Anlage schien sich unter der Erde zu befinden, wahrscheinlich aus Sicherheitsgründen: Wer hierherkam, bekam nichts von seiner Umgebung mit. Kunden mussten ihr Handy abgeben und wurden bei völliger Dunkelheit in einem Lieferwagen hergebracht. Wenn man erst einmal hier war, sah man nicht hinaus. So konnte niemand diesen Ort wiederfinden.

Sie erreichten einen großen Raum, der als ziemlich elegantes Büro eingerichtet war. Fenster gab es auch hier nicht, aber mehrere LED-Röhren sowie eine Stehlampe in der Ecke verströmten angenehmes Licht.

»Bitte setzen Sie sich«, sagte Toni. Er wies mit der Hand auf einen schwarzen Ledersessel vor dem Schreibtisch. »Flavius wird gleich kommen.«

Avram bemerkte, dass der Raum nur einen Zugang hatte. Wie bei einer Falle. Seine innere Stimme drängte ihn zur Flucht.

Aus dem vagen Verdacht wurde Gewissheit, als er sah, wie Toni eine Pistole unter seiner Jacke hervorzog. Sofort übernahmen Avrams jahrelang trainierte Reflexe die Kontrolle. Mit einem einzigen großen Satz stürzte er sich auf den anderen und schlug ihm die Waffe aus der Hand. Gleichzeitig riss er die halbe Rasierklinge aus seiner Tasche und schwang sie quer über Tonis Gesicht. Toni brüllte auf. Er war jetzt so mit seiner Verletzung beschäftigt, dass er gar nicht weiter auf den Kampf achtete.

Auf der Suche nach der Pistole glitt Avrams Blick über den Boden, aber er fand sie nicht. Sie musste unter einen Sessel oder unter den Schreibtisch gerutscht sein.

Verflucht!

Er wollte sich gerade hinknien, um nachzusehen, als draußen im Gang eilige Schritte nahten.

Nichts wie weg!, schoss es ihm durch den Kopf. Er hatte keine Ahnung, was schiefgelaufen war – vielleicht hielten sie ihn für einen Polizisten. Jedenfalls musste er schleunigst hier raus.

Er rannte los, erreichte die Tür, jagte durch den Gang. Tonis Geschrei verebbte hinter ihm, als er um eine Ecke bog und sich daran zu erinnern versuchte, auf welchem Weg er gekommen war. Er passierte mehrere Abzweigungen, verlor die Orientierung. Aber im Augenblick war es egal, wohin er rannte, Hauptsache, weg von seinen Verfolgern.

Der Geruch von Fäkalien stieg ihm in die Nase. Er erreichte eine Tür, trat sie ein und stand vor einer Treppe. Leider führte sie nicht nach oben, sondern nach unten, aber da die Schritte hinter ihm aufzuholen schienen, blieb ihm keine Wahl.

Je tiefer er kam, desto dunkler wurde es. Nach einer Biegung stand er vor einer alten Stahltür. Er riss an dem verrosteten Griff, und tatsächlich ließ sie sich öffnen.

Der Gestank von Kot und Unrat schlug ihm entgegen

wie eine Welle. Als er sein Handy einschaltete, um mit der Taschenlampen-App etwas Helligkeit zu erzeugen, erkannte er, dass er sich in einem Abwassertunnel befand. Überall lagen Abfälle und Dreck herum. Hier und da tippelten Ratten fiepsend durch den Gang.

Kurz entschlossen rannte Avram den schmalen, glitschigen Steinsteg weiter, dem Lauf des plätschernden Kanalwassers folgend.

Kurz darauf hörte er hinter sich aufgeregte Stimmen, dann einen Schuss, der allerdings ein gutes Stück neben ihm im Mauerwerk einschlug. Ohne sich umzudrehen, rannte er weiter.

Nach wenigen Minuten sah er endlich Licht: Das Ende des stinkenden Tunnels war nicht mehr weit. Die Aussicht auf Frischluft und mehr Bewegungsfreiheit gab ihm neuen Mut. Nur noch ein paar hundert Meter! Wenn er erst die Oberfläche erreicht hätte, würde er eine Möglichkeit finden, sich zu verstecken.

Doch schon tauchten am Eingang des Tunnels weitere Verfolger auf – vier schwarze Schemen. Avram erkannte, dass sie Schusswaffen trugen. Er hatte nur eine halbe Rasierklinge.

Es ist aussichtslos!

Instinktiv presste Avram sich in eine Nische an der Wand. Sie war kaum tief genug, um ihm Deckung zu bieten, schon gar nicht eignete sie sich als Versteck.

Die Männer kamen näher, von vorn und von hinten. Sie schossen nicht mehr auf ihn, wohl weil sie wussten, dass er ihnen ausgeliefert war. Anscheinend wollten sie ihn nicht unbedingt töten. Allerdings stellte sich die Frage, ob das, was sie mit ihm vorhatten, angenehmer war.

Avram wusste, dass es für ihn kein Entkommen gab. In

wenigen Sekunden würden sie ihn erreichen. Dann wäre er ihnen auf Gedeih und Verderb ausgeliefert.

Es gab nur noch eine Sache, die er versuchen konnte, wenngleich sie einem Verzweiflungsakt glich.

Er stellte den Handyton ab, öffnete seine Telefonkontakte und drückte eine Nummer. Dann ließ er das Gerät in seiner Jackentasche verschwinden, hob die Hände über den Kopf und trat aus der Nische hervor.

74

In Mikkas Krankenzimmer wartete Emilia zusammen mit Paul Bragon auf Kommissar Erkan Nada. Es konnte nicht mehr lange dauern, bis er hier auftauchte.
Air Canada.
Erkan Nada.
Wenn man wusste, was Mikka gemeint hatte, lag die Bedeutung auf der Hand!
Für Emilia war klar, dass Nada nur aus einem einzigen Grund herkam: Er wollte beenden, was er in der Nacht begonnen, aber aus irgendeinem Grund nicht beendet hatte: Mikka töten, allein schon, damit der ihn nicht verraten konnte.
Bragon hatte bereits Hilfe angefordert, aber die ließ noch auf sich warten. Um Nada nicht von vornherein skeptisch zu machen, hatten Emilia und er beschlossen, so zu tun, als wüssten sie von nichts. Erst wenn Nada in der Falle saß, wollten sie ihr Schauspiel auflösen.
Emilias Hände zitterten vor Anspannung. Das Herz klopfte ihr bis zum Hals.
Hoffentlich sieht Nada mir die Aufregung nicht an, sonst schöpft er Verdacht! Ich muss versuchen, wenigstens nach außen hin ruhig zu wirken!
Wie weit war Nada bereit zu gehen? Wollte er nur Mikka töten, oder würde er noch mehr Opfer in Kauf nehmen, um sich zu schützen? Würde er auch Bragon und sie angreifen?
Die Minuten dehnten sich zu zähen kleinen Ewigkeiten.

Emilias Anspannung stieg mit jedem Herzschlag. Dann ging endlich die Tür auf, und Nada kam herein.

Er sah älter aus als auf dem Bild in Kuypers Datei, hatte ein paar Falten mehr, ein paar Haare weniger, und seine Körperform war in den letzten Jahren etwas rundlicher geworden. Was ihn am meisten von dem Screenshot unterschied, war allerdings sein Vollbart – ein dichtes, dunkles, sehr dominierendes Gewächs, das die komplette untere Gesichtshälfte vereinnahmte. Der Bart verlieh ihm beinahe das Aussehen eines Taliban, und er war wohl auch der Grund dafür, dass die biometrische Datenbank von Interpol beim Gesichtsabgleich keinen aktuellen Treffer gefunden hatte, sondern nur einen von vor acht Jahren.

Dennoch war Emilia sicher, dass es sich um den gesuchten Mann handelte.

Er lächelte, als er ins Zimmer trat, wirkte allerdings nervös. Kein Wunder, er wusste ja noch nicht, wie es Mikka ging – ob er womöglich schon wach war und ihn verraten hatte. Als er erkannte, dass Mikka schlief, entspannte er sich sichtlich.

Was wiederum bedeutete, dass er auf Emilias und Bragons Schauspiel hereinfiel. Ausgezeichnet!

Bragon stand von seinem Stuhl auf und stellte ihn Emilia vor, während die beiden sich die Hände schüttelten.

»Es tut mir sehr leid, was passiert ist«, sagte Nada mitfühlend, als würde er es ehrlich meinen. »Eine fürchterliche Geschichte. Ich hoffe, dass wir denjenigen finden, der Mikka das angetan hat!«

Verdammter Heuchler!

Der blanke Zorn kochte in Emilia hoch. »Ich denke, das haben wir schon getan«, platzte es aus ihr heraus. Obwohl sie wusste, dass sie gerade einen Fehler beging, genoss sie gleichzeitig das Aufblitzen seiner Augen, als er begriff, dass er entlarvt war.

Hinter seiner Fassade arbeitete es, sein Lächeln wurde wieder nervös.

Er fragt sich, ob ich tatsächlich ihn meine.

»Wen haben Sie im Verdacht?«, fragte er.

»Das wissen Sie ganz genau!«

Wieder veränderten sich seine Augen. Diesmal erkannte Emilia etwas Böses darin. Seine Hand zuckte zu der Waffe an seinem Gürtel, aber Bragon stand bereits hinter ihm, die Pistole auf ihn gerichtet.

»Lass es sein, Erkan!«, knurrte er. »Wenn du glaubst, dass ich nicht abdrücken werde, irrst du dich.«

Nada blieb wie eingefroren stehen. Er überlegte wohl, was er noch tun konnte und wie gut seine Chancen standen, wenn er es auf einen Kampf ankommen ließe. Schließlich schien er einzusehen, dass er nicht gewinnen konnte, und streckte die Hände von sich, um zu demonstrieren, dass er aufgab.

»Nimm ihm die Waffe ab, Emilia«, sagte Bragon.

Sie tat es, darauf gefasst, dass Nada versuchen würde, sie zu überrumpeln. Aber er blieb vernünftig.

»Die Hände hinter den Rücken, Erkan!«, befahl Bragon. »Und versuch keine Tricks.«

Nada gehorchte, so dass Bragon ihm mühelos die Handschellen anlegen konnte.

»Jetzt setz dich dort drüben auf den Stuhl und erzähl uns, was heute Nacht passiert ist«, sagte Bragon. »Sonst schieße ich dir die Kniescheibe kaputt, und Agentin Ness wird bezeugen, dass es Notwehr war.«

75

Sie hatten Avram in den Raum zurückgebracht, aus dem er geflohen war, ihn ausgezogen und nackt auf einen Stuhl gefesselt. Er hatte schon einmal eine solche Situation erlebt, damals in Bolivien. Die Erinnerung daran jagte ihm einen kalten Schauder über den Rücken. Nur mit knapper Not hatte er damals überlebt. Ob er heute so viel Glück haben würde?

Die sieben Männer um ihn herum wirkten ziemlich bedrohlich, allen voran Toni, der mit seiner hässlichen, blutenden Schnittwunde im Gesicht keinen Hehl daraus machte, dass er auf Rache sann. Aus irgendeinem Grund hielt er sich damit zurück. Wahrscheinlich hatte er in dieser Runde von Schlägertypen nichts zu melden.

Schritte näherten sich, langsam und schwer. Noch verstellten die Männer um Avram herum die Sicht, doch als sie beiseitetraten, traute er seinen Augen nicht: Vor ihm stand kein anderer als Theo Eitlinger alias Theo Krummknecht. Er trug Schwarz. Die wenigen Haare, die er in dem Film mit der brennenden Frau noch gehabt hatte, waren ihm vollends ausgefallen. Seine Augen verströmten die berechnende Kälte eines Mannes, dem jegliches Gewissen abhandengekommen war.

»Ich kann nicht gerade behaupten, dass ich mich freue, Sie persönlich kennenzulernen, Herr Kuyper«, begann er. »Im Gegenteil: Ich hätte auf diese Begegnung gerne verzichtet. Es wäre mir auch lieber gewesen, Ihren Bruder nicht in den Selbstmord zwingen zu müssen. Aber Sie beide verbindet eine unheilvolle Verbissenheit, wenn es darum geht, der Wahrheit auf die Spur zu kommen. Das kann ich nicht zulassen.«

Voller Bitterkeit erkannte Avram, dass er nach monatelanger Suche endlich den Mann gefunden hatte, der für Gorans Tod verantwortlich war – nur würde ihm das jetzt wohl nichts mehr nützen. Er war gefangen, wehrlos, auf einen Stuhl gefesselt. Nicht mehr lange, und er würde sterben. Seine einzige Chance bestand darin, auf Zeit zu spielen.

»Ich stand in Augsburg vor Ihrem Grab«, sagte er. »Ich dachte, Sie sind tot.«

Krummknechts Stirn legte sich in Falten, als würde er sich fragen, wie viel Avram von seiner Vergangenheit wusste.

»Ihr könnt jetzt gehen«, sagte er zu seinen Leuten. »Herr Kuyper und ich wollen uns ein bisschen unter vier Augen unterhalten.«

Die Männer verschwanden aus dem Raum.

Nur Toni protestierte. »Lass mich die Sau fertigmachen!«, zischte er. Mit seinem blutverschmierten Gesicht sah er aus wie ein Zombie.

»Geh und verarzte deine Wunden«, knurrte Krummknecht. »Ich brauche dich hier nicht mehr.«

Doch Toni blieb stur. »Gib mir ein Messer, damit ich ihn abstechen kann. Er muss dafür büßen, was er mir angetan hat!«

Krummknecht versetzte ihm eine schallende Ohrfeige, hart und ansatzlos. »Wage es nie wieder, meine Befehle zu missachten, sonst vergesse ich mich, kapiert? Jetzt zieh Leine. Ich habe Kuyper schon jemand anderem versprochen, und ich habe nicht vor, dieses Versprechen zu brechen.«

Zitternd vor Zorn verließ Toni den Raum. Dumpf fiel die

schwere Stahltür hinter ihm ins Schloss. Jetzt war Avram mit Theo Krummknecht allein.

»Endlich können wir ungestört miteinander reden«, sagte Krummknecht mit einer jovialen Handbewegung. »Es muss nicht jeder über meine Vergangenheit Bescheid wissen. Das würde meine Männer nur unnötig verwirren.« Er zog einen Stuhl heran, setzte sich Avram gegenüber und musterte ihn. »Mein Scheintod in Augsburg war wie die Geburt in ein neues Leben«, fuhr er fort. »Ich war damals ganz am Boden. Eine Zeitlang habe ich mich tatsächlich mit Selbstmordgedanken befasst. Ein Freund hat mir damals geraten, noch einmal ganz von vorne anzufangen. Irgendwo anders, wo mich keiner kennt. Ich sagte ihm, dass ich das schon versucht hätte, mit meinem Umzug von München nach Augsburg. Aber es hat nicht funktioniert. Deshalb kamen wir auf die Idee, einen endgültigen Schlussstrich zu ziehen und meinen Tod vorzutäuschen. Nur wenige Menschen wissen, dass ich gar nicht in dem Urnengrab liege, sondern mich bester Gesundheit erfreue.« Er warf einen Blick auf seine Armbanduhr. »Es wird noch ein paar Minuten dauern, bis unser Besuch kommt. Wir können also gerne noch ein wenig plaudern, Herr Kuyper. Welche Fragen haben Sie? Zum Tod Ihres Bruders zum Beispiel, oder zum Tod Ihres Neffen. Ich erzähle es Ihnen gern. Ich erzähle es Ihnen sogar, wenn Sie mir keine Fragen stellen. Denn erstens spielt es keine Rolle mehr – in einer halben Stunde sind Sie sowieso tot. Und zweitens glaube ich, dass es ihren Schmerz verdoppeln wird, wenn ich Sie noch einmal mit den Todesfällen in Ihrer Familie konfrontiere. Sie sehen, wir sind schon mitten in der ersten Folterszene.«

Avram ahnte, worauf das Spiel hinauslaufen würde. Er sollte nicht schnell sterben, wie zum Beispiel durch eine

Kugel, sondern langsam und qualvoll. »Wie haben Sie herausgefunden, wer ich bin?«, fragte Avram.

Krummknecht zuckte leichthin mit den Schultern. »Die Ähnlichkeit mit Ihrem Bruder ist unverkennbar«, antwortete er. »Außerdem hat ein Freund aus Augsburg mir gesagt, dass Sie vielleicht auftauchen würden.«

»Ulrich Juncker.« Der Besitzer des Fitnessstudios, der Avram auf den Friedhof geschickt hatte.

Krummknecht verzog die Mundwinkel zu einem kalten Lächeln, ging aber nicht darauf ein. »Ich habe versprochen, Ihnen alle Fragen zum Tod Ihres Bruders und Ihres Neffen zu beantworten. Nicht die Fragen zu meiner Vergangenheit.«

»Bedauerlich. Es hätte mich interessiert, warum Sie die Frau angezündet haben, deren verkohle Leiche bei Freising gefunden wurde.«

»Das Gericht konnte mir nie etwas nachweisen. Man hat mich damals freigesprochen.«

»Ich habe den Film gesehen«, sagte Avram. »Wie die Frau vor Ihnen an der Decke hing, mit dem Kopf nach unten. Wie Sie sie mit Benzin übergossen und in Brand gesteckt haben. Ihr Gesicht war auf diesem Film deutlich zu erkennen.«

Krummknecht wurde plötzlich kreidebleich, als habe er ein Gespenst gesehen.

Ich habe etwas gesagt, mit dem er nicht gerechnet hat.

»Woher kennen Sie den Film?«, keuchte Krummknecht.

»Er befindet sich in meinem Besitz. Mehr werde ich dazu nicht sagen.«

»Von wem haben Sie diesen Film bekommen?«

Avram schwieg. Er würde Britt Lassgards Namen auf keinen Fall preisgeben.

Krummknecht stand auf, kam auf ihn zu und schlug ihm

ins Gesicht, nicht mit der flachen Hand, wie bei Toni, sondern mit der geballten Faust. Sterne flackerten vor Avrams Augen, seine Ohren klingelten. Auf seine Zunge legte sich der Geschmack von Blut.

»Noch mal, Arschloch! Ich will wissen, woher du den Film hast!«

»Von einem Freund in Hamburg.« Das war wenigstens weit von München und Britt Lassgard entfernt.

»Wie heißt dieser Freund?«

»Hans Liebig.«

Wieder ein Schlag ins Gesicht. »Das glaube ich dir nicht.«

»Gernot Wagner.«

Der dritte Schlag. Avrams Schädel dröhnte.

»Albert Seeger.«

Als Krummknecht zum vierten Schlag ausholte, hielt er plötzlich inne, denn hinter ihm öffnete sich die Tür, und jemand sagte in scharfem Ton: »Lass mir auch noch was übrig! Das bist du mir schuldig!«

Nur mühsam beherrscht, ließ Krummknecht die Faust sinken, das Gesicht zu einer bösen Fratze verzogen. Langsam drehte er sich um.

»Meinetwegen kannst du ihn haben«, knurrte er. »Aber warte, bis ich wieder da bin. Ich muss noch kurz telefonieren.«

Mit diesen Worten verschwand er in den Gang.

Und ließ Avram mit Dimitri Saikoff zurück.

76

Claus Thalinger studierte gerade die neuesten Vertragsentwürfe für den TOCON-Deal, als sein Handy klingelte, das neben der Computertastatur auf dem Schreibtisch lag. Ein Anflug von Zorn keimte in ihm auf. Theo Krummknecht! Dieser dämliche Hund wusste ganz genau, dass er ihn nicht auf seiner offiziellen Nummer anrufen sollte! Was dachte er sich dabei?

Thalinger nahm das Gespräch an. »Wehe, es ist nicht verdammt wichtig, Theo! Wenn du mich auf dieser Nummer anrufst, kann man eine Verbindung zwischen uns herstellen. Ich hoffe, dir leuchtet ein, dass das nicht in meinem Interesse sein kann!«

»Kuyper ist aufgetaucht!«, presste Theo Krummknecht hervor und erzählte, was los war. »Keine Ahnung, wie er mich aufgespürt hat. Aber er ist hier. Und er kennt den Film! Scheiße, Claus, woher kennt er diesen verdammten Film?«

»Reg dich erst mal ab! Verstanden? Von welchem Film redest du überhaupt?«

»Tu nicht so, als wüsstest du das nicht ganz genau! Von dem Film, in dem ich deine verfickte Frau kaltgemacht habe. Ich bin sicher, du kannst dich erinnern!«

Claus Thalinger wusste genau, wovon Theo Krummknecht sprach. Er hatte den Film schon unzählige Male gesehen: Lara, an den Füßen aufgehängt, verzweifelt, wimmernd und am Ende lichterloh brennend. Jedem, der ihn damals danach fragte, hatte Thalinger erzählt, Lara habe sich im Streit von ihm getrennt. Sie sei nach Südamerika ausgewandert, woher sie ursprünglich stammte. Sie habe sich nicht bei ihm gemeldet, und er wisse nicht genau, wohin sie gegangen war. Das hatte alle weiteren Fragen nach ihrem Verbleib im Keim erstickt.

Aber Lara war nicht ausgewandert. Claus Thalinger hatte Theo Krummknecht und Belial damit beauftragt, sie zu entführen und bei lebendigem Leib in Brand zu stecken, um sie für ihre Untreue zu bestrafen. Anschließend hatten sie ihr das verkohlte Gesicht zertrümmert und sie in einem Wald bei Freising entsorgt. Ihre Leiche war nie identifiziert worden.

»Ich will wissen, wie Kuyper an diesen Film kommen konnte!«, forderte Theo Krummknecht. »Du warst der Einzige, der den Film hatte ... Und ich will wissen, wie Kuyper an diesen Film kommen konnte. Hast du vor, mich zu verarschen? Ich schwöre dir, dass es mir scheißegal ist, wie reich und mächtig du bist. Wenn ich herausfinde, dass du mich verarscht hast, wird dir alles Geld der Welt nicht mehr helfen können. Dann mache ich dich fertig!«

Thalinger ärgerte sich über den respektlosen Ton. Die Drohung an sich ließ ihn kalt. Theo war nicht in der Position, ihm gefährlich werden zu können. Er verfügte weder über genügend Männer noch über ausreichendes Kapital. Er war ein Goldfisch in einem Haifischbecken, nur ignorierte er diese Tatsache gerne.

»Wie lange kennen wir uns, Theo?«, fragte Thalinger. »Zwanzig Jahre? Das ist eine lange Zeit. Allmählich solltest du begriffen haben, dass du mir vertrauen kannst. Du hast meine Frau umgebracht, und dafür habe ich dich von deinem Stiefbruder befreit. Später habe ich deinen Tod inszeniert und dir dabei geholfen, in Frankfurt ein neues Leben aufzubauen. Ich beschaffe dir regelmäßig Aufträge, und ich bezahle dich gut dafür. Warum glaubst du also, dass ich dich hintergehe?«

»Komm mir nicht auf die Tour, Claus! Ich weiß, dass du der Einzige bist, der im Besitz dieses Films war. Aber jetzt hat ihn plötzlich Kuyper, und ich frage mich: Wenn er ihn hat, wer dann noch? Da ist mir der Gedanke gekommen, dass du mich vielleicht loswerden willst.«

»Wenn ich das wollte, gäbe es viel einfachere Wege. Ich müsste Saikoff nur sagen, dass er dir das Genick brechen soll. Er würde es tun, ohne zu zögern.«

»Nur wäre das nicht dein Stil. Du liebst es, Spielchen zu spielen. Jemandem Angst einzujagen. Ihn leiden zu sehen. Wie viele deiner schmutzigen kleinen Filme habe ich für dich organisiert? Ich weiß genau, wie du tickst. Und es wäre dir absolut zuzutrauen, dass du mich fertigmachen willst, indem du den Film in Umlauf bringst, der mich als Mörder entlarvt.«

Im Grunde hatte Theo Krummknecht recht: Das war tatsächlich seine Art, Probleme zu lösen. Aber in diesem Fall irrte er sich.

»Komm wieder auf den Teppich, Theo«, sagte Thalinger. »Ich versichere dir, dass ich nicht vorhabe, dich beseitigen zu lassen. Wenn du willst, dass das so bleibt, schlage ich vor, dass wir jetzt vernünftig miteinander reden.«

»Dann erkläre mir, wie ein anderer als du an diesen Film kommt!«

Thalinger seufzte. Er war Theo keine Rechenschaft schuldig, dennoch verband sie eine Art Seelenverwandtschaft – die Freude an blutigen Realfilmen. Deshalb beschloss er, ihm die Wahrheit zu sagen. »Ich hatte vor ein paar Monaten ein Problem mit meiner Firewall«, gab er zu. »Jemand hat sich in meinen Privatrechner eingehackt und heimlich Daten heruntergeladen. Als ich das merkte, habe ich natürlich sofort sämtliche Hebel in Bewegung gesetzt. Wir haben den kleinen Scheißer auch schnell gefunden. Heidecker hieß er. Ein Hacker aus München. Wir haben einen Unfall vorgetäuscht und ihn getötet, seine Wohnung durchsucht und sämtliche Spuren beseitigt, die zu mir führen. Aber leider hatte er einen Teil der Daten schon der Polizei zugespielt. Nichts Wichtiges, nur geschnittenes Material. Für die Vollversion wollte er eine Art Finderlohn, den er aber nie erhalten hat. Und nachdem wir ihn umgebracht hatten, bin ich davon ausgegangen, dass das Problem erledigt sei – bis dieser Reporter aufgetaucht ist und unbedingt im Dreck wühlen musste, Goran Kuyper. Er hatte zwar nur die geschnittene Fassung der Polizei, aber irgendwie hat er aus den Filmen ein paar konkrete Spuren herauslesen können. Spuren, die nach Frankfurt führten.«

»War der Film, in dem ich deine Frau umgebracht habe, auch dabei?«

»Nein. Das haben mir meine Leute bei der Münchner Kripo versichert. Ich kann mir nur vorstellen, dass Heidecker irgendwo ein Backup der Vollversionen hinterlegt hat, und dieses Backup ist auf irgendwelchen Wegen in die Hände von Kuypers Bruder gefallen. Finde heraus, was er weiß, egal mit welchen Mitteln. Saikoff soll dir dabei helfen. Wenn ihr ihm richtig weh tut, wird er reden.«

77

Avrams Gesicht pulsierte. Durch einen der Schläge war seine Lippe aufgeplatzt, und sein linkes Auge schwoll zu. Aber viel schlimmer als der Schmerz war das Warten – die Angst vor dem, was noch kommen würde.

Dimitri Saikoff beachtete ihn kaum. Alles was er tat, seit Krummknecht den Raum verlassen hatte, war, irgendwelche Dinge aus einem Schrank zu holen und sie nebeneinander auf dem Schreibtisch zu platzieren: einen Schneidbrenner, eine Rohrzange, diverse Messer ... Avram musste sich beherrschen, um nicht in Panik zu geraten.

Ihm fiel auf, dass Saikoff humpelte. Ein Knöchel war dick verbunden – dort, wo Avram ihn in Amsterdam mit einer Kugel erwischt hatte. Kaum zu glauben, dass das noch nicht einmal eine Woche her war.

Saikoff hinkte wieder zum Schrank. Diesmal holte er keine Foltergeräte heraus, sondern ein paar Dreibeinstative, die er um Avrams Stuhl herum positionierte.

Als Theo Krummknecht zurückkam, war Saikoff gerade dabei, Digicams auf die Stative zu schrauben.

»Bist du so weit?«, fragte Krummknecht.

»Nur noch die Leuchten und das Mikro«, antwortete Saikoff.

Während er die letzten Vorbereitungen traf, setzte Krummknecht sich wieder vor Avram auf den Stuhl.

»Was soll das werden?«, fragte Avram, obwohl er die Wahrheit schon ahnte.

»Nennen wir es eine Art Abschiedsfilm«, antwortete Krummknecht. »Deine Hinterlassenschaft an die Nachwelt. Und gleichzeitig dein Beitrag zur Deckung meiner Unkosten – für die Umstände, die du und dein Bruder mir bereitet habt. Wir filmen deinen Tod und stellen die Aufnahmen ins Internet ein. Du würdest dich wundern, wie viele Menschen es gibt, die bereit sind, dafür Geld zu bezahlen.«

Das wunderte Avram ganz und gar nicht. Die Welt war krank, heute mehr denn je.

»Belial war nicht der Einzige, der diese Art von Filmen gedreht hat, verstehst du?«, fuhr Krummknecht fort. »Genau genommen hat er für mich gearbeitet. Er war gut darin, seine Filme wie Kunstwerke aussehen zu lassen. Ich muss gestehen, dass meine Begabung als Regisseur nicht ganz an seine heranreicht. Aber ich denke, für dich wird es reichen.«

»Ich bin so weit«, sagte Saikoff, der inzwischen zwei große Leuchten und einen Mikrophonständer aufgestellt hatte. »Von mir aus kann's losgehen.«

Krummknecht nickte. »Ich will wissen, von wem du den Film hast, auf dem ich zu sehen bin«, raunte er. Seine Stimme klang leise noch viel gefährlicher. »Und ich will wissen, wer außer dir diesen Film noch kennt. Gibt es jemanden, dem du den Film gezeigt oder sogar eine Kopie davon gegeben hast? Jemanden, der die Spur zu mir zurückverfolgen könnte? Fang einfach mal an zu erzählen. Für jede Aussage, die ich dir nicht glaube, tut mein Freund dir ein bisschen weh. Am Ende werden wir dann das ganze Gequatsche aus der Aufzeichnung rausschneiden, so dass nur noch dein langsamer, qualvoller Tod übrig bleibt. Also schieß los.«

Avram schwieg.

Krummknecht gab ihm ein paar Sekunden Bedenkzeit, dann nickte er Saikoff zu. Der startete nacheinander die

Kameras, bevor er die Brechstange vom Schreibtisch nahm, sich neben Avram stellte und mit voller Wucht gegen seinen Oberarm schlug.

Avram schrie auf. Glühender Schmerz explodierte in seinem Körper, als der harte Stahl ihn traf.

Herr, lass mich stark sein!

»Und? Wie sieht es aus? Bist du jetzt gesprächiger, oder soll mein Freund weitermachen?«, fragte Krummknecht.

Avram biss keuchend die Zähne zusammen. Ihm wurde klar, dass er diesen Raum nicht lebend verlassen würde. Er hatte sich an eine vage Hoffnung geklammert, aber die würde sich nicht erfüllen. Ihm blieb nur noch eine letzte Sache zu tun: schweigen. Würde er Britt Lassgards Namen nennen, würde auch sie qualvoll sterben.

»Du hältst dich wohl für einen besonders harten Kerl«, höhnte Krummknecht. »Mir soll's recht sein. Aber wir kriegen dich zum Reden, verlass dich drauf.«

Saikoff schlug erneut zu, genau auf dieselbe Stelle. Avram bekam vor Schmerz kaum noch Luft. Spätestens jetzt war der Arm gebrochen.

»Und? Ich höre.«

Avram blieb stur.

»Das Problem ist, dass ich zuerst ein paar Antworten brauche, bevor wir dich töten können«, sagte Krummknecht. »Je länger du dir Zeit lässt, desto langsamer wirst du sterben. Willst du das?«

Eine Träne rann Avram über die geschwollene Wange. Er wollte noch nicht sterben, weder schnell noch langsam. Aber er war wild entschlossen, sich nicht kleinkriegen zu lassen.

»Vielleicht lockert es deine Zunge, wenn ich dir sage, dass ich den Befehl erteilt habe, den Hof deiner Schwägerin zu überfallen«, sagte Krummknecht. »Genau wie im Sommer, nur dass diesmal nicht viel davon übrig bleiben wird. Weder vom Hof noch von deiner Schwägerin noch von deiner Nichte. Es sei denn, du fängst endlich an zu reden!«

Krummknecht log, das stand außer Frage. Wenn er beschlossen hatte, Nadja und Akina zu töten, dann würde er das tun, unabhängig davon, was Avram ihm erzählte.

Vor Wut, Schmerz und Hilflosigkeit begann Avram zu zittern. Dass er, nackt und auf einen Stuhl gefesselt, misshandelt wurde, war vielleicht nur die gerechte Strafe für all die Gräueltaten, die er in den letzten Jahren begangen hatte. Aber Nadja und Akina? Warum musste es immer die Unschuldigen treffen?

Krummknecht wartete auf eine Reaktion, bekam aber keine und fühlte sich dadurch umso mehr provoziert. Er sprang von seinem Sitz auf, riss Saikoff das Stemmeisen aus der Hand und schlug selbst zu, wieder auf den linken Arm. Avrams Körper verkrampfte sich, wollte sich vor Schmerz aufbäumen, aber die Fesseln gaben nicht nach.

»Wir können noch stundenlang so weitermachen«, zischte Theo Krummknecht, jetzt mit dem Blick eines Irrsinnigen. »Du hast zwei Arme, zwei Beine, eine Wirbelsäule – genug Knochen, die wir dir brechen können. Mein Freund hier ist ganz heiß darauf, den Schneidbrenner an dir auszuprobieren. Und ganz am Ende werde ich dir die Eier abschneiden. Das habe ich noch nie vor laufender Kamera gemacht. Ich werde dich kastrieren und zusehen, wie du dabei verblutest, Arschloch. Es sei denn, du gibst mir endlich ein paar Antworten!«

Sekunden verstrichen. Avram wagte nicht, Theo Krummknecht anzusehen. Er versuchte, sich auf irgendeinen Punkt an der gegenüberliegenden Wand zu konzentrieren, um sich von Angst, Qual und Verzweiflung abzulenken. Dennoch bekam er im Augenwinkel mit, wie Krummknecht noch einmal ausholte.

Diesmal war der Schmerz so heftig, dass er die Besinnung verlor.

78

Erkan Nada ließ sich von Paul Bragons Drohungen nicht einschüchtern, wohl weil er wusste, dass es nur ein Bluff war. Allerdings schwieg er beharrlich, auch während der Überführung ins Frankfurter Polizeipräsidium, wo er umgehend verhört wurde.

Weil Bragon wusste, wie wichtig es Emilia war, ließ er sie dem Verhör beiwohnen, und je länger es dauerte, desto mehr schien Nada sich seiner Situation bewusst zu werden. Er schwitzte, obwohl Emilia es ziemlich kühl fand, und er spielte die ganze Zeit über nervös mit den Fingern.

»Du hast Scheiße gebaut, Erkan, das weißt du!«, knurrte Bragon, der seine Taktik gewechselt hatte. Er spielte nun nicht mehr den bösen Cop, sondern den verständnisvollen Kollegen. »Wie lange kennen wir uns schon? Fünf Jahre? Das ist eine lange Zeit. Ich weiß, dass du kein schlechter Kerl bist. Was in drei Teufels Namen ist also heute Nacht passiert, dass du Mikka so zugerichtet hast? Herrgott, Erkan, du hättest ihn um ein Haar getötet!«

Kommissar Nada war kurz davor zu reden, das sah Emilia ihm an. »Versuchter Mord an einem Polizisten. Noch dazu der Foltermord an einer unschuldigen Frau«, sagte sie. »Der Film, der uns vorliegt, mag zwar schon ein paar Jahre alt sein, aber jeder Richter wird ihn als Beweismittel gegen Sie anerkennen. Sie haben einen Menschen getötet. Und heute Nacht beinahe noch einen zweiten. Was werden Ihre Frau und Ihre Kinder sagen, wenn sie das erfahren?«

Seine Kiefer begannen unter dem dichten Vollbart zu mahlen, sein Kinn zitterte. »Ich war das nicht«, presste er endlich hervor. »Ich weiß, dass es so aussieht, als wäre ich schuldig. Aber ich habe das nicht getan.«

»Was meinen Sie?«, hakte Emilia nach. »Den Mord an der Frau? Oder den Angriff auf Mikka?«

Er sah auf. Sein Blick schien sie beschwören zu wollen. »Beides«, sagte er. »Ich habe beide Verbrechen nicht begangen. Das schwöre ich!«

»Erzähl' uns keinen Mist, Erkan!«, brauste Bragon auf. »Wir wissen, dass du es warst.«

»Das denkst du, weil es die bequemste Lösung für dich ist, Paul! Aber die Wahrheit ist viel komplizierter.«

»Dann erzählen Sie sie uns«, sage Emilia. »Genau deshalb sind wir hier. Weil wir von Ihnen die Wahrheit hören wollen.«

Nadas Mund öffnete und schloss sich, ohne dass ein Wort über seine Lippen kam. Er war nervlich am Ende. Als er sich wieder in den Griff bekam, schüttelte er resigniert den Kopf. »Wenn ich die Wahrheit sage, bin ich ein toter Mann!« Seine Stimme klang brüchig, in seinen Augen lag etwas Flehendes. »Agentin Ness – wenn ich auspacken soll, müssen Sie mir helfen. Sie müssen mir versprechen, meine Familie und mich in ein Zeugenschutzprogramm aufzunehmen. Bitte!«

Seine Angst klang echt, ohne Frage. Emilia dachte nach. »Ich mache Ihnen ein Angebot«, sagte sie. »Sie erzählen uns, was Sie wissen. Wenn Sie mich davon überzeugen, dass Sie und Ihre Familie Schutz benötigen, werde ich dafür sorgen, dass Sie ihn bekommen. Zur Not lasse ich Sie noch heute außer Landes bringen. Allerdings unter zwei Voraussetzungen. Erstens: Sie erklären sich bereit, mit Ihrem Wissen als Zeuge zur Verfügung zu stehen, sofern es irgendwann zu einer Verhandlung kommt. Und zweitens: Sie unterziehen sich selbst einem ordentlichen Gerichtsverfahren. Falls ich nach Ihrer Aussage zu der Überzeugung gelange, dass es gerechtfertigt ist, werde ich mich für mildernde Umstände einsetzen.«

Nada ließ sich Emilias Vorschlag durch den Kopf gehen. Schließlich nickte er, sichtlich erleichtert, und begann zu berichten: »Ich will gar nicht behaupten, dass ich ein Unschuldslamm bin. Leider gibt es ein paar Dinge in meinem Leben, die ich nicht hätte tun sollen. Aber Mord gehört nicht dazu. Versuchter Mord auch nicht.« Er nippte an dem Wasserglas, das vor ihm stand, und stellte es wieder ab. »Mikka hat mich gestern Nacht zu Hause besucht und mich mit ein paar unangenehmen Fragen zu meiner Vergangenheit konfrontiert. In Bezug auf diesen Film, meine ich. Es kam zu einem Wortgefecht, mehr aber nicht. Er hat damit gedroht, mich vor Gericht zu bringen, sobald er genug Beweise gegen mich hätte. Dann ist er wieder verschwunden. Das dachte ich zumindest, aber in Wahrheit hat er mich wohl heimlich beobachtet. Jedenfalls musste ich um Mitternacht noch einmal los, zu einem vereinbarten Treffen mit einem Typen, der sich Sladko nennt. Aber ich habe herausgefunden, wie er wirklich heißt: Dimitri Saikoff. Das ist ein Mittelsmann von Claus Thalinger.«

Emilia kannte sich in wirtschaftlichen Dingen nicht besonders gut aus, aber von Thalinger hatte sogar sie schon gehört. Er wurde regelmäßig in den Medien erwähnt und stand, wenn sie sich recht erinnerte, auf der Liste der fünfzig einflussreichsten Personen Deutschlands. Auch international hatte er seine Finger im Spiel. Sein Konzern umfasste mehrere Dutzend Einzelunternehmen und war in dieser Größenordnung eines der letzten privat geführten Wirtschaftsimperien weltweit.

»Claus Thalinger?«, wiederholte Bragon. »Damit meinst du nicht zufällig den Geschäftsführer der TAURUS-Gruppe?«

Nada nickte. »Doch. Genau den meine ich.«

Bragon fuhr sich mit zwei Fingern über seinen Schnauzbart und zog dabei ungläubig die Mundwinkel nach unten. »Hattest du gestern Nacht vielleicht auch ein Treffen mit dem Kontaktmann von Bill Gates? Oder mit dem amerikanischen Geheimdienst? Herrje, Erkan, du glaubst doch nicht im Ernst, dass ich dir diesen Schwachsinn abkaufe?«

»Dieser Schwachsinn ist nun mal die Wahrheit! Ob es dir gefällt oder nicht, Paul. Und er ist der Grund dafür, dass ich Schutz für mich und meine Familie beanspruche. Thalinger ist ein mächtiger Mann. Er ist gefährlich – viel gefährlicher, als du es dir vorstellen kannst. Wer sich ihm in den Weg stellt, wird vernichtet, so einfach ist das. Wenn er erfährt, dass ich gegen ihn aussage, bin ich ein toter Mann, verstehst du? Hier zu sitzen und darüber zu reden bedeutet für mich ein Risiko. Wer garantiert mir, dass du nicht auch auf seinem Schmiergeldzettel stehst, Paul? Oder die Jungs, die mithören?« Er deutete auf die Spiegelwand. »Ich habe mich bereit erklärt, alles zu erzählen, was ich weiß. Aber dafür erwarte ich, dass du mir wenigstens bis zum Schluss zuhörst!«

Die Auseinandersetzung zwischen den beiden Kripo-Kollegen brachte sie nicht weiter. Emilia beschloss einzugreifen, um das Gespräch wieder auf eine sachliche Ebene zu lenken. »Sie haben sich also mit diesem Saikoff getroffen. Was hatten Sie mitten in der Nacht mit ihm zu tun?«

Nada seufzte. »Ich habe ihm Informationen gegeben.«

»Welche Art von Informationen?«

»Informationen über den aktuellen Stand der Ermittlungen im Rittmanns-Fall.«

»Was für ein Fall ist das?«

»Es geht um den Mord an einer siebzehnjährigen Prostituierten. Ein Frankfurter Unternehmer steht im Verdacht, die Tat begangen zu haben. Ich weiß es natürlich nicht genau, aber ich glaube, Thalinger will ihm den Mord in die Schuhe schieben, weil er beabsichtigt, dessen Firma zu übernehmen.«

»Sie sind also Thalingers Maulwurf?«

Kommissar Nada nickte. »Ab und zu versorge ich ihn mit polizeilichen Interna.«

»Erhalten Sie dafür Geld von ihm?«

»Ja. Aber das ist nicht der Grund, weshalb ich für ihn arbeite. Er erpresst mich. Schon seit Jahren. Mit diesem Film, auf den Mikka mich angesprochen hat. Eine schreckliche Geschichte, für die ich mich schäme. Das ist alles schon so lange her! Großer Gott, ich weiß nicht, welcher Teufel mich damals geritten hat!« Einen Moment lang schien ihn die Verzweiflung zu übermannen, aber er bekam sich rasch wieder in den Griff. »Ich hatte damals kein Glück mit Frauen«, fuhr er fort. »Die haben mich immer nur ausgenutzt. Eine hat mein ganzes Geld vom Konto abgehoben und ist damit abgehauen. Irgendwie hatte ich das Bedürfnis, endlich auch mal am längeren Hebel zu sitzen. Ein Freund gab mir damals einen Tipp. Sagte, ich soll mich an einen Typen namens Flavius wenden, wenn ich mal richtig zum Zug kommen wolle. Der sei in der Lage, mir jeden Wunsch zu erfüllen.« Er machte eine Pause, dachte nach. Als er weitersprach, starrte er nur noch auf die Tischplatte vor sich. »Ich komme aus keiner guten Familie, bin im Milieu aufgewachsen. Wenn man da drinsteckt, ist es unheimlich schwer, sich davon zu befreien, nicht nur wegen der alten Kontakte, sondern auch vom Kopf her. Irgendwie, ob man will oder nicht, fühlt man sich immer so, als würde man noch dazugehören. Das ist wie ein Fluch. Vielleicht ist das auch der Grund, weshalb ich Flavius tatsächlich aufgesucht habe. Ich dachte, er ist so eine Art Bordellbetreiber. Er hat mich nach meinen Wünschen befragt, und ein paar Tage später wurde ich von einem seiner Leute abgeholt. Ich weiß nicht, wohin sie mich brachten. Sie haben mir die Augen verbunden. Das war zwar irgendwie gruselig, aber gleichzeitig auch spannend. Ich dachte, das sei Teil des Spiels. Jedenfalls brachten sie mich in eine Art Keller, wo diese Frau schon auf mich gewartet hat. Geknebelt und gefesselt. Ich schäme mich, es zuzugeben, aber damals hat mich das angemacht. Endlich war ich nicht mehr derjenige, den die Frauen ausnutzten, sondern der, der die Frauen ausnutzt. Ich war nicht mehr Opfer, sondern Täter – das tat meinem Selbstbewusstsein gut. Wie gesagt, ich dachte, sie sei eine Hure. Insofern hatte ich nicht mal ein schlechtes Gewissen. Zugegeben, ich habe sie vielleicht zu hart rangenommen. Ich wollte ihr weh tun – aber nicht richtig, nur ein bisschen. Damit das Spiel sich echt anfühlt.«

»Sie haben diese Frau in dem Film geschlagen und sie mehrmals gewürgt.«

Nada presste die Lippen aufeinander. Seine Augen wurden glasig. »Sie haben recht«, gab er schließlich mit leiser Stimme zu. »Ich habe sie härter rangenommen, als ich es mir gerne einrede. Könnte ich es rückgängig machen, würde ich es tun. Ich habe diesen Fehler gemacht, und ich werde vor Gericht dazu stehen. Aber ich habe sie nicht umgebracht. Das Problem ist nur, dass ich heimlich gefilmt wurde und es so aussieht, als würde ich sie vergewaltigen. Und dass sie am nächsten Tag tot am Mainufer gefunden wurde – mit einem Stück Wäscheleine erdrosselt. Scheiße!« Er trank noch einen Schluck Wasser, bevor er weitersprach. »Ich hatte zuerst keine Ahnung, in welche Sache ich da hineingeraten war. Das ging mir erst auf, als ich kurz darauf erpresst wurde. Ich sollte Informationen besorgen, dafür würde der Film unter Verschluss bleiben. Welche Wahl blieb mir da? Natürlich wusste ich damals noch nicht, dass Claus Thalinger dahintersteckt. Das habe ich erst im Lauf der Zeit herausgefunden. Bis heute tritt er nie selbst mit mir in Kontakt, dafür ist er viel zu schlau.«

Emilia bemerkte, wie Paul Bragon neben ihr wieder den Kopf schüttelte. »Das ist das lächerlichste Märchen, das ich seit langem gehört habe«, schnaubte er. »Warum sollte ein Mann wie Thalinger ausgerechnet dich erpressen? Und warum so kompliziert? Wenn er etwas von dir will, wäre es doch viel einfacher für ihn, dir damit zu drohen, deiner Familie etwas anzutun. Stattdessen organisiert er für eine kleine Nummer wie dich extra ein perverses Stelldichein, filmt dich heimlich und bringt anschließend das Mädchen um, mit dem du dich vergnügt hast? Irgendwie fällt es mir schwer, das zu glauben, Erkan.«

»Du bist zu blöd, um es zu kapieren, oder?«, ereiferte sich Nada. »Thalinger hat das nicht extra für mich organisiert. Es ist ein fester Bestandteil seiner Art, Geschäfte zu machen. Er erpresst damit jeden, der eine heimliche Begierde hat und dumm genug ist, auf ihn hereinzufallen. Du hast recht, Paul, ich bin nur ein kleines, unbedeutendes Licht. Thalinger hat damals offenbar irgendeinen Spitzel in der Frankfurter Kripo gebraucht, und da kam ich ihm mit meinen Frauenproblemen gerade recht. Aber versuch mal, deine Phantasie ein bisschen anzustrengen. Bei den meisten von Thalingers Geschäften geht es um riesige Beträge. Deshalb überlässt er nur ungern etwas dem Zufall. Bestechungen sind ihm zu unsicher, offene Drohungen zu langweilig, auch wenn er beides gelegentlich praktiziert. Am liebsten setzt er seine Ziele jedoch auf andere Weise durch: Er findet die heimlichen Sehnsüchte seiner Geschäftspartner und Konkurrenten heraus und lässt diese dann wahr werden. Vielleicht wissen die Opfer nicht einmal, dass Thalinger dahintersteckt. Sie folgen dem Tipp eines vermeintlichen Freundes, so wie bei mir, und zack« - er schnipste mit den Fingern -, »schnappt die Falle zu!«

Emilia fragte sich, ob sie das alles glauben sollte. Einerseits war sie, wie Paul Bragon, skeptisch, weil Kommissar Nadas Aussage ziemlich phantastisch klang. Andererseits: Wer dachte sich so eine Geschichte aus?

»Sagt Ihnen der Name Asim Ghazi etwas?«, wollte sie wissen.

Nada seufzte. »Das bin ich«, sagte er. »Asim Merhat Abdullah Ghazi. Aber mit so einem Namen ist es in Deutschland schwer, Polizist zu werden, vor allem wenn man der Sohn einer eingewanderten Prostituierten aus dem Libanon ist und in seiner Jugend ein paar Diebstähle begangen hat. Als meine Mutter gestorben ist, habe ich den Namen gewechselt. Erkan Nada - das passt zu meinem Aussehen, ist aber viel sozialverträglicher als mein richtiger Name. Ich wollte damit ein neues Leben starten. Als Asim Ghazi bin ich auf der Straße herumgelungert und habe Straftaten begangen. Erkan Nada sollte ein besserer Mensch werden. Anfangs ist mir das auch gelungen. Ich habe mein ganzes Geld in gefälschte Papiere investiert und damit tatsächlich eine Ausbildung bei der Polizei ergattert. Ich fand eine Wohnung, bekam ein regelmäßiges Einkommen, begann, ein normales Leben zu führen. Aber dann kamen meine Beziehungsprobleme und mit ihnen der Absturz mit diesem schrecklichen Film. Ich schämte mich so sehr dafür, dass ich mein Gesicht nicht mehr im Spiegel sehen konnte. Eines Tages habe ich mir die Wangen mit einem Messer aufgeschnitten. Später ließ ich mir dann den Bart wachsen, um die Narben zu kaschieren.«

Emilia konnte kein Mitgefühl mit jemandem empfinden, der eine wehrlose Frau vergewaltigt hatte – Hure hin oder her. Dennoch erkannte sie auch die verletzliche Seite an Erkan Nada.

»Wir wissen immer noch nicht, was genau heute Nacht passiert ist«, sagte sie.

Nada nickte und dachte einen Moment nach, um den Faden wiederaufzunehmen. »Ich habe mich also mit Dimitri Saikoff getroffen, Claus Thalingers verlängertem Arm, um ihm Informationen zu geben. Mikka muss mir hinterhergefahren sein. Er hat uns überrascht. Hat uns mit der Pistole bedroht, mit seiner Marke gewedelt und wollte Verstärkung anfordern. Allerdings hatte Saikoff seine Leute dabei. Sie haben Mikka überrumpelt und in einen Lieferwagen gestoßen. Dann sind sie abgehauen. Was anschließend passiert ist, weiß ich nicht.«

Emilia versuchte, innerlich ruhig zu bleiben, schaffte es aber nicht. Sich vorzustellen, wie Mikka angegriffen und verletzt worden war, schnürte ihr beinahe den Hals zu. »Haben Sie versucht, ihm zu helfen?«, wollte sie wissen.

Nada schluckte. »Wie hätte ich das tun sollen? Die waren zu siebt!«

»Sie hätten zumindest einen Notruf absetzen können, als Sie wieder allein waren!«

»Das stimmt«, gab er kleinlaut zu. »Aber ich hatte Angst, Thalinger und Saikoff könnten herausfinden, dass ich ein Verräter bin. Ich will nicht sterben. Und ich will nicht, dass meiner Frau und meinen Kindern etwas geschieht.«

Emilia konnte seine Beweggründe nachvollziehen, auch wenn sie sein Verhalten nicht guthieß. »Warum sind Sie vorhin ins Krankenhaus gekommen, wenn Sie Mikka angeblich nicht umbringen wollten?«

»Können Sie sich das nicht denken? Ich habe mitbekommen, dass er eingeliefert wurde, und wollte sehen, wie es ihm geht. Mein schlechtes Gewissen ein bisschen beruhigen. Auch wenn Sie es mir nicht glauben werden, ich wollte ihm meine Geschichte erzählen, denn ich spiele schon seit einiger Zeit mit dem Gedanken, die Wahrheit ans Licht zu bringen. Bisher hat mir der Mut gefehlt. Aber heute Nacht habe ich begriffen, dass ich es tun muss, weil sonst noch andere unschuldige Menschen sterben werden.«

Es widerstrebte Emilia, mit Nada einen Handel einzugehen. Möglicherweise hatte er Mikka tatsächlich nicht selbst verletzt. Aber ohne ihn wäre es nie zu dem Überfall gekommen, und er hatte auch nichts unternommen, um Mikka zu helfen.

Andererseits: Im Vergleich zu Claus Thalinger war Kommissar Nada ein Chorknabe.

Emilia seufzte. »Ich glaube Ihnen«, sagte sie schweren Herzens. »Deshalb werde ich mein Versprechen halten und Schutzhaft für Sie beantragen. Allerdings sehe ich ein großes Problem: Selbst wenn wir Thalinger verhaften und ihm der Prozess gemacht wird, reicht Ihre Aussage für eine Verurteilung nicht aus. Sofern wir nicht etwas Besseres vorweisen können, wird es wahrscheinlich nicht einmal für eine Anklage reichen.«

»Ich denke, Sie haben recht«, gab Kommissar Nada zu. »Aber ich kenne jemanden, der meine Geschichte nicht nur bestätigen wird, sondern Ihnen auch Beweise dafür liefern kann.«

79

Avram erwachte in einem weißen Raum mit verschwommenen Konturen. Zuerst dachte er, das läge an seiner Umgebung, dann begriff er, dass seine Wahrnehmung ihm einen Streich spielte. Als die Schemen endlich konkrete Formen annahmen, erkannte er eine Art Krankenzimmer.

Was ist geschehen? Wie bin ich hierhergekommen?

Er versuchte, sich zu bewegen, aber sofort setzte der Schmerz ein. Avram stöhnte auf.

Jemand sagte: »Geben Sie ihm ein Anästhetikum für die Operation.«

Im ersten Moment war Avram dankbar dafür. Dann brach die Erinnerung plötzlich über ihn herein wie eine große, schwarze Welle.

Das Folterverhör.

Krummknecht und Saikoff.

Die Fragen.

Die Schläge.

Und die Drohung, den Kuyperhof zu überfallen.

Wie lange bin ich schon hier? Ich darf keine Zeit verlieren! Ich muss Nadja und Akina warnen!

Eine Gestalt beugte sich über ihn, männlich, etwa im selben Alter wie er, mit wirrer Frisur, randloser Brille und weißem Arztkittel. Er hielt ein Fläschchen in der Hand, stach mit einer Spritze durch den Korkverschluss und zog eine Flüssigkeit auf.

»Entspannen Sie sich«, sagte er mit ruhiger Stimme. »Bald wird es Ihnen bessergehen.«

Avram wehrte ab. »Keine Operation! Ich muss nach München. Zu meiner Schwägerin.« Sein Kiefer fühlte sich weich und wund an. Er brachte kaum mehr als ein Nuscheln heraus. »Geben Sie mir ein Telefon! Bitte! Das ist wichtig.« Aber er hörte selbst, wie kraftlos sich das anhörte.

»Sie werden nach München kommen«, versprach der Arzt und zog die Nadel aus der Flasche. »Später dürfen Sie auch telefonieren. Aber zuerst muss ich mich um Ihre Wunden kümmern.«

Mit diesen Worten stach er zu. Avram versank wieder in einem Meer aus Schwärze und Vergessen.

80

Obwohl Emilia nicht sicher sein konnte, dass Kommissar Nada die Wahrheit sagte, hatte sie beschlossen, ihm zu glauben, und das bedeutete wiederum, dass Mikka weiterhin in Gefahr schwebte. Wenn Thalingers Leute herausfänden, dass er noch am Leben war, würden sie alles daransetzen, ihn zu töten. Deshalb veranlasste sie entgegen der Empfehlung des behandelnden Arztes seine Verlegung vom Universitätsklinikum Frankfurt in ein anderes Krankenhaus außerhalb der Stadt. Dort sollte er unter falschem Namen eingeliefert werden, und zwar als vermeintlicher Krimineller. Auf diese Weise würden die Polizeibeamten nicht auffallen, die zu seinem Schutz abbestellt worden waren.

Obwohl alle Vorbereitungen wie am Schnürchen klappten, machte Emilia sich Sorgen. Wie würde Mikka den Transport überstehen? Und wäre er in dem neuen Krankenhaus wirklich sicher? Er kam in die Missionsärztliche Klinik nach Würzburg, rund hundert Kilometer entfernt, aber ein Mann wie Claus Thalinger würde ihn womöglich auch dort aufspüren.

Emilia versuchte, ihre negativen Gedanken wieder zu verdrängen. Es gab nur eine Möglichkeit, Mikka dauerhaft zu helfen: Sie musste Thalinger das Handwerk legen. Deshalb stand sie hier, vor einer Würstchenbude am Taunustor, unweit des Eurotowers, mit Kribbeln im Bauch, einem Knopf im Ohr und einem Mini-Mikro am Revers ihrer Jacke. Zweihundert Meter weiter parkte ein ziviles Einsatzfahrzeug am Straßenrand. Darin saßen Paul Bragon, der mit Emilia per Funk Kontakt hielt, und der auf der Rückbank angekettete Kommissar Nada, der das bevorstehende Treffen vom Revier aus arrangiert hatte.

»Da vorne kommt sie«, hörte Emilia durch den Ohrstöpsel. »Die Brünette mit dem marineblauen Mantel und dem orangefarbenen Halstuch. Erkan sagt, das ist sie.«

Emilia nickte als Zeichen, dass sie verstanden hatte, wartete, bis die Frau an der Imbissbude war, und stellte sich hinter ihr an der Kasse an. Nach dem Bezahlen folgte sie ihr mit einer Portion Pommes an einen der Stehtische. Beim Essen konnten sie unauffällig ihre vertrauliche Unterhaltung führen.

»Sind Sie Sofia Fiore?«, fragte Emilia sicherheitshalber. »Die Chefsekretärin von TAURUS?«

Die Frau nickte. »Erkan hat am Telefon gesagt, dass Sie mich sprechen wollen. Was kann ich für Sie tun?« Ihr Deutsch war nahezu perfekt, nur ein winziger Akzent verriet ihre italienische Herkunft.

»Kommissar Nada erhebt schwere Anschuldigungen gegen Ihren Chef«, sagte Emilia und fasste das Ergebnis seiner Aussage knapp zusammen. »Können Sie das bestätigen?«

Sofia Fiore schluckte ihren Bissen hinunter, zögerte einen Moment und nickte. »Ich fürchte, das ist die Wahrheit«, raunte sie. »Ich habe zwar nur ein paar Details mitbekommen, aber genug, um zu wissen, dass er bei seinen Geschäften regelmäßig über Leichen geht – im wahrsten Sinne des Wortes.«

»Wie haben Sie das herausgefunden?«

»Wir haben ein Verhältnis, seit ungefähr anderthalb Jahren. Anfangs fand ich ihn sehr charismatisch. Ich fühlte mich geschmeichelt, als ich feststellte, dass er mir schöne Augen macht. Er sieht gut aus, ist ein mächtiger Mann – also habe ich mich darauf eingelassen. Vor etwa vier oder fünf Monaten habe ich dann mitbekommen, wie er sich nachts einen Film auf seinem Laptop angesehen hat. Er dachte, dass ich schlafe, aber ich habe ihn heimlich beobachtet. Er saß bei sich zu Hause, in seinem Büro bei ausgeschaltetem Licht, und war so vertieft in seinen Film, dass er mich gar nicht bemerkt hat.«

»Was für ein Film war das?«

»Ich konnte nur den Ton hören«, antwortete Sofia Fiore. »Claus hatte einen Stöpsel im Ohr, ähnlich wie Ihrer. Aber die Lautstärke war so hochgedreht, dass ich alles mitbekam. Es waren Schreie. Zuerst redete ich mir ein, er schaut sich einen Horrorfilm an. Oder einen ... na ja, Sie wissen schon – einen Porno. Aber die Art, wie er diesen Film ansah, war irgendwie merkwürdig. In seinen Augen war etwas, das ich bei ihm noch nicht kannte. Boshaftigkeit. Abscheu. Wahnsinn. Ich kann es nicht richtig beschreiben. Von allem etwas, denke ich. Jedenfalls war es richtig gruselig. Dann hat das Telefon geklingelt – das kommt bei Claus auch nachts immer wieder vor, wenn seine Geschäftspartner aus Asien oder Übersee anrufen. Er ist zum Telefonieren ins Wohnzimmer gegangen und hat den Laptop im Büro nur zusammengeklappt, ohne ihn auszuschalten. Ich bin hin und habe nachgesehen.« Sie schob sich einen Bissen in den Mund, kaute, dachte nach. Ich habe den Laptop aufgeklappt und in den Film reingeschaut. Nur kurz natürlich, ich wollte ja nicht, dass Claus mich erwischt. Da hing eine Frau mit dem Kopf nach unten an einem Seil, halb nackt, und irgendein Verrückter war bei ihr. Er hat ihr eine Weile Angst eingejagt. Sie beschimpft. Dann hat er sie mit Benzin übergossen und ...« Sie geriet ins Stocken, biss sich auf die Lippe, kämpfte mit ihren Emotionen.

»Wollen Sie damit andeuten, dass er die Frau angezündet hat?«, fragte Emilia, während ihr ein kalter Schauder über den Rücken jagte.

Sofia Fiore nickte. »Das war das Grausamste, was ich jemals gesehen habe«, sagte sie. Ihre Stimme klang plötzlich dünn und verletzlich. »Danach habe ich mich wieder ins Bett geschlichen und so getan, als würde ich schlafen, aber ich habe diese Bilder nicht mehr aus meinem Kopf bekommen. In den Tagen danach redete ich mir wieder ein, dass das ein Ausschnitt aus einem Spielfilm gewesen sein musste. Nur – je mehr ich das versuchte, desto weniger konnte ich es glauben. Deshalb habe ich auch weiterhin die Augen offen gehalten.«

»Sind Sie fündig geworden?«

»Ja. Claus ist mir gegenüber unvorsichtig geworden, weil er mir vertraut. Wenn er nachts aufsteht und seine Filme am Laptop ansieht, schließt er sie danach manchmal nicht wieder weg, sondern legt sie nur in seine Schreibtischschublade, unter ein paar Akten. Die meisten seiner USB-Sticks sind verschlüsselt. Ich kenne die Passwörter nicht. Aber es sind auch immer wieder unverschlüsselte Sticks dabei. In dreien seiner Filme habe ich Leute entdeckt, die ich kenne. Nicht die Opfer, sondern die Täter. Zum Beispiel ein japanischer Geschäftspartner, der vor zwei Monaten hier zu Besuch war, Sato Nakeshi. Er hat einen jungen Mann vor laufender Kamera vergewaltigt. Wenig später wurde dessen Leiche entdeckt. Ich habe das Foto in der Zeitung wiedererkannt. Einen Tag nachdem das Foto des Opfers veröffentlicht worden war, hat Nakeshi ein Exportgeschäft über fünfundsiebzig Millionen Euro mit einer Tochterfirma der TAURUS-Holding abgeschlossen.« Sofia Fiore seufzte. »Ich habe in den letzten Wochen ein bisschen recherchiert und herausgefunden, dass die TAURUS-Gruppe in den vergangenen fünf Jahren mindestens zwei Dutzend Millionengeschäfte abgeschlossen hat, kurz nachdem die Presse vom Auftauchen einer verstümmelten Leiche berichtet hat. Nicht nur in Deutschland, sondern in ganz Europa. Ich habe auch ein paar von Claus' nächtlichen Telefonaten belauscht. Inzwischen bin ich sicher, dass er diese Filme in Auftrag gibt, um damit Geschäftspartner und Konkurrenten zu erpressen. Die bringen die Opfer nicht selbst um, das veranlasst Claus über einen Mann, den er Theo nennt. Den vollständigen Namen kenne ich nicht. Theo legt bei Bedarf auch falsche Spuren. Wer sich von Claus also nicht schon durch die Tatsache unter Druck setzen lässt, dass er heimlich bei mehr oder weniger illegalen Aktivitäten gefilmt wurde, gibt spätestens klein bei, wenn er in der Zeitung einen Toten sieht, mit dem er zu tun hatte. Claus droht ihm, dass es Hinweise gibt, die direkt zu ihm führen – und schon ist das Geschäft perfekt. Auf diese Weise erpresst er sich die besten Deals.«

Emilia wollte sich ein Stück Pommes frites in den Mund stecken, legte es aber zurück, weil es inzwischen kalt war. Vor lauter Aufregung hatte sie ihr Essen völlig vergessen. »Ihre Aussage würde, zusammen mit der von Kommissar Nada, für einen Durchsuchungsbefehl ausreichen«, sagte sie. »Das Problem ist nur, dass die Polizei dann auch etwas finden sollte, das für eine Anklage und eine Verurteilung reicht.«

Sofia Fiore nickte. »Ich dachte mir schon, dass Sie so etwas sagen würden. Wenn ich kann, helfe ich Ihnen gerne.

Ich bin ohnehin nur noch mit Claus zusammen, weil ich Angst habe, dass er mir etwas antut, wenn ich ihn verlasse. Was genau soll ich tun?«

81

Als Avram wieder zu sich kam, fiel ihm als Erstes der Lärm auf. Als würde ein Güterzug auf ihn zurasen. Erschreckt zuckte er zusammen und schlug die Augen auf. Aber er befand sich nicht auf einem Gleis, sondern in der Luft.

In einem Hubschrauber.

Es dauerte einen Moment, das zu realisieren. Zu begreifen, dass er sich nicht in einem Traum befand, sondern in der Wirklichkeit. Ganz allmählich sickerte jetzt auch wieder die Erinnerung in sein Bewusstsein.

Als er sich in seinem Sitz aufrichtete, bemerkte er, dass sein linker Arm dick bandagiert in einer Schlinge lag. Der Versuch, den Arm zu bewegen, löste erstaunlich wenig Schmerzen aus – wahrscheinlich die Nachwirkung der Narkose.

Die Hubschrauberkabine bot Platz für vier Personen. Vorne befand sich nur der Pilot, der Sitz daneben war frei. Bei Avram auf der Rückbank saß ein Mann, den er noch nie gesehen hatte: groß, blond, etwa vierzig, mit einem kantigen Gesicht und prankenartigen Händen.

»Wohin bringen Sie mich?« Die Worte kamen nur schwer über seine Lippen. Das Anästhetikum in seinem Blut dämpfte zwar auch den Schmerz im Gesicht, aber seine Zunge war durch Theo Krummknechts Schläge noch immer geschwollen.

Der Mann neben ihm tippte sich mit einem Finger an

seine Ohrenschützer. »Sie müssen lauter sprechen«, sagte er mit rollendem R. »Ich kann Sie sonst nicht verstehen.«

Avram selbst trug auch so ein Ding über dem Kopf, das hatte er bis jetzt gar nicht gemerkt. »Ich will wissen, was das hier soll! Was habt ihr mit mir vor? Warum habt ihr mich nicht einfach umgebracht?«

»Niemand wird Sie umbringen«, entgegnete der Blonde. »Machen Sie sich keine Sorgen, Sie sind jetzt in Sicherheit. Mein Name ist Taschkin. Leonid Taschkin. Jekaterina Worodin hat mich beauftragt, Ihnen zu helfen.«

Die Anspannung fiel von Avram ab wie eine Zentnerlast. Sein Plan war am Ende also doch noch aufgegangen! Als er in dem Abwasserkanal in der Falle saß, hatte er gerade noch Jekaterina Worodins Nummer drücken und sein Handy in der Jackentasche verschwinden lassen können in der Hoffnung, sie würde abnehmen und aus dem, was sie hörte, die richtigen Schlüsse ziehen. Es war Avrams einzige Chance gewesen, und es hatte funktioniert.

»Tut mir leid, dass es so lange gedauert hat«, sagte Taschkin. »Aber das Signal ist irgendwann abgebrochen. Meine Leute und ich mussten eine Weile nach Ihnen suchen. Diese Gänge sind das reinste Labyrinth. Ich glaube, wir sind gerade noch rechtzeitig gekommen. Die hätten Sie sonst totgeprügelt.«

Eine Menge Fragen schossen Avram durch den Kopf. Was war mit Theo Krummknecht geschehen? Was mit Dimitri Saikoff? Vor allem aber: Wie ging es Nadja und Akina?

»Ich brauche ein Handy«, sagte er. »Ich muss meine Schwägerin anrufen. Es ist dringend!«

»Wir sind bereits auf dem Weg nach Oberaiching«, sagte Taschkin. »Der Arzt, bei dem wir mit Ihnen waren, wollte Sie operieren, aber Sie hatten es so eilig, dass wir ihn überreden konnten, Ihren Arm vorerst nur zu verbinden. Danach sind wir gleich zum Hubschrauber gefahren. Das da unten ist München.« Er deutete mit dem Daumen aus dem Fenster. »In einer Viertelstunde landen wir auf dem Flughafen.«

Verdammt! Wie lange habe ich geschlafen?

Mit dem Smartphone, das Taschkin ihm gab, versuchte Avram, Nadja zu erreichen. Ihre Handynummer kannte er zwar nicht auswendig, dafür aber den Festnetzanschluss auf dem Kuyperhof.

Niemand nahm ab.

Über die Auskunft erfragte er die Nummer von Esther und Ludwig Bott, Nadjas Nachbarn – ebenfalls Fehlanzeige. Zu guter Letzt rief er die 112 an und bat darum, schnellstmöglich eine Streife auf den Hof zu schicken, um dort nach dem Rechten zu sehen.

Nachdem er die Adresse genannt hatte, entstand eine kleine Pause, wohl weil die Telefonistin noch ein paar Daten in ihren Computer eingeben musste. Als sie sich wieder meldete, hatte sie beunruhigende Neuigkeiten.

»Hier steht, dass bereits eine Streife vor Ort ist«, sagte sie. »Vor einer halben Stunde wurde dort ein Brand gemeldet.«

82

Sofia Fiore erklärte sich damit einverstanden, in dieser Nacht noch einmal Claus Thalingers Wohnung auszuspionieren. Thalinger hatte sie auf einen Schlummertrunk eingeladen, und eigentlich hatte sie bereits abgelehnt, weil sie nicht wieder so roh wie beim letzten Mal von ihm behandelt werden wollte. Aber sie wusste, dass sie im Moment die einzige Person war, die ihn hinter Schloss und Riegel bringen konnte. Deshalb ließ sie sich umstimmen.

Emilia erläuterte ihr den Plan. Sofia Fiore ließ sich alles durch den Kopf gehen und nickte. »Claus ist wirklich gefährlich«, sagte sie. »Leider habe ich das viel zu spät bemerkt. Ich helfe Ihnen, weil ich Angst vor ihm habe. Er muss endlich zur Strecke gebracht werden.«

»Dann brauche ich nur noch seine Privatnummer.«

»Festnetz oder Handy?«

»Am besten beides. Das ist am sichersten.«

Die Chefsekretärin von TAURUS holte aus ihrer Handtasche etwas zum Schreiben und reichte Emilia den Zettel mit den Nummern. »Ich werde so um neun Uhr bei Claus in der Wohnung sein. Dann wird er noch etwa eine halbe Stunde lang geschäftlich telefonieren. In dieser Zeit werde ich so tun, als würde ich schon das erste Glas Wein trinken. Wir werden anschließend gemeinsam kochen und dann essen – das gibt es bei ihm nie vor zehn Uhr. Ich werde noch etwas trinken und einen ordentlichen Schwips vortäuschen.

Üblicherweise wird er gegen halb elf mit mir ins Bett wollen. Wenn er da Ihren Anruf erhält, wäre das ideal.«

Emilia nickte. Um Thalinger aus seiner Wohnung zu locken, würde Bragon sich als Interessenvertreter einer asiatischen Investorengruppe ausgeben, der auf der Durchreise war und sich unbedingt kurzfristig mit ihm in der Stadt treffen wollte. Bei einer Gewinnerwartung von fünfzig Millionen Euro würde er bestimmt anbeißen.

Sofia Fiore würde mit ihrem vorgetäuschten Schwips zu Bett gehen und warten, bis die Luft rein war. Sobald Thalinger seine Wohnung verlassen hatte, sollte sie sich nach möglichem Beweismaterial umsehen.

83

Avram hatte Leonid Taschkin und seinen Piloten überreden können, nicht auf dem Münchner Flughafen zu landen, sondern auf einem abgeernteten Feld bei Oberaiching. Auf diese Weise kam er schneller ans Ziel, auch wenn er wusste, dass er damit mehr Aufmerksamkeit auf sich zog.

Als er die Rauchwolke sah, spürte er, wie sich sein Magen verkrampfte. Von unterwegs aus hatte er noch ein paarmal versucht, Nadja und Akina zu warnen, allerdings hatte er nie jemanden erreicht. Jetzt befürchtete er das Schlimmste.

Taschkin hatte ein Auto zum Landeplatz geordert, so dass sie gleich umsteigen und zum Hof fahren konnten. Schon aus der Ferne sah man, dass dort das reinste Chaos herrschte. Nicht nur das Wohnhaus stand in Flammen, auch der gegenüberliegende Pferdestall, die Scheune und der Schuppen. Mehrere Einsatzwagen versperrten die Straße. Den Feuerwehrleuten war es bereits gelungen, den Schuppen und die beiden alten Futtersilos zu löschen. Jetzt widmeten sie sich dem Haus. In hohem Bogen spritzten die Wasserfontänen in das qualmende Flammenmeer, anscheinend ohne großen Erfolg. Jedenfalls kam es Avram so vor, als er ausstieg und wie in Trance auf das Inferno starrte. Es war ein Albtraum: Das Feuer fauchte und brüllte. Flammen züngelten aus den zerbrochenen Fenstern. Dicke Rauchwolken quollen dem Abendhimmel entgegen. All das schien sich in Zeitlupe abzuspielen.

Eine Polizeistreife parkte am Straßenrand, Avram hatte sie gar nicht bemerkt.

Ein Beamter kam auf ihn zu. »Bitte steigen Sie wieder in den Wagen«, sagte er. »Der Weg nach Kirchbrunn wird noch bis morgen gesperrt sein. Am besten nehmen Sie die Überlandstraße.«

Avram spürte, wie seine Beine unter ihm nachgeben wollten. Zum Glück war Leonid Taschkin bei ihm, um ihn zu stützen und zum Auto zurückzubringen.

»Es gibt nichts, was Sie hier tun könnten«, sagte er, als er Avram beim Einsteigen half. »Wir sollten von hier verschwinden, bevor die Polizisten bemerken, dass Ihr Bild auf der Fahndungsliste steht.«

Die Worte drangen wie aus weiter Ferne zu ihm, aber tief im Inneren wusste er, dass Taschkin recht hatte. Es war gefährlich für ihn hierzubleiben, nicht nur wegen der Polizei, sondern auch weil Krummknechts Leute womöglich noch irgendwo herumlungerten. Im Grunde hätte er gar nicht herkommen dürfen. Allein die Sorge um Nadja und Akina hatte ihn jegliche Vernunft vergessen lassen.

Aber alles war umsonst gewesen.

Taschkin sprach mit dem Fahrer ein paar Worte Russisch. Der Fahrer ließ den Wagen wieder an, wendete auf der engen Straße und fuhr zurück.

Avram starrte aus dem Seitenfenster, bekam aber nichts mehr mit. Er fragte auch nicht, wohin die Fahrt ging. Es war ihm gleichgültig. In Gedanken war er bei Nadja und Akina und bei dem lodernden Hof, der einmal sein Zuhause gewesen war.

Irgendwann hielten sie an einem Eingangstor. Sie passierten eine Pforte, fuhren durch einen weitläufigen Garten mit mächtigen Eichenbäumen und parkten schließlich vor einem dreistöckigen Herrenhaus im altenglischen Stil. Erst jetzt erkannte Avram, dass er schon einmal hier gewesen war.

Drinnen empfing sie Ruslan Petrow, der Münchner Vertraute von Jekaterina Worodin. Auch ihr Sohn Jury war noch hier.

»Dein Gesicht sieht schon wieder ganz gut aus«, stellte Avram fest.

»Ihres leider nicht«, entgegnete Jury Worodin ernst. »Kommen Sie mit, ich bringe Sie nach oben.«

Sie gingen in den ersten Stock. Avram fühlte sich inzwischen kräftig genug, um sich ohne fremde Hilfe aufrecht halten zu können. Dennoch war er froh, als er sein Bett erreichte und sich wieder hinsetzen konnte.

Jury Worodin stand neben ihm. »Ich habe mitbekommen, was passiert ist. Es tut mir sehr leid«, sagte er mit bedrückter Miene. »Ich verdanke Ihnen mein Leben. Wenn es irgendetwas gibt, das ich für Sie tun kann, lassen Sie es mich bitte wissen.«

»Da gibt es wirklich etwas«, antwortete Avram. »Mein Arm tut wieder weh. Kannst du mir ein Schmerzmittel besorgen?«

Der Junge lächelte. »Kein Problem. Auch stärkere Sachen, wenn Sie wollen.«

»Eine ganz normale Schmerztablette würde mir reichen. Und ein Radio, wenn es geht. Ich möchte gerne die Lokalnachrichten hören.«

Jury nickte. Ein paar Minuten später kehrte er mit den gewünschten Sachen zurück. Er reichte Avram die Tablette und dazu ein Glas Wasser. Das Radio stellte er auf dem Renaissance-Tisch neben dem Bett ab.

Avram wartete, bis der Junge wieder draußen war. Dann schluckte er die Tablette, legte sich hin und hörte Radio. In den 19.00-Uhr-Nachrichten kam tatsächlich eine Meldung über den Brand auf dem Kuyperhof. Die Löscharbeiten dauerten noch an. Eine halbe Stunde später wurde der Text gleichlautend wiederholt – für Avrams Nerven die reinste Zerreißprobe. Erst in den 20.00-Uhr-Nachrichten gab es endlich Neuigkeiten. Es wurde berichtet, dass das Feuer inzwischen gelöscht sei und die Polizei von Brandstiftung ausgehe, weil sämtliche Gebäude gleichzeitig zu brennen begonnen hätten. In den Trümmern, so hieß es weiter, wurden drei tote Pferde und zwei bis zur Unkenntlichkeit verbrannte menschliche Leichen gefunden.

Avram schaltete das Radio ab. Seine Augen füllten sich mit Tränen.

84

Claus Thalinger stand mit einem Cognacschwenker in der Hand an der Fensterfront seiner Penthousewohnung und ließ den Blick über die nächtliche Skyline von Frankfurt schweifen. Die Aussicht gab ihm ein Gefühl von Größe. Hier kam er sich vor wie Zeus auf dem Olymp.

Der TOCON-Deal nahm endlich konkrete Gestalt an. Nicht mehr lange, und die Zusammenarbeit mit dem spanischen Chemieunternehmen wäre unter Dach und Fach. TOCON-Chef Ortega hatte den Vertragsentwürfen heute telefonisch zugestimmt, nicht zuletzt weil Thalingers einziger ernsthafter Konkurrent – die Hessischen Petrol- und Chemiewerke unter Vorstand Stellan Leepmann – sein Kooperationsangebot zurückgezogen hatte. Das Gespräch im *Lafleur* schien Wirkung gezeigt zu haben, vor allem wohl die Drohung, Leepmanns klavierspielender Sohn könne seine Finger verlieren, falls HESPEC weiter im Spiel blieb.

Aber nicht nur die formellen Voraussetzungen für eine erfolgreiche Zusammenarbeit mit TOCON waren geschaffen, auch inhaltlich gab es keine Hindernisse mehr. Claus Thalinger hatte Jacques Willemburg das für den TOCON-Deal notwendige M.O.C.2-Patent entrissen – die Basis für einen langfristigen Gewinn.

Er nippte an seinem Glas und genoss die wohltuende Wärme in seiner Kehle. Die letzten Tage waren bei weitem nicht optimal gelaufen. Aber letztlich stimmte das Ergebnis – das war die Hauptsache.

Thalingers Blick wanderte über die Lichter der Stadt bis hinüber zum Eurotower mit dem leuchtenden Stierkopf-Emblem der TAURUS-Gruppe. Dort befand sich der Sitz seines weltweit agierenden Konzerns. In weniger als zwei Jahrzehnten hatte er es vom kleinen Versicherungsangestellten zu einem der einflussreichsten Männer Deutschlands, vielleicht sogar Europas gebracht. Nicht, weil er klüger war als andere Manager oder weil er mehr Geschäftssinn besaß. Was ihn von der breiten Masse abhob, war allein seine Bereitschaft, abgrundtief böse Dinge zu tun, wenn sie seinen Zielen dienten.

Es war sogar mehr als bloße Bereitschaft. Es war ein tiefer, innerer Drang, ein zwanghafter Trieb, der ihn dazu bewegte, seine geschäftlichen Ambitionen immer wieder mit blutigen Details zu verbinden. Das eine war ohne das andere nur fader Zeitvertreib. Erst die Kombination aus beidem verschaffte ihm echte Befriedigung.

Er warf einen Blick auf sein Chronometer. Viertel vor neun. In ein paar Minuten würde Sofia hier sein. Die Aussicht auf die bevorstehende Nacht mit ihr erregte ihn, vor allem, wenn er sich vorstellte, sie wieder ans Bett zu fesseln.

Irgendetwas muss ihr daran gefallen haben, sonst würde sie heute nicht wiederkommen.

Claus Thalinger ging zum Kamin und zündete ein Feuer an. Der Abend würde die Krönung eines erfolgreichen Tages werden.

85

Es klopfte an Avrams Zimmertür, und Jury Worodin kam herein. Eigentlich wäre es Avram lieber gewesen, weiterhin allein gelassen zu werden, aber als Gastgeber fühlte der Junge sich ihm gegenüber wohl verpflichtet.

»Ich habe Ihnen eine Suppe machen lassen«, sagte er und stellte den dampfenden Teller auf den Tisch. »Die wird Ihnen guttun. Essen Sie, damit Sie wieder zu Kräften kommen.«

Avram verspürte keinen Appetit, aber die Fürsorge des jungen Mannes rührte ihn.

»Was macht der Arm?«, fragte Jury. »Hilft die Tablette, die ich Ihnen gebracht habe?«

»Ja. Es geht schon viel besser«, antwortete Avram. »Wenn ich den Arm nicht bewege, tut er kaum weh.«

Jury nickte zufrieden, blieb aber neben dem Bett stehen, als warte er darauf, weitere Wünsche entgegenzunehmen.

»Ich weiß, du meinst es gut, und ich danke dir dafür, dass du dich um mich kümmerst«, sagte Avram. »Aber im Moment bin ich keine gute Gesellschaft. Es liegt nicht an dir, sondern an dem, was vorgefallen ist. Ich denke, es wäre am besten, wenn du mich alleine lässt.«

Der Junge rührte sich nicht. »Ich weiß, wie Sie sich fühlen«, sagte er. »Als ich hörte, dass mein Vater getötet worden war, dachte ich: Das hat er verdient! Ich war froh, weil er nicht nur gegenüber seinen Feinden ein Tyrann war, sondern auch gegenüber seiner Familie. Er hatte den Tod verdient ... Ich sollte so etwas nicht sagen, aber es ist die Wahrheit. Zeit meines Lebens hielt er mich für einen Versager. Das hat er mich deutlich spüren lassen.«

Avram wusste nicht, worauf der Junge hinauswollte. Er hatte auch keine Lust auf ein Gespräch über Sergej Worodin, denn im Augenblick hatte er mehr als genug eigene Probleme. »Jury, ich bitte dich – lass mich einfach ...«

Unbeirrt erzählte der junge Mann weiter. »Auf meine Erleichterung folgte der Schock, als ich erfuhr, dass auch meine kleine Schwester ermordet worden war. Ich konnte kaum atmen, fühlte mich wie versteinert, als sei mit ihr auch ein Teil von mir gestorben. Zuerst war ich nur traurig und verzweifelt. Aber dann kam die Wut. Ich wollte es ihrem Mörder mit gleicher Münze heimzahlen. Deshalb kam ich nach Oberaiching – weil ich davon überzeugt war, dass Sie früher oder später dort auftauchen würden. Ich wollte mich an Ihnen rächen. Sind Sie auch wütend, Herr Kuyper?«

Was für eine Frage! »Das bin ich«, gab Avram zu. »Nur kann ich meiner Wut keinen Platz verschaffen, weil die Männer, die mir das angetan haben, bereits tot sind.«

Jury nickte wieder. »Taschkin hat mir alles erzählt«, sagte er. »Zwei tote Männer in der Frankfurter Kanalisation. Einer von ihnen war für den Tschornej Janwar kein Unbekannter. Dimitri Saikoff.«

»Er hat für den anderen Mann gearbeitet«, ergänzte Avram. »Theo Krummknecht, auch Flavius genannt. Saikoff hat für ihn die Schmutzarbeit erledigt.«

»Das stimmt nicht ganz«, entgegnete Jury Worodin. »Er war zwar ein Killer, und er hat auch immer wieder für Flavius gearbeitet. Aber sein eigentlicher Auftraggeber war ein anderer.«

Zum ersten Mal seit Beginn des Gesprächs wurde Avram

hellhörig. Er richtete sich in seinem Bett auf. »Was weißt du genau?«

»Der Tschornej Janwar sammelt schon seit jeher Informationen über alle möglichen Auftragsmörder«, sagte Jury. »Mit manchen wollen wir zusammenarbeiten, andere sind potentielle Gegner, die uns aus dem Weg räumen wollen und die wir deshalb im Auge behalten müssen. Dimitri Saikoff stand vor ein paar Jahren in unseren Diensten, aber dann ist er irgendwann abgesprungen. Er sagte, er habe jemanden gefunden, der ihn besser bezahlt als wir.«

»Dann hat Theo Krummknecht mit seinen Filmen wesentlich mehr verdient, als ich dachte«, sagte Avram. »Kaum zu glauben, wenn man bedenkt, dass er sein unterirdisches Büro in einem abgetrennten Seitenarm der Frankfurter Kanalisation hatte.«

Jury Worodin schüttelte den Kopf. »Sie verstehen nicht. Es geht nicht um Theo Krummknecht und seine schmutzigen Folterfilme. Dimitri Saikoff ist bei uns abgesprungen, weil er für einen der mächtigsten Wirtschaftsbosse Deutschlands arbeitet: für Claus Thalinger.«

Der Name war Avram durchaus bekannt. Er hatte sogar schon einmal die Anfrage erhalten, wie viel es kosten würde, Thalinger von ihm töten zu lassen. Doch noch bevor es zum Geschäftsabschluss gekommen war, war der potentielle Auftraggeber selbst gestorben, angeblich bei einem Verkehrsunfall.

»Saikoff hat also für Thalinger und für Krummknecht gearbeitet?«, fragte Avram.

»Saikoff und Krummknecht haben beide für Thalinger gearbeitet«, korrigierte Jury. »Thalinger erpresst Konkurrenten und Geschäftspartner mit Filmen, die die beiden anderen ihm liefern. Die Filme sind für Thalinger nur ein

Abfallprodukt. Krummknecht stellt sie für Geld ins Internet, geschnitten, damit man die Folterer und Mörder nicht erkennen kann. Die wahre Goldgrube liegt im erpresserischen Potential der ungeschnittenen Filme. Thalinger hat auf diese Weise ein ganzes Imperium aufgebaut.«

In Avrams Kopf drehten sich die Gedanken. Plötzlich erschienen ihm viele Dinge in einem ganz anderen Licht. Er war immer davon ausgegangen, dass sein Bruder Goran nur einer Bande von Snuff-Filmproduzenten auf der Spur gewesen war. Jetzt stellte sich heraus, dass es um etwas sehr viel Größeres ging als das.

»Warum erzählst du mir das?«, fragte Avram.

»Sie haben mir das Leben gerettet. Das ist meine Art, danke zu sagen.« Jurys Mund verzog sich zu einem schmalen Lächeln. »Ich habe den Hubschrauber für Sie startklar machen lassen«, sagte er. »Eine Pistole liegt auch bereit. Von München bis Frankfurt sind es nur dreihundert Kilometer Luftlinie. Wenn Sie wollen, können Sie in einer guten Stunde dort sein.«

Avram schluckte. Er hatte von diesem Grünschnabel anfangs nicht viel gehalten. Jetzt musste er einsehen, dass er sich getäuscht hatte.

»Du bist ein guter Junge«, sagte er. »Lass dir von niemandem einreden, dass du ein Versager bist. Wenn du mein Sohn wärst, wäre ich stolz auf dich.«

86

Emilia saß auf dem Beifahrersitz eines zivilen Einsatzfahrzeugs der Frankfurter Kripo, einem weißen Lieferwagen mit der Aufschrift Elektro-Kurtz, und beobachtete aus dem Fenster die vierundzwanzigste Etage des fünfhundert Meter entfernt liegenden Gerion-Turms – Claus Thalingers exklusive Penthouse-Wohnung. Dort schien alles ruhig zu sein. Sofia Fiore war wie vereinbart gegen neun Uhr bei ihm aufgetaucht, also vor rund einer Stunde. Mittlerweile aß sie wohl mit ihm zu Abend.

Emilia hoffte, dass alles glattlaufen würde, aber aus irgendeinem Grund hatte sie kein gutes Gefühl. Was, wenn Thalinger den Braten roch? Oder wenn Sofia Fiore sich nicht an den Plan hielt und schon vor Bragons Anruf damit begann, die Tötungsfilme zu suchen? Hinter der Fassade des seriösen Geschäftsmannes steckte ein brutales Tier. Falls Thalinger seine Sekretärin beim Herumspionieren erwischte, bestand für sie Lebensgefahr. Aus Sicherheitsgründen war sie nicht verkabelt – jede Umarmung wäre dadurch zum unkalkulierbaren Risiko geworden. Für den Fall, dass sie Hilfe benötigte, sollte sie das Licht mehrmals nacheinander aus- und einschalten, gewissermaßen als Notsignal. Bisher war das aber nicht der Fall gewesen.

Kommissar Köhler, ein junger Beamter mit Kurzhaarschnitt und Segelohren, gähnte lauthals hinter dem Steuer des parkenden Wagens. Er steckte damit Emilia an, der die Müdigkeit in allen Knochen steckte. Der Tag war nervenaufreibend gewesen, die Sorge um Mikka hatte sie viel Kraft gekostet.

»Ich habe das gehört«, sagte jemand hinter ihr – und gähnte ebenfalls. »Wenn ich einschlafe, sind Sie beide schuld.«

Im Kasten des Lieferwagens saß ein weiterer Polizist, Hauptkommissar Preisberg, der stets einen kleinen Scherz auf den Lippen hatte. Von der Fahrerkanzel aus konnte Emilia ihn nicht sehen, weil das Sichtgitter mit blickdichtem Spannstoff abgedeckt war, damit kein verräterisches Licht nach vorne drang. Aber sie konnte sich vorstellen, wie er auf seinem kleinen Drehstuhl saß, umgeben von einer ganzen Batterie von Computern und Überwachungsinstrumenten, sehnlichst darauf wartend, endlich loslegen zu können. Preisberg war ein Experte im Knacken von Passwörtern.

Emilia zog ihr Handy aus der Tasche und rief Paul Bragon an, der in dieser Nacht ja ebenfalls eine tragende Rolle spielen sollte. »Bist du gut vorbereitet?«, fragte sie. In einer halben Stunde würde er bei Claus Thalinger anrufen und ihm ein lukratives Geschäft vorschlagen, um ihn aus seiner Wohnung zu locken.

»Guten Abend, Herr Thalinger«, schauspielerte Bragon. »Bitte entschuldigen Sie die späte Störung, aber ich habe gehört, dass Sie einem Millionengeschäft nie abgeneigt sind. Eigentlich bin ich nur auf der Durchreise. Allerdings ist mein Flug ausgefallen, deshalb bin ich gezwungen, die Nacht in Frankfurt zu verbringen. Können wir uns kurzfristig treffen? Sagen wir, in einer Stunde? Ich bin sicher, Sie werden es nicht bereuen.«

Emilia stieg auf das Rollenspiel ein. »Wissen Sie, wie spät es ist? Wer sind Sie überhaupt?«

»Mein Name ist Konrad Martens. Ich vertrete eine Reihe von Aktiengesellschaften auf dem asiatischen Markt, genauer gesagt im Pharmasektor. Zusammen genommen vereinigen diese Gesellschaften auf sich eine Bilanzsumme von rund vierzig Milliarden Euro. Das Geschäft, das meinen Klienten vorschwebt, soll zunächst ein Umsatzvolumen von etwa dreihundert Millionen Euro umfassen. Je nachdem, wie sich die Zusammenarbeit entwickelt, sind wir einer Ausweitung unserer Geschäftsbeziehung natürlich nicht abgeneigt.«

Emilia fand, dass Bragon recht überzeugend wirkte. Dennoch wollte sie es ihm nicht ganz so einfach machen, schließlich hing viel davon ab, dass Thalinger auf das Treffen einging. »Es tut mir leid, aber ich habe einen Gast hier. Wenn Sie wollen, können wir uns morgen in meinem Büro treffen. Wie wäre es gleich um acht Uhr?«

»Da befinde ich mich schon auf dem Weg nach Honkong. Wenn, dann müssten wir uns jetzt gleich treffen. Wie wäre es, wenn wir weitere Details bei einer Flasche Mouton Rothschild im Kempinski besprechen? Auf meine Kosten, versteht sich. Ich verspreche Ihnen, dass es nicht lange dauern wird. Mir geht es nur um ein erstes Orientierungsgespräch. Dann könnte ich meinen Klienten signalisieren, ob Ihrerseits Interesse besteht.«

Emilia war sehr zufrieden. Wenn Bragon sich so am Telefon verkaufte, bestand eine gute Chance, dass Thalinger darauf hereinfiel. Das Kempinski lag weit genug entfernt. Wenn er auf das Angebot einging, konnte Sofia Fiore in Ruhe die Wohnung durchsuchen. Hauptkommissar Preisberg, der Computerexperte hinten im Lieferwagen, hatte ihr einen kleinen Laptop mit vorinstallierter Datenverbindung mitgegeben, auf den er sich aufschalten konnte, um Passwörter zu knacken und um damit feststellen zu können, ob es sich um Beweismaterial handelte.

»Das war gut, Paul«, sagte Emilia. »An dir ist ein Geschäftsmann verlorengegangen. Weißt du auch, wie es im Kempinski weitergehen soll?«

»Ich habe Polizeihauptmeister Oltmanns aus dem Labor bei mir«, antwortete Bragon. »Er hat ein paar Semester Chemie studiert, bevor er zur Polizei gegangen ist. Ich stelle ihn als wissenschaftlichen Leiter einer meiner Klienten vor. Er hat eine Idee, was wir Thalinger verkaufen können. Das sollte für ein Vorabgespräch reichen. Wir werden versuchen, ihn für etwa eine Stunde zu beschäftigen. Falls Thalinger schon vorher wieder verschwindet, melde ich mich bei dir, damit ihr seine Sekretärin warnen könnt. Haben wir noch etwas vergessen?«

Emilia machte sich schon den ganzen Abend darüber Gedanken – ob es nicht irgendein winziges Detail gab, das ihnen zum Verhängnis werden konnte. Aber obwohl der Plan gewisse Unwägbarkeiten barg, glaubte sie, dass er funktionieren würde.

87

Wie jeden Abend hatte Claus Thalinger bis um halb zehn Uhr noch einige geschäftliche Telefonate und E-Mails erledigt – der Preis für den Erfolg. Danach war er mit Sofia in die Küche gegangen, um Salat zu schneiden und das Rinderfilet anzubraten. Jetzt saßen sie am Tisch, genossen ihr Essen und unterhielten sich, während er sich in Gedanken bereits den weiteren Verlauf der Nacht ausmalte.

Sofia trug Bluejeans und eine locker fallende Bluse. Ihr Haar war zu einem Pferdeschwanz zusammengebunden, was ihr hübsches Gesicht und ihren schlanken Hals betonte, vor allem in Kombination mit der Silberkette und den dazu passenden Ohrringen. Thalinger glaubte nicht, dass ihr das bewusst war. Normalerweise liebte er es eher elegant, nicht sportlich-leger. Aber bei Sofia hatte auch diese Note ihren Reiz. Nur die graue Strickweste über der Bluse törnte ihn ab. Man hätte meinen können, dass sie ihn damit bewusst auf Abstand halten wollte – vielleicht weil er beim letzten Mal ein wenig zu grob zu ihr gewesen war.

»Heute so schweigsam?«, fragte er und prostete ihr zu. »Ist alles in Ordnung mit dir?«

Sie lächelte, nickte und hob ebenfalls ihr Glas. Es war schon beinahe leer. »Alles okay«, sagte sie. »Mir steigt nur der Wein schon ein bisschen zu Kopf.«

Thalinger fragte sich, wann sie das Glas ausgetrunken hatte. Es musste beim Kochen in der Küche gewesen sein.

Er nahm die Flasche zur Hand und goss ihr nach, ohne

sie zu fragen. Aber sie zierte sich nicht. Also wollte sie etwas trinken, das gefiel ihm. Mit Alkohol im Blut verlor sie schnell ihre Hemmungen. Dann ging sie viel bereitwilliger auf seine Spiele ein.

»Soll ich Musik auflegen?«, fragte er und stand auf. Ihm war nach moderner Klassik. Ravel vielleicht, oder Debussy. Nein, Strawinsky. Das würde dem weiteren Verlauf des Abends einen angemessenen Rahmen verleihen. Im Wohnzimmerregal fand er schnell die richtige CD und schob sie in seine Bang-und-Olufsen-Anlage. Während das unverkennbare Fagott-Solo des Frühlingsopfers erklang, ging er ins Büro, um sein Handy auszuschalten. In den nächsten zwei Stunden wollte er nicht gestört werden. Das Telefon im Flur stellte er auf lautlos.

Im Schlafzimmer nahm er seine Krawatte ab. Anschließend legte ein wenig Parfüm nach. Es war ihm wichtig, dass Sofia das Spiel genoss, auch wenn es am Anfang wieder ein bisschen dauern würde, bis sie Gefallen daran fand. Aus einem abschließbaren Fach in seinem Kleiderschrank zog er mehrere Handschellen, einen Ballknebel, eine lederne Gesichtsmaske und eine kleine Peitsche. Damit ausgerüstet, kehrte er zur Essecke zurück.

Sofia Fiore saß mit dem Rücken zu ihm. Sie konnte nicht sehen, dass er Spielzeug mitgebracht hatte. Sie schien ihn noch nicht einmal gehört zu haben.

»Gefällt dir die Musik?«, fragte er, als er dicht hinter ihr stand.

»Sehr sogar«, sagte sie.

Er wusste nicht, ob sie es wirklich so meinte. Aus irgendeinem Grund bevorzugte er die Vorstellung, dass sie ihm zuliebe log.

Er beugte sich zu ihr hinab, küsste sie auf den Hals und

spürte, wie sich die kleinen Härchen an ihrem Nacken aufrichteten.

»Lass uns zuerst fertig essen«, sagte sie.

Aber ihm stand der Sinn nicht nach Warten. Ehe sie wusste, wie ihr geschah, hatte er ihr auch schon die Handschellen hinter der Stuhllehne angelegt.

»Claus, ich bitte dich! Du könntest wenigstens ...«

Weiter kam sie nicht, denn in diesem Moment verschloss der schwarze Hartplastikknebel ihre wunderschönen Lippen. Mit geübten Griffen zurrte er die Schnalle hinter ihrem Kopf zu und erstickte damit ihren lautstarken Protest. Dass sie sich wehrte, machte das Spiel nur noch interessanter. Noch echter. Als sie erkannte, dass er sie auch heute wieder ohne Rücksicht auf ihren eigenen Willen malträtieren würde, mutierte sie zur Furie. Aber Claus Thalinger war sicher, dass er sie auch diesmal bändigen würde.

88

»Ich komme nicht durch!«, sagte Bragon.
»Was soll das heißen?«, fragte Emilia mit dem Handy am Ohr.
»Thalinger nimmt nicht ab. Weder am Handy noch auf dem Festnetz. Es springt nur der Anrufbeantworter an.«
Verdammt!
»Versuch es weiter, Paul!«, sagte sie. »Und gib mir Bescheid, falls du ihn doch noch erreichst.«
Sie steckte das Handy weg und beobachtete wieder die vierundzwanzigste Etage des Gerion-Gebäudes. Was ging dort oben vor sich? War alles in Ordnung? Oder hatte Claus Thalinger womöglich Verdacht geschöpft?
Die Digitalanzeige auf dem Armaturenbrett zeigte 22.43 Uhr. Sofia Fiores Worte geisterten durch ihren Kopf.
Üblicherweise wird er gegen halb elf mit mir ins Bett wollen. Wenn er da Ihren Anruf erhält, wäre das ideal.
Sie waren schon fast eine Viertelstunde über der Zeit. Emilia begann allmählich, sich Sorgen zu machen. Aber hätte Sofia Fiore bei drohender Gefahr nicht das vereinbarte Notsignal gegeben und das Licht ein- und ausgeschaltet?
Emilia seufzte.
Wenn ich nur wüsste, was dort oben vor sich geht!
Durch den Lüftungsschlitz zum hinteren Teil des Lieferwagens fragte sie Hauptkommissar Preisberg, ob eine Chance bestand, mit dem Richtmikrophon etwas herauszufinden.
Doch der verneinte. »Bei geschlossenen Fenstern und auf

diese Entfernung ist das aussichtslos«, sagte er. Durch die Wand klang seine Stimme tonlos und dumpf. »Soweit ich weiß, hat der BND Geräte, die so etwas können. Aber die Frankfurter Kripo? Wo denken Sie hin?«

Emilia nickte. »Dann müssen wir uns schleunigst etwas anderes überlegen«, sagte sie.

89

Das Schmerzmittel ließ wieder nach. Auf dem Rückflug in dem ratternden Hubschrauber hatte Avram seinen gebrochenen Arm kaum gespürt. Jetzt fühlte es sich an, als würde jemand ein glühendes Stück Eisen in die Wunde bohren.

Jury hatte ihm ein paar Tabletten als Vorrat mitgegeben, aber Avram wollte sie nicht nehmen. Der Schmerz sollte den Zorn in ihm wachhalten. Ihn daran erinnern, weshalb er hergekommen war – um Gorans und Saschas Tod zu rächen. Verglichen mit dem, was sie im letzten Sommer durchlitten hatten, war sein gebrochener Arm gar nichts.

Vom Flughafen aus hatte Avram sich mit einem Taxi in die Innenstadt zu seinem Wagen fahren lassen. Von dort hatte es nur noch zwanzig Minuten bis zu Claus Thalingers Wohnsitz gedauert.

Wie durch ein Wunder fand er einen Parkplatz unweit des hundert Meter hohen Gerion-Turms und passierte die wuchtige Eingangsdrehtür. Die Lobby war mit grünem Filz, gestepptem Leder, Eichenholz und Messing ausgestattet und hätte auch zu einem altehrwürdigen englischen Clubhaus gehören können. Die Ausstattung deutete auf dezente Weise an, welcher Reichtum sich in diesem Gebäude vereinte.

Avram ging zum Nachtportier, der hinter dem polierten Tresen in eine Zeitschrift über Sportfischen vertieft war, und fragte nach dem Apartment von Claus Thalinger.

»Sind Sie angemeldet?«, wollte der Nachtportier wissen.

»Nein«, antwortete Avram.

»Dann muss ich Ihren Besuch ankündigen. Nach 22.00 Uhr ist das Vorschrift. Wen darf ich Herrn Thalinger bitte melden?«

Zu viele Fragen. Um Zeit zu sparen, hätte Avram den Mann am liebsten mit der Waffe bedroht, aber er registrierte die beiden Überwachungskameras an der Decke.

Wenn ich die Pistole ziehe und jemand das mitbekommt, ist in zehn Minuten die Polizei hier.

»Mein Name ist Diebold«, log Avram. »Aber könnten Sie mir wohl erst ein Aspirin und ein Glas Wasser besorgen? Mein Arm schmerzt gerade wieder sehr.«

Der Portier zögerte kurz, nickte dann aber. »Warten Sie einen Moment. Ich bin gleich wieder da.«

Als er Avram den Rücken kehrte und in einer Tür hinter dem Tresen verschwand, schlüpfte Avram kurzerhand hinterher. Ein rascher Blick durch den Raum genügte ihm, um zu erkennen, dass es hier keine Überwachungskameras gab.

»Herr Diebold, ich muss Sie bitten, draußen zu bleiben. Das hier ist ein ...«

Weiter kam er nicht, denn in diesem Moment zog Avram seine Pistole. »Wo ist der Notschlüssel zu Thalingers Wohnung?«, fragte er.

Der Wachmann hob instinktiv die Hände. Mit weit aufgerissenen Augen schüttelte er den Kopf. »Bitte ... tun Sie mir nichts!«, stammelte er. Sein Gesicht war plötzlich aschfahl.

»Wenn Sie mir helfen, wird Ihnen nichts geschehen«, sagte Avram. »Wenn nicht, werde ich die Antwort aus Ihnen herauspressen. Also noch mal: Wo sind die Notschlüssel?«

Der Nachtportier zitterte. »Es gibt keine.«

Avram schoss. Der Schalldämpfer gab ein kurzes Ploppen von sich. Nur einen Meter hinter dem Kopf des Portiers spritzte der Putz von der Wand.

»Das Wachpersonal hat einen Generalschlüssel«, presste der Portier hervor. »Dort drüben im Schrank.« Mit zitternden Fingern deutete er auf einen Stahlspind an der Wand.

Avram ging hin und stellte fest, dass er abgeschlossen war.

»Schließen Sie ihn auf!«, befahl er.

Der Portier gehorchte.

»Welches Apartment?«

»Vierundzwanzig C.«

»In Ordnung. Jetzt drehen Sie sich um!«

»Bitte ... ich habe Frau und Kinder ...«

»Umdrehen!«

Tränen rannen dem Nachtportier übers Gesicht, als er sich langsam um die eigene Achse drehte. Avram wollte ihn nicht erschießen, aber laufenlassen konnte er ihn auch nicht, weil er dann gleich den Alarm ausgelöst hätte. Also schlug er ihn nieder.

Anschließend nahm er sich aus dem Spind den Generalschlüssel in Form einer Chipkarte und fuhr damit in den vierundzwanzigsten Stock. Seine Pistole fühlte sich gut in der Faust an. Zuerst hatte er mit dem Taxi herfahren und die Waffe von Jury Worodin benutzen wollen. Aber die Rechnung, die Avram mit Claus Thalinger offen hatte, war zu wichtig, um ein Risiko einzugehen. Deshalb hatte er den Umweg über die Innenstadt gemacht und trotz der Schmerzen im Arm den eigenen Wagen genommen – mit seiner eigenen Pistole.

Der Aufzug öffnete sich. Als Avram durch die Schiebetür trat, sprang die Beleuchtung an. Der Flur bestand im Wesentlichen aus einer ledernen Sitzgruppe und ein paar exotischen Pflanzentrögen. Drei Türen führten von hier aus weiter, jede mit einem massiven Messingbeschlag versehen: 24 A bis 24 C.

Vor der 24 C blieb Avram stehen, um einen Moment zu lauschen. Als nichts zu hören war, steckte er die Chipkarte in das elektrische Schloss.

Mit einem leisen Surren öffnete sich die Tür.

90

»Wie sieht's aus, Paul? Bist du bei Thalinger inzwischen durchgekommen?«, fragte Emilia, deren Nervosität sich von Minute zu Minute steigerte.

»Keine Chance«, antwortete Bragon durchs Handy. »Es springt immer nur der AB an. Lass uns die Sache verschieben.«

Daran hatte Emilia auch schon gedacht. Das Problem war nur, dass sie bezüglich Sofia Fiore ein ganz miserables Gefühl hatte. Warum ging Thalinger nicht ans Telefon? Warum hatte er sein Handy ausgeschaltet? Garantiert, weil er nicht gestört werden wollte.

Aber wobei?

Die einfachste Erklärung wäre natürlich ein romantisches Date mit Sofia gewesen. Nur passte diese Vorstellung so gar nicht zu dem Bild, das Emilia mittlerweile von Claus Thalinger gewonnen hatte. Der Mann war eine Bestie im Nadelstreifenanzug. Falls ihm der Verdacht kam, dass seine Sekretärin ihn ausspionierte, würde er sie umbringen, dessen war Emilia sicher.

»Ich glaube, da oben stimmt etwas nicht«, sagte sie. »Ich geh' da jetzt hoch.« Bevor Bragon protestieren konnte, klappte sie das Handy zusammen und steckte es wieder weg.

Kurz darauf ging sie eiligen Schrittes auf den Gerion-Turm zu. Ihre Schritte klackerten auf dem nassen Asphalt. Es war so kalt, dass bei jedem Atemzug die Luft vor ihrem Gesicht kondensierte.

Hauptkommissar Preisberg hatte ihr ein unauffälliges Knopf-Mikro an der Jacke befestigt. Damit konnte er alles hören, was in ihrer Umgebung gesprochen wurde. Für den Fall, dass es brenzlig wurde, sie sich aber nicht als Interpol-Beamtin zu erkennen geben wollte, hatten sie den Satz »Ich sollte jetzt besser gehen« ausgemacht. Er war vielseitig einsetzbar und ermöglichte es ihr mit etwas Glück sogar, sich aus der Gefahrenzone zurückzuziehen.

Der Plan war, dass sie sich gegenüber Claus Thalinger als Sicherheitsfachkraft des für das Gebäude zuständigen Schließdienstes ausgeben wollte. Sie würde behaupten, dass in der Zentrale ein Alarm aus der Wohnung eingegangen sei, und weil sie weder auf dem Festnetzanschluss noch auf dem Handy jemanden erreicht habe, sei sie vorbeigekommen, um nach dem Rechten zu sehen. Einen gefälschten Ausweis von WSD hatte Hauptkommissar Preisberg ihr aus seinem Fundus mitgegeben. Emilia hoffte, dass Thalinger sie in seine Wohnung lassen würde, damit sie sich insgeheim vom Wohlbefinden Sofia Fiores überzeugen konnte.

Was die anderen Polizisten nicht wussten, war, dass sie eine Waffe bei sich trug. Am Abend hatte sie Mikkas private Pistole beim Umziehen in seinem Kleiderschrank entdeckt und lange darüber nachgedacht, ob sie sie an sich nehmen sollte. Jetzt war sie froh, sich dafür entschieden zu haben. Denn ihre innere Stimme sagte ihr, dass sie mit dem Schlimmsten rechnen musste.

91

Auf Zehenspitzen schlich Avram durch den Flur der Wohnung, der nach wenigen Schritten in eine halb angelehnte Tür mündete. Durch den Türspalt fiel gedämpftes Licht. Vorsichtig kam Avram näher, um einen Blick zu riskieren.

Rechts befand sich die Küche – groß und modern, mit weißem Marmor und einer schwarzen Granitarbeitsplatte. Auf dem Induktionsherd standen zwei Pfannen, daneben eine Salatschüssel. Der Duft von Gebratenem stieg Avram in die Nase.

Sein Blick wanderte weiter. An die Küche schloss sich im vorderen Teil des weitläufigen Lofts der Wohnbereich an, mit einer eleganten schwarzen Ledersitzgruppe, einem gewaltigen Flachbildfernseher und mehreren Lautsprechern für die Musikanlage. Die wenigen Einrichtungsgegenstände – eine mannshohe chinesische Vase, eine abstrakte Steinskulptur und eine künstlerisch gestaltete Stehlampe – verliehen dem ansonsten eher nüchtern wirkenden Raum etwas Leben.

Im hinteren Teil des Lofts befand sich der Essbereich. Im gedimmten Licht erkannte Avram eine Frauengestalt. Reglos saß sie vor der heruntergelassenen Jalousie, beinahe wie tot – sonderbar. Irgendetwas stimmte mit ihrem Gesicht nicht. Es dauerte einen Moment, bis Avram begriff, dass sie eine Art Maske trug. Sie sah aus wie eine Figur aus einem Gruselkabinett. Und zwischen ihren Beinen kniete Claus Thalinger, seinen Kopf in ihren Schoß vergraben.

92

Emilia passierte die Drehtür des Gerion-Turms, ging eiligen Schrittes zu den Aufzügen und drückte den Knopf für das vierundzwanzigste Stockwerk. Merkwürdig, dass niemand an der Rezeption stand, aber im Augenblick war ihr das sogar ganz recht. So musste sie wenigstens keine lästigen Fragen beantworten.

Auf dem Weg nach oben begannen bei ihr, die Ameisen im Bauch zu krabbeln. Je höher sie fuhr, desto nervöser wurde sie. Thalinger hatte den grausamen Tod vieler Menschen zu verantworten. Zu welchen Taten war er noch fähig?

Als sie den vierundzwanzigsten Stock erreichte, waren ihre Hände feucht und ihr Hals trocken. Im Flur vergegenwärtigte sie sich noch einmal ihren Plan: Sie wollte sich nur kurz in Thalingers Wohnung umsehen – unter dem Vorwand, die Ursache für einen beim Wachdienst eingegangenen Alarm zu suchen. Sobald sie sicher sein konnte, dass Sofia Fiore nicht in Gefahr schwebte, würde sie wieder verschwinden.

Sie ging zu Apartment 24 C. Ihre Hand näherte sich der Klingel. In diesem Moment hörte sie einen Schrei hinter der Tür.

»Gefahr im Verzug!«, zischte sie in das Knopfmikro an ihrer Jacke. Und sicherheitshalber gleich noch einmal: »Gefahr im Verzug! Ich brauche hier dringend Verstärkung!«

Sie drückte die Klinke. Verschlossen! Was nun? Natürlich wäre es sicherer gewesen, auf die anderen zu warten. In wenigen Minuten wären sie hier.

Doch ein weiterer Schrei ließ sie jede Vorsicht vergessen. Emilia zog Mikkas Pistole aus der Jackentasche und zielte damit aufs Türschloss.

93

Claus Thalinger lag auf dem Boden und hielt sich das blutende Bein. Er weigerte sich beharrlich, Avram ein paar letzte Antworten auf die Frage zu geben, warum Goran, Sascha, Nadja und Akina hatten sterben müssen.

Doch Avram *wollte* diese Antworten. Aus allererster Hand. Von demjenigen, der sich zwar nie selbst die Finger schmutzig machte, aber letztlich die Verantwortung für alles trug. Nur hatte Thalinger versucht, ihn für dumm zu verkaufen. Er hatte so getan, als wisse er gar nicht, wovon Avram sprach.

Also hatte Avram ihm klarmachen müssen, wie ernst ihm das Thema war. Der erste Schuss war knapp an Thalingers Kopf vorbei durchs Fenster gegangen. Der zweite hatte ihn in den Oberschenkel getroffen.

Beide Male hatte die Frau auf dem Stuhl erschreckt unter ihrer Maske aufgeschrien. Und jetzt – unmittelbar nach dem zweiten Schrei – krachte plötzlich ein dritter Schuss durch die Wohnung!

Avram zuckte zusammen. Automatisch übernahmen seine Reflexe die Kontrolle. Er ging in die Knie und wollte instinktiv hinter die nächstmögliche Deckung – den Küchenblock – hechten, doch die abrupte Bewegung ließ den Schmerz in seinem gebrochenen Arm explodieren, so dass er einen kurzen Moment lang nur Sterne vor den Augen sah. Halb auf dem Boden kauernd, brauchte er eine Sekunde, bis er wieder bei klarem Verstand war. Dadurch verlor er wertvolle Zeit.

Prompt rief jemand: »Polizei! Waffe weg und Hände nach oben! Sofort!«

Verflucht!

Er war so nah dran gewesen – hatte Thalinger schon vor dem Lauf gehabt. Er hätte nur noch abdrücken müssen!

Noch ist es nicht zu spät! Eine schnelle Drehung, ein gezielter Schuss. Dann bekommt Thalinger, was er verdient!

»Lassen Sie die Waffe fallen!«

Avram kannte die Stimme. Er sah auf. Emilia Ness stand im Eingang und hatte die Pistole auf ihn gerichtet. Weitere Polizisten konnte Avram nicht erkennen. Er wägte noch einmal ab, wie seine Chancen standen, Thalinger zu erschießen, bevor Emilia Ness abdrücken würde, sah aber ein, dass er diesmal am kürzeren Hebel saß, und gehorchte. Polternd fiel seine Waffe zu Boden.

»Jetzt stehen Sie auf. Schieben Sie die Pistole mit dem Fuß herüber.«

Den pochenden Schmerz im linken Arm ignorierend, kam Avram wieder auf die Beine und gab der Pistole einen Tritt. Scheppernd schlitterte sie über den Marmorboden.

94

Emilias Blick wanderte zwischen Avram Kuyper und Claus Thalinger hin und her. Kuyper hatte eine Lederjacke an, unter der er den linken Arm in einer Schlinge trug. Ein Trick? Aus Erfahrung wusste sie, dass er mit allen Wassern gewaschen war. Aber wenigstens hatte er widerstandslos seine Pistole fallen lassen. Den rechten Arm hielt er wie verlangt nach oben.

»Was ist mit dem anderen Arm?«, herrschte Emilia ihn an.

»Der ist gebrochen«, sagte Kuyper. »Ein Andenken von seinen Schlägern.«

Emilia kam einen Schritt näher und hob die Pistole auf. Ihr Blick schwenkte wieder zu Thalinger, der fünf Meter weiter auf dem Boden hockte und sich den Oberschenkel hielt. Blut quoll zwischen seinen Fingern hervor. Sein Atem ging schnell und angestrengt.

»Nehmen Sie das Arschloch fest!«, keuchte er mit zornigem Blick. »Er hat auf mich geschossen!«

Trotz des schlechten Lichts erkannte Emilia, dass er ziemlich bleich wirkte, entweder wegen des Blutverlusts oder wegen des Schocks.

Zwischen Thalinger und Kuyper saß Sofia Fiore, halb nackt auf einen Stuhl gefesselt, mit einer schwarzen Ledermaske über dem Gesicht. Ohne die beiden Männer aus den Augen zu lassen, eilte Emilia zu ihr, um ihr die Maske abzunehmen und den Knebel aus ihrem Mund zu entfernen.

»Alles in Ordnung mit Ihnen?«

Sie nickte und begann zu weinen.

»Hier sind zwei Verletzte«, sagte Emilia in ihr Knopfmikro. »Wir brauchen einen Krankenwagen.« Dann wandte sie sich an Claus Thalinger. »Wo sind die Schlüssel für die Handschellen?«

Zitternd vor Schmerzen kramte er sie aus der Hosentasche.

Emilia befreite Sofia Fiore mit geübten Griffen. »Sie sind jetzt in Sicherheit«, sagte sie. Beruhigend legte sie ihr eine Hand auf die Schulter.

Sofia Fiore rieb sich die Handgelenke. Tränen kullerten über ihre Wangen. Ohne ein Wort zu sagen, stand sie auf und ging ins Badezimmer.

Erst jetzt schien Thalinger zu begreifen, dass Emilia Polizistin war. »Was haben Sie überhaupt hier zu suchen?«, fragte er. »Haben sich etwa die Nachbarn beschwert?«

Eine Haarsträhne war Emilia ins Gesicht gefallen. Sie schob sie hinters Ohr. »Sie sind festgenommen«, sagte sie. »Wegen des Verdachts auf Anstiftung zu Mord in mehreren Fällen.«

Thalinger gab trotz seiner offensichtlichen Schmerzen ein breites Grinsen zum Besten. »Das ist ja lächerlich.«

»Darüber werden die Richter entscheiden.«

Sein Grinsen bekam etwas Hämisches. »Sie haben keine Ahnung, mit wem Sie sich anlegen«, raunte er, die Hände weiterhin auf die blutende Oberschenkelwunde gepresst.

»Ich glaube, ich weiß es sogar ganz genau«, erwiderte Emilia. »Deshalb werde ich auch alles daransetzen, Sie für den Rest Ihres Lebens hinter Gitter zu bringen. Und jetzt nehmen Sie die Hände auf den Rücken.«

Thalingers Miene wurde wieder ernst. »Sehen Sie nicht, dass ich blute?«, schnaubte er. Aber er leistete keine Gegenwehr, als Emilia ihm die Handschellen anlegte. Er biss nur die Zähne vor Schmerzen zusammen und stieß einen unterdrückten Schrei aus.

»Wir müssen uns um Ihre Wunde kümmern«, sagte Emilia. Der Hosenstoff um seinen linken Oberschenkel war triefend nass, auf dem Boden hatte sich eine rote Pfütze gebildet. Thalinger war ihr zwar von Grund auf zuwider. Dennoch war es ihre Pflicht, seine Verletzung so lange zu versorgen, bis ärztliche Hilfe eintraf.

»Haben Sie einen Verbandskasten?«, fragte sie.

Thalinger nickte gequält. »Im Badezimmer ist einer.«

»Sofia?«, rief Emilia in Richtung Bad. »Bringen Sie bitte das Verbandsmaterial! Wir müssen die Blutung stoppen.«

Sekundenlang geschah nichts. Dann öffnete sich die Badezimmertür, und Sofia Fiore kam heraus. Obwohl sie ihr Haar gekämmt und etwas Make-up nachgelegt hatte, waren die Abdrücke, die die enge Ledermaske und die Riemen des Ballknebels auf ihrem Gesicht hinterlassen hatten, noch gut zu erkennen. Ihre geröteten Augen waren verquollen. Sie bewegte sich ungelenk wie ein Roboter.

»Sofia, wo ist das Verbandszeug?«

Ohne auf die Frage einzugehen, kam sie näher, bis sie dicht vor Claus Thalinger stand. Voller Abscheu sah sie ihn von oben herab an. »Hol dir dein verdammtes Verbandszeug doch selber!«, zischte sie und spuckte ihm mitten ins Gesicht. »Ich hoffe, du erstickst an deinem eigenen Blut, *figlio di puttana!*«

95

Avram kam die Auseinandersetzung gerade recht. Emilia Ness hatte per Funk bereits Verstärkung angefordert – viel Zeit blieb ihm also nicht mehr, um von hier zu verschwinden. Er war ein gesuchter Verbrecher. Wenn sie ihn verhafteten, würde er die nächsten Jahre im Knast verbringen.

Einen Joker hatte er jedoch noch in der Hinterhand: Die Pistole, die Jury Worodin ihm im Hubschrauber mitgegeben hatte, steckte in seiner Jackentasche. Emilia Ness war noch nicht dazu gekommen, ihn zu durchsuchen, weil sie sich zuerst um Thalinger gekümmert hatte – ein Fehler, der ihm jetzt zum Vorteil gereichen sollte.

»Ich muss hierbleiben, um die Männer im Auge zu behalten, Sofia!«, beschwor sie gerade die andere Frau. »Holen Sie jetzt aus dem Bad den verdammten Verbandskasten! Ihr Chef mag grausame Verbrechen beauftragt und sich an Ihnen vergangen haben, aber er wurde angeschossen. Wir können ihn nicht einfach verbluten lassen!«

»Sie vielleicht nicht! Ich schon! Er ist ein Schwein, das den Tod verdient!«

Sie sprach Avram aus der Seele. Langsam ließ er den rechten Arm sinken. Die beiden Frauen waren so in ihre Meinungsverschiedenheit vertieft, dass ihnen das gar nicht auffiel.

96

Emilia bemerkte im Augenwinkel eine Bewegung und wusste sofort, dass sie einen Fehler begangen hatte. Sie fuhr herum, um auf Avram Kuyper zu zielen, doch der hatte plötzlich selbst wieder eine Waffe in der Hand. Mitten in der Bewegung hielt sie inne, weil sie wusste, dass sie gar nicht schnell genug sein konnte.

»Das gleiche Spiel wie vorhin«, sagte Kuyper. »Nur umgekehrt. Und seien Sie mit meiner Waffe bitte vorsichtig.«

Sie legte ihre und Avram Kuypers Pistole vor sich ab und schob sie mit zwei Fußtritten zu ihm hinüber. Sofia Fiore suchte mit erhobenen Händen Schutz hinter Emilia. Thalinger lag in Handschellen neben ihr auf dem Boden.

Ich muss Kuyper irgendwie hinhalten, dachte sie. Gleich ist Verstärkung da. So lange muss ich ihn beschäftigen.

»Wie sind Sie darauf gekommen, dass Thalinger hinter den Morden steckt?«, fragte sie.

»Das spielt keine Rolle.« Kuyper kam mit vorgehaltener Pistole auf sie zu, bis er so dicht vor ihr stand, dass die Mündung seines Schalldämpfers sie beinahe berührte. Obwohl sie sich bisher nicht wirklich von ihm bedroht gefühlt hatte, war sie plötzlich nicht mehr sicher, ob er vielleicht nicht doch schießen würde.

»Es wird nichts ändern, wenn Sie Thalinger ermorden«, sagte sie.

»Für mich schon«, entgegnete er kalt. »Was er meinem Bruder und seiner Familie angetan hat, wird dadurch nicht ungeschehen gemacht. Aber ich kann besser schlafen, wenn ich weiß, dass das Dreckschwein endlich tot ist.«

Der Gong im Flur kündigte den Aufzug an. Schritte näherten sich. Stimmen flüsterten.

Endlich! Die Verstärkung!

In diesem Moment sah Emilia Avram Kuypers Waffenknauf auf sich zurasen. Etwas krachte mit roher Gewalt gegen ihren Schädel, Sterne explodierten vor ihren Augen.

Dann wurde die Welt um sie herum plötzlich schwarz wie ein sternenloses Universum.

97

Zwei Tage später, Freitag

Emilia saß neben Mikkas Krankenbett in der Missionsärztlichen Klinik in Würzburg und wartete darauf, dass er endlich wieder aufwachte. Seit seiner Verlegung hatte sein Gesundheitszustand sich stabilisiert, aber er war immer noch die meiste Zeit ohne Bewusstsein. Die wachen Momente waren für Emilia wertvoller als Gold. Sie zeigten ihr, dass es allmählich mit ihm bergauf ging. Sorge bereitete ihr allerdings sein linkes Auge, mit dem er im Moment nur Schemen erkennen konnte. Die Ärzte wagten noch keine Prognose, ob sich sein Sehvermögen jemals vollständig regenerieren würde.

Doch Emilia wollte jetzt nicht über die Folgen seiner Verletzungen nachdenken. Sie wollte sich lieber daran erfreuen, dass seine Wachphasen immer länger andauerten, dass seine Platz- und Schnittwunden gut heilten und dass seine Gedächtnislücken sich langsam schlossen. Anfangs hatte er sich kaum entsinnen können, was vorgefallen war, mittlerweile kehrten jedoch die Erinnerungen zurück, jedes Mal, wenn sie miteinander sprachen, ein bisschen mehr. Das gab Emilia Hoffnung.

Im Moment schlief Mikka, friedlich wie ein Säugling. Emilia nahm seine Hand und drückte sie zärtlich.

Eine Krankenschwester kam herein, um Mikka für eine Computertomographie zu holen.

»Wollen Sie etwas gegen die Schmerzen?«, fragte sie. »Ich kann Ihnen etwas bringen, wenn Sie möchten.«

»Vielen Dank, es geht schon.« Emilia hatte einen großen bläulich-violetten Fleck auf der Wange und einen angeschwollenen Kiefer. Die Kühl-Pads, die sie sich seit zwei Tagen auflegte, brachten nichts, sie sah aus wie eine Attraktion aus der Geisterbahn. Aber wenigstens war nichts gebrochen. Im Vergleich zu Kommissar Köhler und Hauptkommissar Preisberg hatte sie sogar Glück gehabt. Die beiden Beamten, die ihr zu Hilfe geeilt waren, lagen in einem Frankfurter Krankenhaus. Avram Kuyper hatte sie angeschossen, danach war ihm die Flucht geglückt.

Claus Thalinger lag ebenfalls in einem Frankfurter Krankenhaus. Die Staatsanwaltschaft hatte ein Ermittlungsverfahren gegen ihn eingeleitet. Emilia war zuversichtlich, dass er angeklagt und seine gerechte Strafe erhalten würde. Sofia Fiore hatte sich bereit erklärt, gegen ihn auszusagen, und in seinem Apartment waren diverse belastende Filme sichergestellt worden. Aktuell suchte die Polizei nach weiteren Zeugen. Zu diesem Zweck sollten in den nächsten Tagen Dutzende von Thalingers Geschäftspartnern und Konkurrenten vernommen werden.

Die Krankenschwester schob Mikkas Bett aus dem Zimmer und sagte, dass die Tomographie etwa eine Stunde in Anspruch nehmen werde. Emilia beschloss, die Zeit zu nutzen, um ein wenig frische Luft zu schnappen.

Das Wetter war schön, der Himmel wolkenlos blau und sonnig. Emilia hatte bisher noch keine Gelegenheit gehabt, sich den Hofgarten der Würzburger Residenz anzusehen, der nur wenige hundert Meter von der Klinik entfernt lag. Das wollte sie jetzt nachholen. Der Tag schien wie gemacht für diesen kleinen Spaziergang.

Eine Weile schlenderte sie ziellos durch die barocke Gartenanlage, während sie andere Leute beobachtete und sich vorstellte, wie dieses ehemals fürstbischöfliche Refugium im Sommer aussehen musste, wenn alles grün war und die Blumen blühten. Aber auch an diesem herrlichen Herbsttag hatte der Garten seinen Reiz.

Sie fand eine Bank, idyllisch umsäumt von Bäumen und Büschen, und setzte sich. Wie still es hier war! Friedlich, wie in einem Paradies. Sie schloss die Augen, genoss die Sonne, ließ sich von ihren Gedanken treiben. Bis sie merkte, dass jemand sich neben sie setzte.

»Ein wundervoller Tag, nicht wahr?«, sagte eine Stimme.

Avram Kuyper.

Sie schlug die Augen auf und versuchte, sich ihre Überraschung nicht anmerken zu lassen. Schon gar nicht ihren Gefühlszustand, denn der war ihm gegenüber ziemlich zwiespältig. Ohne ihn hätte sie Claus Thalinger niemals zur Strecke gebracht. Ohne ihn wären aber auch viele Menschen nicht verletzt worden – Preisberg, Köhler und vor allem Mikka. Ihren geschwollenen Kiefer wollte sie gar nicht mit einrechnen.

»Ich könnte die Polizei rufen«, sagte sie.

Kuyper lächelte. »Damit es noch mehr Verletzte gibt?«

»Sie haben recht. Zwei angeschossene Polizisten sind genug.«

»Das sind nur Fleischwunden. Gewissermaßen als Zeichen meines guten Willens.«

»Ich bin mir nicht sicher, ob die beiden Betroffenen das auch so sehen.«

»Ich hätte sie erschießen können. Habe ich aber nicht.« Er zuckte leichthin mit den Schultern, verzog dabei aber schmerzverzerrt das Gesicht. Sein linker Arm war jetzt eingegipst.« »Ihre beiden Kollegen konnten zumindest so viel Gegenwehr leisten, dass ich fliehen musste, bevor noch mehr Bullen eintreffen. Deshalb konnte ich Thalinger nicht erschießen.«

So ähnlich hatte Emilia sich das schon zusammengereimt. »Ich werde dafür sorgen, dass er seine gerechte Strafe erhält«, sagte sie. »Das verspreche ich.«

Avram Kuyper nickte und zog ein Briefkuvert aus seiner Jackentasche, das er ihr reichte.

»Was ist das?«

»Eine Art Wiedergutmachung. Für den blauen Fleck am Kiefer. Und dafür, dass ich Ihren Lebensgefährten in eine Falle gelockt habe, auch wenn es keine Absicht war.«

Emilia betastete mit einer Hand ihr geschwollenes Gesicht. »Sie hätten nicht so hart zuschlagen müssen«, sagte sie.

»Ich *musste* Sie k. o. schlagen«, antwortete er. »Sonst hätten Sie mich entwischen lassen müssen, und das hätte nicht gut ausgesehen.«

Emilia konnte sich ein Grinsen nicht verkneifen, obwohl ihr Gesicht dadurch ziemlich weh tat. »Ich hätte Sie bestimmt nicht gehen lassen«, sagte sie.

»Doch, hätten Sie. Ich habe Ihnen alle meine Informationen zugespielt. Sie standen in meiner Schuld.«

Emilia wusste, dass er damit sogar irgendwie recht hatte, und sie fragte sich, ob sie bei seiner Flucht wirklich auf ihn geschossen hätte.

Sie öffnete das Kuvert. Es enthielt eine Art Straßenkarte.

»Was soll ich damit?«, fragte sie.

»Das ist ein Plan, auf dem die Kanalisation und das daran angeschlossene unterirdische Wegenetz von Frankfurt eingezeichnet sind«, antwortete Avram Kuyper und erklärte ihr, was es damit auf sich hatte. »Die markierte Stelle hat Flavius als Büro benutzt. Dort liegen ein paar Leichen – er selbst, seine Männer und Dimitri Saikoff. Aber vielleicht finden Sie auch Beweismaterial, das Sie gegen Claus Thalinger verwenden können. Ich hoffe es jedenfalls.«

Emilia steckte die Karte ins Kuvert zurück und bedankte sich für seine Hilfe, als ihr Handy klingelte. Im Display stand Beckys Nummer. »Da muss ich kurz ran«, sagte sie. Sie nahm den Anruf an, stand auf und ging ein paar Schritte, um ungestört sprechen zu können.

Becky wollte wissen, wie es Mikka ging und wie vor dem Hintergrund seiner Verletzungen das kommende Wochenende aussehen würde.

»Es tut mir leid, Schatz, ich kann nicht aus Würzburg weg«, sagte Emilia mit schlechtem Gewissen. »Es geht ihm zwar schon etwas besser, aber er ist ans Bett gefesselt. Ich möchte gerne bei ihm bleiben, damit er nicht allein ist.«

Becky zögerte. Emilia befürchtete schon, dass sie ihr eine Szene machen würde, weil sie sie wieder einmal vernachlässigte. Doch zu ihrer Überraschung fragte sie: »Was dagegen, wenn ich zu euch komme?«

»Nein, überhaupt nicht. Ich würde mich freuen. Und Mikka ganz bestimmt auch.«

Abermals entstand eine kurze Pause. Emilia ahnte, weshalb. Sie gab sich einen Ruck. »Was macht Jobi übers Wochenende?«

»Ich weiß nicht.«

»Möchtest du ihn fragen, ob er dich begleitet? Wenn er will, ist er herzlich willkommen.«

»Ist das dein Ernst?«

»Wenn ich es doch sage.«

Emilia hörte, wie ihre Tochter am anderen Apparat aufatmete. »Du bist ein Schatz, Mama«, sagte Becky. »Ich hab dich lieb.«

Die Worte waren wie Balsam und verdrängten die letzten Bedenken gegen Jobi. Wenn Becky so viel an ihm lag, konnte er kein schlechter Junge sein.

»Wir sehen uns morgen«, sagte Emilia. »Schreib mir eine SMS, wann ihr in Würzburg ankommt, damit ich euch vom Bahnhof abholen kann.«

Sie gab Becky einen Kuss und beendete das Gespräch. Als sie zu ihrer Sitzbank zurückkam, war Avram Kuyper verschwunden.

98

Eine Woche später

Aus einiger Entfernung beobachtete Avram die Beerdigung auf dem Oberaichinger Friedhof. Er sah keine Polizisten, wusste aber, dass irgendwo welche sein mussten. Spätestens seit seinem Besuch bei Claus Thalinger in Frankfurt stand er auf der Fahndungsliste wieder ganz weit oben.

Insofern war es für ihn ein Risiko gewesen hierherzukommen. Dennoch hatte er es sich nicht nehmen lassen wollen, der Zeremonie beizuwohnen, wenn auch nur aus der Distanz.

Es war ein eisiger Tag, grau und windig. Der morgendliche Boden war vom nächtlichen Frost hartgefroren, auf den Gräbern lag feiner Raureif. In der Luft tanzten die ersten Schneeflocken des anbrechenden Winters.

Die Trauergemeinde bestand nur aus zwei Dutzend Personen, was dem Anlass eine besonders bittere Note verlieh. Kaum Verwandtschaft, wenige Freunde. Ein Bild der Traurigkeit.

Der Pfarrer und seine Ministranten standen am Kopfende des Grabs und ließen die Urnen ab. Es wurden Gebete gesprochen, Lieder gesungen, einige der Anwesenden weinten. Auch Nadja und Akina.

Avram seufzte. Einerseits war er gottfroh, dass sie zum Zeitpunkt des Überfalls nicht auf dem Hof gewesen waren.

Andererseits wurde ihm das Herz schwer, wenn er daran dachte, dass man die beiden verkohlten Leichen auf dem Kuyperhof als Esther und Ludwig Bott identifiziert hatte. Offenbar hatten sie den Brand gesehen und zu Hilfe eilen wollen. Die Zeitungsberichte ließen offen, wie sie in die Flammen geraten waren, aber über Rutger Bjorndahls Beziehungen hatte Avram von einem Polizeibericht erfahren, der besagte, dass die beiden an Hand- und Fußgelenken gefesselt gewesen waren. Theo Krummknechts Todesengel hatte sie bei lebendigem Leib verbrannt, ebenso wie die drei Pferde im Stall.

Nach der Beerdigung löste die Trauergemeinde sich langsam auf. Nadja und Akina gingen vom Friedhof zum *Goldenen Hirsch*, wo sie vorübergehend ein Zimmer gemietet hatten, bis sie eine andere Unterkunft für sich fanden. Das hatte Avram vom Schankwirt erfahren.

Er folgte ihnen mit Blicken, bis sie im Gasthof waren, dann machte er sich auf den Weg zum Kuyperhof. Der Fußpfad führte von der Oberaichinger Kirche über Felder und Wiesen am Waidbach entlang bis zu einer Weggabelung, von wo es nach links zum Hof ging.

Auf einer kleinen Anhöhe blieb er stehen. Sein Blick wanderte über die reifbedeckte Wiese hinunter bis zum Bott'schen Hof mit seinen Rinderställen und dem jetzt leerstehenden Wohnhaus. Eine Welle der Trauer übermannte ihn. In den letzten Jahren hatte er Esther und Ludwig nicht oft gesehen, und insbesondere das Verhältnis zu Ludwig war schwierig gewesen. Aber durch den Überfall auf den Kuyperhof im vergangenen Sommer waren die beiden ehemaligen Schulfreunde wieder zusammengewachsen.

Avram seufzte. Ludwig und Esther waren herzensgute Menschen gewesen. Jetzt lag ihre Asche unter der Erde.

Möge Gott eurer Seele Frieden schenken, dachte er.

Sein Blick wanderte auf die andere Seite der Hügelkuppe. Dort befand sich der Kuyperhof – der Ort seiner Kindheit. Viel hatten die Flammen nicht übrig gelassen. Das Haupthaus war nur noch eine verkohlte Ruine mit eingestürztem Dach. Vom gegenüberliegenden Stall waren nur die Stützpfeiler und Trägerbalken übrig, die wie ein schwarzes Gerippe in die Höhe ragten. Auch der Geräteschuppen war bis auf den Sockel niedergebrannt. Nur die alten Futtersilos auf der einen und die Scheune auf der anderen Seite des Hofs waren vom Feuer halbwegs verschont geblieben. Doch inmitten des Trümmerfelds wirkten sie verloren, wie Überbleibsel einer längst vergessenen Zeit.

Als Avram den Rückweg einschlug, wusste er, dass er nie wieder hierher zurückkehren würde.

Spät am Abend – draußen war es stockfinster – stattete er dem *Goldenen Hirsch* einen Besuch ab. Für den Fall, dass die Polizei das Gebäude beobachtete, wählte er den Lieferanteneingang. Unbemerkt vom Gasthauspersonal, fand er den Weg in den zweiten Stock, wo Nadja und Akina ihr Zimmer hatten.

Akina begrüßte ihn mit einer Umarmung, die nur wegen Avrams gebrochenem Arm etwas schwächer als üblich ausfiel. Auch Nadja drückte ihn an sich und hieß ihn herzlich willkommen. Ihre Nähe zu spüren tat ihm gut. Es vermittelte ihm ein Gefühl von Wärme und Geborgenheit. Erst in diesem Moment erkannte er, wie sehr er das all die Jahre vermisst hatte, ohne sich dessen bewusst zu sein.

Doch als sie von ihm abließ, sah er an ihrer Miene, dass zwischen ihnen niemals wieder mehr sein würde als Freundschaft.

»Jens wird jeden Moment hier sein«, sagte sie und schlug die Augen nieder.

Avram nickte. Sie hatte einen neuen Mann an ihrer Seite, mit dem sie sich ein gemeinsames Leben aufbauen wollte. Avram stand es nicht zu, sich zwischen sie zu drängen.

Er lächelte, um seine Enttäuschung zu überspielen. Aber er wusste, dass es so am besten war. Zumindest für Nadja und Akina. Nach den schlimmen Zeiten, die sie durchlebt hatten, verdienten sie die Chance auf ein neues Glück.

»Gestern ist ein Päckchen für dich abgegeben worden«, sagte Nadja. Sie holte es aus dem Schrank. Es war etwa so groß wie ein Buch und mit braunem Papier umwickelt. Ein Absender stand nicht darauf.

Als Avram die Schnur löste und das Papier entfernte, kam darunter ein Foto zum Vorschein, aufgenommen vor etwa einem Jahr. Eigentlich hing es in Amsterdam in seinem Wohnzimmer, aber da die holländische Polizei das Haus seit dem letzten Sommer ständig observierte, war es ihm bisher nicht gelungen, es an sich zu bringen.

Avram schluckte. Seine Augen füllten sich mit Tränen. Emilia Ness hatte Wort gehalten und ihm das Bild besorgt, um das er sie bei einem ihrer letzten Treffen in Frankfurt gebeten hatte. Es war ein Foto von Sascha, auf dessen Rückseite in krakeligen Kinderbuchstaben stand: *Alles Gute zum Geburtstag. Ich hab dich lieb, Onkel Avram.*

99

Der Prozess gegen Claus Thalinger dauerte nur wenige Monate. Die in Flavius' unterirdischem Büro sichergestellten Unterlagen belegten, dass der Vorsitzende der TAURUS-Gruppe im Lauf der letzten Jahre Zahlungen in zweistelliger Millionenhöhe an Flavius geleistet hatte. Die Staatsanwaltschaft sah es als erwiesen an, dass diese Gelder für die Erstellung erpresserischer Folter- und Tötungsfilme geflossen waren. Leitende Manager dreier Konkurrenzfirmen sagten vor Gericht gegen Claus Thalinger aus und bestätigten dessen skrupelloses Vorgehen. Leider war Thalinger ihnen gegenüber nie selbst in Erscheinung getreten, sondern immer nur über einen seiner Mittelsmänner, so dass der Bezug zu ihm nicht eindeutig bewiesen werden konnte.

Auch Sofia Fiores Zeugenaussage unterstrich Claus Thalingers ambivalente Persönlichkeit. Offen berichtete sie vor Gericht all das, was sie auch Emilia erzählt hatte – von seinen unnatürlichen sexuellen Neigungen, von den Filmen, die er sich nachts heimlich ansah, und von den Gesprächen, die sie belauscht hatte. Das alles zeigte Thalinger in einem äußerst negativen Bild, doch das eigentliche Ziel der Anklage wurde auch mit Sofia Fiores Aussage nicht erreicht, nämlich zweifelsfrei aufzuzeigen, dass Thalinger tatsächlich der Auftraggeber für diese Filme war.

Große Hoffnungen setzte Emilia in Jacques Willemburg, der sich in einem anderen Verfahren in Kehl vor Gericht verantworten musste. Auf einem der beschlagnahmten Filme von Claus Thalinger war nämlich zu sehen, wie Willemburg dem an einen Deckenbalken gefesselten Simon Nadicz die Kniescheiben mit einem Vorschlaghammer zertrümmerte. Nach wochenlangem Schweigen brach Willemburg schließlich zusammen und legte ein vollständiges Geständnis ab: Als er von dem Verhältnis zwischen Simon Nadicz und seiner Frau erfahren hatte und seine Frau sich sogar von ihm scheiden lassen wollte, habe er rot gesehen, gab er zu Protokoll. Eine gute Bekannte habe ihm den Kontakt mit einem Mann hergestellt, der anbot, Nadicz gegen angemessene Bezahlung zu entführen, damit Willemburg ihm ein wenig Angst einjagen könne. Wie sich im Lauf der Verhandlungen herausstellte, war die »gute Bekannte« Nathalie Keinath, ein Escort-Girl, das Willemburg regelmäßig gebucht hatte. Als sie in den Zeugenstand gerufen wurde, sagte sie aus, dass sie sich im Auftrag von Flavius an Jacques Willemburg herangemacht habe. Sie hatte Willemburgs Vertrauen gewinnen und seine wunden Punkte herausfinden sollen. Der Seitensprung seiner Frau und die damit verbundene angedrohte Scheidung war ein solcher wunder Punkt gewesen. Nachdem sie Flavius darüber informiert hatte, habe er ihr den Auftrag erteilt, den Kontakt zwischen Jacques Willemburg und Dimitri Saikoff herzustellen.

Willemburg sagte vor Gericht aus, dass er ursprünglich gar nicht vorgehabt habe, Simon Nadicz wirklich zu verletzen. Er hatte ihm nur Angst einjagen wollen, damit er sich von seiner Frau fernhalte. Aber als sich ihm dann die Möglichkeit geboten hatte, war plötzlich der Zorn über ihn hereingebrochen, und er habe Nadicz mit dem Hammer geschlagen.

Ein Alibi hatte Willemburg sich für diese Nacht nicht besorgt, weil er Nadicz ja gar nichts Schlimmes antun wollte. Erst als man ihn des Mordes verdächtigt hatte, war ihm klargeworden, wie tief er in der Klemme steckte. In dieser Situation sei Anwalt Hentzweller aufgetaucht und habe ihm eine Lösung angeboten: Walter Egler und Franz Brattner waren bereit, für Jacques Willemburg auszusagen. Das Treffen der drei hatte zwei Tage vorher tatsächlich stattgefunden. Auf diese Weise konnten sie eine übereinstimmende Aussage abgeben, nur beim Datum mussten sie lügen. Somit erhielt Willemburg ein wasserdichtes Alibi.

Nachdem Willemburg sein Geständnis abgelegt hatte, dauerte es nicht mehr lange bis zu seiner Verurteilung. Er bekam fünf Jahre Gefängnis wegen schwerer Körperverletzung.

Leider konnte die Staatsanwaltschaft auch im Willemburg-Prozess nicht eindeutig belegen, dass Claus Thalinger hinter den belastenden Filmen steckte.

Emilia pendelte in der heißen Phase beider Prozesse häufig zwischen Frankfurt und Kehl hin und her, um ihre Aussagen zu machen. Den Rest der Zeit verbrachte sie in Lyon, wo die Arbeit auf ihrem Schreibtisch überquoll. Manchmal wollte sie sich am liebsten klonen, um alle anstehenden Aufgaben zu bewältigen. Ihr Kopfschmerztablettenkonsum nahm ein neues Ausmaß an, und sie fasste in dieser Zeit mehrmals den Vorsatz, etwas an ihrer Lebensweise zu ändern – um anschließend doch wieder genau wie vorher weiterzumachen.

Im Lauf der Monate wurde Mikka langsam wieder gesund. Allerdings blieben eine Narbe im Gesicht und eine dauerhafte Sehstörung auf dem linken Auge zurück, so dass er an eine Brille tragen musste. Es dauerte auch ein paar Wochen, bis er wieder richtig gehen konnte, aber im

Februar nahm er den Dienst bei der Frankfurter Kripo wieder auf.

Vier Monate nach Prozessbeginn wurde Claus Thalinger vom Vorwurf der Anstiftung zum mehrfachen Mord freigesprochen. Lediglich der widerrechtliche Besitz von realen Folter- und Tötungsfilmen konnte ihm schlüssig nachgewiesen werden. Dafür wurde eine Gefängnisstrafe von sechs Monaten auf Bewährung verhängt.

Am 12. März verließ er den Gerichtssaal als freier Mann. Die daran anschließenden Interviews gab er gewohnt souverän. Falls der Prozess ihn Kraft gekostet hatte, ließ er es sich nicht anmerken. Er sagte, dass er den Blick jetzt nach vorne richten und die TAURUS-Gruppe wieder auf Kurs bringen wolle. Selbstbewusst winkte er in die auf ihn gerichteten Kameras. Er genoss das Medieninteresse mit jeder Faser seines Körpers, das konnte man ihm ansehen. Am kommenden Tag waren die Bilder und Berichte in jeder Zeitung des Landes und sogar weit darüber hinaus zu sehen.

Emilia saß an diesem Morgen am Frühstückstisch und konnte es immer noch nicht fassen, dass Thalinger unbeschadet aus dem Prozess hervorgegangen war. Nicht einmal der Besitz dieser widerwärtigen Snuff-Filme hatte seiner Reputation nachhaltig geschadet. In Emilias Zeitung wurden die Filme nicht einmal mehr erwähnt. Vielleicht war die Redaktion dafür bezahlt worden. Vielleicht hatte Thalinger sogar die Richter bestochen. Zuzutrauen wäre es ihm jedenfalls gewesen. Aber wer wollte ihm das nachweisen?

»Was ist los?«, fragte Mikka, der Emilia gegenüber am Tisch saß und ein Toastbrot mit Butter bestrich. Die Brille gab seinem Gesicht eine kantige Note, die ihm aber ziemlich gut stand. Auch die Narbe an der Stirn störte Emilia nicht.

Sie machte ihn höchstens noch interessanter, weil sie eine Geschichte von Gefahr und Schmerz erzählte.

»Du siehst heute irgendwie unglücklich aus«, sagte er.

Emilia schüttelte den Kopf. »Mit mir ist alles in Ordnung«, log sie. Sie wollte nicht, dass er sich Sorgen machte. Denn was weder er noch Becky noch sonst jemand wusste: Nachdem der gestrige Medienrummel verebbt war, war Claus Thalinger zu ihr gekommen, um ihr mit einem kalten Lächeln etwas zuzuraunen. »Das Geheimnis des Erfolgs ist es, die Schwächen seiner Gegner zu kennen«, hatte er gesagt. »Wagen Sie es nicht, mir noch einmal in die Quere zu kommen. Denken Sie immer daran, dass ich weiß, wie viel Ihnen Ihre Familie bedeutet.«

Seitdem ging Emilia die Drohung nicht mehr aus dem Kopf. Sie hatte einen der mächtigsten und gefährlichsten Wirtschaftsbosse Deutschlands stürzen wollen, aber sie war gescheitert. Nun, da er sich wieder auf freiem Fuß befand, musste sie erkennen, dass es wenig gab, was sie tun konnte, um sich gegen ihn zu schützen.

Wie sollte sie jemals wieder ruhig schlafen, wenn sie wusste, dass Mikka und Becky in Gefahr schwebten?

100

5. Mai

Die Eröffnung der Fabrikanlage TULUP in dem kroatischen Örtchen Bracz unweit der italienischen Grenze war eine Veranstaltung, die großes Aufsehen erregte. Viele Interessierte waren gekommen. Einige von ihnen würden künftig in der Fabrik arbeiten, andere waren nur von der Musikkapelle und den Rummelbuden angezogen worden. Alles in allem war es ein Fest, wie Claus Thalinger es liebte.

Auch die Presse war anwesend, nicht nur Zeitungs- und Radioreporter, sondern auch das Fernsehen, darunter Kamerateams von RAI uno, NTV und der ARD. Thalinger stand neben einigen anderen Offiziellen auf dem erhöhten Podium für die Redner und ließ seinen Blick über die Menge streifen. Im Vorfeld und während der Bauphase hatte es viel Widerstand gegen die Errichtung der Fabrik gegeben. Dennoch hatte er sich letztlich mit seinen Vorstellungen durchgesetzt. Und mit seinen Methoden. Der kroatische Wirtschaftsattaché, der gerade die Eröffnungsansprache hielt, war von ihm genauso erpresst worden wie viele andere vor ihm und viele andere, die noch folgen würden. Theo Krummknecht und Dimitri Saikoff waren zwar – ebenso wie einstmals Belial – ein wichtiger Bestandteil seines kriminellen Netzwerks gewesen, doch er hatte noch nie den Fehler begangen, sich nur auf ein Standbein zu verlassen. Seine Organisation umfasste viele Helfer in vielen Städten, von Portugal bis nach Osteuropa. Zuversichtlich blickte Thalinger einer profitablen Zukunft entgegen.

Am Abend feierte er mit seiner künftigen Führungsriege den gelungenen Tag und stieß mit ihnen auf eine erfolgreiche Zusammenarbeit an. Bei Champagner und Lachshäppchen besprachen sie die letzten Details der morgigen Arbeitsaufnahme, anschließend gingen sie noch einmal die für dieses Jahr anvisierten Ziele durch.

Um kurz vor Mitternacht verließ Thalinger die Runde, um auf sein Zimmer zu gehen. Er genoss die entspannende Wirkung des Alkohols und gönnte sich aus seiner Minibar sogar noch ein Bier, um nach diesem langen Arbeitstag besser abschalten zu können. Seine Gedanken wanderten nach Asien, wo er in den nächsten Jahren sein Geschäft ausbauen wollte. In China und Indien wartete nach seiner Einschätzung ein enormes Profitpotential.

Er schaltete den Fernseher ein, legte sein Sakko ab und lockerte die Krawatte. Da er sich verschwitzt fühlte, ging er ins Bad, um sich frischzumachen.

Als er ins Wohnzimmer zurückkehrte, bemerkte er zu spät, dass noch jemand im Raum war. Er wollte sich umdrehen und spürte einen Stich im Hals, beinahe im selben Augenblick gaben seine Beine unter ihm nach. Noch ehe er begriff, was geschehen war, verlor er das Bewusstsein.

101

Im frühen Morgengrauen fuhr Avram mit seinem gemieteten Geländewagen auf einer unwegsamen Waldstraße im Kapela-Gebirge im Norden Kroatiens. Nach einiger Zeit bog er in einen Seitenweg ein, der von alten Tannen und hochgewachsenen Lärchen umsäumt war. Der nächtliche Regen hatte aufgehört, aber dichter Nebel erschwerte die Sicht. Die Piste war matschig und holprig. Das Navi zeigte den Weg schon lange nicht mehr an. Ein paarmal musste Avram seine Geschwindigkeit auf Schritttempo drosseln, um keinen Achsbruch zu riskieren. Er hatte das Gefühl, ans Ende der Welt zu fahren.

Endlich erreichte er sein Ziel – drei kleine, verwitterte Steinhäuser mit Schindeldächern, die verlassen aussahen und sich dicht an den dahinter aufragenden Felshang anschmiegten. Auf der schlammigen Lichtung davor standen ein paar Autos, unauffällige Modelle, schon ein paar Jahre alt, umhüllt vom milchigen Morgendunst.

Niemand war zu sehen, weder in den Autos noch hinter den kleinen Fenstern der Häuser. Avram stieg aus, um sich zu erkennen zu geben.

Er musste nicht lange warten, bis aus dem mittleren Haus ein Mann herauskam, bärtig, mit finsterem Blick und einem Kaugummi im Mund. Er trug Jeans, Gummistiefel, eine schwarze Lederjacke und eine grobe Wollmütze.

»Sind Sie Pavel?«, fragte Avram.

Der andere nickte. »Haben Sie ihn dabei?«

Avram führte Pavel hinter den Geländewagen, öffnete die Ladeluke und schob eine Decke zur Seite. Darunter kam eine gefesselte Gestalt mit verbundenen Augen zum Vorschein: Claus Thalinger. Er wand sich wie ein Wurm, verschwendete dabei jedoch nur seine Kraft.

»Bringen Sie ihn rein«, sagte Pavel. Er deutete mit dem Kopf in die Richtung, aus der er gekommen war.

Avram packte Thalinger an den Schultern, zog ihn aus dem Auto und zerrte ihn zu dem mittleren Haus. Drinnen war es düster wie in einer Höhle, und es dauerte einen Moment, bis seine Augen sich an die schlechten Lichtverhältnisse gewöhnt hatten. Im Raum warteten fünf Männer. Die Augen aller waren auf Avram und Thalinger gerichtet.

Einer der Männer saß am Tisch. Er winkte Avram mit einer überheblichen Handbewegung zu sich, wohl weil er es gewohnt war, Befehle zu erteilen. Normalerweise akzeptierte Avram es nicht, wenn man so mit ihm umging. In diesem Fall machte er aber eine Ausnahme.

»Ist das der Kerl, der meinen Bruder hat umbringen lassen?«, fragte der Mann am Tisch. Er war kein anderer als Radan Srakovicz. Der Anführer der Vukovi. Der ehemalige Kriegsverbrecher aus dem Kosovo. Simon Nadiczs Bruder.

»Ja«, sagte Avram, während er Thalinger gleichzeitig die Augenbinde vom Kopf riss. Der zuckte zusammen und versuchte blinzelnd, die Situation zu erfassen. In seinem Gesicht lag die schiere Angst.

»Du hast meinen kleinen Bruder auf dem Gewissen«, sagte Radan Srakovicz. »Er war ein karrieresüchtiges Arschloch, das niemand leiden konnte. Aber so einen Tod hat er nicht verdient.« Er nickte einem seiner Männer zu. »Bring mir meine Messer. Ihr anderen – warum bietet ihr Herrn Thalinger keinen Platz an?«

Thalinger schüttelte den Kopf, zuckte und wimmerte vor Angst, aber letztlich konnte er nichts dagegen tun, als die Männer ihn auf den Stuhl zwangen. Auf seiner Stirn standen trotz empfindlicher Kälte Schweißperlen. Als das Oberhaupt der Vukovi das Lederetui mit seinen Foltermessern ausbreitete, begann Claus Thalinger zu weinen.

Avram verließ das Haus und ging durch den zähen Nebel zurück zu seinem Auto. Irgendwo hinter ihm drangen Schreie durch den Wald.

Danksagung

Auch der zweite Band der Post Mortem-Reihe wäre nicht das geworden, was er ist, wenn nicht ein paar kritische Denker mitgewirkt hätten. In dieser Hinsicht möchte ich vor allem meiner Lektorin Andrea Diederichs und meinem Agenten Bastian Schlück danken. Ihre Anregungen und Hinweise waren für mich sehr wertvoll.

Meine Clubfreunde möchte ich an dieser Stelle gerne ebenfalls wieder erwähnen. Es tut gut, Menschen um sich zu haben, mit denen man dieselben Interessen teilt, dieselben Sorgen und Nöte, und natürlich auch die Erfolge. Schön, dass es euch gibt!

Nicht zuletzt gilt mein tiefempfundener Dank wie immer auch meiner Familie. Die Zeit, in der ich schreibe, geht oft von meiner Zeit als Ehemann und Vater ab, dessen bin ich mir bewusst. Aber es geht nun einmal nicht anders: Ohne zu schreiben, kann ich nicht glücklich sein. Ich weiß, dass ihr das versteht, und ich hoffe, euch mit meinen Büchern stolz zu machen.

M. R., Januar 2016

Lesen Sie,
wie es weitergeht

MARK RODERICK

POST MORTEM

TAGE DES ZORNS

THRILLER

Prolog

Becky war aufgeregt, weil sie wusste, dass sie etwas Verbotenes tat. Besser gesagt: weil sie *vorhatte*, etwas Verbotenes zu tun. Beinahe so etwas wie ein kleines Verbrechen.
Wenn ich auffliege, wird es mächtigen Ärger geben. Das wird Mama nicht gefallen.
Aber sie war fest entschlossen.
Die Fünfzehnjährige lag in ihrem Bett und versuchte, sich zu beruhigen, hatte aber den Eindruck, ihr Herz würde so laut schlagen, dass die drei anderen Mädchen im Zimmer jeden Moment davon aufwachen würden.
Zum hundertsten Mal in dieser Nacht schaute sie auf ihre Armbanduhr. Das Justin-Bieber-Emblem auf dem Zifferblatt leuchtete kaum noch nach, aber zumindest waren die Zeiger gut zu erkennen. Viertel nach elf. Die Zeit kroch im Schneckentempo dahin.
In der Hand hielt sie den Brief, den sie heute bekommen hatte. Er hatte auf ihrem Bett gelegen, als sie nach dem Nachmittagsunterricht mit ihren Freundinnen zum Zimmer zurückgekehrt war. *Für Becky – persönlich* stand in Druckbuchstaben darauf. *Persönlich* war unterstrichen. Natürlich hatten Jana, Heike und Vanessa darauf bestanden, den Brief zu viert zu öffnen, aber trotz ihres lautstarken Protests hatte Becky es vorgezogen, ihn alleine zu lesen. Sie hatte es sogar geschafft, den drei anderen nichts über den Inhalt zu erzählen, vor allem weil sie befürchtete, ihr Traum könnte wie

eine Seifenblase zerplatzen, wenn sie zu viele andere daran teilhaben lassen würde.

Der Brief war ihr ganzes Glück.

»Ich denke, die beiden anderen schlafen jetzt«, flüsterte Jana, die im Stockbett über Becky lag. »Du kannst mir den Brief jetzt zeigen.«

Jana war nicht nur Beckys Klassenkameradin, sondern auch ihre beste Freundin. Dennoch zögerte Becky. Es fühlte sich einfach nicht richtig an.

»Ist der Brief von Daniel?«, fragte Jana und schob ihren Kopf über den Rand des Bettes.

Die Mädchen ließen beim Rollladen immer ein paar Ritzen offen, damit man nachts nicht das Licht einschalten musste, wenn man auf die Toilette gehen musste. Daher konnte Becky die Umrisse ihrer Freundin gut erkennen.

»Wieso denkst du, dass der Brief von Daniel ist?«, flüsterte sie und fühlte sich dabei irgendwie ertappt.

»Dass du auf ihn stehst, weiß doch *jeder*. Auf dem Pausenhof starrst du ihn die ganze Zeit an wie ein hypnotisiertes Reh.«

Bis vor wenigen Stunden hätten Janas Worte sie verletzt, weil sie nicht im Ernst daran geglaubt hatte, dass Daniel sie mochte. Aber jetzt hielt sie seinen Brief in der Hand – den Beweis des Gegenteils. Deshalb ärgerte sie sich nicht über das hypnotisierte Reh. Allerdings fand sie es über die Maßen peinlich, dass ihre Gefühle für andere so offensichtlich waren.

»Denkst du, er liebt dich?«, fragte Jana.

»Keine Ahnung«, antwortete Becky. Aber sie hoffte es inständig.

Ihre neue Flamme hieß mit vollem Namen Daniel Gronert. Alle seine Freunde nannten ihn Danny, natürlich englisch ausgesprochen, das klang cooler. Danny war zwei Jahrgangsstufen über Becky, er ging schon in die zwölfte Klasse. Sein Vater arbeitete als Vorstand bei einer Firma, die Airbags herstellte, seine Mutter war Ärztin. Wahrscheinlich hatte er von ihnen diese natürliche, selbstbewusste Ausstrahlung, die ihn von den anderen Jungs in der Schule abhob. Jedenfalls war er längst kein so verrückter Vogel wie Jobi, mit dem Becky bisher Händchen gehalten hatte. Danny war auch nicht so schrill angezogen. Er hatte keine gelben Haare und keine Piercings, mit denen er der Welt irgendetwas beweisen wollte und die beim Küssen nur störten. Danny stach auch ohne all diese Dinge aus der Masse heraus. Er war auf unauffällige Weise auffällig. In seiner Clique hatte sein Wort Bedeutung. Aus ihm würde bestimmt mal ein Anwalt oder ein erfolgreicher Manager werden.

Mama wäre von Danny garantiert begeistert.

»Zeigst du mir jetzt endlich den Brief?«, drängte Jana. »Ich hab dir doch auch die E-Mails von Lars vorgelesen, oder etwa nicht?«

Das stimmte. Lars war schon Janas vierter Freund. Mit Liebesdingen ging sie wesentlich offenherziger um, und sie teilte ihre Gefühle gern mit anderen.

Seufzend gab Becky den Brief nach oben. Janas Bettdecke raschelte, als sie mit dem Papier darunter verschwand. Ein leises Klicken verriet, dass sie die Taschenlampe unter der Decke eingeschaltet hatte. Wenige Sekunden später stellte Jana die Taschenlampe wieder aus und reichte Becky den Brief zurück.

»Ganz nett«, kommentierte sie.

Ihre Zurückhaltung verunsicherte Becky. »Was stimmt mit dem Brief nicht?«

»Keine Ahnung. Ich finde ihn irgendwie unpersönlich.«

Unfug!, dachte Becky. Wahrscheinlich war Jana nur eifersüchtig. Jedes Mädchen im Internat stand auf Danny.

»Die Wortwahl passt auch nicht so richtig«, flüsterte Jana weiter. »Danny spricht doch normalerweise ganz anders. Außerdem finde ich es irgendwie schade, dass es ein Computerausdruck ist. Ein Liebesbrief sollte meiner Meinung nach handgeschrieben sein.«

»Quatsch!«, zischte Becky. Aber insgeheim musste sie Jana in diesem Punkt recht geben.

»Hast du gar keine Angst, wenn du mitten in der Nacht ganz alleine rausgehst?«

»Nein, warum denn?«, entgegnete Becky, obwohl ihr tatsächlich nicht ganz wohl war. Ihre Mutter hatte schon so viele Horrorgeschichten erzählt – von Leuten, die überfallen und auf grausame Weise getötet worden waren –, dass es einem ganz anders werden konnte. Becky war froh, dass Jana das Thema nicht weiter vertiefte.

Stattdessen wollte sie mehr über Danny wissen. »Hat er dich schon geküsst?«, fragte sie.

»Nein! Bis vor zwei Wochen war ich ja noch mit Jobi zusammen!«

»Was, wenn Danny es heute Nacht versucht? Oder wenn er sogar noch mehr will? Hast du ein Kondom dabei? Ich kann dir eins geben, wenn du willst.«

»Ich hab selber eins in der Tasche«, log Becky, der die Unterhaltung allmählich unangenehm wurde. »Jetzt schlaf endlich weiter, bevor die anderen noch aufwachen.«

Sie war froh, dass Jana sich tatsächlich wieder aufs Ohr legte. Schon bald war von oben nur noch der gleichmäßige Rhythmus ihres Atems zu hören.

Dennoch hatte Jana es mit ihren Fragen geschafft, Becky zu verunsichern. Wie sollte sie reagieren, wenn Danny tatsächlich versuchen würde, sie zu küssen? Oder sogar noch mehr? Beckys Gefühle waren komplett durcheinander. Mit Jobi hatte sie zwar schon ein bisschen gekuschelt, aber immer wenn er einen Schritt weiter gehen wollte, hatte sie geblockt, weil sie sich noch nicht reif genug dafür fühlte.

Bei Danny war das anders, obwohl sie ihn noch gar nicht richtig kannte. Sie trafen sich zwar täglich auf dem Pausenhof und alberten miteinander herum. Einmal waren sie auch schon im Kino gewesen, zusammen mit einigen anderen Schülern des Internats. Aber bisher hielten sie und Danny nicht einmal Händchen.

Umso glücklicher war sie über seinen Brief. Sie hatte ihn schon so oft gelesen, dass sie ihn auswendig konnte:

Hallo, Becky! Ich muss Dich unbedingt sehen. Komm um Mitternacht zum Sportplatz, zu der großen Eiche ganz hinten. Es ist wichtig! Ich warte dort auf Dich. D.

Ein grauenvoller Gedanke schoss ihr durch den Kopf. Stand dieses D. womöglich gar nicht für »Danny«? War D. vielleicht ein ganz anderer Junge aus ihrem Internat? Darius womöglich, aus der 11c, oder – noch schlimmer – Detlev aus der 10a. Der hätte ihr gerade noch gefehlt! In der Pause glotzte er manchmal so komisch zu ihr herüber. Ein paar ihrer Freundinnen hatten sie deshalb schon gehänselt. Wenn D. sich als Detlev entpuppte, käme das einer Katastrophe gleich.

Aber Becky verwarf ihre Bedenken sofort wieder. Im Grunde war sie fest davon überzeugt, dass kein anderer als Danny den Brief geschrieben hatte – weil er sie gerne treffen wollte. Und sie wollte das auch.

Endlich zeigte die Uhr Viertel vor zwölf. Die Türen der Schlafgebäude wurden nachts abgeschlossen, aber Becky wusste, dass man durch die Kellerfenster leicht nach draußen gelangen konnte. Leise schlüpfte sie aus dem Bett und tippelte zur Tür. Dort warf sie einen vorsichtigen Blick in den Flur, weil sie niemandem begegnen wollte, zum Beispiel einem anderen Mädchen, das auf die Toilette musste und sich darüber wundern würde, weshalb Becky keinen Schlafanzug trug. Noch schlimmer wäre es, einer Lehrerin über den Weg zu laufen, womöglich der alten Kollwitz. Bei Verstößen gegen die Hausordnung verstand die keinen Spaß.

Aber der Flur war leer. Auf leisen Sohlen schlich Becky aus dem Zimmer, vor bis zum Treppenhaus. Die Notbeleuchtung verströmte nur gedämpftes Licht. Außer ihren Schritten war kein Geräusch zu hören.

Es war spannend, aber auch irgendwie unheimlich.

Das Kribbeln im Magen verstärkte sich noch, als sie in den Keller hinabging. Keller hatten immer etwas Gruseliges an sich, zumal bei Nacht. Hinzu kam das Wissen, etwas Unerlaubtes zu tun. Und dann noch diese tote Frau in der Waschküche, von der ihre Mutter vor ein paar Monaten erzählt hatte. Ein kalter Schauer lief Becky über den Rücken.

Um die Geister zu vertreiben, schaltete sie ihr Handy ein und aktivierte die Taschenlampenfunktion. Hier unten würde ihr zu so später Stunde bestimmt niemand über den Weg laufen. Allerdings warf das Handy skurrile Licht- und Schattenspiele an die Wand. Aus irgendeinem Grund schienen ihre Schritte hier unten auch viel lauter zu sein als oben. Sie hallten regelrecht von den Wänden. Und die Lüftung am anderen Ende des großen Kellerraums brummte wie ein lauerndes Tier.

Über einen der vielen alten Tische, die hier unten neben all dem anderen ausrangierten Schulinventar lagerten, kletterte Becky über ein Fenster ins Freie. Dort überlegte sie einen Moment lang, ob sie im Schutz der Büsche oder zumindest abseits der Laternen, quer über die Wiese, zum Sportplatz gehen solle. Aber sie entschied sich doch lieber für den Fußweg, wo es relativ hell war. Wenn sie sich beeilte, würde sie bestimmt niemandem über den Weg laufen, der ihr unangenehme Fragen stellen konnte.

Es war eine laue Spätsommernacht. Becky trug Bluejeans und einen leichten Pullover, dazu ihre weißen Turnschuhe. In der Ferne läutete die Kirchenglocke Mitternacht.

Perfektes Timing!

Nach wenigen hundert Metern erreichte sie den Sportplatz. Die große Eiche befand sich am Kopfende der Tartanbahn. Unter die ausladenden Äste des Baums drang nur wenig Licht. Becky kam sich vor wie in einer Höhle – beschützt, aber gleichzeitig auch irgendwie eingeschlossen.

Dass Danny noch nicht hier war, fand Becky enttäuschend. Es ärgerte sie sogar ein bisschen. Konnte er sich nicht denken, dass sie sich so ganz allein in der Nacht fürchtete? Vielleicht war fürchten das falsche Wort. Aber schließlich konnte man nie wissen, was für Leute nachts unterwegs waren.

Wieder nahmen die Horrorgeschichten ihrer Mutter in Beckys Bewusstsein Gestalt an. Der Bäcker aus Nantes, der sieben Schulkinder in seinen Keller verschleppt hatte, um sie dort wochenlang zu misshandeln. Das Ehepaar aus Straßburg, das ein Dutzend Anhalter entführt und erstochen hatte. Die Axt-Bande aus Umbrien ...

Warum hat Mama nicht einen normalen Job, Herrgott nochmal? Sekretärin oder Verkäuferin? Irgendeine Arbeit, bei der man nicht täglich mit verstümmelten Leichen zu tun hat?

»Pst!«

Das Geräusch kam von hinten. Becky drehte sich um und versuchte, die Dunkelheit mit Blicken zu durchdringen, aber sie erkannte keine menschliche Gestalt.

»Danny?«

»Ich bin hier! Hinter dem Baum.« Er flüsterte so leise, dass sie ihn kaum verstehen konnte.

Erleichtert darüber, dass das Ganze nicht nur ein dummer Streich zu sein schien, bog sie um den mächtigen Stamm, vorsichtig, um nicht über eine der knorrigen Wurzeln zu stolpern. Tatsächlich erkannte sie jetzt einen Schemen, dessen Größe und Statur zu Danny passten. Das Gesicht konnte sie nicht erkennen, dafür war es viel zu finster. Dennoch gab es für sie keinen Zweifel, Danny vor sich zu haben.

Ihr Herz machte vor Freude einen Sprung. In ihrem Magen begannen eine Million Ameisen zu krabbeln. Was hatte Danny vor? Warum hatte er sie hierhergebeten?

Mutig ging sie auf ihn zu – und begriff zu spät, dass sie einen fatalen Fehler begangen hatte. Die Gestalt löste sich aus der Dunkelheit, raste mit einem Mal wie eine Lokomotive auf sie zu und stürzte sich auf sie. Eine Hand presste sich auf ihren Mund wie ein Schraubstock. Ihre Schreie erstickten im Keim. Becky wollte kratzen, beißen, schlagen, treten – all das tun, was ihre Mutter ihr über Selbstverteidigung beigebracht hatte. Aber schon spürte sie einen Nadelstich im Hals, und beinahe im selben Moment versank die Welt um sie herum im Nichts.

1

Der Aussiedlerhof bei Simmerath, nahe der deutsch-belgischen Grenze, lag so weit abseits der Ortsgrenze, dass Emilia ihn ohne das Navi wohl niemals gefunden hätte. Die Zubringerstraße war kaum mehr als eine Schotterpiste. Die Gebäude standen versteckt hinter ein paar Bäumen und Büschen, von der Überlandstraße aus kaum zu erkennen.

Der ideale Ort für ein Verbrechen.

Emilia parkte ihren klimatisierten Wagen und stieg aus. Die spätsommerliche Sonne brannte heute noch einmal heiß vom wolkenlosen Himmel herab, so dass sie schon jetzt wieder zu schwitzen begann. Während sie sich umsah, spürte sie, wie das Adrenalin in Wellen durch ihren Körper strömte. Seit sie bei Interpol arbeitete, besichtigte sie nur noch selten Tatorte, so wie heute. Meistens unterstützte sie von ihrem Lyoner Büro aus die lokalen Polizeibehörden. Ihre Anwesenheit vor Ort war in den seltensten Fällen nötig.

Heute ging es jedoch darum zu beurteilen, ob *Dante* wieder zugeschlagen hatte oder – wie die Klatschpresse ihn nannte – der *Schlitzer von Arques*.

Emilia ließ den Hof einen Moment lang auf sich wirken. Die Gebäude, die Geräte, der Asphalt im Innenhof – alles war alt und heruntergekommen, als sei hier seit fünfzig Jahren nichts mehr ausgebessert oder gar modernisiert worden. Der penetrante Geruch von Kuhdung lag in der Luft. Neben dem Stall stand ein rostiger Hanomag-Traktor, daneben befand sich der Misthaufen, umschwirrt von Fliegen. An den Stall grenzte ein Hühnergehege an. Dort spielten ein paar Kätzchen mit einem zerfledderten Schuh. Auf der Weide dahinter grasten Rinder.

Das Wohnhaus war ein einstöckiger, gedrungener Fachwerkbau mit kleinen Fenstern und schiefem Dach. Davor parkte ein Polizeiwagen. Als Emilia hinging, stieg ein Beamter in Zivil aus und stellte sich als Hauptkommissar Friedkin vor. Er war mindestens einen Meter neunzig groß, hatte eine Figur wie ein Fass und eine angehende Glatze. Emilia schätzte ihn auf etwa fünfzig. Die dicken Tränensäcke unter den Augen ließen ihn irgendwie traurig wirken. Abgesehen von seiner stattlichen Statur wirkte seine Erscheinung ziemlich energielos.

Die Fotos, die Friedkin gestern nach Lyon gemailt hatte, legten die Vermutung nahe, dass es sich um die Tat eines Serientäters handelte, der schon seit acht Jahren sein Unwesen trieb. Emilia war hergekommen, um sich ein genaueres Bild zu machen. Bisher war Interpol immer erst Monate später zu den Ermittlungen hinzugezogen worden. Hier hatte sie zum ersten Mal die Chance, von Anfang an mitzuwirken.

Nie war sie *Dante* näher gewesen als heute.

»Wo ist es passiert?«, fragte sie.

»Im Haus«, sagte Friedkin. »Kommen Sie mit.«

Er ging voraus und erklomm die drei Steinstufen zum Eingang. Mit einem Taschenmesser entfernte er das Absperrband vor der Tür. Dann schloss er auf, und sie traten ein.

Der Gestank von Blut schlug Emilia entgegen wie eine Woge – nicht einmal der Kuhmist konnte das überlagern. Da sie sich keine Blöße geben wollte, sagte sie nichts, aber sie war heilfroh, als Hauptkommissar Friedkin die Fenster öffnete, um Luft hereinzulassen.

»Die Spurensicherung ist mit der Arbeit noch nicht ganz fertig«, sagte er. »Die meisten Beweise wurden gesichert und davor natürlich fotografiert – die Bilder hatte ich Ihnen ja geschickt. Aber einiges muss erst noch von hier abgeholt werden. Fassen Sie also bitte nichts an.« Er kratzte sich an seinem kahlen Schädel, als überlege er, was es noch zu berichten gab. »Die Toten wurden in die Rechtsmedizin nach Köln gebracht«, fuhr er schließlich fort. »Ich denke, der Obduktionsbericht wird spätestens morgen vorliegen.«

Sie passierten einen schmalen, mit ausgetretenem Linoleumboden belegten Flur. Rechts kam zuerst die Toilette, danach die Küche und ein kleines Esszimmer. Links ging es ins Wohnzimmer. Die dicht gestellten Möbel waren ein stilistischer Querschnitt durch die letzten zweihundert Jahre: wurmstichige Bauernschränke wie aus einem Antiquariat, Sofa und Couchtisch aus den Fünfzigern, ein moderner Flachbildfernseher auf einer Kommode aus der Hippiezeit.

An der Wand hingen viele kleine Zettel. Emilia kannte sie bereits von den Fotos der Spurensicherung. Dennoch wollte sie sie aus der Nähe betrachten, um ein Gespür für die Tat und den Mörder zu bekommen.

Es handelte sich um karierte DIN-A6-Blätter, die augenscheinlich aus einem Ringbuchblock gerissen worden waren, denn die obere Seite war ausgefranst. Jedes Papierstück war mit einer Stecknadel an die Wand geheftet, überall im Raum – neben den Bildern, über der verstaubten Glasvitrine, rund um den Fernseher.

Es waren mindestens fünfundzwanzig oder dreißig Zettel, handbeschrieben mit einer rötlich schimmernden Tinte. Emilia war sicher, dass sie sich – wie in den anderen Fällen – als menschliches Blut erweisen würde.

Sie schob ihr Gesicht näher an die Zettel über dem Sideboard heran. Auf einem stand in krakeliger Schrift:

> Willst du aus dieser wilden Stätt' entrinnen,
> denn dieses Tier, weshalb du riefst um Hilfe
> lässt niemanden frei ziehn auf seiner Straße,
> ja, hindert ihn so sehr, bis es ihn tötet.

Der Text auf dem Zettel darunter schien in direktem Zusammenhang mit dem ersten zu stehen:

> Von Natur ist dieses Tier so schlimm und boshaft,
> dass nimmer es den gier'gen Trieb befriedigt
> und nach dem Fraße
> mehr noch hungert als zuvor.

Emilia fragte sich, ob der Mörder das in seinen Texten beschriebene Tier bewusst oder unbewusst als Metapher für sich selbst sah. Ein drittes Stück Papier, das daneben an die Wand gepinnt war, entstammte offenbar einem anderen Kontext:

> Folge mir, und ich sei dein Führer,
> der rettend durch den ew'gen Ort dich leite.
> Dort wirst du der Verzweiflung Schrei'n vernehmen,
> die Traverschar der alten Geister schauen,
> wo jeglicher des zweiten Tods begehret.

Emilia hatte die Texte bereits gestern von der Rechercheabteilung in Lyon analysieren lassen. Daher wusste sie, dass sie alle aus demselben Buch stammten: aus Dante Alighieris *Göttlicher Komödie*. Es war dasselbe Schema wie bei den

Morden in Melazzo in Norditalien, Benthem in Holland und Arques, einer Gemeinde mit zweihundertfünfzig Einwohnern im südfranzösischen Languedoc. Dort hatte *Dante* zum ersten Mal zugeschlagen. Am 14. Mai 2009.

»Was denken Sie?«, fragte Hauptkommissar Friedkin. »Ist das das Werk Ihres Killers?«

»Gut möglich«, sagte Emilia. »Aber bevor ich das endgültig beurteilen kann, möchte ich noch das Schlafzimmer und das Bad sehen.«

Mit einem Nicken ging Friedkin voraus. Das Schlafzimmer befand sich am hinteren Ende des Wohnzimmers und war nur spärlich eingerichtet: ein Doppelbett mit zwei Nachttischchen, ein Eichenholzschrank, ein Stuhl, der als Kleiderhalter diente, ein aufgehängtes Kruzifix – mehr gab es hier nicht. Zettel mit Dante-Zitaten suchte man hier vergeblich. Auffällig war aber das viele Blut: ein großer, rotbrauner Fleck auf der zurückgeschlagenen Decke, zudem jede Menge Sprenkel und Spritzer, teilweise auch auf dem Boden und an den Wänden. Hier musste *Dante* wenigstens eines der beiden Opfer angegriffen haben.

Wegen der zunehmenden Intensität des Blutgeruchs öffnete Friedkin auch das Schlafzimmerfenster. Danach gingen sie ins nebenan liegende Badezimmer, wo es noch viel mehr Blut gab. Der ganze Boden war voll davon, beinahe vollständig getrocknet von der sommerlichen Hitze. In der Mitte des Raums befanden sich zwei verwischte körpergroße Stellen.

»Dort haben die Leichen gelegen«, sagte Hauptkommissar Friedkin. »Gertrud und Helmut Waginger, die Eigentümer des Hofs. Beide Mitte fünfzig, seit achtundzwanzig Jahren verheiratet. Laut Aussage von Freunden, Bekannten und Anwohnern aus Simmerath waren sie ruhige, zurückgezogen lebende Menschen, die ihr ganzes Leben lang hart auf dem Hof gearbeitet haben.«

Vor Emilias geistigem Auge erschienen die Fotos der Spurensicherung. Die Eheleute Waginger hatten auf dem Rücken gelegen, mit ausgestreckten Beinen, die Arme eng am Körper. Beinahe wie aufgebahrt.

Beide hatten ihren Pyjama angehabt.

Beide hatten diverse Stichverletzungen erlitten.

Beiden war die Kehle aufgeschnitten worden.

»Wir gehen davon aus, dass Helmut Waginger in seinem Bett erstochen oder zumindest schwer verletzt wurde«, sagte Friedkin. »Danach ist der Täter ins Badezimmer gegangen, wo Gertrud Waginger sich gerade die Zähne geputzt hat. Von dem, was im Schlafzimmer vorgefallen ist, scheint sie nichts mitgekommen zu haben, denn sie ist wohl da drüben am Waschbecken erstochen worden.«

Emilia nickte. Die Wand am Waschbecken, genau gegenüber der Tür zum Schlafzimmer, war die einzige im Raum, die Blutspritzer abbekommen hatte. Hätte Gertrud Waginger Kampfgeräusche oder einen Schrei ihres Mannes gehört, wäre sie vermutlich zu ihm gerannt.

Oder sie war von dem, was sie durch die offene Tür gesehen hatte, so schockiert, dass sie sich vor lauter Angst nicht mehr bewegen konnte.

»Gertrud Wagingers Mund war voller Zahnpasta, als wir sie fanden«, fuhr Hauptkommissar Friedkin in seinem Vortrag fort. »Ich denke, sie stand da drüben, über das Waschbecken gebeugt, und hat gar nicht bemerkt, wie der Mörder ins Zimmer kam. Sie hat einen Stich in den unteren Rückenbereich abbekommen, außerdem mehrere Stiche in Bauch und Brust und natürlich den Schnitt durch die Kehle. Der Täter hat beide Leichen hier im Badezimmer nebeneinander auf den Boden gelegt und ihr Blut in einem Glasbecher aufgefangen. Der Becher wurde auf dem Wohnzimmertisch gefunden, zusammen mit einem altmodischen Füller – einen, den man noch mit Tinte aufziehen muss. Weder auf dem Füller noch auf dem Becher befanden sich Fingerabdrücke. Wir gehen davon aus, dass der Mörder im Wohnzimmer seine Zettel schrieb. Da es außer im Badezimmer und im Schlafzimmer aber nirgends Blutspuren auf dem Boden gibt, hat der Mörder während der Tat wahrscheinlich Schutzkleidung getragen. Bevor er sich ans Schreiben machte, hat er die dann abgelegt.« Friedkin räusperte sich. »Was denken Sie? Hat das der Kerl getan, den Sie suchen?«

Emilia nickte nachdenklich. »Es sieht ganz so aus«, antwortete sie. »Unser Mörder sucht sich immer Ehepaare in alleinstehenden Bauernhäusern als Opfer aus. Die Leichen liegen jedes Mal nebeneinander im Badezimmer, mit mehreren Stichverletzungen und aufgeschlitztem Hals. Überall hinterlässt er Zettel mit dem Blut der Opfer an den Wänden. Darauf stehen Zitate aus Dantes *Göttlicher Komödie*, besser gesagt, aus dem ersten Teil davon, dem sogenannten *Inferno*. Und der Mörder achtet immer darauf, keine Blutspuren im Rest des Hauses zu hinterlassen.« Emilia seufzte. »Allerdings gibt es zwei Dinge, die hier anders sind als in den Fällen davor«, sagte sie. »Zum einen der Zeitpunkt. Bisher haben zwischen den Taten immer mindestens ein oder zwei Jahre gelegen. Diesmal sind es nur knappe fünf Wochen. Und bis jetzt hat der Mörder seinen Opfern auch keine Waffen in die Hände gelegt.«

Die Fotos der Spurensicherung zeigten jeweils ein Messer in Gertrud und Helmut Wagingers Faust. Was bezweckte der Täter damit? Wollte er den Eindruck erwecken, dass das Ehepaar sich gegenseitig umgebracht hatte? Wohl kaum! Er hatte schon mehrere Morde begangen, ohne den kleinsten

Hinweis auf seine Identität preiszugeben. Er war ein verdammt schlauer Fuchs. Hätte er es wirklich wie einen eskalierten Ehestreit aussehen lassen wollen, hätte er es viel raffinierter angestellt.

Aber welchen Zweck verfolgte er dann?

Emilia knetete mit Daumen und Zeigefinger ihr Kinn. Im Moment fand sie auf diese Frage noch keine sinnvolle Antwort, aber sie war sicher, dass es eine gab. Die Bluttat war Dantes Werk, nicht das eines Nachahmungstäters. Irgendetwas wollte er ihr mit den Messern in den Fäusten der Toten sagen.

Vier Überfälle mit jeweils zwei Toten und drastisch kleiner werdenden Zeitabständen. Wenn wir den Kerl nicht stoppen, wird es bald noch mehr Opfer geben.

»Ich würde gerne mit Ihnen aufs Revier kommen und die sichergestellten Beweisstücke sehen«, sagte Emilia.

Friedkin nickte. »Ich fahre voraus. Folgen Sie mir einfach zur Zentrale.« Für den Fall, dass sie sich unterwegs verlieren würden, nannte er ihr die Adresse.

Sie gingen nach draußen. Endlich konnte Emilia wieder frei atmen. Im Vergleich zu dem Blutgestank im Haus war der Geruch nach Kuhmist die reinste Wohltat.

Als sie an ihrem Wagen ankam, lag etwas auf ihrer Motorhaube: ein kleines Päckchen, in Geschenkpapier eingewickelt, rosarot, mit Herzchen darauf – beinahe wie eine kitschige Liebeserklärung. Auf dem aufgeklebten Kärtchen stand nur: Für E. Das Päckchen war eindeutig für sie bestimmt.

Sonderbar!

Wer wusste überhaupt, dass sie heute hier war? Ihre Kollegen in Lyon natürlich, aber von denen war es bestimmt keiner gewesen.

Vielleicht Mikka? Eigentlich konnte das Päckchen von niemand anderem sein. Sie hatte ihm gestern Abend am Telefon von diesem Fall erzählt, auch davon, dass sie heute nach Simmerath fahren würde, um sich mit eigenen Augen ein Bild vom Tatort zu machen. Mikka musste jemanden mit der Lieferung des Päckchens beauftragt haben.

Ein Lächeln legte sich auf Emilias Gesicht. Das sah ihm ähnlich! Immer wenn sie es am wenigsten erwartete, überraschte er sie mit kleinen Geschenken, einem unerwarteten Anruf, ein paar netten Worten oder einer anderen liebevollen Geste.

Vorsichtig löste sie den Tesafilm vom Herzchenpapier und öffnete den kleinen, neutralen Karton, der sich darin befand. Er enthielt eine mehrmals gefaltete weiße Plastiktüte, die mit einem Schnellklipser verschlossen worden war – nicht besonders stilvoll, aber Emilia konnte Mikka dafür nicht böse sein. Mit allem anderen hatte er sich so viel Mühe gegeben! Neugierig öffnete sie die Tüte.

Und spürte, wie ihr das blanke Entsetzen wie ein eisiger Finger über den Rücken strich.

In der Tüte befand sich ein abgeschnittenes menschliches Ohr.